蚂蚱

王兆军 著

人民文学出版社

图书在版编目（CIP）数据

蚂蚱/王兆军著. —北京：人民文学出版社，2023（2023.12重印）
ISBN 978-7-02-018204-6

Ⅰ.①蚂… Ⅱ.①王… Ⅲ.①长篇小说—中国—当代 Ⅳ.①I247.5

中国国家版本馆 CIP 数据核字（2023）第 158678 号

策划编辑　脚　印
责任编辑　王　蔚
装帧设计　陶　雷
责任印制　王重艺

出版发行　人民文学出版社
社　　址　北京市朝内大街 166 号
邮政编码　100705

印　　刷　三河市宏盛印务有限公司
经　　销　全国新华书店等

字　　数　378 千字
开　　本　890 毫米×1290 毫米　1/32
印　　张　14.75　插页 3
版　　次　2023 年 10 月北京第 1 版
印　　次　2023 年 12 月第 2 次印刷

书　　号　978-7-02-018204-6
定　　价　58.00 元

如有印装质量问题，请与本社图书销售中心调换。电话:010-65233595

腳印工作室

蝗　灾

光绪二十六年，自八月中秋以后，豫北、黄淮地区就没下雨。到九月初，旱情已经相当严重，不仅地里的庄稼"禾穗未熟皆青干"，就连树木都提前落叶，路边青草全都蔫蔫的，衬托着百姓的焦灼与期待。农谚说：（八月）十五不下盼（九月）十三，十三不下一冬干。这句话居然成了这一年的谶语——整个九月没有一丝雨星儿。完了，庄稼几乎全部旱死，各村的水井几乎打不出水了，旱情威胁到人们的生产生活，甚至生命！

更坏的消息接踵而至。常年在苏北走街串巷当货郎的贾远未风尘仆仆赶回村，放下挑子，未及喝口水，就急慌慌跑到西酒店吴家，像个十万火急的军情探子似的告诉大练长吴云迪：大事不好，大事不好！

吴云迪是西酒店的主人，晚清武秀才，曾经担任过地方团练的练长，故称大练长。吴家是当地大户人家，良田千亩，骡马满厩，还经营着酒坊、纸坊、油坊、染坊，实力雄厚。吴家人讲究名望，积极参与公益，诸如修路、架桥、打井、疏浚之类，都是吴家主导。村里的私塾和庙宇，也由他们担纲捐助。只要出现危及村庄安全的大事情，诸如匪情、水灾、旱情，都得第一时间报告吴家。大练长不仅有钱有人，还有枪。

大练长问贾远未，急慌慌的什么事？

贾远未大口喘着气，断断续续地说，不好了，淮安那边，到处都是蝗虫，庄稼快被吃光了，若是从南到北过来，咱这里怕要，怕要吃不住劲呢……

吴云迪踱步到了院子里，仰脸看天，摇头，不以为然的样子。

贾远未重复着他的话，加上他的见闻，说那边都在灭蝗，没心肠过日子了，一天卖不出半绺子花线，早回来，报告大练长，咱这里也得有点防备啊。

大练长说，大旱之后往往有蝗灾，这倒也是。不过，咱这里好像未见异常呢。村里前些日子刚做了求雨的祈愿，和尚道士都念了经。只要一场大雨，啊，大雨过后，不仅能解救现有的一些庄稼，秋耕秋种也就不愁了。

贾远未本来还想说，万一不下雨呢，自觉这话不吉利，就咽回去了。

三天后，蚂蚱庙村的天空多了许多飞虫。吴云迪的长子，西酒店的大管家（诨名大白梨）到野地里走了一圈，回来报告说，情况不妙，好像要来蝗虫了！大练长出门看了，发现空中确有不少飞蝗，有的落在地面上四处蹦跶，有的落在房檐上，甚至落到大练长的长袍上。大练长看了，有仓木加，有蹬倒山，有老草怪，有小铁匠（以上都是蝗虫的俗名）。大练长大惊失色，当即发布指令，各家立即收割庄稼，不论成熟还是青干，一粒粮食，一把草，一片叶子都不剩，坚壁清野，应对蝗灾！

其后的几天里，蚂蚱庙村民全力投入，坚壁清野，颗粒归仓，寸草归垛。不过，各家的收获都少得可怜，老大一片庄稼，只能收获几十斤粮食。往年高大的草垛，现在只有一小堆儿，这预示着赖以维持生活的粮食和柴草都是危机。人们看着惨淡的收获，愁云布在脸上。附近村子，有的学了蚂蚱庙的样子，将田野里所有东西都收归家中，有的村子不相信，他们期待着一场大雨。

然而，丝雨未下，旱情愈演愈烈，蝗虫大军却如期而至。亿万蝗虫铺天盖地，飞过村庄，落入田野，群飞时如一片乌云，落地有风声。稍带青色的植物最早消亡，然后消失的是枯草，是秸秆，是草根。它们吃光方圆百里的庄稼，然后吃光沟壑里的杂草，然后是各种各样的树叶，一切可吃的植物全都遭殃。两天下来，整个田野里一片荒凉，比打扫过的庭院还要干净。最后，蝗虫威胁到各家草屋的屋顶。最先被吃光的是稻草屋檐和麦秸屋顶，然后是较硬的山黄草和秫秸屋顶。为了保护草房，许多人家挖了塘泥覆盖在屋草上。有十多家因为房梁木棒太细而被厚泥压塌，失去屋顶露天而居的人们在深秋的北风里哀号，哭声凄惨。

秋旱如刀刮。加上蝗虫扫荡，各家都面临"童稚盈室瓶无余粮"的困境。如何度过这个缺粮少柴的寒冬，还有细长的春荒，成为热门话题。讨饭乞食，已经成为不可避逃的路，关键是到哪里去，跟谁结伙一起走。苏北淮北同样遭了蝗灾，自是去不得的地方。东边是大海，也不行。去东北？路途遥远，而且缺少冬衣，经不起冰雪折磨。人人都在寻思生路，天天都在讨论出路，总也拿不出主意。人们聚集在草屋里，汪塘边，枯树下，每天都在商量，每人都愁闷焦灼，到底也没想出好办法、好方向。最后，熬到明天就没有饭吃了，也就出了门。扶老携幼，步步维艰，迟滞的脚步变成决绝的逃离。离家的青壮年一再叮嘱留在家里的老人，千万不要把明年的种子粮吃了啊！

逃荒大军陆续出行，向着深不可测的黑暗进程，向着无边无际的饥寒世界。蚂蚱庙村迟迟没有人出去，原因是大练长及时发了通告，最后一点粮食没有被蝗虫吃光。大练长让儿子逐户询问，发现有十四户人家颗粒无收打算出门逃荒。吴云迪一夜未能入睡，次日传话给吴文轩：蚂蚱庙村人不必出外讨乞。西酒店打算停止造酒，把现存所有粮食分两批平赊给无粮户——不加利息，期限两年。

大练长的这个主意，在吴家内部引起激烈争论。

各家兄弟齐聚大瓦屋，主张卖粮，而非平赊平粜。

大练长断然拒绝卖粮，誓言：灾荒之年，我不能让蚂蚱庙人出外现眼，有我吃的就有大家吃的！莫说影响酒店生产，就算因此倾家荡产，我也在所不惜！

　　家长的强烈压制，未能制止争论，各家还是吵吵嚷嚷。一部分人认为，这种平粜等于自认亏损，因为借粮的农户不可能都按时归还。即使归还，两年期限过于漫长，酒店的生产生意会因此不能恢复。这些人建议期限缩短为明年麦收之后，大练长不同意。他说，今年大旱，麦子未能及时播种，明年夏收不会好。大家连饭都吃不上，再让他们如数还粮食，于心不忍啊！文轩调和了一下，建议秋后以高粱归还借粮。麦子是细粮，高粱是粗粮，前者价高，后者便宜，等于让利给乡亲。而且高粱产量两倍于麦子，还粮轻松一些。

　　大练长最终同意了大白梨的意见。

　　冬至那天放了第一波平赊粮。

　　这次平粜，保障了蚂蚱庙人的基本吃食。

　　春节后，雨水后的第二天，普降大雨，人们心情大好。

　　但是，各家粮食见底，又有人打算出去逃荒要饭。

　　大练长对他们说，转眼就是惊蛰，地里有了野菜，怎么也能熬过去。再说，春田也该种了，红薯需要秧苗，高粱玉米也要下种，人出去了，农事就会耽搁。大家相信这个理儿，怎奈肚子饿得咕噜噜响，总不能等死吧。大练长狠狠心，又放了第二批粮食，总算保住了断炊农户的温饱。

　　虽然省吃俭用，惊蛰过后，还是有人打算出去逃荒。大练长努力挽留他们，打扫仓底，拿出最后的存粮，在村里设立了粥棚。每天两大瓦缸杂粮糊糊，给没有饭吃的人家施粥。谢芳春、吴兴邦、赵琪三人轮流分粥。因为盛放米粥的瓦缸又高又深，舀粥的水瓢短小，缸底的粥很难够到。赵琪在水瓢上绑一根木棍，好歹能挖净缸底。但是水瓢不够结实，半球形的葫芦瓢上绑上木把儿，很容易脱落，稍不留心就弄断了瓢把儿。贾远未说，我家三福胳膊长，他能够着。大白梨一听，大喜，就把三福喊来试了试，果然不错——他的胳膊比别人长出大约一手掌——正好把瓦缸里的粥刮干净。

自此，尽人皆知贾三福的长胳膊比普通人长不少。

一天，正在庙前施粥的三福闻到一股子浓烈的香味，问兴邦这香味从哪里来的。吴兴邦到处找，发现孙殿武躲在蚂蚱庙里烧东西呢。近看了，孙殿武正在一个破瓦片上烧咸鱼。说是咸鱼，其实是几条咸鲞鱼的骨头。问孙，你从哪儿弄来这东西，真香！孙殿武说是从砖缝里抠出来的。兴邦说，那就是老鼠吃剩的。分我一点吧。孙殿武说我好不容易找到的怎能给你，你就闻闻味儿吧。

兴邦很不高兴，转来转去，那样子是想冷不丁抢一点。孙殿武看出了兴邦的意图，提高了警惕，两只大手护着火上的瓦片和不知老鼠何时忘记的鲞鱼残骨，好像那个十世单传的男婴。此时，庙门突然被人推开，七八个人一起拥入，为首的是丁文武。孙殿武知道来者意图，一把将咸鲞鱼骨抓起，连同火上的瓦片。因为瓦片热得烫手，孙殿武一松手，那咸鲞鱼骨落在地上。众人扑上去，奋力抢夺。那种抢夺几乎没有切实的目标，就是朝着瓦片落地的地方，不管是否抓到鱼骨。那种奋不顾身的投入颇有些形而上的力量。尽管孙殿武力气大，也无法阻挡这些穷凶极恶的对手。

他无奈地退到一边。

最终谁也没能抢到一块完整的鱼骨，但人人手上都有了一点咸臭的气息。他们吮吸着满是尘土的指头，陶醉于难得的幸运。孙殿武在地上拿起已经破成六七片的瓦片，舔了舔烤过鱼骨的那面，带着几分气恼，把破碎的瓦片扔到盛放糊粥的大瓦缸里。丁文武弄了半瓦罐清水倒进去，拿水瓢搅了，端起半瓢，仰头喝了下去。吴兴邦把水瓢抢过去，说，好东西不能一个人吃啊，也喝了一瓢。孙殿武把瓢抢到手，说要是没有你们这帮杂碎我一个正在细细咂摸咸鲞鱼呢。一气之下，他把那瓢扔地上，使劲踹了几脚，稀碎。

谢芳春看了，直摇头。

5

赵琪说：人穷到一定地步，很难气定神闲。

大练长的慷慨施舍，完成了他最后一代乡绅的人格。

蚂蚱庙没有一个人出去逃荒，没死人，也保证了春田的播种。

但是，倾其所有的施舍，严重影响了吴家的经济基础，没有了粮食，酒店关门。没有了烧酒的支持，其他生意因缺乏周转资金，也陆续凋零。留下的，是大练长在蝗灾之年的慷慨，是他的先见之明——蚂蚱庙及早施行的坚壁清野，减少了粮食损失，也保住了冬春的燃料。大练长的急公好义，在方圆百里赢得了极好的名望。其他村庄则不同。那些村子因为行动晚，粮草损失过大，很多人出去逃荒，许多人因此失去性命……

《沂州志》记载：

  光绪二十六年，秋大旱，复遭蝗灾，赤地百里，逃荒者众。沂沭间饿殍遍野，民相食。惟蚂蚱庙村安然无恙，赖有乡贤之助也。

最终，人们将这次蝗灾的原因归结为对蚂蚱庙神灵的不敬。他们决定重修蚂蚱庙，以此表达歉意和改过的决心。蝗灾过后，吴家财力大减，拿不出多少资金为蚂蚱庙的神灵们重塑金身。尽管如此，大练长还是出面集资，带领乡人重修蚂蚱庙。据说，西酒店为此卖掉三把汉阳造（步枪）。这笔资金保证了这一工程的进行。

次年十月，蚂蚱庙重修完成。

以蚂蚱为神而命名的庙宇，世上不多。中国寺庙里供奉的神，要么大善，要么大恶。前者有佛寺、道观、基督堂、清真寺，还有孔庙、关帝庙、城隍庙、土地庙等。后者则尊奉着各样天灾人祸的制造者，雹神、雷公、河神、火神（祝融），就连小小的蚂蚱也能让人顶礼膜拜。根源只有一个——这些恶魔以大灾大难让人恐惧——于是就用下跪自虐、四季供祭的方式求恶魔格外开恩，以求绥靖。

黄淮地区所修县志，几乎都有关于蝗灾的记述。饱受蝗灾之苦的人们便将蚂蚱奉为大神，盖了专祀的庙，殷勤供奉。蚂蚱庙的小庙就缘此而设。明以前，蚂蚱庙村只有几户人家，以丁、姜、宋、谢为姓。永乐年间，朱棣完成了皇位争夺战，黄淮十几万兵丁无处安置，就地解甲，这里大片的沼泽湿地就变成了农垦大营。大营各自成村，旗鼓呼应，阡陌连接，此地于是多了些烟火。后来朝廷又从山西大槐树迁来几拨移民，增添了吴家、朱家、林家、扈家、赵家，小门户则有贾家、马家、孙家。大户上百人，小的几十人或十几人。该村只有西酒店吴家的堂屋是瓦房，其他人家全是土房子。东头赵家虽然也算富户，但他家的房子是外皮青（只在土墙的外皮贴了一层青砖）。能和西酒店的房子媲美的，只有公共建筑蚂蚱庙——前厅、厢房、正殿，全为青砖砌成。

蚂蚱庙人的祖先大都有行伍背景，生杀予夺，直面鲜血，残留了七兵三匪的混合气质。经过移民与多代演化，祖先身上的雄奇精神不断磨蚀，人们变得平庸而怯懦。他们像野草自生自灭，枯荣由天，在酷暑和严寒的轮番折磨中忍受着贫困和病苦，还有如影随形的欺凌，很少反抗。蚂蚱庙人从不避讳自己的卑微，自认命不如草——杂草还有"野火烧不尽"的再生之幸，人呢，死了就是死了，跟没来过这个世界一样。造物之主赐给他们的恩典就只有顽强不息的生命力，且各有各的故事。这些故事如同草中萤火，即使光芒短暂，也能照亮三尺荒径并因此分出智愚文野、善恶美丑，也有可歌可泣的故事。漠然远观，大地上所有的荒村都是一个样子，土路、车辙、村头老树，一片土房子，偶尔可以听到鸡鸣狗叫。乡下人的形象也差不多类同，粗糙、愚憨、倔强，一副未开化的模样。但是，如果深入到他们中间，就会发现，那里不仅有深藏的力量，奇妙的智慧，也有性格迥异、言行特别的人物。他们终生可能只有一件事被人称道，而这点小事足以诠释生命的存在，犹如划破夜空的流星。在那里发生的所有故事都没有文字留存，口头流传的精彩经过反复演绎、增删和夸张，最终成为变形的传奇，并在几分荒诞里飘摇着苦涩的诗意与底层的乡愿哲学。

蝗灾过后，蚂蚱庙恢复了往常的生活，也发生了几件大事：朝廷取消了科举，读书人失去晋升的阶梯。晚清秀才出身的私塾先生刘振兴从此不再下力读经，还在私塾里增设了《格物》，请赵琪兼课。刘先生本人喜好楚辞和《诗经》，他的弟子们多喜诵《离骚》者。就连看不上四书五经的赵琪，也受了刘先生的影响，时不时写几句模仿屈原的句子，颇得刘先生赞赏。

另一件大事是赵建章剪了辫子。赵建章也是晚清秀才，但他这个秀才不是硬碰硬考的，而是捐的——等于当下花钱买了个学历。这个假学历多少也有点用，赵建章因此得了个乡约的差事。这让吴云迪很是不齿，他多次说：这样的冒牌文凭狗屁不如。朝廷取消科举之后，赵建章有一阵子惶惑，打不起精神。不久，他竟剪了辫子，宣称要跟着孙逸仙驱逐鞑虏，恢复中华。蚂蚱庙人都觉得他这么胡来是犯了大罪很快会被朝廷砍头的，避之唯恐不远。

这两件大事其实只涉及很少的人，普通百姓还是过着琐碎的日子，不知有汉。

这天，贾远未在家里，正教训小儿子贾三福。

贾家是道光年间投奔亲戚过来的，到贾远未也才三代。据说这名字是蚂蚱庙私塾的刘先生起的，含义是远见卓识、深谋远虑、前程可期的意思。蚂蚱庙的男人都有一个堂皇美好的学名，名字里寄托着长辈的希冀和祝福，但究其实，名字和实际的人品、生活、命运，并没有什么关系。在蚂蚱庙，最能描述个人形象的是绰号。蚂蚱庙的成年男子至少三分之一的人有诨名，这些诨名大多来自当事人的相貌特征、社会关系、个性特点或生活中某一独特的细节。

贾远未的诨号叫大襟袄。那件前襟宽大的棉袄其实是远未的母亲的遗物。按习俗，上五七坟时，死者的衣物是要烧掉的，但贾远未违背了乡俗，居然把死者的衣物留下来穿。当时就有不少人劝阻，说穿死人的衣服不好，万一死者什么时候想起这件衣物前来索要，活着的人会有不测之灾。贾远未说："俺不信那些嬷嬷子论——人死如灯灭，魂灵到了阴间立马就是一缕烟，穿多好的衣服都白搭。再说，俺娘见衣服穿在她儿子身上，万不会生气的。"蚂蚱庙人在穿着上还有个习俗，男人穿对襟上衣，女人穿带大襟的衣裳。贾远未穿了他娘的棉袄，不符合男女有别的传统，也属犯忌。但他满不在乎，说什么男人女人，穿着暖和就好。于是贾远未就得了个"大襟袄"的诨名。

贾老汉有个货郎挑子，挑子里除了各种各样的杂货，还有一个熬制糖人的小铜锅。平时走街串巷，穿了这件衣襟宽大的棉袄，不仅遮风挡雨免受寒凉，大襟里子上还有个可装零钱的口袋，很有用。对于单靠庄稼过活的蚂蚱庙人来说，拥有一副货郎挑子和捏糖人手艺的贾远未是值得尊敬的，因此，没多少人当面称呼他大襟袄的诨名。

贾远未有两个儿子，老大做庄稼，勤勉忠厚，能吃苦。老二不同，他生性懒散，而且嘴馋。这孩子生有异相，头大、腿短、胳膊长。贾远未怎么看都觉得这小子不对劲，便去小南庄找了二知先生（知阴知阳，谓之二知）测算，好就留着，不好就送人或撂到舍林子（乱葬岗子，遗弃）。二知先生端详了襁褓中的婴儿，说："这小东西命相不凡，要么顶戴花翎，要么是个贼。"贾说："贾家世代本分，不当有此命相啊！"二知先生翻了一阵子书，不肯说话。老贾等啊等，希望得个判断。二知先生慢条斯理地说："你当是下个判断怪容易呢！"贾就从大襟袄的口袋里掏出个布卷儿，一层层展开，取出三个铜板放在先生面前。二知先生瞥了一眼，说："有神灵相助，多难的事都有解。"贾问："总不能长大了是个贼哟！"先生说："要他不当贼也可以。我给你写个符咒，放枕下，半年过去，贼气当会自消。不过，这么一弄，这孩子以后也就只能是个平常人了。"贾忙不迭地说:"做平常人最好——最怕小孩不安分,惹事招灾,大人跟着遭罪。"

看在三个铜板面上(一般是两个铜板),二知先生给孩子起了个名:三多——意思是多财、多寿、多子孙。贾说:"多个人多张吃饭的嘴呢。这孩子本身没多大出息,孩子多了可怎么养?"先生说:"既然多财,还怕养不起孩子?"贾说:"钱难挣着呢。"先生说:"那就叫三福吧。"贾问:"哪三福?"先生说:"庄户人家还能有什么大福!财帛之福,家里不缺零花钱;口腹之福,时不时吃点好的;冠冕之福,大小能当个官儿。不过,福都不很大,财帛不过中等,口福不过温饱,至于官职,充其量也就是个跑腿的。"贾远未听了,觉得这命还算不错,请先生再给测算一下亲事。二知先生不耐烦了,说:"找个女人睡觉,不是猪就行!"

回家路上,大襟袄遇到念过私塾的谢芳春,问你们爷儿俩这是去哪了?谢说:"闲着,赶个集,听一会儿说书的。"贾向来佩服读书人,借机请教,问三福这名字好不好?谢芳春说:"名字里有福,自然就好。"贾颇觉欣慰,当即从大襟袄的口袋里掏出一个涂了红绿彩点的泥哨儿,给了谢芳春。那孩子拿了泥哨儿就吹起来,直腔。谢芳春自嘲道:"傻子吹哨子,聪明人听响儿。"贾说:"读书人果然了得,随便说句话就有讲儿。"

深秋的一天,大襟袄刚放下碗,吴兴邦就进来了。吴兴邦是蚂蚱庙的穷人,体格强健,腿脚有力,善行长路,诨名蹬倒山(一种蝗虫),唯常患眼疾。吴家有个祖传手艺——吹喇叭,村人称吴家为"鼓手家"。老鼓手才艺全面,大小喇叭、铜锣、笙箫、笛子、呱嗒板,没他不会的。到兴邦这辈,技能差了很多。兴邦脾气暴躁,缺少耐心,只学会吹长号,偶尔能敲几下小镲镲,别的乐器都不行。因为技艺不如其弟,村人评价:大鼓手不如二鼓手。

大襟袄没有理会吴兴邦，继续训诫他那不争气的小儿子："我得给你提个醒儿，是人都得有个活命的营生，得不惜力气，得手脚勤快。无论冬夏都甭让自己闲着，你要记好了。早上起来没事，别闲着，提个筐头出去转转，拾几块狗屎牛粪也好；阴天下雨别闲着，弄把蔺草搓点绳子；三伏天树下乘凉，别闲着，摘些辣椒串起来，晒干以备冬春之用；大雪封门也有活干，带了狗到茬子地掏田鼠，弄好了，一个洞能掏出四五斤黄豆茶豆呢。煮熟了沤成肥，上到菜地里，你的菜就比人的好。在蚂蚱庙，游手好闲，被人说成甩子，可不是好名声！"

游手好闲、甩子，这都是说给三福听的。三福知道爹一直看不上他，低头不语，也不反唇。"别闲着"这三个字，是他爹独创的警句。平时见人忙活，说"别闲着"，有赞扬的意思；见人没事瞎溜达，说声"别闲着"，有规劝的意思；见人喝酒划拳抽烟打牌，也说"别闲着"，有揶揄的意思。大襟袄的这句口头语已成为蚂蚱庙的箴言，男女老少都会用，且很少出错。

三福一只脚从饭桌下拨拉出笸箩筐子，示意吴兴邦抽烟。兴邦讪讪地说："三福兄弟，我今儿想求你办点事呢。"大襟袄说："除了吃，他能办什么事！"大鼓手说："大叔可甭这么说，俺兄弟可有过人之才。"大襟袄以为这话不过是浮泛的奉承，没在意，继续阐述他的人生圭臬："但凡是个男人，不光要自己吃上饭穿上衣，还要养家。兴邦你除了种地还会吹长号，三福会什么？往后靠什么挣饭吃？论庄稼，庄稼不行；论生意，生意不精。手上没一样赢人的活儿，就长了一张馋嘴——是个愁嘛！"兴邦说："大叔放心，三福兄弟天赋异禀，不愁没饭吃。"

大襟袄冷笑一声，带着满脸的忧虑，去里间侍弄他的货郎挑子去了。

大鼓手这里说的"异禀"，是指三福的胳膊比普通人长出一截。到底长多少，没有精确计量。有人说（比常人）长一拃，有人说长三寸，有人说长半个巴掌。村人将此看成三福的生理缺陷并由此给他起了个诨名：长胳膊猴子。三福以为是讥笑，不认可。村里一位有学问的人赵琪另给他起了个绰号：二刘备。他说《三国志》上有记载，刘玄德"双手过膝"，吉人天相。三福觉得能和皇叔攀上关系也不错——默认了这个绰号。自从十年前大练长施粥贾三福显示了长胳膊的好处，就没人再叫他猴子了。

大鼓手对二刘备说："三福，这几天我生了个想法，想把祖传的手艺拾掇起来。"三福说："大小喇叭、横笛、笙箫你都不在行呢。"大鼓手叹息道："咱这一带是涝洼地，下雨多了淹死，旱久了就闹蝗虫，单靠庄稼越来越难生活了。俺家地少人多，穷得竖起屁没个阴凉。俺兄弟俩平时就靠给人打短（工）儿，忙时累死，闲时就只有看蚂蚁上树，有上顿没下顿的，于是我就想，还得拾起上辈的老营生。昨儿我东找西找，从旮旯里翻出俺爹那杆长号，号杆破了，漏气，提不出声来，我想去集市上买些细皮线子扎一扎。"

三福就问："俺不会扎那玩意儿哟。"

兴邦说："不是叫你扎长号，是让你帮我买牛皮线子。明白吗？皮货摊上的线子是用庹度量的。三福你胳膊长，一庹下来，比我要多出小半尺。嗨嗨。"说着，兴邦双臂展开，做了个"一庹"的动作。三福说："扎个号管子还能用多少线子，你去大皮匠那里要点就行了。"吴兴邦说："不光一个号管子，我还想拧一副皮缰绳呢，少不了得几十丈牛皮线子。"三福稍思，点了点头。

坷垃头子也能擦腚

在乡下，几乎所有交换都发生在集市上，而四月的春会和十月的秋会更像是节日——人气旺盛、货物齐全、品种丰富、热闹非常——

那是百年积成的样子。时令已近春分,路上多有敞怀行走的汉子。昨晚雨不大,路面初干,兴邦和三福大步流星、健步如飞,豪情溢于言表。

进入皮货市前,两人商量好进退的双簧。吴去看货,看中了,招呼三福去庹量。三福说:"你得给我递个点子吧。"兴邦挤巴着眼说:"我这样眨巴三下,你就过去,我在袖筒里告诉你买多少。"三福说:"你那眼呗跟蚂蚱×似的,得多挤巴几下,不然看不清。"三福问:"谁给钱呢?"兴邦说:"自然是我给钱嘛。"三福说:"我买线子你给钱,没个讲啊。不如你把钱给我,我替你算账。"兴邦说:"钱不过手。你就说忘带票夹子了,拉我给你垫上。"三福说:"那也行。"

皮货市上,人头攒动、熙熙攘攘。农事上,用到牛皮线子的地方不少,捆扎木轮车的轵辕,运庄稼用的皮绳,犁耙上的拉绠,柳编品的漩口和提梁,使牛赶车用的皮鞭,油坊里挂油锤的吊绳等,都要用到牛皮线子。苘麻和蔺草搓的绳子虽然也能用,但过不一个夏天,苘绳做的麻索就会朽烂,蔺草和稻草绳子更是不能吃劲。至于拉车用的长绠和套牛用的秧绳,必得用多股牛皮线子拧成,才经得起大牲畜的拉拽。为了农具经久耐用,每家每户,多多少少都要储备少量的牛皮线子,以备随时取用。制作皮线的材料主要是牛皮,也有用驴皮和猪皮的。此地的屠户大都兼此生意。蚂蚱庙有一家操此生意的,姓扈,叫扈仁,人称大皮匠。后街的吕伯清会杀牛杀驴,但不会切线子,只卖肴肉。他那里的牛皮、驴皮、猪皮,大都被皮货匠人上门买走了,好肉要拿到集市上出售,下水(杂碎)则可用作汤锅的材料。伯清喜欢现钱买卖,不肯把皮子赊给本村大皮匠,为这事两家关系不是多么妥帖滑溜。大皮匠今儿也来赶集了,见吴兴邦和贾三福正在人群里朝这边挤,就拿了长长的皮鞭在空中挽了个响儿。兴邦过去,说了想法,大皮匠说:"缠个号把子能用多少线子,在我这里拿几根吧。"兴邦摇头说:"生意是生意,你只要告诉我价格行情就好了。"

三福跟着吴兴邦,逐个摊子看货问价。大大小小的皮货摊上,摆满不同规格的线子，粗的如筷子，细的如毛发。屠户们的吆喝声此起彼伏，遮阳的篷布随风起伏，空气里弥漫着腐烂兽皮和芒硝的气息。集市上没有几根可做度量标准的尺子，那种尺子要到县府钱粮师爷那里花钱买。乡下买卖皮线的，都是用胳膊量。两只手臂伸开，从这边的手指尖到那边的手指尖，其长度为一庹。这么一来，胳膊短的难免吃点小亏。吴兴邦找胳膊长的三福越俎代庖，不仅出于实惠的考虑，其中也有几分自我夸耀——别人谁能想出这么妙的点子啊！

他俩的联手戏演得很成功。每当二刘备伸开双臂时，吴兴邦的心里就泛起暖洋洋、甜丝丝的感觉。三福的每一庹都切切实实附带着不大不小的便宜，每次便宜都让他俩兴奋。为了扩大实惠，兴邦多买了一些粗点的，准备用来包扎筅子、提篮和簸箕。有精明的货主发现他们狼狈作奸的奥秘，说："这兄弟的胳膊怎么这么长！"三福不无得意地说："再长也是胳膊，只要没把腿用上就行。"

离开皮货市，他俩如同完胜的将军。吴兴邦特意买了两个白面卷子犒劳三福，算是答谢。三福分了一个给兴邦，说有福同享。兴邦感叹道："咱俩啥时候能饱饱地吃上一顿羊肉泡锅饼啊！"三福说："好好混吧。"兴邦说："怎个混法呢？"三福说："人这个物件，无论美丑，谁都有用。按理说，我这两条胳膊，算是才坏（缺陷），没想到今天却派上用场了，是不是？"兴邦附和道："你品的这个理儿我信，世上没有不能用的东西，就看用在什么时候什么地方，就看谁来用。"三福意犹未尽，继续说他的思想大发现："那些高个子，看上去跟杉条棒似的，别人够不到的，他们一伸手就能拿到。那些长得矮小的，腿短，可是这种人走路都怪快。爱说话的，烦人，可是当个媒人什么的，十有八九能成。还有一种闷种儿，三扁担打不出个屁来，这种人你叫他参与隐秘的事儿，最合适。富人有富人的好处，指头缝里撒出一点点就够咱吃的。穷人有穷人的好处，给点恩惠就感激不尽。就连残疾人也有残疾人的好处。后村狗蛋他娘，走路撇啦撇啦的，可人家奶水就是好，能同时奶两个孩子，还有余下的奶，给男人喝。禹屋村有个单爪，缮屋修房，一只手能同时撂四块砖，没人比得了。俗话说得好，坷垃头子也能擦腚。"

这是一句粗话，但含有哲理。蚂蚱庙人如厕，便后没有用手纸的——根本没有手纸这一说。在野外方便后，他们会就近拾起一块土坷垃，擦一擦腚眼，就算完事。在他们心目中，形容最没用的东西就是随手可及、随处可见的土坷垃。但就是那不起眼的坷垃头子，有时也能派上用场。如果没有土坷垃，方便之后就很尴尬。女人总比男人讲究，她们有的临时采几片蔫巴的树叶，或把鲜活的叶子揉搓得皱巴巴的，小心使用——一旦戳破叶子，手指上就会沾了臭东西。实在没什么可用的，就只能踅摸一下四周，好歹捡个土坷垃（石头不行），小心地蹭蹭了事。三福说，西酒店的女人都是用草纸擦腚，从来不用土坷垃。吴兴邦觉得那是不可原谅的奢侈。三福感叹道："人分三六九等。上等人拉屎都跟穷人不一样。我孬好念过两年的私塾，从石晓楼那里听过一个故事，说的是王羲之有个大爷叫王敦，王敦当了驸马，跟皇帝的闺女办喜事。上茅房时，驸马发现桶里铺着青灰，水盆里放了草药煮的水，台面上还放了一盘大枣，他以为是吃的，就拿了几个放嘴里。这一举动，把丫鬟们笑翻了。石先生说，人家在那里放的大枣是上茅房揣鼻子的——免得闻到臭味儿！你想想，你使足了劲想想，王羲之家何等富足，可比起皇家，还是差了很多——上个茅房都要用大枣揣上鼻窟窿，那得多阔啊！所以说，人得好好混啊。"兴邦说："是呢，当官一日强似为民三载。"三福深以为然，说："要紧的是不能得罪人，因为土坷垃都有擦腚的用场，对不对？"

兴邦对三福"什么人都不能得罪"的说法不完全赞成，他说："不该得罪的，低低头也就过去了。但是，该得罪的还是要得罪——就看有没有逼到那份上。比如说，有人欺负到你头上，要在你头上拉屎撒尿，你也甘受那个气？"三福想了想，说："保命要紧。"兴邦说："我不那么想。如果遇到欺人太甚的家伙，我宁肯拼了！"三福说："你这人八字硬，我不行。"

因为这多出来的两庹皮线子，吴兴邦高兴了好些天。他到处给人宣讲自己的聪明，如何第一个发现三福的长处并加以发挥。他把三福的胳膊说得很过分，说皮货商人多么多么的懊丧，说他俩演的双簧何等巧妙，还说事后两人吃了锅饼喝了羊肉汤——其实只吃了个白面卷子——但他依然绘声绘色、得意扬扬。听者明知他的话里藏了夸张，但基本事实无法否认：三福的长胳膊确实长一些，兴邦确实因此多买了几庹好线子。不要小看多出的一庹线子，蚂蚱庙人对利益的算计可谓锱铢必较，即使多出一拃，也足以让他们兴奋几天！俗话说，苍蝇也是肉——蚂蚱腿也是肉，能多赚点为什么不赚？

在乡下，凡有实际好处的消息都传播得极快，三福的长胳膊一夜之间成了抢手货。村人凡要置办绳索或用到牛皮线子的，都会拉他一起去赶集。三福有求必应、腿脚麻利、反应灵敏，事情办得顺利圆满。此时，他的生理缺陷陡然变成众人传扬的优势，没人再称呼他长臂猴，也不再叫他二刘备，而改叫三福哥或三福叔了。春秋农忙前，总有很多人求三福帮忙。那些走进贾家小门楼的人，无一不是满脸堆笑，让三福感到充足的温暖和不掺假的尊重。后来，求他帮忙的多了，三福便有点拿糖，推说今日地里有活不能奉陪或腰腿着凉了走路不便，等等。来人便说："等赶集回来帮你一起料理地里的活儿。"有些人还会带些小意思，几个鸡蛋、半碗萝卜干、一点点芝麻盐什么的……总不能白了帮忙的人啊。这里既有底层社会的利益交换，也有乡邻之间淳朴的人情味儿。

不仅这些。皮货市上的商贩们也对三福另眼相看了。最初，他们厌恶三福，恨他的长胳膊多量走他们的货物。有那么一阵子，谁见了三福都爱答不理的，甚至故意转过脸去装不认得。后来，这些生意人发现，凡是三福光顾的摊位，生意都好，于是他们对三福变得热情起来。三福一出现，许多摊主朝他打招呼，有的还送他几根旱烟叶。这一来，三福和很多皮货商人成了朋友。有些皮货商家有喜事，还会请三福陪客人喝酒，三福渐渐成了蚂蚱庙村的体面人。每次出门，他的腰里都掖着一条白色牛草包的毛巾，遇到邻人，他会装出一副无奈的样子说谁谁又请我去陪客了——我忙啊，不想去啊，可那边盛情难却，云云。从迅速扩大的人脉关系中，从各村商人和匠人的酒桌上，三福引申出更多更大的客户。半年之后，三福居然成了炙手可热的皮货经销商！一年下来，三福在方圆几十里都有朋友。他不仅从商贩们那里得到一些好处（类似提成），人也变得见多识广，待人接物显得老练而圆融。

三福如今成了蚂蚱庙的名人。二刘备的兴发，一时成为街巷间的话题。西酒店的大练长听说三福的故事，表示找个机会要见见这个人。在城里闹革命的小短辫也闻到三福的消息，也表示出很大的兴趣。谢芳春说，二知先生当年的预言应验了。看过《祝由科》的赵琪则怀疑三福的前生十有八九是个猴子。只有三福的老爹大襟袄对儿子的发达不以为然，甚至对乡亲们的夸赞颇为反感。他说："从古到今，没听说靠两只爪子长就能混饭吃的。"三福对外界的评论淡然处之，褒贬由人，不置可否。吴兴邦多次央求三福，以后出去陪客不妨带着他也好见识一下各样人物。三福说："人家没请你，我怎么好带你——找机会给你说个媳妇吧。"兴邦说："你先给自己找个通腿的，然后再说我的吧。"三福说："我跟你不一样，我不愁没个媳妇。"

那以后，三福做了好多梦。他梦见一条龙从紫色云雾里飞出来，在蚂蚱庙上空盘旋，把他吓得魂不附体。等睁开眼，看见土墙缝里趴着一条蝎虎子。他很是纳闷：这小东西是那龙变的？抑或这蝎虎子刚才变成了龙？他以前曾经设想过油炸蝎虎子应当很好吃。自从有了这个梦，他觉得蝎虎子和龙也许存在亲戚关系，再也不敢奢望其为佐餐的美食了。还有一次，大白天，他躺在树下午觉，发现一位娘儿们从

17

一片青纱帐里走出来，在他面前搔首弄姿。他一度怀疑那女子是变幻了形态的妖狐故意来迷惑他的，但他居然没有丁点儿反感。中间不记得发生过什么情节，蒙眬中好像蹭到那女子的皮肉，于是就有了异常的动作。醒来时，觉得自己魂不守舍，迷迷瞪瞪又困了片刻。再次醒来，发现裤裆里黏黏糊糊的，伸手一摸，状如米油。凑到鼻尖闻了，有点腥膻气息……

小吏狂语

  在蚂蚱庙这样的弹丸小村，惊天动地的事情不常有，一个人稍有点名气，就会成为众口传播的新闻。近年在城里混事的赵建章听说贾家小子靠着两条长胳膊混吃混喝有点能耐似的，便有心想见见这个乡下小子。大约是人以群分吧，建章对这种不务正业的人好像有天然的兴趣。

  现时说话，蚂蚱庙真正值得一说的人物，非赵建章莫属。几年前，赵建章宣扬大清气数已尽，号召大家起来驱逐鞑虏，光复中华，说四书五经那一套全得换成西洋的格物致知，考棚街上那些格子屋得一把火烧毁，所有男人的辫子都要剪掉，云云。很多人听了，以为他要造反，装作听不见的样子。没想到，仅仅几年光景，科举真的取消了，城里的私塾被洋学堂代替，考棚街的科举场屋虽没被烧，但确确实实是消失了。

  世道大变，雨骤风狂，赵建章像个未卜先知的神人，居然能预见这么大的事！读过私塾的赵琪对他的同门谢芳春说："院试没了，你做何感想？"谢芳春说："俺本就没有贡生廪生的想法，识几个字，能看点闲书就够了。"赵琪素来看不上科举，就说："还是建章有眼光。"

谢芳春咂摸着嘴,问:"你跟建章熟,这么大的变动他是怎么预知的?他朝廷里有人?"赵琪说:"建章属于革命党,跟朝廷对着干的。他说用不了几年,皇帝也要倒号台。"谢芳春摇头说:"几千年的朝廷也要倒号?万不能的。甭听小短辫瞎说!"

小短辫是赵建章的诨名。蚂蚱庙有两大望族,一是村西头的吴家,家大业大,也有名望。居住村东的赵家,世代以耕读传家,祖上没出过显赫的人物。东西两大家历史上曾经有过不愉快,但阴影已被时光吹散。赵家兄弟四人,建章行大,小时上过几年私塾,后又捐过文秀才,总算个有身份的人。每当有人提及赵建章的乡约身份,西酒店的大练长都会嗤之以鼻:"他那也叫秀才?要说拿钱买功名,我能买个进士!"这话传到赵家,建章颇不高兴。乡约,听来是个虚名,但毕竟和整个体制有着首尾呼应的关系,算是体制内的人物呢。赵建章不是那种安心稼穑的乡农之子,他腿勤,待不住,东跑西颠,好像总在觊觎什么机会。他隔三岔五要到县城去,据说是履行乡约的职能。自古以来,乡村没有正式政府,县以下的民政管理大都付与乡贤士绅。乡绅一般拥有一定的财产,有家族势力作依托,受过一些教育,有一份为社会服务的热情和服人的名望。清朝以降,乡村两级有过或大或小的士绅机构,皆属社区性质,不在官府的正式编制。乡里设一名办事员,称为乡约。每村有个跑腿的,称为地保。乡约享有微薄的报酬,酬金从地方赋税中抽取,很少,也不稳定。地保则全无收入,其劳动属于志愿性质。鸦片战争以来,社会动荡,民不聊生,乡约名下那点酬金渐渐缩没,于是各县就把乡约和地保合为一体,两个称呼中各取一字,称"约地"。据说,他在城里认识了不少新潮人物,手里还有两幅当年县令——扬州八怪之一——李方膺的字画。贾三福有一次在相公庄大集上见到赵建章,回村说建章大叔骑着高头大马,后边跟了一位军官到三区巡视水利工程,那口气就像见到钦差大臣。

赵建章虽然顶了清朝"秀才"的身份,但他并不忠于满人。赵建章是蚂蚱庙上千号人中第一个剪了辫子的,而且公然宣称改朝换代要推翻大清的江山。那时鲁南地区没几个敢在清廷未颠覆前就剪去辫子的,剪了辫子等于自认是革命党。按照"留发不留头"的刑律,是要杀头的。赵家老先生发现儿子的头上没了辫子,捶胸顿足,大骂:"胆大包天了啊你!自打满人入主天朝,就有削发留辫的刑律,你一个大清秀才居然剪了⋯⋯剪了!"赵建章应道:"世道变了。"老先生气急败坏地训斥:"再怎么变人家也是朝廷!满人不当皇帝了,自有别人去当。你就不能等人家都剪了再剪吗?啊!"为此,老先生一夜愁白了头。

建章最终还是跟他父亲达成了妥协——辫子是剪了,但只剪了发迹以下部分,衣领以上的头发未剪,看上去跟现代女人的短发差不多。蚂蚱庙人给这种发型叫"二道毛子"。每当回蚂蚱庙村,赵建章就把头发绾起,在后脑勺下扎了个局促而敷衍的短辫,他也因此得了个诨名:小短辫儿。村里有人问过他:"大叔为什么不剃成光头?听说革命党是光着头皮的,拿了大刀片,符咒泡了盐水,喝下去刀枪不入!"建章说:"你们看着吧,革命迟早会来的,我不光剪辫子,还要做点别的给你们看!"

建章的预见又一次被历史所证实——几年后,清朝的龙庭轰然倒塌,孙中山的名字传到乡里,蚂蚱庙人这才恍然大悟,改朝换代了。他们不知道大总统是什么意思,只说一个叫孙文的人立了新朝代。这次事变,让赵建章成为蚂蚱庙人眼里具有洞察世道变迁的英才。不过,世外的动荡对蚂蚱庙人的生活其实没有太大推动,多厉害的风潮到这里都变成死水微澜。羸弱的黄牛、黑牛还是那样吃草,那样走路,晃着脖子下的铃铛,悠然来往于阡陌野地,仿佛宿命就是如此。拉磨的驴子偶尔仰天长啸,脖子上勒紧的套具依然捆扎着脚步,磨道的圆圈永无尽头。牙狗和母狗在光天化日下吊膀子,寡妇拿了土坷垃把它们赶得远远的,彼此的感受只有上帝知道。挑水的女人们在井台那边传播着邻里的大事小情，表情生动，声音怯怯但是非鲜明。真正跳出这个小村，有大见识的，只有赵建章。

这一次，赵建章到蚂蚱庙，是要扳倒庙里的神像。

他站在庙前的台阶上，向村民宣告破除迷信打倒鬼神的必要，目的是取得群众的支持。没想到，他的倡议没能得到响应。村人当面申述意见："孔夫子，几千年的圣人呢。关老爷义薄云天，有周仓、关平侍卫，八十多斤的青龙偃月刀，保咱一方平安的神啊！"女人们则担忧没有了送子观音将来生不出儿子怎么办。

直到吹鼓手吴兴邦、贾三福和革命青年吴进轩，赵建章才有了支持者。建章问他们，你们几个对革命有认识？三福带头说，大叔你就说话吧，叫俺怎着俺就怎着。建章说好，这事弄好了，政府有嘉奖。说着，他们打开庙门，前殿后殿看了，筹划着怎么个弄法。建章就问："这些玩意儿，你们看，怎么个弄法？"吴兴邦说："前殿那几个得弄走，蚂蚱算不上什么神，不就是些蝗虫嘛。"吴进轩说："斩草要除根，革命要彻底！"只有三福认为文武两个圣人不妨留一留。建章问："留它们有啥用？"三福说："孔夫子在，咱好教育孩子好好读书。武圣人武艺高强，可以守护一方平安呢。"赵建章稍加思忖决定，除后殿的武圣人关公，其他如孔夫子、如来佛、观音大士、狰狞罗汉及穿了绿衣黄衣的八蜡神，全都推倒。所有这些泥胎子，都扔到东大汪里去。

吴进轩是西酒店那门的人，据说他在南京读过书，是个激进的洋派人物。他和吴兴邦无条件支持建章，三福附和。论祖籍，吴兴邦不属于西吴家族系，小姓，门户不大。曾祖父那一辈上，吴家逃荒到此，一个担子挑了三个孩子（两男一女）来蚂蚱庙落户，靠力气挣饭吃，到吴兴邦是第四代。吴兴邦有个哥哥叫吴其忠，有个弟弟叫吴兴怀。吴其忠是吴家的异类，从小不热心庄稼，喜欢驴子，后来做了驴贩子，终年在外，人们好像把他给忘了。现在人们说的大鼓手吴兴邦实际上

21

是鼓手家老二，吴兴怀其实是老三。兴怀是个本分少年，话少，喇叭吹得比二哥好。吴兴邦还有个妹子，多年前送给小茅茨村马家做了童养媳。

这次革命行动，多亏了三福。他曾经帮助过的那些人，跟着他，将一个个泥胎子推倒，用木轮车弄到庙西的汪里。其中，孔夫子的像大一些，很重，几个人也累了，扔到汪塘的土坡上，只有一只胳膊浸到水里。建章下到水里，试图给孔夫子翻个身。他拉断了孔夫子的一只胳膊，到底没能把那个泥胎子弄到水里去。早春水很冷，建章光着腿站在水里，浑身都是鸡皮疙瘩。他打了个寒战，觉得水太凉，便跳了出来。这样忙活了大半天，前殿后殿一片狼藉。很多人来看景，脸上带着难以掩饰的惊悚，却不敢议论。建章站在大殿门槛上慷慨宣讲："兄弟爷们听着，那些鬼神就是些泥胎子，屁用没有。说什么灵验啊保佑啊，都是骗人的！要解放，要自由，要民权，全靠我们自己！神仙啊皇帝啊妖魔鬼怪啊，都救不了我们！大家要明白一个道理，大清的天下是我们大家的，天下兴亡匹夫有责……"吴兴邦跟在后面，一句句重复着，无形中加强了建章的声威。赵建章对进轩说："这些东西是压在人民心头的大山，必得推倒，为此不惜矫枉过正！"吴进轩毫无保留地应着。建章又对吴兴邦说："以后有了同盟组织，咱要在这里办公。"三福不明白"办公"二字是什么意思，照本宣科地重复道："办公，办公，在这里办公！"

因为站在水里好一阵子，建章当晚就发起烧来，浑身滚烫，说了一夜的胡话。赵老先生骂："你这是欺天啊，连圣人都敢这么糟蹋，神会惩罚你的！不信你就看着，必定有报应！"说归说，老先生还差了三福去请私塾先生石晓楼来给儿子看了，开了方子。建章喝下两大碗汤药，出了一身汗，感觉稍好些。石晓楼不是蚂蚱庙村人，私塾先生刘振兴因为服丧辞职，推荐他的学生石晓楼代为授课。石晓楼没有功名（不曾考上秀才），但学问不差，且懂中医，村人有病多有找他切脉拿药的。老先生问他:"你看看,他们这些革命党都是些什么人!朝廷没了,皇帝不知哪儿去了,如今连圣人都不要了,他们这么干能有好果子吃吗?"石晓楼说:"谁也救不了这世道。"老先生说:"你说说,这些胡作非为的东西会不会有报应?"石晓楼说:"这个我也说不清。"

石晓楼离开后,老先生继续骂那个作孽的儿子:"早不发烧晚不发烧,从大汪里一出来就发烧,你怎就不想想这里边的蹊跷!必定是被神给拿着了!大神平日住在殿里,享受着香火,风不打头雨不打脸,如今被你们弄得缺胳膊少腿的,还要浸到水里!这残冬早春的水,那个凉,谁受得了!"赵建章弱声弱气地说:"我不过是想给它们洗个澡而已。"老先生骂:"洗个澡!把神像扑通一声扔到大汪里,那叫洗澡?若是凡人,早就给淹死了!你就看着吧,当下仅是发热打哆嗦,报应不会完结,小老鼠拉木锨——大头在后头!"

赵建章嘴里不服,心里多少也有点幻魂儿。发高烧那阵子,噩梦中好像有些衣冠怪异的黑影子伸手抓他,把他吓得惊叫,虚汗如雨水流淌,枕头湿漉漉的。早上好歹爬起来,试着下床走了几步,小腿直打战,神志恍惚。吴兴邦来看他,带了三个蒜头,说用它熬水喝下就会好。老先生发话:"去大汪里舀!神像在哪里落的就在哪里舀,这叫哪里跌倒哪里爬起来!"三福便拿了水瓢去那边舀水。老先生嘱咐:"舀水时顺便赔个不是,念叨念叨。"

三福舀来半瓢汪水,另一半在路上洒了。老先生对着水瓢念叨了许多话,骂儿子冒犯神灵,敬请神灵原谅:"年轻人不知天高地厚,愿万能的慈悲的神灵甭跟这帮傻子疯子一般见识……"诸如此类,皆为自责之语。吴进轩用那水煮了大蒜,加了些生姜片,端了汤,给建章喝下。老先生许下大愿:等儿子好了,明年四月八日,拿三牲供奉佛祖生日,给圣人赔不是外加六个响头,云云。

喝下大蒜生姜熬的汪塘水,建章觉得舒服不少,身上的虚汗渐渐消减,皮肤又有了干爽的感觉。到中午,下地走了几步,居然一如往常。

他去茅房拉了一泡屎,色如药渣,黑黄黑黄的。回忆过去一天的经历,满心都是飘移不定的意象,恍惚中有许多疑问。带着这些疑问,他慢慢走到庙前,看着斑驳褪色的对联上"三法相""四无量"那几个字,对身边的吴兴邦说:"若是真有神灵作怪,你怎就没事呢?"吴兴邦说:"大叔你就是叫凉水激着了,一碗姜汤,出个汗,就好了。"建章感慨道:"还是你的八字硬。"吴兴邦不无自得地说:"我是练的。"建章就问:"你怎个练法?"兴邦说:"我是吹喇叭练出来的。"建章思忖了,说:"别的那些咱不管了,唯有孔夫子,还是得留个情面。明儿你跟三福去把孔夫子拉回庙里,好歹安上去。他是圣人,敬畏他不算迷信。"吴兴邦说:"幸好没全身入水,修补一下还能用。"

三福认为建章是个智者,发现什么不对劲,能及时缩回半步,这样可以消减非议、舒缓紧张。他对建章说:"这样最好,命革了,老百姓也说不出什么来。"建章对这样的赞许不以为然,鄙薄地说:"老百姓懂什么啊!"这话把三福吓了一跳,好半天没个接应的词儿。赵建章又补了一句:"凡事自有主张,要是全听老百姓的,啥也做不成。"三福随口应着:"是呢是呢,老百姓懂什么啊……"

多个香炉多个鬼

赵建章在村里只待了一个晚上,次日就回城了。

他带来的革命旋风,也很快平息。

遵照他的吩咐,由吴兴邦主导,三福辅助,很快修好了那尊被损坏的孔夫子像,且复归原位,涂了颜色。为此,小短辫赵建章特意请他们几个到相公庄大集上吃了一顿锅饼烩菜羊肉汤。那次堪称宴会的请客,让吴兴邦第一次吃了顿上等饱饭——非常饱的一次高级饭。回村后,兴邦不止一次地朝人夸赞建章的慷慨大方,食物的精美充足,店家的殷勤周到。村人向同样参加那次宴请的吴进轩求证,进轩没有否认,但对建章颇有微词,说当了官不该吃饭不给钱。三福旁证说:"不是没给钱,给是给了,人家不要。"

三福回家后,朝爹说了进轩和兴邦的不同。

大襟袄没有评论谁是谁非,只说:"你们几个闯下大祸了。"

三福问,不就是一起吃了个饭嘛,何以言此?

大襟袄叹口气,说道:"你们几个跟了建章闹事,推倒神像,这事必定得罪了西酒店大练长那边。"三福说:"建章大叔能有错?"大襟袄说:"你懂得个屁!"三福看着老爹,问:"西酒店为啥不高兴?"大襟袄说:"那庙,名义上是众人的,但庙产大都是人家西酒店捐的,平日的供养打扫一应开支也是西酒店出钱出人,知道不?小短辫从城里下刮这么一阵风,把神给毁了,大练长能不生气吗?这明显是借了潮流的力量到人家门前耍威风呢!吴家一时猜不透这事的内瓤,不好出面阻挡,要是放在光绪宣统年间,土枪火铳汉阳造都会拿出来呢!自古以来,强龙不压地头蛇,你难道没听说!小短辫虽然顶着个乡约的名义,但那就是个跑腿的角色,知道不?人家西酒店可是有根基的,要地有地,要生意有生意,要人有人,财大气粗!方圆几十里多少人靠西酒店的福荫过日子!这样的人,咱小户人家得罪得起吗?你就知道跟着那些没根的人瞎掺和,火得跟钻帽子似的,实在是傻啊!"

三福明白老爹的话,问:"事已至此,如何是好?"

大襟袄长长地叹息,小声叮咛儿子:"马上去西酒店一趟,把话说明白。"

"怎么说?"

大襟袄附耳告诉儿子必得说到的一句话。

三福思忖了,深以为然。

当晚,三福绕到村后,悄无声息地来到西酒店的高台阶下。

这个高高的台阶，这座名副其实的青砖瓦房，是蚂蚱庙政治与经济实力的象征。三福多少次经过这里，都不敢轻易踏入。这里是清朝武秀才的府邸，是曾经拥有十几条步枪的团练指挥所，是酒店、油坊、染坊、纸坊等多家生意的管理中心。这里的主人要名望有名望，要财力有财力，人力也充足。这样的人家，在蒲松龄的书里被称为"素封"。

几年前，吴云迪有心在蚂蚱庙安个集市，当年就弄成了。集市的规模虽然不大，但其粮食市、工夫市在方圆十几里却是相当出名的。粮食市的兴旺多半因了吴云迪家的酒店（小型烧酒作坊），每次逢集，都有相当数量的高粱和麦子在这里进出。农忙时，村民关心的则是工夫市。所谓工夫市，就是乡村劳动力市场，临时出来打短工的农夫在那里找活干。每当麦收或秋种大忙时节，西酒店大瓦屋的台阶下，那个小小的禾场上，总会聚集一些土地少或完全没有土地的贫苦农民。他们带着应时的家什，等待吴云迪从高大的门洞里慢悠悠地踱出来。大练长依托实力和威望，自然而然地拥有工夫市的定价权。吴云迪身材魁梧，经常身着一袭长袍，头戴真丝瓜皮帽，胳膊肘子上搭着一根长长的烟袋。每当他从大门洞里踱出来，工夫市的劳工们就像仰望大神似的看着他。吴站在高台阶上，环视四周，仰望天空，看看人多人少，宣布："众人都给我听好了，今日工钱，每人一升麦子，管饭！"他这么一发话，雇人的东家，打短儿的农夫，便有了当日计酬的标准，各自选择主顾及要做的活，没谁敢当面悖文。要雇人割麦子的，去找拿镰刀的；要锄草耪地，去找扛锄头的；要耕种的，找拿鞅绳、梭头和鞭子的；要修房子，去找扛了铁锨拿了瓦刀的，等等。各尽所能，尽快到位，雇主不肯让日头白白过去一分一寸，短工知道反正就那些活计，早做完早收工，莫等黑灯瞎火的吃个饭都没空儿消化。

革命胜利的消息传到乡下，男人可以剪辫子，死水上泛起一片微澜。这个结束了千年帝制的革命对于广大乡村来说，好像太平洋的飓风吹到加勒比海变成蝴蝶翅膀扑啦的一丝小风。革命过去，种地的照样劳苦，捐税未见减轻。自光绪年间就任大练长的吴云迪对城里发生的事情不闻不问，每天太阳升起，他依然迈着方步端着紫砂茶壶从大瓦屋的高台阶上走下来，宣布当日工夫市的价格。人们几乎没有注意到，吴云迪不再炫耀那张三百石的大弓，刘振兴也再不说院试的事了。乡下的空气里飘荡着一层淡淡的、微妙的、不便言传的消息：世道要变，但方向不明。革命风暴降临到蚂蚱庙，已近尾声。始作俑者就是多年来担任乡约的赵建章——几天前，三福跟着那个人掀翻了庙里的神像，还扬言要在庙里办公……

大练长冷漠而高傲地接见了三福。

三福十分恭谨地禀报了几天前推翻庙里神像的事。

大练长慢条斯理地说："这些无须跟我言及。"

三福细声细气地说："建章大叔说，将来要在庙里办公事呢。"

大练长低沉地嗷了一声。

三福就把老爹附耳嘱咐他的那句话原封不动说了："常言说得好，磨转千遭脐不动，守着大树有柴烧。蚂蚱庙那地方，地处全村中央，又是神灵所在，说什么也不能叫别人占了。"

大练长沉吟片刻，面容稍见舒缓。

他用脚尖点着青砖地面，说："你倒还有点见识呢。"

三福说："革命就是一阵风。"

三福恭敬地行了告别礼，离开大瓦屋。

三福走后，大练长和长子吴文轩一起商量如何对待赵建章、吴兴邦、吴进轩等人这一阵子在蚂蚱庙做的灭神毁佛的事。

文轩认为，建章这事做得确实不够厚道，连个招呼不打，就风风火火地把好几个神像给掀翻了，让咱这边面子上过不去，只是不清楚建章为什么要到乡下扇呼这么一翅子。他在城里待着不是很好吗，回来闹腾这些没来由的事体委实有点节外生枝。孙文闹革命，好像没说一定要掀翻神像啊……

大练长沉吟道:"大清是完了,能不能恢复,临时看不出动静。现时说话,革命又是一阵风,一股潮流啊。没有大清,我这个大练长也就不好说了。不过,无论什么朝代,地方上的平安是不能丢的,枪总会用得着。建章不打个招呼就下来闹腾这个,实非明智之举,个中奥秘,还待细察。"

吴文轩以为然,说:"他好像也不是那种铁了心要灭神灵的人。不然,怎么又弄回重塑呢?"

大练长微笑着,自言自语:"内里的缘故,我知道一点,只是不便给你们说。其实呢,我也是为了他好。他这人,嗨,太刚强太要虚名了。人说皎皎者易污,峣峣者易折。可惜他不懂这个。"

说到正题,文轩说:"庙就这么空着,也不是个事。若是有人照看,不至于这样任由他们胡来。"

大练长问:"你的主意是?"

文轩说:"我看不如请个和尚过来住下,是个守望。"

大练长说:"我也想过这办法。只是担心多个香炉多个鬼。"

文轩说:"庙前那个路口毕竟是个体面地方,办个大事,别的地方都不合适。再说了,若是香火正常,村里父老乡亲心里也有依托。若能找个老实人照管,咱这边适当照应一下他的吃喝,不至于有多大的麻烦。"

大练长沉吟好一阵子,说:"那你就找个人吧。"

大练长吴云迪有五子,最可靠的是长子文轩。文轩为人厚道,做事勤勉,一心一意为家族的安全兴旺着想,从不夹带私心。大练长全靠这个儿子管理一片家业。虽然平日里兄弟之间难免有些磕磕碰碰,文轩都能秉公处理,没发生太大的纠纷。

根据老爹的意思,文轩四处打听。

半月过后，蚂蚱庙迎来一家三口。男人姓徐，是个蓄发和尚。他老婆是个矮小女人，缺个门牙，屁股不小。还有个六七岁的孩子，小名叫"造儿"。他们是文轩从莒县那边一座破败的山寺请来，到这蚂蚱庙暂行住持之职。

文轩给他介绍了这庙的来历：据传，北方民族入侵中原，他们的袍子上、马背上、帐篷上携带了草原上的蚂蚱卵。遇上久旱无雨的年景，蚂蚱卵就会羽化成虫，迅速蔓延，造成蝗灾。说起蝗灾，上年纪的人用"铺天盖地""遮天蔽日""吃光一切"等词语形容。蝗灾过后，全村庄稼颗粒无收，大家也就没了食物，甚至没了明年的种子。林木、花草被吃得精光，连屋草都不剩下！一代又一代的传说，不断增删演绎，蝗灾成了"外族入侵"的大罪大恶。出于对蝗灾的恐惧，村人将蚂蚱奉为神灵，为其建了一座庙，借此表达敬畏并以例行的祭祀供养，乞求神灵保佑。最初的蚂蚱神庙只是个草寮，几根木棍搭起一张芦席，很简陋的一个棚子，上面覆了些秫秸和麦草，地上放了两块石头，石头上平常有个劣质的破了边缘的瓦盆。祭祀时，众人献上食物、瓜果，还有为马匹剪好的谷草。同时诚心祈祷：慈悲的蚂蚱大神，请您享受这些美好的食物吧。您明白我们卑微的愿望，吃完喝完您远走高飞吧，这里就不劳您长途跋涉了。大神您尽管忙您的事情，不要惦记这边，我们一切都好……此后的十几年，此地风调雨顺，没发生过蝗灾，人们暗自庆幸。后来，人们的敬畏之心渐渐松懈，小庙也不像从前那么受人重视，破陋的草寮里有时还能看见路人的大小便。于是，一个久旱不雨的夏天，此地又发生了蝗灾，铺天盖地的蝗虫吃光了草木、庄稼和蔬菜，吃光了树叶和细枝，连野草都被啃个精光——灾难再次来临。那一年，蚂蚱庙的土地上颗粒无收。秋天过去，冬天到来，人们四方出走，逃荒要饭，次年返回的村民十不三四，而雨水仍然没过来。这样旱下去，整个村子将沉沦灭绝。此时有人说蚂蚱神托梦了，抱怨那庙太小，饭食供给不经常，座位只有一个，而且没有休息的地方。

村民大恐，众皆惶惶，头人许下宏愿：皇天留情，让我们今年有个温饱收成，秋收后给您建个大庙，四时供养，毕恭毕敬，不仅增添座位，还要塑个大像，墙上画上赞扬您功德的画，写上赞美您仁慈的诗歌。如有可能，还要请一位住持在这里侍候各位神灵，早晚问安，一日三餐，绝不食言，等等。就在村民发出宏愿的次日，天降大雨，村民谢天谢地，赶种作物。到年终，总算得了些收成。因此，村民深信不疑蚂蚱神的灵验和功力，深切感念上天的眷顾，感念神灵大慈大悲，决心把诺言付诸实施。冬至一过，村民行动起来，扩建蚂蚱庙。草寮被推倒，就地建起四间高大的瓦屋。次年春天又盖了四间前殿和三间西厢房。

……神殿落成后，有几位读书人说孔夫子是皇封的至圣先师，庙里应当有他老人家的地位。附近乡绅则提议同时设立关公老爷的牌位，以保一方安全。后来，村民请教二知先生，先生说光有文武二圣还不行，还要给老子留个地位，老子天下第一嘛，没有他的位子不行。最后，村民采纳各方意见，决定在前殿大堂正中设蚂蚱神，后殿设孔夫子、关公和老子三位大神。方案定下来，又遇到新问题：相公南大寺的和尚听说这里在扩建寺观，特意派人传达如来佛的意思，说庙里必得有如来佛像，佛法无边，普度众生，决不可无。乡绅们商议，认为这么做也不是没有道理，但会超出预算，小村承担不起。南大寺的和尚很慷慨，答应由他们出资修造佛像。如此一来，增设如来佛像的事确定下来。最终，这个本来打算只供奉蚂蚱一神的建筑物，成了集佛教、道教、儒教于一身的综合性寺庙。

……造像期间遇到的大问题，是没人知晓蚂蚱神是个什么样子，或者说，应当是什么形象。文武二圣、太上老君、释迦牟尼，都能找到样本，就这蚂蚱神，周遭州府都找不到模本，怎么塑？村民请来塑像师傅，师傅也说此前没做过这位大神。大家再次找到二知先生。先生默然良久，拿起笔，在一张元旌表（一种祭祀用的纸）上画了个人样的轮廓，说：这神应是细高挑儿，身披黄袍（蝗虫大都是黄色的），内衣和飘带是绿色（某些蚂蚱的小翅是绿的），方脸，肩背如马鞍，面如金纸，眼睛凸出，脚穿一双麻鞋，云云。问及蚂蚱的两条带锯齿的大腿，二知先生说："后殿的关公用的是青龙偃月刀，前殿这个神就用狼牙棒吧……"

……就这样，村人创造了一群新的大神。造像过程基本顺利，预算稍有超出。后殿的塑像除正面的如来大佛，南寺住持要求增加观音菩萨和金刚罗汉。菩萨列于如来佛之侧，罗汉金刚则靠了东西屋山依次站立。这笔钱由南大寺出。大殿焕然一新，神像法相庄严，膜拜者都能感受到神灵的威严。虽然众神杂处看上去不伦不类，但总体上显得丰富，村人于是有了"众神庇护"的感觉。独享前殿的黄袍绿衣大神们站在那里，气氛苍凉诡异，住持请画师在墙上画了青山绿水、亭台楼阁、仕女游春、王侯游猎的故事，许多地方画了人样的蝗虫。有人数过，说各种各样的蚂蚱小神不下一百个。供桌上平时香烟缭绕，蚂蚱神们倒也不算寂寞。自那以后，风调雨顺，村人安居乐业。

……过去的三百年间，蚂蚱神来过三次，一次是崇祯末年，一次是黄河改道，一次是闹义和拳那年。有人说那几次灾难其实是可以避免的，究其原因，是因蚂蚱神一直没能得到一个正式封号，大家直呼其名，蚂蚱神因此而烦恼。鉴于此，乡绅和秀才们一起商量了几天几夜，决定从今以后不准再叫蚂蚱庙、蚂蚱神，一律改称"八蜡庙""八蜡神"。为什么这么改？因为蚂蚱的两条大腿特别有力，其行动主要靠两条大腿的蹬跳腾挪，村人给这种动作叫扒拉，取其谐音，故称八蜡。最初，八蜡庙里没有专人看守，殿前经常长满荒草灌木，院里和台阶上不乏狗屎人尿，只在农历七月一日祭祀的那几天，地保才找人薅一薅荒草，扫一下前后殿的地面，拿了笤帚拂去八蜡神像上的尘土蛛网，其他时间都显萧索，近似颓废。有祭祀活动的那几天过去后，八蜡庙依然是老样子。有一年，八蜡庙进了贼，贼在里边睡了不知多少个夜晚，给蚂蚱神像的底座上留下多处人尿的脏斑，还有鸡毛和碎骨。据说这事让蚂蚱神很恼火，因而招致一场不大不小的蝗灾。其时已是晚清，乡绅提议，秀才鼓吹，乡约地保跑腿，一定要找个住庙守护。因为没有切实的报酬，好长时间没能找到甘愿奉献的人。稍有三寸屋檐，谁肯守着面目狰狞的泥塑睡觉！这事拖了好几年，直到赵建章把塑像推倒搬走，小庙还是空着，寂寥、肮脏、荒废，一副让人不待见的面目。三福禀报情况后，大练长前思后虑，左右权衡，终于动了心思：与其让赵建章做了革命分子的办公处所，还不如维持原本庙宇的样子……

徐和尚自称情愿在这里伺候神灵，只求施主们慈悲照顾，让他一家三口不饿肚子就行。外号大白梨的吴文轩把徐和尚一家送到庙里，让兴邦和三福帮着安置床铺和食宿。

吴兴邦打量了那个低眉顺眼的男人，问："你有老婆有孩子，也算出家人？"

那人自嘲道："我姓徐，名副其实的俗和尚。"

兴邦笑道："不管你俗不俗，只要给村人守好庙就行。"

伤筋动骨一百天

赵建章的叔伯兄弟赵焕章是赵家土地最多的实力人物。他喜欢一大早提了马扎，坐到自家禾场上，好像一位勤政的帝王。他悠然抽着长长的烟杆，亲切地环视属于自己的庄稼、草垛和场屋，还有农具、碌碡和平坦的禾场。三福老远就看到了，满脸堆笑跟他打招呼。

焕章不咸不淡地说："三福你现在成香饽饽了。"三福讪笑道："大爷您这么高抬我，真有点架不住啊。"焕章在硬邦邦的鞋底上敲打着铜烟斗，说："这阵子帮忙给你干活的不老少呢。"三福说："小子不才，多亏大家不嫌弃。"焕章说："给你帮工的那些人不用管饭，也不必付工钱——比我强。"三福自嘲地说:"我是八下里砍不出个犁楔的人,不能不叫人用啊是不是您说。"焕章说:"倒也是。"

三福从荷包里掏出几片烟叶,不由分说装到焕章的烟袋里,像个远来朝贡的使者。焕章吧嗒了几口,点头称赞烟的味道好。三福说到当下的天气和农事,焕章说:"这些事你不懂,你是个赶集买卖的好手。"三福便朝赵焕章渲染代人庋线的苦衷:"不容易啊,老鹰亮翅似的,浑身气力都用上,几十庹下来,喝下去的糊粥都成尿了!"焕章说:"人家也没白了你啊。"焕章说的倒也是事实,凡有求于三福的人,事后总会去汤锅那边要上碗杂碎汤,满足三福的口福。

吴兴邦此时过来。他经常给焕章家打短儿,彼此有种松散断续的雇佣关系,兴邦自然存了几分尊敬。焕章一见兴邦,就问起建章前些日子请他们吃饭的事。这事被兴邦渲染得太厉害了,蚂蚱庙无人不知。此时焕章问起那次请客花了多少钱,兴邦不知。三福心想,说多了不好,说少了也不好,便照实陈述:"建章大叔请吃饭,那是一等一的荣耀,到哪家铺子就是高抬哪家铺子,由着他们要,也不能高了。"焕章对三福的回答还算满意。兴邦是个直驴,说:"我怎么没见大叔付钱呢。"三福说:"你知道个屁!"

说着,兴邦就拉着三福离开了。

三福问他什么事。

兴邦说庙里出事了。

八蜡庙有了徐和尚一家三口,看上去有点人间烟火的样子了。

徐和尚的家安在八蜡庙的东邻小院,和庙这边只隔了一道土墙。小院堂屋两间草房,南屋也是两间,一间是厨房,另一间是过道。南屋到堂屋之间是一条狭长的甬道。草房的北墙根与八蜡庙的后墙对齐,但宽度不如后殿的三分之二,高度也比后殿矮很多,看上去有点寒酸。这宅子原本是老张家的宅子,八间堂屋四间南屋,后来一分为二,一半卖给梁家,一半给了庙里。

除了到庙里做事,徐和尚平时待在家里,饮食起居和一般村民没什么不同。他家有自己的院门,出院门向右一拐就是八蜡庙的前殿,门上有个大锁。徐家和八蜡庙之间的土墙上长着荒草。距界墙一尺远有一棵大枣树,每年结很多枣子。枣子近熟时,到庙里烧香的人会随手打上两竿子弄几个小枣吃吃。徐和尚这人脾气温和,见此情景,也不吱声。可是,徐和尚带来的那个缺个门牙、疤瘌眼的老婆就不同了,只要见有人打枣子,这女人立马会在土墙那边破嗓子大骂。她骂人的话极为粗俗,除了"日你八辈子祖宗"这样的狠话,还有"日你没长牙的小闺女""咒你一家人回头朝下长""吃了枣儿做去阴间的脚力"……之类不堪入耳的恶言恶语,许多和生殖器有关的粗言粝词,她能一口气说出许多!还有那个小名叫"造"的儿子,也学了他娘的腔调,不住声气地骂"偷"枣的人。

蚂蚱庙人,只要提及那娘儿俩,没有说半句好话的。徐和尚看上去倒还谦和,走路总是低着头,眼皮耷拉着,看上去有点憨愚。他说话细声细气,从不见有破马张飞的样子。村人说:"这么个大善人怎娶了那么个恶而脏女人!"恶而脏,俗语,专指那种鄙俗顽劣的人。两年后,人们渐渐知晓,徐和尚其实是个精明人。他喜欢到大户人家闲坐,没多久就跟头面人物结上关系。不论谁家遇到灾祸、大病、急难,他都会主动去为亡灵念经祷告,为活着的人保安祈福,慢慢就建立了名望,受到尊敬。每逢参与消灾祈福的事,徐和尚都会借了观音菩萨的名义,给东道主提出一些要求:对财主,要几分地;对穷人,要些庙里需要的东西,如香火、食品、颜料、布匹、砖石、烧火的柴、打扫院子的畚箕、扫把、鸡毛掸子等,无所不包。

就这样,徐和尚就把日子过起来了。

收干晒湿,秋收冬藏,一日三餐,徐和尚的日子跟俗人几无不同。他依然还是低着头走路,即使见人打招呼,眼皮也是耷拉着,好像总没睡醒的样子。吴兴邦看出徐和尚内心的惬意,说他:"没想到小小的八蜡庙竟成了你这家伙的护身符!"徐和尚谦恭地哈着腰,既不承认,也不辩白。兴邦说:"我告诉你,你的日子过得好,没人嫉恨,可是你那个老婆的一张臭嘴,早晚得有恶报。还有你日出来的那个小东西,也不是个省油的灯!弄不好,将来是当马子的料!"

徐和尚唯唯诺诺,应着。

但是,一切照旧。

那年秋天,那个叫"造儿"的孩子因担心别人从墙西庙里打他家的枣子,每天都要爬到大枣树上蹲守。倘有人没注意到他的存在而随手打几颗枣子,造儿会站在枣树上朝下边的人撒尿。这种促狭行径惹起很多人的愤恨。不少人诅咒:"俺不吃你的枣子也无所谓,你要是不小心掉下来,小心摔死个熊!"

造儿对此充耳不闻。

他毫无顾忌,一如既往地护着枣树。

终于有一天,一不小心,造儿果然从大枣树上跌了下来,摔断了一条腿。

徐和尚得知,急忙找门板,做了个担架,希望尽快把儿子送到镇上看接骨医生。

可他找不到一个愿意帮他抬担架的人。

快天亮时,徐和尚把造儿捆在独轮车上,独自推着,去镇上找接骨医生……

兴邦告诉三福的,就是这件事。

三福说:"小孩子摔着了,是个大事,咱得去看看哟!"

兴邦说:"那小甩子不是个好东西。"

三福说:"大人不能跟孩子一般见识,生老病死,总得有人照顾。"

兴邦不愿跟三福去镇上,理由是道路泥泞,赤脚不好走。

三福只好自己去了。

他回家拿了两个熟鸡蛋，从石墙外桃树上折了两根树枝，便朝镇上走去。

雨后泥泞，乡间小路实在难行。没走多远，三福的鞋上就沾满了泥和草，甩掉，没几步又沾满了。三福有心回去，可既然来了，回去也不好，硬着头皮继续前行。鞋底都是泥，很重，他使劲那么一甩，竟把鞋子甩出去老远。三福赤了一只脚，捡回那只鞋子，脚丫里就充满了烂泥。此时的三福很是狼狈。他索性脱了鞋，赤脚而行。秋雨本就很凉，赤脚颇不好受，泥中又有许多小鹅卵石，硌得脚疼。三福心想，难怪兴邦不肯来，这路确实难走。

路上有一道车辙，歪歪扭扭的，三福猜想这大约就是徐和尚推的车道，心想，一个人赤脚独行都这么难，体格瘦弱的徐和尚推着孩子，该是多么辛苦！一个外地人，到新地方安家，遇到事情没人帮扶，该有多难！

镇上只有一家姓刘的医生会接骨。

三福到了那里，见到徐和尚一家三口。

造儿躺在一张木板上，一条腿绑了细麻绳。

可能因为疼痛难忍，孩子牙口紧闭，眉头紧缩。

徐和尚闷闷的。

矮胖女人蹲在孩子身边。

见三福来，徐和尚急忙迎上。

三福问，孩子怎样？

徐和尚情绪低沉，面色晦暗，对三福说："昨晚天快黑了，小东西从树上摔下来，弄了床板做了担架，可是找不到人抬。到下半夜，看他实在疼得不行，只好弄了小推车，天亮上路。没想到路上泥这么多，车轮转不动，前拉后推，好不容易到了这里。接骨先生看了，说耽误了时辰，这条腿虽然接上，但难保复原……"

说着，徐和尚流下了眼泪。

三福说:"你怎么不找我呢!"

徐和尚说:"找了,你不在家,家里人也不知你去了哪里。"

三福无限惋惜,说:"人就靠两条腿两只手挣饭吃啊,必得治好才行。"

说着,他从怀里掏出两个熟鸡蛋,给了造儿。

造儿睁开眼,看了,拿着。

三福看见那双晶亮的眼里满是感激。

徐和尚两口子千恩万谢的,说了不少感谢的话。

三福又从裤腰带上抽出桃树条子,折断,剥了几条树皮,塞到造儿手里,说:"你如果疼得受不了,就把这树皮垫在牙齿之间咬着。树皮有点苦,但能分解要命的疼,也免得把牙齿咬碎了。"

造儿又接了,揉成一团,塞到嘴里。

抓了几服草药。

几个人把造儿弄到独轮车上。

药铺先生嘱咐:"一百天不能下床,静养,一定不能下床。"

徐和尚答应着。

先生再一次嘱咐:"一百天,记住了,绝不能下地走路嗬。"

那女人低声自语:"小甩子太皮了,俺怕是管不住……"

先生郑重警告:"如果不到一百天就下床,难保裂口不再断开。"

三福代为答应。

先生嘱咐:"过了一百天,再来我这里看一次。"

三福拉车,徐和尚推车,四个人艰难地回到蚂蚱庙。

接骨本是成功的。

过去二十来天,造儿的那条腿就不疼了,且能伸直。

他想下地走一走,被爹娘呵斥了。

可是，造儿是个皮实且不听话的孩子，趁着大人不在的时候，他多次偷偷下地行走。

终于，接口断裂。

先生看了，懊恼地说："千叮咛万嘱咐，一百天不能下地，难道说你们耳朵里塞了驴毛！"

造儿这条腿到底还是废了。

从此，造儿就成了个跛子。

村人在他的小名前边加了个"瘸"字，称之为"瘸造"。

据说，第一个叫他"瘸造"的，是吴兴邦。

这个诨号从此成了蚂蚱庙人对这孩子的蔑称。

瘸造怀恨在心。

他在前殿的砖墙上画了个丑陋的头像，旁边还画了个喇叭。

宁给好汉牵马坠镫，不给下三烂当祖宗

过去的一个月里，三福办了两件重要的事：一是给屠户吕伯清拉了一件大生意——剿匪部队需要三千斤牛羊肉。三福拉来这单生意，没有分销，全部交给吕伯清。就这么一单生意，吕伯清就赚了几十块大洋。靠这笔钱，吕家新置了六亩好地，还在大汪西沿盖了新房子。吕对三福放下大话："但凡用得到我的地方，兄弟只管说！"

三福还给皮匠扈大拉了几次生意，一次是给治河工地，一次是给烟台一家做酒桶的商家。都是牛皮线子，规格不同，数量相当大。这两笔生意对于大皮匠来说，是空前的大利市。大皮匠，一个曾经一贫如洗的穷汉，因此成为蚂蚱庙的场面人物，就连他那不做皮货的二弟也沾了光，大皮匠给了他一件羊皮坎肩。大皮匠有了这两笔收入，不

仅翻修了三间土屋，在屋山头嵌了"泰山石敢当"的砖雕，还用这三间土屋办了个小酒铺。

三福看着小酒铺的竹布酒旗说："明知我不会喝酒，故意弄个酒铺子，气我是不是？"大皮匠满面春风，毕恭毕敬地说："我这是特为你准备的，场面上有事，到这里喝两盅，省得家里局促忙累。"三福说："我爱吃，为什么不弄个点心铺子？"大皮匠说："西头缺心眼儿有开的点心铺子，我若是再开一个，不等于撑了人家的行嘛。"三福点头道："也是呢。不过你小子欠我的情分可不能忘了啊。"大皮匠说："但凡用得着我的地方，只管吩咐。您来喝酒，全都赊着。"三福说："小气鬼，我喝酒还要赊着——将来不还是得跟我算账？"大皮匠说："那我这么说也就挡人耳目罢了，哪能要您的钱！"

因为热心揽大活，三福为村人的服务就少了，地里的活少有人帮忙，贾家的庄稼越来越不行。大襟袄骂儿子："地荒了也不管，整天东奔西窜，跟打狼似的，不知你穷窜些啥！"三福不好当面对抗，便拿起锄头下地。在集市上逛游惯了的三福，看到长长的土垄，蔓延的荒草，就觉得锄头很重，无处下手。面对绿叶密匝的庄稼地，他觉得一切都很生疏，怎么也打不起精神来。大襟袄愤愤地说："早知这样，一下生就把手臂剁去一截！"三福说："当时不剁，现在晚了。"大襟袄长叹如啸："整天跟野狗似的，就知道吃！不好好做庄稼，将来吃什么？啃你的长胳膊！"

多次挨骂，三福依然不肯改弦易辙。不论是否有人约，他依然去赶集。每一处集市，对他来说都像是节日的盛典，都像是花烛洞房。他迷恋那种逍遥自在的状态，喜欢看到人们对他投来的充满敬意的目光。每当踏进熙熙攘攘、尘土飞扬、摩肩接踵的集市，那种活力荡漾的气息，就让他兴奋。多年的积累，三福拥有很多有头有脸的朋友和各行业的能人，集市上邂逅，吃饭喝茶是小事，最可贵的是温习情谊。俗话说，人熟是一宝。三福自认为蚂蚱庙拥有这一宝的人，除了大练长和建章，就数他了。论财力和名望，他不能和西酒店比；论头脑和魄力，不能跟建章比。但是，论对下层的熟悉，论草根结交，没人比得上他。

大襟袄不希望贾家出什么有名望的人物，能种好几亩地，混个温饱，成家立业，就是上等人生。没有耕读，没有像样的手艺，光凭两只长胳臂和一张嘴能混一辈子？想得美！别看一时光鲜，那是风中云烟，归根结底还得靠几亩田地吃饭。因此，凡有人来找儿子，他都充耳不闻，甚至不让人家进门。三福却像恋爱中的痴女，只要有情人招呼，就是翻墙也得出去。贾家的院墙不高，且西墙上有个豁子，三福一迈腿就过去了。翻过那道矮墙，就是东大汪的汪沿，再走几步就是小石桥。过了小石桥，四通八达。

因为建章不在村里待，三福常去的地方是大练长家。他深信这道理：宁给好汉牵马坠镫，不给下三烂当祖宗。大练长和建章都是本地的好汉，值得依靠。建章说得好——老百姓懂什么！三福不敢把这话说在明处，内心里却是十分赞许。他认定，只要跟紧这些人，不仅有饭吃有衣穿，且有脸有光。他盘点过自己的资源和能力，许多方面都适合这一选择，如乐于跑腿，不怵外场，说话谨慎，能熬夜，尤其是受得了讽刺挖苦——这些优点，也得到吴云迪的赞许。吴云迪派他打更巡夜，三福二话没说，提着铜锣就上街，边敲边喊：庙前庙后，庙左庙右，大练长吩咐了，风干物燥，防火防盗……

建章有时也用到他。县上的公文到了河东三区，建章就让三福到周围几十个村子去送公事，发传票，贴告示，三福从不推辞。这么做，不只是因了他腿脚好，还因他认识的人多，到哪村都有人招呼。最难得的是，大半年来，建章交办的事没出过一次纰漏。小短辫因此对三福另眼看待。

不久，蚂蚱庙传来消息，说赵建章在城里谋到新职，每天跟在县太爷身边，忙得很。各种诉讼文书都要经过他。经常骑着高头大马巡查,很是威风。据说,他还兼管县衙的粮库,是钱粮司的助理……

消息很快就被证实——鉴于赵建章投身革命较早且率先剪了辫子,又敢掀翻神像破除迷信,被认定为革命先锋人物。民国政府成立后,赵建章忠于民国,多有效劳,理应受到信用。蚂蚱庙人只知赵建章在衙门里谋得职务,身份显耀,至于什么职务,尚未清楚。三福原想到西酒店那边打听一下的,又不知大练长高兴还是不高兴,便决定亲自去一趟,一来是祝贺大叔升迁,顺便探听一下实情,回头再跟大练长报信。

临行前,三福又改变了主意。

他隐约感到,此行应当有个正式的名义,而这个名义最好来自西酒店。两个大户人家共存一村,各有影响力,三福不想得罪任何一家,也真心希望他们两大家精诚团结。二十年前,焕章盖屋,挖了凤凰岭的土,被吴家告了。凤凰岭是村西一处高丘,西吴家视之为风水屏障。多年来,村人盖屋都取那里的土,年年挖损,日积月累,不仅山丘殆尽,低洼处还形成一个老大的水塘,里边长满芦苇,人称大苇塘。为了保护隆丘不再被挖,吴家向当时的县衙提出诉讼。赵家输了官司,被罚出钱在大苇塘那边立了一通碑,碑上边有四个大字:禁使土碑。

自那以后两家心存芥蒂,赵家每每以此为家族之耻,而这耻辱是吴家加给他们的。这一历史纠葛,让赵焕章深感不满:多少年来,人人都在那里取土盖屋,为什么官司偏偏输在我赵家头上?这不是明摆着拿赵家祭刀嘛!还有,吴家的酒店、油坊、纸坊、染坊,也间接压缩了赵家的生存空间,让焕章喘息不畅。近十年来,两家虽然没再发生大的摩擦,但各有心病,见了面也就吃了喝了天气如何地寒暄,少有交心。三福觉得这样的局面对他不利。小户人家生活在大户之间,既要存了与人为善的心思,也得有点头脑。三福本着仁厚之心来到西酒店,向大练长禀报关于赵建章的消息。吴云迪沉吟片刻,问三福:"依你之见，我当如何？"三福说："我麻雀大的头脑，哪能判断这么大的事！"吴云迪让他直说，三福壮了壮胆子说："还是随大流吧。报之以李，没个挑剔。"吴云迪点点头，说："那就麻烦你跑一趟，说我请建章来这边坐坐，喝杯水酒，以表祝贺。"

这话正合了三福的意思。

回到家一想，三福觉得这事还是办糙了。大练长虽然交代了差事，可没给个文字凭据，口头一说，总是不够体面。蚂蚱庙人虽然粗陋，但遇有大事，都要行文的，婚嫁、吊唁、置地、过继、分家，得请读书人，用毛笔书写了帖子，另外还要有聘礼、奉仪、润笔之类。大练长是武秀才，赵建章是文秀才，都是有身份的人，他们之间的礼尚往来，行文是不可少的呢。空口一说，既没有公事，也没拿像样的礼物，容易给人敷衍轻视的感觉。三福想，你西酒店那么大的家业，门前天天是拉酒的车子，怎么说也要收拾几件体面礼物，也好让我这个中间人面子上过得去吧？哪怕装两盒点心也好！

不行，不能就这么去见建章大叔，也不能再去高台阶那边索要书信、奉仪和礼物——三福做了独立判断——一定要弄点像样的礼物，得让建章大叔高兴，不光为吴家，更是为我三福自己。事体重大，关乎未来，不可轻薄。至于吴云迪的邀请，方便就说一声，不方便就算了——我有推托的理由：你既没给我公事，也没给我礼物，我以为你是临时起意随便那么一说呢。

三福想起相公集上喝羊肉汤、吃烤牌（面食，类似新疆人吃的馕）的情景，想到建章荷包里那块软软的散发着特别香味的东西，啊——对了，就是那个——三福于是对这次拜访有了切实的筹划，也多了几分信心。世事变迁，时运弄人，干什么都得靠现实说话。半年前赵建章是什么？一个徒有虚名的乡约，一个飞来飘去的浮萍。现在什么身份？名副其实的政府官员，县太爷身边的人，扎扎实实坐在大堂里，诉状呈子要经他的手，还能骑着高头大马巡街——今非昔比！试想，一个草莽中人，竟能登堂入室进了衙门，得多大的能耐！难怪他能喝不要钱的羊肉汤——几片羊肉算什么？这个判断不会错的——若能在那里行下人情，将来有事相求，大叔定能说上话！人情这东西就像庄稼，你得先播下种子，长出苗子。至于收割，总会有的。俗话说，"现喂的鸭子不下蛋""行人情，当时穷"，这是硬道理。人是什么？人就是命。命是什么？命就是你生长的地方。生在兵马城池，你就是上等人、上等命。生在蚂蚱庙，你就是草木之人。草木之人必得敬畏上等人，毋庸置疑，天经地义，不得含糊！

三福先是在菜园里拔了半口袋萝卜，萝卜还没长足个头，看上去鲜嫩青绿。大襟袄问儿子，你这是要赶集呢还是走亲戚？三福说："我想去看看建章大叔。"老头子不屑地说："懒（赖）蛤蟆想登南天门。"三福不愠不火地说："礼物是轻了点，不行我再去集上买几斤驴蹄子烧饼？"贾老汉说："八字没见一撇呢，花那冤枉钱干吗？"三福说："爹你不明白，这一次我要押个宝呢。"老汉说："就那几个萝卜还想换得天鹅肉，我都看不上眼！你啊，十有八九是狗咬尿脬——空喜欢！"

三福觉得老爹说得是。这礼物委实有些轻薄，礼物轻，人就轻。要知道，建章现在是现点现的衙门公干，什么好东西没吃过？什么大人物没见过？我这么个乡下佬，嗒撒嗒撒去了，裤脚子上满是尘土，送上几个萝卜几斤驴蹄子烧饼，能打人家眼里吗？不，不，这礼物太微不足道了，必得弄点建章大叔喜欢的东西……

家无长物，有什么能让人看上眼的呢？

冥思苦想，再次想起建章大叔的荷包……

对了，就是它！

然而，到哪里弄到那东西呢？

那玩意儿可是值钱的货呢！

三福想起吕伯清和大皮匠。

现在该让他们出血了。

吕伯清刚杀完一头牛，正在洗手，见三福来，便说："现成的牛肝牛心，炒两个菜，咱俩喝两盅。"三福拉他到屋子里，说："酒不喝了，今有一事求助。"吕问什么事。三福在他耳朵上说了几句话，吕伯清的脸上就堆起一片愁云，道："你叫我到哪去弄那玩意？"三福说："想办法嘛！无论如何得给我弄到。"吕伯清沉吟道："你放心，一定想法弄到。"三福说："明儿一早我来拿。"

三福转身就去了大皮匠的酒铺子。大皮匠比吕伯清痛快，当即答应，换了轻便麻鞋，要动身去河东铜马庄，说那边有货。临行前嘱咐三福，叫他上黑影时来拿。三福很高兴，叫大皮匠不要慌忙，先给他打一碗老烧。大皮匠拿开坛口上那个用驴尿脬做的盖子，舀了酒，端给三福。酒花在瓷碗里泛着泡，很快就消失了。平时很少喝酒的三福用拇指和食指捏了小碗的边缘，一口气喝下。大皮匠说："看您今儿高兴呢。"三福说："不瞒你说，我现在的心情就跟将军上阵前似的。"大皮匠说："此一去必是旗开得胜。"三福拍拍大皮匠的肩膀，说："胜了，有我的好处，也有你的好处。"

离开小酒铺，三福没有立即回家。

他靠在大苇塘畔的禁使土碑旁，望着天边的晚霞，让晚风吹散他的酒气，心情舒畅，精神焕发。太好了！前后跑了两家，一顿饭的时光，就把礼物置办了——三福暗自称赞自己的智慧和勇气。此刻，他觉得天地温柔，乱云如鲜花般绚丽，围绕着他旋转。想到那次朝建章的荷包里装旱烟时的发现，不由得佩服自己的精细，由此想到数月前的安排，当仁不让地、由衷地、毫无吝啬地赞许自己的远见之明，还有好使的眼神和灵敏的嗅觉！

他很想找吴兴邦再饮两杯，可惜天旋地转。

三福自知，这是喝多了。

怎么好怎么做怎么做怎么好

次日一早，三福就上路了。

这是他头一次进城，兴致盎然，但心里稍有不安。老早就听人说，沂州城是被一只神龟从地下驮着的。心想，那得是多大一只龟啊！即便是神龟，也有累的时候吧？万一哪天它被压扁了，这城还不得塌！或者，神龟哪天想翻个身儿或伸个懒腰儿，城里还不得墙倒屋塌？！有人说康熙年间的大地震就是那神龟伸了个懒腰翻了个身。这样想下去，他就有点怕——会不会因我今儿进城增加了分量，这城就塌了？

三福很快否定了这想法，而且觉得可笑——我一个草木之人，连骨头带毛也就百十斤，沂州城有我不多没我也不少，太不自量力了。不过，若是神龟翻身墙倒屋塌，三福我今儿进城，也许能捡到点什么呢。那些贵族大家主儿，家里好东西可是多了去了，金银首饰、珍珠玛瑙、古玩字画，还有丫鬟小姐……

河口有渡船，过一次交三个方孔铜钱，没有铜钱的得交一个铜板。虽然一个铜板换五个方孔钱，但船家不找零。三福自认为是有身份的，就交了一个铜板。艄公的脸上挂着细微的笑意，三福借机问他去县衙怎么走。艄公告诉他，上了码头，径直走西，到南门楼子那边向北拐，沿着青石大街走，一会儿就到了。三福想，这个大铜板，真没白花。

按艄公的指示，三福顺利找到了县府。他在大门外逡巡了一阵子，不敢进去。快中午了，赵建章从公房出来，瞥见蹲在大门外的三福，道："那不是三福嘛，啥时来的？"三福说："来一会了，不敢进呢。"赵建章说："有我，你怕什么！"三福说："我一路上还担心见不上您呢。"建章凑近了问："有事？"三福说："没什么事，就是来看看你，算是一份孝敬。"赵建章大喜,道:"进来,进来,过一会我带你去吃饭。"

公房不大,外屋一张小桌子,一把椅子,两个高脚板凳,像是好木头做的,且有些年岁,上面的油漆已经斑驳。正面墙上挂着一张印在土布上的人像。三福问,这是哪位皇帝?建章说:皇帝早打倒了,这是孙逸仙先生。三福就给那画像磕了三个头,念着"万岁万岁万万岁"。建章踢他屁股一脚,说:"新社会,不行这一套。这边的规矩,都是给孙先生鞠躬。"三福于是又鞠了三个躬,心想:礼多人不怪,油多菜不坏……

三福从口袋里掏出鲜萝卜和刚从烤炉上买的烤牌,建章见那萝卜十分鲜亮,当场吃了两口,嘴里发出脆响。三福见大叔还是蛮亲热的,心绪平和下来,说:"现在我得称您大人了吧?见这么大的人物,就这几个萝卜,实在太寒酸了。"建章没接他的话。三福把建章拉到里屋,从怀里掏出一个用土布做的包,打开,陆续取出几个小纸包,递给建章。赵建章放在鼻子下闻了,使了劲拍着三福的肩膀,说:"果然是好!这孩子有点意思。"三福说:"为了孝敬您,我得竭尽全力才是!"建章笑道:"冲你这片好心,我得请你下馆子。走!"

趁着建章准备行头的时光,三福打量了这个民国的县衙。县衙的大门外是刚才走过的青石路。青石板被千人行万人走,磨得溜滑发亮。上面有两条平行的车道,那是百年车轮磨出的。大门里边有两排房子,都在甬道东边。靠前的那排,西头一间是建章的办公处,像是门房。东边两间原是刑名办公的地方,最东边一间是厨房。后面一排房子,也是四间,两间是钱粮的,还有两间是河役所的。建章说,现在河役所不办公,住了警卫、马弁和伙夫。甬道西边是个空场,那里有两个石槽,专为往来的骡马饮水用的。再往后才是县太爷的大堂。大堂西头另有两间小房子,紧贴大堂西屋山,那里住了几个捕快。大堂后边有个小花园,那是县太爷——现在叫县长——家眷住的地方。

成立不久的民国政府忙于对付各路军阀,内忧外患不断,兵火连

46

绵，财政拮据，没力量顾及基层政权。机构尚不健全，虽有内政、财政、交通、司法、农矿、工商、水务等部，但薪俸时断时续，只有立法院、司法院、监察院、考试院和警局等未曾断饷。老百姓对一些机构名称还比较陌生，有人对县里官员的称呼还借用旧的名号，将警局称为刑名，把财政称为钱粮，等等。

赵建章指着那一片房子，对三福说，从前县以下没有政府，乡社两级都靠民间组织，没有司法行政权，所以那时村社事务基本由乡绅招揽处置。乡约是政府雇用的传达员，薪俸靠本地乡绅解囊。如今改朝换代，乡约这一职能付诸阙如，乡里有事，直接传给各村地保。

三福小心地问："您现已高升新职，原来那职务就那么扔了？"建章说："所谓高升，并不是当了大官，说到底我不过是个文书传达罢了，跟旧衙的门房差不了多少，属杂役一类。"三福哪里肯信，说："侯门深似海，宰相门人七品官，大叔您这等于中了状元啊，我高兴得好几天睡不着觉。蚂蚱庙打算为您唱三天三夜的大戏呢。"

三福随口流出这句奉承话，却引起建章的兴趣。

他接了三福的话，说："要是唱大戏，我还真想回去听听呢。"

三福万没想到自己随口溜出来的这句话，居然引起大叔的兴趣，当时有点意外，但他没有表现出说漏嘴的样子，而是将错就错顺着说下去："我一回去就办。"应下之后，三福才觉得这事其实并不好办。

午饭是在考棚街和青石街交会处的一家饭铺吃的。三福从没进过这么豪华的馆子，东张西望，手脚都不是地方。建章说："大大方方，甭跟贼似的。"三福说："多好的地方，看不够。"建章拽了他，随店小二进了个小间，里边只一张方桌四把椅子。店小二问："老爷今儿想用哪几道？"建章说："老一套吧，外加一盘红烧肘子。徐家老烧一斤。"

三福放松下来，不厌其烦地恭维建章。

建章说："我不喜欢人家老给我戴高帽子。"

三福说："可不是高帽子嘀，大叔将来说不定要当县太爷呢。"

三杯酒下肚，赵建章脸上渐有得色，说："你以为县大老爷那么好当的？不好当啊。光绪年间，若是没有进士的功名，休想当上正七品。郑板桥、李方膺都是举人，他们能当上范县县令、兰山县令，是因为和朝廷里的王公有私交。不光县长不容易当，就连一般杂役也不是那么好当的。张县长这个人，公事上很认真，当天的公务都是当天结，宵衣旰食，挑灯阅卷，全不是外人想象的那么惬意。正因此，只要他老人家呼唤，我都是立马就到。"

三福应着："那是，那是。"

建章接着说："有一次县长问我，建章，我白天找你，你随时答应，半夜三更找你，你也能随时来到面前，难道你晚上不睡觉？"

三福直勾勾看着建章，说："是啊，晚上您也那么有精神。"

赵建章从怀里拿出方才三福给他的那几个油纸包，在手心里掂了几下，道："我就是这么说的。"三福愕然道："这事不好明说吧？"建章说："你猜县长怎么说？他说，只许晚上用，不要让外人看见。"三福说："明白。"建章问："你明白什么？"三福说："这是彼此不见外的话呢，可见您跟县长的交情有多厚实！"

建章拍了拍三福的肩膀。三福感到满身都是温暖和信任，就说："您侄我虽然愚鲁，但凡您老人家需要，我没有不尽力之说。姓贾的是小户人家，咱两家又同住在村东头，我不靠您，靠谁！"

三福这话，说到赵建章心里去了。

大半斤烧酒下肚，赵建章给了贾三福一个礼物。

建章说，我要把乡约的名号送给你。

三福一听，立马要给他磕头。

赵建章把他拉起来，说："三民主义，不兴磕头，只许作揖。"

三福不容分说，到底还是给建章磕了三个头，又拜了三拜。

赵建章哈哈大笑，说："其实这不算什么礼物，只是我扔掉的一个破帽子。"

三福又是一阵愕然。

赵建章说:"这是焦干的大实话。乡约地保这个名号,我告诉你,论历史,早了去了。有人说起于宋,有人说起于明清。咱蚂蚱庙人有事就知道去问石晓楼,不去看书。石晓楼从哪里知道的?还不是从书里看的!三福你听着,乡约这东西古来有之,它算不上个官衔,也没有官服印玺,说白了就是个跑腿的,明白吗?跑腿的。道光年以后,乡村允许办团练,同时设了乡约。当年乡约是有俸禄的,县上给点钱。大练长说那点钱还不够他买眼药水的——真是欺天啊!这不是钱多钱少的事儿,这是名分,是一份体面啊!现在他有钱了,可那时候,道光年间,他吴家还什么都不是呢!"

贾三福觉得,快见到实底儿了。

赵建章呷了口茶,接着说:"没有俸禄,没有官服,没有官印,这些都无所谓。我告诉你三福,没有官印不等于没有威严,也不等于没有收入。为人一世,草木一秋,要紧的是个名望。说起某某人,说那人当年是个乡约,远近没不知道的——多大的光鲜!倘若办事勤谨、为人和善、解忧排难,乡亲们另眼相看,老远见了就笑脸殷殷,那是多大的荣耀!蚂蚱庙人,只知道做庄稼,狗熊似的忙一辈子,或者没人理,死了谁也不知道!所以,我就冲着那名望去的。忙不忙?累不累?又忙又累。你想呢,传达文书、催交粮食、派发伕子、调解纠纷、分家分地、裁判交易、判断是非、介绍婚姻、消化仇家、防火防盗……千头万绪,鸡毛蒜皮,都要找你,能不忙能不累吗?可你得知道,人家怎不去找别人?因为你是乡约,你有地位,你是有头有脸的人物。人物啊,三福,你知道人物这两字怎么写吗?"

三福听着,有点激动。

赵建章渐渐生出感慨来,脸上也多了几分落寞,说:"收入呢,康熙时朝廷有过诏令,乡约可以提取涉事标的之百分之八作为开销。这事在咱沂州府实行过,可惜我没见。康熙爷那时天下太平,谷生双穗、

49

麦秀四棱,庄稼光结粮食没有糠麸——所以才叫康熙(糠稀),知道不?后来的皇帝一代不如一代,所以才有了革命。革命就是改朝换代,另起炉灶。大练长总说清朝好,不肯承认孙中山,他知道什么！武昌起义、辛亥革命,那么大的清朝说推翻就推翻了！现在有了国民政府,很多差事要重新划分,我先占上这么个地位,总没亏吃吧？现在各路军阀在闹,今天这一个,明天那一个。咱是管不了,会有人管他们。老百姓抱怨政府总是要人要粮——老百姓懂得什么——哪个朝代不这样！我做乡约这些年,几十个村子,跑前跑后,主要公事就是征缴钱粮、征兵、派伕子、送达文书、防火防盗、防马子土匪,各村求雨时还要参与诵经,等等。这都是扬名立万的事啊,三福你懂不懂？"

三福连连点头,说:"大叔您扬名立万,我能扬名立千就不错了。"

赵建章说:"扬名立万就是扬名立万,你甭给人家瞎改。不过呢,现在你想靠这个扬名立百都不可能了,为什么？因为民国不承认乡约地保,也就是说,这个差事取消了,没了。我送你的只是一个旧帽子,一个没用的旧名号。"

三福说:"破帽子也暖和。"

赵建章会意地笑了笑,说:"我是要你懂得,别拿约地这名号太当真儿。"

三福给建章的烟斗点了火,说:"我明白您老人家的意思。听起来呢,只是个名号,要紧的还是做事。世道无论怎么变,大叔您说的那些事没变啊,都还在,都得有人操心。老百姓少不了这么个当事的人,所以说,帽子虽破,照样朝里边放东西。有了这个帽子,我就名正言顺了。大叔您知道,三福我这人喜欢跑腿,图的就是个名望——能让人家说咱一个好,也就心满意足了。"

建章欣慰地笑了,说:"是个聪明人。"

三福满脸诚恳,像和尚请示佛祖似的,问:"我是生手,那么多公事,我想求大叔您给我几句金玉良言呢。"

赵建章喝下最后一口酒，要了新出锅的豆腐卷子，边吃边说："怎么当好约地，你得自己去摸索。我今儿能告诉你的，也就几句话。"

贾三福洗耳恭听。

赵建章说："头一句话，听着，凡事，怎么好怎么做。"

三福应了："是的是的，怎么好，怎么做。"

赵建章说："这话你明白。蚂蚱庙，这么大个村子，千多号人，怎么能让每家每户都满意？没那事。不论你怎么做，都会有不满意的。但是，只要你朝好处去做，即便有几个不满的，也没什么。"

三福说："人没好儿，鸡没饱儿。"

赵建章说："还有一句话，也是六个字，怎么做，怎么好。"

贾三福重复了："怎么做，怎么好。"

说完，赵建章站起来，说了声打道回府，就离开了饭馆。

三福看看柜台上的账房，又看了看赵建章。

赵建章大声说："走你的！"

账房笑吟吟道别："两位爷走好。"

走出饭馆，三福拉着赵建章的手，说："大叔不光是大叔，也是我的恩师！"

临别，赵建章解下腰带上一只烟斗送给三福，说："这个小东西，看上去不起眼，可这烟嘴儿是羊脂玉的，这样的玉能辟邪。我现在用不着了，放在身上也就装个样子，送你，算咱爷们一点交情。人是一阵风，不容易啊！"

三福千恩万谢，看着建章消失在街上的人流中。

回去的路上，三福大有一日看遍长安花的意味，步子大了许多，胳膊甩得更长了。

一路上，他诵念着建章大叔给他的两句话：

——怎么好，怎么做；

——怎么做，怎么好。

还有他最后说的那句话：人是一阵风，不容易啊！

快到村口，三福想起建章夸奖他说了几个字，记不确切了。

念叨了一阵子，确认是"如果是好"四个字——三福将"果然是好"衍变成"如果是好"。

到了家门口，三福才想起一件大事：忘记吴云迪交代的事。而且，三天大戏的话说了，怎么兑现呢？

三福打了自己两个嘴巴子："这张臭嘴，该说的没说，不该说的说了！"

季孙之忧不在颛臾

三福一夜没睡好。当面许下的愿，可怎么兑现呢？辗转反侧，没有主意。凌晨鸡叫，窗纸微白，蒙眬中三福见一伟岸男子破门而入。那人穿绿袍，戴金色头巾，手拿一件如意拂尘，笑吟吟站在床前。三福心生恐惧，问，你是谁？那人张嘴说话，但三福听不清。三福从被窝里怯生生地伸出手，轻轻触了一下那拂尘，有微细毫毛落下，迅即变成一簇绿叶，还有几朵美艳的红花。花朵带着很长的叶柄，像是垂丝海棠——然后，那绿叶红花慢慢散开，远去，消失，最后出来一个阴阳八卦图！然后，那男人手里的拂尘突然变成一根长满葛针的棍子朝他打下来。三福大叫一声，那人，那棍子，那图，还有海棠花倏然就不见了，带走一阵风……

三福睁开眼，确定眼前没有人，也没有绿叶红花和阴阳八卦图。

是个梦，吓了一跳。这梦是什么意思呢？绿叶红花，难道说有什么好事？桃花运？要娶媳妇了？不对。那图确实是八卦图，而且转动着，分不清黑白两条鱼的面目。难道说这是赵琪弄的鬼——他只在赵琪那边见过首尾攀交的两条鱼，这种东西——三福突然就明白了。

早饭没吃，草草洗漱，他就去了西酒店那边，对大练长说，建章说了，他能有今天这个地位，离不开众乡亲的捧场，还有您的名望。常言说，"千金置产，万金置邻"，没有什么比乡邻更宝贵的。新政府这边有什么大情小事，他定会给您及时通气。建章还说，今年是您大练长七十大寿，他想回村办个场儿（请客宴会的意思），唱三天大戏，为您祝寿，热闹热闹……

大练长听了，问："真的假的？"三福用手掌做了个切脖子的动作，信誓旦旦地说："这么大的事，我哪里敢胡说！"大练长喜出望外，在青砖地板上踱着步，一把折扇轻轻打在手心里，道："建章到底是见过场面的人，多么通透多么明白啊！他有这份心意就好。至于三天大戏，无须劳他费心，咱这边人手好找，一应杂务都由我来操办。场呢，也用不着他开销，只要他人来就行。咱这里有现成的酒店，酒尽着喝，杀一两口猪，上伯清那里要头牛，请厨子来，务必热闹热闹。你尽快给他回个话，说到时候我到村口恭候大驾。至于日子，由建章定，最好在重阳节前。"

三福心里一块石头这才落了地。

这就叫无中生有、纵横捭阖、阴阳转换，玩黑白于股掌之中。三福给建章这边传递的消息是：大练长要在老家蚂蚱庙唱三天大戏开流水席，祝贺他的升迁——自是高兴不迭，当场就跟三福合计了日期，选了重阳节前回去吃酒听戏。三福附耳低语，说大练长的生日是重阳节，到时您顺便说句吉利话嘀。建章爽快答应："不就一句话嘛，这个好说！"

安排妥了这档子事，三福感到从未有过的熨帖。好事、孬事，都是哄男瞒女的事儿。三福为自己的小聪明而自豪，全无因假话连篇而羞愧，因逢迎阿谀而自惭不安。事到临头，急中生智，三福沾沾自喜。虽然两头瞒着，但促成两家和平，有什么不好呢？心存善意，消解既

53

往的怨怼，功莫大焉！至于程序是否透明，那都无所谓了。建章说得对——老百姓懂什么！再说了，两头都蒙在鼓里，谁知道啊！仔细想来，还是建章那句话——说得太好了——怎么好，怎么做；怎么做，怎么好！

三福为自己的成熟和成功感到十分满意。

距离重阳节还有十多天，有充足的时间做准备。现时说话，西酒店的财力到底比赵家厚实得多。西酒店发家早，实力强，可谓树大根深。赵家是土地主，全部资产也就几顷地，没有实业，财力有限。赵家值得炫耀的，是几个子弟在读书上有些出息。赵焕章的长子在省城读书，据说现在是省里某厅长的秘书，次子是保定军校的学生，三子跟一个叫民盟的什么组织做事，听说怪打腰（举足轻重的人物）。世事平和的时候，两家看不出高下，尽管各存一点防备之心，倒也相安无事。如今世道大变，原本用以维持基层社会治安的团练制度一朝瓦解，曾经名震一方的练长失去了昔日光辉，威风大减。同时，激烈动荡的社会对文化人才的需求越来越高，赵家的读书人一个个走上仕途。虽然他们身在远处，但对家乡依然有着微妙的影响。近来有消息说，省里有大员来沂州巡查，推荐赵建章做了禄米仓的管家。吴云迪隐隐感到，两家的力量正在此消彼长。在这样的时节，建章的存在就不是一件小事小情了。

这次兼有祝贺建章升迁和庆贺大练长古稀之寿的活动，三福的地位仅次于大白梨吴文轩。三福担当外务，负责搭建戏台、戏班排演、规划场地，一应人员差遣，酒水吃喝、家什购置、往来账目，皆由吴文轩料理。戏台选在纸坊前边靠近南大汪的空地上，那里有几个粪汪，粪汪旁边有李家、王家、谢家的牛橛子。三福挨家挨户传达了大练长请建章看戏及后者为前者做寿的佳话，要求他们暂时挪走牛橛，把粪汪填平，沤好的肥料运到田里去。涉及此事的几家不敢违抗，一一照办。

作为补偿,三福把剧场前边和左右两边腾出来的地方用石灰画了圈子,分给活动期间小商贩的摊位,好处的一半给这些腾挪地方的人家。众人皆喜,夸三福会办事。三福心想:什么人都不可得罪——容易吗我!

接下来就是搭建戏台。蚂蚱庙找不到那么多现成的木料,三福的主意是各家把大车轮子(中间有轴相连)临时贡献出来,横倒着放,一个轮子贴于地面,另一个由轴撑在半空。几十个车轮子拢在一起,就组成了一个平面。平面上铺了秫秸,秫秸之上再铺上厚厚一层麦穰稻草,草上再铺上厚厚一层黄土,黄土上放了芦席,就是演出的戏台。戏台有两三分地那么大,足够几十人行走。戏台上面用木栅隔离为前台和幕后,两侧各有上下的阶梯。整个后台用竹青色的土布掩了,供演员倒换角色。那些土布是从西酒店的染坊里借来的,演出期间,由染坊的人自行看管。

寒露已过,冬小麦都已播下,正是农闲时节。远近村子都知道蚂蚱庙要演大戏了,相互传告。难得娱乐的乡下人将农事暂搁一边,务必不能落下这少有的盛典。吹糖人的、卖糖葫芦的、卖泥哨的、卖布娃娃的、卖孩童鞋帽的、卖咕咕铛的(一种玻璃玩具)、卖面食的、卖咸鱼虾酱的,都在戏台附近预订了摊位。大襟袄破例没有外出,他把货郎挑子装得满满的,准备参加这次难得的娱乐。从来看不惯儿子行为做派的贾老汉第一次对三福表示了赞赏:"这才是做人做事的路数呢!"

林家兄弟的宅子正对着戏台,既是看戏的好位置,也是营销的好场所。他家的火纸摊子一横儿排了,足有一丈长。吴家染坊的布摊子在其东侧,西酒店卖酒的黑瓷坛子在其西边。缺心眼儿家的点心铺子也搬来五六个桐木盒子,里边是各种细点和粗果,还有山楂、大枣、花生果之类,也是好大一个摊位。那些不肯出钱预订摊位的零星小贩就只能充当游商,四下里逛荡。

场景宏大,气氛热烈,人气旺盛。三福请来附近各村村长,有至今留着猪尾巴小辫子的晚清约地,有家财厚实钱粮丰足的财主,有德

55

高望重的耆老,有穿长袍的秀才,还有几个在洋学堂里读书的青年才俊。各村的秧歌队、武术队和焰火队也都跃跃欲试,准备借此露个脸儿。执掌内外事务的文轩和三福成了最忙的总管人物。有一次,三福忘记了忌讳,紧急中竟呼叫了文轩的诨名——大白梨。文轩当时一愣神,板着脸说:"那是你叫的!没大没小!"三福知道犯了大错,左右扇了两个耳光,自嘲道:"君子不跟牛置气——俺老百姓懂什么呀……"

赵建章坐一乘小轿从城里过来。大练长在村口迎接,大白梨和二刘备陪着。蚂蚱庙两位重量级人物此时都很开心。大练长作揖恭喜,恭贺建章高就新职,官运亨通,还请多多关照。建章还礼,奉上寿礼:一盒采芝斋的点心、一袭橄榄色的长袍布料、一对寿桃,还有一盏汽灯。大练长没见过这玩意儿,问是什么。建章说:"这是汽灯。用洋油,打上气,通明透亮,能照好几里远呢。大戏若有夜场,这个东西最是当用,跟小太阳似的。"

大练长笑纳了。

至此,三福完全放了心——没有穿帮,没有闪失,功德圆满,万事大吉!

开场那天,秋阳高照,戏台前满是等待看戏的人。

众人簇拥着大练长和赵建章,一起登上戏台。大练长一身长袍,头戴瓜皮小帽,小帽上有个山楂核那么大一个红点。赵建章的装束有点特色:上面中山装,头戴青毡布的新式礼帽,裤子却还是蚂蚱庙人穿的那种可以前后换着穿的裤子,腰带也是布绺子拧的绳子,绳头露出中山装上衣的下襟。他脚上穿一双翻毛皮鞋,这东西村人还是第一次见过。吕伯清惊讶地说:"牛皮还可以做鞋啊!"最给建章提精神的,是他手里拄的那根文明棍。吴兴邦小声问三福:"大叔腿脚不行了?"三福皱皱眉,说:"人家那是文明棍,文明,懂不懂?不懂甭乱说——让人笑话——咱老百姓懂什么呀!"

吴文轩主持了短暂的嘉宾发言仪式。赵建章首先对着大练长抱拳作揖，恭贺大练长七十大寿，然后述说了吴云迪的功名和德行，诚祝吴家家业兴旺、富贵绵长、财源广进、更上一层楼，云云，话语很是得体。吴云迪不断朝他拱手，笑容极为熨帖。然后，建章开始宣传国民政府奉行的三民主义和孙逸仙的政策，希望至今还留着清朝小辫的男人全都剪去脑后那根猪尾巴，以示对革命的赞成。他还宣传了男女平等之类的新法新政，反对三妻四妾，提倡自由婚姻，鼓励使用白话文，等等。他的话很快被台下的唠唠的议论给打乱了，叽叽喳喳的，主要针对自由婚姻、男女平等而发。有些老年人觉得赵建章在这种场合不该说这种话，说他今儿脑子进水了净说胡话——男女平等？男人和女人怎么能平等呢！男人不压在女人身上，连孩子都生不出来嘛！自由乱爱？那人跟猪狗鸟兽还有什么不同——这是人话吗？

大练长在献词中特别说明，这次盛会主要是恭贺建章高升新职。咱蚂蚱庙终于有在县上做官的了，这是天意，也是建章个人才情所致，实至名归，委实值得大大的庆贺。他说，将来要把这事刻在石碑上，勉励后生，作为榜样。大练长投桃报李，历数了赵建章的种种美德和超凡能力，夸赞他认知潮流的洞察力，非同一般的预见力，力行致远的能力，实为远见卓识之士。有这样的人在上边照应着蚂蚱庙，照应着河东三区，此后咱们就有了靠头。蚂蚱庙有这样的福星高照，以后的年景必将五谷丰登、六畜兴旺，土匪马子不敢再来侵扰，大家都过上安稳日子……

此后就是各村头面人物讲话。大部分来宾都表示口才不行，不讲了。他们将带来的礼物逐一展示。礼物可真不少！有猪肉、牛羊肉、蒸鸡蒸鱼，有豆腐白菜，有炒熟的花生栗子，有用火纸包着的白梨，有成捆的粉条粉皮，有豆油花生油，有炸好的丸子，还有自酿的蜂蜜……三福点了数，让谢芳春一一登记。大练长和赵建章向各村来宾拱手作揖，表示感谢。禹屋村长自谦地说："这么好的机会，两层喜事，这点意思真不够一说的。"何官庄的老约地殷员外（想必是绰号）说：

"就冲这么好的大戏,这么重要的喜事,谁好意思空手而来……"

大练长宣布:"今天是彩排,也就是大家知道的踩台戏,大戏明天正式开始。明儿上午,西酒店那边有流水席,请村人和来客去赏光。今天收到的这些好东西,打算全用到流水席上。"三福插话说:"留些腊肉、粉条、虾酱什么的,等完事后给鼓手和唱戏的师傅分一分吧。"大练长摆摆手,说:"不必不必,那些我自有安排,正事正用,无须吝惜。"

台下闹哄哄的,秧歌队进场,自是另一番热闹。

此时头面人物迤逦走下台阶,跟在大练长后边离开。

那天的踩台戏是两段折子戏,《打渔杀家》和《武家坡》。踩台是指以彩排的形式,把这新搭建的戏台踩个踏实,有试用的意思。经过踩台,如发现戏台有疏漏,可以及时修整。次日,戏台踏实了,正戏正式开演。那天,远近乡人都参与了流水席,酒足饭饱的人们称赞不绝。只有赵琪不咸不淡地说:"这大约就是西酒店的正午时光了!"

晚上是灯戏,唱的是《四郎探母》,来听戏的人大约有一半是来看汽灯的。他们听说那种新来的汽灯是广货,非常非常亮,能把人的眼睛亮瞎,不能直面,不能正视。根据建章的指教,吴兴邦学会了点汽灯。兴邦最为得意的是,点火之后,他能把石棉灯芯吹得很亮,看上去那白炽的光芒就像正午的阳光。大白梨赞赏兴邦的能力,给了他一串糖葫芦儿。三福担心白炽光伤了兴邦的眼睛,兴邦说没事没事,这么照一照也许好些……

灯光下,在一片观众之中,有一位面容慈善的女人,她身边是一位豆蔻年华,如花似玉的少女。三福瞥了一眼,没敢久视。坐在那女人身边的是屠户吕伯清。他指着三福,细声对那女人说,这个人,往后有点出息。女人点点头,没有说话。

大练长喜欢看戏,但他从来不看夜场灯戏,可能基于身份,也可能出于安全考虑。赵建章同样也有个自设的清规,天黑不出门。这一来,两人就有了共进晚餐并彻夜长谈的机会。三福自然是紧跟紧随，进出都陪着，左右伺候，不敢有半点怠慢。饭前用茶点时，大练长向建章通报了请徐和尚住持蚂蚱庙的事，借故说，因为塑像做好后担心没人看守被不懂事的孩子划了痕，所以得请人看护。建章表示完全理解，说神灵这个东西，信则有，不信则无，或者说宁信其有不信其无……

大练长自己不看灯戏，同样不准西酒店的女子出门看戏。实际上，吴家对女人有一条清规：天一黑都不得出门，多年来整个家族一致奉行，没谁胆敢违背。如今村里演大戏，各房的媳妇、儿媳、孙媳、侄女、孙女们要求吴云迪破例放松规矩，允许她们去看灯戏。她们甚至借用民国的新政策，要求男女平等。这一要求，被大练长一口拒绝。

次日，三福雇了一辆东洋车亲自送建章回城。返回蚂蚱庙时已是傍晚，三福原想向大练长禀报，顺便问一声晚安。经过西酒店的高墙时，三福听见墙里在吵架，大练长的声音很高，且充满愤怒。从断断续续不很清楚的语句里可以判断，他在骂自家儿孙，骂他们管不好女人，骂女人黑天半夜出去听戏有伤风化，说体面人家的女人压根儿就不应有这样的想法，那些注重婚姻自由的人跟猪狗没有什么区别……

接着，三福听见摔盘子砸碗的声音——大练长发火了。他高门大嗓，口无遮拦，全不顾及周围邻居听见："不看灯戏，你们会死吗？我一辈子不看灯戏，不也活这么大年纪！你们是体面人家的儿女，应当知书达理才是啊。大凡咱这样的人家，女人是不能花枝招展招摇过市的！到处人挤人，摩肩搭背，尘土飞扬，到那样的场合听戏不是疯了就是傻子！哪有……黑灯瞎火……招摇过市……犄角旮旯里藏个坏人，谁知道？万一……但凡有丁点儿贤良也不该存有这想法！在家做点什么不好？针线活多的是，陪孩子读个书、写个仿、描个红，不行吗？做点饭食，蒸馒头、做花卷、包饺子，活儿多的是呢……"

隔壁密语，最具诱惑力，三福像个瘾君子似的听了好一阵子。他时而觉得应当走开，又不忍丢了这高门大院的稀罕事儿。这可是第一

59

手的消息呢！他听见大白梨怯怯的声音说，自己管家不力，惹爹生气了。吴云迪火气未消，骂各房女人没有教养，不让看戏就不干活，这是学了大地方的人闹罢工呢是不是！客人走了，这么多盘碟，这么多碗筷，这么多桌子板凳，没人收拾，还要跟我怄气，这是成心要反天了是不是！你去问问她们，弄样子给谁看的？明明是给我看的，要打我的脸嘛！不肖子孙，好事没人做，就想着吃喝玩乐，这家早晚得败在你们手里，不信就看着！

……

三福进退两难，不知道该不该进去。

此时，谢芳春拿了个杭练纸裁成的本子来到三福跟前。

他指着那小本子说，这是礼品登记，问三福要不要送进去。

三福示意，墙里边好像有点事呢。

谢芳春听了，说："咱还是离开吧，家丑不望外人知。"

三福听了谢的劝告，向一箭之地的小酒馆走去。

他邀谢芳春一起去喝两盅。

谢芳春文雅地说："我不大适合那种嘈杂的地方。"

西酒店的内部纷扰，暂时消停下来。

那天一早，三福去了高台阶。他概略地说了说建章回城的事，回来时已经晚了，见这边锁着门，知道您老人家歇息了，就没进来打扰。大练长明白，三福可能听到了，这么说话是有心掩蔽吴家的尴尬，叹了口气，说："清官难断家务事啊！"

三福满脸都是替人着想的慈悲，善意满满地给大练长出了个主意："大家主的女人不宜抛头露面，这个规矩还是要守住，毕竟您是有身份的人。大清的秀才，这是远近皆知的功名，跟草民不能整齐划一。但是呢，女人想听戏，也是人之常情，老这样僵持着，心底的气顺不过来，终究不是个事儿。不如这么办，等过去这一节骨儿，请个小戏班,让他们在这瓦屋里唱几天堂会。那一来,戏听了,也免了她们抛头露面,两全其美。再说,小戏不需要这么多角色,也不需要多少行头,容易对付。"

大练长沉吟半晌,说:"容我斟酌。"

三福劝慰:"宰相肚里能撑船,您老甭太在意这些细事儿。"

大练长道:"三福,我告诉你一句话,家家都有难念的经。这是合满天下的最实在的理儿。不论贫富,不论高低,没人能逃脱这句话。什么叫投鼠忌器,什么叫进退维谷,此之谓也!人说,女人多了也能推倒墙,你信不信?我原先不信,现在算是领教了!"

三福说:"您多保重,别跟娘儿们计较。"

吴云迪伤感地说:"女人当家,墙倒屋塌。"

三福说:"唱几天就叫他们走,应无大碍。"

吴云迪说:"但愿如此。"

三天后,小戏班进了吴家大院,唱起堂会。

谢芳春偶尔听到小戏班在西酒店唱堂会的笙歌,叹道:"季孙之忧不在颛臾,而在萧墙之内也!"

宁要大家主儿丫鬟,不要小户人家姑娘

大皮匠见三福进来,立马给他递上小黑碗。

角落里有个人靠墙倚着,朝他招手,仔细看了,是吕伯清。

同时见到他俩,三福想起了日前为他筹备烟土的事,觉得二人还是讲情分的,便要了半斤烧酒,靠了伯清坐下。伯清扳着三福的头,小声说:"你又不会喝酒,要这干吗?"三福说:"我不会喝,你不会喝?"伯清醉意阑珊地看着他,说:"我想说合媒。"

三福看看他，问："给谁？"

伯清说："远在天边，近在眼前。"

三福不好意思，问："谁家女子？"

伯清轻轻笑着，说："看你，酒还没沾唇呢，脸就红了。"

三福说："谁不想有个女人一起过日子啊！"

伯清说："那就对了。"

他小声告诉三福，那边女子十分贤惠，心灵手巧，模样也是第一的好。

三福问："谁家闺女？"

吕伯清颇有兴致地说："近日唱大戏，你忙活得不轻，一会儿台上一会儿台下的，不知道可曾留意那些看戏的男男女女？"三福说："忙得跟龟孙似的，哪有工夫细看。"伯清问："可有什么入眼的？"三福说："俊女子倒是有，不知是哪个庄子的，更不知是谁家闺女。"

伯清说："你不认识，我认识。这两天来看戏的女子，最入眼的就是陈家湖陈端昌的闺女。"

三福想了想，说："没听说守典有小姨啊。"

伯清道："你白当了蚂蚱庙的人头儿！守典的亲舅叫陈端俊，我说的是陈端俊的本家大哥，叫陈端昌。这女子是陈端昌的干闺女，从小没娘，给陈家做了丫头。因为人好，端昌夫妇收她做了干闺女。昨儿你在台上忙这忙那，没见台下陈端昌家里的身旁坐着一位女子？样子温婉安静，也怪俊，那就是！"

三福回忆了当时情形，好像是有那么一位女子，一副上好的模样儿，神态也安静。在一大片人头里，那女子就像一朵出水的莲花。三福听了，心动。伯清说："三福，我告诉你一句话，你得好好听着，一定要听到心里去哟。什么话呢？就是咱常说的一句俗话——宁要大家主的丫鬟，不要小家主的姑娘。为什么这么说？大家主的丫鬟见过世面，懂得礼数，言行举止，中规中矩，是上等人家教出来养出来的。

小家主的姑娘就不同,她们往往是娇生惯养的女子,父母宠爱,管教松懈,任性别扭,不近人情,因为小有薄产便觉得高人一等,冷眼看人,不知温存善良为何物,有些则好吃懒做,这样的村姑远不如身份卑微的丫鬟。端昌那闺女,出身贫寒,生母早故,十岁送给端昌家当丫头,是个懂得操持日子的好女子。端昌这人,你应该知道个四六七八,那人真是一位名副其实的君子——行为端正、家业殷实、为人厚道、耕读持家,走到哪里都受人尊敬,没谁敢拿人家下眼看的。丫头,说起来是下人,但人家端昌视如己出,比亲生女儿还要好。我这里说的好,是教育得好!不光教她做活,还教她识字读书,教她待人接物的规矩,教她女德女工,方方面面都很尽心,没有丁点儿放松。那女子天生聪慧,有眼神头儿,也勤快,不光做得一手好菜,针线女工上也没得说。她做的刺绣活儿,拿到城里都能卖上好价钱。平日将家里收拾得干干净净,有条有理。端昌夫妇生个病,那女子煎汤熬药,比对亲爹亲娘还好多少倍呢!如今到了婚嫁年纪,端昌叫我留心此事。我数算来数算去,蚂蚱庙出色的年轻人,也就你了。"

三福说:"听你这么说,是个好女子。"

伯清说:"你信我的,准没错。"

三福说,他自己做不了主,得问他爹。

伯清就去跟大襟袄说了。

贾老汉说:"只要安分守己,知道过日子,就行。"

又次日,吕伯清把消息反馈给陈端昌,说了三福很多好话。端昌一开始还有点犹豫,觉得三福不是他心目中要找的女婿。在端昌心中,只有那些安心耕读的青年才算正经人。耕读之外,若能有点手艺,就更好。三福整天赶集下店的,靠两只长臂挣点儿钱,怎么说都不算是正路子,多少有些游手好闲的感觉。他把想法跟家里的商量,家里的说:"只要人品端正,能挣饭吃就行。赶集当个经纪什么的,也不为才坏。再说,人家还是个约地呢。"端昌笑了,说:"你可听说那句俗话——

忙得跟约地似的——那差事可不容易干呢。"

既然老婆没有不同意见,端昌就让她跟闺女商量商量。

陈夫人跟丫头说了三福这人的大致情况,问:"你觉得这个主儿行不?"丫头说:"俺听爹娘的。"夫人说:"婚姻大事,爹娘也不能独断,将来是你俩一起过日子,勉强不得。"那女子不好意思,只说:"爹娘若是看着行,总不会孬的。再说,谁没点儿才坏啊,有了家就知道过日子了。"陈夫人说,还是俺闺女说得对。妻女没异议,端昌不再犹豫,说:"三福那人,多少我也知道些。人不孬,腿脚勤快,是个顾家的人。"丫头羞答答地说:"能挣饭吃就行。"端昌补了一句话:"听人家说,三福这人怪会吃,烧个蚂蚱也要讲排场,家常饭菜也都是认真做,不像一般人家随便对付,还特别干净。"丫头说:"俺也不喜欢邋里邋遢的,无论食材孬好,饭食总要做出个样子来。"

端昌大喜,让吕伯清操持传契的事。

几道程序都顺利。

大襟袄自是高兴——三福的事办完,他就没心事了。

贾家把两间西屋收拾了,找木匠做了一张床、一张桌子、四个小板凳。

年底,办了亲事。

三福无风无火完成了成家大事。

果如媒人所说,媳妇过门后,事事恭谨,手脚勤劳,对公婆对乡邻极尽礼数,过门三天就主动下厨做饭,没有半点娇气。别人问三福,你媳妇怎么样,三福掩饰不住满心的幸福,夸自己的媳妇多好多好,长相好,手巧,会做饭,会制衣,说话温和,知书达理,待人接物有分寸,人前人后知进退,还识一二百个字呢!

邻人故意逗他:"有你说得那么好吗?"

三福坚定而自豪地说:"和俺家里的比,别人家的都是穄子!"

穄子,黄淮地区最为粗粝的一种庄稼。这种作物适合洼地,耐涝,秸秆柔软，高产，适合做牛草，但果实难吃，仅可在荒年里用作充饥，等同草籽。和穄子相对的是大米。前者象征低劣粗糙，后者形容高级精致。

邻人就说："那俺就给你老婆叫大米吧。"

三福正色道："俺家里那位不喜欢开玩笑，诨号万万叫不得嗬！"

三福感到自己是个名副其实的男人了。娶了个好老婆，三福中的两福——艳福和口福都有了。这些年，四乡集市的好东西，三福吃了不少，旦彰街的水煎包子、相公庄的羊肉汤、重沟的馓子麻花、玉皇庙的高桩馒头、九曲店的卤煮火烧、城里南关的红烧肘子、本村老梁家锅饼、朱家的烧饼、吕家的肴肉、张家的豆腐卷子，都吃过，都没有老婆做的饭好吃。大襟袄也说，三福好命，娶了个好老婆。

媳妇没有正式的大名，就用了本地的惯例，称为贾陈氏。贾陈氏做事确实讲究，再简单的食材，她也能做出好吃的饭菜来，为此不惜花费时光。在这一点上，两口子很相似。食物是世上最珍贵的，有好食材不好好做，是暴殄天物。即便很卑微的野菜，贾陈氏也会尽力做得可口美味干净素气。无论多忙，这两口子在吃食上都不会粗枝大叶。为一顿简单的饭菜，他俩不怕耗时，不怕烦琐，必得遵循了程序，一步步做好，绝不马马虎虎。比如此地常吃的疙瘩汤，贾家的做法就跟别人不同。贾家的疙瘩汤，一定要葱花油盐齐全，要炸锅，油多了腻，油少了不香，必得适量。疙瘩汤里得放姜丝、胡椒末儿、芫荽末儿，如果没有，三福宁肯到菜地里现摘。自家地里没有就找人借，邻居家没有，他会到野地里挖野生的香菜。只有这样，他俩才认为那是疙瘩汤，不然，吃起来缺味道，心里也觉得别扭。再如吃鲜豆腐用的辣椒，最好的配方是三分青辣椒，两分红辣椒，还有三分蒜瓣，外加一分生姜和一分花椒。而且，这些东西不能用刀剁，必得用蒜臼子捣了——反复地捣——不这样，做出来的调料就配不上鲜豆腐。

蚂蚱庙的农家，在饭食上大都粗枝大叶，很不讲究。他们说，是饭充饥是衣遮体。平时烧菜,除了盐、葱蒜和辣椒,几乎没有别的调料。三福家从来不缺油盐酱醋、生姜大料、花椒蒜葱。这一方面是因为三福的母亲讲究吃,另一方面是因大襟袄经常出门,腰里有零钱,缺什么能买到。逢年过节,家家蒸馒头,村人要想找到面引子,只有去两家打听,一是西酒店大练长家,另一个就是老货郎贾家。西酒店的门槛高,乡邻轻易不肯登门烦扰,他们便去找贾陈氏要。

三福觉得自己的命中之福基本全美了。稍感缺憾的就是那个"官禄之福",尚未尽如人意。约地虽然也是个官名,但称号过于破旧,等于前朝弃置的空名。至于更大的官职,他不敢指望。既然如此,三福也只能把过道当作堂屋,把斗笠当作礼帽了。

三福的幸福引起不少人的嫉妒。吴兴邦不时提起几年前三福给他许的那个诺。三福安慰他:"不就那点事嘛,不就是找个老婆嘛,有什么难的!缘分未到。到了,一哈腰就能捡个大元宝。"兴邦觍着脸说:"什么时候俺也哈个腰呢?"三福说:"快了,我一直给你留心踅摸。找老婆不是小事,可不能挖到篮子里的就是菜,得挑拣挑拣才好。"兴邦怅惘地说:"三福,眼下你享足了口福艳福,白天吃得裕可,晚上抱着白白嫩嫩的老婆,还顶个约地的名字,人前人后跟真三似的。我呢,就一只长筒大喇叭,越吹越没劲,现在都快发不出声儿了。"

三福安慰他:"是福跑不了,不是你的,捞也捞不着。"

吴兴邦重复着三福的话,如同朗诵名人名言。

蛤蟆蝌蚪儿也想钻天

吴文轩请来唱堂会的,是二十八里外的吴家湖小戏班。他说,吴家湖人和西酒店是本家,族谱上能连起来。自那以后,西酒店的高墙大院内常常传出娇声燕语、笙箫锣鼓来。外边经过的人并无异样感觉——人家有钱，请得起堂会呢。也有人说，看戏听戏必得人多熙攘才算场面，小戏堂会没意思。三福就谴责他们："你们老百姓懂什么！"

此地的戏剧分为大戏和小戏两种。大戏，单指京剧。大戏班角色多，行头讲究，有成套的锣鼓家什，不容易组织。而且，大戏的戏文讲究，真正能听到心里，理解剧本主旨的，多少要懂点历史典故什么的。从内容上说，大戏演的多是帝王将相、忠奸故事，虽然也有才子佳人，但格调要求较高，有寓教于乐的意蕴。小戏指的是当地流行的几样地方戏，有柳琴、梆子、瞎汉腔、肘鼓子等。后边几种，在苏鲁豫皖的乡村很是流行。小戏只需三两个演员，一个人独唱也行，没有固定的戏文剧本，演员凭记忆说故事，内容多是俚俗段子，其间夹杂了许多黄色戏谑，有一种低级趣味的刺激性。

三福如今是西酒店的常客。他自觉有了名分，而且得到东西两大家族的共同认可，便不再畏首畏尾躲躲闪闪，要去就去。虽然不敢有登堂入室的大模大样，但信心还是齐备了的。他熟悉吴家门前的高台阶的尺寸，即使不看脚下，黑灯瞎火，也不会高一脚浅一脚，凭感觉就能稳步上下、如履平地。不过，有一条，三福从不在西酒店听小戏，从不和吴家内眷有交往。这里有两层缘故：第一层，是因为请戏班的事，三福的意见未被采纳。三福建议请本村的解信德，让他带着手下几个徒弟，到西酒店唱十天八天的小戏，满足大院内女子们想听戏的愿望。大白梨不赞成这个主意，说本村人进家，熟门熟路的，锅大碗小，没个隐蔽。计较起报酬来，也不好意思讨价还价，在钱面前磨不开脸儿。而且，庄邻之间，辈分错落，也不好论个尊卑。不如到外边请个小戏班子，唱个十天半月，差不多了，叫他们走人就是，干净利落。大练长觉得长子文轩的意见合适，三福也觉得他们爷儿俩想得全面，没再说别的。事后文轩私下里告诉三福，之所以请外边的戏班，内中还有一层考量：小戏的戏文里有不少呱嗒瞎话（下流唱词)，本村戏班，

67

抬头不见低头见的,即便有碍视听,也不好当面阻止。弄不好,会生出海淫海盗的事来。外边的戏班就不同,叫他们唱什么就唱什么,不如意,点了工钱让他们立马走人,不至于落下怨艾,见了面两下里都尴尬。

有一次,三福闻到小戏班住的那间角房里飘出一种气味,跟建章官舍里的味道极为相似,怀疑里边有抽大烟的。他鼓了好几次劲,想告诉大练长,劝他注意那边唱戏的是否有恶习,但终究还是担心疏不间亲,没有说。万一大练长说他多管闲事,那就不好——什么人都不能得罪啊。相比较,三福更乐意到赵家听焕章唠叨农事,说些青菜萝卜、晴雨水旱、四季寒暖的闲话。那些话题让人轻松,无须谨慎就能对付。而且,在焕章那里,偶尔可以听到建章的消息。建章很少回村,三福只是偶尔想到他。

有天,三福在西酒店那边喝茶闲话,大练长提及从前的乡约,说当年的乡约还是蛮风光的,后来不行了,把乡约和地保合起来,称为约地,不伦不类。三福趁机说:"有一次建章大叔也说到这事,他跟你的说法一样。当时他还问我要不要这个过时的破帽子,开玩笑似的。"大练长说:"要啊,破帽子也是帽子啊。俗话说,吃亏人常在,破帽子常戴——破帽子也挡风啊。他若是再提起,你应着就是了。"三福点头说,他若再说,我就不推辞了——有个名号,也方便为您老人家跑个腿什么的。大练长说,是的是的。

三福顺势请教大练长,当约地要做些什么,有没有行事的诀窍。大练长嘿嘿笑了,说:"要论当约地的门道,你得问建章,他是大开大合的人物,天马行空,谁也吃不透他要干什么。不过,这名称放在你身上,也合适。你比他扎实,能办细事,而且随时能找到你人。不过呢,你身上缺的是建章那种好高骛远的气势,那种虽千万人吾往矣的豪情,那种不计事之成败我行我素的拗劲儿。而且,最大的好处,建章他不大在乎别人臧否。这方面,说起来,我都不行。"

三福连连点头,说:"您和建章都是了不起的人物。"

大练长语重心长地说:"识时务者为俊杰——不容易啊!"

三福重复道:"不容易,不容易。"

得到两家的背书,三福当仁不让地戴上了约地这个旧帽子。蚂蚱庙人有个传统——认可一切旧东西,且存了敬意。三福公布这一名头时,附带说明这称号已不具时效性,要众人不要当真,他不过是个跑腿的,那帽子也就是个幌子罢了。尽管他把约地说得微不足道,但村人还是接受了。这并非完全因了乡愿,很大一个原因,是村里缺少这么个人:勤快、耐心、温和、办事公道,遇到难题能想出办法,且不甚贪婪。三福基本符合以上要求。他虽然贪嘴,但充其量也就馋一点食物,其他并无苛求——三福朋友多的是,要吃好东西,随便哪个村都有愿意款待他的人。说到底,就是蚂蚱庙人接受了这个顶着虚名的志愿者。

得到众人的承认,三福很高兴。

大襟袄不以为然,对儿子说:"你个癞蛤蟆,能支起蚂蚱庙的床腿儿!"三福说:"没有三天的犁耙。"意思是,没有三天学不会的事情。大襟袄听了说:"自以为是个能豆呢。"三福自信满满地应道:"纵然是蛤蟆蝌蚪子,也要钻天。"大襟袄不屑:"有你现眼的一天。"三福自嘲地说:"是荤强似素,牛衣布子强似渣豆腐。"牛衣布子指牛杂碎,尤指大小肠子;渣豆腐,一种用蔬菜和豆浆合煮的素菜。

三福总有公事,村东跑到村西,庙前跑到庙后,闲谈中常常说到"约地"二字的由来和职责,顺便引出建章和大练长的话:"一个文秀才,一个武秀才,如果是好!"大白梨觉得两个秀才不可等量齐观,当面敲打三福:"你知道建章那个文秀才是捐的吗?俺这个武秀才可是凭三百石的硬弓跑马射箭拿下的嗷。"三福一副和稀泥的口气,说:"烧饼好吃,馍馍也好吃——都不容易。"文轩说:"烤的总比蒸的好!"

三福说:"俺老百姓懂得什么!"

有了约地的名号,三福脸上渐渐生出几分气象,话中少了讨好的语气,眼神也多了些镇定和自许,但走路的样子还是有些猥琐——微弓着腰,两眼东张西望,长长的胳膊甩来甩去,像个巡视领地的猴王。三福没工夫修饰风度,他只要品尝"有身份的人"的荣耀,品尝蚂蚱庙人给予他的尊敬。老百姓应当懂什么?懂这个就行。更多了,他不敢妄想。

亮出约地身份之后,三福接手的第一件公务,是吴兴邦想借用大庙前殿作为穷哥们练习响器的场所。三福顿时有了办公的热情,两人一前一后去找徐和尚,心里存了旗开得胜的预设。三福将兴邦的想法说了,没想竟遭到徐和尚的拒绝。三福说,他跟兴邦是光腚长大的朋友,那帮穷哥们都是很好的人,村里有点响声有利于香火。徐和尚就是不开口。他不同意,拿不到钥匙多少好话都等于白说。

吴兴邦看着三福,说:"你这个约地,真是白搭!"

三福知道徐和尚背后有大练长的依靠,心里闷闷的。

兴邦再次提及找老婆的事,说,你天天有女人搂着,俺抱着自己大腿睡觉,饱汉不知饿汉饥!三福说:"一人睡觉更好,没人打搅。"兴邦说:"俺要是有老婆,整夜不睡觉。"三福说:"骑驴不知步撵的,打不上三个垛子(油坊里榨油的豆饼),你就得累趴下。"兴邦说:"俺不怕累——能有多累?"三福说:"新婚那阵子,恨不能提个小锅进去住下。半个月过去,头昏眼花,还腰疼。"兴邦说:"你那是说恣话呢,俺情愿累死在女人肚皮上……"

他们穿过木料市、牲口市,见有翻着白浪的汤锅。兴邦说:"买个烧饼吃。"三福说:"还不到吃饭的时候。我带你去乡公所看看,看有没有需要办的公事。"兴邦说:"乡公所有什么好看的。"三福说:"那边还不知道我的身份,打个照面,叫他们知道以后蚂蚱庙有事就找我……"

兴邦被三福生拉硬拽地去了乡公所。

他盼着三福夸官亮职后买烧饼喝肉汤。

刚进院子，他俩就碰上几个带枪的军人。

三福心想，坏了，秀才遇到兵。

兴邦说："这帮人看上去不善哟！"

三十六计，走为上。

三福刚回身，一个披着黄大衣的军人叫住他："干什么的？"

三福嗫嚅道："赶集的，走错道了。"

那人说："两条熊胳膊甩啦甩啦的，一看就知你是谁。"

三福问："我是蚂蚱庙的约地。"

披黄大衣的说："贾三福，正要派人找你呢。我等兄弟这次协防，上边要求修几处工事。你那蚂蚱庙得派伕子，自带干粮，自带干活的家什，吃住在工地，干完了才能回家。"

三福皱了眉头说："这事难办。上年遭了雹灾，粮食几近无收，老百姓连肚子都填不饱，再让他们交粮，让我这口很难张啊。"

黄大衣说："你难，我们不难？我们当兵的不光忍饥挨饿，还要拿命去顶人家枪子儿呢！"

三福说："都不容易，都不容易。"

黄大衣当即交代三福："六百斤麦子，六个伕子，青壮年，甭拿老弱病残充数！"

那口气，不容分说。

三福央求道："六个，太多了！正是夏忙时节，派不出那么多人哟。粮食，二百斤吧。"

黄大衣说："粮食一斤不能少，人一个不能少！不然，拿你是问！"

说着呢，黄大衣的枪托就捣在三福左腿上。

三福立马倒在地上，痛得哎哟皇天地喊，好半天才爬起来。

幸亏吴兴邦在旁，拉起他，扶着，跌跌撞撞地离开那是非之地。

71

吴兴邦道:"我说买个烧饼吃吃算了,你非要去狗日的乡公所夸官亮职。这下子好了,人打残了,还自找了个屎盆子顶着。我倒想看看你这约地有什么本事!"

三福哎哟哎哟的,求他别说了,自投罗网,无事生非,腌臜死了……

回到蚂蚱庙,三福提了铜锣吆喝:"庙前庙后,庙左庙右,都给我听好了。上级下来命令,交粮食,这次按地亩,每亩地交粮半斤。"

吆喝了一上午,唇干舌燥,只有大白梨送来几十斤麦子,其他人置若罔闻。

三福心想:铁打的营盘流水的兵,也许那帮黄皮狗换岗走了,失火趴床底——得过且过吧。

谁知,次日早上,就有两个兵扛了枪过来,还带着一辆牛拉拱头车。

来人问:"粮食呢?"

三福说:"正在收,正在收。"

那兵看看地上,问:"就这些?还不够塞耳眼呢!"

三福正要解释,那兵上来掐着他脖子,道:"立马收齐,少一两,看我不抽你的筋!"

躲不开,也跑不了,还不许告饶,三福被两个扛枪的押着,挨家挨户去收粮食。

蚂蚱庙人最惧怕、最厌恶、最无奈的,就是这种隔三岔五地催粮、逼款、押伕子。村人弄不清他们谁是谁,就连大练长也不屑打听那些人的归属,一般人更不敢多嘴。大家只有忍气吞声,要什么给什么。三福被押着,缩着脖子,靠在庙墙上,那样子真让人心生同情:刚当上约地就遇这种事,真不容易!

折腾了一整天,好歹收了大半车粮食,差不多三四百斤。三福哀告:"实在没得收了,兄弟别嫌少,真不行就少吃干的多喝点儿稀的。"那兵说:"俺可不是躺床上的病号,有点稀粥喝着死不了就行。我等是上战场拼命的!吃干的都不行,你叫俺喝稀的?你知道战场上撒尿都没空的滋味吗？你知道跑都跑不动的滋味吗？喝稀的！你这是叫我们去送死啊这是！"

三福认错，还打了自己三个耳光。

粮食不够数，大兵也不再继续催逼。剩下就是派伕子的事。两个兵非要当时带走三福不可。三福说："今儿一早都下地干活去了，找不到壮实男人，这事容我安排，明儿定会把人送到乡里。"两个兵看看天色，没再坚持带走他，但叮嘱三福：明儿上午定要把人送到乡公所。三福答应。那兵要三福提供那几名伕子的名字以便复命。三福想了好半天，给了他们六个名字：林连坤、石猴子、赵克俭、马哈、张鑫、黄浪。那兵记下，恶狠狠地说："贾三福你给我记住了，明儿早上去乡里点名，少一个，打断你一根肋巴！少两个，要你小命！"

三福只好应了。

两个兵赶着拉粮食的拱头车，离开了蚂蚱庙。

那天晚上，贾三福愁得吃不下饭。陈氏给他做了炝锅面，三福只吃了两口就放下筷子，说从小腿到脖子浑身都疼。大襟袄在屋里唉声叹气，怨声连连："你以为当官是好事哟！人前一站，跟真三似的。这回知道厉害了吧？为人别当差，当差不自在。露多大的脸，现多大的眼……老百姓怕什么？一怕天灾，二怕人祸。人祸中怕什么？一怕马子架户（绑票），二怕壮丁出伕……你没出过伕，那不是人干的活啊！活苦，活累，吃不饱，还常挨打。那些丘八不跟你讲理，一不高兴就拿枪托子捣人。不信你可以数算数算，蚂蚱庙人，凡出过伕的，十个有八个都带了伤。这工事完了，接着去另一个，期限一再延迟，地里庄稼误了，家人生病也不得告假。能让你不缺胳膊不瘸腿地回来就算好的，甚者，索性把民伕拉去充了壮丁……"

三福心烦，但他不能反驳——爹说的是实情。

次日一早，三福目送连坤、克俭、张鑫一起上了路。但他并不放心，因为那三个人一到乡公所，立马就会露馅——三福报了六个名字，

73

实际上就这三个——另外三个名字是他们的诨号。部队一旦发现人不够数，必会恼羞成怒。再来，可就不是抓人当伕子，很可能当场要了我小命呢！三福想：不能就这么待在家里，三十六计走为上计，得赶快离开村子……

三福迅疾离开蚂蚱庙，临时找了个地方避个风。

直到次日黑天时，他才小心翼翼地回村。

一进北门，就见两个兵站在那里。

三福预感到没好事，撒腿就往野地里跑。

两个兵发现有人，其中一个追了过来。

三福胳膊长，但腿不长，很快就被那兵给逮住了。

那兵怒气冲冲地说："好你个贾三福，竟敢骗到我们头上！你说，为什么拿三个充六个的数？看我老庞的队伍好欺负是不？你以为我们的枪子儿是泥巴做的？你当你的头是铁打铜铸的？啊！"

三福知道自己的把戏被戳穿了。

对此，他早有预料。

那兵把他拉到北门那边，不由分说，按倒就是一顿狠打。

三福大喊："我知罪，我知罪，别打了，别打了……"

还是打，用枪托，用拳头，用脚踢。

三福一阵阵地呼喊救命，声嘶力竭……

陆续走来几个村民，除了贾家弟兄，还有北门附近的夏占鳌、扈龙、大皮匠、吕伯清、扈淑廉、扈淑常、扈义等。三福蜷在地上，双手抱着头，好像一条被打死的狗。夏占鳌朝那兵拱了拱手，说，二位爷担待，借个地方说话。那兵说，借什么地方，就这里说！扈龙趁机将三福从枪托子下边拉出来。那兵兀自在骂："这混蛋竟敢骗我们！今儿没要了他小命就算宽大了！"

二三十个男女围上来，一起为三福求情。

那兵说罢，朝同伴打了个手势，扬长而去。

众人把三福抬回家，陈氏拿温水给他擦洗脸上手上的血。大皮匠自告奋勇去请石晓楼。扈义说他家还有点红汞水。扈龙摸了摸三福的头，说带血的地方得剪去头发。一些女人到灶下烧水，一边感叹世道不好，一边骂那兵太狠毒……

石晓楼来，看了，说打得不轻，好在骨头没大碍。他带了三颗跌打损伤丸，告诉怎么用法。三福还没完全清醒过来，自言自语："老总啊，麦子眼看熟了，夏收夏种，老百姓那个忙，派不出那么多伕子啊……"

陈氏趴在他耳朵附近，说："在家里呢，兵都走了！"

三福勉强睁开眼，看了看面前，又闭上了。

大皮匠对石晓楼说："石先生，你说这世道不是逼人上梁山嘛。"

石晓楼苦笑道："世事难料，救人要紧。"

次日，陆续有人来看望三福，每个人的脸上都带着真诚的感激。他们异口同声，说三福这次为大家遭难受罪，不容易。夏占鳌建议找几张黄纸到村口烧了，打送一下侵扰村子的鬼。大皮匠说，那都是老妈子做法没什么用。两人争吵起来，谁也不服谁。扈龙好不容易把他们压制下去。

石晓楼说："这事给大家提了一个醒，乱世就在眼前。"

扈龙请教什么叫乱世？

石晓楼说："乱世就是兵匪一家。现在是兵乱，不久就会有匪乱。"

扈龙点头，深以为然。

此时，一个人跨进门槛，说："晓楼说得好！"

大家一看，是后街的赵琪。他拨开三福的眼皮，看了看，说："没大事儿。"然后，他朝石晓楼拱拱手说："您接着说。"石晓楼说："还是你说吧。"赵琪一副当仁不让的样子，说："刚才晓楼说了上半截，我告诉你们下半截，合起来是个完整的理儿。有兵乱就有匪乱，为什么？因为兵多了，要钱要粮，抓伕子，老百姓的日子越来越难过，民不聊生时，自然就有打家劫舍的人上山落草，于是出现土匪。有土匪就得剿匪，剿匪需要钱粮，需要扩充部队，于是政府就增加捐税，百姓的日子雪上加霜。如此循环往复，层层加码，无休无止，于是兵多匪也多，匪多兵更多，最后都落到百姓头上，乱世就到了。"

大皮匠说："这话在理。"

赵琪是信神鬼的，说："该打送还得打送，不就是烧几张纸嘛。"

大皮匠问赵琪："你们都说这里有神那里有鬼，谁曾见过只鳞片爪？"

赵琪看都不看大皮匠，说："人有什么资格亲眼见到鬼见到神？人是很俗的物件，天地以万物为刍狗，况人乎？鬼神行于天地之间，往来于心性之中，无须我等亲见。譬如打送，烧几张黄纸，念几句咒语，心里放下，不再疑虑，神鬼也就不再节外生枝，这难道不是息事宁人之善举吗？"

他这么一说，大家就认同了夏占鳌的提议。

大襟袄心气还是不顺。众人就安抚他："自古以来兵来将挡水来土掩，村里总得有个人出头，不然更糟。"大襟袄说："但凡有半边儿刁心眼也不该出这个头。羊群里跑出个驴来——就他能！这回让你能去，伤筋动骨一百天。庄稼耽误了不说，老的少的都得跟着受罪……"

不管老汉怎么说，村民记住了三福的好。在底层，任何人做出哪怕芥末粒大的善举，都会变成口头流传的业绩，添枝加叶，充满善意和幽默，篇幅越来越长，甚至辅以神鬼，让当事人享受无限的温暖和光荣。贾三福用三个诨名蒙混老庞的队伍并为此挨一顿痛打，蚂蚱庙人对此给予了很高的评价，以为这是胆量与智慧的绝佳表现。他们到处传扬，不断修改的版本中掺杂了辛酸和谐谑，让故事更加生动。出于诚朴，出于善意，三福获得了蚂蚱庙人普遍的、由衷的好评。三福的淳朴善良、聪明多智，让蚂蚱庙人感到骄傲，每个参与传说的人都把几分感恩之心融了进去，听闻者则用赞叹和肯定来表达自己站在正义一边。蚂蚱庙人的淳朴善良，在这里表现得不遗余力。

指头抹蜜饱不了人

三个月后，三福能下地走动了。

吴云迪召见三福，还请他吃了一顿砂壶头煨米。

蚂蚱庙绝大部分土地是旱田，不种水稻，大米很稀罕。大练长偏偏爱吃大米饭。吴家土地多，有几亩老洼地，差不多每年夏季都会遭水淹，于是他们就在那洼地上种了旱稻，所产大米正好满足大练长的口福。每遇到高兴的事，大练长就会让下人给他煨一砂壶米饭。旱稻春出的米，浅黄，有些粒子上还带一点紫色线条。抓两把，放在粗砂壶里，待家人晚饭做好，将砂壶放在灶下余火上，半个时辰，喷香的米饭就煨熟了。旱稻产量低，米质好于一般白米，煨出的饭有一种特别浓郁的香味儿。素日里，那一砂壶头米饭只供吴云迪一人享用，这是他大家长的特权。三福见过吴云迪吃砂壶煨米的情形：坐在八仙桌的上首，眼前两个小菜，大练长把砂壶放在腿上，腿上垫了垫子。他拿一双筷子，一点一点从砂壶里朝外掏着吃，心无旁骛，近乎忘我。吃到最后，老人的脑袋一会儿歪这边一会儿歪那边，将深处的锅巴掏唬得干干净净。三福对大财主吃砂壶米饭的情景十分向往，暗里许下大愿：将来混好了，每晚吃一砂壶旱稻煨米饭。

谁料想，高贵的大练长竟让他提前实现了夙愿:请他吃砂壶煨米！

这是连西酒店的直系亲属都不敢奢望的款待啊！蚂蚱庙有史以来能分享西酒店砂壶头煨饭的有几个？没有！三福打心底里感到了温暖和亲近，觉得自己已成为吴家的一员，而且是很重要的成员。因乎此，三福甚至觉得不久前挨的那顿打，也值了。

这一次款待，是吴云迪对三福的嘉奖。说到挨打那件事，大练长给三福的评价是三个字：不容易啊！这三个字是蚂蚱庙人常用的生存感叹，本不足为奇，但在西酒店的大瓦房里，这三个字出自能拉三百石硬功的武秀才之口，就成了至高无上的赞词。三福反复琢磨这三个字的意义，越琢磨越觉得含义深广，妙不可言。可不是嘛，事事不容易，处处不容易，人人不容易，一天三顿饭不容易，就连生和死都不容易——这话用在哪里都是真理，放在谁身上都适用！三福不断地念叨着，好像品味一颗嚼不烂的牛板筋。

他和大练长见面的机会多了，交谈也更深入。

某日，大练长问三福："说起来你也是衣食不愁的人了。外场上有朋友，生意上路子也算宽敞，为什么还稀罕约地这个过气的名望呢？"三福想了想，答曰："您老人家这句话算是刨到我根上了。不错，离开蚂蚱庙，离开土地和庄稼，在外边随意走动走动我就能有吃有喝。但是，有吃有喝腰里有几个小钱还不能算是个体面人，体面人的根基还是在自己村里。在外边混得再光鲜，没有本村人的赞同和尊敬，就难说是个体面人。古人说什么来着？走夜路的人穿再好的衣裳也没有用，就是这个理儿。再说了，钱财这东西不能单独支撑一个人的名望。常言说，人过留名，雁过留声，口碑才是要紧的。多少人生下来，多少人死去，跟没来过这个世界一样啊。但凡有一点功德，被世人称赞，后人也常提起，那才叫体面。世上财主不少，地多、钱多、牛马成群，夏天穿丝绸薄衫，冬天有棉衣皮衣，可有几个能跟您老人家比的？他们可曾有过功名？他们当过练长吗？他们当中有几个能给工夫市定价？他们可曾庇护庙宇神像保一方平安？所以说，多挣几个钱少挣几个钱，多几斗粮食少几斗粮食，多一头牛少一头驴，都难说体面。你老人家说，是不是这个理儿？"

这一席话，说到大练长的心里去了。

或者说，此刻，他们完成了价值观的沟通和认同。

自此，三福对吴家的服务越发殷勤。每当吴云迪夸奖他，他都会说不容易。这话不知是赞扬自己,还是奉承大练长。大练长就问他:"甭说随话,说说什么叫不容易。"三福说:"能吃上您老人家的砂壶煨米,容易吗?不容易!"吴云迪哈哈大笑,拍着三福的肩膀说:"这有什么不容易的?你不是喜欢吃米嘛,我给你一个差事,保你天天能吃到砂壶煨米。"

三福望着面前的练长,问:"世上有那么好的差事?"

吴云迪轻轻地说了三个字:"抹斗手。"

三福稍微定了下心思,轻声问:"那谢芳春呢?"

吴云迪说:"那人虽然读过书,却知礼不知术,不想让他干了。"

三福屈了一条腿,就要跪地磕头的样子。

吴云迪把他扶起,说:"不必行此大礼。"

三福道:"您这是给了我一个金饭碗啊!"

吴云迪说:"金饭碗倒也谈不上,至少可免冻馁之忧。"

蚂蚱庙本没有集市,自打西吴家做起了酒店,粮食进出频繁且量大,像以往那样派人到附近村庄或集市上去收购高粱小麦,所需人力太多,且价格、度量、运输诸环节上多有舞弊,大练长决心改变——让槖粮食的直接把高粱送到酒店里——因此就在蚂蚱庙设了集市。说起来,这已是七八年前的旧事了。

蚂蚱庙的粮食市设在路北空场上。那里本是一片高地,后因众人使土,渐渐挖出一片空场,地势北高南低,避风向阳,靠近大路,适合做集市。大练长依托了自己的名望和实力,给周围几十个村子发了倡议,于是就在这里设立了集市。蚂蚱庙的集市给西酒店带来极大方便。从前在集市上收购做酒的粮食,一是数量不能保证,急需料时,收不到足够的高粱。收购者谎报,运输中滴漏破撒,从中耍奸的,以次充好,掺沙子泼水的,极难掌控。市场上的经纪又往往哄抬价格,质量参差不齐,影响酒的品质。自打设了集市,买进的高粱、小麦、大麦，可直接拉进仓里，省去多少环节！坐地囤积，价格合适就多储，价格上去了可以少收或停收，市价因此得到了抑制。酒店还可以根据行情低收高出，丰年歉年都可以做粮食生意。作为蚂蚱庙集市的创始人和实际管理者，吴云迪自认为此举乃神来之笔，经常为此自诩。

在粮食市上，抹斗手是要害人物。抹斗手，类似交易所的标准计量员。农民到集市上买卖粮食，都由抹斗的人计量。鲁南一带的计量容器主要有两种：升和斗。升，多用白柳条编制，也有木制的，样子像个放大的橄榄。容量与重量的关系是：一升等于十斤，以麦子为准。一般人家用的柳编升，除平时放杂物，还用于上坟、婚礼和孩子周岁的仪式，偶尔也做邻里间拆借粮食的量器。这种柳条编制的升有些许弹性，不能作为交易场所使用的计量工具。斗，有大有小，十升为一斗。一般百姓家粮食不多，偶尔参与交易，用不着斗，他们的粮食大都放在囤子、瓷缸、陶罐或笊子里。集市上用的斗是四棱形的，底略小，上口略大，用五片木板做成，以晒干的麦子为准，大斗盛一百斤，小斗二十斤。西酒店每天购进粮食，升斗齐全。有人说西酒店有两个斗，进料用大斗，借出粮食用小斗。这种说法有贬损之义，也不确实。实际上，西酒店因为常年买进很多粮食，用大斗效率高。借出粮食的时候少，且数量不大，用小斗比较准确。

到集上卖粮的，先把粮食倒进斗里，抹斗手伸出手掌，在表面上那么一抹，斗里的粮食便形成一个平面，买卖双方没有异议，便可成交。抹斗手的巧妙或者说猫腻，其实不在大斗与小斗，而在于抹斗手的良心。抹斗手的手掌如果隆成弧形（几乎看不出来），一斗粮食能多出半斤。如果手掌伸得很平，抹出来的粮食表面平展展的，就是公平公道。抹斗手的五指如果翘起来，深深一刮，分量就少了大半斤。后者前者，一反一正，能有一斤左右的出入。尖斗买进，平斗卖出，又不让人看出来，这是交易人追求的状态，机关都在抹斗手的那双手上。百姓为了卖粮不吃亏，有时会雇请集市上专业的添斗手。添斗手是抹斗手的天敌，但表面还得处好关系，不然会被人说成狼狈为奸。卖粮人的担心在于，如果粮食口袋掌握不好，一下子朝斗里倒多了，被抹斗手顺手那么一抹，多出的粮食就归了抹斗手。如果倒少了，可继续添加。最好的添斗手能一下子准确倒满木斗，让抹斗手一点多余的粮食都弄不到。

蚂蚱庙的第一位抹斗手是赵建章。他曾在旦彰街和相公庄的大集上干过三四年，远近知名。蚂蚱庙有了集市后，西酒店雇用的首位抹斗手是建章。建章抹斗，好处是手快，不好处是随意性大。吴云迪待他好，建章那只抹斗的手就会略微隆起，让吴家多收一点。若吴家对他不够好，他的手掌就上翘起来，让卖粮食的多得些便宜。赵建章进城后，吴云迪根据众人举荐，雇用谢芳春当抹斗手。谢芳春读过书，奉行孔老夫子己所不欲勿施于人的信条，不论谁，他那只抹斗的手总是伸得很平，买卖双方都不吃亏，因此获得四镇八乡的好评。但他当了不到半年，吴云迪就不大满意，想把他辞掉。只因谢芳春的口碑太好，一时找不到合适的人选。再说，选个新手，辞掉老手，总得有个恰当的理由。

很快，理由找到了。

吴云迪有个习惯，每当粮食市上生意热闹时，他会从高台阶那边慢慢踱过来，用人跟在后边，将一个茶壶一个茶碗放在抹斗手附近的碌碡上。碌碡是立着的，上面的中心有个孔，正好放得下茶壶。长期观察粮食市的人说，每当茶壶茶碗送过来，建章抹斗的手就会隆起，斗里的粮食面就会高出一些。所以，那些卖粮食就编了一首歌谣：

　　不怕犁耙不怕锄，
　　就怕碌碡上放了茶壶；
　　卖粮食，要趁早，

81

茶壶来了就晚了……

谢芳春和赵建章都不止一次听到这首歌谣，反应不同。赵建章基本遵奉大练长的意志，偶尔掺杂了自己的喜怒和意志。谢芳春则不同，不论什么时候，他都按同样的标准抹斗。即使吴云迪送来茶壶茶碗，他也一如既往，不受干扰。这一点，很得百姓赞赏，但却失了东家的信任。不久，发生了一件事。那天，粮食市上很热闹，谢芳春忙得一身汗，很渴，顺手拿起碌碡上的茶壶，对着茶壶的嘴儿咕嘟咕嘟喝了几口。因为忙乱，茶壶没有放在碌碡中心的眼孔里，掉下去，摔破了。

摔碎一个茶壶，对于吴家来说，本是微不足道的事，可吴云迪很不高兴。他没有收拾摔碎的茶壶，只说："对着壶嘴喝茶——还像个读书人吗？"这句批评，对于自尊心极强的谢芳春来说，是一种不能承受的羞辱。吴云迪走后，谢芳春自语道："我这抹斗手看来干不长了。"

下一个集市，谢芳春称病没有到场。

吴云迪明白，这是他给西酒店换人找的台阶。

顺水推舟，大练长便把这差事交给了三福。

贾三福上任后，完全按大练长的意思，该隆手时隆手，该翘手时翘手。卖粮食的人们因此想起了赵建章，说三福得了赵建章的真传，并再次唱起那首一度消失了的歌谣。谢芳春从此消失在蚂蚱庙的粮食市上。有人建议他去做添斗手，约束一下三福的劣行，谢芳春婉言谢绝了。他知道，一个不识时务的人很难在这样的市场上混下去。

这么一来，三福的抹斗手顺风顺水，市场恢复了从前的风气。每天收市散集的时候，三福带着抹斗抹下来的粮食——那是抹斗手的法定收益——高高兴兴朝家走。因各家买卖的粮食不同，他那口袋里的总是杂粮，麦子、大豆、高粱、黍子、稷子、穄子、谷子、旱稻、玉米，不下十来种。

看见三福背着大半袋子杂粮经过，有人羡慕，有人讥讽。

吴兴邦说："每集都弄这么大半袋子，三福要发大财了。"

三福的回答总是三个字：不容易。

兴邦说："不就是拿手一来一回荡一下嘛。"

三福说："指头抹蜜——饱不了人啊。"

抹斗手，一个实惠的差事，让贾三福衣食无忧。

如今的三福，日子过得很是滋润。平时，五天一个集，每一次逢集，他都能收到半袋子杂粮。即使不种地，也足够他们一家的口粮。贾陈氏把三福背回来的粮食加以分类，豆子、小麦、高粱，大致能分个差不多。豆子可以做豆腐、生豆芽，也晒过酱豆子。麦子的用场更多，可以磨成白面，做馍馍，做饺子，做疙瘩汤，都可以。如果不磨面，可以磨成糊糊烙煎饼。只有高粱不大好弄，粗粮，不容易制作精细食品。贾陈氏就把高粱掺在麦子里，磨出糊糊，做出的煎饼带了几分绛紫色，表面还翻着麦粉的银白，观感、口感都好。有了这份收入，三福心里感到踏实。皮货生意，他也还继续做。近来和南道的回民有了联络，牵线搭桥，做一些皮革鞣制的生意，收入自是可观。

他的地位，无论在家里还是在外头，都有明显的提高，就连对他没好话的老爹也不大揶揄他了。但三福也明确地感到，当抹斗手得到的好处正在逐日抵消着他不久前"三人抵六名"的功德。人们在他面前总爱议论谢芳春，夸奖那个人如何公平公道，如何不看大练长的眼色等等。有人甚至说，就着壶嘴喝茶其实算不了什么，就连皇帝有时也就着壶嘴喝茶呢。这些话是说给三福听的，旁敲侧击，其中藏了讥讽和评判。三福觉得，既有的名望十分单薄，他需要得到更多的认可。

他想到两个人，一是徐和尚，一是私塾先生石晓楼。

徐和尚那个人，看起来有些卑微，实际上也不高尚，但村里大大小小的仪式上几乎都有他的身影。蚂蚱庙有太多苦难，太多无法厘清的困扰，还有对来生的恐惧，这些都需要神灵的安慰。而这，就是徐和尚的生存空间。如果得到徐和尚的认可，那么，神灵就成为可以借助的力量。石晓楼呢，看上去是个孩子王，但他有学问，众人相信他。多么深奥的言语，他都能引经据典找到令人信服的解释。蚂蚱庙的读书人要么是他的学生，要么是他老师刘振兴的学生，包括后街的谢芳春的儿子谢殿章，前街的林家兄弟，西酒店的老大和老三，老扈家的几个子弟，都把石晓楼放在很高的位置上。石晓楼从来不说别人坏话，但是，如果他想说，就会有很多人随声附和，叫企图反驳的人无法招架。

想到徐和尚，三福记起不久前为吴兴邦练响器求借蚂蚱庙前殿的事。徐和尚的拒绝不仅得罪了吴兴邦和他的穷兄弟们，也让三福没有面子。三福不曾想到报复，相反，他试图与徐和尚建立一种即使不很融洽至少达到井水不犯河水的关系，形成默契，彼此给足面子。相与一个人一条路，得罪一个人一座山，况且徐和尚既有大练长撑腰，又是神职人物，更应小心对付。

恰好，徐和尚有事来找三福。

三福见他一脸恓惶的样子，问："谁让你来找我的？"

徐和尚说："大施主叫来的。"

三福又问："庙上有事？"

徐和尚说："遇到大难题了，扈淑廉想要把一个孩子送到庙里来。"

三福问："他就一个儿子，送庙里去，舍得？"

徐和尚说："不是那个，是一个刚从外边带来的油瓶儿。"

什么事不是人干的！

扈淑廉是一介农民，但并不普通。说起来，扈淑廉和大襟袄贾远未操同一职业——货郎。不同的是，贾一直做着，兢兢业业，差不多每天都外出，风雨无阻，筚路蓝缕。他的货郎挑子总是满满的，连木箱的罩网上都挂了各种小玩意儿。扈淑廉却是时干时停，不够下力，挑子里就那么几十样东西，缺这少那的，常让顾客失望。因为当过货郎，扈淑廉自以为见过世面，颇不平凡，既不肯下力气做庄稼，也不好好琢磨生意。自己到底有多大的能耐，到底想构建怎样的生活图景，他自己好像也说不清。

扈家土地不多，轻易就侍弄了，这主要靠了他的父母和兄弟。农闲时，扈淑廉挑着货郎挑子赶四集，虽是小本生意，若能坚持不懈，日子也过得去。问题是，扈淑廉嗜赌如命，只要弄到几个钱，立马手痒，且很快输光。后来，扈淑廉依托大练长的关照，在村里混了个拉青条的活儿。所谓拉青条，就是农田的巡逻哨。拉青条的职责是看护本村庄稼，以免牲口糟蹋青苗。逢到下暴雨发大水时，拉青条的有责任提醒各家各户到地里排水。庄稼熟了，他要满大街敲锣，告知各家及时收割，等等。农民发生争地边子的纠纷，一般也由约地和拉青条的一起调解。这种田野巡视员没有专业武器，平时都是从树上随手撅一根长树条儿，拿在手里，有一搭无一搭地到处转，于是村民就给这种人叫"拉青条的"。

扈淑廉有妻子和儿子，妻子姓何，儿子叫扈廷。三年前，蚂蚱庙大旱，持久的旱情像烈火一样席卷鲁南、豫东、苏北。俗话说，秋旱如刀刮——秋天的旱灾会让田园颗粒无收。扈家一入冬就断了粮，三口人饥寒交迫，眼看死路一条，只好带了妻儿去苏北，在林堰、房山、沭阳一带乞讨。扈拉过青条，自以为是有身份的人，虽乞讨，但从不直接上门要饭。无论走到哪儿，都是一副爷的样子，要家人伺候他吃喝。妻子和儿子去各家各户乞讨，要到的饭食先得供饱这位老爷儿们，然后娘儿俩再去各自讨吃的。因为要优先伺候老子，母子俩常常因过了饭时而要不到东西吃，只能忍饥挨饿。

吃饱了没事干,扈淑廉临时收拾了一副破挑子,当起货郎。一个冬春下来,扈家好歹活了下来,还攒了两口袋粗粮,有玉米、高粱,还有十几斤麦子和两碗大豆,大半碗红小豆,合起来大约有一百五六十斤。虽然不算丰厚,但够他们回村度春荒了。只要坚持到新麦成熟,生计就有了接口,饿不死了。但是,扈淑廉并没带着好不容易积累的一点救命粮回去,他一心想让这次逃荒的成绩更卓越一些。

扈淑廉靠货郎挑子,攒了几个小钱。凡赌鬼,有三个钱别在腰里就睡不好觉,老想到赌局上捞一把。这种人嗅觉灵敏,到哪里都能闻到牌局的气息。旧习难改,扈淑廉一有空就钻到赌场弄两把。开始也赢过几个钱,得意扬扬,后来则输多赢少。所有赌徒都有这样的心理:赢了,以为自己手气好,发财的机会到了;输了,不相信自己老不走运,回本转赢的机会就在眼前。别人输了,认为理所当然,最好让他们输得连裤子都没有;别人赢了,则不服气,坚信自己的运气不会比别人差,一时输钱不过是运气不旺而已。就这样,扈越陷越深,不仅输光了母子俩辛苦积累的那点粮食,连自己货郎挑子也输给人家。最后,孤注一掷,竟把老婆也输了——赢家是一个六十多岁病恹恹的老头子。

扈淑廉重新沦为一贫如洗的穷汉,自个儿带着儿子无精打采地走上返乡之路。临行前,儿子问他,俺娘呢?她不跟咱一起回去吗?扈说:你娘现在一个大家主儿那里当老妈子,有吃有喝,不管咱了。扈廷不信,哭着要去找娘,被扈淑廉硬拽着回了蚂蚱庙。

扈一回到家,老娘就问:"媳妇怎么没回来?"扈淑廉随口说:"得病死了。"扈廷想反驳,被他爹打了一巴掌。扈淑廉凶狠狠地嘱咐儿子:"小孩子不许多嘴,甭跟你奶奶扯那个事!"为此事,扈老妇人好一阵子哀伤,说:"纵然死在外边,也得把骨头带回来啊!"扈淑廉说:"死人比活人沉重多了,那么老远,怎么带回来!"老妇人坚持要给儿媳做个简单的法事,请石先生写个招魂帖子,好歹把丧事办了。扈淑廉说:"哪里黄土不埋人?人死如灯灭,犯不上花那个钱。"扈老妇人没法，只好叫孙子带了孝服去他姥姥家报个丧，上个坟，就说人没了。

扈廷那时十岁，明知父亲编瞎话也不敢说破。扈廷很小就跟着爹赶集，照看货郎挑子（爹一有空就想找地方赌一把），耳濡目染，渐渐学会了这小生意。扈家的货郎挑子比较简单空泛——不像大襟袄那样塞满破布、乱发、碎铜烂铁——只有糖瓜、花线、染料几样。扈淑廉喜欢那些可以直接变成现金的东西。这么做，是为了有现钱做赌资，方便。

初冬，相公集上，扈廷守着爹的货郎挑子发呆。大襟袄带着他的一个同行悄悄走到这边。看扈淑廉不在，那货郎小声告诉他："你娘想你了，叫你去接她呢。"扈廷小声问："谁说的？"那人简述了他的见闻：有个姓刘的货郎，家是后跫庄，常到林堰一带行走。某日行走在某村，听见一位妇人急促地招呼他，问他是不是相公庄人。姓刘的货郎说是啊是啊你怎么知道？那妇人说从口音里老远就听出是咱那片的人呢。她看上去十分的忧伤，告诉他自己是蚂蚱庙的，丈夫把她输给了一个老头子。如今老头子死了，她孤苦伶仃守着两间破屋，日夜想念儿子，眼都快哭瞎了。请捎个信给她儿子，务必接她回家……

扈廷一回家，就把刘货郎的话给爹说了，哭着闹着要去把娘接回来。为了说服爹，扈廷找到本家大爷扈淑贤，让他说说爹。淑贤找到扈淑廉，要他一起和孩子去苏北把娘儿们接回来。扈淑廉坚决不去，淑贤很生气，说他这件事有损德行。扈淑廉满不在乎，说："什么事不是人干的！"

外界压力很大，让扈淑廉犯了愁。不去接？众人都骂，从此不好见人了。再说，孩子没娘，也会心存怨愤。关键是，家里没个做饭的，日子不像日子。若是接回来，不久前撒的那个谎不就穿帮了嘛！再说，去那里跑一趟，少说也要半月，免不了大累腿脚。为此事，他好几天拿不定主意。经不住儿子一再央求，扈说："这样吧，你去那边走一趟，能接就接回来，接不回来，顺便做点小生意，只要你能活着回来就行。"

扈廷不过是个刚满十岁的孩子，无论脚力还是胆识，都不够完成这件出省接人的事。虽然跟爹在集市上混了几年，但不曾独自出这么远的门。上次去苏北是跟了爹娘走的，如今道路已经忘却，怎么走呢？他很想跟爹一起去把娘接回来，来回用不了多少时日，况且此时地里也没什么活。扈淑廉不耐烦地说："你的鼻子下边不是长了个嘴嘛，你就说去林堰，慢慢走，一天走四十里，十天八天也就到了。没得吃，就要饭，你不是早就学会戳狗牙了嘛（要饭乞讨）。到了那里，一边走街串巷一边找就是了。找到了，拉回来；找不到，自己回来就是了。"

    扈廷念母心切，咬咬牙，决定独自上路。扈淑廉托本家兄弟扈淑常，在前街林家借了一辆木轮车，装了几棵白菜，半口袋萝卜，两三瓣大蒜，说："没吃的就要饭，一时要不到吃的就拿白菜萝卜塞肚子，孬好垫一垫，饿不死就行。一边行走一边做点小生意，总能找到那地方。找不到，也没什么要紧，只要你能回来就行。"

    扈廷走了将近半个月，好不容易到了林堰。

    按照刘货郎提供的村名，终于把亲娘找到了。

    母子见面，破镜重圆，说不尽的悲伤。

    扈廷担心夜长梦多，推着娘，当晚离开林堰，走出那悲怆之地。

    单这一点，扈廷就足称孝子，也必得好报。

    人是接回来了，但悲剧并没结束。

    回到蚂蚱庙的家，扈老妇人不仅没有安慰这个受苦受难的儿媳，反而对她白眼相看，甚至恶言恶语。老妇人觉得儿媳是个再醮（再嫁）的女人，已经失了贞节。失去贞节的媳妇重回扈家，那是扈家的羞耻。因此，老妇人对这个回归的媳妇充满鄙视。在她眼里，这个儿媳就是败坏家门的臭狗屎，恨不得一脚踢得远远的。媳妇端来饭食，老妇人一副恶心的样子，说："你叫旁人日了，这饭菜我怎么咽啊！"媳妇悲戚万分地申辩："不是你媳妇要另找男人，是你儿子把俺输给人家的！

俺是充了你儿子的赌债啊!"老妇人说:"不管怎么说,你是不干净了。"

无论怎么解释,怎么辩白,老妇人没有丝毫转念。更大的压力则来自蚂蚱庙,这里的男男女女都认可老妇人的观念:跟别的男人睡过觉的女人是不洁不净的。而且,这种不净深入而彻底,一辈子也洗不清。至于事出有因,他们全然不管,一切责任都归在当事女人身上。有些女人甚至自诩:"俺若遇到这种事,宁肯一头撞死——跳进黄河洗不清啊!"

媳妇实在没办法,只好求助自己的男人:"你这个老龟孙,要不是你把俺输给人家,俺哪会受这般炎凉,叫人嚼烂舌头啊!口水淹死人啊!"扈淑廉只说:"甭怨人家讥笑,给人日过了,还能叫人?"媳妇无言自辩,只有那辛酸的清泪,早流到晚,春流到秋。后来,她放弃了自辩的信心,觉得自己确实做了丢人的事,是个脏女人。她不敢挑战舆论,也没有办法对抗男人,更没有能力对抗众人之口。她只怨恨那个死去的老男人——你要是不死,俺也不至于这般走投无路!她也诅咒自己,恨当时没有一头撞死——要不是有赎回去的一线希望,要不是留念儿子,早寻死了!

不久,她在院里的槐树上吊死了。

她的死,在蚂蚱庙没有引起丝毫波澜,似乎所有的人都认为她应当死。老妇人依然积愤难消,整天骂,骂儿媳早不死晚不死偏偏这个时候死,骂她死的地方不对,在哪里找不到一棵树啊,禾场的大车屋里也能吊死人啊,偏偏在自家院子里死!老妇人经常梦见儿媳从槐树上耷拉的两条腿,那腿好像还活着,悠悠地来回晃动。恍惚中,那女人竟咬开绳扣儿,顺着绳子下来,披头散发,从窗棂里飘进屋里,吓得老妇人大惊大叫,浑身战栗,一身冷汗湿透枕头……

老妇人患了癔症,噩梦形影不离,不仅夜里,大白天也能看见那个飘移不定的影子。一天,她见槐树上有一只硕大的乌鸦对她怒目而视,急忙关上门,那乌鸦不知怎么的还是飞了进来,扑打着翅膀,凶猛地敲击她的头,啄她的眼……

89

两个月后，老妇人的眼就瞎了。她只能拄着拐棍行走，饿了，找点吃的都难。渴了，也没法弄点水喝。扈淑廉和儿子赶集去了，家里空落落的。她想着屋檐下还挂着一串胡萝卜，想揪两个充饥。好不容易摸索着出了门，就听见大鸟飞动的声息，刮风一样，像乌鸦也像老鹰，呼啦啦地扑到她身上，铁钩般的爪子抓住她的头皮，撕扯她的皮肉。她摔倒了，脚踝处骨折，还有一处伤口，痛得她死去活来。不久，老妇人的皮肉开始溃烂。她叫孙子把那棵槐树杀了，孙子不听。她又让儿子去杀，扈淑廉就把槐树从末根儿砍了。

第二天，老妇人就死了。

老妇人死后，蚂蚱庙的男男女女们说：都是她害死了媳妇！媳妇有什么罪过？若不是她儿子赌钱输了，怎会有这样的事呢？这事无论放在谁身上都抵抗不了啊！听说有拿土地房子顶债的，没听说把女人当成赌债的，真也想得出！看看，媳妇的冤魂如今化作精灵取了她的老命，也是活该！这种替儿嫌媳的人本就不是做婆婆的料，走了也好，云云。这些人，就是此前协同老妇人谴责扈廷母亲何氏的那些，多数是女人，也有男人参与其中。

自此，扈淑廉带着儿子生活，凉饭破衣，很是凄苦。即使如此，扈淑廉还是一如既往的游手好闲，不肯下力气做庄稼，也不肯好好做生意。大部分时间里，他在蚂蚱庙的田野里转悠，履行拉青条的职责，并依此向各家各户收取一点粮食。三福当了约地后，扈淑廉不再亲自上门，而是让三福代他收取看青的费用。秋季收成好一点，三福无须犯愁就能把这件事做了。春季，各家粮食短缺，则不易收齐，三福只好从自家囤里拿一些替众人垫付。当然，三福的粮食大部分是当抹斗手挣的。

有一天，蚂蚱庙来了个要饭的女人，带着一儿一女两个孩子，看上去很恓惶。一些好事的女人凑过去，问这问那。那女人说：当家人死了，因不堪忍受族人的欺负，又遇灾荒，只好出来讨乞。说着说着，就号啕起来。女人们说："可怜啊可怜，如此恓惶的日子哪天是个头啊。再说，一个女人带着俩孩子整天游荡，总不是个办法，不如在这边找个主儿，孬好有个依靠。孩子有碗糊粥喝，总比这么天天上门戳狗牙要好吧。"

那女人面无表情，只是唉声叹气。

此时，扈淑廉背了大半口袋粮食从那边过来。好事的女人们指着他，对那逃荒女人说："你就跟了这人吧。他叫扈淑廉，新近失了家，正瞅着没人做饭呢。"那女人远远看了一眼，问："谁能看上俺这拖儿带女的可怜人啊。"女人们说："只要你能做口饭吃，寒天里能给男人暖个被窝，不能算是废人。"

扈淑廉问几个女人："在这里看戏呢，还是听大鼓书？"女人们就把他拉过一边，指着那女人，鼓动他带回家，说有个做饭的总是好。扈淑廉放下肩上的口袋，说："行倒也行，就是孩子多了点。"女人们七嘴八舌："扈淑廉你别说昏话了，有人就有财。俗话说，饭桌前没有拉屎的，死了没有吊纸的。人一辈子熬什么？不就是熬几个孩子嘛。儿女长大了，孝顺你，老了也好有个依靠。到那时，儿子给你盖大瓦房，闺女三天两头提着卷子麻花来看你，那才是福呢……"

扈淑廉答应了。

那女人盯着那半口袋粮食，跟他走了。

扈淑廉重组了家庭。

原来的两口之家一夜之间变成五口，这让扈淑廉感到压力太大，大到无法承受。蚂蚱庙人的日子大都拮据，不得温饱的阴霾时时笼罩在人们心头，多一口人吃饭，是很大的负担。数年前，前街的诸葛俊娶了个寡妇，那寡妇带了个孩子，当时就有人编了这样的歌谣：

诸葛俊，好大胆，

一下子添了两个碗!
诸葛俊,好英雄,
买个老母马,
带个拖油瓶……

两个碗,说的就是凭空增加两口人的饭——寡妇和孩子——在蚂蚱庙人看来,一下子增加两口人吃饭,那是难以想象的大气魄,必得很有点经济实力的人物才能做出如此豪举。扈家一下子多了三个吃饭的,让扈淑廉犯了大愁。他为此走坐不安,一天到晚都在琢磨怎么处置那两个孩子。现时说话,他需要一个女人睡觉,需要有人做饭料理家务,收干晒湿,但不需要增加两个吃饭的孩子!亲生的孩子未必孝顺,更不要说拖油瓶儿——而且是两个!一下子添了三口人,天哪,不是一个,是两个孩子!无论怎么说,他们是人,不是牛马猪狗,不好随意处置。若是猪狗,不想养,卖了或杀了,没人会说什么。可他们都是人啊。人这物件最难办,尤其是没有劳动能力的人,他们要吃要喝要穿衣,稍有不好,周遭都是难听的话,面子上不好看。扈淑廉为此绞尽脑汁,苦无对策。他逐一数算亲戚朋友,看有没有缺儿女的,哪怕先送出去一个也好啊!

殚精竭虑,他终于想出第一个办法,把那女孩给前街的姑表老朱家,说是白送给他们养着,眼下就可以帮着做点家务活,长大一点可做他们的童养媳,也可以当干女儿。朱先生突然多了这么一件事,出乎意料,颇不情愿。扈淑廉反复说养个闺女有用处,从小就能帮大人干活,将来孝顺你,云云。老朱很想反问,既然这样你为什么不养着?可是看在表弟拉青条的面上(拉青条是可以私下里报复人的),朱家还是答应了。

解决了一个,还有一个——那男孩怎么安排?扈淑廉想来想去,没什么好办法。有一天,扈家来了个亲戚,看着寡妇带来的那个男孩说:

"你家这个小东西，骨瘦如柴，黄焦蜡气的，怕是不好养。不如把他送庙里当和尚，佛法无边，也许以后能出息个好和尚。"这句话刺激了扈淑廉的灵感，他决定把那孩子送到庙里。徐和尚是外来户，在蚂蚱庙没有家族依靠，谅他不敢不收。

那女人听说要把儿子送庙里，大不情愿，说："好人儿女哪有送庙里养的。"扈淑廉不高兴了，说："送到庙里，有佛祖和神仙护着，无病无灾，比在咱家要好。不信你可以去问问石先生，历史上好多王公贵族都曾到庙里修行呢。"

女人说："那和尚自家有孩子，能容得下咱吗？"

扈说："俺扈家在蚂蚱庙是大户，就是给徐和尚天胆，他也不敢欺负到咱头上。这个，你尽管放心了。那家伙敢动咱一根毫毛，看我怎么收拾他！"

那女人看出这个男人对她儿子横竖不顺眼，送到庙里也可缓一缓，等稍大一点再还俗，也不晚。

就这样，女人眼睁睁看儿子被送到庙里去了。

徐和尚半路出家，靠着一张低眉垂眼的乡愿之相，一张会念经的嘴，一颗自甘卑微的心，一双滴溜溜转个不停的鼠眼，逐渐积累起二十来亩薄地，如今算是村里中等人家。他名下那些地都是村里富人捐的，名义上是庙产，实际收益归徐和尚所有，庙里的香火也从这里出。因此，徐和尚对村里的大户人家总是特别恭敬，那副谄笑下贱的嘴脸总是流露着足料的猥琐，还有一些狡黠。他的儿子瘸造在蚂蚱庙已经惹过不少麻烦，让徐和尚很挠头。为了减少是非，徐和尚轻易不让儿子走出庙门。如今扈淑廉要把一个男孩送进来，徐和尚十分为难。扈淑廉不是别人，脾气暴躁，好酒好赌，又是个拉青条的，若是得罪他，地里的庄稼可能一夜之间被人偷个精光……

为此，徐和尚找到约地贾三福。

三福一听就明白，答应尽力阻止此事。

徐和尚说："劳您大驾，必当厚报。"

三福说："放心吧，怎么好，咱怎么办。"

三福先去找了扈淑廉，说明庙里的意思。

扈淑廉一听就来气，说："他一个俗和尚，全家寄托在蚂蚱庙，我今儿送个孩子给他当帮手，有什么不好！这么大的便宜，他还不肯接，哪来的道理？！再说，我送的不是个普通的小孩，是要他去当和尚的！蚂蚱庙的香火难道容不得我扈家的僧人？三福你去告诉那狗日的和尚，他要是不接受，看我怎么整他！我能让他轻则衣食无着，重则扫地出门！这狗屁的，竟敢耕我的埒儿（找我的别扭）——麻雀儿长牙要吃鹰！"

三福细声细气安慰他，说："这事呢，咱得朝好处办。你看这样行不行，我去说说他，叫他务必接受这孩子。不过呢，你也得心中有个数，送人出家跟寄养孩子不尽相同。到那里，徐和尚就是师傅，处处得听人家的。还有，这个孩子要有自己的法号，要在庙里做活，要听徐和尚的指派，你可赞成？"

扈淑廉说："法号可以起，但俗名还得姓扈。"

三福说："俗名归俗名，法号是法号。"

扈淑廉郑重其事地说："进了我扈家的门，他就是我扈家的孩子。若是徐和尚把他当成没人疼没人管的孩子，随便踢过去揎过来，我扈淑廉可是不答应喔！这个事关扈家的面子，三福你可得给那个徐和尚说清楚，别到时候没个依据。"

三福去庙里，告诉徐和尚，如此这般。

徐和尚说："这个弄法啊，孩子可是不好管教呀。"

三福严肃地说："这条件，你只能接受。"

徐和尚哀求道："不能另想个办法吗？"

三福一脸霜雪，重复了刚才的话："你只能接受。"

徐和尚知胳膊拗不过大腿，只好点头。

孩子进了蚂蚱庙，和尚为他起了法号：如贵。

这如贵一进来，蚂蚱庙就不安宁了。

问题不在他，而是因为那里还有个无比顽劣的瘌造，而瘌造是徐和尚的亲儿子。

当马子你都不够料

如贵入庙的头一天，几乎没人理他。

他被安置在正殿和西厢房之间的夹道里。夹道的南墙是西厢房的北屋山，北墙就是正殿的前墙，前墙的西头有个窗户，从那里可以看见里边大殿的塑像。夹道上方横了几根木棍，好歹算是一个棚子，棚顶铺了一层麦秸。因为大殿前檐流下的雨水直接落在夹道的棚顶，麦秸已经腐朽，从孔洞可以看见形状不同的天空。这里早上七八点钟，有短暂的阳光照进三五尺，很快就被南屋、厢房和大枣树遮挡了，其余时间都是黑暗，而且潮湿。平时这里堆了些杂物，从大殿前沿流下的雨水透过腐草屋顶从窟窿落下，杂物长了霉，发出令人窒息的气味。

徐和尚给如贵做了个地铺，下边铺了些麦穰，一领旧芦席，一个用麦秸捆扎的枕头。扈淑廉带着如贵，看了夹道里那个狗窝不如的地方，问徐和尚："没铺盖哟。"徐和尚耷拉着头看地面，说，没备被褥。扈说："我告诉你，这孩子，甭管他从哪里来的，现在他在我扈淑廉名下，就是我儿子。你怎么对待他，就是怎么对待我。知道吗？你对他好，就是给我长脸；你对他不好，就是打我的脸。知道吗？"徐和尚嗫嚅道："实在置不起铺盖呢。"

扈淑廉冷冷地说:"人到庙里修行,总不能让我出铺盖吧。"

徐和尚说:"您放心,少不了他铺的盖的。"

扈淑廉又问:"吃的呢?"

徐和尚说:"有我吃的,就有如贵吃的。"

扈淑廉临走再放狠话:"我也不求怎么优待如贵,只要你把他和你的造儿一样对待,不偏不厚,就算看得起我。你要是不拿他当人待,我有的是办法治你。明白吗?"徐和尚答应着——不能不答应。

徐和尚不仅拮据,也小气,家里没有多余的铺盖。不过,既然答应了扈淑廉,就得想法给如贵找点儿盖的。徐和尚回家翻了,找来一件破单子,一条露着棉絮的破褥子。他把这些扔到夹道里,又找来一块破门板,堵在夹道入口,算是挡风的门。

第一顿饭,是瘸造从土墙那边递给如贵的,一碗粥和两个煎饼。

瘸造狠狠瞪了如贵一眼,骂道:"小杂种!"

如贵不敢反唇,只好接了煎饼。

瘸造吼道:"还有粥!"

如贵刚伸手去接那只盛粥的碗,瘸造突然松手,一碗热粥就那么洒在墙根了。

如贵知道瘸造是故意的,故意羞辱,故意使坏。他站在墙根,呆呆看着地面上那片已经和脏土铺在一起的稀粥,蹲下,捡起那只碗,看了,碗还没破,里边还黏了一层残粥。他像饿狗似的舔了,拿着碗,回到狗窝般的夹道里,吃了那两张干硬的煎饼。然后,把几片掉落的煎饼渣儿逐一捏进嘴里。直到黑天,再没别的食物下肚。

旧门板不能完全堵住夹道,寒冷的风肆无忌惮地吹进来。如贵好歹找了一片破席子塞在那里,挡一下无处不在的风。整整一个晚上,如贵独自窝在阴冷、潮湿的夹道里。时令已是小雪,寒风从夹道的入口吹进,在大殿窗棂间发出阴森森的叫声,尖厉如鬼魅。彻骨的寒风从棚顶的窟窿里旋转下来,冷得他无法入睡。如贵和衣而卧,蜷曲在麦秸苫子上。破褥子太短,盖了头就盖不了脚。他觉得浑身都要僵了,只有缩小身子,尽量减少露出破褥子的部分。入夜不久就听见老鼠啃咬朽木的声音。那声音不一会就进入夹道,窸窸窣窣。如贵担心老鼠咬他的脚,拉了破褥子把双脚盖住,头露在外边。

大殿里传来奇怪的声音,有吱吱的摩擦声,有风的呼啸声,有瓦片相互碰撞的敲击声。不知道是神灵在作法,还是老鼠在寻觅食物,那些声音共同组合成连绵不绝的恐怖,如形形色色的鬼魅在墙角或房梁上聚会嬉闹。大殿里不时传来山谷空鸣的呼号,如同饿狼拖得很长的哀号。头一天来这里,如贵还没机会看清大殿里的孔夫子和武圣人,只从门缝里瞥见一个花里胡哨的泥塑巨人。他觉得那两个色彩诡异的大神随时都会走下来,一个蹑手蹑脚,一个趾高气扬,样子都很吓人。

如贵坐起来,趁着惨淡的月色,看见两三只老鼠在夹道入口处,影子模糊。他大着胆子吆喝一声,老鼠们并没表现出惊慌,那表情倒像是看到不速之客侵占了它们的领地,颇为不快。如贵从墙角旮旯摸起一块砖头扔过去,老鼠溜走了。如贵重又钻进破褥里,蒙着头,希望能睡一会儿。昏惨惨的光里,他仿佛看见远在山西的老家,那里的山坡,那里的黄土崖子,崖畔光秃秃的,有雨水流淌的沟壑。深深的涧谷底部有干涸的河床,有些地方长着灌木,绿色的灌木和赭石色的山坡显得那么生动。他和父亲常常在崖畔那边种玉米。玉米高大的时候,那青纱帐里有鸟,还有胆小的蜥蜴。河水像样的夏季,还可以在浑浊的河水里抓到鱼……

然而,慈祥的温厚的,从来都不见生气的,可以依靠的父亲死了,确实是死了。他不知道父亲为什么死了,好端端一个大活人,突然变成一具死尸,躺在用玉米秸做成的临时灵床上,再没有表情,也不说话,不再对他们笑,不再拉着他的手说,"咱去坡上看庄稼吧",或者"拿着你的小网兜咱去逮几条鱼"……

许多人来了，把父亲放进一个棺材里，抬到山崖那边一个临时挖出的坑里。临行前，他特意去那边看了父亲的坟，坟上已经长满蒿草。即使在父亲病重的日子，家里人谁也不曾想到他会死，会永远离开那个贫寒的家，会抛下娘和他，还有可怜的妹妹。然而，曾经壮实如牛的爹确实是走了，去了遥远的地方，再也不会回来。爹走时显得很不甘心，一双深陷的眼窝里含着无限眷恋。他说他担心，担心你们孤儿寡母怎么过活……

葬礼很简单，可以说草草埋了，就埋在他们经常做活的玉米地那边。邻居们的眼里满是怜悯，他不敢看那些无奈的眼神。亲戚们像办一件无所谓的杂事似的，烧了几张黄纸，一一离开，连一句安慰的话都没说。族人们的脸上挂着狐疑和诡计，他们好像在策划什么阴谋，唯独没有说到他们以后的生活怎么安排……

新坟的前边是被风吹散的纸灰和几样可怜供品。离开新坟时，如贵才确认爹真的而且永远地离开了他们。在这个孤单的崖畔下边，再也没有他吆喝牲口的声音，再也没有晚霞里赶着牛车回家时唱的山歌，再没有一家人围在小桌前喝粥的温暖。母亲的号哭撕肝裂肺——俺娘儿们的命怎么这么苦啊——如贵攥着娘的手，大哭了一场……

悲伤远不止这些。家族的叔伯们开始觊觎他家那十几亩田地。这个说爹生前借了他的粮食，那个说爹在世时借了他的钱，还有一位叔叔说那个木轮车是他和父亲合买的。母亲不记得有那些所谓的债务，因为爹生前最怕欠人家的债，从不借钱，也不曾与人合伙置办农具。况且，家里有十几亩地，虽然日子不算宽裕，但不曾缺过粮食。爹还会用葛条编制粪筐、篮子，会用山黄草编制蓑衣和草鞋，这些东西拿到集市上卖了，换回一些零钱——不记得爹说过借钱的事。那些讨债的人本身比他们家穷得多，经常没饭吃，爹怎么可能从他们那里借钱借粮呢？

然而，所谓的亲友、兄弟、子侄们硬是不依不饶，天天逼着娘还钱，没有钱，用土地顶账也行。母亲找人诉说，没人愿听她的哭诉，甚至不敢、不愿、不允许她诉说。万般无奈，她曾想过在当地找个男人——如贵认识娘说的那个邻村男人。他是姥娘门上的远房亲戚，人勤快，也诚实，母亲以为是个依靠。可是，那男人刚进门，就被族内长辈给打跑了。母亲被告知，要么带着孩子这么熬，要么离开这里，留下土地和儿女。母亲绝望了。那些日子，她脸上总是带着泪痕，唉声叹气，咒骂死去的父亲撇下他们不管了……终于有一天晚上，她带着一对儿女，离开了那个曾经称为家的地方……

下半夜，如贵实在受不了，想跑回去找娘诉说这里的冷，这里的风，这里的老鼠和种种可怕的声响。可是，庙门紧闭着，南北西三面都是高房，东边一道矮墙，但那边是徐和尚的家。他不能惊动那个和尚。在如贵初次到此的感觉里，和尚的那双贼眼阴森可怕，像个游动的鬼，深藏着阴险和无情。无论如何，他得熬下这个夜晚，不能让娘担心。那个继父也不是省油的灯，不能指望他真正收留自己，保护自己。即使回到那个所谓的家，也还会被他再送回来。他那么急迫地把妹妹推出去，把自己送到这个破庙里，足见是个无情的人……

好不容易熬到天亮，如贵爬起来，呆呆坐在夹道里。他急切盼望太阳出来，盼望享受冬日阳光里那一丝暖意。天空稍亮时，他听见土墙那边有了声音，先是石磨转动的声音，伴随着节奏分明的脚步声。那声音延续了大约一个时辰，然后飘过来一阵烟火气息，然后是徐和尚骂儿子的声音："造啊你怎么还不起，快起来帮你娘干活，你这个懒种……"

太阳终于爬上东边的屋脊，给如贵送来一点温暖。如贵听见墙那边吃早饭的声音，非常诱惑人的声音，这才觉得肚子饿了，非常饿，饿得他发昏。他渴望有一碗热粥，有煎饼，什么都行，肚子里太空了，空落落的，让他觉得能吃下一大堆馒头……

太阳高入枣树，瘸造从土墙那边爬过来。

如贵蹲在大殿正门西旁的廊柱前晒太阳。

瘌造走到他面前，指着裤子上的土，说："给我打打这里的土。"

如贵想起昨晚瘌造使坏撂了那只盛着热粥的碗，心头生出一阵抗拒，还有几分厌恶。如果昨晚他能完整地喝上那碗热粥，夜里不至于那么冷，此时也不会这么饿。这个年龄稍长的瘌子，看上去还没自己高。这么小的个子，怎么这么柴（凶狠，不近人情）呢？继父跟他说过，徐和尚有个十分顽劣的儿子——就是这家伙——他如今就站在面前，要他给他掸去裤子上的土……

如贵不肯，说："俺还没吃饭呢。"

瘌造说："你给我掸去这土，我给你吃的。"

如贵太冷了，太饿了，急需一碗热粥或别的什么食物。

于是，他给瘌造掸去裤子上的土。

瘌造的一只手支在廊柱上，那只短些的腿可以因此得到稍息。他得意地说："还不错。今后你就听我的，我叫你干什么你就干什么，知道吗？"

如贵没有吱声。

瘌造又说："如果不听我的，我会让你没饭吃，还得挨揍。"

如贵还是不应。

瘌造揪着他的耳朵，大声说："听见了吗？你哑巴！"

如贵只好应着。

那天早上，瘌造的娘从土墙那边递过一碗热粥，小米做的粥，粥里掺了红薯，米很少，稀稀拉拉的。如贵喝下那粥，身子稍微暖了些，但肚子还是不饱。这种半空的状态让他愈加感到饥饿。瘌造问他："饱了吗？"如贵摇头，说："不饱。"瘌造于是翻墙过去，片刻又翻墙过来，从怀里掏出一沓子煎饼和两棵葱。

如贵狼吞虎咽地吃了。

他太饿了。

因为吃得太快，噎着了。

瘸造见如贵东张西望的,好像在找水。

水缸里还有点水,但是没有瓢,瘸造脱下裤子,拿了他的鸡鸡,一边拨拉着一边说:"热粥没了,你要是想喝热的,这里有的是。要想喝凉水,自己去缸里舀。"

如贵闪开他,站在院子里。

瘸造追着他,尿撒了一地。

因为腿不好,尿在地面上画出一条邪恶的曲线。

大门开了,徐和尚见到儿子的恶作剧,抄起棍子就要打。

瘸造提着裤子,一下子就从土墙豁口翻到那边去了。

徐和尚朝如贵交代了每天的功课:打扫院子,清洁前后殿,神像上不能有积尘;到前街的井里挑水,院里两口水缸总要满着;下雨前收拾院子里的物件,不能被雨水淋着;太阳好的时候,把发霉的物件拿到院里晒;没事时背诵经书,佛经、道德经,各种杂书,还有《百家姓》《千字文》《朱子治家格言》,等等。

如贵说他只念过一年学,那些书怕是念不下来。徐和尚沉吟片刻,说:"庙里实在没活的时候,你可以去石先生那里念一会儿书。记着,不能耽误这边的事。"如贵问:"石先生那边要束脩(学费)吗?"徐和尚说,僧人去私塾就读,不收束脩。但他也嘱咐:"你不得自己去念书,要拉着造儿一起去。"如贵应着。

除了日常的功课,徐和尚还要如贵做两件事:他出去做法事时,如贵得随身左右,听命侍从。徐和尚说:"这样的机会是难得的,到谁家都有好吃的。但施主给的东西,无论什么,都要交到庙里,也就是交给我。"还有,蚂蚱庙有些庙产,凡是土地上的农活,如贵必须参与。耕地、耙地、除草、追肥、浇水、灭虫、收割、晾晒、运输、扬场,都要干,不得推辞,也不能偷懒。不会的活,要尽快学会,包括使用各种农具,耕地、耙地、压垄、推车、送粪,等等。徐和尚还说,他家过道里有养着一头黄牛。黄牛每天的草料要如贵预备,"得学会割草、铡草和拌料,还要负责喂牛,打扫牛棚,清理牛粪,饮牛等。"

如贵问:"饮牛就是牵了牛去喝水是不是?"

徐和尚说是,"还有一点你要记住,你的事是你的事,不能跟癞儿攀比,各人的修行是各人的功德。这个你得明白。"

如贵应着——没法不应,不应不行。

对如贵的到来,癞造既高兴,也有不快。高兴的是,他有玩伴了,到哪里都可以带着如贵,如将军有了随身的护兵——癞造就是这么认为的。不快的是,如贵的到来,无形中侵占了他原本独自驰骋的地方,好像什么东西被人抢了一半似的。癞造说不出那是什么,但心中总存着几分不快,一有机会就想发泄出来。

如果是正常的学习环境,癞造有可能成为一名好学生,甚至有所造就。他对什么东西都充满好奇,什么都想弄个究竟。如果他想弄明白什么,很快就能学会。他有很好的记忆力,一般的短诗,飞归歌子、斤两歌、春眠不觉晓、前不见古人后不见来者,这样的短歌他念一两遍就能背下来。如果有良好的家庭和社会教育,他也许能成为一位绅士。可是,他生在一个这样的家庭,这样的父母,这样漂泊不定的生活,也没机会塌下心来读书……

只要如贵忙完庙里的日课,癞造就叫他跟自己玩。癞造所谓的玩,没有什么具体课目,就是满村里跑,遇到什么有趣的事或物,就玩一会。这时,如贵觉得癞造还不错,乐意跟在他后边。有时两人到西边土沟里去挖茅根、找荸荠,或爬树上寻鸟蛋。他们一起蜷曲在松软的土坡上,一起咀嚼茅根,茅根里有一丝甜味。癞造尤其喜欢甜的东西,甚至野地里的高粱秸秆。如贵不择食,什么都可吃,塞饱肚子是他的渴求。这样的时候,如贵就会感到欢乐,甚至能够感到一点点兄弟般的温暖。但他知道,那不是情谊,那只是顽劣伙伴暂时的需要。癞造这人脾气很躁,随时都会翻脸。翻脸时,瘸造会打他、骂他,没有丝毫情分可言。

如贵本分而安静,从不会张口朝人要东西,这是从小受的家教。瘸造则相反。他有个毛病,见了什么好东西就想弄到自己手里,从不顾及面子,也不怕得罪人。比如见了卖年糕、卖瓜果的,瘸造就会开口要:给我一点儿。如若不给,瘸造就会想出各种办法弄到手,朝人家摊子上撒土,在摊位很近的地方撒尿,故意撞歪人家的车子,甚至去偷。为此事,瘸造没少挨徐和尚的揍,只是恶习难改。瘸造渐渐成了无啥不干的问题少年,四处游荡,遭害乡邻,蚂蚱庙男女老少无不痛恨这个小东西。

那年夏天,刚下过一场雨,瘸造带了如贵去逮鸟。在大菜园那边一棵柿子树上,瘸造发现两只红翎鸟,红尾巴,很长,背上有两道蓝色的羽毛,好像贵族大公的绶带,很好看。瘸造对如贵发誓,他要把那只鸟逮到手,放到笼子里养,最好是两只,一公一母,让它们生很多蛋,孵很多同样好看的鸟。他要驯化那些美丽的鸟,成百上千,在蚂蚱庙的上空飞翔……

如贵听了,也觉得那将是很好看的风景。瘸造对如贵说:"这种鸟若是养大了,能卖很多钱呢。"他要如贵跟着他一起追:"你听着,鸟飞到哪里,你就追到哪里。"如贵说鸟飞得快,怕是追不上呢。瘸造说:"你就听我的好了,尽管追,鸟儿飞累了,就会蹲在树上,一有机会,你就甩土块打它,打昏了,它就落在地上,那时咱就能逮到它们。"

如贵听了他的吩咐,去追其中一只。

如贵从小跟了父亲做活,知道地里的庄稼、园子里的菜都是费了很大力气侍弄的,追鸟时,脚下存了爱惜,不敢胡乱奔跑。瘸造则不同,他只顾专心致志逮雀儿,鸟飞到哪里他就追到哪里,并不顾及脚下,不论庄稼还是蔬菜,不论是禾场还是瓜地,他都径直踏过。有一次追鸟，他甚至踏着一头卧地休息的牛直接跳过去，差点摔死……

红尾巴鸟儿飞走了，蓝色的羽毛在阳光下闪闪发光。瘸造紧随那鸟儿，一拐一颠地向苇塘边的大榆树奔跑，心边上没顾及脚下就是吕朝兰家的菜地，而吕朝兰正在那里给菜地浇水。蔬菜幼苗尚小，瘸造在菜地里留下一深一浅两行脚印。不消说，刚长起来的菜苗被他践踏得乱七八糟。吕朝兰见瘸造东歪西歪地穿过他的菜地，留下一片狼藉，顿时火冒三丈，冲着瘸造骂："你这熊孩子，看，把我菜地弄成什么样！"

瘸造并不觉得理亏，只说："看不见我在追鸟嘛？"

吕朝兰没好气地说："追鸟有什么要紧！看，刚露头的菜苗被你踩得乱七八糟，成什么样子！"

瘸造没听进去，也没有赔不是的意思。

吕朝兰愤愤地骂道："跟土匪马子差不多，到处糟害人！"

瘸造停下来，反问："你说什么？"

吕朝兰不仅没等来道歉，却被反问，气不打一处来，吼道："从小不行好事，犯了错也不知赔个不是，长大了不会是个好东西！"

瘸造当即反唇："有没有出息与你何干？"

吕朝兰悻悻地说："小孩子学着干点正事不行吗？"

瘸造桀骜不驯地盯着吕朝兰，说："干不了正事，我去当马子行不行！"

吕朝兰被气恼了，一句话怼过去："哼，当马子你也不够料！"

这话很伤瘸造的自尊。

他恨恨地说："够不够料，到时候看吧！"

自此，瘸造对吕朝兰怀恨在心。

如贵的绝大部分时光都在杂活上，挑水、劈柴、收干晒湿、打扫庙宇、擦拭塑像，还要下地帮徐和尚干地里的活，比一个整人干得还要多。吴兴邦觉得这孩子太辛苦，对徐和尚说："小牛不能当了大牛使啊。"徐和尚说:"出家人修行,没谁是容易的。"

偶尔闲时,如贵就待在大殿的廊柱下晒太阳,或躲在神龛后边打盹儿。瘸造总是缠着他,这里跑那里浪,如贵告诉他,你不用干活,不知道我累,我想歇息歇息。当瘸造认为如贵不听话的时候,就会翻脸,动手动脚。如贵若是反抗,两少年就会撕扯起来。如贵力气不如瘸造,但毕竟腿脚齐全,两人各有胜负。瘸造的优势在于仗了老爹的宠纵,在气势上压过如贵。如贵自知爹不是亲爹,心理上缺乏支撑,常常让步,这让瘸造得寸进尺。

有一次,瘸造在庙里拉了一摊稀屎,要如贵打扫到粪坑里。如贵说:"自己拉的屎,叫别人给除?"瘸造一拳过去,将如贵打倒在地。他按着如贵的头,咬牙切齿发话:"要么你给我清了,要么就吃下去!"如贵气恼至极,挺身而起,跟瘸造打起来。

单是瘸造,如贵不怵。

就在他俩纠缠的当儿,徐和尚来了。

徐和尚不仅没有劝止,反而拉偏仗,帮儿子打如贵。

如贵被打得满身青紫,头皮和嘴角都破了,满脸是血。

实在受不了那父子俩的打击,如贵回家告诉了娘。

如贵娘心疼儿子,但无计可施,便告诉了她男人。

扈淑廉问:"谁惹的谁?"

如贵娘就把儿子被瘸造按着头吃屎及后来和尚父子俩一起打如贵的经过说了,哭诉:"俺娘儿们怎么这么命苦啊,刚安定下来没三天,可怜俺如贵就被送到庙里,平日里吃苦受累不说,还要受那个小瘸子的毒打。小孩子打架是常有的,那老秃驴千不该万不该拉偏仗啊!两个打一个,把儿打成这样子,还叫俺如贵吃屎!这事若不管,往后如贵在那里还怎么存身?外人知道,人家不说徐和尚护犊子,会说扈家没人啊……"

扈淑廉大怒，冲到庙里，劈头盖脸骂徐和尚："你个熊和尚，一家子吃着我蚂蚱庙的喝着我蚂蚱庙的，还要欺负我家孩子。如贵夯好是我扈家后代，你爷儿俩一起欺负如贵，眼里还有没有我扈淑廉？！胆子好大啊你！"

徐和尚只好赔礼道歉，一边解释未曾拉偏仗，一边逼儿子给扈大爷赔不是。

那瘌造天生是个谬种，就是不认错。

扈淑廉一气之下，当着徐和尚的面把瘌造一脚踹倒。

瘌造爬起来，像只小兽似的扑向扈淑廉。

来自小东西的挑战，强烈刺激了毫无心理准备的扈淑廉。

他一把将瘌造拨拉倒地——大概像老虎扑倒一条野狗那样，接着踏上了一只脚。

小东西趴在地上，企图翻过来，却没有足够的力量。

徐和尚在一边求饶，说大人不跟小孩子一般见识⋯⋯

扈淑廉刚一松脚，脚踝处就被瘌造抓了一把，顿时流出鲜红的血。

这下子，点燃了扈淑廉的怒火。

他狠狠朝小东西踢了几脚，瘌造再次倒在地上。

见瘌造不再动弹，悻悻而去。

扈淑廉正告徐和尚："往后再有这种事，看我不扒了这小杂种的皮！"

干鞋难脱，湿鞋难拿

扈淑廉的警告并没起多大作用。

如贵和瘌造打架的事，后来发生过多次。如贵寄人篱下，虽然力气上和瘌造能打个平手，但心劲差了不少。而后者觉得自己是这庙的小主，如贵只是他家的奴仆，所以每次打架都是如贵吃亏。这种局面若是放大了，正如徐和尚寄居在蚂蚱庙的心情一样。不同的是，徐和尚心机沉着，有一套左右逢源的精明，如贵却没有——他还是个孩子呢。

徐和尚心里存了一种想法：如贵若是受不了，扈淑廉可能会把孩子领回去，那样，庙里少一口人吃饭……因为这个念头，徐和尚有时会帮了儿子一起打如贵。

三福看出徐和尚的心思，斥责过他："蚂蚱庙的老规矩，你得知道，小孩子在外边打闹，家长先要数落自己的孩子，万不能说对方的不是，大事化小，小事化了。你可倒好，孩子打架你还嫌不够，还要插上一手，我看你是聪明一时糊涂到死！"

徐和尚小声说："家鸡打得团团转，野鸡一打满天飞呢。"

三福冷笑道："你就没看看他爹是谁！白活了这把年纪啊你！"

扈淑廉也看清了徐和尚的歹意，对之恨意有加。无论如何，他是不会把如贵弄回家的，不仅因为一口人的饭食，更要紧的，如果把如贵弄回去就等于让徐和尚的奸计得逞，那我扈家面子朝哪里放？扈淑廉希望双方家长都明白事理，和平相处，尽量少发生争执，相安无事，最好。但徐和尚对如贵的态度并没有像他口头表达的那样具有善意，如贵依然经常受气，并不时回家跟他娘诉苦。

扈淑廉认定徐和尚是个心口不一、心地黑暗的家伙，对他的话阳奉阴违，对如贵丝毫没有慈善温良之心，这样下去不行。于是，扈淑廉对庙产土地上的庄稼不再给予认真看护，对瘌造的报复也愈加厉害。那年秋天，徐和尚的七亩多大豆在即将收割前两天，一夜之间被人盗收精光。不久，他家那条看门狗被人偷猎，一点声息都没有，连根狗毛都找不到。徐和尚不敢去问扈淑廉，也不敢找三福，满肚子苦水就那么咽下去了。

有一次，因为如贵不愿意跟瘸造一起上树摘柿子（实际上是偷），瘸造把如贵的一颗牙打掉了。如贵满口鲜血，在地上到处找牙，瘸造兀自站在那边狞笑。此时，扈淑廉恰好经过，问他们怎么回事？如贵说了来由。扈淑廉当即扭住瘸造，抽下披肩，将他捆在柿树上。瘸造试图挣开，扈淑廉站在他面前，戳着他的头皮骂："你这贼种，大白天偷人家的柿子，还打掉如贵的门牙！"

话没说完，瘸造瞅准机会，突然用他那条好腿照扈淑廉的裤裆踢了一脚。

扈淑廉很可能预先存了警惕，一扭身子躲开。

瘸造这一直奔对方命根子的下流举动，突然激发了扈淑廉的无名怒火。他找来一条麻绳，把瘸造从胸部、腹部到脚踝，捆扎了好几道，就近折了一棵枣树枝子，左右开弓，抽打瘸造。枣树枝满是葛针，瘸造被打得遍体鳞伤。扈逼瘸造认错："你这杂种，生长在蚂蚱庙却整天钉害人。你说，凭什么偷人家柿子？凭什么打掉如贵的牙齿？你偷你的也就罢了，为什么要拉如贵一起干？你是贼，别人也得跟着你当贼？难道说，你当马子别人也得跟着做土匪？你这坏种崽子，不给点厉害你是不会长记性的！"

瘸造就是不认错。

满是尖刺的枣树枝，带着尖厉的啸音，抽打在瘸造身上。

瘸造的裤子本就没有扣子，如今已被打得破碎，满是鲜血，脸上被抽出几条血道子，扎进皮里的葛针上淌着血滴。

起初还能听到瘸造的惨叫，后来连声音都没有了。

扈淑廉仍不解气，抽着、骂着，怒火让他无法停下来。

此时谢芳春路过，见此景，颇觉不忍，于是温言相劝："淑廉你消消气，听我一句，别跟小孩子置气，让他知道利害明白道理，差不多就行了。"扈淑廉愤愤地说："你不知道这杂种有多气人！偷人家柿子不说，还要拉如贵一起，如贵不干，被这小杂种打掉了牙齿。他还踢我命根子，我要教训教训他。芳春你说，蚂蚱庙自从来了这块杂种，整天闹得鸡飞狗跳不成样子，一只老鼠坏了满锅粥！"

谢芳春善言善语地说："树大自直，也许过几年就好了。"

扈淑廉说："这就是个头顶长疖子脚底流脓的坏种，长大也是个祸害！"

被绑在树干的瘸造苏醒过来，两眼喷射着怒火。

谢芳春见劝不下来，叹口气，说："老我老以及人之老，幼我幼以及人之幼，看在孔夫子面上，饶他这一次吧。"

扈淑廉很不情愿地解了绳索，麻绳上满是紫红色的血。

瘸造跌在地上，如同死狗。

扈淑廉提了麻绳，悻悻而去。

这次酷刑，让瘸造对扈淑廉的仇恨深入骨髓。同时，他对谢芳春则心存几分感激。瘸造没上过几天学，不懂孔夫子。昏迷间，他好像听到"饶了他吧""树大自直"，却不解谢芳春后来说的那句话——老我老，幼我幼，什么意思？扈淑廉像是听了这句话之后才撒手的，难道他们都明白这话的意思就我不懂？

事情过去几个月，瘸造依然不解。

带着十分的困惑，他决定登门请教，问谢芳春当时说的那话是什么意思。谢芳春是个读书人，且秉性耿直，性情温良，守着君子之道安分守己地过日子。和其他村人一样，他深知瘸造的顽劣，但不赞成过分残酷地惩罚孩子，厘正孩子不是一蹴而就的事。再说，百人百性百脾气，舌头和牙齿有时还会过不去呢。孩子吵闹，大人掺进去，总是不好……

但是，谢芳春从来就不想和瘸造这样的人——不论是孩子还是成人——有往来。谢芳春自认为"近君子远小人"，"道不同不相为谋"是读书人应当遵循的信条——和心性邪恶的人接近有百害而无一利。

109

当瘌造走进他家门槛,谢芳春大为愕然,并没有表示欢迎的意思。但是,当瘌造说明求教的意思后,谢芳春就觉得不好拒之门外了。遵循孔夫子有教无类的精神,他大略地给瘌造讲了那句话的出典:"这是圣人之言,意思是,对待自己家的老人要敬重,对别人家的老人也要存了同样的心;每个人都疼爱自己的孩子,心存慈爱,循循善诱,对别人的孩子也应这样。总之,就是将心比心、心同此理的意思。"

瘌造大为感动,知道世上还有圣人,还有这么好的句子。

那天,他识相地离开谢家,口中反复念叨着孔夫子那句话。

从此以后,他把谢芳春视为偶像,有事没事就到谢家玩。谢芳春对瘌造虽然心存怜悯,但那是出于常识和良知。不论从个人感受还是从邻居评说,芳春打心眼里看不上这个顽劣少年。他自知和徐和尚从根子上就不是同类人,平常相见如同陌路,从不想与之有什么来往。他秉承中庸、明哲保身、谨言慎行,尽量远离是非,不想跟瘌造这样名声不好的少年有任何过往。他多次劝瘌造去石先生那里读书,那里可以听到孔夫子的教诲,不要来他这里。

那以后,瘌造去过几次私塾,石先生同意他随堂听课,但瘌造到底不是个坐下来读书的人,去了几次,觉得没意思,再也不去了。他宁肯到谢芳春这边闲拉呱听古人故事,也不愿意念那些没意思的书歌子。对此,芳春的心里有点不舒服,众人厌恶的恶少经常出入家门,瓜田李下,是说不清的事呢。好几次,他想下逐客令,又担心伤害这个几乎无处可去无人可聊众人不待见的孩子。谢这个人性情优柔,总不肯把硬话说白了,生怕对方难堪,生怕自己的善良不得其所。而且,得罪这样的孩子,菜园的菜随时可能被践踏,未收割的庄稼可能被踩倒,南瓜可能被拉上屎——村人不止一次发现瘌造此类恶行。左思右想、瞻前顾后、患得患失,谢芳春犹豫不决。

瘌造哪有洞悉谢芳春内心的能力!他照样还是常来谢家。谢家大娘看出了男人的不安,悄悄说:"怕是烧香引出鬼来哟。"谢芳春叹道:

"面不辞人啊。"大娘说,"有什么面不辞人的,下次来,我给他说!就说俺小户人家不担是非,道士不问和尚的事,你以后最好甭来俺家。"谢芳春长叹了一口气,说:"真是上论了——怕就怕干鞋难脱,湿鞋难拿!"

这种优柔寡断的暧昧态度,最终给谢家带来了大麻烦。

两个孩子间的不和渐渐延伸到成人和家族层面,让徐和尚深切感到生存的危机。他不得不寻找可以依靠的强人,希望以此抑制扈淑廉的强势。为此,他找过大练长,大练长没有明确表示,叫他去找三福。徐和尚说,三福和稀泥。大练长告诉他,你不能得罪扈淑廉。淑廉一旦翻脸,你一家三口就得滚出蚂蚱庙,那时,谁都帮不了你。徐和尚明白了这话的分量,去求三福。

徐和尚说话小声小气的,希望三福能庇护他。

三福还是那句老话:"怎么好,怎么办吧。"

徐和尚想得个明确的解法,问:"到底怎么办才算好呢?"

三福像绕口令似的说:"怎么办,怎么好。"

徐和尚被三福绕得稀里糊涂,默默地走开。

三福很高兴——这个心思细密的徐和尚终于在他面前低下了头!几年前,他和吴兴邦因为那点小事求助,他一个穷和尚,自以为有西酒店的依靠,对他俩的要求竟爱答不理的。如今怎么样?还不是得在我家门楼下边低头!我就是要让他明白:一个眼的婆婆也是娘。

今非昔比,如今的三福有"约地"加"抹斗手"两个名号,有两家乡绅的背书加持,地位不可替代,也无人能代。吴兴邦现在看他时,喜欢乜斜着眼,那里满是羡慕嫉妒恨——三福很享受兴邦这种眼神——要的就是这个。大皮匠多次请他到小酒铺里喝酒,不要钱,也不记账,三福故意不去——他知道大皮匠想什么。伯清送过几次牛杂碎,有一次还给他好大一个牛心,善意满满。伯清为三福做过媒,按理说，应当三福谢他，今儿倒置了关系。三福急忙拿了两块中方豆腐，二斤粉皮和一些萝卜，去伯清那边回礼。

算起来，如今对他敬而远之的只有两人，一是私塾先生石晓楼，一是读过几年私塾的谢芳春。三福心想：读书人怎么都这么拗呢？众人都认可，你俩要功名没功名要财产没财产，有什么可以傲视我贾三福的？读了几本书，会念诵子曰诗云就了不起了？不就是多认得几个蚂蚁爪子嘛，有什么！迂夫子，酸书生，论庄户，庄户不行，论学问，学问不精，除了咬文嚼字，没什么本事。

三福自以为这是他深藏心底的想法，谁也不晓得，没想到却被贾陈氏看穿了。一天，贾陈氏对他说，你得敬重读书人哟！三福惊讶，问她："我可有什么挂在脸上，办事可有什么差池？"老婆说："俺只想给你提个醒儿。"三福心想：别说得太明白，这就对了——找我这么个男人，不容易呢！

不久，贾陈氏给他生了个大胖小子。

三福高兴，次日就去陈家报了喜讯。那娃儿一落草，三福就拉着两只胳膊看，测量是不是异于常人。如果这小子像他爹这样双手过膝，将来福气怕是可以呢。贾陈氏说："俺儿才不学你呢，两只长胳膊跟猴子似的，有什么好！看看俺这小手，多小巧——小手抓金银，大手抓粪土……"

儿子满月那天，三福请厨子来家做了两桌席，该请的亲友都请了。有了孙子，大襟袄自是高兴，端着个旱烟筐子，给这个装上一荷包，给那个装上一荷包，脸上满是笑。三福请来谢芳春，要他给儿子起个名字。芳春说："若论学问，给孩子起名的事你得去找石先生，他读的书比我多。"三福说："石先生不是咱本村人，还是您给起个吧。"谢芳春想了半天，给出了一个名字：中庸。三福问："可有讲儿？"芳春说："这名字来自四书，四书分别是《论语》《孟子》《大学》和《中庸》。中庸是什么意思呢？就是说，一个人无论做什么事都要取个合适，不能过头,也不能不及。比方说,从蚂蚱庙赶集到相公庄,有三条路,一条很近,但是刚下了雨满地是泥。另一条路没有泥,但中间有个乱葬岗子,回头若是天黑了走夜路在那里可能会遇到马子。还有一条路,虽然远点,但是安全。那你选哪条路?"大襟袄直点头,说:"对啊对啊,得走那条平安路。"芳春补充说:"孔夫子说的中庸,就是教人走正道的意思。说多了说深了,也不大好懂。一言以蔽之,就是希望这孩子将来平平安安,走正道,做什么都瞻前顾后,于名利,于道义,都说得过去才好。"

大襟袄拿烟斗敲着鞋底,以激赏的口吻说:"芳春你果然有学问!"

三福也说:"如果是好。"

这驴日的还想吃相粮食!

蚂蚱庙的一个集日。

这一天和平常的集日没什么不同。三福甩着一双长胳膊,从村东头来到村西头,在大瓦屋里拿了木斗,坐到粮食市那个立着的碌碡上等待开集。虽然他只是一位抹斗手,但三福自认为是一个具有双重身份的官:老号约地加抹斗手。蚂蚱庙人对权力的泛化达到惊人的地步,不仅皇封的爵位光彩照人,即便是某种职业,只要能操控一点点权力,也被看作可以辖制别人的能耐。看他三福,如新官上任一般,行头齐整,神情和脚步都亮出小小权威的神采,屁股下边冰凉的碌碡,在他看来,就像是金銮殿上柔软的御榻。

蚂蚱庙集不能算大,比不上相公庄、旦彰街,甚至赶不上重沟,但因这里有酒店,蚂蚱庙的粮食市却比附近集市都要大。这一带的土地被分为上湖地和下湖地,前者分布在沂河、汤河、沭河两岸,是上好的沙壤土，适合种植小麦、大豆、玉米等。重沟、蚂蚱庙、王湖、林湖、洪湖一带，则是下湖地。这种黑土地是年岁久远的湖底沉积，适合种植高粱、红薯和稻谷。上湖地村庄稠密，地少人多，没多少余粮可供流动；下湖地粮田广阔，若无旱涝灾害，每年都有相当数量的余粮进入市场。尤其是高粱。这种作物高产，耐旱也耐涝。秫秸可以当柴草烧饭，也可用来编制盖房子用的屋笆，或做大牲口的饲料。王家湖子、洪家湖子等七八个村子还用高粱的皮子编制炕席和斗笠，因此，下湖地每年都有大量高粱被蚂蚱庙的酒店收购，用来做酒。

集市热闹起来，三福看着那些围拢在他身边急于出售高粱的人，自觉高人一等。为了能让抹斗手的手掌尽量伸平，有些人会在这时跟三福套个近乎，言语间不乏奉承阿谀之词。三福最是享受这样的时刻，那些柔如羽毛、甜如蜂蜜、脆如麻糖的话让他受用无穷。有时他会指责说话过于肉麻的人："你是奸臣！"说话的人会应道："不是俺奉承，你确是个公道人，每一斗粮食都抹得平平的。"

三福愉快地接受了名不副实的赞美："那倒是。唉，容易嘛我——不容易啊。"

交易开始，各自进入角色。三福卷起袖子，右边胳膊裸着，长长的手臂像一根长柄木耙，在阳光下早已晒得黑红如漆，上面布满粮食的皮糠和灰尘末子。他挥动扇子般的右手，在四棱体形的木斗上推过来展过去，像才华出众的书法家表演草书大字。就在那只大手的来去之间，"多余的粮食"从边缘流落下去，斗下边的笸箩里就渐渐积累起不同颜色的杂粮。那是抹斗手的俸禄，而俸禄的多少基本是自己掌握的。

一个时辰过去，笸箩里的杂色渐渐厚实起来。三福来不及擦拭，用袖子拐一拐额头的汗水，全身心投入着名利双收的表演。太阳高升，生意到了忙时候，吴云迪照例派人送来一壶茶，放在碌碡的顶面上。三福忙里偷闲呷上一口茶，以表示唯他才有资格享受来自西酒店的犒赏。他不敢像前任建章那样对着茶壶嘴痛饮,而是小心将茶水倒在黑碗里,用拇指和食指捏着碗的边缘,像饮酒那样一饮而尽,然后抹一把嘴。看着笸箩里的积累,三福心中洋溢着温暖、喜悦和感恩之情。太好了,太妙了!这么多粮食!唯有我三福一人得以享受这个亮丽的特权。无须下地苦作,也无寒暑侵扰,大手一挥,粮食就来了。他常常压抑不住内心欲望,扒拉一下属于他的那些杂粮。高兴啊!这是多么适合自己的职业,凭一只手——不是两只手——就能赚到这么多粮食!从伸展两手扆线子到一只手抹斗,将来说不定不动手就能过上更体面的日子呢。人啊,好事来了挡都挡不住。不要说现在只有一个儿子,就算有三个老婆九个孩子,这粮食也吃不完用不尽!每当他背了口袋从西向东穿过蚂蚱庙的街道,就会有人眼红,说些戏谑的、嘲讽的、有点儿攻击性但话头上包着棉花的话。三福不在乎这些无奈的揶揄,他知道蚂蚱庙人的内心里藏着羡慕和嫉妒。每逢那情况,他会笑吟吟地应答:"家里缺粮食不?挖两瓢去!"这是蚂蚱庙人的习惯,完全是虚让,听者不会当真。他得到的回答大都是:"俺可没长吃这粮的嘴呢",或者"您吃的是皇粮啊,俺哪里受用得起!"三福的回答一律是从大练长那里学来的话:"容易吗我,不容易啊!"

没人同情他的"不容易"——实际上没什么不容易的——不就是伸开手掌划拉那么两下子嘛!是人就干得了。三福从来不朝这方面想,他认为此事非他莫属,天经地义。蚂蚱庙人则认为那里面有一部分是属于自己的,而且是被三福生生给剥去了的。几乎每一位卖过粮食的人都怀念谢芳春当抹斗手的那段时光。建章虽然有时邪气扒拉的,可人家刚正不阿,敢怒敢笑,像一头谁也驯服不了的马。谢芳春则是不分高低贵贱,一律公道,即使不雇添斗手,他也不会让谁吃亏。他抹过的粮食,你用尺子再刮一次,都不会掉出一粒粮食,也无须添加。有人曾端来一盆水测量谢芳春的技能,结果是,谢芳春抹出的斗面跟水面一样。三福那只手哪能跟人家的比!他就是西酒店的一条狗……

115

可是，没有一个人站出来挑战。

人们看着自己的肉被条条缕缕地撕掉，只有忍痛。

最终，还是一头黑驴发起了反抗。

一根弦子，不拉紧是不会弹出声音的；一件事，其内在的与外在的矛盾不积压，是不会发生变化的。凡冲突都带有戏剧性，戏剧性的来源在于对立与紧张。当事人往往未曾注意，而黑驴此刻代替了当事人。看，蚂蚱庙的粮食市，终于闹出事情来了。

这天，赵德章赶着拱头车从村东穿过集市，向村西走。两个轮子的拱头车，一摇一晃地行进，前端伸出那根长长的木棒就像蟒蛇突出的芯子跟在牛屁股后面探索坎坷与辙沟。驭手赵德章手握木棍——相当于轭——慢悠悠地伴车而行，控制着高低平衡和左右方向。辕伸出老长，拱在地面上，看似蜻蜓点水漫不经心，其实那是关键。

拉车的是一头驴，一头黑驴。赵德章是赶车的老把式，他家的驴也本分，套上车，拱头向哪，黑驴就会朝着那个方向一直走。傍晚收工，不用人赶车，黑驴会自己拉车回家。赵德章此时坐在左辕上，这样能压住车前部，拱头就不会翘起来。他的手里拿着一个小鞭子，慢悠悠地前行，目的是到村西自家的地里挖一车土，做牛圈的铺垫。

驴子拉着拱头车，慢慢穿过路边的粮食市。赵德章觉得行走在自己村里，轻车熟路，不会出问题。谁知，那驴子走近粮食市时，竟悄无声息地偏离了方向。老大的驴头罔顾其他，居然伸进抹斗手的笸箩里贪婪地舔了几口——那是属于三福的粮食，是他的特权收入，是人们羡慕嫉妒恨的东西。

突然伸进一个黑黑的驴头，吧嗒、吧嗒吃了好几口粮食，三福大为惊讶。他急忙推开那驴，同时把笸箩拉到身后。黑驴咀嚼着美味，似乎意犹未尽，竟把头伸到三福身后，又吃了两口。三福用力推那驴的头，但那黑驴——所有的驴——很是执拗，一摇头，竟把三福弄了个趔趄。三福担心黑驴咬人,下意识地把手避到身后。那黑驴朝他大声嚎叫了几声,声震低空,气势不老小。

三福对着赶车的赵德章大喊:"看不见吗?"

赵德章正跟路人说话,等发现黑驴偷吃笸箩里的粮食,下意识地收紧了缰绳。

这时,黑驴已被推开了。

他听见了三福的叫喊,很快明白了情况——一时大意,黑驴偷吃了那边几口粮食。

因自己一时疏忽让驴偷嘴吃了人家粮食,赵德章乍初还是有一点儿惭愧的。不过,他觉得这也算不上多大的事,牲口不通人性,见了好吃的,偷吃两口,没什么大不了的——不就是两把杂粮嘛。蚂蚱庙人赶着牛驴下地,常有牲口偷吃路边庄稼的事,使劲拉回正路就行了,没见谁因为牲口的事斗嘴吵架。再说,那粮食差不多就是不义之财,损失两把三把的,不算多大的事。想起平日里乡亲们对三福的评论以及三福那副奴才相,赵德章瞬间改变了态度。他没有继续拉紧缰绳,反而将缰绳故意松了一松。

黑驴于是有机会前行一步,在笸箩里又呱嗒了几口。

抹斗人就喊了起来:"什么眼神头!怎么赶的车!"

赵德章说话了:"这个驴日的东西,还想吃相粮食呢!"

多少有点指桑骂槐的意思。

众人一阵大笑,那是畅快的大笑,解气的大笑。赵德章此时说的"相粮食",是当地一句特别的词儿。相,指的是不落俗套之人、另辟蹊径之人、特立独行之人、剑走偏锋而终有所成之人。这种人具有特别的聪慧和细致,能在别人止步的地方发现新门道,能把别人琢磨不到的事情探询入微,并从中得到巧妙的收获。有时,心思缜密,能破解难题或门路广大的人也被称为"相人"。所谓"吃相粮食"的人,一般是指特殊职业者或靠歪门邪道弄到好处的人。

这句话，让三福大不高兴。

在场的人心领神会，好多人重复着德章刚才的话："是呢，这驴日的竟敢吃相粮食……"

三福正要放下营生去跟德章理论几句，赶车人却已扬长而去。

三福一脸的尴尬，心里憋了充足的愠怒，尤其周围发出的那种畅快会意的笑声，让他有一种被打脸的恼羞之愠。

一整天，三福都很郁闷，不是因粮食被黑驴吃了，而是被赵德章骂了。

收市后，三福怎么想都觉得不对劲，于是报告了吴云迪。

大练长说："不就是黑驴吃了你两口粮食嘛。"

三福气急败坏地说："几口粮食倒无所谓，他赵德章不是在骂驴，是在骂我呢！"

吴云迪的脸色突然就不好看了。

他在青砖地上转了两圈，喷了几口烟。

三福愤愤地说："他不光骂我，也是骂您呢！自从有了粮食市，蚂蚱庙就有人说闲话，说您大斗进小斗出，说您坐收渔利就地捞钱，我多次顶抗都抵挡不住，甚至于说您吃的是相粮食。那些胡说八道的话像六月的黑云，吹不散也打不走，蓄意滋事、血口喷人、气势汹汹。您老人家想想，德章是老把式了，难道管不住一头驴？他就是故意纵驴生事，借口骂我，实际上是朝西酒店撒气……"

吴云迪大手拍在八仙桌上，说："反了！"

三福也说："这风压不住可不行。"

吴云迪说："我不能咽下这口气！"

三福在旁边加劲："若是便宜了小人，往后就难办了！"

吴云迪脸色铁青，在青砖地上转着圈子。

三福说："这种事这种人就像杂草，刚露头就得锄，不能让其兴风作浪。"

吴云迪恼怒地说:"说我吃相粮食!麻雀儿长牙要吃鹰呢!"

三福一个劲儿地怂恿:"得给他们点儿颜色看看,不然还了得!"

不久,西吴家就把赵德章告上了法庭。

诉状上写的,不是赵德章指桑骂槐,而是"违规使土"。

多年前,赵家曾因使土输过官司,有石碑为证。

三福是当事人,也是该案的唯一诉讼人。

大襟袄出门几天,一回家就听说三福诉赵德章的事,气得连饭都不吃了。

贾陈氏悄悄对三福说:"咱爹生气了。"

三福问:"生什么气?"

贾陈氏说:"十有八九是生你的气。"

三福说:"不该生我的气啊。"

贾陈氏说:"听说你要打官司,他就不吃饭了……"

三福听了,抱着儿子进了堂屋。

给爹请安后,三福问:"爹,什么事让您不高兴了?"

大襟袄不吱声。

三福又问:"是因为黑驴的事?"

老人家在鞋底上敲打着烟锅子,吼道:"你觉得自己怪行是不是?!刚吃了几天的饱饭就觉得上南天门了?啊!"

三福不无委屈地说:"他明摆着骂咱的嘛。"

大襟袄气咻咻地喊:"不是骂咱,是骂你!"

父子俩情绪对立,一时没话说了。

中庸吓得哭起来。

贾陈氏赶紧过来,把孩子抱走。

大襟袄拿烟袋指着儿媳的背影说:"那孩子叫什么,你还记得不?"

三福以为老爹连孙子的名字都记不得了,说:"爹,您气糊涂了。"

119

大襟袄压低声音说:"我不糊涂,是你糊涂了!"

为了安慰老人家,三福试图复述一下当时情景以便证明自己有理,老人挥了挥烟袋,制止了:"甭再说了,不就是驴吃了几口粮食嘛,这事若放在我身上,那驴就是咬我一块肉,我都不会跟人家生气,更不会经官动府去打官司!人家骂你骂得好啊,吃了几天相粮食就不知天高地厚了。当了个死约地,就不知道姓啥名谁了,动不动跟人硬怼,真行啊你!"

三福稍做让步,说:"真不行,明儿我去撤了案子?"

大襟袄说:"你想撤就撤了?一纸入公门,十牛拽不回。县衙的老爷不是你爹,人家没工夫跟你过家家,知道不!"

三福嗫嚅道:"我就是想找个地方评评理。"

大襟袄气得嘴唇哆嗦,吼道:"理?谁给你评理?这世上有你我说理的地方吗?你啊,压根儿就没明白人家谢芳春说的那话,中庸啊中庸!那才是做人的本分,那才是金玉良言!你什么都不懂,还能得跟人灯皮似的,不知丢人值几个钱啊你!"

老人稍稍安静了一点,父子俩重归于官司上。

大襟袄说:"就算打官司,也到不了你出头啊!"

三福说:"当了那么多人的面欺凌我,那么多的人看我呵呵笑,这气我不能受。他赵德章有什么了不起的,大撒把放了驴吃我的粮食不说,还骂人,骂得还怪难听。我不能被他这么辱没了,我得争这口气!不然的话,我这约地还怎么当?不要说脸面扫地,连抹斗手这个饭碗怕也保不住呢。"

大襟袄一听,气又上来了,指着儿子的头皮说:"不当抹斗手,你就得饿死?你觉得那是件鲜明活儿,我告诉你,那是个扎手的刺猬。建章那么英雄的人物,芳春那么公道的读书人都当不好,你能当好?还给我说什么约地,真也好意思!你以为你那约地是真的?呸,那就是人家扔给你的破帽子!知道吗?你那头衔狗屁不是。现时说话,就连大练长都是个虚名。在朝当权的，现官现管的，是人家建章，明白不？这还不说，你竟然小看人家德章！我问你，为什么小看人家？他是小老百姓，不如你，是不是？"

三福不说话了。

大襟袄的怒气也渐渐平和下来。

他点了烟，静坐了好半天，才说："既然事已至此，我就给你说一说咱蚂蚱庙村的第一场官司，说说小人物是怎么毁掉一个村子的，也好给你一个提醒。"

三福只能洗耳恭听——

……咱蚂蚱庙是各方面的人凑起来的，这你应当知道。早年，这里只有十几户土著，后来从大槐树来了一些，还有逃荒要饭的，投亲奔友的，犯了事之后改名换姓到这里落草的，很杂。那时没有私塾，没有刘振兴、石晓楼、谢芳春、赵琪这样的人物，都是靠几亩地刨食吃的土蛰子。甭觉得乡邻见面就问吃了吗喝了吗听上去热乎乎的很亲切，那都是表面！遇到利益侵争，看吧，什么法子都使得出来。心机刁滑的、好逸恶劳的、欺软怕硬的、偷鸡摸狗的、蹂躏良善的，多了去了——就像一个圣贤不曾教化过的地方。

……有这么一天——明末的事——外地一个货郎来村里叫卖：拿头发换针喽——换洋红洋绿啦！拿废铜烂铁打彩了，十打九中喽……就跟你参现在做的行当这样，小本生意，走街串巷，弄点小钱对付日子。有小孩子拿废铜烂铁到货郎那边打彩，换个五彩泥哨、风车葫芦、关东糖什么的，女人则拿了梳下的头发换点儿针线染料。

……有个女人，咱不说谁家了，拿一把头发换了几根针和一点洋红。这女人当时没觉得吃亏，就一把烂头发嘛。谁知，她家男人心眼小，见那么一大团头发才换这么点儿东西，以为吃了大亏，当即拿了那几根针去找货郎掰扯。货郎说那些头发也就换几根针，那点洋红还是白送的呢。那男人以为货郎不给他面子，大气榔榔地说，你不就是个游走小贩嘛，跟我顶嘴！货郎好声好气地说，俺说的就是实情，哪敢犯犟顶嘴啊。那男人莫名其妙地上了火，骂货郎专坑妇女儿童不是好东西，云云。货郎觉得委屈，跟那男子分辩了几句，无非说行走多年都是老规矩从不敢给谁亏吃公平交易等等。那男人依仗坐地户的威风，对小货郎噼里啪啦地动了拳脚，砸坏了货郎挑子，还打掉了货郎的两颗牙。货郎势单力薄，强忍伤痛，收拾了破损的担子，悻悻而去。

……货郎养好了伤，寻思自己所受的屈辱，心有不甘。那时各行都有自己的行会，货郎便去找了头人，诉说所受的委屈。帮主一听，大怒，说一定要向蚂蚱庙讨个说法！多年来我一直在想，为什么此时帮主会大怒，十有八九是因为此类纠纷多有发生，货郎们忍辱多年且呼声很高，作为行帮的头人，如不行动，这帮人将无以立足，于是就举义。帮主秘密通知了方圆十几个县的货郎，某月某日，到蚂蚱庙去讨个说法。

……你不是说德章小老百姓，不该跟你掰扯嘛，不该说不好听的话嘛。三福，千万不要小看小老百姓！那些游街叫卖的货郎，生意小如芥末，人卑微得不能再卑微，可是，如果成千上万的货郎聚到一堆，那声势也很大啊！而且，人家占理呢！一时间，几千货郎群集蚂蚱庙，他们一起摇动货郎鼓，声震天地，大半个河东都能听到，雀鸟儿都不敢来宿。村里所有的空地都是货郎的挑子，迤逦绵延，一直排到村外庄稼地里，道路没法走人，更没法走车。

……蚂蚱庙人怕了。争吵、辩解，蚂蚱庙充其量也就几个肯站出来说话的，哪敌得这么多吹风找不到裂纹，一心把事情闹大的货郎！上千货郎，挑子里都藏了家伙啊！不能驱赶，不能硬怼，更不能动手。蚂蚱庙人若是动手，不用一个时辰，货郎就能把整个村子砸个稀巴烂，说不定一把火烧了村子！咱蚂蚱庙人都是些欺软怕硬的主儿！别看平时耍大刀的样子好像英雄豪杰，一旦大事当前，没几个出头的。

……幸亏村里还有几个知道蒜瓣子也辣口的老人，他们好言好语解劝，管着货郎们的吃喝，安排他们住宿，好话说了千千万，货郎们还是余怨难消。几天下来，蚂蚱庙就撑不住劲了。上千人，天天管饭，管到哪天是个头！多少粮食能填满这么多人的肚子！蚂蚱庙只好推举几个头面人物出面交涉，说答应货郎的要求。帮主说：我们不是不讲理，也不能少脸无光地离开。首先，打人的那家伙须得给我们赔礼道歉，唱三天三夜的大戏。另外，每人给三尺小白布……

……蚂蚱庙只好应了下来。那个男人赔了不是，村里出钱请来戏班，唱了三天三夜的大戏。但是小白布的事没能兑现。蚂蚱庙人拿不出那么多布来——好几百货郎，到哪去弄那么多白布！再说，货郎们这一要求心存不善。他们打算拿了白布，戴在头上，像吊丧那样离开蚂蚱庙。那场景对整个村子来说，该是多么不吉利！大家想来想去，取了推延软赖的办法，答应三个月后兑现。货郎们信以为真，解散队伍，各自离去。蚂蚱庙人才松了一口气。

……但是，你给我记着，咱这地方小人多君子少，除非当时捏着他们的细脖儿，不然的话，猴子嘴里抠不出个枣子来。一旦过了危机关口，说的话差不多都不算数。货郎走后，人人骂他们"像蝗虫一样飞来像蝗虫一样飞走"，说他们"都是些坑蒙拐骗的下三烂"，没人再提小白布的事。因这一条没能兑现，帮主到沂州府上告状，府上不接案子。帮主走不通明道，就施放阴招。他找了一位精通"祝由科"的先生，递上重礼，请教何以出这口恶气。那先生给了帮主一条锦囊妙计，说：如此这般，如此这般。

……不久，蚂蚱庙传出流言，说村西岭上年年有凤凰来居，年年下一窝凤凰蛋。凤凰蛋深埋黄土下，挖到一个，儿孙中会有一个考上秀才；挖到两枚，能中举人；倘若挖到三枚，就能考上进士、中状元当驸马爷，云云。流言好像一阵大风，刮歪了蚂蚱庙人，每个人都想挖出凤凰蛋来。于是乎，挖土寻蛋，蜂拥而起。这个一铲，那个一筐，不久就把原本绿树成荫的山岭挖成千疮百孔的秃岭，高度逐年降低，

123

最后变成一个深坑。此前,因为有凤凰岭隔着,从西北方向看不见岭南坡的村子,村内最高的屋脊也隐在茂林修竹之中。

——十几丈高的山岭被挖成两人多深的坑,形成一个长满荒草的苇塘。再后来,有人发现一到夏天苇塘就有红水流出,色彩沉着,颜色如铁锈,像是婴儿出生时的脐血。有人请教二知先生,先生仔细看了,说,那应是灵鸟的血。他劝蚂蚱庙人不要再挖了,凤凰蛋已经破碎,灵脉已被挖断。你们定是受了什么人的蛊惑,遭了神灵的诅咒。大家这才明白,当初的流言是货郎帮主故意扩散的诡计。

三福听了,肃然而立,问:"赵家和吴家就因为这个起了官司?"

大襟袄说:"他们两家的官司是几百年后的事了。当年虽然暂停挖土,但多年形成的惯性并没立马停住,人们还在使土,零零散散的,今天你挖一点,明天我弄两筐,直到最后一个岭头眼看要塌下来,住在土岭南坡的吴家担心继续挖下去,北来的寒风将直冲他家瓦屋,家族风水将被破坏,于是出面阻止。当时东头赵家正在兴旺之时,常有人使土,西酒店就把赵家告上衙门。那次官司,赵家败诉,县里让赵家出钱立了一通石碑。石碑高六尺,宽二尺。碑文是当年的县太爷李方膺写的,说的就是当年故事,并对全村人立下约束:任何人不得在此使土。这通碑就叫'禁使土碑'……"

三福说:"原来两家早有过节。"

大襟袄说:"你是只知其一不知其二。过节是有,可那还不是要紧的。要紧的是什么?要紧的是遇到事体,要忍耐,要退让,懂得你好我好大家好。向使那个男人不找小货郎的麻烦,什么事都没有,是不是?我要告诉你的是,做事要公平,不能得意忘形。倘若犯了众人之恶,到头来你不会有好结果。聪明人应懂得大事化小小事化了,万不可一时烧包,自以为是根葱,把芝麻粒儿大的事给闹大了。"

三福问:"爹,你看这官司会怎么了结?"

大襟袄说:"凶多吉少。"

被潮流追赶的兔子

三福想去城里找建章解释一下,把诉状撤回来。

转念一想,此事得朝大练长禀报一声才是,别让老人家说我三福出尔反尔。

果然,听三福说要撤诉,大练长就反问:"一个人拉出的屎能吃回去?!"

三福讨了个无趣,无脸,进退不是。

既然如此,三福就做不成软皮蛋,只好硬着头皮朝下走。次日,他悄无声息地进了一趟城。在政府门前,三福等了好半天,不见建章出来,门房既不通报也不让他进去。快天黑了,三福哀求门岗:"让我进去见一面吧。"那警卫没好气地说:"你以为你是谁!科长是你想见就见的?滚!"三福自讨无趣,沓撒沓撒地回到村里。他预感不妙,但此时已是进退维谷,癞蛤蟆支床腿——只有硬撑了。

三福诉讼赵德章的事,很快在蚂蚱庙传开。有些人以为三福会胜诉,毕竟是三福的粮食被德章的黑驴偷了嘴,德章不仅没赔个不是,还指桑骂槐地骂人——不占理儿。再说,西酒店财力广大,上下疏通,应是胜券在握。也有人不这么看:德章虽是被告,但这件事不大,官府未必肯立案——谢芳春持此看法。乡邻们觉得这事谁胜谁负都没多大的罪过。赵家族人看起来都不怎么着急。赵焕章照例每天拿了马扎坐在禾场上抽烟,德章有时陪着,没半点着急的样子。

说起来,焕章与此事稍有关联——德章去村西拉土,是给他家做坯的。德章把三福诉讼的事告诉了焕章,焕章乍初觉得不至于经官动府的,后来知道此事为真,就有了几分疑惑。说到底,不就是驴吃了几口粮食嘛。德章骂驴是驴日的也没什么错啊,怎么就闹到官府去了!思来想去,焕章认为这事定是西酒店唆使三福所致,是有意给赵家难堪。于是,他和德章去了一趟城里。去的时候天还不亮,回来时已经天黑。

出乎谢芳春的预料,县府很快就立了案,而且当月就开了庭审。县长旁听了那次庭审。法庭庭长宣布开庭后,三福陈述了案情经过及诉讼请求。庭长问赵德章:"蚂蚱庙有不能随便使土的清规,你可知道?"德章说:"小的知道。"庭长问:"既然知道,为什么还去那边拉土?"德章说:"我赶着驴车,要去自家地里挖土做土坯,不为错。"庭长问:"你那地连着凤凰岭吗?"德章答:"凡毗连小岭的地方,小民不敢沾边。我那块地离凤凰岭还有一箭之地,此前挖土的窝窝还在那里,如若有误,请大老爷查看。"庭长说:"本庭已去查过,此乃实情。"庭长又问:"你家黑驴吃了人家粮食,本应道歉致意,何以恶语辱人?"赵德章说:"蚂蚱庙是个大村,东西南北各有一条大街,十字形,交叉口处是庙。车辆交通,牲畜下地,村人行走,都要经过。自吴家私设集市,街道堵塞,人畜难行,极为不便,故此才有了黑驴偷嘴一事。向使没有集市,抑或粮食市不紧靠路边,不致有此事发生。再说,牲口毕竟是牲口,偶尔疏忽,并非出自故意。"庭长说:"没听说蚂蚱庙有集市啊。"德章接了庭长的话,说:"蚂蚱庙私设集市,至今没见过张榜公示。听说国家有法令,私人不得大量囤积粮食,不得私自酿酒,造酒是要消耗很多粮食的!荒年中穷人冻死饿死的众多,粮食吃都不够,还造酒!再说,他家开的纸坊、染坊、油坊,日进斗金,可曾缴过税赋?请大人明断。"

旁听庭审的县长对此颇感兴趣,问问身边的财粮管事:"蚂蚱庙什么时候设的集市?有没有报告登记?有没有公示?有没有按时足数缴纳税赋?"他身后有个小个子,虽然一身中山装,笑貌还是一副旧式师爷的嘴脸——想必是政府的钱粮助理。那人当场翻看了簿子,说蚂蚱庙的集市为私设，未向政府申报批准，一应商铺均未纳过赋税……县长说："既然如此，有关手续得补办，漏税也得补缴。"

于是全体起立，听庭长宣判："依照中华民国法律，辛亥以前的民事纠纷不再深究。从民国元年算起，国人凡兴办工商业者须得登记注册。其次，凡经营工商业者都得依法纳税。吴云迪开设实业，牟取暴利，拒不纳税，涉嫌违法。另有操纵粮油扰乱粮食市场之嫌，鉴于此等无法行为，须得给予罚处！"

三福听到这里，已是腿软。他打断法官的话，急火火声称："吴云迪是有名望的秀才，当过大练长，开个集市没什么呀！"县长在旁没听清楚，叫三福再说一遍。三福重复了刚才的话，县长大笑，说："什么秀才练长的，那是满清一朝的陈年烂谷子，现在是民国，甭给我说那些破烂功名！"

接着，庭长宣布："三福胜诉，德章须得就管理牲口不慎之事向贾三福道歉，并赔偿杂粮三斤半。法庭附带民事判决：即着县钱粮科尽快清算蚂蚱庙吴家酒店及一应商铺之应缴税款；蚂蚱庙集市暂停经营，待重新申报注册后方可开业。在此期间，无限期休市；吴云迪不得继续担任该村工商头领，不得享有劳动力定价权……"

消息传到蚂蚱庙，惊动了所有成年男人。蚂蚱庙人意识到，虽然三福赢了官司，但吴家却马失前蹄，附带着输了官司——不仅要补缴大笔税款，社会名望和实际权力也都受到重创。赵德章因黑驴偷嘴且出言不逊而被告上法庭，结果是西酒店被罚——这翻转乾坤的力量有多大！谢芳春认为，一定是西酒店一时糊涂，受了三福的挑唆，做出自取其辱的事！三福表面上赢得三斤半杂粮，但西酒店却因此遭受如此重大打击——这可是他承担不起的啊！

而且，他还因此得罪了赵家。

这是三福最惨的一次失败。

蚂蚱庙人明确感到，民国的法律跟大清不一样。

此后，工夫市价格改由赵焕章确定。

多年踞于乡绅地位的吴云迪，悄然引退，居家沉思。他对自己当时为何支持三福诉讼之事，依然大惑不解。俗话说，一天之内，人有三迷——当时是被什么迷惑了呢？被三福的口舌挑唆？或因了家务事的刺激？反复寻思，仔细过滤，无论从哪个角度看，都不应做出那样反常的决定！只有一个解释：当时是鬼迷心窍了。若非如此，怎么会因这一微不足道的小事动了肝火呢？他在院里的甬道上踱着步，看大枣树上稀落落的黄叶，看长满青苔的屋顶，看被虫子蛀蚀的廊柱，突然生出日薄西山的悲戚哀伤之情。想到古人说的小不忍则乱大谋，怀疑自己对新兴的革命是否心怀抵触？最终，他将这次不智之举归咎为：一介武夫，千虑一失！

此后，蚂蚱庙的政治力量对比发生了大变化。实际上，赵焕章对工夫市仅仅宣示过两次定价权，就彻底放弃了这个看上去有脸有光的差事。他把这个权力让给谢芳春。这次转让权力是赵焕章的明智之举，不仅自己省去心力，也给谢芳春一个安慰，因为后者在被迫辞掉抹斗手一职以后，心情一直处于忧郁状态。这次变动中损失最大的是三福。德章拿了三斤半杂粮送他，三福没接受。他觉得那点粮食就等于对他的嘲笑，而自己如今就像一条丧家之犬，任人嘲讽……

集市暂停，三福失业了。那些曾被抹斗手抹掉粮食的人，心情很是舒畅，他们不失时机地调侃三福：集市什么时候恢复呀？三福摇头。村人就说，如果老不复市你靠什么吃饭呢？三福苦笑着，无言以应。村人于是给予他几分怜悯，道：真要没饭吃了到我家凑合一下行不？三福依然不答。他知道，那些说风凉话的人都不怀好意，都在戏弄他，好像成功的猫玩弄一只到手的老鼠……

对政府来说，这次诉讼产生了很大的正面效应。该案例的判词波及整个鲁南。关闭私营酒店，节省下相当数量的粮食，缓解了当下的饥荒。从事工商业活动的财主被要求登记注册并补缴税款，政府财政得到充实，很多从前荒废的公共事务得以重新启动。县里重修了文庙，还在沂河上搭起一座木桥，不仅可以行人，载重的马车、驴车、牛车也可畅行。苍山县的土匪被赶到枣庄的抱犊崮，郯城县的土匪头子赵清风被剿灭，只漏了他女儿。县长还组织一帮老秀才在五贤祠里重修了《县志》……

自此，河东人都知道城里衙门有个赵建章，遇到麻烦事，多有求他疏通的。建章是个喜欢冒高（出风头）的人，谁对他表示了尊敬，他就答应为谁办事，且敢于出头。小南庄在其村前的茅茨沟上建了一座桥，二知先生说那条水沟无遮无拦把风水给带走了，须得拦蓄一下才好。修桥时留的两个涵洞都堵着，名义上说是节制风水，其实是以蓄水为利，方便浇地种菜园。这年夏天雨水特大，小南庄修的那座桥堵塞了泄洪水道，把上游楼子村的庄稼给淹了。楼子村将小南庄告上公堂。赵建章的大姑家是小南庄，村长带了一块好砚台去求助。赵建章无视楼子的正当诉求，偏袒小南庄。在法庭上，小南庄村长强词夺理为其不当工程辩解，同时反告楼子村长在未经原配同意的情况下纳妾。法庭最后竟以纳妾违反民国法律为由判楼子村败诉。一年后，楼子村和小南庄为争夺一个毗邻的苇塘，又一次打官司。无论按历史边界还是按苇塘的四邻接壤，那苇塘都应判给小南庄。楼子村吸取上次败诉的教训，捷足先登，找到建章，据说送了一份上好的烟土，那苇塘最终竟就判给楼子村！

可想而知，类似的判案会引起多少议论！

每当有人訾议建章，三福总是讪讪离开，从不参与议论。此时，三福最迫切的愿望就是改换门庭，却苦于找不到左右逢源，各方都不得罪的两全路径。他觉得自己过去一段时间里确有恃才自傲的毛病，没听谢芳春的话，没重视老爹的训诫，犯了大错。这不是他第一次失落。广东的卷尺过来，废了他的长胳膊，是第一次失落。民国法律将宰杀公牛入刑，间接影响了牛皮、牛肉的生意，废了他刚建立起来的经营资源，是第二次失落。蚂蚱庙集市虽然不久就恢复了，但上海那边出产的地磅，彻底断了所有乡村抹斗手的生路。一切都没有预告，悄然而来，冥冥中好像有个看不见摸不着的东西和他作对。这是三福遇到的第三次失落。为什么？是谁给他出了这么多难题？是民国？是建章？说不清楚。他越来越明确地看到，层出不穷的新玩意儿，给他的生活带来连续性的打击。广货、海货、洋货、卷尺、地磅、汽灯、马灯，没完没了，如海潮一般席卷而来。即使没有不久前输掉的官司，即使没有建章，他的生活同样会遇到麻烦。造成这种大麻烦的鬼魅是一群合伙而来的群魔，其中哪一个都不能单独拦挡他的生计，但是合起来，而且一波一波地涌来，就让他难以应对。所以，所有疑问的答案只有一个，那就是潮流！潮流像一只追赶兔子的狗，紧追不舍。而他，还有那些像他这样的人，甚至所有蚂蚱庙人，都是可怜的兔子，稍微跑慢一点，就会倒霉。而他，蚂蚱庙所有人，都没有预见潮流的能力。

失意的三福，想找吴兴邦倾诉心中的郁闷。

三福的起伏得失，对吴兴邦没有多大影响。农忙时节，兴邦忙完自家几亩地上的营生，就和兄弟兴怀拿了应时的农具，到西酒店高台阶下蹲着，期盼当日的短工活。兴邦这人乐观开朗，爱说笑话，得意或无奈时也能豁出去，有那么点儿江湖草莽的邪劲儿。在一帮穷哥们中，他算是讲义气有担当的大哥。兴邦常把好活、轻活、报酬高点的活让给更需要的兄弟们。因此，在那个圈子里，他说话有威信。他唯一的缺点就是两眼近视，看什么东西都要眯缝着眼，三福因此说他那两只眼像蚂蚱的生殖器。不知因为熬夜呢还是掉进去了脏东西，他那两只眼常是红的，无论什么时候看上去都跟刚哭过似的。

蚂蚱庙人只在靠自家劳力不能对付的时候，比如麦熟时节才会请短工，因此，兴邦这帮经常出入工夫市的穷哥们并不是每天都能找到活干。没有雇主的日子,他们就一起寻开心,有的讲古,有的拉骚呱,有时赌博。穷人赌博,赌注微不足道,有时几个豆粒,有时一个萝卜,一般不涉及现金——他们没有现成的钱。当然,互相交流用工信息,谈论周边新闻,也是这个小圈子的议题。

吴兴邦从不赌博,即使只需一根草棒做赌注,他也不参与。别人赌博时,他就站在旁边看,一会儿给这个出个主意,一会儿跟那个递暗号,或踢一下谁的屁股,或戳戳谁的头皮,时而发出感叹唏嘘,弄得谁都想得到他的舞弊暗示,又都厌恶他朝秦暮楚不固定一人。得到暗示的不曾感激他,没得到暗示而打出臭牌的则骂他"贱嘴"。吴兴邦常常感叹:"我这里忠心保国,却不想成了挨刺的垛子!"

吴兴邦有自己的爱好。他家祖是喇叭匠,兴邦从小跟爹学会吹喇叭。此地称喇叭匠为吹鼓手,老鼓手说他用气总是太重,所以拿捏不好节奏和音色,怎么教都不行。因此兴邦只学会了长号,至于锣鼓、胡琴、铜钵,他都不行。那把长号有好几道节骨儿,不用时截节截节吞进去,用时则拉出来。那长号的杆子裂了缝,几年前跟三福去集上买了牛皮线子扎好,能吹了,音色上跟原装到底还是有些差别。

没事可做的日子,吴兴邦将长号带到工夫市这边,仰天吹上几口,腮帮子鼓得锃亮,借此抒发下层劳动者的豪情。后来,他将长号变成召集同伙的工具,一听见号声,穷哥们就集结到高台阶旁的空场上,围着大碌碡打牌,散伙时也要吹两口。有人告诉他,散伙时不能吹号,古人说鸣金收兵,得敲打铜器。他说家里原有铜钵的,只是不知弄哪去了,只好用长号将就着弄个响儿,有点声势。这一来,兴邦的号声就成了蚂蚱庙的一景,需要短工的人往往先要找到兴邦,告诉他:快去给我吹两声,这边需要人手呢。兴邦见自己的特长有了用处,颇为兴奋,神采飞扬地吹上一阵子,就有人陆续前来……

类似的事给了兴邦一个重要启发。有一天,他对工夫市的兄弟们说:"都给我听着,咱不能老这么一闲着就打牌,不能空熬日头。我有个想法，大家组织起来，弄个鼓手队，平时打打响器，图个热闹寻个开心，遇到村里有喜丧事，咱们一起去帮忙。忙没有白帮的，除了混口吃喝，多少还能挣点零钱花。大家合计合计，看这主意如何？"

穷哥们儿积极参与议论：闲着也是闲着，随便弄点什么营生都比待着玩蛋好。兴邦就说："既然想学，我来教你们。这么着，想干的，各自出点儿钱去置办响器，喇叭、铜锣、二胡、横笛、秫秸攒（这里指笙）、小铞铞，买什么都行。事先合计好，角色各自选，响器甭买重了。要是不会买，我陪着去，但我不经手钱。钱这东西一过手就少，我不想担那恶名。"

一说到花钱，庄稼人就犯愁。蚂蚱庙的农民有句口头禅：庄户人家不置隔宿货。如果某件东西隔一宿才会用到，今天就不必去买。乐器大多是铜的，买就得花钱，谁肯拿现金置办眼下还看不见实际效益的玩意儿！兴邦也犯了难。没有响器，怎么组织鼓手队？买响器就得有钱，可谁能一下子拿出那么多钱？此时，他想到一个人：解信德。解信德是蚂蚱庙肘鼓子戏班的班头，他那里有几样响器，不常用，不妨借来用一阵子。吴兴邦拜见解信德，口称三叔，笑嘻嘻地说了自己的想法。解信德说："你个大洌泻嘴，我的响器被你们这伙一吹，黏糊糊臭烘烘的，我怎么用！"吴兴邦说了很多好话，就是不行。无计可施，兴邦去找三福，让他出面给说合说合。三福说："兄弟，你的事就是我的事，怎么好咱就怎么办。"

他俩朝东南门那边走去。路过老王家，看见解信德跟王家姑娘在说话，很亲密的样子。三福低头装作没看见，解信德却瞥见他了，说："什么事？忙得跟约地似的。"三福刚转过头去，王姑娘就消失在院墙豁口那边。三福走近信德，耳语："好事，大好事，如果是好。"解信德叹息："结果好才算万事好——这才在哪里呢！"三福说："怎么好，怎么办。有事找我，你放心。"

也许这句话起了作用，解信德就跟三福聊起来。两人谈话很是投机。三福顺便提及吴兴邦借响器的事,信德竟然爽快地应了。不过,他对借用乐器一事附加了三个条件:一、他们这伙人得拜我为师,我负责指点他们。以后无论到哪里,无论做什么事,都不准给我丢脸。二、我这边唱戏需要响器支持时,他们这伙人都不能推辞,要一起上阵来帮忙——先说好,不管饭。三呢,用完了响器,必须冲洗干净,不得带了口臭还我。

三福满口答应。

回头找到兴邦,说:"事办成了。"

吴兴邦大喜过望,夸三福是个好约地。

三福复述了解信德提出的三个条件,另外又附加了第四个。前三个条件,兴邦都应了。第四个条件,三福要求拜师那天,你们几个都不能空手,东西不在多少,得表示表示。以后逢年过节,也要去拜谒老师,送上礼品。兴邦连连点头,说:"明儿我就去拜师,不空手。"三福说:"别忘了有我一份。"兴邦说:"哪能少了你的。"三福说:"记住,响器用完了得洗净擦干。"兴邦说:"用响器前先吃块萝卜,保证嘴里不淌涎沬。"次日,一帮人就去那边拜师。几个人凑钱买了一套羊下水,在解信德家吃了一顿,也算是谢了三福。

那以后,吴兴邦那伙人就开始学响器,吹吹打打由兴邦兄弟两个教,有时他们也去解信德那边学戏。核心不是自封的,是在实际活动中逐步产生的。吴兴邦的积极努力热情奉献,让他自然而然地成了这帮人的小首领。他擅长的长号在众响器中正好处于领袖地位,身份与工具算是搭配得正好。两个月下来,这些人大体上通点路了,跌跌绊绊的,能打出七八个曲子,可以应付简单的场面了。在乡村,稍微有点手艺就会被人注意。吴兴邦一帮人在响器上刚有个大意,就有人找他们帮忙,主要是喜事和丧事上的几样仪式。来人一说,吴兴邦就带着他的鼓手队去捧场演出。大部分事主不在乎他们技能高低,只是图个热闹。再说,本村鼓手不仅叫起来方便,报酬高点低点也都好说。

因为这，本村有事，大都请吴兴邦的鼓手队。鼓手队演出，首先得管饭，至于其他收入，则各种形式无须讲究，有时是粮食，有时是一点钱。不要小看管吃这一条，蚂蚱庙人对"饱饱吃上一顿"看得很重，若饭食里有点荤腥，那就上天了。因此，队员们将兴邦视为先知先觉，是他们公认的领头人。

没有喜丧事的日子里，他们也会聚在一起敲打鼓吹，弄出很大动静，闲人和孩子们围着他们喝彩。疯狂的敲击声释放了平头百姓无拘无束的快乐，给蚂蚱庙增添了热闹和生气。一帮穷哥们的生活因此变得充实，忙时有活干，闲时也有吃饭挣钱的路子。而且，因为这小小手艺，参与者都能得到人们的尊敬，虽然微薄，但都高兴。

三福对兴邦说："你现在有收入了，得请我吃点什么吧。"兴邦歪头笑着，洌泻从嘴角流下，说："和尚念了经，少不了经钱。"三福说："空口白牙的说句话不算数，吃到嘴里咽进肚里才算东西呢。"兴邦想了想，说："我给你逮几条鱼吧。"

当天，吴兴邦就约了几个同伙去东大汪里逮鱼。三福跟在后面，提了三叉梁的筐头子拾鱼。蚂蚱庙的东西南北各有一个大汪塘。东大汪是一条狭长的池塘，北起村后的蒲汪——那汪很深，一半水面长满蒲苇，因此而得名。从那里流出一条水，经克顺家，过小桥，入东大汪北段。那里长着清一色芦苇，挤满压满。夏天里，芦苇丛中不时传出水鸟的叫声。从那片广阔的芦苇丛向南有一段狭长水面，像一条运河，通向东大汪的中部。中部水面最大，有十几亩大的面积，有的地方长着莲荷，有红的也有白的。荷叶拥挤，清风荡漾，煞是好看。这里有一座小桥，青石板，两页并排，蚂蚱庙的东西大街就从这里穿过。三福家住在石桥的东边，向西是吕伯清的槽棚和吴兴邦家的草屋，然后是赵焕章家的大院子，再往西是村子的中心——蚂蚱庙。

青石桥南是东大汪的中心。这里既没有香蒲和芦苇，也没有莲荷，水面下只有青绿色的苍草。苍草盛时，会因繁茂拥挤而高出水面。细小的虾子跳出来又落下去，大鱼不敢钻进浓密的苲草，如海豹不敢进入珊瑚丛。没有苲草的那片水面，通常是蚂蚱庙人捕鱼的地方。他们用剥去皮的秫秸或芦苇扎了草筏，人站在草筏上，巧妙而有力地撒开旋网，然后用长长的杆子拍打水面，让惊恐的鱼儿钻进网宫里。这些人都是捕鱼老手，如薛凤山、马继云、谢芳春。他们这些老渔人不屑于捉拿小鱼，只有逮到大个鲫鱼、鲤鱼、花脊鳜鱼时彼此才会投去羡慕赞许的目光。

吴兴邦没有逮大鱼的本领，也没有像样的旋网。他和他的伙伴们就只好去北大汪那边的蒲苇间，用自己的两只手摸鱼。虽然眼神不好，但他摸鱼很在行。他脱下裤子，光着的上身披着一袭破蓑衣，左拐右扭地走进密匝匝的蒲苇，一会儿就不见了人影。三福站在汪沿，只能通过蒲苇的晃动判断兴邦所在的区域。这里的蒲苇说不清存在了多少年，蒲苇的根部在水下连接成一片岛屿，长期没在水下的部分呈黑色，那条黑色的线既是蒲苇的根和茎的分界，也是汪塘水面的平时高度。水面以下的蒲苇根部是一个连一个的洞穴，那里是鲫鱼、鲤鱼的藏身之地。吴兴邦进入不大一会儿，三福就看见白肚皮的鲫鱼从蒲苇梢子上飞了过来，伴随喊声：三福，接着!

活生生的物质酬谢令人高兴，更让三福受用的是这些人顺从他的指令，因为他给他们办了事儿。三福冷静而清晰地梳理出其中的脉络和原则：只要你给谁带来好处，谁就会感谢你，甚至听命于你。这里除了交换，还有情谊，交换一事一议，情谊绵延久长。在失去长胳膊的优越又失去抹斗手的外快后，三福再次找到生活的门道和真谛。他为此而高兴，也因此生发出对未来的信心。

不久，兴邦这些人就置办了一套属于自己的新乐器。这套新响器是解信德居中介绍的。他说有个小戏班倒台了，响器不好分，集中卖了以便平均分钱，因此价钱不高，兴邦他们就买下来了。除了这些铜质乐器，他们还置办了一面牛皮大鼓。那鼓面的直径超过一米，四周涂了红漆，上有龙凤纹饰，敲起来音重如雷，整个蚂蚱庙都能听见。不用的时候，他们把这套家什放在庙里。

吴兴邦的小队伍算是鸟枪换炮了。

乐极生悲——几天后，吴兴邦发现那套家什里少了一样东西：小铛铛。

都找了，找遍了，就是没有。

小铛铛，铜质乐器，是最小规格的锣，巴掌那么大，圆形。它不像其他铜锣，须得一手持锣，另只手拿了锣槌敲击。小铛铛只需一只手就能打击出声音来，音质清亮，在许多高大上的乐器中显得有点儿滑稽，像戏里的小丑。

谁会偷走这个小铛铛呢？不论谁偷的，都是鼓手队的损失，也是对鼓手队的轻视。鼓手队成员都是穷人，任何一件乐器都经过反复权衡才购置的，如心头肉，如当犅牛（拉主缏的牛，走在犁的正前方），如打鱼网。穷人家产本就很少，若谁损害了他们的利益，一片菜叶、一根葱、一个瓦罐，都会引起纠纷。他们为此不惜大打出手，不怕流血，甚至不惜弄出人命。

谁会偷这么个小铛铛呢？

我就不信治不了你！

吴兴邦有理由怀疑瘌造偷了他的小铛铛。

首先，瘌造从小就喜欢钉害人，是个惯犯。瘌造偷过白菜、萝卜、辣椒、甜瓜、茄子，也偷过草帽、草鞋、马扎、车袢，甚至连牛羊的缰绳、女人的头巾、小孩的泥哨儿，都偷。那些物件，那些小玩意儿对瘌造而言并非有什么实际用场，他是看着什么好吃、好看、好玩，随时起意，拿了就走。好吃的，啃两口撂了；好用的，玩儿天，随手扔了。有人发现他的盗窃行为，曾找上门追问，徐和尚总是矢口否认："没有啊，不会的，要不你在我家找找，但凡能找到，我赔。"然而，谁好意思进他屋里翻箱倒柜地找呢——于是怏怏而去——心里却藏着老大的不高兴。

众人赞同吴兴邦的猜测。有人要去徐和尚家里翻查。兴邦神秘兮兮且胸有成竹地说："不，谁也甭去问，也甭声张，就像没这事似的。"鼓手们说："难道就这么丢了？三十个大板买的呢！"兴邦说："一定要找回来，一定能找回来。带兵打仗，得有计谋。你们记住了，瞪大眼睛，竖起耳朵，一旦听见哪里有小铛铛的响声，悄悄过去，逮住谁，就是谁！我就不信这东西能跑出小庙。"众人觉得此话有理。他们一致认为，其余那些响器放在庙里也不安全，不如弄到吴兴邦家去。兴邦说，眼下以不动声色为好。

半个月过去了，没有动静。

一个月过去了，仍未发现蛛丝马迹。

有一天夜里，三福听见庙里传出清脆的声音。仔细听了，当——当——当，很像那小铛铛的声音，清脆、跳跃，没有明显的节奏，有点儿调皮，有点儿儿戏，虽然传得不远，却很特别，也算悦耳。三福刚出门，就看见小桥西头的水井旁，吴兴邦正在烧纸。他问："谁个不舒坦？"兴邦说："俺娘这几天不舒坦，弄几张黄纸打送打送。"蚂蚱庙人病了，首先是熬，一般不去看医生，也不吃药。熬上一些时日，好就好了，不好再去找谢芳春。再不行，才去找石晓楼。这样做的好处是，一般伤风感冒熬几天就好了，无须看先生无须吃药。不好处是小病可能因此误成大病。说到底，还是缺钱。谢芳春家有叫《万事不求人》的杂书，那里边有特别的两页，一页画着太上老君神像，另一页是个表格，表里有三十个栏目，分别写着从初一到月底的日子。每个日子都有某种特定的鬼神在位。这些鬼有水鬼、土鬼、夜叉、床头鬼、狐狸精、黑老鸹精、牛头、马面，还有各种各样的屈死鬼、没着落的冤魂、成精的老树、废弃的枯井及怪石精灵，等等。这些鬼碰上谁，谁就会生病。遇到这情况，三五天不见好，病者家人就会到谢家求助。谢芳春此时总要声明：这些都是嬷嬷子论啊——别指望有什么大用。来者并不在乎这个，抱着"无病不信邪，有病乱求医"的想法，求他查查那本书。谢芳春就拿出《万事不求人》，先问患者哪天得的病，然后翻书找到那个日子，按图索骥、照本宣科地念一遍格栏里的文字，告诉来者是什么鬼做的什么孽，处方是弄几张黄纸到村头、路口、井旁或汪沿烧了，许个心愿：走吧走吧，别纠缠俺家，过年给你个大馍馍……这种烧点纸钱送走鬼魅的活动，就叫打送，含有打发鬼神、送走晦气的意思。

吴兴邦拨拉着尚未烧尽的纸灰问："什么事？"

三福神秘地说："快到庙门那边去听听。"

吴兴邦究问到底出了什么事，三福不明说，只叫他快去听听。

吴兴邦约了两个伙伴，蹑手蹑脚，来到庙门前，竖起耳朵细听。

果然，里边传出小铛铛的声音。

错不了，就是他们那小铛铛的声儿。

吴兴邦拉了拉伙计们的衣角，示意不要声张，然后转到东边，轻轻拨开徐和尚的门闩，侧身闪进院子，从东院翻过矮墙，突入庙里，进入前殿，躲在蚂蚱神的背后，继续听。

两个孩子在说话：

一个说："好听不？"是瘌造的声音。

小铛铛又响起来。

"你从哪弄的？"如贵在问。

瘌造得意地说："玩几天，扔东大汪算了。"

如贵说："还不如拿货郎那里换几块糖呢。"

……

吴兴邦一下子扑了过去。

紧随其后，其他几个也跟着扑了过去。

他们把瘌造死死按在地上。

吴兴邦东摸西摸，找到了那个小铠铛。

他靠近窗户那边的月光看了，果然是那东西。

人赃俱获！

吴兴邦无比愤怒，叫人把瘌造逮到蚂蚱神像前边，过堂问讯。

"说，谁教你偷的？"

瘌造不应。

"如贵，是你干的？"

如贵说："不是我。"

瘌造在暗里瞪了如贵一眼。

兴邦狠狠说："你这杂种，当我治不了你是不！"

瘌造死不承认。

吴兴邦说："告诉你小瘌造，没我吴兴邦剃不了的头！"

吴兴邦一脚把坐在地上的小瘌造踹倒。

这一脚很是厉害。

瘌造骂："蹬倒山你个龟孙！"

蹬倒山是吴兴邦的诨名，因为他的脚很有力，夸张地说"能蹬倒一座山"。这个绰号的背后还有另一层意思：吴兴邦的肩背很像一种俗名叫蹬倒山的蚂蚱，这种蚂蚱有着两条非常有力的大腿，腿上长着锯齿状的刺儿，有好事者就把这个诨号送给了兴邦。

兴邦照瘌造就是一个嘴巴子，骂道："那也是你叫的？今儿看我怎么整你——我就不信治不了你！"

众人上来，一顿酷打。

起初，瘌造还断断续续辩解，说自己是拿了玩的，玩几天就放回原处……

后来，就听不见他的声音了。

在愤怒的成年人脚下，瘌造就像一只无力反抗的羊羔。

后来，就变成一堆软绵绵的肉了。

如贵跑出去，喊叫："出事了，打人了……"

徐和尚大概已脱衣入睡，好一会儿才翻墙过来。

在惨淡的月色里，他看到怒气冲冲的吴兴邦和他的伙伴们。

吴兴邦恶狠狠地说："看你养的好种！"

说罢，一众人扬长而去。

徐和尚抱起儿子，瘌造已不省人事了。

小铛铛事件过去不到两个月，又发生了一起盗窃案。

这案子和孙殿武有关。

蚂蚱庙本没有姓孙的，孙殿武是跟随其母流落到蚂蚱庙的。父亲死后，他娘带着他改嫁到这边来。他的继父姓吕，和吕伯清是一门。但孙殿武并没改姓吕，他依然保留了孙家后人的名义。不久，继父因病去世，娘也死了，孙殿武彻底成了孤家寡人。孙殿武身材魁梧，干活不惜力气，成个家应当不难。可是，这里没人愿意把闺女嫁给这个没根没底的大拖油瓶，日月延宕，孙殿武就成了年近四十的光棍，整天像个幽灵似的这里转转那里走走。夜晚也不好好睡觉，四处游荡，因此得了个诨名：夜游神。

孙殿武个子大，力气也大，粮食市上那个放茶壶的大碌碡，只有他能举起来。蚂蚱庙所有男子，论力气，没一个能和他比的，倒也没谁敢欺负他。孙殿武没有不良嗜好，可他没有家底，也缺少亲人照应，吃得又多，没人愿把闺女嫁给他。当然，最根本的，是孙殿武太穷，没有家产。

孤独而健全的男子往往因为性压抑而行为不检，孙殿武也有这毛病。有关他的风言风语很多，蚂蚱庙的女人都防着他。有人说孙殿武夜游时，会从土墙的豁口偷看早起推磨的女人。热天里，蚂蚱庙的女人凌晨早起磨糊子烙煎饼，热了，图凉快，多有光着上身推磨的——她们以为黑夜里，又是在自己家里，不会有人看见。有一天，一位早起推磨的女人突然发现土墙豁口处影影绰绰伸出一个人头来，还嘿嘿地笑，以为是鬼，吓得撂下磨辊跑进屋里躲起来。有好事者测量了那女人家土墙豁口的高度，说这么高的土墙，能高出豁口一个头的男人，就只有夜游神孙殿武了。

  从那以后，蚂蚱庙的女人无论多早起来推磨，都不敢裸着上身。不知多少良家妇女咬牙切齿咒骂孙殿武，恨他将她们唯一的自由给剥夺了。要知道，凌晨光着上身推磨不仅凉快，还能避免衣服被汗渍，而洗涤衣服得用洗衣棒捶打，这会减损衣服的使用年限。她们盼着孙殿武尽早离开蚂蚱庙，或掉进土井里摔死，或在野外被雷电劈死，都比活着强。然而，力大无穷的壮汉孙殿武依然活着，全没有消失的迹象。后来，村里一位姓扈的寡妇主动献身，解救了蚂蚱庙——蚂蚱庙从此没再发生土墙豁口有人偷笑的恐怖事件，早起推磨的女人们又能裸着上身晃着奶子自由自在地推磨了。不过，她们都不曾对扈寡妇的行为表示出丝毫的理解，更没人表示过感谢，而是咒她、骂她、嘲笑她、唾弃她，说她养汉子，说她破鞋，说她不要脸，说她是猪狗不如的骚货，等等。

  住在吕家胡同南头的孙殿武，在吃食方面十分粗糙，也不规律。除了粮食，其他如白菜、萝卜、黄瓜、韭菜，都是生吃，就连莴苣、豆角、辣椒、大葱、大蒜、芹菜、芫荽，各种瓜类，甚至生姜，也都生吃。三福曾对他说过，生吃东西不好，你不会弄把火煮熟了再吃吗？孙殿武说："人的肚子很聪明，不管你吃进去什么，它都会给你搅和好了再下去。"三福说："我说的是正经话！你要么是懒，要么想省点油盐。"孙殿武说："油盐还买得起，花几个小钱也无所谓，我就是怕麻烦。"三福感叹："你什么都不缺，就是缺个暖炕的啊！真不行，牵个草驴你试试？"这时孙殿武就举起手里的铁锨,佯做要打。三福明知他不会打,此时也装模作样地飞跑而逃。不要说一铁锨,就是孙殿武一巴掌也会把瘦小的三福打个半死。

孙殿武特别能吃。这和他那高大而强壮的身躯有关。他吃饭通常不用碗筷,而是用一个水瓢。那水瓢是用一个大葫芦切成的,能盛四五斤水。孙殿武煮一锅粥,拿水瓢舀了,把干粮泡进去,搅和搅和,刮风似的吃下,一瓢不够再来一瓢,一口五印锅（直径40～50厘米的锅）的粥勉强够他一顿吃的。吃完,到菜园上揪几把生菜,像叫驴嚼草似的塞进嘴里,肚子就鼓起来了。蚂蚱庙人一般都不请他帮忙干活,即使不要工钱,光那秋风扫落叶般的吃法就让主家受不了。因此,孙殿武很少找到打短工的机会,他也从不到西酒店的工夫市上去找活干——不会有人雇用他的。

不光吃的不行,穿的也差。一年四季,有三季,孙殿武都是光着上身,没有褂子。下身就是一条肥大的短裤,走起来裤裆里那一坨子晃来晃去,像一头草原上放单的雄狮。因为没人做衣服,孙殿武常年都用披肩当褂子。他有一条用整条土布做的大披肩,浅蓝色,上面印了猫蹄子花。孙殿武干什么活都要披着那条披肩,样子很潇洒。这种民间服饰很像古代骑士的披风,但比披风的用处多得多。

孙殿武很爱惜这个大披肩,因为是扈寡妇送他的,算是定情之物吧。从现实角度说,那也是为扈寡妇干活得到的报酬。扈寡妇家的活基本都靠他,无论农活还是家务。一开始,孙殿武还不舍得用那披肩,老放在墙上挂着,十分珍惜。扈寡妇说,给你就是叫你用的,披在肩上,既可防晒又能擦汗,多好! 大披肩这才派上用场。孙殿武推车子时,会把披肩捋成粗粗的一条,束在腰里。粗大的披肩束上他的虎背熊腰,晃动满载粪土的小车,小车在强有力的身手中,就像个玩具。刮风下雨时,孙殿武会把披肩展开,顶在头上,风吹披肩,飘飘忽忽,远看好像玉山将倾的样子。

癞造也喜欢那条披肩，特别喜欢那种洗得泛白的颜色。月白色底子上那些猫蹄子图案，远看就像一片杏花，背景则如蓝色湖水。他曾朝孙殿武开过口，说借了披几天威风威风，孙殿武坚决而冷漠地拒绝了，说："看你那个子还没个铡把高，给你你也领不起来。"铡把，是农民用来铡牛草的铡刀的把手。那把手本就很短，而铡刀通常是平放在地上的，大铡刀的刀把距离地面不足两拃。蚂蚱庙人形容一个人个子矮通常是说"还没铡把高"。

癞造不仅没借到大披肩，还被孙殿武讥讽了，心存不忿。

不久，孙殿武那条披肩就不见了。

孙殿武可没有吴兴邦那样的计谋。

他直接推开庙门，去庙里翻找。

而且，还真找到了——不错，就是他的那条大披肩。

这等于偷了他的心爱之物。

孙殿武大怒，当即拿癞造是问。

癞造反问他："凭什么说我偷的？"

孙殿武说："在庙里找到的，不是你偷的谁偷的！"

癞造说："我又不在庙里住，你在谁那里找到的就该问谁。"

孙殿武的披肩是在如贵住的夹道里找到的。

他一手抓过如贵，问："你小子偷的？"

如贵哪有那么大胆子，怯怯地说："不是我。"

"那是谁？"

如贵不敢说，眼神瞥着癞造。

孙殿武说："谅你也不敢！"

孙殿武就去抓癞造。

癞造看事不好，刺溜儿一下跑了出去。

孙殿武撒腿就去追。

瘸造歪歪斜斜地跑着，孙殿武迈开长腿在后边追。

可怜一个腿脚不好的孩子，哪能跑得出巨人的手掌！

眼看就要被抓住，瘸造一头钻进庙汪里。

蚂蚱庙西边是一个汪塘，那是建庙时使土挖出来的。村人说，村中间有这个汪塘于风水上不好，一度填平过。随后就有人说，村中有个汪塘也不错，万一谁家失火，就近从庙汪提水，灭火比较方便。因为填平汪塘不仅需要人工，也没合适的地方取土，就那么保留下来了。

瘸造跳进庙汪，惊动了不少人来围观。

首先过来的是扈寡妇。

扈寡妇知道小瘸造偷了那件她送给情人的大披肩，火冒三丈。

吴兴邦也来了。

小铛铛的事，他还记忆犹新，如今又出新案，吴兴邦有一种法官面对惯犯的正义感，而且有判人数罪并罚的那种冲动。扈寡妇气急败坏地骂着，要孙殿武"别轻饶了这个小坏种"！

兴邦说："叫他上来，看我怎么收拾他！"

扈寡妇喊道："还叫他上来，索性把这小甩子浸死在水里算了。"

孙殿武发出号召："甭让他游上岸，弄死他！"

瘸造像个四面楚歌的囚犯，像个落水狗，在庙汪里游过来，游过去。

他拼命寻找上岸的机会。

他一冒头，就有石块、坷垃打过去。

为了躲避砖头瓦块的袭击，他得不时潜入水里，像个狡黠的水鬼。

一只人人喊打的老鼠被浸入水里，大概就是这样子。

扈淑廉、扈淑常兄弟也来了。

庙汪的四面都有人，多数是看景的。

无论游到哪边，都有人拿土块朝他掷去。

个把时辰过去，瘸造累得快游不动了。

瘌造东张西望，希图找到上岸的机会。

他扎了个猛子，深深的，尽量让人看不到他的水下行踪。

然而，他刚伸出头来，就看见扈寡妇手里那把亮闪闪的铁锨。也许自知无路可逃，也许轻视了女人，瘌造竟冒险从那里朝上爬。实在是走投无路，实在是别无他途，想以此寻得一线生路！

扈寡妇没容许他爬上来。她拿了铁锨，径直朝瘌造的头拍了下去。

瘌造昏死在庙汪边的脏泥里。

三福赶过来时，众人正在议论怎么处置这个看上去已死的瘌造。

孙殿武说，拉到舍林子里，埋了，够野狗吃两天的。

有人说，得告诉徐和尚。

有人说，等一会再说，也许还能活过来。

三福拿手心试了试，说，还有点气儿。

他把瘌造从泥水里捞出，拖到庙里。

孙殿武和扈寡妇还在庙门外不断地骂。

三福舀了水，冲了冲瘌造的头。

瘌造依然昏迷，好像死定了。

三福掐了他的人中，不无悲悯地说："孬好是条命啊！"

此时孙殿武还在喊："留那个小杂种干吗，钉害人？！"

三福此时耳边隐约听见什么声音：瘌造……恶少……孬好是个人啊，不能得罪……中庸……万事不可做绝……他记起那是爹平时说的一些话，也是从谢芳春的话中引申出来的……

扈寡妇拍打着庙门，非要进来不可。

三福让兴邦阻止她："别叫他们进来！"

瘌造睁开眼的刹那，看见的是三福悲悯的表情。

这个恶少，流泪了。

三福以恨铁不成钢的口气，说："你就不能干点正事嘛——"

徐和尚过来了，见三福正拍着瘌造的背，似乎是在帮他把喝进去的水倒出来，说："三哥，难为您了。"

三福气哼哼地说："子不教，父之过！"

徐和尚无言以对。

巴望那温玉软香抱满怀

饥饿和寒冷在冬天里同时来到，挑战穷人的耐力、生命和尊严。数九的冷风穿透单薄的衣衫，就像刀剑轻易刺破鲁缟，贫乏的食物无法给肉体提供自由舒展的能量，唯一的对策就是缩着，风大时缩在屋里，无风时缩在阳光里。没要紧的活儿要做，人们节省饭食，干少稀多，饥肠辘辘。三福因为缴纳十块大洋的诉讼费，自觉财富如烧饼打驴——一下子丢掉大半，不得不节衣缩食，这阵子实在不大好过。那是大寒后的一天，三福清闲无事，约吴兴邦去解信德那里，想学几段小戏，以便随时哼哼几句打发这难熬的时光。

解信德当面拒绝了，理由是：你俩不是个学戏的料。问为什么？信德说，你俩一个心浮气躁，一个俗事烦冗，八下里砍不出个犁塞来，哪能学戏！信德这里说的犁塞，是一片很小的木头，犁头的铲毂松了，砍一片小木头塞进去，就能将其固定住，那片小木头就是他说的犁塞——楔子。连那么一片小楔子都砍不出来，可知那木料百无一用。

这是讽刺人的话，有直面的蔑视之意。这话若是别人说，他俩会恼，只有信德有资格说，而且他们俩不敢犯犟。此前，信德曾答应兴邦那伙人跟他学艺，后者没有认真履行拜师的程序，信德就觉得这些人缺乏学艺的诚意，拿学艺不当回事，颇为不爽。后来兴邦的鼓手队揽了些活，也没先去尊让师傅，自己就干了。挣的钱粮，众人一分，也没留给老师的份儿，信德觉得这伙人没德行。兴邦跟信德借用响器，也是三福介绍的，中间人当然也要承担荐人不慎的责任。

既然解信德不肯教，兴邦就拉着三福离开，他想跟赵德章商量一下去蒙阴那边学几出小戏。三福未置可否。村西吴家巷子里开点心铺子的丁文学也要跟了去。丁文学的小名叫凳子，诨名叫缺心眼儿，所以也有人叫他傻凳。兴邦问他："缺心眼儿，你家里现成开着点心铺子，不缺吃不缺穿的，学什么戏啊！"丁文学说："学戏不耽误卖点心。"兴邦说："蒙阴离咱这二百多里呢，你以为是相公庄、旦彰街！"缺心眼儿没去成，害得他在家躺了好几天，不肯吃饭也不肯下床。他家老头诨名傻桌儿，傻桌儿说："你就是去了，顶多也就学个狗熊拍巴掌。"缺心眼儿说："俺就想学狗熊拍巴掌……"

兴邦也动员三福去，三福以村里公事多离不开为由，没去蒙阴。赵德章去是去了，但不满一个月就回来了。三福问他，何以这么快就回来？德章说："那个教戏的师傅心肠歹毒，故意将凉水泼在麦穰上，叫学生睡那上面，俺这帮人就染上疥疮，身上起了好多红疙瘩，一片一片的，痒得夜里睡不好觉。我说这个铺太潮，请求增加苫子和席子，师傅说，就是想教你们身上痒痒睡不好觉，便于夜里用功诵记戏词儿。哼，俺可受不了那个罪！"三福问德章可曾学了什么，德章说只学了半出刘墉戏。问他演了什么角儿，德章说他在剧中扮演的角色是老和珅。三福说："和珅是个大奸臣。"德章说："忠臣、奸臣都得有人演——驴鳖虾蟹，少一样不成世界。"

于是赵德章得了个诨名：老和珅。

不久，吴兴邦几个也回来了，全都半途而废。

解信德悻悻地说："他们以为戏是谁想学就能学的！不能痴心，便是妄想！"

那个冬天特别冷，蚂蚱庙冻死不少人，丧事连着丧事，兴邦的鼓手队忙得不可开交。他们不光赚了吃喝，还分到些小钱儿。因为信德的批评，兴邦学乖了，白天送汤的仪式是鼓手队，但晚上的小戏都去

147

请信德的小戏班子演。这样，鼓手队挣白天的钱，肘鼓子戏班挣夜戏的钱。他企图以此买好，但信德不领情，说你们那些人不会唱戏，根本就揽不了那活儿。

解信德这句话不是瞎说的。肘鼓子又称瞎汉腔、姑娘腔、拉魂腔，表演形式虽然简单，可正因为简单，便不容易。表演时，艺人左手腕上绑着小鼓，右手食指上套个竹棍儿，边打边唱，还要做出各种舞蹈姿态，集音乐、歌唱、舞蹈、诗词、戏剧于一身，且一人担当多个角色，演唱者要准备两三个行头。主要是帽子，全套服装置办不起，轮到哪个角色出场，演员随手换上一顶帽子，即代表了身份的转变。腔调也要随剧中人物而改变，所以这种小戏也叫抹帽子戏。

解信德多年前学成肘鼓子，不知师从何人。他的第一次演出是在蚂蚱庙前的街口上，演的是《姐妹易嫁》。那时信德刚二十岁，身材修长，面容清秀，声音也好，一开场就得到男女老少的喝彩。女人们听热了，会早早做好晚饭，一放下碗筷就到庙前等戏开场。男人们得负责自家老少的安全，也成了肘鼓子的捧场人。关心戏文的男女总是纠缠剧中人物的命运，讨论并猜测下回如何分解，为此产生的评论多种多样。解信德的肘鼓子戏给蚂蚱庙增添了文艺气息，他也就成为远近皆知的名人。乍初，信德的戏班只在本村演出，后来"游于艺"——到附近村子巡回。有时当天回来，演出夜戏时则住在外边。有时一出去就是个把月，能挣不少粮食，也挣些钱。不久，信德在林堡子村结识了一个女子。那女子被戏里的人物迷住了，把信德看成戏中的人物，非跟他结婚不可。用现在的话说，就是粉丝迷上了大腕。

信德家境贫寒，有人追着要嫁，自是不好拒绝，就把那女子带回蚂蚱庙，算是成了亲结了婚。然而红颜薄命，成婚不到一年，那女子得了麻风病。蚂蚱庙人听说解信德家里的得了麻风病，恐慌万端，说那病着人，谁被着上，会烂皮烂眼烂下边……传言像刮风一样，扰得蚂蚱庙人寝不安席，而且越说越离谱，越说越危险，人心惶惶，不可终日。很多人去找三福，质问他，"你这约地怎么当的？这么大的事你装聋作哑，若是大家着上那病，到时烂鼻子烂眼的，咱蚂蚱庙的女人非拿锥子剪刀把你戳成蜂窝不可！"

三福犯了愁：穷人娶个媳妇成个家可不容易呢。生生地赶人家走，于心不忍。可是，如果此时他不说话，群情难平。兴邦问他怎么办，三福说："怎么好，怎么办。"兴邦说："信德可是咱这伙人的师傅哟。"三福说，是呢，这拆散人家的话无论如何我不能启齿。

没想到，几天之后，兴邦告诉三福："信德家里的自己走了。有人说沭河边上有县政府给这种人盖的小屋，她自觉地离开村子，搬过那边去了。"三福哀伤地说："那女子真是个要脸的人啊！"兴邦说："舆论汹汹，她想必是听到了。"三福道："信德也是个要脸的人。"两人说着，约着一起去看望师傅。

刚到解家门口，就听见里边传来唱腔：

叫一声小樱桃啊，
咱可是都要脸的人。
你听那黑乌鸦叽叽喳喳叫不停，
你看那树梢儿不动却刮着响风，
你想那人言可畏众口能铄金啊，
倒不如拍打拍打屁股走了娘家，
也好叫那一帮无事生非的家伙空磨嘴，
让他们磨完了嘴巴他们就磨屁股，
磨完了屁股就磨×巴，
磨完了×巴就磨疤癞，
那个疤癞可是很难磨啊，
越磨越痒就像是得了风扬疬……

音调里满是苍凉、哀怨和伤感,惆怅无边无际。

三福感叹道:"不容易啊!"

信德继续他的弹唱:

……
从此后你是你来我是我,
纵然是近在咫尺,
也不能耳鬓厮磨拉个呱。
从此后你我两人天各一方,
再不能一起熬粥烙饼烧个地瓜。
为奴的惦记着,
谁给你做饭?
谁为你铺床?
谁给你洗衣?
谁听你歌唱?
这一去就好像那泥牛入了海啊
好在不会让人再戳后脊梁。
只可怜夫妻恩爱从此断,
就只有那寒风刮得窗户棂子响,
就只有黑暗里老鼠磨牙啃着床帮,
就只有夜半三更想我的情郎,
就只有青灯一盏,
看灯影儿摇晃。
……

那个得了麻风病的女人先回了娘家,然后去了新安庄的麻风村。

一个月后,那女子来过一次蚂蚱庙,哭得跟个泪人儿似的。有人说,解信德把家中仅有的一点钱都给了她。上了年纪的人称赞信德是个有情有义的好男人，更多的人则觉得如释重负。对解信德和那女子的痛苦，没人给予他们设身处地的同情或怜惜，更没有一星半点的帮助。这一话题，直到解信德爱上本村的吴姑娘才算了结。

论人品，论相貌，论才华，解信德都是一等一的人才：身材修长，面容清秀，长袍一穿，颇有古风雅韵。能说会唱，一人担纲能演出几十出小戏，演什么像什么。论德行，从没做过被人指责的事。虽然娶过麻风媳妇，但那不是他的过错。这样的青年才俊，在河东一带被人称为"大姑娘食儿"，意思是未婚姑娘最爱的"菜"。

然而，解信德和哨门里吴姑娘的恋爱却遭到了极大的阻力。

为防匪，蚂蚱庙建有六个哨门——打更放哨的门，分别是东门、东北门、西北门、西门、西南门和东南门。吴姑娘的家在东南哨门的墙里一边，路南，东边院墙临着路，墙上有个豁口。他俩到底怎么好上的，谁也未曾注意，也说不清。据邻居说，吴姑娘听信德的《姐妹易嫁》时，被戏中人物感动得眼泪湿透了夹袄。吴姑娘暗中塞给信德一片毛洋布的汗巾，算是定了情。谁知这事被吴母发现了。吴母跟男人说："姑娘大了不可留，留久了，爬墙头。"吴父问："谁家？"吴夫人说："还能谁家？咱家姑娘要寻人呢。"吴父问寻谁？吴母说："她跟解信德私下定了终身。"

吴父一听就火了。

现时说话，这是意料之中的反应。没有父母之命媒妁之言，男女私订终身，是大逆不道的事儿。在当时，双方父母都会觉得没面子，好像自家孩子做了什么见不得人的丑事，女方父母尤甚。当事的女子因此会被世人称为没有教养的非正经之人，名声坏了。遇到这种事情，父母一是阻止，二是赶紧找个男子嫁了，万一闹出男女私奔的后果，父母会觉得没脸见人。因乎此，无数悲剧连续演出，伤害了不知多少有情有意的男女青年！

吴母说，"应当早给她说个婆家啊。现在晚了。"吴父说："谁会想到她有这一出儿。"吴母说："瞒得真严实，事先一点动静没看出来。

听说私下里还送了汗巾呢。"吴父说:"我这老脸这下子叫她给丢光了。"吴母说:"十有八九是生米做成熟饭了,顺水推舟吧。"吴父说:"她想寻谁就寻谁?总得掂量掂量那边能不能过日子吧?常言说,玩龙玩虎不如玩二亩土,庄户人家还是找个能过日子的才好。一个穷唱戏的,庄稼不行,生意不精,将来怕连一碗热粥都喝不上呢。再说,唱小戏的终究还属下九流,人前人后,连个体面都难得,这主儿不行!"吴母说:"俺也这么寻思呢,只是小女子铁了心,咱也是无奈何。"

爱情受阻,婚姻不顺,信德一闲下来就摆弄那把柳叶琴,自娱自乐唱起《相思苦》:

> 眼看着小燕子双双齐飞,
> 眼看着花蝴蝶迎风戏谑,
> 全不知王二姐绣楼芳心正烦,
> 将那绣花针刺破手指流了血。
> 谁叫你想他想得眼神儿发直,
> 谁叫你茶饭无味神不守舍?
> 望情郎我望眼欲穿,
> 想情郎我想入非非。
> 若是那小燕子自由自在,
> 飞过去抱着你先得亲个嘴儿……

听见哀哀怨怨的琴声,吴姑娘像是走了魂,做什么都不入心。

吴母看在眼里,心疼女儿,可她得听男人的啊。

实在抵抗不了那勾魂摄魄的柳叶琴声,吴母去了解家,想去劝阻信德。

解信德见吴夫人来,连忙站起,找了草墩子待客。

吴母不坐,只说:"俺好好一个黄花闺女,被你这该死的小曲儿弄得魂不守舍，你就是个勾魂的鬼呀！俺求求你，能不能抱了那柳叶琴到四周村里穿街走巷，也省得俺家姑娘做衣服老是扎破了手指，烙煎饼老是烧煳了鏊子！"

解信德却只管闭了眼，在那里唱：

老员外嫌贫爱富不肯认了那门亲，
小妹妹心地贤良要做个诚信的人。
她好比那多情多义的祝英台啊，
我好比那死心塌地的梁山伯……

吴母说，你就是说到天上地下，老头儿不赞成，也是白搭！

一对青年的故事，很快传遍了蚂蚱庙村。

按理说，郎才女貌，海誓山盟，是值得大力歌颂人人乐见其成的美事。可这是蚂蚱庙啊，蚂蚱庙从来都走在时代后面的，文明和进步在这里和败坏门风是同一词儿！人们说，凡良家妇女必得明媒正娶才算合情合理合法合规，若是自己看上了就随意结合，会被人看成钻穴逾垣的不雅之行。

兴邦怂恿三福出面，说："你是约地，有这个责任。"三福说："用到我了，说我是约地；用不到我，就说约地不过是个破帽子。你们这号人都这样，踢过去揎过来，拿我不当人！"话虽这么说，三福还是觉得自己有义务出手帮忙。可是，这事找谁呢？谁肯出面说合，谁有那种说一不二的身份和那种力量呢？

三福去了东南哨门那边，先看看动静，也好做个判断。

吴家院门紧闭，推了几下没推开，里边闩了。三福只好走出哨门，蹲在墙根，观察动静。不一会儿，三福听见门闩的声音，吴姑娘端了偌大一个瓦盆，朝土墙豁口那边泼水。三福从墙根溜过去，轻声说："我是三福，信德让我来的。"

吴姑娘吓了一跳。

三福说:"信德愁得什么似的,光唱小曲儿。"吴姑娘小声说:"这几天俺爹俺娘不让出去,我借着洗衣泼水出来看看,怎就见不着他人影呢!急死我了。"三福说:"给你报个信儿,我正在想办法,你别着急上火的。"吴姑娘说:"你叫他今晚半夜时分到豁口这里接我——死活我得跟了他!"

正说着,吴夫人在过道里问:"跟谁说话的?"

吴姑娘急慌慌端了瓦盆回屋去了。

三福回到信德那边,把吴姑娘的话传达了。

信德一听,两眼发亮。

次日凌晨,吴姑娘就到了解家。

解信德给吴姑娘烧了一碗热水,说:"暖暖身子。"

吴姑娘说,身上穿的是三表新的棉衣,不觉得多冷。

解信德从墙上摘下柳叶琴,要为姑娘弹上一曲。

姑娘把柳叶琴按下,说:"什么时候了,还弄这!"

说这话时,吴姑娘脸上泛起桃花般的红晕。

解信德已是食髓知味的过来人,自然明白,唱道:

> 我这里虽然是意马心猿,
> 巴望着温玉软香抱满怀。
> 怕只怕小姐她还守着孔门规矩,
> 一个嘴巴子给我打了过来,
> 明日里吃煎饼豆腐牙床子都疼,
> 啃个肉骨头也咬不下来。
> 你说说这是何苦哪呢,
> 人上了邪火啊,
> 三头牛六匹马都拉不回来……

吴姑娘笑道:"烧粥都没米,还想煎饼、豆腐、肉骨头呢。"

次日天亮,老两口一看姑娘不见了,冲入解家,向信德要人。

信德说:"俺没踏进你家门槛半寸,更不是拐骗良家妇女,是你闺女自己要做我压寨夫人的。"吴父怒气冲冲地说:"解信德,你孬好也是个读书人,怎能这么胡来!"吴姑娘说:"俺也不是野合,有媒人从中说合。"吴父就问:"谁?"吴姑娘说:"俺请三福做的媒人。"吴父气哼哼地说:"谁做媒也不行!跟了他,你不会有好日子过的!"吴姑娘说:"俺不嫌。戏里说富不过三代,穷人也有翻身的时候。"吴父跺脚骂:"你就照着戏文活去吧,将来脱不了去当叫花子戳狗牙!"

吴父悻悻,临走愤愤地说:"我得去找三福问个明白。"

刚走到门口,又折回来,对女儿说:"看来你是死心跟这个穷唱戏的了,告诉你,我和你娘可不想赔了闺女还跟着丢人现眼。你得把身上这件三表新的棉袄脱下来,搭上闺女不能再赔上这么件新棉袄。你觉得他好,就让他给你做件棉袄吧!"

吴姑娘说什么就是不给。

父女相互扯拽了好半天。

信德说:"只要不把人拽走,棉袄给他就是。"

吴姑娘自辩道:"凭什么脱我棉袄?棉花是我种的,线是我纺的,布是我织的,凭什么不能陪送我一件棉袄?"

解信德在那里好言相劝,无奈吴父就是不依。

吴姑娘一生气,把棉袄脱了,扔给爹,愤愤地说:"这样当爹的,忒绝情了!"

老吴头一把抓了棉袄,悻悻离开。

棉衣被爹给拿走了,吴姑娘只一件单衣,哪里抵御得三九寒天煞骨头的冷!虽然爱情的火焰熊熊燃烧,到底不能烘暖整个屋子,也无法安抚发紫的嘴唇。解信德把身上的棉袍脱下来给爱人裹上,吴姑娘

155

死活不要，硬把棉袍给男人穿上。解信德把戏箱子里的戏衣拿出来，统统给她穿上。然而，单薄的戏衣很难抵御严酷的寒冷。解信德将她裹在破被里，吴姑娘还是瑟瑟发抖。

解信德担心姑娘冻死，就去找三福。

三福问："前一阵子唱戏不是挣几个钱嘛，做不起一件棉袄？"

解信德说："都给新安庄那个了，她比我更可怜。"

三福道："你心肠太软了，就那几个钱还给了别人。"

信德请三福务必到县上找一下建章。

这么说，三福就为难了。去年的官司，彼此还有记忆。德章是建章的堂兄弟，我三福是当事的起诉人，建章能不介意？而且，那次官司的结局十有八九是建章暗地里使了劲，不然怎会弄出那么大的动静——我三福赔了十块大洋还在其次，西酒店差不多被打垮了。而这事的始作俑者就是我三福！

三福说："我没脸去见建章大叔，这事办不了。"

信德说："说什么你都得去。没那棉袄，她过不去这冬天。"

三福说："只怕建章大叔不肯见我呢。"

信德郑重其事地说："你去，就说我要你请救兵的。"

三福犹豫，还是不敢。

信德说："你约扈龙一起去。他们两家有老亲。事成后，我给建章唱三天的戏。"

少一样不成世界

三福找扈龙，说了信德的意思。

扈龙说："这事对建章来说是小事一件，只是他未必肯来。"三福犯愁，说："最好能找人先捎个信给建章，看他什么态度，可是难得一个合适的使者呀。"扈龙信心飘移地说："真不行去找赵琪。"三福说："没听说他俩有什么交情呀。"扈龙说："赵琪可不是凡人，听人说他会空中传音，还能漫天拘拿小鬼小神什么的。"三福说："无病不信邪，有病乱投医，只能这么做了——有枣无枣打一竿吧。"

他俩就去了赵琪那里，说了解信德的困境和脱困之法。

赵琪居然答应了。

实际上，谁都没去城里，赵琪也没去。至于他是否弄过空中传音，音信是否真的传到了，谁也说不清。那时没有无线电，赵琪对新科学一窍不通，不可能有实际的操作。然而，谁都没想到，赵建章还真的回了一趟蚂蚱庙。

那天上午，村西大道上，款款走来一匹枣红马。马上驮着一位轩昂的男人，旁边跟着两个护兵。马上那人就是建章。枣红马个头好大，相比之下，牵马的人看上去像个矮小的陶俑。他们走过苇塘边的"禁使土碑"时，停了一下，旁边槐树的枝丫差点刮着建章的头。三福和兴邦同时发现了他们。三福脸带潮红地向建章问候，说自己作死，没脸见大叔了，其实是在暗示那件已经过去了的诉讼。建章对此没做直接的回应，只是问："还当抹斗手不？"三福沮丧地说："自从有了地磅，各处市集的抹斗手都没了踪迹。我现在是一贫如洗，快吃不上饭了。本来很想负荆请罪，碍着面子，一直没敢起意呢。"

建章哈哈大笑，说："大可不必。过去的事就是过去了，切莫挂在心上。人就是一阵风，况芥末小事乎。"

吴兴邦朝天空吹起长号，其他乐器也跟了上来。很多人被热烈的声乐鼓动，大街上自动形成夹道迎宾的仪式。牛皮大鼓被有力地敲击着，鼓点震动着蚂蚱庙的空气，心脏不够强壮的人几乎要震出病来。小孩子经过大鼓旁边，双手捂了耳朵。大铜锣发出夸张的声音，小镲铛调皮如顽童，几管喇叭齐鸣，伴着吴兴邦时不时的长号。长号的声

157

音沉着而悠长，控制着节奏，也增强了仪式感。

蚂蚱庙人常见的是自家牛驴，很少见到马，更没见过这么高大英俊的枣红马。吴云迪家曾养过马，但他那匹是一头拉车的小马，样子虽然好看，但个头太小。老年人说他们小时见过清军的马，那还是几十年前围剿幅军的时候。清军的马瘦长，身量不如眼前这匹雍容大方、稳健雄伟、皮毛鲜亮。赵建章一身戎装，腰里挎一把洋刀，刀鞘上有铜质饰物，刀把上有两条流苏耷拉下来。马的坐垫看上去像是丝绸做的，闪着精致华贵的光，垫上的图案压在建章的双腿之下，一副铃铛在马的脖颈下发出悠然的脆响，给夹道欢迎的仪式增加了自在潇洒的趣味。

赵建章双脚插在马镫里，略微吃点劲儿，支持着他挺直的腰板。他穿着马裤，马裤的上部有点肥大，但不致臃肿。建章谦和地朝乡亲们微笑，好几次说"我得下来走""我得下来走"，都被三福给阻止了。三福反复强调，"您是有身份的人，让大家看看什么叫高头大马，什么叫健将雄兵。"

建章从马上下来，与众人娓娓而谈。他说最近三天，夜里连续做噩梦，梦里有个怪物在他床前晃来晃去，如雾如电，时聚时散，聚起来的时候恍惚像个大蚂蚱，散的时候就是一片水雾，只能听见声音。那声音恰似蚂蚱飞起来的振翅声，一会儿大一会儿小，大时好像刮风，如同千万只飞蝗铺天盖地而来，遮天蔽日而去；小的时候好像草蛇灰线，嘤嘤然似老蚕吐丝。建章就问："谁，想干吗？"有声音从很远的地方传来，隐约听见应声，说是蚂蚱大王。蚂蚱大王说，村子里好久没给它供奉了，它们的像也不知哪去了。建章当即答应，说明儿就去庙上拜谒，还许了大愿：等过去这阵子，为它们重塑金身，重建香火……

众人无不称奇，说："神灵啊无处不在，千万不可慢待——亏您老人家想得到……"

建章在庙前摆了香案，表情严肃态度虔诚地给蚂蚱庙行了礼。

然后，他步行去了信德家，众人跟着。

建章送给信德一个小盒子。大家面面相觑，不知里边装的什么东西。信德打开小盒子，看里边，是几圈琴弦。信德对着阳光看了，琴弦半透明，是上好的筋料，大喜。建章又从怀里掏出一块叠成方块的大红花布，一包上海产的大白兔糖，说这是给你俩的主婚之礼。信德谢了，说："现时说话，这婚事还僵着呢。"建章问了原委，微笑道："世上的糊涂父母多了去了。民国法律不兴这样干涉婚姻自由。"信德也说："还是民国的法律好。"建章转对吴姑娘说："去告诉你爹你娘，就说我说的：儿女大了，婚娶是注定的事。信德是个才人，蚂蚱庙因他才有了文气，人也可靠，可以托付。现时说话，民国了，讲究男女平等自由恋爱，父母就不要管那么多了。这两块大洋，你给他，说是贺礼也行，说是换那棉袄的钱也行，怎么都不能叫闺女冻着啊。这次公务在身，顺便过来。下次专门去你爹娘那里喝喜酒。"

建章走了这么一趟，什么都解决了。有建章这样的大人物来给主婚，吴家自觉有了面子，对人说起这事来也就有了托词。信德拿回那件棉衣，算是翁婿之间达成了谅解。皆大欢喜之余，三福心里生了很大的疑问：谁都没进城，建章是怎么知道这事的，又为何前来做媒主婚呢？他找扈龙问了，扈龙说反正他是没进城，更没见到建章。于是他俩就怀疑赵琪做了魔法，空中传音，将这边的事通过霞光雾气告诉了建章。谢芳春以为不然，他遵从孔夫子对鬼神敬而远之的原则，不相信空中传音的说法。但他同意此事和赵琪有点关系，因为他看见建章进村前在路上遇到赵琪，两人马上马下说了一阵子话。石晓楼则认为，建章的初衷可能就是来祭拜神灵的，而且是借了公家的差事顺便而来，证据是带了两个护兵。据说建章现在管着这一带的治安，有兵马，有枪炮，还管着一个军粮仓。不久前，焕章当了那个军粮库的监守，说明建章的现职和武装剿匪有点关系。另一种可能是，建章得到

159

消息，临时增加了给信德主婚这一项。石晓楼的这个分析，也有不合情理的地方：祭拜神灵，预先备了香案供品，这可以理解。若是临时知道信德的婚事，大红缎子被面是从哪儿来的？

谢芳春对此事的评论是："多少有那么点民国味儿。"

三福道："结果好，万事好——咱老百姓懂什么啊！"

大家的猜测分析，让此事热了好长时间。

解信德一辈子铭记赵建章的恩德。在这出遭遇式的折子戏里，三福既非导演也非主角，充其量只是个跑龙套的陪衬而已。不过，这已让他深感满足。建章没有记恨他的蠢行，说话如以往一样——真是个大开大合的人啊！三福心想：以后可不能过分依靠哪一边了，至少得脚踏两只船。

蚂蚱庙一个重要人物——徐和尚——死了。

这个人，论说没什么了不起的力量，经济上不独立，政治上依赖一两个家族，人们对他所从事的所谓宗教也是爱答不理的。但是，他在时，神灵在人们的潜意识里多少还有个位置。徐和尚经常参与人们的生活，送葬、求雨、祭祀火神水神、祭拜祖先、迁坟动土，都要徐和尚举办仪式。没有他的参与，重要的事总像不够完整似的。他的离去将会带来什么效应，一时还看不出来。

私塾先生石晓楼因侍候多病的老母，辞职了。他家是石村，离蚂蚱庙不远，但石先生觉得整天风里来雨里去的，自己辛苦不说，也耽误照顾老母亲。很多人挽留，但石先生去意已决。私塾一时找不到合适的先生，不得不停学。村里再没有孩子琅琅的读书声，没了生气和文气，好像整个部落失去了对未来的期许。曾经跟了刘振兴读书的林宗申、谢芳春、赵琪等人，虽然有些学问，但在读经上都不如石晓楼踏实。石晓楼在这里除了教私塾，还兼做医生，是双料先生。他走后，村民看病成了问题。林宗申懂些医术，但还年轻，缺少临床经验，没积累起名望来。

蚂蚱庙虽然没有统一的宗教，也缺乏宗教精神，但居民心中多少还存了一点对神灵的惧怕。私利当前，很想伸手，唯一的担心就是神灵报应，灾祸落在自身或祸及后代，于是迟疑、彷徨、缩手——这种精神惩罚就是宗教存在。家族长老、私塾先生、信德的小戏、庙里的神像、徐和尚叽里咕噜念的经，都在传播那些千百年来遵循的信条，并且共同组成了那个时代的乡村文化。徐和尚虽然俗，到底还是顶了蚂蚱庙神灵的名号，一有机会就会告诫人们三尺之上有神灵。葬礼上的祈福、歉收年景的祷告、夭折者的超度、大病初愈的谢忱、逃脱灾难的许愿，都和神灵有关。这些事体，有些人姑妄听之，有些人压根不信，有些人临时抱佛脚，但也有不少人是入了心的，尤其妇女。故此，徐和尚的文化地位就不是他那猥琐形象所能遮蔽的。

如今，他死了。

教书先生石晓楼也走了。

秋风起，树叶黄。树叶落了，一群大雁往南飞。

蚂蚱庙失去了宗教、教育和医疗三方面的支撑，剩下的，就是已在衰败路上的西酒店，和尚有几分光彩的赵建章。蚂蚱庙好像一棵死树，少了阴凉，人们突然感到头顶的天空雾霾阴沉，许多应当有东西充实的地方变得空洞、荒寒，光秃秃的。从前大家觉得有文武圣人和八蜡子神遮着，心上存着有恃无恐的安全感。徐和尚没了，八蜡子神会不会生气，明年那些飞蝗会不会刮风一般地来去并吃掉草木和庄稼？关老爷不再庇护我们，会不会有土匪马子来架户？私塾关闭，没人再传授孔夫子的教导，什么人都可以随意胡来，那什么事都会发生哟……

赵琪说得好：破马弯刀，瘸驴烂菜，少一样不成世界。

最现实的问题是：徐和尚死了，没人管束的瘸造怎么办？

如今的瘸造已是十五六岁的青少年，走路还是那样跛脚，心性还是那样顽劣，但是，青春期少年另有一种冲击力与破坏性，这种力量与童年时期恶作剧不可同日而语。徐和尚死后，他老婆本想带着瘸造离开的，瘸造却惦记着他爹名下那三十多亩庙产。他压根儿不曾打算料理稼穑，而是想尽快地卖了，换成钱，一走了之。徐和尚死后的头一年，瘸造一直琢磨着怎么卖地。

土地这东西，人家想买的时候值钱，你想卖的时候就不值钱了。而且，并不是想卖给谁就卖给谁的。你想卖给某人，那人也许不敢要；你不想卖给某人，强势的买主会让你不好抵抗。瘸造的想法很简单，谁给钱多就卖给谁。这一条,扈淑廉先就不赞成。他认为，徐和尚死了，瘸造想走就走，没人愿意留这个祸害，可是庙产必得留下，一来那是从蚂蚱庙人手上拿去的，名义上是以地养庙，不完全属于徐家。再说，即使是庙里人分，我家如贵也是庙里的人，也是继承人之一啊。

土地，无论对于瘸造，还是对蚂蚱庙任何人，都是主要的生产资料，也是重中之重的财产。在土地处置上发生的矛盾，关乎各家各户的核心利益，因此造成兄弟不和的，父子相仇的，亲友离散的，屡见不鲜，有时还会酿成血命冲突。扈淑廉的意见，瘸造绝不答应，他认为卖给谁都不能卖给曾经毒打过他的人。在瘸造心目中，如贵仅仅是庙里的一个奴仆，跟庙产的归属没有关系。扈淑廉听了,说:"烧得不轻啊你！"

这些年，瘸造已积累了若干仇人，放在首位的是扈淑廉和如贵这父子俩，其次是扈寡妇和孙殿武，还有因为小铛铛的事揍过他的吴兴邦，有庙后的三忠，他是克修的父亲，因为不肯借牛给瘸造，所以一直被记恨着,还有曾和扈淑廉结伙毒打过他的扈淑晨（扈淑廉的弟弟），还有铜马庄一个卖烧饼的，还有解义德，因为他们俩同时喜欢一个小脚女人……瘸造的算盘是，如果有人不许自主卖地，他宁肯将庙地以很便宜的价格卖给谢芳春、吴克连或三福。谢芳春曾同情过他，吴克连曾在瘸造没饭吃时给过他几次煎饼和红薯，那次落水被众人围攻则幸亏三福救他一条命……

果然,瘸造将第一块地卖给了谢芳春,价格很便宜。这事惹恼了觊觎庙产的扈淑廉,他和兄弟扈淑晨商量如何阻止瘸造继续卖地。扈淑晨不赞成直接找瘸造闹腾,即使是庙产,那也是大家的事——过分积极插手此事会给人不好的印象。扈淑廉又去找扈龙先商量,扈龙说,虽然都是捐出来的,但那毕竟是徐和尚名下的地,瘸造卖就卖吧。如贵,诚然是庙里的一员,也有继承庙产的正当名义,但是最好等瘸造折腾个差不多了再提这事——提早了不好……

卖地换钱的事进展不顺,瘸造十分懊恼,经常对他娘发火。那女人也想得些钱,瘸造分文不想给她。那女人见阻止不了儿子将土地变现的行为,自己也得不到好处,不辞而别,出走了。有人说被一个什么男人拐走的,有人说被瘸造砸死了不知埋什么旮旯去了。传言活灵活现,有人说亲眼看见瘸造背着他娘的尸体放进一个拱头车上出了村……无论怎么说,那女人不见了,消失得无影无踪。

她一走,瘸造吃饭就成了问题,没人给他做饭,如贵就成了瘸造的伙夫。有一阵子,两人合作得还可以,瘸造用卖地的钱买了很多好吃的,有时还带回一些肉。如贵好歹把东西煮熟了,两人饕餮一阵子。瘸造还弄到一些酒,扈淑廉说有一次如贵给他娘送去一大块熟牛肉,满身酒气。瘸造有时也会带些好吃的到谢芳春那边,做几个菜,一起喝两杯。

有一天,瘸造买了一些牛肉,要如贵做饺子吃。

如贵说:"俺不会做饺子哟。"

瘸造说:"不会怕什么,学着做!"

如贵没办法,就把面和肉拿到扈淑廉那边,让他娘做好了,拿到庙里煮。

这本来是一件很平常的事,最终却闹成了大悲剧。

饺子做好,煮好,但瘸造说自己没吃饱,问如贵:"那么多肉那么多面，怎么没吃饱就没了？"

如贵说："那些肉都剁成馅了啊。"

瘸造问："你说不会做饺子，你拿哪做的？"

如贵说："让俺娘给做的，我拿回这边煮的。"

瘸造立马就怒了："谁教你拿那边去的？难怪那么多肉就剩这么一点点，原来是被你娘那老破×给吞了！还有你爹那个老龟孙，肚子跟水牛那么大，多少东西都填不满。如贵你别在这吃了，快去那边，给我把他们侵吞的肉拿回来！"

如贵说："是俺剁的馅，肉全都用上了，俺娘没留。"

瘸造照如贵就是一脚，吼："还不快去！"

如贵还在申辩，不肯起身。

瘸造上去给了他一拳。

如贵虽然没有瘸造强悍，但也不肯让自己的娘凭空背上个截留别人食物的污名，反手一拨，把瘸造拨拉倒了。

瘸造没想到如贵会反抗。

他恼羞成怒，爬起来，拿了个黑瓷碗，照如贵头砸下去。

如贵满头满脸的血。

瘸造还在骂："若是拿不回来，今晚我就宰了你！"

如贵血头血脸地跑了。

跑得了和尚跑不了庙

如贵回庙里，带来的不是"剩下的肉"，而是扈家一群人：扈淑廉、扈淑晨兄弟，还有扈家一帮子侄，同仇敌忾，气势汹汹，人人都带着家伙。

扈淑廉将瘌造一拳打倒，拉出庙门。

骂道："你这个杂种！谁没见过肉！"

瘌造被绑在庙汪南沿那棵槐树上。

扈淑廉拿了赶牛的鞭子，狠劲抽打。

扈寡妇也来了，她后边跟了魁梧高大的孙殿武。

扈淑晨朝他们说："这个狗杂种，想吃饺子自己不会包，俺嫂子给他俩包了饺子，他一句人话不说，还说饺子不够数，诬赖俺嫂子克扣了他的肉！你们说这东西还是人吗？他逼着如贵把肉要回来。妈个臭×，肉都吃到你肚里了还要你娘的什么×肉！如贵告诉他，反复说没有留下的，他就是不信，还把如贵打成这样子！"

扈寡妇说："这东西就是欠揍，使劲打！"

瘌造最见不得扈寡妇。那天在庙汪里挣扎着想爬上岸时，是她拿铁锨把他拍到水里的。瘌造照着扈寡妇吐了一口带着血的唾沫，骂："你这个老骚×，怎么不找个大叫驴把你一下子干死！"

扈寡妇一听这话，脸都紫了，一蹦一跳地骂："打死这个狗杂种！"

瘌造恨恨瞪着她，还是骂着同样的话。

孙殿武把扈淑廉扒拉开，折了四五根树枝，朝瘌造狠抽。

大力士下手，呼啦一下子，就是一片血痕。

一下，两下，三下……

扈寡妇好像还不解恨，从衣兜里摸出纳鞋底用的针锥，照着瘌造的屁股攮了几下子。

瘌造的屁股上顿时有了两三个血窟窿。

鲜血从那里流了出来，落在灰褐色的土上，好大一片。

扈淑廉拿了不知谁放在庙汪边上的一只瓦罐，从庙汪里提了大半罐脏水，朝瘌造劈头盖脸地泼去。携带了青色苔草的脏水，和着瘌造的鲜血淋漓流下，满地狼藉。

吴克连听见声音不对，从家中走出来。隔了庙汪，他看见被绑在树干上的瘸造一身伤痕，满地血污。

吴克连一溜小跑过来，苦苦说情。

扈淑廉和孙殿武好歹算是收了手。

扈寡妇依然在那里一蹦一跳地骂着，诅咒着，像是疯了。

吴克连的老婆也出来了，她把扈寡妇拉开，说："别跟这种人一般见识。"

吴克连把瘸造从树干上放下。

此时瘸造浑身是伤，摊在地上，一动不动。

扈寡妇拉着孙殿武，离开。

扈家兄弟也悻悻而去。

如贵却没走。

吴克连正愁着怎么弄呢，三忠来了。

三忠看了，说："看来这东西又没干好事。"

吴克连说："毕竟是个孩子，即便有错，骂两句也就算了。"

三忠说："不是个好东西！"

说罢，三忠走了。

看景的人也陆续散去。

只有如贵还站在这里。

吴克连对如贵说："你把他抱到庙里吧，我给他找点药面儿抹上。"

如贵说："他对我太狠了，俺不管。"

吴克连把瘸造抱起来，放回庙里。

这事并未结束。

次日，如贵吃过晚饭，见瘸造在东院里收拾东西。一张破席子，扔在磨道里，还有两片麦秸苫子，同样的破。两个瓦罐，一个立着，破的。一个歪着，罐子内壁满是黄白色的污垢，那是他们的尿罐。一条只有三条腿的条凳靠在土墙上，顶头的地方耷拉着一片粗布，那是瘌造出门赶集时常带的包袱皮子。石磨上放着徐和尚出席法事仪式时用的褡裢，里边装满了东西，鼓鼓的。

那样子，像是什么都不要了。

如贵猜想，瘌造这是要跑。

头一天，瘌造被吴克连弄回庙里，好不容易才把瘌造满是血污的衣服脱下来，草草地洗了，上了些枪伤白药。庙后老马家送来一大碗热粥和几个煎饼，好半天才喂下。多亏瘌造身子皮实，这么重的伤居然能熬住不吭声。处理好这些，吴克连还是不放心，又去药铺里拿了汤药和一包跌打损伤丸，亲眼看着让瘌造吃下。瘌造朝吴克连夫妇和老马家的点了点头，算是感谢——从他眼神中可以看到，那里隐藏着热烈的人性和难以掬奉的谢意。

他们离开前，整好瘌造歇息的床铺，床前放了尿罐。老马家的说："你要是不方便下床，就躺在床边朝地上尿，尿不到罐子里也不要紧，明儿一早我来收拾，顺便给你带些饭食。"吴克连攥着瘌造的手说："叫我说什么好呢！唉，真是没法说啊。本村的庄邻，无论怎样，俺不能说人家不好，是不是？你呢，外边来的孩子，确实也不容易，我也不能说你什么。可是孩子啊，人生一世，许多事不能急不能躁，该忍就忍，凡事忍让，就不会吃亏。你性子太暴了，以后无论做什么，无论到哪里，都得收收这脾气啊。"吴妻在旁边不忍，说："别再说他了，浑身疼的什么似的，听不进去……"

此时，瘌造的眼里淌出两行热泪。

那天晚上，他们走后，瘌造回忆了数年来所遭受的一次又一次伤害，心中的愤怒像大火熊熊燃烧，七窍生烟。仇恨如黑色的浓烟聚成恶毒，烤炙着他的五脏六腑。整整一夜的煎熬，他觉得几乎要被胸腔中的烈火烧焦。人性在这里产生了分别，冲突发生后，文明人可能会反思自己的瑕疵——为什么会遭众人毒打——从而检讨行为并有所改正。如有不平，可以诉诸法律或者亲情。或者，遵照上苍和神灵的教导，原谅别人，宽恕对手，扬长而去。但瘌造不是这样的人，他不懂宽容和原谅，也不会想到求助于法律。此时的他变得更加凶蛮，意气也更加激烈。他要报复，以眼还眼，以牙还牙，而且变本加厉。他要以百倍的残酷对待仇敌，最好一下子了断所有积怨。在黑暗的墙角里，他用粗粝的瓦片在土墙上划下一些杠杠，每个杠杠代表一个仇人……

如贵溜回家，对养父说，瘌造要跑。

扈淑廉问："他给你说的？"

如贵说："他在收拾东西，好东西放在一个褡裢里，破烂都扔了。"

扈淑廉立即离家，四处奔告，召集族人。

他要招呼尽可能多的人一起阻止瘌造逃跑。他此时所想的是，你瘌造跑就跑，没人愿意留这个祸害，可庙里的东西，蜡烛、烛台、豆油、香烛、经卷及记录来往的册页，尤其是土地契约等，一样都休想带走！

天黑不久，扈淑廉兄弟及子侄们就把蚂蚱庙包围了。

他们使劲拍打庙门，要瘌造交出庙里的财物——其实哪有什么财宝，充其量就是不久前卖地卖的几个钱——这正是扈淑廉担心瘌造带走的——也是他指望得到的。

瘌造不见如贵，猜想风声已经泄露。

前后无路，危在旦夕，困兽犹斗。

瘌造忍着尚未痊愈的伤痛，不遗余力地爬到正殿顶上。

扈淑廉兄弟点上火把，照着。

如贵打开庙门。

不见瘌造的影子。

扈寡妇说："钻到老鼠×里也要抠出来！"

三福不知怎么也来了。他劝众人："十有八九已经跑了，别再找了，都回去吧。"

孙殿武指着屋顶，说："会不会趴在那里？"
扈淑廉喊："找根长杆子来。"
扈淑晨找来一根长杆子。
他们在长杆的顶端点了火，向着大殿的屋顶伸过去。
瘸造死死趴在那里，抵抗着火焰熏烤，好歹没掉下来。
大殿太高，房檐伸出太长，杆子够不到最顶端。
这样折腾了大半个时辰，也没弄下什么来。
三福说："有人的话，也该熏死了。"
扈淑廉说："跑得了和尚跑不了庙，咱先退了，村口放哨，明儿再说。"
折腾好半天，没逮到瘸造，众人怏怏而去。

午夜过后，没人了，瘸造从屋顶爬下来，援了庙后的枣树，溜到地面，急匆匆蹿过小巷，藏到老马家的阁楼上。
那阁楼在马家门外，平时放了干草，没人注意。
瘸造知道老马家两口子心地善良，不会加害于他。
瘸造的判断果然不错。老马家里的去草垛扯麦穰，发现阁楼上有人，吓了一跳，轻声问了，知道是瘸造。她一时有些慌乱，不知该怎么办。看看周围没人，她教瘸造不要动，四下的哨门都有哨，跑不出去。过了一会儿，她端来一瓢热粥，叫他喝了粥尽早离开——他们不会放过你的——穿过东南大汪的芦苇荡，从那边石桥底下钻过去奔李家瓦窑——吃饱了快走吧！
瘸造感恩不尽。
鸡叫头遍，瘸造离开蚂蚱庙。
不久传来消息，说瘸造投奔了苍马山的土匪。
民国初年，这一带土匪很多，东山一股较大，为首的是当年白布商人林万里的儿子。林万里的白布生意受到进口洋布的冲击，货物销

169

不下去，改行做了几年牛贩子。后因政府颁布法律严禁宰杀耕牛，牲口生意也做不成了，他和儿子——小名叫大将——只好去做海盐海货生意。后来，海盐也改由政府专卖，父子俩走投无路，贫苦潦倒。做生意那阵子，林万里多次经过蚂蚱庙，都是借宿扈淑晨家。扈淑晨古道热肠，喜欢朋友，为他们父子提供过食宿方便，彼此有较深的情分。后来，大将因犯宰杀耕牛罪和私卖海盐遭官府通缉，上山当了土匪。

癞造就投在大将的门下。

匹夫之怒

到东山后，癞造不久就学会了骑马、射箭、爬树、翻墙那一套。曾经的顽劣如今表现出猴子一样的灵活，狐狸一样的狡黠，猎狗一样的执拗。世人啊，千万别小瞧残疾人，别欺负残疾人！大凡身体之部分有缺残的，其他部分往往有特别突出的发展。一只手残疾的，另一只手必定比普通人更有劲。视力不行的人，听力会比常人更敏锐。残疾人自知某方面不行，便暗示自己要多一点绝门手艺，以自立于世，维持被压抑的生计，也少受一点炎凉。残疾人在生活中形成一套适合自己的动作、路数、观察力和思维方法，常人往往不能适应，甚至无意去认识。生理的残疾又往往带来心理上的变化，敏感、压抑、幽思、愤懑、谨慎的喜悦、无处不在的怀疑、脆弱而皮实的自尊，其反应多不同于常人。所以，他们善良时比一般人更尽心，努力时比常人更刻苦，恶狠时比常人更无情，机巧时比常人更多谋，创作时比常人更细致。生命同等重要——唯有善待，别无良策。

因为机灵又刻苦，癞造得到一支长枪。拿到枪那天，他特别兴奋，在山寨里请那些较早入伙的兄弟们喝了酒，吃了烧鸡，还向大将发誓，一定要做出个样子来向寨主献功表心。众匪都知道，不论入伙早晚，窝里人哪个都不可得罪，且后生可畏，故皆刻意奉承。这让瘸造嬉笑生花，几近得意忘形。他以为这才找到了家，享受到了家的温暖，而且可以大干一场，展示憋窝已久的雄心。贫瘠土地上的暴力之花，即将盛开。

不久，瘸造潜回蚂蚱庙，绑架了吕朝兰。

瘸造连夜将吕朝兰押回苍马山，第一句话说的就是："吕朝兰，今儿知道我是谁了吧？你不是说我当马子都不够料嘛，今日里我就叫你知道我姓徐的配不配这个称号，够不够料，你服不服！"吕朝兰不知曾经得罪过他，但也蔫蔫的，不敢说话。瘸造照他头就是一巴掌："妈个臭逼，说！我够不够料？"

吕朝兰是蚂蚱庙的肉头户，小有财产，为人忠厚诚朴，没想到却成了瘸造的绑票。他以为，绑架他，是看上他的那点家财。瘸造这么一说，他才想起当年在菜园里骂过瘸造的那句话——可惜悔之晚矣。朝兰不是铁骨铮铮的好汉，只能乖乖地向瘸造认错，说自己那张嘴不好，说自己当日鬼迷心窍，不该说那么伤人的话，如今十分懊悔，求瘸造放了他。

瘸造嘿嘿地笑了笑，说："你以为这是赶集呢？"

这里是苍马山，苍马山不曾放过一只鸽子。

瘸造冷冷地说："既然来了，就得按规矩出去。"

苍马山的规矩是，绑票须拿出家财的一半并以现金的方式送来，才能把票赎回去。

当然，家财的多少全在于马子估算。

瘸造给吕朝兰开出的价码是八十块银圆。

吕朝兰可怜巴巴地说："俺小户人家，哪能拿出那么多大洋！"

瘸造咬牙切齿地说："少一个都不行！限三天内交清。三天不能足数交来，我叫你上西天吃后悔药去！哼，说上西天，还是好听的呢，实际上就是大卸八块，扔山涧沟里喂野狗，知道不？不是活着扔哟，是砸断你的胳膊腿，掏出心肝下酒，然后再扔下去，知道吗？啊！"

吕朝兰暗暗叫苦。

消息传到蚂蚱庙，震惊全村。

谁都没想到，一个老实人，因那么一句话，竟至于此！

三福及时向乡公所报了案，要求惩治马子，给一方安全。

乡长姓周，对三福说："赶快回去凑钱救命吧，剿匪的事，你我都管不了。"

因为要命，吕家卖了十几亩地，勉强凑足了八十个大洋，把人赎了回来。

放鸽子那天，瘸造冷笑着对吕朝兰说："我给你留了好大情面呢，不然，小命没了！"

吕朝兰谢天谢地的。

临行，瘸造再次警告："回去告诉蚂蚱庙那帮龟孙，往后说话小心点儿，下手轻点儿，别拿豆包不当干粮。知道什么叫后生可畏吗？我就是！"

好歹保住小命的吕朝兰，只有诺诺。

瘸造成功绑架了吕朝兰，兵不血刃，拿到八十块大洋，大将觉得他虽然年轻，办事确有些能力，也有胆，奖给他一把手枪。大将不知瘸造绑架吕朝兰仅仅是出于报复，并非献忠心为给山寨增加银两。次日，大将突然想到蚂蚱庙，特别嘱咐手下人，包括瘸造："你们都给我记好了，蚂蚱庙那边有我一个朋友，扈淑晨。我得过他的好处，情谊难忘。无论谁，任何时候，都不能惊动他。"

瘸造听了，心里老大不爽，因为扈淑晨是扈淑廉的兄弟，曾揍过他多次，且下手够狠。在瘸造记下的黑名单中，扈淑晨名列其中。如果将扈淑晨剔出那个名单，他的报复计划将是不完整的。为此，瘸造心里别扭了好几天。

吕朝兰回到蚂蚱庙,族人邻居纷纷登门表示安慰,同时也想打听一下瘌造的情况。吕朝兰一朝被蛇咬十年怕井绳,什么都不肯说。三福很想问出一些有关这次绑架的细节,吕朝兰只说了一句话:"宁肯得罪君子,不能得罪小人啊。"

这次绑票在蚂蚱庙引起的震动如此巨大,以至人人谈虎色变。他们推断,吕朝兰不过是说了一句气话瘌造就记恨在心,以至用绑票架户的方式报复,那些对其施加过更多惩罚的人岂不面临更厉害的报复?瘌造是个锱铢必较的小人,一个完全不懂宽恕为何物的狠角色。不少人开始逐年逐月地回忆过往言行,在陈年记忆中寻找与瘌造交集的印象,以便发现自己是否与瘌造发生过不快,是否说过刺激他的话,是否拒绝过他的什么要求,等等。有人甚至怀疑,当众喊他"小瘌腿"也可能被算作侮辱,瘌造会不会将此记在心里?三忠想起曾拒绝借牛给瘌造的旧事,惴惴不安。而且,瘌造不久前遭打时他未曾代为求情,还说过一两句添油加醋的话呢……

有几个人明确认定自己和瘌造是死对头,首先是扈淑廉兄弟,还有如贵。吕朝兰被瘌造绑票后,如贵提心吊胆、寝不安席,每晚早早把庙门锁上,还在里边顶了横杠。他现在不在夹道的窝里睡,而是每天换个地方,有时躲到神像下的洞里睡。孔夫子和关老爷的屁股下都有个洞,足以容下他。如贵觉得孔夫子是个文人,不大可靠,躲在关云长的屁股下借宿可能好点,旁边还有关平周仓,也是个安慰。扈淑廉怀里添了一把杀猪刀,用一片破布包着。他叫兄弟扈淑晨注意防身,不到下半夜不要睡觉。扈寡妇自知和瘌造是死对头,特别让孙殿武在床头放了一把铁锨以备不测。孙殿武说,他从此以后志愿为蚂蚱庙巡更,一发现瘌造就吆喝。

三福认为他和瘌造之间没多大仇恨,但瘌造的诨号是他和吴兴邦起的，这也许成为被记恨的重点之一。他也曾多次催促徐和尚纳粮缴款，但那都是公事，没有挟嫌的成分。吴兴邦不赞成三福的评定，认为他应当密切注意动静——那小子心眼特别小，芥末粒儿大的事情都记在心里，哪怕一句咱觉得稀松平常的话……

整个蚂蚱庙村充斥着紧张气氛，到处都在谈论瘸造加害吕朝兰的事。有人建议扈淑晨去找一下大将，要他把瘸造赶出苍马山，尤其不能给他枪支和子弹。扈淑晨觉得大家还是少提大将的名字为好，与这种人有交情不是光荣的事，弄不好会被弄个通匪的罪名。三福一度想去苍马山见见大将，可转念一想，万一被瘸造发现，便是自投罗网。最后还是吴兴邦的建议为大家接受：加强戒备，注意风吹草动，男人上半夜不睡觉……

然而，半年之后，瘸造还是来了。

蚂蚱庙遭遇了历史上最黑暗、最惨烈、最血腥的一天。

黄昏后，瘸造悄悄进了谢芳春家——他只崇拜这个人。谢芳春见瘸造推门进来，带了一脸的杀气，不由得一惊。绑架吕朝兰勒索八十块银圆的事不仅证实了瘸造入伙为匪的传说，而且激起了蚂蚱庙全村的愤恨，群情汹涌，大有食肉寝皮的气氛。此时的瘸造，对于蚂蚱庙来说，就是一个人神共诛的恶魔。这样的人，谁沾边谁倒霉，谢芳春不肯让自己留下污名，不想见到这个丧门星。事实上，村人近日在议论瘸造时都谨慎地避开谢芳春这三个字。这样的避讳，不啻舆论的诛杀。

谢芳春对自己过往的软弱和暧昧感到无比的懊恼，他为自己的犹豫而沮丧。他反复想了，自己没什么大的过错，只是在瘸造受酷刑时说过一句圣贤名言，没想到一步一步演变，竟让他陷入这样尴尬的境地！幼吾幼以及人之幼，老吾老以及人之老，这话不该说吗？该说。他不止一次也不止在一个场合说过，怎么一沾上瘸造就演变成污名之罪？其后，瘌造登门拜谢他的一言之恩——这也合于情理吧？谢芳春仔细回想，他说的全是劝善止恶的话。他对瘌造一直都在宣扬仁恕，希望他改恶从善，不曾纵容他记恨人，更不曾支持他报复谁。如今看来，一切的善言善意，瘌造全没听进去，一点都没有！从吕朝兰被绑架一事可以看出，瘌造依然照着他固有的心性行事，顽劣凶悍，不懂厚道，以至于良心泯灭、心狠手辣、十恶不赦。

　　无论如何，这人是不能再见面了。想起瘌造第一次来拜访时家里的说的那句话：烧香引出鬼来——干鞋难脱，湿鞋难拿——果然应了谶语！历史的经验和教训比勒石的碑文还深刻，历久不蚀，无法洗刷，也难以改变。蚂蚱庙人常说，善门难开，善门难闭——行善也要看人啊！当你发现善行导致恶果，已是勒马悬崖的险境了。然而，谢芳春就是谢芳春，他明知瘌造是个是非之人，却没有决绝地赶走他。他觉得，把一位大冷天来到门下的人——不管认识不认识，是好人还是坏人——赶走是不人道的。要他面对来人下逐客令，到底说不出口。软弱啊，冬烘啊，乡愿啊，谢芳春的软弱此时变成了腐儒的愚蠢！他拿来一把柴草，在堂屋当门处点了火，叫瘌造暖和暖和——这是蚂蚱庙人对待来客的基本礼数。

　　瘌造杀气外溢，眉头老是放不开，像是怀里揣个老鼠，东张西望，走坐不安。谢芳春再次说了些做人应当仁厚应当宽恕的话，还说冥冥中存着因果报应善恶终有结算，等等。话虽温软，都发自心地，其诚恳掬示至于呕心近乎哀求。瘌造此时哪还听得进这些话！他喝了一碗热水，说："我得吃点东西，几张煎饼就行。"谢芳春实在不想再给他饭食了，急切盼望这个是非之人尽快离开，走得越远越好。瘌造说，他没别的地方可去，吃点东西，马上离开，不给你添麻烦。谢芳春也觉得，除了这里瘌造实在没别的地方可去，问："不吃不行？"瘌造冷冷地说："不吃不行。"谢芳春说："吃饱尽快离开。吕家那事……"瘌造打断了谢的谴责，决绝地说："我这人是有仇必报！"

谢芳春给了他吃的。

瘌造看出主人的惶恐,作了个揖,说:"再见面,怕是难了。"

谢芳春去大门口张望了,见附近没人,示意瘌造快走。

瘌造走出门,进入扈家胡同。

第一家,即谢芳春的西邻扈寡妇。

瘌造的脸上浮现出极为痛苦的表情。

他拔出枪,推了推扈寡妇家的门。显然,第一个要报复的,就是曾经用针锥攮他屁股的小脚女人,还有那个用带刺的枣树葛针打得他遍体鳞伤的孙殿武——我不怕你个子大有力气,多大的力气都抵不过枪子儿!

见此情状,谢芳春踮着脚步追上来,严厉地说:"寡妇娘儿们过日子不容易,甭作死!"

瘌造不听,继续推门。

谢芳春下了最大的力气,扭着他胳膊,严正警告:"她是我紧邻!"

瘌造恶狠狠地说:"她在我腚上攮了好几个血窟窿!还有她那相好的,哼!"

谢芳春沉沉地说:"窟窿不是长平了嘛,人命是大仇,三辈子长不平!"

碍了谢芳春的面子,瘌造不得不取消了他复仇计划中的第一个对象。

他恨恨踢了扈家大门一脚,悻悻地走开了。

瘌造并没按照谢芳春指示的路离开蚂蚱庙。

他去了庙里。

多么熟悉的地方!这里有他全部的屈辱和仇恨,唯独没有幸福。在这里,他从枣树上摔下并因此得了个诨名,一个带有侮辱性的诨名。在这里,因为一个无所谓的小铛铛挨过苦揍。在这里,因为孙殿武的一块破布差点送命……最终他也是从这里逃走的。逃走那天夜里，他带着剧烈的伤痛爬到屋脊上，长杆子上的烟火烧焦了他的头发，让他差点跌落下去……层层叠叠的苦痛和羞辱让他没齿难忘！在黑暗中，他四下里搜寻。夹道没有如贵，没有。这小子躲到哪去了？瘌造到前殿去找，前殿也没有。终于，在关老爷的屁股下面，他找到如贵。

瘌造摸到他的头，二话没说，掏出枪来就是一枪。

然后，瘌造出了庙门，去找其他仇人。

他要找的第二个，是住庙后的三忠。三忠没在家，他媳妇战战兢兢地说："他他他，好些日子，他……他……就不回家睡觉了。"瘌造就去了三忠家的场屋，一个放牛草和拱头车的小房子。在一堆牛草上躺着个人。瘌造蹲下去，拨拉着那人的头，趁微弱的月光看了，不是三忠，收起枪，自语："该死的三忠，若是他，非给他头芯子穿个窟窿不可！"

没找到三忠，瘌造不由得有点窝火。他掉转头再次进了村子。在这个曾养育过他的村子，他不曾记起任何美好的时光，心中充满仇恨。月亮就要落下，到处黑漆漆的，星星很多但都不亮，如同鬼魅在遥远的地方挤眉弄眼。瘌造穿过庙后那条南北向的胡同，在街口遇到曾庇护过他的吴克连。这人是吴克昌的二弟，一家人善良忠厚，住在庙西，算是徐和尚的紧邻。吴克连看到手提盒子枪的瘌造，下意识地停下脚步。十步之外，他就感受到对方身上那股子冷冷的杀气，不由得牙齿打战。瘌造见是克连，说："大黑夜的出来干吗，回家睡觉去！"

吴克连急如星火地跑回家，关门上闩，背靠门板，好半天不能动弹。

接着，是老马家的宅子。这两家邻居，与大庙只隔一条小路。瘌造看着那间曾经让他躲过追杀的小阁楼，片刻的伤感，扎实的感恩，黑暗的低空仿佛有煎饼在闪光，有热粥冒着腾腾雾气。就是那个阁楼，让他在上山落草前的夜晚保住了一条命。在那里，他曾经得到老马家的一瓢热粥和几个煎饼。此时，他心中第一次浮动起常人的感情——

感激、庆幸，还有一丝温暖。瘸造在阁楼前停留片刻，从怀里掏出一块大洋，扔到阁楼上。

他现在要去找吴兴邦，那个嘴角老是流着浏洓的家伙，那个烂红眼子，在瘸造心中是个丑恶形象。他要干掉他。

幸好，吴兴邦没在家。

瘸造从那里走出来，经过小石桥，正好碰见夜游神孙殿武。

孙殿武见是瘸造，回头就跑。

瘸造手起一枪，孙殿武当场毙命，倒在街上。

瘸造从孙殿武腰上抽出那条蓝底白花的披肩。是的，就是这，就因为这条披肩，瘸造受到一顿刻骨铭心的毒打。披肩如今已经残朽，轻轻一扯就撕开了。瘸造在惨淡而微弱的星光下看了看，轻蔑地哼了一声，随手扔到大汪里。他用枪管将孙殿武的裤子扒拉下去，看了，说："这东西力气虽大，那玩意儿可不大呢，那骚寡妇居然喜欢得什么似的！"

此时，如贵早已从庙里跑出来。原来，瘸造打的那一枪并没打死如贵，子弹从如贵的耳鬓间穿过，只擦破了一层皮，流了些血。那一声枪响，把如贵给吓醒，也吓蒙了。他意识到瘸造真的来了，急忙爬起，跟跟跄跄地跑出来。他家在北哨门外，本应朝村后跑的，因慌不择路，如贵竟向南跑，一直跑到大井那边。到大井边上，见前面是一片水，才知跑错了方向，刚转回头来，肚子突然疼得受不了，如贵只好蹲下，抱着肚子在朱家的大粪坑旁哼哼着，身子不停地打着哆嗦。早起压面准备起火做烧饼的朱崇兴听见有人呻吟，出来看了，见如贵只穿了件裇子没穿裤子，赤脚蹲在那里哭，冻得牙齿打架，问："这不是如贵吗？你这是怎么了？黑更半夜地在这儿蹲着？"如贵打着牙战说："不得了，不得了啦！"朱崇兴问怎么不得了？如贵说："瘸造来了，朝我打了一枪……"朱崇兴一听这话就知是怎么回事了，他叫如贵赶快回家，从这里朝北走，告诉你爹大事不好——瘸造来了。记住，快跑，慢就没命了！

动乱年月里，稍显富足的人家往往寝不安席。自吕朝兰那事之后，蚂蚱庙的男人们晚饭后都不急于上床歇息，他们三五成群地聚在一起，说话拉呱，吸烟打牌，非熬到次日凌晨不敢回家。朱崇兴开着个烧饼铺子，不算穷也不算富，即便他这样的小户人家也不敢放松，一有动静，就很警觉。

这时分，扈淑廉等人正在吴克昌家玩牌。听见两声枪响，扈淑廉预感不妙，立马离开那里，撒腿朝家跑，众人拦他不住。扈淑廉是个精明人，蚂蚱庙除西酒店大练长和东头的焕章，别人都没枪。即使有枪的大户人家，也不轻易用枪，担心被人告发。如今半夜响起枪声，除了瘸造，不会是别人。试想，吕朝兰只说了一句稀松平常的话就被瘸造绑架，他和瘸造间的事可不是一句话，而是无法了结的深仇大恨……扈淑廉急匆匆回到家，刚关上门，就听见如贵叫门。

如贵的声音充满恐惧——瘸造果然来行凶了。

扈淑廉意识到凶险就在眼前。

他飞快跑进堂屋，把儿子扈廷从睡梦中抱起，先将他扔到墙外，然后从后夹道里翻墙而逃，眨眼工夫就消失在茫茫暗夜之中——他没有带走惶惶然如丧家之犬的如贵——那不是他亲生的骨肉——这是夺命的落荒之逃——逃之夭夭，除了亲生儿子，罔顾一切。

扈淑廉前脚离开，瘸造就闯了进来。

瘸造此处此时再次见到如贵，不由得一惊，问："你还活着！"

原来那一枪没把这小子打死！

如此，也是如贵命中注定。

瘸造冷笑道："老天不肯让你逃出我的手心，那就见阎王去吧。"

瘸造照如贵的头又是一枪。

可怜的如贵，命运悲惨的少年，自小失去父亲，跟了母亲背井离乡讨饭为生,后被遗弃,送到庙里,小小年纪遭受了多少欺侮、多少痛苦、多少辛酸!好不容易躲过一枪,最后还是没逃出瘸造的魔掌!

此时,夺命而逃的扈淑廉在不远处应能听见自家院里的枪声。

床上躺着的女人被枪声惊动,翻了个身,朝外张望。

那是如贵的娘。

瘸造将如贵娘一枪打死。

那女人没穿衣服,从床上掉了下来。

可怜母子二人,就这样同时归天了。

扈淑廉的幼子此时还酣睡于破被之中,瘸造不知,那婴儿因此躲过一劫。

接着,瘸造去了扈淑晨家,打死一家三口。

一夜之间,瘸造在蚂蚱庙杀死六人。

种种原因逃脱这次灾难的还有:扈寡妇、吴兴邦、三忠、扈淑廉等。如果瘸造的计划全部实现,受害者将超过十人!

这是蚂蚱庙村在上世纪初年发生的最为惨烈的凶杀案。蚂蚱庙村还有一人差点死于非命——解义德。解义德是解信德的二哥,跟瘸造并没直接的仇恨。据吴兴邦说,解义德和瘸造都喜欢地主林老黑的小老婆,两人争风吃醋,瘸造不占上风,因此对解义德怀恨在心。那天晚上,解义德听到枪声后,马上意识到大事不好,就近躲到大汪崖下的苇荡中,得免一死。铜马庄一个卖烧饼的,也在瘸造的黑名单中。瘸造有一次饥饿至极,身上没钱,想赊一斤烧饼而被那人嘲笑"没听说穷光蛋还能吃烧饼",让瘸造当众受了羞辱。在蚂蚱庙杀人之后回山的路上,瘸造经过铜马庄,想把那个打烧饼的男人干掉,可那家大门太结实,怎么都弄不开。院墙又高,里边有狗叫,瘸造的预谋没能得逞。

前人是树后来者只是杂草

惨案震惊了四周八县，人人传说，谈匪色变。

蚂蚱庙村笼罩在浓重的悲痛中，血腥的气息弥漫在土地、天空和草木之间。人们无法排遣一夜之间失去六条生命所造成的巨大恐惧，男女老少都感到死亡的沉重，腥风血雨，陈尸当面，不忍直视但又无法回避。男人们集中在一起，商量着丧事该如何操办，远近的亲友们纷纷来蚂蚱庙吊唁死者，安抚生者，有的要逐一吊唁好几个受害亲友的家庭。村人一遍又一遍地向他们复述惨案的细节、缘由、受害者与凶手的过节，版本略有不同，大体差不太多。

扈氏家族一下子死了这么多人，扈淑晨更是遭受灭门之灾，这让整个扈家无法承受。扈淑廉带着他的儿子扈廷回来，床前的地上满是黑色的血，低矮的茅屋里充满了尚未散尽的凶煞之气。那个侥幸逃过一劫的幼子嗷嗷待哺，扈淑廉抱着孩子号啕大哭。树坤、扈龙、扈义、崇礼三辈人蹲在旁边，劝他节哀，说事已至此，什么都甭想了，赶快料理丧葬事宜。扈淑廉蹲在地上长久不语，气氛如凝，心神冰冷。这一天，人们都觉得说话凑不成个完整的句子，也没有回声。

最先埋掉的是孙殿武。扈寡妇叫了几个人，将孙的尸体用一领芦席包了，草草埋到扈家墓地的下首。扈寡妇本想把他埋在家族的松林里，但遭到了族人反对，理由是名不正言不顺。孙殿武的葬礼十分简单，没人为之顶老盆、驾灵车，没有人在他坟前磕头烧纸，甚至没人简述他的生平籍贯。一个魁梧高大的壮汉——唯一能抱起石碌碡的那个人——就这么完了。

如贵和他娘的葬礼也很潦草。为了省钱，扈淑廉只给那女人置办了一个最廉价的小薄皮棺材,她儿子如贵的尸首只用蒲草和芦苇包了,且没有单独的墓穴,就偎在他娘的棺材旁放了,一起埋在土里。直到此时,人们才感叹这娘儿俩充满苦难的命运:丈夫早亡,流落外乡,再醮后受人炎凉,儿子不幸亡命,自己也中弹而亡,撇下不足百日的幼婴……老朱家带了如贵的姐姐前来辞灵,那女孩瘦骨嶙峋,神情呆滞,在她母亲和弟弟的葬礼上竟没流一滴眼泪,也没有哭泣——这样的命运,也只有麻木才能对付。

淑晨一家三口的葬礼最为悲怆。大小三口棺材,前后排在街上,一家人就这样同归于寂!这是蚂蚱庙从来没有过的大悲之景。扈淑廉在送盘缠的仪式上哭昏过去,好半天才救过来。主持葬礼的知客——守典和赵琪因场面过于悲惨,双双泣不成声,以至于不能举起秉持着香烛的手。淑晨是一位古道热肠的好人,就连土匪大将都心存感激。这样一位温厚朴实的农民遭此厄运,罪责在谁?他是为了帮自家兄弟出气参与了几次惩戒瘌造的活动,因此被记恨,最终搭上了一家三口!

许多人表达了发自胸中的愤怒,呼吁一定要严惩凶手,不能就这么算了!这样残忍的凶手,千刀万剐都不过分,食肉寝皮都难消恨,碎尸万段都不足以平息村民的满腔怒火!但是,谁也拿不出具体的复仇办法。葬礼过去后,一些心思细密的人开始搜集瘌造杀人的来龙去脉,包括各种细节,努力将这个案件的时间顺序连接成一个可信的链条,好像调查凶案的刑侦探员,又像是研究武侠人物的学者,尽可能完整地复盘当晚情景。吴克连没敢说出他曾和瘌造那不到一分钟的邂逅——此时任何与匪关联的细节都会被人误认为内奸。朱崇兴说他听见如贵在粪汪那边哭泣,满脸是血,他叫他赶快回去通知家人。他后悔不该让他回家。扈龙安慰朱说,幸亏你让他回家报信,虽然早那么几步,却救了淑廉爷儿俩的命。当晚在三忠家场屋里睡觉的是吴兴怀,他说半夜里有人摸了摸他的头,然后那人说了句话——他蒙眬记得——枪管冰凉,那句话把他吓得尿湿了裤子……

大襟袄暗自庆幸，庆幸儿子三福那天晚上不在家。在众人提心吊胆防备瘌造来袭的日子里，三福曾以为自己没事，但大襟袄告诉他，冷血人物的记忆非比常人，他们有许多奇怪的念头，任何一个细节都可能成为要你一命的理由。三福打心眼儿里感激老爹的提醒，想到最初发现小铛铛的是他，也是他告诉了兴邦。这个过节很难说瘌造从来不知。三福处处留心，尽量少在村里过夜。吴兴邦和他的伙伴们那天到外村参加丧事，晚间喝醉了，没能及时回来，因此躲过一劫。众人为他们的幸运感叹唏嘘，但兴邦始终觉得自己没得罪瘌造，即使当晚在村里也不会受害。过了一天，在三忠场屋里过夜的兴怀想起来，再次肯定说瘌造是对着三忠来的，说如果是三忠，今儿就叫他头上穿个窟窿……

然而，这些细节还不足以把那天夜里的事情连缀成完整的故事，他是什么时候进村的，在谁家停留过，先干掉谁后干掉谁，这个流程还不是很清楚。扈寡妇的回忆至关重要，她说半夜里听见有人踢门，她没敢应声，但听见说话的声音像是瘌造。大家于是推演下去，那时村里还没听见第一声枪响，瘌造最先落脚一定就在那附近。于是有人推算，瘌造杀人前曾在扈寡妇那边活动。那么，落脚点是谁家呢？说话的人不肯挑明，但大家心知肚明——只能是谢芳春家。

扈龙是个见识宽广、为人厚道且办事可靠的人，众人聚集到他那里，向他讨教。扈龙说："光凭咱这些人，说什么都没用。不要再追问谁跟那下三烂有关了，还是朝外想吧。要报这个大仇，有公私两条路可走。公，就是报告政府，要求惩办土匪，给一方平安。县长是朝廷命官，守土有责，出了这样的事，官家不能不管。"

众人称是，并举荐三福去县里跑一趟，充分反映百姓的呼声。

扈龙叹道："可惜吴云迪老了，若是他的团练队伍健在，有枪有人，瘌造万不敢如此嚣张。"大家跟着感叹："这事万不能就这么完了！"扈龙说："还有一条私人路子，就是找个合适的人，转弯抹角，寻找大将的线人，最好能见到大将，当面说一说瘌造杀人不眨眼的罪行。大将一定不会轻饶那个恶魔的。为什么？因为大将敬佩淑晨的为人，如果他知道瘌造连他的好友淑晨也杀了，定会有个说法。"

众人说，对啊，对啊，怎么把这层给忘了！

事实是正如扈龙所言，大将听说瘌造在蚂蚱庙制造的惨案激起了巨大的民愤，而且，把他的好友扈淑晨一家三口都杀了，当即大怒，说："绑个票弄点钱也就算了，没想到这小子挟嫌报复，一下子杀了这么多人，让我苍马山的名声大受其害，妈那个臭×，太过分了！"手下的问他该如何处置瘌造，大将决然地说："这几天就把他给砸了！"土匪说弄死谁，黑话是"砸了"。

瘌造虽然狠毒残忍，但也有人性慷慨的一面，加上手里有些卖地的钱，在匪窝里结交了几个相得好走得近的。他们从大将那里得到瘌造即将被砸的口风，拐弯抹角地透给了瘌造，暗示他继续待下去小命儿难保。瘌造当晚从马厩里偷出一匹马，带了短枪和子弹，溜出山寨，落荒而去。

其实，瘌造没什么可去的地方。

下山后，他四顾茫茫，不知哪里是家。

信马由缰走了一阵子，瘌造想起一个姑娘。这姑娘姓王，家住马家宅子。王姑娘和家人跟瘌造此前没有任何交集，也没有亲朋关系。瘌造记住这个姑娘是因一次偶然邂逅。那天，王姑娘和一位老妇人到庙里烧香，大概是为其母还愿吧。王姑娘把供桌放好，然后把香烛和供品一一摆上，一个锡酒壶，两双草箸，几个桃酥和甜果，还有几个点了红点的白馍。可惜供桌面积太小，王姑娘朝上放了几个馍后，其他供品没地方了。此时她手里拿着两个馍，怎么放都不稳当，有心放回笾子里又觉不好，正犹豫不决，旁边一人说："你手里这个馍给我吧。"王姑娘抬头瞥了一眼，没仔细看，顺手把那个馍给了他。

那个接了白馍的人，就是瘌造。

就这么个情节,一个很容易被当事人忽略的细节,却被瘌造记住了。那天他是去山下踩点的,耽误了饭时,正饿得发慌,遇见王姑娘窘迫的样子,就要了那个馍馍吃了。他也因此记住了那个圆润光亮的馍馍,记住了那馍的弹性和温热,还有王姑娘细嫩的手、姣好的面容和纯净的眼神,心想,我要是有这么个媳妇多好啊!

俗话说,宁被贼守着,别被贼瞅着。

就凭这一点记忆,瘌造决定去马家宅子。

马家宅子是一个小村子,和蚂蚱庙相距不足二里地。

瘌造此去,虽然存了那么一点寻芳的用心,其实也是走投无路的一时选择。瘌造打好主意,先礼后兵。那边若是识相,当晚就和王姑娘成亲,抽机会带了人走。若是不识相,就抢了那女子远走他乡。谁敢抵挡,遇神杀神,遇鬼杀鬼!至于去什么地方落草,他没有确定的筹划,走着瞧吧。

进了村,寻到王家,瘌造提了枪,拉着马,进了院子。

他把马拴在院子里的柿子树上,进了堂屋。

从堂屋里可以看见院子里的马。

王家是本分农民,平日里仁厚处世谨小慎微,哪想到来了这么个不速之客。

瘌造说明来意,并要求带走王姑娘。

王家上下老少全都蒙了。

正所谓天有不测风云,人有霎时祸福。

王家父子面面相觑,不知该如何答复,更不知如何面对这个突然降临的恶魔。

瘌造满脸杀气,拿着枪,逼王家父母赶快拿主意。

他撂下一句狠话:"当晚成亲,明天一早就走。"

王家已听说蚂蚱庙不久前发生的惨案,还处于心有余悸的时候,如今恶魔现身,那份惊恐难以言表。王家长子多次去过蚂蚱庙,不经意中见过瘌造,但彼此没说过话,如今传言中的凶神恶煞突然出现在眼前,虽然恐惧但不敢造次。看,那家伙提着枪,只要王家人说出半个"不"字,立马就会血溅五步伏尸数人……

王姑娘听说土匪要抢人,急慌慌要逃走。

家里人哪能容许——此时她跑了,全家都得死!

父母好说歹说,到底把女儿给拦住了。

王家是耕读之家,世代务农,但也有读书的。几位兄弟中,唯长子有些见识。此人跟石晓楼读过两年书,还自修过《兵法》,处事冷静,略有谋略。他把本家几位兄弟召集起来,悄悄布置了应对之法:佯装答应这门婚事,全要做出高兴的样子,一点纰漏不能出。当晚置办酒席,兄弟子侄们要喝酒"庆祝",务必让这个不请自来的"毛脚女婿"喝好吃好……

于是,王家上下依计而行。

那天的晚宴虽为应急之举却是精心料理的,杀鸡宰羊,十分隆重。瘌造奔逃一天,累了,正想休息,难得王家识趣,慢慢也就放松了戒备。稍事休息,众人喝茶聊天,王家人闭口不谈蚂蚱庙事件,只说一些瘌造爱听的好话。酒席上,王家兄弟们轮番把盏,态度殷勤,这个称赞"大姐夫少年英雄",那个夸奖"大姑父文武双全",看上去颇为亲热。王老汉把几家存的白酒都拿了过来,大碗喝酒,大块吃肉,很是热烈。出乎意料的顺利,众星托月般的恭维,让这个"上门女婿"渐生得意之色。他们猜拳行令,叫着,闹着,嚷嚷着,频频举杯,杯觥交错,看上去比明媒正娶的婚事还要热乎。

气氛热烈,态度亲切,瘌造在"有意识的安排"中喝得烂醉。

此时,王家姑娘照父兄的计划,开始行动。

王姑娘悄悄走进临时安排的"洞房",蹑手蹑脚,靠近醉鬼。

肩负全家人的性命安危,也为本人的名声和幸福,王姑娘义无反顾。

她小心翼翼地下了瘌造的枪。

当她走出去，把枪交给大哥时，竟双腿不支，瘫软在地。

她太紧张了，太紧张了！

这种情节，真不是她这年龄的女子所能承担的。

类似戏剧，一次生死攸关的演出。

没有彩排，任何角色都不容许出现穿帮败笔。

大哥见妹子不能继续施行下一步计划，便亲自出马。

他赤着脚，生怕弄出声音，端了一壶滚烫的开水，小心翼翼地走进房里。如果此时被发现，他当即会把那壶开水浇在强盗头上，然后是拼死搏斗。在双方没有枪的情况下，他们兄弟几个同仇敌忾，正义在胸，一往无前，相信能制伏这个杀人不眨眼的恶魔。

他在"新郎"床前伫立片刻，见瘌造全没有醒的样子，便轻手轻脚、小心翼翼地在瘌造的脖子下穿进一根绳头，慢慢打了一个活扣儿。然后，他将麻绳头儿轻轻穿过门槛下的猫洞。尽管他胆识充足，此时还是有些恐惧，使劲咬着牙不让上下打战。走出房间后，他靠在石磨上稍息片刻，果断地向几个候在身边的男子做了手势，众人以灭此朝食的豪情使劲一拉，绳子立马被拽直——就这样，瘌造硬生生地被勒死在床上。

一个愚昧而凶残的草莽，就这样结束了他的一生。

恶魔被除，但此事并没完结，余波涉及了许多人。

瘌造死后，蚂蚱庙人开始追究到底是谁把瘌造带进村的。那个因为谢芳春的劝阻而侥幸活下来的寡妇，认定瘌造是从谢家出来的。她说亲耳听见他们两个在墙外说话，而且听见了拉枪栓的声音。扈寡妇是个爱出风头的女人，村里无论有什么事她都要插嘴，因此得了个诨号叫"香头儿"。孙殿武的死让她失去了劳动力和性依靠，好像摘了她的心。她恨瘌造，也恨一切同情瘌造的人，不管是谁。

187

谢芳春此时真是有口难辩：事实就是如此，瘌造就是在这里落脚，然后施行了杀人计划。是的，他曾同情过瘌造，但那是出于人性起码的善良，并没有支持他作恶的意思，从来没有，更不曾与之蓄意勾结。他多次规劝瘌造不要对世人充满恶意。他告诫他只有忠厚正派才能在世上立足。至于瘌造听与不听，哪是他能说了算的！更为讽刺的是，若不是他严词制止，扈寡妇早就一命呜呼。如今，这个被他救出的女人却到处说他是马子的内线——好心不得好报——谢芳春有苦难言，懊恼不迭。

经不起舆论的压力，谢芳春失踪了。

半个月后，有人在夏庄镇那边的路沟里发现一具无人认领的尸体，说是谢芳春。说这话的人拥有的唯一证据是，那具尸体旁有一杆旱烟袋，那烟袋的嘴子是一块鸡血石。有人说，那是谢芳春的烟袋，他的鸡血石烟袋嘴子与众不同。也有人说，谢芳春是被东山那边的马子弄死的。他想到东山找人，替自己洗刷，说明他和东山素无瓜葛，没想到，却被东山马子给毙了。持这种说法的，同样是猜测，没有证据，就连那个荒野中的尸体是不是谢芳春也很难说。至于所谓鸡血石烟嘴儿更是查无实据——世上未必就谢芳春一人有那种烟嘴儿。再说，如果真有，那鸡血石烟嘴儿早被人拿走了……

谢家有口说不清，因为谢芳春再也没有回来。

谢芳春死或者失踪后不久，他的儿子谢殿章也死了。

谢殿章学问不如他爹，但也算是略识文墨的人。他老婆的娘家是三官庙。据说那女子为姑娘时有相好的，父母发现后，迫不及待将其拆散，急匆匆嫁给了谢殿章。论人才，论学问，论家产，谢殿章与一众乡民比较，并不差。他不光会做庄稼活，农闲时还在集市上说书。尽管他说书是用了揭张子的形式，也就是只能一页一页地翻着本子说，但也能挣几个钱，至少顶了个书生的冠冕，不辱没谢家。这样家境殷实且略有才学的男子,娶个媳妇是不难的。然而,有了心属的女人是执拗而盲目的,她念念不忘曾经的情人,婚后死活不肯跟谢殿章上床,而且一有机会就跑。她的频繁出走,是为约会娘家那边的情人。

谢殿章一肚子愤懑难以倾吐,心情压抑,烦恼多多,却没什么好办法。有一天,他把老婆推到院里的枣树上,抽出早已挂在那里的麻绳,把那女人绑在树干上。老婆大叫大喊,骂:"你这个王八,你想干吗,要杀人吗你!"谢殿章并不答话,他弄来一个大盆,在盆里放了些盐粒儿,就着磨刀石一抽一拉霍霍磨起刀来。

邻里见了呼叫,赶过来,问他这是唱的哪一出儿?谢殿章说:"磨刀。"问:"怎么还把人绑在树上?"谢殿章说:"杀人。"邻居们惊呼:"这还了得!杀人是要偿命的,你这是作死啊!"谢殿章说:"反正我也不想活了,我要破她的膛,还要吃她的肉喝她的血。你们看吧,那盆盐水就是放血用的,人血应比猪血好吃。"他说这话时,两眼冒着凶光,不像是说狠话吓唬人的那种。

那女人真的吓坏了。

众人围过来,问她,"为什么他要杀你?你怎么得罪他了?"女人就是不答话。女人们就靠近了,劝她不要这么执拗,好好过日子,男人要睡觉,你就喇叭开腿让他弄就是了,既不少一块也没伤疤什么的。自己的男人也好,别的什么男人也好,都一个味儿,犯不上得罪自家男人。多少女人想有个男人搂着还找不到合适的呢。弄上几次你就知道了,那点事儿还是蛮舒服的,何况自己家的男人更知道疼爱。再说了,你这男人也不次啊,地里的活儿都会做,还能大集上说书,上哪里找!云云。

说着,谢殿章拿了亮闪闪的刀过来,毫不犹豫地切下了那女人的半边耳朵。

血就流了下来。

疼痛难忍,还有临死的恐惧。

那女人终于开口了，答应不再跑。

谢殿章并没就此放下她。

他把尖刀架在媳妇的脖子上，说："再跑，一刀宰了你！"

那女人说："再不敢跑了，今晚就给你睡，不跑了。"

谢殿章说，等不到晚上了。

说着，他一下子拽下女人的裤子，又把自己的腰带解开。

他的裤子嘟噜下去，阳物笔挺，怒气冲冲。

众女人惊叫道："你这是，还知道丢人不你！"

谢殿章不管这些，扛起女人的腿，就着那枣树，光天化日，众目睽睽，弄了他的媳妇。

那些看景的女人居然没有离开，而是直面惨淡地看着，就像看露天交配的猪狗、牛马、驴子。她们津津有味地评论着那个过程，指点着"朝上点儿""使大劲""快出来了"……有个女人嫌那女子的腿耷拉着，还教谢殿章"把她的两条腿搭在肩膀上"……

不久，他们生了个女儿。

但是，强扭的瓜到底不甜，那女子虽然不再拒绝跟男人睡觉，但只是迫于恐惧的暂时屈服，他们依然是同床异梦、貌合神离的关系。谢殿章从不曾感受到来自妻子的些微爱意。除了睡觉、吃饭，那女人不肯好好过日子，女人该干的事如洗衣做饭，如收干晒湿，如秋收冬藏，她全不在心，就连女儿也不好好照顾。从她的眼神里，谢殿章经常看到她对女儿的厌恶，好像那不是她的血脉。她的生活就是白天吃晚上睡，人总是恹恹的，没有精神，也没有笑容。谢殿章说："你什么事都不干，就这样熬日月？"那女人说："甭说我！我在这里歇身养穴，难道不是给你用的吗？"

谢觉得这样的日子真不是人过的，却无从诉说。

谢殿章终因郁闷而病，因病而死。

那女子办完丧事，就离开了蚂蚱庙。

据说她的旧情人早已结婚,再不理她。

她后来嫁到八里外的凤凰镇,在那里生了四个儿子两个女儿,日子过得还算安宁。据说,她的儿女后来都有出息。

曾经拥有好声望的谢芳春,还有他的家庭,就那么毁灭了。芳春一子二女,儿子忧郁而死,剩下母女三个。因缺少男劳力,日子难以操持,不得不求助于本家兄弟谢玉春。玉春有三个儿子,长子敬忠实诚朴厚,干活不惜力气,常常奉了老爹的意旨去本家大娘那边帮助耕作。因为人品端正做事勤勉,老妈妈喜欢这个近族侄子,找扈龙、三福做了中人,正式过继敬忠为嗣。按常理,谢芳春应过继近门谢开基的父亲为嗣子,可那人是个菜包,按古旧伦理,这样的身份不便为嗣。菜包,特指那种从娘家带来的孩子,即女子未成婚跟外人怀了孕,到婆家才生下的孩子。因为是菜包,谢家不承认那是本族血脉,不能成为过继的选择。为此事,西街谢家对东街谢家一直心存芥蒂,怨谢芳春老妇人舍近求远,甚至说后者成心算计芳春家的财产,云云。

受村人委托,三福进城,想通过建章向县上反映瘸造杀人的事,并要求政府严惩苍马山的土匪,求百姓安居、一方平安。

这次,他见到了赵建章。

建章说:"瘸造不是死了嘛。"

三福见建章脸色不好,说:"大将那伙人还在呢。"

建章说:"县上正筹划剿匪的事,叫我领队呢。"

三福大惊,说:"那可是个凶险事哦,你甭揽那差事,让旁人去。"

赵建章不言语了。

三福看建章不开心的样子,要告辞。

建章说:"甭急着走,我得让你带一个人回去。"

三福问:"什么人?"

说着,他们就一起去了南关,转外抹角进了一家饭铺。那饭铺门前冷落,好像没什么生意。赵建章咳嗽一声,里边就出来个女人——花枝招展,嘴唇涂得血红,三福觉得不是个正经人,没敢正眼看。那女子从里边的小房里拽出一小女孩来。女孩看上去十岁左右,瘦瘦的,但两眼发亮,一副桀骜不驯、不惊不惧的样子。红嘴唇女子将一只惨白的手伸到建章面前,样子有点傲慢。建章从腰里抽出一个蓝布做的小钱袋,放在那女人手里。

建章冷冷地说:"一手交钱,一手交人。"

那女人拿了钱,放开女孩,说:"白养你两年!跟他走吧。"

建章拉过那女孩。

女人闪身要进去。

建章一把抓住她,厉声问:"什么人在里边?"

建章刚拽过那女人,就听见一声枪响。

说时迟那时快——建章一把将那女孩推倒在地。

那红唇女人受了伤。

三福缩在角落里瑟瑟发抖。

一个黑影从堂屋里蹿出来,直奔大门。

建章照那人打了一枪,没打中要害,那人踉跄着逃了,地上有血。

建章回过头来,从厢房的里间揪出红唇女人,照头就是一枪。

那女人倒在青砖地上。

建章急忙拉出那女孩,叫三福快出来。

三人穿过大街,躲在教堂高墙的阴影里。

建章对三福说:"你把她带回蚂蚱庙,交给玉春,二叔曾有恩于我。你就说,我给他家老大找了个好媳妇,先当童养媳养着。这孩子聪明伶俐,有骨气,放在这地方可惜了,算我临行前做的一件善事吧。"

三福还在发抖,应着:"办好,办好,怎么好怎么办。"

建章看上去心绪烦乱,话音凄楚:"明天我就要去剿匪了,死活难定。我呢,没有后代,也没什么家产。我若战死,谁都不要找。人生一世，如流星经天，一眨眼的事呐。再说，哪里的黄土不埋人啊！"

三福打断建章的话："大叔您可别说这不吉利的。您此去一定是旗开得胜马到成功，回来会有更好的前程，到时给你接风。我三福还指望您呢。"

建章摇摇头，苦笑一下，转身便消失在夜色中。

三福回村，把那女孩交给谢玉春。

谢玉春唏嘘再三，说："建章是个有良心的人啊！"

半月后的一天夜里，蚂蚱庙听见东山那边激烈的枪声。

两天后传来喜讯，东山匪巢被荡平，只有几个漏网跑了。

三天后，蚂蚱庙传来噩耗，赵建章在剿匪中战死。

由县大队主打的这次剿匪行动一共组织了五六个方面的兵力，约五百人，建章代表政府方面负责统筹。东山匪徒共五六伙，苍马山属于其中一股。由于策略得当，先围后打，各个击破，东山匪徒们首尾不能相顾，最终被逐一摧毁，大部分匪徒被击毙，大将那伙如鸟兽散。

可惜，建章在战斗中壮烈殉职。

焕章、德章前去山里收尸，没能找到。

县政府召开旌表大会，不惜词章地称赞赵建章的忠勇。县政府所有公职人员为壮烈牺牲的勇士们佩戴黑色袖章，南关和东关几条大街上的商铺前挂起了悼念烈士的横幅。县长说，剿匪胜利，值得大力庆祝，英烈精神，值得大加褒扬，务必让后人记住赵建章先生暨众英雄的事迹。他们为一方安宁而牺牲，践行了孙中山先生的遗志。这些人的名字要写到《县志》里。

焕章、德章和三福代表蚂蚱庙村和赵氏家族参加了县里召开的表彰大会。会后，焕章对三福读了赵建章的生平事迹：赵建章，生于1880年，河东蚂蚱庙人，光绪年间秀才，文韬武略，有侠气，爱助人……

三福从其他与会者那里得知,那天他们在那个半掩门子(沂州城里称这类娼妓为半掩门子)遭遇的杀手其实是东山马子——他们与暗娼私通,企图刺杀即将带兵剿匪的赵建章。幸亏建章经验丰富,马子的阴谋没能得逞,还搭上窑姐性命。每说到这一节,三福总忘不了渲染他当时的机智——及时卧倒——只是胳膊肘子受了伤……

惨案后的蚂蚱庙好像一个衰老的病人,从此失去了安静,也不见了活力。

一天晚上,三福发现天上的星星不断地落下,夜幕上划出一道道白线,如同落雨。他喊吴兴邦出来看。吴兴邦看了,说:"完了,天下要大乱了。"众人问他何出此言。兴邦说,天上一个星代表地上一条好汉,如今他们下雨似的落下,说明世道要大乱。你看咱村里,赵建章没了,徐和尚没了,刘振兴、石晓楼走了,拉青条的扈淑廉死里逃生,三福你也不当抹斗手了,我的小命差点呜呼,往后的日子不知是个什么样儿呢!

果不其然,能人走后的蚂蚱庙如同一片灌木丛林,什么鸟儿都出来了。

而且,无论从格局还是精神上,这些人都远不如他们的前辈。

如果说,前辈是高矮不等的树,他们只是杂草。

一个个脸比地窨子墙还厚

西酒店的风光大不如前,但多年积累的架子一时还没垮下来。建章那次骑马下乡,说是祭神,实际想法是借机消弭两大家族的隔阂,可惜当时大练长在病中,两下里没能过个话。不过,大练长事后致意建章以表抱病之憾。不久，蚂蚱庙的集市恢复。因为新式地磅和标准大秤被推广使用，抹斗手的职业寿终正寝，三福用过的木斗遂成怀旧之物。

西酒店的酒作坊时开时停，生意在连续，但流水大不如前。这一时期，外地大厂制造的烧酒汹涌上市，地方作坊的低质烧酒面临很大的压力。大皮匠的小酒铺本来专卖西酒店的酒，如今也开始销售双沟、洋河及青州那边来的景芝白酒。油坊原本设在吴家老二那边，兄弟四个在油坊盈余的计算方法上有了分歧，老三老四兄弟俩以为老二侵吞油坊的钱，找老大告状。吴文轩仔细核算了成本，对比销售所得，证明收支财物没多大误差。他试图安抚两个幼弟，但小兄弟俩不听他的，老二觉得出力不得好，因此不再下力，油坊于是日渐冷落。

只有吴鹤轩家的染坊依然热闹，这多半是因了白洋布大行其道，他们购进新的靛蓝、竹青、浅绛、大红等染料，做出来的活儿远胜旧式栗花泥青的效果。人们买了白洋布去染坊上色，两天后就能拿到焕然一新的花布。煮青的白洋布搭在长长的挑杆子上，悠悠然随风飘荡，空气里满是蓝靛的气息。传统的印花技术此时得到改进，从前单纯用石灰膏，如今掺了钛白和锌白，做出的猫蹄子、干枝梅等花样较前好看许多。

这差不多是吴家的最后一道风景了。

酒店里唱堂会的戏子们早就散了，因为吴云迪不能按时足额支付他们的报酬。不过，这些人还时不时到这边来，像近门族人或远房亲戚。如今这些所谓客人已非原先唱小戏的那些艺人，他们中有夸夸其谈的骗子，有江湖术士，也有卖烟土的。烟土贩子先是请大练长尝新，赠品，不要钱。大练长也曾用这个东西招待过几次上边来的客人，那些人都说他的烟膏子好，吴云迪就跟着抽了几次，于是上了瘾。一旦上瘾，烟土就得按价购买。吴家老大一开始就不赞成堂会，也反对跟这帮抽大烟的人来往，只是碍于老爹面子，不好驱赶他们。每次这些人来，吴文轩都爱答不理的。那些人看出吴家大掌柜的不喜欢他们，便和老三老四套近乎，每次交接都会给他们一点好处。这些贩毒的人自己也抽，这样的生意很难做下去。即使有点赚头，也陆续填补到自用上了。原来他们都是穿长袍出来进去的，如今大都短裤对襟衫，脸上的气象也没以前的悠然自得了。

因为抽大烟，吴云迪形销骨立，渐渐没了管束儿孙的体力和心境。那些贩毒者因毒资紧缺，常向吴家借钱，且从来不还。后来老大不再借给他们，这些人就从主人家顺东西，被大白梨发现，在老子那里告了一状，他们就被赶走了。殊不知，这些刁滑小人的动作是有内应的，吴家兄弟中就有他们的合伙。监守自盗并参与分成的，是老三和老四。老大见好好一个家业日渐败落，几次朝老爹诉苦，说这样下去他这个管家干不了了。老爹让他下狠把儿整治，可他能治得了谁！一个堂堂大家族就要分崩离析，吴文轩无力回天，最终离家出走。有人说，大白梨是骑了一匹白马走的，消失在凌晨的雾气中，再也没有回来。

唱小戏的那些人很少再来，但有一件事还保持着联系，就是烟土。因为购买烟土缺乏头寸，他们私下里和吴家老三合谋去南边郯城一带偷牛。那时一头牛，弄好了，能买两大块上好的烟膏，够抽大半年的。郯城的林庄、王店子、梅埠、码头一带地广人稀，农户普遍有养的牛。从那边偷了牛，一夜的路程，正好赶到蚂蚱庙这边。郯城和沂州相邻，但隔了县，刑侦有阻碍，人赃难以俱获，司法程序也不紧凑，以至于他们搞了两三年之久，都没有受到应有的惩罚。

最先发现这一行径的，是吕朝兰。

有一天，吕朝兰早起拾粪，在苇塘边的小路上走着走着，突然听见不远处有声音，吧嗒、吧嗒，像是大牲口的蹄脚声。吕朝兰就想，这么早，牛还在圈里吃草倒沫呢，赶集买卖也无须这么早上路。他想看清是谁家这么勤快，或许能捡拾到牛粪。因为雾气大，隔了个苇塘，没法看清，他就躲到苇塘南头那通"禁使土碑"后头候着，以便看个究竟。

沉重的牛蹄声越来越近，能听见人的脚步声和牛的喘息声，雾中的影子也有了大体的轮廓。看见了，是一条大黑犍子，旁边行人赶着，脚步轻快而麻利。那人那牛走过后，拉下一串热腾腾的牛屎。吕朝兰悄悄走出苇塘，拾了粪，尾随他们，看最终会到哪里，最好能知道那人是谁。他预感到，这叶子下边藏着杏——不大像磊落行径。

那牛进了北哨门，在后井台那边进了南北巷子，再往东拐，进了吕伯清的院子。那个断壁残垣的院子原是孙殿武住的，因孙殿武常在扈寡妇家留宿，这院子就荒废了，后来做了吕伯清杀牛的临时场所。吕朝兰原本住在这条胡同里，后因媳妇和婆婆不和睦，吕朝兰盖了新屋，才挪到高场那边，因此，他对这条巷子很熟。他看清了，那赶牛的是王桥村人，西酒店家老三的把兄弟，好像姓张。

黑犍子被赶进去，吕伯清披着衣裳出来，两人嘀咕了几句，开始点钱。此时，吴家老三从屋里走出来，从那人手里拿走了些银圆和铜板——能听见金属碰撞的声音。吕伯清拿了一把铁锤，照牛的脑门就是一下子，黑牛应声倒地。吕朝兰躲在铁匠家的墙根处，见吕伯清拿出一把尖刀，很快把牛皮剥下，牛皮的内面闪着一层凄惨的银光，虽然微弱，但可以看见牛皮上散发着淡淡的热气。

约一袋烟的工夫，那头牛就被彻底肢解完了。牛头、牛肉、内脏杂碎，全被收拾到一辆独轮车里。车上有两个长方形的柳编条筐，筐里铺了蒲草编织的垫子。放好牛肉和牛杂碎后，吕伯清又拿来几条蒲草片子盖在车上。他打扫了院子，把牛皮卷成一团，撂到堂屋和东厢房之间的夹道里，推起车子出门——赶集去了。

这么严丝合缝的交接，这么干脆利索的处置，除了地上留的一点血迹，好像从来没有牛出现过！吕朝兰震惊——他这位本家原来经手这个！显然，他们几个早有约定，什么时候来，多少钱的生意，如何分成，安排得严丝合缝——肯定不是一天两天、一次两次了——照这速度，太阳出来不久，吕伯清就能出脱货物，在集市上吃了饭食，回到村也不过响午时分。如果支起汤锅，还有另一份收入……

吕朝兰很害怕。按民国法律，私自宰杀耕牛是大罪。这条法律从古代就有，目的是保护大牲畜。大牲畜是传统农业生产最重要的生产资料。在没有机械动力之前，牛马是最强大的动力，宰杀耕牛等于直接破坏生产力。因是同姓本家，吕朝兰打算劝止伯清——这样下去太危险了——庄户人家得好好过日子，哪能和这些人有瓜葛！吕朝兰是个厚道人，出于好心，果真对吕伯清提出了劝告，话虽委婉，但十分诚恳。吕伯清口头上接受了兄弟的忠告，但并没就此打住。

不久，吴家老三在郯城县林庄被捕了。

这事震动了蚂蚱庙，西酒店的老三居然成了偷牛贼，让人大感到意外。那么大的家业，从不少吃缺穿，有的是钱，怎么说也不该沦落到偷牛的地步！吴老三上过私塾，知书就应达理，怎么会做这等事体——犯法的事呢！精明的蚂蚱庙人异口同声地说，不会有这种事体，一定是有人栽赃——但是说这些话的人私下里几乎都相信这是事实，公开否认仅仅是为了不得罪人。

更坏的消息传来：依照法律，犯私杀耕牛罪至少判十年有期徒刑；屡次犯罪且情节严重的，可判死刑。吴云迪万万没想到，平素最喜欢的三子竟干出这样丢人现眼的事！大练长再次经受打击，好像一下子就老了。年过古稀，体力渐衰，加上吸毒，他已经没有精力直接斡旋，甚至没有力气召集整个家族发个火骂几句了。办事沉稳的长子出走，至今杳无音信，这么大的家业处于无人照应的状态。老二心灰意冷，家族事不肯过问。老四整天玩，算来算去，没有可靠可用的人了。

吴云迪找来三福，让他带了书信和礼物去郯城那边作保。

三福问："找谁呢？"

吴云迪叹了一口气，说："是啊，找谁呢？"

这事若发生在兰山县里，虽不光彩，总还能找到几个托付的亲友，如今建章走了，想找个跟郯城沟通的路径都没有。而且，郯城县县长张烈刚愎自用、油盐不入、六亲不认，犯了法的，不管什么人，都很难在他那里得到通融——真格的愁死人哪！

三福说："先把人保出来再说吧。"

吴云迪怅然道："老夫无能，治家不严，犬子胡作非为，忤逆法律，以至于败坏门风，让我颜面尽失。眼下无路可走，你且带些上年纪的人去那边走一趟，看能不能把老三保出来。事成之后，我自有重谢。"

三福应着，立即安排了人选。

次日一早，三福带着七个老人去了郯城。

从蚂蚱庙到郯城，七十里路，这八位耆老当天赶到——十万火急啊！众人累得不行，好歹在一家车马店住下，打算次日一早去县衙门前说话。因为走得急，路途也长，三福脚上磨出几个血泡。他想找盆热水烫烫脚，店里没有，将就着那么睡了。下半夜，脚疼加小腿抽筋，三福抱着抽筋的腿，身子缩得像个遇到天敌的刺猬。另几位也好不到哪里去，一个个唉声叹气，说这个差事真比办丧事还要恼人……

为了准确表达保人的意思，一路上他们都在商量该说什么，不该说什么。次日上午，三福带着几个耆老去了县衙，企图将深思熟虑的理由给官员说一说，最好当场就能把老三领出来。当他表明来意后，两个听差的不由分说，当即把他们赶了出去。一个差役骂道："什么屁事！犯这么大的罪还想保人，你以为这是满清呢，快滚！走慢了，小心把你们也给扣起来！"

八个人，除三福稍年轻点，那七个都已年过花甲或是古稀之年，冒着这样的风险，走了这么远的路，到头来受了这样的鄙视，都觉没面子。三福怏怏不乐地说："既如此，咱们回去吧。"有人担心事没办成，这么回去大练长不高兴。三福说："事呢，有难有易，有大有小，属于私情的尚可疏通，撕吧撕吧也许就行。今儿是公事，是犯法的事，咱这些人说不进话去,神仙也没个解啊!"众人还在犹豫。三福说:"怎么办怎么好,回去吧。"

来时有盼头,路程好像不那么远。回去时,满心失望,腿脚沉得不行。过了林庄,有四五个人说再也走不动了,必得稍事休息再走。三福劝他们,说这里连个打尖的地方都没有,再走一会儿吧。于是勉强又走了三五里,好歹到了王店子,有几个说什么也走不动了,无精打采地蹲在村头,唉声叹气。有人求三福进村找点水喝。三福也累,但他是这次担保行动的带头人,只好打起精神,朝村里走去。

巷口有个老人,坐在马扎上,两手撑在拐杖上,看上去慈眉善目的。三福上前说,俺几个走路的,渴了,想找口水喝。那老汉起身,说去找水,一边问:"看你们几个也都有点年纪了,这是去干吗的?"三福叹口气说:"嗨,去县上保人的。"老汉就问:"有人犯事了?"三福不好意思地说:"偷了人家一头牛,杀了。"

老汉一听这话,当即就停下来脚步,说:"你们要保的是偷牛贼啊!?还说偷了一头牛?我告诉你吧,他们这伙贼偷了何止一头,十头、百头牛也不止!不是一次两次,也不是三月半载,两年了!庄户人家养一头牛容易吗?一头牛就是大半个家底,知道不?地里活儿哪样不靠牛?耕耙犁地,播种拉粪,少了牛怎行!这两年不断有人丢失耕牛,一头也不曾找回,原来是你们那边偷了!"

三福知道坏了,伸出老脸叫人家打吧。

那老汉并不解气,依然在那里斥骂:"前些日子我家黑犍子丢了,偷牛的临走还放火烧了俺庄的私塾,整整六间房子的私塾,一把火就那么烧光了!如今孩子们连上学都没个地方!你们拍拍良心想一想,偷牛不说还把私塾给烧了!私塾不过是小孩子读书上学的地方,和他有什么仇?居然连学校都烧了,真不是人啊!"

三福扭头走开。

老汉还在骂:"你们这些人,白活了这把年纪,难道分不出个善恶曲直，分不清青红皂白吗？多少好事不能做？在家给儿孙看个场喂个鸡也好，居然给偷牛贼去作保！你们一个个脸比地窨子的墙还厚啊！哼，还想喝水！告诉你，不要说没水，就是有，也不给你们这种人喝！猪狗不如的老东西！"

三福觉得脑袋如同被打了一棍似的。

后面老汉还在吼："再不滚，看我叫人来锤你们！"

三福拉着那些疲惫不堪的老人，狼狈逃窜。

这是三福第一次感到做人的羞耻，无地自容。

不久，郯城县发出布告：吴家老三被判处死刑。

吴云迪遭受了有生以来最大的打击，彻底倒下了。

坏消息接二连三传来：林万里的儿子——大将——被打散后，经过喘息，重新拉起一帮人在苍马山安营扎寨，做起打家劫舍的生意。他们的活动范围在沂河、沭河之间，绑架富户、贩卖私盐、走私烟土、劫路抢财，闹得人心惶惶。从沭河两边的村庄传来不少消息，有遭抢劫的，有被绑架的，也有被杀的。多年前吴家跟林万里——大将的父亲——有些过节，虽然已是旧事，很难说大将不记仇。万一哪天记起父辈的宿怨，免不了又是一番洗劫。西酒店早不是当年办团练的样子了，倘若遇到悍匪抢劫，根本没有抵抗的能力……

带着恐惧和担忧，还有失落与羞耻，吴云迪去世了。

吴云迪和赵建章两人年纪差不多，前者稍长。虽然大练长的功名是实打实考出来的，建章的功名是拿钱买的，但二人各有各的长处。西酒店的兴旺，客观上给蚂蚱庙及周围村子带来二十多年的安定繁荣，工商业发展，酒店、油坊、纸坊、染坊等手工业作坊为这里的人们提供了交易的便利和就业机会。吴家对蚂蚱庙的贡献之大，多年后还被人念叨。

正如所有土豪一样，因为文化上精神上没有更高的追求，他们在富贵之后再不能前进一步，堕落和衰败成为这一阶层的宿命。吴云迪虽有功名，但他不善经营，只会吃老本，不曾描绘出家族的发展蓝图，只沿了自然经济的老路滑行。加之儿孙众多，不思进取，坐享其成——多厚的家底都经不住坐吃山空。西酒店的另一个缺失是未能在财力富足时投资教育——老少男女都喜欢听小戏，对读书缺少兴趣。他们操办的手工业虽然不少，但因忽视了新知识、新技术的引进，不可避免地被历史大浪掀翻，终归沉没。洋布来了，他们不去学习新技术，而是苦恋旧时织机和小土布；杭练纸来了，白光纸来了，他们还在用麦穰造草纸；工业酿酒来了，他们置若罔闻，不肯改进既有工艺，酒店于是萧条；新型榨油机来了，他们还在使用油锤打楔的老法，出油率低，效益低下，终于经不住市场的冲打……轻视文化，罔顾教育，不思进取的家族承载不了既往的积累，也无法在新潮流中掉转船头，于是走上弯路、邪路、不归路。

兴衰，也就两代人，几十年的时间。

悲夫！

能人离世，恶人消亡，蚂蚱庙出现了政治和文化的空白，好像一盘大菜只剩下汤水。吴家那个骑了白马消失在凌晨雾气中的老实人再也没回来，好像已经羽化成仙。老三死了，老二那边的油坊停了，只剩下老四的染坊。因为吴家的酒店歇业，蚂蚱庙的粮食市场迅速萧条。村东赵家那边也好不到哪里去。建章去世，赵家在政治上失去依靠，其他子弟再没出现像建章那样敢怒敢言、敢作敢为的人物。建章去世前似有预感，先是解救了一个可怜的丫头，不久又把本家兄弟焕章弄到县上做了军粮的库管。

晚清的钱粮师爷相当于财政局长加粮食局长加军需科长，权力很大。赵焕章当的只是民国的县级库管，只管粮库不管钱。说白了，就是粮库看守长。政府库粮的收集、分发、交易，不是他的权力，他只管粮食的保存，入库有数，出库有数，保护粮食不受虫咬不受鼠害，不发霉，不变质，等等。粮食主要来自百姓的赋税，用场：上解中央的官粮，本地官吏的薪酬（其中一部分是用粮食支付的），赈灾用粮，兵营用粮，预留种粮等。尽管权力有限，但粮库看守依然是个肥差。年年收集官粮，数目很大，进出以数万斤计。政府允许的合理损耗也是个不小的数目。赈灾和军粮之出入也有许多积弊，给机巧者留了缝隙。至少，焕章可以在买进和出库过程中给自己创造方便。即使百分百的清廉，单那份薪俸就足以拥有像样的排场和体面生活，儿孙可以安心读书。自当库管后，焕章每次回家都坐了牛车。他家以前只有长工，如今还雇了用人，老婆孩子穿着整齐，内外都显示着兴旺之家的从容和高傲。

重量级人物陆续离去，原本屈居次等的三福如今就算有点资历的人了。当过约地，做过粮食市的抹斗手，陪同建章祭祀蚂蚱庙，成全了解信德的婚事，包括要回三表新的棉袄，在集市帮人量线子，还有那次以三人充六人的佳话……这些，足以支撑一个乡村大人物的形象了。

三福曾跟随赵焕章的牛车到过城里粮库，看到那么多粮食，不由得感叹："简直是个国啊！"焕章说："你知道什么！"三福小声嘀咕："随便打扫一下地上撒的缝里漏的折子里夹带的，就够我全家吃的。"焕章说："你也是弄过粮食的。"三福羞愧地说："抹斗手算什么，比您这里，就是九牛一毛。"焕章问他："现在粮食市不行了，你吃什么？"三福说："我现在就靠大叔您了，您指头缝里撒一点就够三福我吃饱肚子的。"

焕章虽然没答应他什么，倒也隔三岔五给三福一点差事，没让他饿肚子。作为回报，三福在村里处处照顾焕章，彼此有数，心照不宣。有一天，赵焕章在村头见到二知先生，顺便算了个命。先生说他万事都好，就是几个儿子有点不安全，把焕章吓了一大跳。问计，二知先生说："在本家中找一户儿孙兴旺的，把你儿子掺到一起排行论序，阎王小鬼弄不清谁是谁，就万事大吉了。"三福听了，建议焕章将儿子和庙汪北的赵家混排，那边兄弟五个，个个壮得牛犊子似的，为人也好。焕章让三福撮合办理，三福不到半个月就把这件事办好了，深得焕章赞赏。

我不能就这么屈死了

　　这时期，村南的林家逐渐兴发，生出许多故事来。

　　黄淮地区的民居看上去都差不多，土墙、土屋，人也土渣渣的，自生自灭，平淡无奇。但是，如果你深入到那些寻常的巷陌之中，就会发现，这里每个家庭甚至每个人都有各自的故事，蚂蚱庙的林家也是如此。

　　林家是从后张庄迁来的。当年，沭河边上有几个出名的财主：故县村有个吴思锷，他家土地多。据说从故县村头套上牛插下犁铧，一直向南耕，二十里地无须中止——一片连着一片——中间没别人家的田地。其次是南庄村的沈家，老婆多，妻妾七个却没能生出儿子来。还有个大财主，是张庄的管马啸。管马啸家的特点是骡子多。管家不仅拥有上百亩肥沃的河淤地，还兼做几样生意。管家的骡子平时用来耕耙土地、播种施肥、拉运庄稼，闲时则到东海那边拉盐，也去蒙阴、沂水那边拉木材。第一种用途，让管家省了许多人力，收成好。到东海运盐，也是暴利。食盐是家家、时时、每顿饭都离不开的必需品，从赣榆那边批量购入，价格低廉，拉到沂沭河一带分销零售，价格能翻一到两倍。管马啸从北山运来木材，加工成棺材，棺材是每家每户都会用到的。有钱人家早预备，贵点贱点不在乎；贫寒人家都是临到殡葬才买棺材,迫在眉睫,价格上没有计较的余地。管马啸靠了这三条途径发家致富,不仅地多粮食多钱多,骡子大车也多。乡村地主,凡死啃土地稼穑的,粮食再多也肥不到哪里去。有道是无商不富,只有那些兼做生意拥有真金白银的,或有本事让钱再生钱的,才称得上财力雄厚的地主。

管马啸有四子一女,最钟爱的是小女佩环。佩环聪明伶俐、活泼可爱,是管先生的掌上明珠——这听起来就像童话似的。可惜这个爱女有点天生的缺陷——是个兔唇儿。管马啸虽有钱,可一般人家并不乐意娶个丑女进门,因此,佩环年过二九依然没有媒妁问津。此地风俗,如果女儿十八岁还没找到婆家,就会被人议论。乡下俗话,姑娘大了不可留,留到后来是个愁。万一少女怀春暗里做出钻墙逾穴的事,全家跟着丢人。管马啸心想,无论如何得给闺女找个会过日子的主儿。如果远求不得,那就近取。

管马啸终于选中了一个人。这人姓林名宜安,眼下在管家做茶童。论起来,这孩子是管家的远亲,因为家贫,从小送到这边养着,人机灵,心地也实诚,干活不惜气力,遇到难题能想出办法来,受了委屈也能忍,还会吹笛子,不知是跟什么人学的。门里门外的人都说,这小子将来有出息。有一天,管马啸把林宜安叫到跟前,说:"小林子,我今日里跟你说件事。你呢,眼看也二十了,男大当婚,女大当嫁,是不是该成个家啊?"小林子一听,脸上就浮现出青春之羞。管马啸说:"男人都要成家立业,没什么不好意思的。"林宜安说:"要啥无啥的,谁肯跟我啊。"管马啸说:"穷富不是最要紧的,只要人好,能干肯做,日子总能过起来,也会受人尊敬。"林宜安说:"还真没想过这事呢。"管马啸说:"我想给你说个媳妇,你看怎样?"小林子说:"老爷给我的恩德已经够多,您的话我没有不听的。"管马啸就说了想把独生女许配给他的打算。

林宜安听了,有些吃惊。管马啸停顿片刻,多少有些碍口似的,说:

"那孩子呢,心地好,就是长相上有点那个,你要是不嫌弃,将来会有好日子过的。"小林一听就明白了,心想,若是认了这桩婚姻,以后的日子会好过;如果不答应,老爷面子上下不来,我也不能在这儿干了。还有,这个小林子还有一点疑虑,担心主人要他入赘管家,就说:"俺还是想姓自己的姓呢。"管马啸早就猜到他的心思,说:"我不是要你做倒插门的女婿,你还姓你的林,将来成了家,你还是顶你们林家的香火。我有好几个儿子呢。"小林子应道:"我是乐意。不过婚姻大事,自己不敢做主,我得回去跟父母禀告一声。"管马啸说:"这想法合情合理。不过,你爹那边不用你去说,我自会找媒人去说合。"

　　佩环听说爹要她嫁给小林子,笑道:"就是那个会吹笛子的茶童啊?"管马啸说:"人家不光会吹笛子,田地里,生意上,都是好手。"佩环羞答答说:"没事时叫他吹个小曲儿,倒也不错。"老爹见女儿同意,心想,这婚事差不多就能定下了。既然小林子不肯做倒插门的女婿,管马啸琢磨着给他们找个未来的落脚处。他曾考虑过让女儿女婿回他们老家去住,可那地方在青云山后坡,有点远。管马啸那次跟媒人去提亲时,骑马坐车走了一整天才到,当日回不来,必得在那边住一宿,次日才能赶过来。这么远,耽误生意不说,一旦遇上风雪暴雨,荒村野店的中途没个躲闪,也是事儿呢。还有,林家那边穷山荒岭,土地瘠薄,几乎年年旱灾,又非交通要道,做生意不方便。而且,青云山和这边不光隔着沭河,还隔着一座苍马山,苍马山上常有土匪,来去路上免不了担惊受怕的,将来走亲戚看女儿,安全是个难题。

　　管马啸打消了让女儿回林家原籍的想法,琢磨着把他们安排在附近的某个村子——无非是多给他们买些田地,再盖几间房舍,买几头大牲畜就是了,大不了给他们雇上一媪一童。这样的话,鸡犬之声相闻,彼此也有个照应。存了这个想法,管马啸便时时留心,尽快物色一个合适的村落。

　　有一次,管先生骑骡子进城,从官岭村后往西经蚂蚱庙的湖荡子时，见众多男女在黑土地上赶着牲口正扶地瓜垄子。蚂蚱庙的土质多种多样，东北湖是黏土，西湖是黄壤土，北湖是沙壤土，就南湖荡子是黑土。黑土地在这一带被视为劣质地，那里常年生长着无边无际、永远挖不绝的茅草。遇到阴天下雨，土黏得不行，走路都吃力。有夸张的说法：蚂蚱庙人雨后不敢到南湖荡子做活，怕泥巴粘掉了脚指甲盖子。一到旱季，日久不雨，土地上会裂出许多大口子，口子宽的地方能掉进脚去。因为黑土地又硬又黏，在那里耕作的人畜看上去十分辛苦。管马啸心想：无论如何不能让女儿在这种黑土地上生活，怎么说也得安排个出入不太粘脚的地方。

那年秋天，管马啸再次经过南湖荡子时，是收获季节，那里的情景让他大吃一惊。黑土地上，春天栽植的地瓜满野青绿，如今刨出的地瓜跟葫芦那么大，大大小小，一堆一堆的地瓜，看上去就像变戏法变出来的！大致估计，每亩地少说也能产出八九千斤！管马啸饶有兴趣地下了马，对地里做活的人说："这黑土地真能长东西啊！"蚂蚱庙人告诉他，这种土地侍弄起来不省劲，可最能长小麦和地瓜。黑土地出产的小麦油性大，劲道、好吃，地瓜产量高，旱涝都有好收成。

管马啸算了一笔账：八九千斤地瓜，晒干了能出三千斤地瓜干。这一两亩地的产量就能维持一家人的基本食用，遇到荒年也不怕。如果麦粱稻黍够用，可用地瓜干子做饲料，每年喂十几头猪不犯难。这些猪所产出的粪肥足以供养十几亩地的基肥，不愁庄稼长不好。倘若拿去换酒，能换几千斤烧酒，这些酒可以变出不少真金白银来。买上几十亩这样的黑土地，如无天灾，不愁日子过不好。管马啸到地里看了，捏着黑油油的土坷垃，感觉很好，于是下了决心——决定让女儿女婿到这里安家。

从那时起，管马啸就开始在蚂蚱庙买地。半年后，管马啸把小林子叫到跟前，说："迄今我已在蚂蚱庙给你们置了六十多亩地，二十亩黄土，三十亩黑土，十亩沙土，还有一处宅基地。待秋收完了，给你们盖上房子，年底就把亲事办了，小两口到那里安家吧。"兔唇女儿管佩环一听要她到蚂蚱庙落户，哭着说："黑土地上活累，俺不去！"管马啸对女儿说了黑土地的许多好处，女儿还是不答应，嫌地少，嫌没有车马，嫌光有房子没有家具，等等。管马啸主意已定，自然不好更改，答应再给女儿买些土地，出嫁时多陪送些嫁妆和银钱细软，好歹把女儿说服了。

次年，小林子带人整饬了蚂蚱庙的房产地产，娶了老婆管氏佩环。蚂蚱庙的林家的第一代就是这样来的。最初，林氏一族住在哨门里，谢信德的岳父王家在东，林家在西，中间隔着南大汪。那里有一口甜水井。甜水井附近是朱家、谢家，还有一家姓诸葛的。到如今，林家在蚂蚱庙已是第八代。第一代林宜安，算是蚂蚱庙林家的老祖。第二代是"兴"字辈，兄弟四人。第三代是"时"字辈，其后是"振"字辈，再以后是"守"字辈，第六代"宗"字辈，第七代"学"字辈。林家最初三辈人尚在成家创业、生根固本阶段，生聚、农事、人脉，亦步亦趋，没出多么响亮的人物。管马啸去世后，这边已经独立支撑，无须姥姥门上的帮助了。到第四代上，林家才算真正兴旺起来，门户也独立了。

长支林振阶，生三子：林守河（宗盛之父）、林守约（宗申之父）、林守梅（宗玖之父）；二支林振东，生林守德（宗禹之父）、林守明（宗尧、宗舜、宗汤之父）；三支林振玉，生林守典、林守荣。"振"字辈上人还享受着外曾祖父管马啸的福荫，各房差别不大。后因心性和能力的差别，各家渐渐分出高下。林家有耕读兼重的传统，礼仪和德行上没有多大瑕疵。后来，能压住场面的人没了，村里私塾停办，大庙荒废，各种杂七杂八的事便陆续冒出来，如同大树倒下的地方长满了荒草、蒺藜和毒蘑菇。

那些重量级人物在世时，龌龊事相对少些，如今世道荒寒，林家也不时闹出不堪来。林振东兄弟几个，平素关系尚可。不幸老三林振玉三十来岁死了,撇下老婆和两个未成年的儿子守典和守荣。蚂蚱庙人对这样的人家总是寄予相当的同情,因为拉扯大两个幼小的孩子长大成人对一个寡居的女人来说非常艰难,其中最大的麻烦往往来自族人的冷眼和算计。林振玉去世那阵子,很多人猜测这寡妇年轻轻的怕是留不住,早晚被什么男人给拐了去。也有人说,林家人多势众,即使她想走,两个儿子也带不走。更深入的联想则是,如果女人走了,只留下两个孩子,谁来抚养?

林振玉的二哥林振东已于三年前去世,他有两个儿子,大的守德,二的守明。守明忠厚老实,品行上佳。守德虽读过几年书,但心性不算笃厚。从来谨言慎行的私塾先生刘振兴私下里评价他这个学生:学文则以文乱法,学武则以武犯禁。刘先生轻易不肯臧否人物,更不给学生劣评,他能说出这样的话,一定是受了颇大的刺激。果然,自振玉死后,守德就打起小算盘:若能把三婶子连同两个兄弟赶走,那么,三叔家那些土地那些房子那片菜园,还有牛棚、池塘、场屋不就都是……怎么才能赶走那娘儿仨呢?

有一天,林家遗孀发现自家大黄牛死在牛棚里,顿时惊呆了。她急忙叫来本家大伯林振阶。振阶仔细看了,发现那头大黄牛嘴周围有许多白沫,肚子胀得跟鼓似的,牛眼紫红,不像是正常死亡。他神色阴沉地说:"有人使坏。"林母一听,登时腿脚发软,扑通一声瘫在地上,老半天说不出话来。振阶对同来的儿子守和、守约说:"你三叔知书达理,为人正派,教了好几年私塾,文质彬彬,没得罪什么人啊。"守河说,我看这种事到不了外人。振阶说,"你们仔细查听,不要声张,一旦弄清是谁,看我怎么收拾他!"跟他们一起去的守约也说:"这是牛啊,不是小狗小猫,没有牛怎么种地怎么过日子?"

不久就传出消息,说有人那天晚上见过一个人影闪进林家牛棚,个子不小,披着蓑衣,蓑衣上有个红布溜子。于是大家就猜测那人是谁。蚂蚱庙有个风俗——谁害了眼病,会弄一条红布溜子拴在衣襟上,说是辟邪。从这点大家很快推导出一个人——振东的儿子守德。当时守德正害红眼病，蓑衣上系了一片红布溜子，别人没有。如果守德暗地里使坏把他三婶子家的大黄牛毒死，那么，其目的就昭然若揭——企图赶走母子三人从而侵吞老三的土地和家产，舍此不会有别的原因。

这事，很多人都在说，可谁都没有直接的证据。

什么叫直接证据？蚂蚱庙人的标准是，逮贼要捉到小偷的手脖儿，抓放火的要拿到作案的火煤，捉奸以尚未提上裤子为准。这样的证据，基本上没法得到，所以，发生此类事故，大家也就说说而已。退一万步说，即使有人当面看见，未必就会揭发真相——装看不见，扭头走开算了。蚂蚱庙人就是这德行，只要没损害到我，别人的是非、善恶、宠辱，都可以视而不见听而不闻。吹大牛的时候，个个都像冲锋陷阵的勇士，一旦遇到事情，个个都是生怕树叶子砸到头的胆小鬼。有人说起话来大气梆梆，颇像主张正义的英雄，一旦拿到桌面，即使面对明明白白的是非，也没几个敢于挺身而出。守德家当时有一百多亩地，财大气粗、言行骄妄，村人不敢招惹，于是便持了各人自扫门前雪的态度，以为疏不间亲，没一个人站出来替弱者、受害者说话。用已过世的建章的话说就是：蚂蚱庙人都是些能扶竹竿不扶井绳的货！

姐夫林振玉英年早逝，他的小舅子陈端俊惦记姐姐一家三口的生活，却想不出如何救助。送葬那天，端俊看着泣不成声的姐姐和两个尚未长大的外甥相拥痛哭，十分不忍。丧事办完，端俊提出把小外甥守荣带回姥姥门上养着，想着分担姐姐的劳苦，可林家族人怎么都不答应。他们故作善意状，实际上担心将来某一天，娘儿三个一起飞到外姓人家，这一支人就断了香火。端俊是个厚道人，善意虽被曲解，他也不争执，便嘱咐了姐姐一些话，戚戚然回去了。如今祸不单行，姐家的当犋牛被人毒死，端俊知道姐姐到了难处，便带着本家兄弟，还有一头牛一头驴，过来帮姐姐把需要大耕畜做的活儿干了。临走时，端俊站在哨门外的井台旁边，对振阶说："家贼难防，历来如此。俺姐这边，您多费点心吧——拜托了。"振阶应道："林家出了这样羞耻的事，我这当大哥的脸上就差蒙一张狗皮了！"端俊离开林家时，嘱咐姐姐，无论如何得让两个孩子上学，无论遇到多大的难为都不能误了孩子的学业。姐姐咬咬牙应了。端俊摸着两个外甥的头，流了好多眼泪，走前把带来的一头毛驴留给姐家，说："驴子虽然不能当犒，万一地里有个什么耕种活儿，有这头驴，也好给人家合犋，省得有牛的主儿看不起咱。现在孩子小，平日里磨面碾米也用得上驴子，无论如何不得因为劳作耽误了孩子的学业。"

守典的母亲只是一位普通农家妇女，但内心坚强、个性倔强，虽然受了族人的暗算，但并没因此胆怯，也拒绝低头。她下定决心，就是不走（不改嫁），打算用毕生的努力将眼前两个孩子拉扯大，磨一磨坏人的眼珠子，叫坏种的如意算盘落空！现在，她最担忧的就是两个儿子的安全，生怕算计她家产的人再生出别的幺蛾子。此地风俗，男家长不在了，女人没有资格参加亲朋的婚丧嫁娶、吊丧行礼之类的礼仪场合，遇有亲友家行吊之事，都是长子守典出席——小牛权当大牛使——守典娘总会反复嘱托大伯（此地称丈夫的哥哥为伯，称丈夫的弟弟为叔）振阶："这孩子今儿就交给你，你怎么从这里带出去的，怎么给我带回来，不能有丝毫的闪失。"振阶当然清楚两个侄子在家族及其母亲心中的分量，哪敢掉以轻心！守典兄弟每次出去上学，母亲总要嘱咐他们："你俩给我记好了，千万不要吃守德给的东西，小心他下毒！你俩要是出了意外，我当娘的也就不活了！"

守典娘对毒死大黄牛的事一直没放下。有一次送孩子去学堂，在哨门里遇见三福。她对三福说："你大小是个官儿，当官就要当清官，要帮我这受欺负的人申冤。我家大黄牛就那么白白给人毒死了？"三福答应给她一个公断。守典娘说："有人看见那个坏种蓑衣上有红布溜子——错不了是他。"三福说："三奶奶啊，这事说归说，可是谁曾站出来指认是他干的？"守典娘说："你绑了他送官，叫官府升堂审理，用不了十大板子他就得招供。"三福说:"怎么好,怎么办吧,不容易啊。"

三福心里这么想:一拃没有四指近,灰热不如火烧手,一笔写不出两个"林"字来,我姓贾的还是少说话为好。拿下守德并不难,可两家的仇就更深了,万一将来两家后代和好,最后难堪的还不是我?因此,三福既没有明确答应,也没拒绝她,只说:"善有善报,恶有恶报,不是不报,时候不到。三奶奶你只管等着就是了,我早晚给你个判断。"

这么等了两年,守典、守荣兄弟俩都成大小子了,还是没结论。

守德呢,他以为三婶子那边没了大牛耕耙播种都没办法,娘儿们还不得愁死!然而,那女人心志如铁,不动摇,不畏怯,直面事变,步伐沉稳,又得了亲友及本家许多帮助,日子虽然跌跌撞撞,到底还是走过来了。从各方面判断,这个女人是铁了心不走了。死牛的事暂未败露,但来自本家和本村的白眼已够厉害。乡邻亲友虽然不曾挑明态度,但从他们的话里可以听到轻蔑,从他们的眼神里可以看到厌恶——全都拿他不当人看。两个小东西渐渐长大,守典文质彬彬,说起古人的经书头头是道。守荣机灵聪明,家里地里的活儿都会做。这小兄弟俩见了他从来不打招呼,避之唯恐不及,这让守德好生懊恼。他知道背后人们怎么议论,畏怯舆情,再不肯到人多的地方,因此常被老婆数落。守德的老婆姓宋,是个泼辣女子,动不动骂他:"你这没本事的烂货,庄稼不懂,生意不行,里里外外都靠我,你想把我累死是不是!"无论女人说什么,守德就是不吭声,一个劲儿地抽烟。宋氏就骂:"终日里就是拿个烟袋燎腚门子,再不然就是施歪心眼子让人指着脊梁骨骂,什么人啊你——还不如死了!"

也许因了宋氏的诅咒,也许是自己心头阴影过重,守德不久就得了病。先是幻听——耳畔老有牛的哞哞叫声,聒噪得让他无法入睡。后来这声音带出许多幻觉幻象,常常见一头大黄牛从远处冲过来,直抵他胸口。眨巴眨巴眼,揉一揉,那牛就消失了,但胸口却隐隐作痛。

守德不得不经常捂着胸膛,佝偻着走路,满身不舒服。人家问他怎么了,他不好说明病情,只是摆手不应。现在医学已经说得明白,那就是精神分裂症,中医称作癔症。得了癔症后,守德不敢睡觉,只要一闭上眼,那大黄牛就来了,起先只是很小一个影子,慢慢变大,越来越近,直朝他冲过来,两只角直冲他的胸口,势不可当——于是惊恐万状大叫一声……宋氏推醒他,守德一身冷汗,黑夜里张大一双惊恐的眼睛,连声叫:吓死我了,吓死我了……

后来耳朵出了问题,总是响,那声音没有节奏,没有起伏,连续着,吱——吱——吱,没有头也没有尾,让他无处逃避也无法驱散。他找了两团棉絮塞耳朵里,以为可以阻隔声音,还是不行。那声音好像不是从外部钻进耳朵,而是从脑子里发出的,抓不去,也赶不走,且越来越响,直欲把他的脑袋炸裂……

不到半年,守德就病得不成样子,终于卧床不起。蚂蚱庙村有个习俗,一人生了病,本家和亲友要去看望,算是省视,以表亲切眷顾之情。家人遇到这种情况,则要表示感激,介绍病情,说说求医求药的各种努力及病情是否好转,饭量如何,等等。守德则不然,自从有了幻听幻觉的症状后,他总是关着大门,不让任何人进家看望。宋氏外出做活,他就叫她在外边锁上门。三福不止一次去看望,甚至亮出约地的身份,照例没被接纳。三福说:"我是有身份的人哪,来一趟不容易呢。"宋氏告诉他:"那个龟孙说了,就算是县长来,也不让进!"

三福觉得这家人实在是怪哉,不懂尊卑,辜负他一片热心。他站在林家门外喊:"哪有生病不找先生看的?老憋在家里不是个事啊!赶快治好病,地里的活儿要紧着呢!这样下去,难道日子不过了?"三福觉得自己为村人排忧解难,好心应得好报,可守德拒不接纳,让三福的自尊心深受挫折,也由此生出许多疑惑:到底得了什么见不得人的病呢?若是麻风病,得送新安庄;若是霍乱伤寒,我得禀报乡公所,让上边有个处置。三福越想越是纳闷,于是就有了进一步了解真相的意图。

三福这人除了好吃,还有熬夜的本事,三两个晚上不睡觉照样有精神,两条腿照样跑得风快。为了探清守德的病情,他连续三晚上没睡觉,夜半起来,装束好了,蹑手蹑脚,耳朵贴在林家后墙细听里边的声音。守德的房子虽说是瓦屋,却是外皮青,就是土墙外边贴了一层防雨水的青砖。这样的墙,立柱和土墙之间有较大的缝隙。三福耳朵贴在青砖上,听到守德不断地喊叫:"救命啊,救命啊!大黄牛,大黄牛抵我了,抵死我了,救命啊……救命啊……"

原来得的是外感症——因为做了坏事,心虚,如今那牛的冤魂化作厉鬼前来讨债了。三福总算弄明白了缘由,心想,那么大的牛,如何抵挡得了。显然,这才是不肯让人探视的原因:亲友庄邻若问起病因,没法说啊……三福于是去了守典家,叫一声三奶奶,"那案子我给破了。"守典娘问:"那个孬种认了?"三福把他偷听到的情景告诉了守典娘:"你家那牛确实是屈死了,不肯就那么托生,冤魂游荡,整天寻了守德报仇。"守典娘问:"怎么个报法?"三福说:"那大黄牛到了阴间,突然会说话了。每次见了那个男人就喊,我大黄牛不能就这么屈死了,我要你一命抵一命!现在好了,黄牛变成厉鬼,白天黑夜地折磨他——恶有恶报的日子到眼前了。"

守典娘听了这话,大为畅快。她逢人就说他家大黄牛阴魂不散的童话,说大黄牛整天围着毒死它的那人转悠,阎王叫它投生它不去,一定拉了那个坏种到阴曹地府去对质,还要求一命抵一命呢。他以为毒死俺家黄牛就没事了,天老爷都记着账呢!现在大黄牛天天都在折磨他,拿牛角抵他,要他去阎王那里对质。他不肯去,不肯去也不行。阎王叫你三更死,不会等你到鸡鸣……

村人全相信那黄牛变成了厉鬼向守德索要性命——这么说来,因果关系就平衡了。纸坊的大碾子前,染坊的晾布架下,庙汪前街口上,大柳树的绿荫里,人人都在谈论,添枝加叶、敷衍夸张,活灵活现,如同神话。舆论汹涌，宋氏不敢出门，怕人问这问那，就连到井台打水都是差了短工扈淑常。有人问扈淑常，东家今儿怎样？大黄牛还在抵他？你得帮着拉开那牛呀……

扈淑常总是笑而不语。

直到死，守德都没让人近前望他。

守德死后，撇下孤儿寡母：老婆宋氏和儿子宗禹，还有六间房子，百多亩地，一头牛、一头黑驴和一头黑白相间的花驴。

你个死约地算屁呀！

此时，林守德唯一的儿子林宗禹还是少年，宋氏当家。守德在世时，旦彰街刘家看林家家业殷实，还在读书的宗禹看上去也还顺眼，便与林家定了亲。守德去世，家里需要人手，林家想把媳妇娶过来，被刘家一口拒绝：我们刘家姑娘从来没有做童养媳的，要娶就得当公其事。这事只好放下。

男主人去世后，家里农活多，宗禹尚幼，不肯着力于农事，宋氏指望不上，就只好把原来的短工扈淑常变为长工。淑常很穷，家中有年迈的母亲，两间破屋母亲住着，他自己连个像样的床铺都没有。如今宋氏要他做长工，自是求之不得。长工不仅工钱高，且吃住都在东家，生活有保障，比临时打短（工）强多了。

淑常个子不算高，却很壮实，看上去像一头犍子牛。他是个朴实而勤快的庄户人，只要吃饱饭，一天到晚总在干活，不知什么叫累。扈淑常每天凌晨早起喂牛，清理牛圈，收拾下地的农具。宋氏起床做饭时，他已打扫了庭院收拾完垃圾，拿着常把竹帚刷牛了（用刷子或竹帚梳理牛身，不用水）。看他满脸的汗，头上冒着热气，宋氏说："这回俺可找了个勤快人，比那个懒甩子强多了。"她说的懒甩子，是指去世不久的先夫林守德。

吃过早饭，扈淑常赶着一牛一驴，驾着木托，去田里做活，或耕耙，或锄地，或播种，或收割，总不肯闲着。一年四季，他都处于这般忙碌的状态，宋氏交给的活他都干得利落，有时还帮着砍柴、做饭、推磨、舂米什么的。即使是寒冷雪冬，淑常也有许多要做的：到豆茬地里搂碎草，修补水井旁的桔槔，冬耕轮休的闲地，给麦穰罩上垛衣，等等。许多杂活并非宋氏安排，他会主动去做。在宋氏看来，前夫活着时也未能把里里外外整得这么好，夸奖他：“淑常啊，我看你真是当自家的活干了。"淑常说：“东家雇了我不就是干活嘛，受人之托，当忠人之事。"

宋氏大为感动，不无温情地说：“你怎不知道累呢！歇着点儿。"

淑常不好意思地说：“干活呢干活，不干哪能活？"

宋氏情不自禁地伸出手，摩挲着扈淑常背上的肌腱，道：“这里边都是劲儿啊！"

女东家的这一举动让淑常紧张——他第一次被一个女人抚摸，第一次听见这样的温言软语。那不是男女在劳作中的无意碰撞，而是真诚的怜惜。他不敢抬头看，不敢接话，却也不愿躲开——生活中太缺少温情，好像干柴遥望晚霞并将之想象成火焰。扈淑常不敢多想，他是长工，受雇者先得本分，东家的随意举动是不便胡乱猜测的。

林家有正房五间，宋氏住堂屋，堂屋的正当面是吃饭的地方，兼做客厅。宋氏住在东边一间。这间卧室和中厅只有一道用秫秸做的隔断，虽有出入的门道，但没有正式的可以闭锁的木门，而是用一片布帘子遮着。卧室的一边靠着东山墙，另一边有个窗户。窗户外是夹道，夹道另一边是东厢房的屋山。这个结构很像大庙里如贵住过的那个夹道，但方位不同。

儿子宗禹住两间西屋，其中一间是粮食囤子。宗禹的床靠了北墙，床头有一张书桌，书桌上放了些开本不同的线装书，还有他新近弄来的扑克牌。这副扑克牌是广货——指广州那边过来的新潮"舶来品"——宗禹花了两块大洋从一个货郎挑子上买的，这个钱当时可以买一亩沙土地。宗禹觉得这钱花得值，因为这是蚂蚱庙村的头一份，就连赵焕章都没有，西酒店也没有。别人都说他被货郎骗了，宗禹却说，好东西当然要贵些喔——我不在乎钱。

淑常独住东厢房。这厢房说是一间，实际上中间有一道梁，论面积算是两间。厢房被饲草和其他牛料占了大部分空间，有些饲料如黑豆和茶豆既是牛驴吃的饲料，也能生豆芽给人吃。厢房南边是牛圈和驴棚，淑常总在牛的反刍声中入睡，也在牛的反刍声中醒来。宋氏有时会隔着堂屋的窗户朝东厢房的屋山喊话。黎明前喊的是"喂牛了喂牛了"，晚上喊的是"别忘闩上院门"。淑常耳朵好使，虽是隔山点将，他都能听到。

院子西边还有两间房，一间是做饭的锅屋，一间是堆放农具的。一天下来，劳累的扈淑常一搁头就睡着，作为一家之主的宋氏却很晚才能入睡。来自夹道那边的长工的鼾声让她心烦意乱，翻来覆去。淑常有时能听到上房里女主人沉重而悠长的叹息。那是东家的叹息，无须他关心。时间好像钻木取火的钻头，连绵的摩擦最终把木头燃着。淑常的淳朴、真诚和健壮在女主人心中渐渐变得鲜明起来，一种强烈的立体感逐渐演化为不可抗拒的影像。两人一起下地，一起收干晒湿，休息吃饭都在一起，宋氏常常把他想象为自己的人。少女的情欲像湿柴之火，燃起来不容易，一旦灭了，就是一片幽怨；少妇的情欲则如干柴，一旦点燃，瞬间蔓延，烤皮炙肉，想要扑灭都难。成为寡妇后，宋氏才明白丈夫存在的意义。丈夫在世时，妻子常常对其熟视无睹（反之亦然），只有在寡居后，女人才明白曾经的存在原来如此珍贵。平时，她有很多活儿，每天都在忙碌，没空想男人，甚至不容许情爱和性欲有发酵的机会。只有在忙完一天的活计，洗了，脱了衣服，缩进孤衾凉被，才发现自己的身体需要陪伴……

不知从哪一天起，淑常的心也不大安宁了。他多次接收到某种信号，主动发出的信号，明确而坚定，具有火焰般的挑动性。似乎有个声音在鼓励他，呼唤他赶快开窍，但他总是告诫自己：不要有非分之想，不要曲解东家意思，拒绝不会犯错，误解却可能砸碎饭碗、败坏名声……然而，他无法阻挡来自身体深处的鼓动，开始想象那个女人，她的身体，她的想法，她孤寂一人时的各种姿态。说来有些下流，最启发他想象力的是宋氏如厕的情景：如何解开腰带，如何褪下裤子，如何东张西望，怕人看见抑或希望被人看见……那种水流的声音如同音乐。夏天里，他希望看见她汗水渥湿衣衫或大雨滂沱中那无法遮掩的线条，许多地方让他荡起不雅的反应……

内在的烈火同时炙烤着两个人，中间只隔了一道薄如草纸的墙。高粱长齐了身量，淑常要去青纱帐里打叶子。给高粱打叶子是乡村较为特别的一项劳作：如果不把高粱秆中下部的叶子及时打掉，会影响颗粒的饱满度。此时正值中伏，打高粱叶子的都是男人。女人不便干这种活，因为那些钻进青纱帐里的男人往往脱得精光，说是保护衣衫免被长叶划破，其实是因青纱帐里太热，裸体干活，稍觉凉快。做这种活的男人从来都是回家吃饭的，高粱棵子里潮湿闷热，无法进食。

然而，这天中午，宋氏提着一篮子饭食，拨开密匝匝的青纱帐，居然找到了正在光腚干活的淑常。淑常的衣衫放在老远，突然看到女东家过来，很是尴尬。此时他无法遮掩，只好背对了她，怨她不该到这边来。宋氏说："俺就是来看你光腚干活的。"淑常羞臊得无以复加，赤裸站着，不敢转过身来。宋氏说："跟树林子似的，没人看见，怕什么啊你！"淑常还是不肯转过身子，更不敢正视她。宋氏放下盛满饭食的篮子，扳着他的肩膀，细声细气地问："谁不知道谁的啊……"淑常到底还是坚持不住，转过身，满脸出火。宋氏看见那曾经熟悉又久未见识的家伙，直挺挺的热血偾张，让她好生喜欢。她心旌摇曳，满眼金星,如醉如痴。

从没品尝过女人滋味的淑常抱住了她。她抓住那个雄壮坚挺的家伙,喃喃地说:"俺叫这玩意儿叹死了……""叹死了",是蚂蚱庙人形容极端渴望极端稀罕却少有机会满足的心情。他们在温热的泥土地上翻来覆去,如两头放肆打滚儿的驴。无节制地倾泻,贪婪无度地索求,树林般的高粱听见他们的尖叫,还有事后慵懒的呻吟。湛蓝的天色和洁白的云朵在高粱的梢头彼此摇曳,像纠缠又像挑逗。青纱帐里没有风,彼此折磨到精疲力竭,直到天色彻底暗下来——他们不愿让外人看到他们满是泥水的衣服和头发,或从他们心满意足的笑容里猜想什么……

然而,这种事能瞒得了谁!花朵儿天天挂在女人的脸上呢,食髓知味的处男像是刚烤熟的牛心炙。蚂蚱庙人受多重文化元素的滋养,养成了对桃色事件的特别兴趣。他们缺少健康文化的滋养,在荒如戈壁的旷野上,任何一片绿叶都会引人注目。他们热衷于议论别人的绯闻,借此发泄自己不曾得到满足的性欲;他们以为指责邻居男女的缺点,可以转移自身的恶行;他们动员深入脊髓的嫉妒攻击富人,希望借此平衡贫苦带来的压抑;他们不断地咀嚼别人的骚情,以此打发空旷无聊的时间……那些喜欢夸大细节的人说,晚上经过宋氏屋后能听到叫床的声音。他夸大了这种声音,说影响了他们家牛吃草、狗睡觉、鸡打鸣。更多的人则站在道德制高点上指责他们通奸,骂宋氏家门不净,说扈淑常觊觎林家寡妇的财色,等等。

有人对宗禹说:"小心你娘被人拐走了喔。"

宗禹倒是豁达,说:"俗话说,老的无过天无过。这事儿我管不着。"

儿子没有异议,视若无睹,宋氏更加肆无忌惮了。

又有人告诫宗禹:"小心你家财物被人给捣鼓光了。"

宗禹才不在乎呢:"怕是等不到他们捣鼓,我先捣鼓光了。"

众人叹息,说这小东西十有八九是个败家子。

219

儿子的态度让宋氏完全放开。无论在家还是下地，他们出入结伴，俨然名正言顺的一对儿。他们的情事随时随地都能发生，只要没人看见，他们都会折腾一阵子，姿势随从地形，时间可长可短。锅屋的乱草堆上，茂密的蔺草丛中，粮囤旁，磨道里，甚至给牛驴搅拌草料的那点空儿，站着也要鼓捣一阵子。每次完事，女人总是带着无可替代的满足对他微笑，满脸放光。男人的生活似乎也变得有意思了，淑常觉得身子轻飘飘的，好像鸟儿要飞起来。这是劳动者的正当情感，是自由而热烈的爱。这里不存在泛政治的动机，相亲相爱，彼此满足，天经地义。穷富差别此时也没了界限，封建社会的道德戒律被他们的放浪形骸撕得稀碎。那是一段烈火烹油、狂飙突起、光芒四射的好时光——对于他们——热烈、放肆、畅快淋漓、见缝插针，天上下刀子都挡不住的勇猛，瓢泼大雨都浇灭不了的性爱火焰。

吴兴邦至今还没有老婆，对于淑常和宋氏的结合羡慕嫉妒恨，感觉不是滋味。他对三福说："这事你还是管管吧，太离形了，满村都是骚味，害得牲口都不肯吃草了。"三福说："什么事都能管，就这事不能管，谁管，他们跟谁拼命。"兴邦叹道："光棍日寡妇——灰窝一般！"这话是蚂蚱庙的俗话，意思是男子初试锋芒所向无敌，女人则是识途老马轻车熟路，彼此畅快通达，欢快无阻。三福道："老猫知道肉香。"

淑常的父亲已过世，家有多病老母需要陪侍。淑常有时得回家侍候老娘。对宋氏来说，这偶尔的分别让她不能忍受。她焦渴盼望着夜幕降临，同时又害怕独眠的黑暗，没有什么能比偎在男人怀里更好的事了。向使这事从未发生，她还能以疲倦为引子勉强入睡，自新生活开端，她再也不能独自入眠。她不能和心爱的人有分分秒秒的离别，没有他在，她像失了魂魄，走坐不安，六神无主，心如漂萍。常言说，女人心，大似海，一回一回就不改。宋氏是个泼辣人，这风情故事从开始就是她主动，而且已经预见了影响和震动，也预设了应对的态度和决心。不论别人说什么,她都不怕——开弓没有回头箭,能把我怎样!她不怕人们的街谈巷议,不怕邻居的风言风语,也不怕族内人嚼舌头,想说说去!你们都有男人搂着,谁曾可怜过我这寡妇娘儿们呀!你们是人,就我不是人!

是的,谁曾设身处地去理解一个单身女人的孤寂!淑常回家伺候老母的日子,宋氏不肯在家独眠,索性带了衣物,火烧心似的跑到扈家去住。两人轮流侍候老母,像孝顺知礼的媳妇。老母叹道:"你俩好是好,可这么下去到底不是个事儿呢,人家会嚼舌头啊!"宋氏昂然道:"走一步看一步,爱说说去!"

两人形影不肯离,任蚂蚱庙人当作笑谈。宗禹乐得一个人在家。他有一把二胡,深更半夜独自拉来拉去,打发着乡下公子哥儿的寂寞。太无聊时,他就拿了扑克牌为自己算命。有一次,扑克牌暗示他一辈子不缺钱花,一辈子都有肉吃,米饭白馍更不在话下,把他高兴得什么似的。梦里,他还娶了个漂亮媳妇,看上去跟貂蝉那么俊……

宋氏和淑常两个如胶似漆,进进出出如夫妻,越来越多的非议传到大伯振阶耳朵里。族内长老们觉得宋氏的行为让他们蒙受耻辱,于是怂恿振阶出面干涉以阻挡事态继续发展。振阶虽然赞同此议,但作为叔公,不好直接跟侄媳妇说话,于是去找三福问计。三福说:"男欢女爱的事古来有之,我一个外姓人,实在是不好说话。"振阶说:"可他们做得实在太过分了,叫人看不过去呢。"三福说:"这种事,你还是睁一只眼闭一只眼算了。"振阶说:"这算什么事啊!一个是东家,一个是穷雇活的,私下相好也就罢了,闹到这种地步,走到哪追到哪,跟吊秧子狗似的,太不成体统。再说,他们这么到处浪到处骚,以后怎么办?是扈淑常倒顶门到这边改姓林呢,还是她带了儿子去那边?"三福说:"这就难说了,世上的事没有重样的。"振阶说:"万事总有个是非吧?"三福说:"你想要什么是非?世上事,怎么办,怎么好。"振阶说:"你若是能阻挡一下他们,我请你吃酒。"三福说:"我没吃过

221

酒席？"振阶说："另加两包桃酥，二斤粗果。"三福爱吃，振阶给出的条件也还行，便应了。振阶当场给了他半斤旱烟叶，算是预付的酬劳。

次日，三福去了林家，对宋氏转达了她大伯公的意思。宋氏当即说："管天管地，管不着拉屎放屁。拉屎放屁都管不着，这男女相好的事就更管不着了。"三福说："男女私相授受，可比拉屎放屁要严重得多啊。"宋氏说："我跟淑常相好，碍着谁了？"三福："话不能那么说，你俩相好，对蚂蚱庙影响不好。"宋氏问："什么影响？"三福说："你俩晚上把床架子晃得吱吱响，闹得邻居睡不着。"宋氏骂道："三福你这是放狗屁呢？她们不也有男人嘛，他们不也天天晚上干那事吗？他们干行，我干就不行，什么道理？公鸡母鸡赶融（交配），大鸟小鸟踩背，鱼儿在水里交尾，他们怎不去阻挡？俺俩到底没在大街上那个吧？咸吃萝卜淡操心，真是多管闲事！"

三福问："你们这么着，往后怎么办？"宋氏说："反正我是跟定了淑常，他到哪里我到哪里，他活着我活着，他死我跟着他一块死，死后不要你们管！"三福见宋氏坚决，转而说了些同情的话。宋氏也就缓和下来，跟三福说了一阵子。也许一时糊涂，也许故意开个玩笑，三福说："你这女人，可教淑常解大馋了。"宋氏噗笑道："别没正经。"三福嬉皮笑脸地说："人家说我有三福，我现在有了官福、口福，就缺艳福，给我分一点吧。"宋氏拿起笤帚，照三福打过去，骂："你以为俺是什么人！我是淑常的人，除了他，谁都甭想！真是小米便宜了——癞蛤蟆也要喝粥！告诉你三福，我缺男人，可不是开窑子的，你以为随便哪个男人都能上我的床！"

三福捂着头皮，只求告饶而已。

宋氏给三福两块麦芽糖，说："拿这个解馋去吧。自家里看着个上好的女人，在外还说这种话，可见男人都不是好东西！"三福掂了掂那两块麦芽糖，说："还不够塞牙缝的。"宋氏拿出个口袋，装了五六斤面粉，又抓了两把大枣，说："行了吧？"三福见条几上有个锡酒壶，说："这个给我吧？"宋氏说："那个不能给你，淑常得用这温酒呢。"三福悻悻地说："你心里就只有淑常！我这约地还不如个长工！"宋氏骂道："一个死约地算屁啊！"

女人见了官，胆子大似天

三福得了宋氏的面粉，还有大枣和几块麦芽糖，自觉不好继续下力为林振阶说话。他把这些得来甚易的东西交给陈氏，陈氏问从哪儿弄的，三福说是宋氏给的。陈氏就问，她为何要送你这些个？三福一来一往说了缘由，只是没说他调情被打的话。陈氏说："那地方以后你少去点，这来路的东西俺不敢吃。"三福说："面粉都一样的，有什么呀。"陈氏说："说起来，都是石磨磨出来笸箩箩出来的，可不知为什么，看着老觉得不舒服呢。"三福就说："你要是不肯用，就做些馍馍，每个馍馍上放个红枣，看上去就跟……女人奶子似的。"陈氏生气了，说："真是近墨者黑，你才进出那道门槛几次啊就成这样了，听着都恶心……"

振阶问三福托办的那事怎样了，三福说："狗吊膀子似的，打不开呢。"振阶说："人到底是人，总不能不顾廉耻吧？"三福说："这种事，你一个当叔公的不好管太多。俗话说，老不管少事。万一叫你侄媳妇当面噎上几句，老脸朝哪里搁？那女人跟常人不一样，咱爷们说不出口的话，她顺嘴就淌出来，简直没个抵挡。"振阶沉吟半晌，不说话了。三福说："不容易啊，都不容易。"

林振阶沮丧地走了。

有天凌晨，宗禹跑到振阶那里，隔着窗呼叫："大爷爷，出事了！昨天夜里好像进了什么人，也许是鬼，把俺家的花驴牵走了。"振阶就问:"你没去追吗?"宗禹说:"等我穿好衣裳出门,那驴子咴咴叫了几声就朝北边跑了,像是插了翅膀,追都追不上。"振阶问:"你娘呢?"宗禹向村后方向努了努嘴,不屑地说:"跟驴一起走了。"振阶就知道什么意思了,当即召唤本家子侄宗尧、宗舜等去了后街。

七八个人怒气冲冲地到了扈家。

男女两个一起被人按在被窝里。

淑常被宗尧、宗盛等人狠狠揍了一顿。他没有反抗,没有挣扎,像一位知罪的人自觉该挨揍似的。病重的老娘吓得不轻,请那些人下手轻点饶了她儿子。宗尧骂:"你是畜生吗?看着一对狗男女在脸前瞎鼓捣,也不管是娼是妓?"老妇人颤巍巍地说:"她自己要来的,能怨俺吗?"林家爷儿们硬是把宋氏拽出来,喝令她回家。

宋氏就是不回。林家爷们几个当场被怼,大为气愤,拽着她就往外边拖。两下扯了好一阵子,宋氏撒泼,坐在地上哭喊。林家爷儿们看她就是不走,兄弟几个递了个眼色,一人拽了一条腿,硬把宋氏拉出扈家草屋。黎明时分,早起的男人拾粪的拾粪,打水的打水,女人也收拾粮食推磨烙煎饼了。此时听见街上传来撕肝裂肺的哭叫,怒不可遏的骂声,呼天抢地的呼救——这是发生了什么事啊?人们纷纷走出来,想知道谁家女人大清早哭哭闹闹的……

宋氏被几个男人连拉带拽,从后街一直拖到蚂蚱庙前。林家爷们在街口的小广场上歇息——拽一个成年人不是件轻松的事,况且她一直在挣扎反抗。拉拽的人不断变换姿势,而她还在不断地翻滚、扭曲、叫骂、反抗,百多米的拖拉累得两个壮汉气喘吁吁。宋氏的棉裤被拉破,露出白皙的腿,大腿在温和的晨曦里泛着惨白的光,让旁观的男人享受了少妇走光的快乐,而他们还要装出不想看的样子。在破碎不掩的衣服下,宋氏的腿上是一道道伤痕,殷红的血形成不同的点线面,抽象分布在这里那里,如同被风暴击碎的花瓣。她的棉袄也被拽掉了纽扣,露出半个奶子。

三福较早就过来了,只是没有靠近。昨天因说白馍馍上放个枣子的话,被老婆狠狠数落了一顿,有点儿自惭形秽的感觉,下意识地远远站了。他深知,眼下当事双方都不好说话,与其去做注定没有结果的解劝反不如隔岸观火,于是蹲在石桥附近的井台上远望。三福想,什么事都有个结尾,疖子出了脓比不长还受用——不到出脓的时候呢。

　　趁着小叔大伯歇息,宋氏一下子爬起来,顾不得掩上怀,就朝后街刚才被拖拽的方向撒腿跑。因为两腿扭伤,她跑路的姿势不够平衡,东倒西歪,露出的奶子晃悠得没个正行。这情景满足了看景的男人们,但却没能软化他们惩罚女人的阴狠之心。几个男子追上去,推倒她,拽着她两条胳膊,从街口一直拖拉到南大汪那边。更多的男女围拢过来,观看这个被视为败坏风俗、有辱门风的女人。三福这时才慢悠悠走过来,叫众人散开:"都回家去,有什么好看的!"众人不听他的劝告,刚刚离开的几个男女复又回来。气喘吁吁的宗尧说:"干脆扔这井里算了。"振阶说:"小半个庄的人吃这井的水呢。"宗尧说:"老天爷若是有眼,打响雷劈死这个丢人现眼的货!"振阶还要说什么,三福劝道:"谁都保不住百年家风,得饶人且饶人吧——都不容易。"

　　他们确实累坏了,再次松开,歇一歇。

　　两人刚一放手,宋氏骨碌一声爬起来,边跑边掩上前怀衣襟,披头散发,像一头发疯的母狮朝水井奔去。三福早有预防,横在水井那边,卖力地拦住她。宋氏企图推开三福,被三福死劲地抱住,说:"可不能寻短见啊你!"宋氏左右扭动,好歹脱开三福的手,朝自家跑了。此时院门紧关,任宋氏怎么呼叫,儿子就是不开。宋氏看一眼门口的草垛,奋力爬上去,从草垛上了茅房的矮墙,一翻身进了自家院子。

　　宋氏打了水,洗了带伤的身子,梳了头发换了衣裳,打算再回扈家。她推开大门,伸出半个头,一看,哨门那边还聚着许多林家的人,个个脸上堆着方兴未艾的愤怒,好像商量如何施行进一步的惩罚。宋氏急忙关上大门,揉了揉伤痛的腿,进了房门,倒在床上,放声痛哭。

儿子被哭声闹起来了。

他懒洋洋起了床，到了正房，坏笑着说："养汉去了？"

宋氏停了哭声，忽地坐起来，说："说娘养汉，有这样的儿子吗？"

儿子说："好，好，好，老的无过天无过。"

本就卧病多时，加上这场惊吓，淑常的娘死了。

扈家极贫，连办丧事的钱粮都筹不出。兄弟俩合计了，最重要的办丧事需要的粮食，远近亲戚的招待，抬棺材的、挖墓穴的、鼓手队的、知客的、管家的、供桌用的，还有刷碗端盘子的，一人一天不下十个馍。如此三天，总得三百斤麦子，这还不算做倒头汤要用的小米，柳升里的五谷，给死者做的打狗饼子等。这么多粮食，哪儿去弄啊！

而且没有钱，一点钱都没有——买不起棺材，请不了鼓手，也买不起孝布，连请阴阳先生堪舆的酬金都拿不出来。倘若弄不来粮食管不起饭，找不到帮忙的人，请不到挖穴掘墓的，抬棺材的，那连主持葬礼的知客都难请到！尽管本家有几位兄弟可以帮忙，但前来吊唁的亲友都要管饭呀。看着徒有四壁的破屋，淑常长吁短叹。

一连三天，老妇人的尸体就那样晾在一片秫秸芭子上。邻居陪着叹息，叹息穷人的艰难，叹息人到绝境是如此的不堪——死都死不起！族中人倒是不少，但他们也只帮得人场帮不了钱场，只有叹息。夏占鳌是后街有威望也有经验的知客，对淑常说："就算置不起棺材，到底还要请二知先生看个穴吧，不能就这么扔到草棵棵子里是不是？"淑常双手抱头，愁得连话都没了。夏问："到底怎么弄，你兄弟俩得有个话呀。"淑常说："夏二哥你叫我说什么呢，请先生看穴至少得带一块银圆管人家一顿饭吧？家里拿不出这钱，你叫我怎么办！"夏占鳌说："活着等死，死后还要死等，穷人真是死无葬身之地！我办过那么多事，头一次见这么难的。"他建议，"你们兄弟去找三福，看他可有什么办法。"兴邦自告奋勇说："我去找。"

不一会儿,三福来了,兴邦跟在后边。众人请教他可有什么好办法。三福对淑常说:"我告诉你一个法子,一定能把你娘的丧事办好。"淑常满脸愁容地看着他。三福说:"你不是有相好的女人嘛,此时不用,更待何时?"向相好的女人求助,在蚂蚱庙是件有损男人尊严的事。淑常听了,久久不说话。三福诚恳地说:"现时说话,软饭也是饭,不吃白不吃。半个铜钱难倒了英雄好汉,这话你没听说过?"

唯一的路就是正确的路。贫穷无法维护男人的自尊,两行泪扑簌簌从淑常脸上淌下来。夏占鳌安慰他:"世上的事呢,五花八门,多有钱的大家主死了人也得埋,再穷的人死了,也得有个土馒头。红毡铺地两廊动乐是办事,弄张芦席包着埋了,也是办事。老的去世,儿女免不了受些煎熬,不丢人。"三福也说:"你给林家出那么大的力,今儿遇到难题,那女人帮你一把也是应当,有什么不好意思的!"夏占鳌叹道:"还是建章大叔说的那句话,怎么办,怎么好。"

扈淑常想通了,找来本家兄弟,当晚去找宋氏。宋氏看到扈家来人,说:"这几天我一直盼你们来,怎么到今儿才见人呢!"淑常说:"求人告帮,不易开口啊!"宋氏埋怨道:"什么求人告帮,什么不易开口,咋就不想这是谁跟谁!我给你备好了七八升小米,三袋白面,八桌子餐具,还有丧事上要用的白布、香烛、灯盏、纸草、苘麻(用作孝子们草腰带的材料),都堆在东厢房了,你们都带回去。再砍些柳树哀杖,差不多就齐了。一应人手,你自己去找就是了。"

淑常跟了宋氏去了东厢房(就是他以前睡觉的那间)看了,各种物件器皿堆满一地,床铺上是几捆做孝服的白布,诸样物品,几近无所不包。淑常叫本家兄弟们将粮食扛了,他把黄纸打了捆,零碎东西放在蜡条筐里,一总挑了,朝后街运送。临行前,宋氏又叫淑常张开大襟兜子,哗啦啦给他倒了许多铜钱。三个做孝服用的大布,拿绳子拴了,搭在扈淑常的背上。

淑常得了相好女人的慷慨援助,体面地安葬了老娘。

渡过难关，淑常松了一口气，也确认了宋氏的真情。

两人更加亲密，也更坚定地要在一起过日子。

五七坟上过，淑常就搬回林家住了。此后，他俩出双入对，像是天经地义的夫妻。白天下地，淑常赶着牛拉着托子，托子上放了犁耙耩子铁锨镢头，宋氏提了装满开水的瓦罐，头顶一块印花布汗巾，紧随其后。地里的活儿完了，他们一起去菜园浇水，男人用力操作桔槔，水兜子一上一下，清冽冽的井水就流淌到菜地里。宋氏照看菜畦，随时开合，以免流水溢出。即使在家照料牲口，两人也是形影不离，男人给牛驴拌草料，女人拿扫帚给牲口扫痒。晚上他们睡在一张床上，再不像以前那样，宋氏隔着窗户敲墙，淑常披着衣裳溜进来。经过那次捉奸和这次丧事，他们的关系经受了风雨，也就公然于众了。外皮青的瓦屋泄露出他俩许多令人羞于启齿的情话，让蚂蚱庙的光棍们嫉恨有加……

三福来，探询他俩今后的打算。宋氏想让淑常倒顶门到林家这边，但淑常不答应。他说自己是扈家长子，不能改名换姓变成林家人，如果两人结合，一定要宋氏嫁到扈家。宋氏见入赘的事无法商量，打算离开林家嫁到扈家。为此，她开始行动，悄悄将几亩好地转到淑常名下，并开始转移细软，主要是些衣物，还有烛台、酒壶、马扎之类的小东西。

这事刺激了林家，也刺激了素来超脱的少年宗禹。振阶对宗禹说："孙子呀，你娘的做派怎样我作为长辈不大好说，你当儿子的也不好褒贬，这是圣贤之教也是人之常情。可是呢，现在她偷偷将家产转给那个雇活的，就不是一般的风情故事，而是监守自盗了。照这么下去，你将来靠什么吃饭啊孙子？"

宗禹求大爷爷主持公道。

振阶说："难道得打官司吗？"

宗禹表示，现在是民国了，不妨诉诸官府。

于是，宗尧、宗盛等一帮兄弟主持操作，以宗禹的名义将宋氏和淑常告上了法庭。他们期望严惩这个败坏门风且胳膊肘子朝外拐的女人。无论从古代的律法还是从乡下惯例，这种偷偷摸摸将资产转移到非正式婚姻关系的情人那里都是站不住脚的。他们以为正义在手，且诉讼人是林家合法继承人宗禹，定能胜诉，包括追回宋氏已拿走的原本属于林家的土地、财物等。

不久，三福送来了传票。

宋氏问："这是什么？"

三福说："这是传票，你和淑常必得到县上走一趟。"

宋氏听了，一点都不怵，说："女人见了官，胆子大似天，到哪里都得讲理！"

三福问："到时你俩谁出庭？"

宋氏左思右想，犯了好几天的愁。淑常太老实，嘴里含着块冰也说不出水来，不见得能应付大堂的场面。若是建章在，通融通融，事情可能好办得多（从解信德和吴姑娘的婚事可以看出建章的道德思路），可惜他已驾鹤西去。如今能帮他打通关节的就只有三福，可三福上次的表现让宋氏有点不快，她怕三福借机想吃她的豆腐。辗转反侧，不得要领。

最后，宋氏决定跟三福开诚布公商量一下。

三福答应帮忙，说："别的都好说，我站你这边，唯一的担心就是因此得罪振阶爷儿们几个。"宋氏给了三福六块银圆，一块是给他本人的，另五块让他拿去县上打通关节。淑常在旁边提醒说："五块钢洋，差不多买两亩地呢！"宋氏说："舍不得孩子打不到狼！"三福得了宋氏的好处，答应代她到县里疏通。宋氏明确告诉他，人情后补。三福笑笑，说："我不能饿着肚子去跑腿哟，给点什么吃食吧。"宋氏就给了他一些点心和几个咸鸭蛋，嘱咐："务必把事情给我办好，若是半路截留我的银子，看我不剥了你的皮！"三福知道这女人厉害，保证如数把钱用上。

原告方自以为占着道德优势,没做任何安排,静等胜诉。振阶问宗尧:"有把握吗?"宗尧说:"明摆着呢,到时大老爷惊堂木一拍,宋氏少说也得挨三十大板,看那不要脸的女人到时头上蒙了狗皮回村吧。"

开庭那天,县官没怎么细问,就做出明确判决:"新社会奉行新法律,我民国倡导自由,张扬平等,不反对寡妇嫁人。阻挠寡妇改嫁的,干涉别人婚姻的,是为非法,情节严重的,要处以刑罚。再说,河里无水养不了鱼,林家男人没了,哪能留住女人啊。"

扈淑常轻松胜诉。

口头判决:宋氏想跟谁跟谁。

宗尧急了,问:"他俩是通奸啊,难道不该治罪?"

县官回答:"男无妇,女无夫,双方出于自愿,不为通奸。"

宗尧急了,诉道:"那也得正儿八经的,或入赘,或改嫁,不能就这么狗吊膀子似的。"

法庭驳斥道:"胡说八道,不予采纳!"

宗尧再问:"家产呢?"

法庭给出判决是:"因其子宗禹尚未婚娶,应当留下一定数量的财产,包括房屋、土地和大牲畜。宋氏可以带走一半的家产,不能超过一半。"

不准带走全部家产——林家人稍为放心。

宗尧对着旁听席上的县长,还要问什么。

县长不屑地说:"你什么身份?既不是律师也不是当事人——跟我说不上!"

就这样,官司打完了。

三福对宋氏道:"快给大老爷磕头!"

县长说:"现在是民国,不兴磕头这一套。"

宗尧一干人还想辩护,被法警呵斥下去。

宋氏大获全胜。

一个被世俗视为败坏风俗的女人，一个被传统理学无情讥笑，在旧伦理前狼狈不堪的女子，因为民国的法律，她争取到爱情和婚姻自由，争得了个人的权利，她胜利了。宋氏的任性、张扬、豪放，既来自禀赋，也来自人性的合理要求。在蚂蚱庙，从来没人敢主张爱情，也不敢主张财产权利，更不要说自由恋爱了。

好消息很快传到蚂蚱庙，男人们无不愕然。老年人感叹世道大变，年轻人则说民国就是民国。没资格公开发表意见的女人们听说宋氏胜诉，不敢相信自己的耳朵。少妇们叽叽喳喳议论自由婚姻，姑娘们悄悄地交换自由恋爱的新词儿，中年妇女只说宋氏胆子真大。只有老年女人才肯说出她们的真实想法："没个男人，日子不好过啊！"也有女人谴责宋氏，对"养汉"女人能打赢官司甚是不解。自视聪明的男人们说，这案子肯定是三福暗地里使了劲而林振阶这边没花上钱，云云。三福道："现在是民国了——你们老百姓懂个啥！"

淑常和宋氏的婚姻诉讼案是民国法律给予蚂蚱庙人的又一个标志性案例，印象强烈而感性，具体而生动，既有划时代的震撼也有前瞻性的启发。那个曾被族人扯破棉衣露出白腚和奶子的女人竟在大堂上赢了官司，出人意料，不可思议。相信谶纬的人说"火旺无湿柴，人旺无杂灾"——人在意气兴发时神鬼也得避其锋芒。一个声音如幽灵在蛮荒天地间回荡：时代变了，男女平等，异性之间可以自由恋爱了。

淑常胜诉，姓扈的都觉得脸上有光。

扈家组织了几十个人，敲锣打鼓，到村西沙汪那边等候凯旋的淑常。

临近村庄时，宋氏远远听见兴邦那些人的锣鼓家什，她挥动双手，高喊着："我胜了！我赢了！今儿我是扈淑常的老婆了！"

有人说她疯得要上天。

有人感叹潮流在大变。

也有女人暗自称赞宋氏的勇敢。

我乃蚂蚱庙之林先生也

官司胜诉后,宋氏要儿子跟扈淑常改口叫"爹",宗禹不肯。

宋氏说:"我跟着他了,我是你娘,按理说你该叫他爹。"

宗禹不知从哪弄到一本四角号码词典,翻开,在膝盖上划拉了几下,再翻,找到一页,对娘念道:"你不是按理说嘛,我给你找个根据。看这里,爹,俗语,父亲,与母亲发生关系而生我们的人,称之为父亲,口语亦称爹或爷。听见了吗?你虽然跟他发生关系,但不是生我的那个人,所以不能给他叫爹。嘿嘿。"

宋氏无奈,便改换话题,问:"咱家那头花驴到底弄哪儿去了?"儿子眯缝着一只眼,另一只眨巴了几下,说:"不是告诉过你了嘛,做了个梦,梦见驴子飞走了,两只很大的翅膀呢。"宋氏说:"别胡说八道,告诉我,借给谁了?快去要回来。"宗禹说:"驴肉都变成屎了,我上哪给你要去?"宋氏说:"咱家这么多活儿,你怎么把驴给卖了啊!"宗禹一脸不屑地说:"添了一个比驴还强的人,省出驴来,为什么不卖?"

宋氏明白,儿子其实完全不接受扈淑常,而且他也不打算好好过日子,这让宋氏大为失望,双重的失望。她原指望重组家庭后,一家三口齐心协力,把日子过下去,不久把儿子的婚事办了,将来有了孙子孙女,一家人过得风生水起,也好让那些心怀叵意的人磨烂眼珠子。现在看来,两个男人都不肯妥协,她在这个家里委实待不住了。为此,宋氏大哭一场。宗禹说:"哭什么啊,又没死人!"

宋氏和三福商量,她要到扈家那边去,怎么办。三福问:"你这是叫我给你们当媒人了?"宋氏说:"也就是个名,挡挡公事罢了。"

三福说:"我给你们当媒人,他们林家人更要骂我了,往后叫我怎么跟宗尧那些人说话啊?"宋氏说:"你也没白干,吃喝不说,东西也给你不少,连这点儿担当都没有,还好意思当约地!"三福说:"毕竟不是多么光彩的事啊!"宋氏说:"县长都说水浅养不住鱼,何言不光彩?"三福问:"若是让你净身出户,不要家产,行吗?"宋氏说:"县长说了,我可以要一半家产的。"三福说:"县官不如现管,知道不?你若是拿走小半家产,不仅林家的族人不肯,你儿子也会揍你。"宋氏一跺脚,说:"行,什么都不要了!"

三福到振阶那边说了宋氏的意思,振阶不肯点头。三福说:"这样的女人留在眼皮底下干啥呢,反正还有宗禹,这支人绝不了就好。如果留她在眼皮底下,他们好你不会觉得舒服,他们不好人家会看你们林家的笑话,横竖都是不好。眼不见为净,耳不听不烦,犯不上跟这种人较劲是不是?"振阶说:"倒也是,既然她想走,那就走吧。不过她只能一人走,除了衣物细软,家产、土地、房屋、大牲口,一应农具都得留给宗禹——她不好好过日子,俺大孙子还要成家立业呢。"

事情最终这样处置:宋氏只带自己的细软衣物和为数不多的私房钱,家产都归儿子宗禹。宋氏跺跺脚,决绝地同意了。他们在扈家那边请人吃了顿饭,草草举办了婚礼,就算合法夫妻了。民国时期的乡下,男女成婚无须办理结婚证,但要有媒人说合,还要办个仪式,让大家知道,最后还要到姥姥家那边上个喜坟。宋氏请三福充当媒人,在家设了两桌席,亲友邻居吃了一顿,主要是扈家人参加,林家这边没一个人去应酬——他们不肯为宋氏的改嫁背书。

宋氏离开林家老屋前,想给儿子交代一下重要生产资料,哪块土地适合种什么,车辆有什么毛病,什么季节喂什么牛草,使用牛驴得注意些什么,春夏秋冬怎么安排活计,遇到头疼脑热用什么草方验方,本家和亲友怎样交往,平时要注意哪些起居细节,哪个邻居好哪个邻

233

居不好，等等。儿子听是听了，但一副心不在焉的样子。宋氏语重心长地说了很多话，宗禹摆摆手，说："你都是扈家的人了，说这些有什么意思呢。"

宋氏又哭了一场。

就要离开自家老屋，要去另一家过日子了，眼看那些即将不属于自己的家产——都是她辛辛苦苦一样一样用劳动挣来的啊——万千留恋，百般伤感。所有土地，每一条墒沟，每一条田垄，都有她流的汗水。每一季的收获都曾让她感到欣喜，每一场大雨过后，她都扛着铁锨到地里看看水情。在这个称为家的院子里，她交付了整个青春，还有悲欢离合的颠簸，她体会到人的能力和成就，也知道没有人气的院子是何等的寂寥！还有那片菜园，那些绿油油的瓜菜，无一不是她亲手栽种亲自浇灌的。牛棚里的牲口，它们多么温驯，就像是自己的儿女一样——就这么告别了吗？在淑常未曾介入之前，她在土地上已经付出难以计量的辛苦。为了一个男人，为了女人的志气和欢愉，今天竟走到这一步！看上去好似胜利，内在里是失去所有的劳动成果，切断与这个家几十年积累的感情。她很想再去县里，要求执行"带走小半财产"的判决，最好能把菜园要到手里。她知道儿子从来不上菜园，也不会干地里的活。庄稼和田园到他手里，就等着荒芜吧。

宋氏这主意被三福劝止了。三福说："你若再打官司，注定不会胜诉。试想，县长一看你又来了，会认为你这女人真不是个省油的灯，上次判你赢，就算很大的恩德，至于你拿不走土地房屋大牲口，那是咱这边的事。你想想，大老爷一旦心烦，能有你的好？再说了，县里那么多事，人家不能老纠缠在蚂蚱庙这点破事上对不对？万一人家不理睬，你的脸朝哪里搁？退一万步说话，给你一半土地又能怎样？卖地，林家那么多如狼似虎的兄弟，除非他们，别人谁敢买！如果把地带到扈家，也不妥。那样的话，你辛辛苦苦种的庄稼十有八九没成熟就被人给糟蹋了，那时你找谁喊冤？"

宋氏想了又想，最好还是作罢。此时她已怀孕，肚子挺着，行动不便，不适合再跑官司了。淑常也劝她："咱俩能争到这个结局就算不错，别再折腾了。日子是人过起来的，只要两人肯下力气，总有饭吃。"宋氏想，能变卖的都变卖了，多少带些积蓄过去，置办十来亩地，买一头小牛帮衬着播种耕耙，也累不大着。庄稼人只要有地有牛，日子不愁起不来。

一到扈家，宋氏就生下个男娃，取名小永。

关于扈永，后边还有一些故事。

就这样，宋氏决绝地走了。当她确认自己成为淑常的老婆，在那间破烂不堪的土屋里安定下来，才切切实实感到一贫如洗是多么难堪的处境，清寒、贫困、家徒四壁，想想以后的日子，她不由得心头发紧。土屋太破了，必须翻修，这是首要的大事。一开始翻修土屋，人们便猜疑林氏从那边一定带回不少大洋，怂恿淑常买最好的木料，用东山最好的山黄草，人工和饭食也花费颇多。待到修好房子，宋氏才知道，她带来的那点钱实在太少，太不够用了。常言道，穷坑难填。扈家太穷了，穷得可谓叮当响——什么都要置办，哪一样都得花钱。买了几亩地，十几块大洋没了。买了一头牛犊，又是五块大洋。淑常多年雇工，农具家具都不全，犁耙、耩子、扫帚、碌碡、扬场锨、油灯、篦子、笸箩，等等，等等，都要拿钱置办。加上大人小孩的衣裳，吃饭的桌子，碗筷和盘子，眼下急需的口粮，还有欠下的杂七杂八的捐税，不到半年，她带来的私房钱就用完了。

淑常有两个弟弟，都没成家，也没分家。原先有老娘做饭，如今都跟了哥嫂一起吃。三兄弟加上宋氏和孩子，光是洗菜做饭、收拾家务、照看孩子，已经很累了，而两个弟弟误以为哥哥从林家捣鼓来许多钱财，无须辛苦劳作了，于是好吃懒做，以为当然。宋氏暗地里悲叹：穷汉子的饭量怎么这么大啊！一顿饭能吃十几张煎饼喝四五碗糊粥！不要说炒菜，就连咸菜也弄不上兄弟几个吃的！

除了这些，宋氏还要照应亲友们的勒索。八竿子打不着的亲戚都来了，这个哭穷，那个告帮。他们嘴上说是借钱，其实就是打秋风——无论借多少，不会有一个偿还的。淑常要面子，多少给他们几个大板。这么一来二去的，宋氏的私房钱就被彻底掏空了。而且，他们总是失望，觉得给的太少，无论借到钱没借到钱，他们对宋氏都没有起码的尊重。蚂蚱庙人，以及他们的同类，没良心的多了去了！这是蚂蚱庙人极鄙俗——极丑陋的一面：得了某人的好处后，立马贬低这种好处的价值和成本，并挖空心思从施恩者那里找到某些瑕疵，借以贬低对方的恩惠，平衡所得好处的分量及报偿的必要性。

过度的操劳，加上心绪烦乱，宋氏迅速地衰老了。人们再不见当年那个热情豪放敢爱敢恨的女人，再不见那个天不怕地不怕誓死捍卫爱情的女人，再不见那个奔走于田间地头菜园牛圈总是忙个不停的当家女人。如今的宋氏就像一棵严霜过后的草，萎缩了，枯蔫了，走路直不起腰来，连孩子都抱不动。生活的重负让一位活力四射的少妇变成蹒跚踉跄的老太婆，风光不再，说话也没了原先的气势，一张失去笑容的脸再也不见当年的生动容颜。什么都要自己动手，没有长工、短工使唤，再也没有丰厚的财力支持她的爱好与花销，连亶淑常都不能像从前那样顾惜她，甚至不会说句安慰的话！

乡下人过日子，光有爱是不够的。底层社会没有支付浪漫的资本金，所以，绝大多数人宁肯跪拜现实、自认卑微、祈求苍天和神灵。

同时，林家老窝那边，日子也完全失去了头绪。宋氏走时，宗禹十六岁。十六岁的男子，若有正视现实的胆识，有不懈努力的坚毅，有不断学习的进取之心，也能够迅速成长起来，进入人生的新时期。宗禹不是这样，在经营算计上，不如他爹，更不及他娘。在个人性情方面，他缺少健朗、质朴、聪慧的元素，注意力只在玩乐上。他的好处是心地善良，不像他爹那样藏着坏心眼儿。他爱慕虚荣，烧包弄景，全不像正常过日子的乡下青年。宗禹喜欢摆谱，喜欢人家叫好，花钱不在乎，却不考虑何来进项。如果说守德像个守财奴，他儿子就像个公子哥儿。

宗禹不懂量入为出，细水长流，也不懂世情人心。昔日，钱财掌握在宋氏手里，儿子想用钱得从娘手里拿，充其量也就是编个"驴子飞了"的谎话，变卖点家畜，大钱到不了他手。如今少了家长的约束，少了亲情，没人指教，一人坐拥百多亩土地，还有一头大黄牛和一头黑驴，这位少爷就发晕了。他以为父母留给他的财产一辈子都用不完，于是放任心情，大手大脚，只图个快活。

宗禹几乎每天都要赶集，不是要买什么卖什么，就是看景，就是玩耍。附近没集市的日子，他就走亲串友。旦彰街那边知晓这情况，生怕他把家底儿折腾光了，急忙给宗禹完了婚。少不经事的他不仅没有掌管一个家庭的能力，也没有做丈夫的责任心。他把一摊子家事全交给新来的媳妇，自己则放浪形骸，到处游逛，像一位春秋时代的行吟诗人或竹林七贤的候补成员。

宗禹从不下地，也不管理家务，整天东游西逛，像个甩子。媳妇年轻，既不懂如何管教男人，也不晓得精打细算操持日子，地里的庄稼老也弄不好，几乎年年受灾，牲口死了再买，买了再死，反复折腾，几头大牲畜都变成了汤锅里的肉骨头。本来富足殷实的日子，很快松弛下来，坐吃山空，渐渐见了底子。

饱食终日，无所用心，是该时期林宗禹的写照。蚂蚱庙人出门都是步行，极少有骑马骑驴的，后张庄的管马啸——林家祖宗的丈人——当年那么多骡子，其本人从不舍得骑了骡马赶集。宗禹不同，他出门必得骑毛驴，而且是两头驴！骑一头，后边那头驴驮着他随时用的吃食——吃食和零钱放在驴背上的褡裢里。有时他还带了笔墨和砚台，得意时会随时驻足，给人家写个对联什么的，以此炫耀他的书法和学问。

和三福相反，宗禹腿很长，胳膊却短，骑在驴子上，他的两条细如麻秆的长腿几乎耷拉到地面——驴子小也是原因之一。这个两腿细长、出门要用两头驴的少年，成为蚂蚱庙一带的奇景，谁看了都觉得可笑。宗禹自以为是当代豪侠，常常效法古人仗剑天涯的做派。时间长了，人们若不见他骑驴出行的样子，会觉得蚂蚱庙缺点什么。岳父那边兄弟三个，都是当地的好医生，宗禹三天两头到那边喝茶。岳父和舅子们问他，为什么不在家里照顾田地？宗禹引用孔夫子的话说："此乃樊迟问稼。"岳父气得什么似的，骂他："四体不勤，五谷不分，装什么夫子！早晚有你喝西北风的一天！"

三福曾经像大忠臣似的劝宗禹改回正道上来："出门骑个毛驴儿，倒也无所谓，可你犯不上骑着一头牵着一头，难道你家的毛驴不吃草料？"宗禹反驳说："难道毛驴子放在家里就不吃草料吗？"三福被他驳得哑口无言，便讥讽他烧包："你以为你是谁？这样下去，多厚的家底子也得让你活撒光了。"宗禹仰着脸，高傲地宣称："你是何人，竟敢出言不逊！"三福说："你得想着挣钱养家呀！"宗禹呵斥他："甭跟我谈钱！我这人什么都喜欢，就是不喜欢谈钱！"三福只好说："俺服了，俺服了，我是咸吃萝卜淡操心了好不！"宗禹说："不就戴了个约地的破帽子嘛，什么了不起，上边连个山楂核儿都没有！"山楂核儿，指旧时瓜皮帽上的红色顶子，很小，用红绦子盘成，样子像一颗完整的山楂核儿。三福无端遭受这样不恭敬的揶揄，自嘲道："好好好，你是林先生，我是何人——你爹你爷爷都承认我这个约地，你小子居然不认得我！既然你不听忠臣之言，那就可劲儿造吧，我跟你一起造！"

宗禹如此弄景儿，远近亲友无不嗤之以鼻，族长振阶多次给予训斥，可丝毫没有改观。三福原本是持了批评态度的，后来看这孩子无可救药，不久就调整了对宗禹的态度，不但不批评，还经常邀宗禹去附近集市上玩。玩累了，两人喝上一壶小酒，吃一顿水煎包子，皆大欢喜。再后来，两人越发热络，宗禹会给三福一些钱让他办这买那。三福比宗禹长许多，按说不应受其指使，但三福不在乎长幼尊卑，只要有钱，他宁肯贡献勤快的腿脚和长长的手臂。那两三年，三福从少年宗禹身上揩了一些油。

宗禹爱看小戏，特别爱看外地来的马戏表演。三福常陪他一起玩耍，宗禹就让他骑了另一头毛驴。同样的演出，他俩要看许多次，不怕重复，只要热闹。有一次，他俩在相公庄庙会上看马戏表演，宗禹瞅了一会儿，掏出两块银圆，随意扔在地上，扬长而去。当时两块银元可是大钱呢，蚂蚱庙西南湖的黑土地便宜时，一块银圆能买一亩！众人见了，无不吃惊，以为这少年疯了。马戏班头见此人慷慨，追上去，千恩万谢，非要宗禹留下贵姓大名不可。宗禹骑在驴子上，高傲地说："英雄不问出处，我乃蚂蚱庙之林先生也！"

宗禹花钱慷慨，分不清是非好歹，真假货色都能骗他，人们于是给他起了个诨名，叫"瞎眼蠢"——蚂蚱庙人的大名多是不副实的，但诨号却生动形象且富个性色彩，每个诨号都带有强烈的文学意味。瞎眼蠢后来学着抽大烟，三福使劲劝过几次，到底未能刹住他。这样折腾了两年多，家业迅速败落。他先是卖地，因为家产中就数土地最值钱，卖一块地能供好一阵子的吃喝玩乐。卖地，在蚂蚱庙人看来是耻辱的事，不到万不得已，农民是不会卖地的。瞎眼蠢不在乎这个，而且要在大庭广众之下公开卖地。他交代三福，你给我弄个场合，我这次要卖两块好地，人来得越多越好。三福说，卖地丢人！私下里写个契约，拿到钱，别张扬了。瞎眼蠢说："我不怕丢人。来的人多，他们会争着抢着要地，谁给的价钱高就卖给谁。我是在书上看到的——大都市里，这叫拍卖。于是三福就招呼人来买地。中间人把标的地块写出来，什么坐落，长宽多少，面积几亩几分，四至如何，然后公开拍卖。当底价亮出之后，不仅没人争抢，报出的价反而一个比一个低！

最后，只能草草卖掉。瞎眼蠢不懂得，大都市里的拍卖是有规矩的，而蚂蚱庙的人既不守规矩也不肯面对良心，他们私下商量好，你甭要，我也甭要，直到地价降到白菜价……

后来他就卖马、卖牛、卖大车。他家的那辆大车是蚂蚱庙最好的，架子是榉木的，两条车辕用了上好的榆木，两个轮子直径都在一米四上下，多么坎坷的道路都能行走。三福很想买这辆大车，宗禹说你不能买，你若买了，整天赶着大车去东海拉盐，我跟谁一起玩！三福说，我拉盐是为挣饭吃呢。瞎眼蠢说，卖了车，我给你三块大洋！

那车后来卖到旦彰街去了，买车的人左看右看，说大车轮子上的铆钉少了一颗，得让钱。瞎眼蠢就让了人家两块大洋。实际上，少一两个铆钉不影响使用，而他居然少要了人家两块银圆！就这样，钱还没到手，五块大洋先没了。买车卖骡子的钱很快花光，只好卖房子。没了房子，宗禹不得不带着老婆搬到禾场的车屋里。车屋，就是放大车的，哪是人住的地方！宗禹不在乎这些。搬进去的次日，他还作了一首诗：

人人笑道我庐破，我道我庐破不妨。
日出三竿鸡鸣早，床头先透太阳光。

三福问，你还会作诗？

瞎眼蠢反问道："为什么要作诗？作诗费脑子，我才不作什么诗呢。这几句都是古人的，我小时背过，四句只记得三句，有一句给忘了，胡乱拿出来糊弄人的。"三福说："不作诗也好。再好的诗也顶不上两个馍馍。赶快回头，想想以后的日子吧。"宗禹说："俗人才那么想呢。我告诉你，人生就是一阵风，劳心劳力都是傻货。人说车到山前必有路，船到桥下自然直。你说这话对不对？"

三福反问："如果没有车，没有船呢？"

林宗禹豪迈地说:"如果没有车,那到处都是路!如果没有船,那到处都是桥!怎么样——我的名言——谁的诗都比不上我的名言!"

　　就凭这两句话,林宗禹就配当蚂蚱庙的哲学家。

　　丰厚的家业,很快就被这个哲学家糟践得一干二净。

　　旦彰街那边眼看着宗禹把偌大的家业活撒完了,却也无可奈何。

　　此后,三福也不跟他一起玩了。

风中芦苇与我行我素

　　守德、宗禹父子算不上林家的主流。若论家业殷实、个人德行,还得数林守约。守约上过私塾,学问上虽然谈不上多大的造就,但他精于农事,忙时专心稼穑,闲时做些生意,日子过得稳当踏实。加之热心公益,为人慷慨,颇得族人及乡邻爱戴。守约家以农具齐全著名,别人家没有的东西到他家都能找齐。但他家的农具总是放不住。这家借去,用后未还,接着又转到另一家,最后连他自己都不知那些家什借给谁了,也不曾认真核实自己到底有什么家什。转来借去,迷了途径,很多农具再也找不回来。守约并不恼怒,没了,他就再买一件。偶尔在谁家发现自家的家什,从不说"这原是我家的"——存心善良,至于如此。

　　守约跟刘振兴读过几年私塾,通《论语》《孟子》,《中庸》《大学》只读了一半,能讲不少古人古事。刘先生离开蚂蚱庙后,村人怂恿守约设一间私塾课徒授业,守约不干,他出面请来刘先生推荐的石晓楼代课私塾,颇为合适。守约关心世事人情,社会交往多有在意。他姐夫周干臣当了相公乡的区长,有心提携他,守约三拜不就。大练长和赵焕章也都看好这人，一度让他担任乡约，守约婉拒不受。

守约担忧的不是个人前程，而是他的家室是否后继有人的大事。三十岁时，守约膝下三女，却无子嗣，这让他十分焦虑，私下里常有太息之苦："悠悠万事，唯此为大，奈何奈何！"大襟袄看出守约的心病，说了。守约叹息道："你不知道没有儿子心里是什么滋味啊！"大襟袄说："不到时候，到时候自然就有了。"守约就让他给留心打听，最好能寻个不济事的婴儿——仓里无米穄子贵，养子也是子啊。

功夫不负有心人，不久，大襟袄有了消息，说沭河东三十里有个村子，村子里有个才子，跟本村一位很俊的姑娘发生私情，生了个孩子。他们俩想私奔关东，被父母给拦下了。当时，自由恋爱是败坏风俗，未婚生子则近乎大逆不道。因双方都是体面人家，非常顾惜名声，不便自养，只能私下里送人。守约大喜，请大襟袄把孩子抱来。临盆前，大襟袄在那个村子逗留了五天，终于等到孩子降生。他冒着倾盆大雨，把孩子抱了来。过河时大襟袄差点儿被洪水卷走——如果卷走，那是两条人命啊！

守约看那孩子天庭饱满地阁方圆，很是喜欢，给了名字，叫林宗申。守约对大襟袄说："你办了一件好事，我会铭记这个恩德，白不了你。"据外人说，大襟袄少说也拿了十块大洋，大襟袄矢口否认："没有的事，也就喝了几盅老酒，外加六斤馓子九十九个鸡蛋。"吴兴邦也问过三福："你爹到底拿了守约多少钱？"三福说："多少钱都拿得！一条命，一个人，你说值多少钱——你老百姓懂什么呀。"

守约在族内是次支。守约膝下无子时，族内其他分支表面上以为这是整个家族的缺憾，一说起来就忧心忡忡的样子，看上去诚恳而交心，实际上他们并不着急。更有甚者，有的似乎乐见这一支香火中断——试想，将来守约百年之后必得过继本族子侄——无论过继谁家儿子，那养子都会得到这一支的全部家产。这种事在蚂蚱庙，在所有乡村之家族关系中，是心照不宣的秘密。如今守约收养了儿子，近族就有些怅惘有些失望,甚至是沮丧,于是乎冷霜挂在了脸上。但是,他们虽然心有不悦,却又不能表现在眉目间,这种心口不一的表情很难拿捏,但也难以掩藏。

守约不在身边的时候,他们会对这个来路不明的孩子表达鄙视和厌恶,说他是个大闺女生的"私孩子"。私孩子——来自不道德不光彩的两性关系,是别人舍弃的卑贱孩子——这话具有强烈的贬义。这种侮辱性极强的称呼,大人受不了,小孩子更受不了。但凡收养孩子的人家,都不喜欢邻人在孩子面前揭老底,一是担心孩子遭受心理伤害,二是担心孩子长大了去寻找生母生父,以至于让多年的养育之苦付之东流。守约得知儿子受欺,把本家兄弟叫到一起,严正声明:"管教你们各家孩子,谁敢再欺负我儿子,看我不劈了他!"这是有生以来守约说话最重的一次。话这么说了,但守约并不放心,老觉得父子俩势单力薄,还是不够强大,不足以压住这帮心地阴暗的本家。联想到守德当年毒死守典家黄牛一事,守约不寒而栗,随时随地留心孩子的安全。

守约爱子,但不溺爱,不娇宠。守约下地劳作,总要带着儿子,让他在地里做些力所能及的活,如拔草,如放牛,如蹲耙,帮衬着拉个边套什么的。蹲耙这活儿很能磨炼孩子的胆意。耙地时,适当增加木耙的负荷,既可以平衡木耙,也能有效地压碎坷垃,就像破冰船的压舱水、压舱石,或大型机械的生铁配重。牲口健壮的人家,大多是耕作者站在耙上,驰骋中扫荡土块压碎坷垃。牛马不够强大的,就弄一篮子土压在上面或让小孩子蹲在耙上,适当增加负重,这个角色就叫"蹲耙"。蹲耙的孩子要把两脚放在耙桄上,行进中不得随便移动,自身的稳定全靠两手抓住突出的耙齿。耙齿的尖头朝下,深入土中,在耙体运动中击碎坷垃。耙齿的上头伸出耙桄三五公分的样子,小孩子为了避免被甩下来,必得牢牢抓住距离自己最近的两根耙齿屁股。不然,掉下去会受伤。烈日里、蓝天下、荒野上,牲口拉着木耙在宽阔无垠的垡头上运动着，大人打着喝溜（随心所欲地吆喝，相当于一种劳动号子），蹲在耙上的孩子死死抓住耙齿，看眼前黄土像浊水流淌，耙体宛如一叶扁舟在牛骡屁股后边颠簸，悠悠后退的垡头令人眩晕，稍不留神就会落到耙齿之下。很多孩子受不了这种考验，蹲一会儿就要下来。但是守约坚持让宗申这么做，是为锻炼他的胆量，培养他吃苦耐劳的意志。

八岁时，宗申被送到私塾。宗申喜欢读书，求上进，少时便有"学成文武艺卖给帝王家"的志向。他自起名号小鲁，取"孔子登东山而小鲁，登泰山而小天下"的意思。宗申博闻强记，把四书五经背得烂熟。守约问他"伤人乎不问马"，问他"众善之必察焉""昔我于人也""绘事后素"，宗申都答得有板有眼，有时还加以发挥。石晓楼离开蚂蚱庙时，宗申已能自学。守约给儿子买了不少古籍，宗申安守静笃，一一研读，学问日渐长进。不久，宗申就能单独讲经，和后街的赵琪并称为前后两秀才。

宗申读书很杂，除经史子集，也喜欢格物、地理、医学、农学，还喜欢算术。他开出的处方治好了父亲的胃病，后来就常有人找他开方，大都药到病除。他还热心谶纬之学，相信奇门遁甲麻衣神相之类，并努力实践。有一次，他和赵琪两人对弈，忽然生出一个想法：两人相互算一算，预卜对方前途。赵琪给宗申占的一卦是四个字：风中芦苇。宗申给赵琪占的一卦也是四个字：我行我素。两人对视一笑，众人不知个中何意。

宗申在相公铁匠铺里打制了一口刀，每日就着碾盘磨来磨去，据说那刀的锋利不亚于干将莫邪，有吹风断发之力。宗申将符咒贴在刀刃上，说可以赶走凶气聚拢真气。某日，守约想砍掉菜园地头上一棵苦楝子树，那棵树干有碗口粗。宗申豪情满满地说："请看我的青龙偃月刀，一刀下去，必得成功！"守约说："别烧包了。"宗申让看景的站远一点，他静默片刻，涵养丹田，凝聚神气，端起大刀，吹三口气，念念有词，然后挥刀旋转，众人只见白花花寒光如雪，说时迟那时快，只听"咔嚓"一声，那刀就砍进树干之中，稍微一晃，那树应声倒地。

后来宗申自学《本草》，走动带在身上。三福有一次问他："你这是疯了还是邪了？"宗申不理不睬，兀自在那里念叨："铜人三分，留六呼，灸三，主治伤寒腹泻。"三福不懂，就找了守约，说："你这孩子将来怕是要中状元呢。"守约笑道："现在不兴科举了，考棚街那边的鸽子笼都改成卖粥卖油条的，咱可不指望那个。读书在于修身齐家，功名无所谓。"三福说："学点医术不错，是个吃饭的手艺。"守约说："治病救人，从来都是善举，谁没个头疼伤寒的。再说，艺不压身，多懂些学问总没坏处。"

弱冠之年，宗申长成一副好个儿，体魄健壮、神采清朗。除了读书，宗申也务农。三福说："用不着你下地啊。"宗申便用孔子"吾少也贱，故多能鄙事"的话来应对。三福不懂。宗申喜欢武术，黎明即起，打扫庭除，然后练习棍棒刀剑。据说他读过《祝由科》，会一点奇门遁甲之术。他曾对人说，夜深人静时，对着大刀念咒语，那刀便会发出声音来。宗申常手托大刀，雄赳赳走在街上，时不时朝刀口吹气，口中念念有词。有人不相信神通之说，他就在庙前空场上演练给众人看。当他腾挪旋转大舞其刀时，寒光四射，飕飕有风声。有人怂恿他当众试刀，宗申便从怀中抽出一本古书，翻开书页，长吸一口气，念着"太上老君急急如律令"，一手拿书一手持刀，呼呼啦啦地旋转跳跃，不一会儿就有狂风吹来，眼前飞沙走石，庙门啪啦一声关上……众人见了，吓得面如土色。

三十年代初，宗申已经成为村中为数不多的才俊。他率众建设炮楼，组织联防，带领青壮年修筑围墙以抵御土匪侵扰，好几次击退苍马山匪的骚扰，保卫了村庄。相公区长周干臣对这个表侄大为赞赏，送给蚂蚱庙一面锦旗。这类奖励有点像后来的模范村庄，先进民兵连，积极分子之类。此时在家开设私塾的林守典见宗申文武兼备，想邀他

245

到私塾教书，宗申应了。他每天一大早就起来，打扫庭除，然后漱口更衣，带了经书去私塾。私塾设在宗尧家的宅子里。宗申先给孔夫子行礼再给守典叔请安，然后才到教室课徒。他负责讲授《尔雅》，咬文嚼字，都是小学一类，但他讲得很生动，小孩子能听懂。比如讲到"突"，他先讲"穴"是什么意思，"犬"是什么东西，一只狗从洞穴里突然冒出来，就是"突"……

守约不赞成儿子教书。他认为"家有半合粮不当孩子王"——合，读作"葛"，是十分之一升，意为只有那些穷困潦倒的人才设塾收徒，林家家境殷实，不必去塾馆当先生。他问儿子意下如何，宗申却情愿当先生。他说蒲松龄才高八斗，当了一辈子私塾先生。王思衍，光绪二十四年进士，位至朝廷吏部主事，后来回乡当了私塾先生，学生少的时候只有"一子一侄一甥"，从不松懈。进士刘淑愈在兰山当过私塾先生，教出进士尹开勋。尹开勋后来是福建督学湖北道台……守约听了这些，便允了他。宗申在守典那里做了两年教书先生，叔侄二人很融洽。因为宗申的参与，守约给了私塾不少实际的支持，私塾红火了好几年。

瘌造惨案后，云迪、建章等乡绅陆续离世，村里一时缺少头人，有人推荐三福。三福说他就是个跑腿的料子撑不起大事业来，转而推荐守约当蚂蚱庙的联防队长，这相当于村长兼民兵连长。守约问三福："为何不肯担当这角色？"三福说他"命中注定只配享点儿小福，到不了村长这个地位"。守约又问："另两福到什么程度？"三福说："艳福，只能娶个好媳妇，没有妾；口福，只能吃到八大碗的酒席，吃不到十大碗的。"守约笑了。

一天夜里，宗申独自巡街，检查各哨门是否关严。经过赵琪的小屋时，他敲了敲门。赵琪开门，见是宗申，揶揄道："怎么称呼？联防队长呢还是私塾先生？"宗申笑道："往低处说，你我师出同门。冒昧来访，登门求教是也。"赵琪听了这话，连忙让座，说不敢不敢。

其实，师出同门之说并不确切。赵琪是跟刘振兴读过书的，也帮私塾教过《格物》,而宗申的先生是石晓楼。论起来,赵琪不仅是学长,还有半个先生的意味——这一点儿不含糊。但就庄邻关系而论,赵琪得跟宗申叫大叔。在伦理上,二者有点别扭。好在刘振兴的子弟们都有一个特点:于经史之外,另又尊崇屈原和陶潜,赵琪和宗申都喜欢楚辞和陶诗,二人有共同的爱好。赵琪作文,常有唏嘘,动辄用上"兮"字,句式也长短不齐,随意行止。石晓楼为人谨慎,极少写诗,以为"述而不作"才是圣人圭臬,不支持宗申写作抒怀。宗申于是各取一半,很少作诗,但是偏好不改。因为二人都保留了刘氏文脉,石晓楼说:"一看他们的诗篇就知道出自同门。"

宗申对赵琪近来研究谶纬之术颇感兴趣,想求上一卦。

赵琪应道:"咱也别说谁求谁了,我给你来一卦,你也给我来一卦,谁也不欠谁的人情,好不好?"

宗申答应着,问:"都用《易经》之法?"

赵琪说:"随便吧。"

于是两人互报了八字。

然后各走其门,或翻经书,或弄蓍草,叽叽咕咕,喃喃细语,好半天才展示出来。

赵琪给宗申出了卜辞:风中芦苇。

宗申给赵琪亮出的也是四个字:我行我素。

两人相互看了,默想片刻,然后击掌,哈哈大笑。

这就是当年的小村庄啊!

是可忍孰不可忍

这时期,蚂蚱庙还出了一位名不副实的"人物"——大乡长。大乡长的真名叫吴白露。实际上,他连半天区长都没当过。之所以得了这么个诨号,逻辑上是沾了他二弟——吴寒露——的光。吴寒露是河东二区的一个乡长,于是,作为大哥的吴白露便被蚂蚱庙人奉承为"大乡长"。这种揶揄式的修辞跟大皮匠二皮匠的称呼如出一辙,只是真假虚实的次序不同而已。吴寒露怎么当上乡长的,是个谜。有人说因他口才好得到县长的赏识,也有人说他贩卖军火认识了省里某高官,这个乡长就是那个高官授意安排的。

蚂蚱庙村的东南角住着几十家姓谢的。谢家户族不大,人色平正,家风朴实,在村里颇受尊重。但是,美好传统的背面常有邪恶之眼与不义之手。这道理很浅显:老实人尊重老实人,小人却反其道而行之——吃柿子拣软的捏。谢家有一位青年叫谢继福,娶了个媳妇很漂亮,最受人称道的是她那双三寸金莲和一对饱满的奶子。在正常社会里,长得漂亮不是罪过,但在乱世,富有、漂亮、有才、善良等等,都是需要力量扶持的。没有这些外力的扶持,美好往往为非分之徒所觊觎,如麝牛之香囊、麋鹿之犄角,大熊之肥掌——在蚂蚱庙村,只有贫贱、丑陋、愚昧、邪恶,才相对安全些。

这个女人不幸被大乡长看上了。而且,谢继福和他老婆都没有保护善良和美丽的力量。每逢谢继福下地做活,大乡长就会溜到谢家的土屋里,跟小脚女人瞎扯淡。开始,那女人顾及丈夫的面子和自己的名声,劝大乡长不要有事没事来纠缠,良家妇女经不起外界的口水,劝其自重。但大乡长脸皮厚,听是听着,却满不在乎,还是去,去了就说些猫骚狗臭的话,而且动手动脚。有一次,谢家媳妇在洗脚,他便凑上去捏了捏那三寸金莲,女人嗔怪道:"你也不嫌臭!"大乡长说:"什么臭不臭的,正经味儿。"女人忍俊不禁,笑了。大乡长趁机挠了挠女人的脚心,把个美女挠得浑身颤抖。

谢继福听到风言风语,下地干活便不能放心,偶尔中途回家看看。有一次,正好碰见大乡长捏着他老婆的手在说笑,继福的脸上就不好看，闷闷地嘟囔了几句。大乡长觍着脸说，看你嘟噜个脸那熊样子，好像谁弄了你老婆似的！谢继福知道大乡长有官权的依靠，不敢出大声。女人看在眼里，拿眼角瞟了大乡长——示意他尽快离开。这个眼色正好被谢继福看到了，夜里，继福就把那女人揍了一顿。

次日，大乡长又来。女人躺在床上，鼻青脸肿的，问了，才知起因在他。大乡长就不高兴了，说："不就是使个眼色嘛，逗个乐，怎么了？不看僧面看佛面，至于下此狠手！你不是受不了眼色吗，那好，我这里长了一对眼珠子，你有本事给我挖了去？"谢继福生气走开了。大乡长赶紧煮了个鸡蛋，趁热剥了，将蛋白一分两半，扣在那女人眼窝上，淫笑着说："给你养养眼儿。""养眼"这个词，在蚂蚱庙有双重意义，好人说养眼是闭目养神或赏心悦目的意思，坏人用这个词，则有了隐晦而淫邪的暗喻。那女人听了，脸就红了一片。

大乡长瞅了女人两眼上热敷的当儿，便上下其手，一边叫女人"别动别动，一动蛋白就掉了"。那女子于是就不动，任其这样那样摩挲。片刻后，蛋白凉了，大乡长便拿下来，撒上一点盐，送到女人嘴里。廉价的关怀配合了切实的勾引，竟让那女人感到了一丝温情。她用带了泪花的温情"酬谢"了大乡长，大乡长则用"体贴入微"的方式报答了她楚楚动人的笑颜。

从此，大乡长大了胆，随意出入谢家，如同进出自家卧室。谢继福也曾驱逐过几次，无奈大乡长脸皮太厚，说什么都不肯停手。有一次，谢继福把大门闩了，大乡长竟爬墙进去，明火执仗，一副有恃无恐的架势。继福无奈，去找本家兄弟爷儿们，请他们主持正义，可那些兄弟畏惧二乡长的权势，不敢干涉。继福又去找三福，说："你是约地，这事欺人太甚，你应当管。"

三福批评了大乡长，说他身为乡长的大哥，行为应当检点，即使从你兄弟的名声考虑也不该欺负老实人——以后别去了。大乡长问："叫你这么说，往后我不能踏进谢家的门了？"三福说："听我的没错。"

大乡长又问："不去她家，去你家？"三福说："你那玩意儿就不能老实点儿！"大乡长恬不知耻地说："闲着也是闲着，一次跟十次有什么两样？又不少一块！"

三福觉得恶心，说："说这种话，你还是人吗？"大乡长说："不是人是什么？是驴？要是有驴那么粗的家伙，说不定把她弄死了。"说这话时，大乡长满脸淫笑，还有几分小人得志的骄横，"你个破约地能把我怎么着？动不动就跟我说难听的！"三福感叹道："但凡有大练长、建章他们任何一个在，都不容许你如此霸道！"大乡长说："他们早托生去了。"三福说："大乡长你听着，要是大练长在，早把你劈了！"大乡长悻悻地说："我就是粪坑里的石头又臭又硬，你看着办吧！"三福说："我拿你没办法，可是头顶三尺有神灵，人不积德，不会有好果子吃，哼！"大乡长盯着三福说："哼什么哼，我叫你当不成这个约地！"三福吼道："有本事，尽你使！"

次日，区里下来赋役公事，要谢继福缴六块银圆。

可怜一个靠土地糊口的农夫，哪拿得出那么多现大洋！

大乡长说："交不上有交不上的法子，立即卷铺盖，到白沙埠去挖工事。"

继福无力抵抗，卷了铺盖。

这一去就是三个月。

三个月后，他刚要回村，却被抓了壮丁。

直到1948年冬，谢继福才回到村来。此是后话。

谢继福这一走，大乡长可就得意了。他几乎整天在那里盘桓，夜不归宿，公然住在谢家。那两间草屋里经常传出一对男女淫荡的笑声，隔三岔五还会飘出烧酒和炒肉的香味儿。后来，大乡长在谢家小屋开了个赌场，从二乡长那里得到好处或想要得到好处的，都会来陪着赌几把。二乡长辖区里的亲友，若想通过大乡长通融从而减缓徭役或降低捐税，也会转弯抹角到这个小赌场里玩几把。他们有意输给大乡长几个钱，不然，不仅好事办不成，就连占理的事也要吃大亏。不守这个规矩的，灾难随时会降临头上。

蚂蚱庙人的文化基因中存了极坏的意识：其一，"见了孙种不操等于欺天"。孙种，有时也称为"眼子"，指弱者、穷人、老实人、忠厚人或者心智不全的人——遇到这种人你必须糟蹋他们，欺凌他们，不然就对不住老天——这是多么卑劣多么无耻的品行！其二，"能扶竹竿不扶井绳"——遇事依靠权势，不能扶持弱者。人人知道大乡长多行不义，人人知道谢继福无辜受害，却没人站出来替他伸张正义。他们无视邪恶，他们攀附不义，他们昧心麻木，不肯支持善良，不肯声援无辜。他们中的多数人在心中虽然残留了正邪分辨，但惧于威权，便取了明哲保身的态度，一个个甘当缩头乌龟。当多数人不敢发出声音并采取行动，那几个"少数"便有恃无恐，愈加横行霸道，让善良和美丽偃旗息鼓，或竟遭受更深更重的凌辱。

二乡长有权有势的几年里，大乡长可谓得意忘形。谢家的两间土屋里，几乎每天晚上都有大乡长主持的赌局。夜半至于凌晨，有推牌九的、吃夜宵的、逗女人的、卖烟土的，五花八门。东街的张家、吴家、谢家对此颇为不满，以为败坏了风气，要三福出面制止。三福说，人好管，畜生不好管啊。众人反复催促，让他去说说那些人，提醒他们不要太过放肆，真说不动，动静小一点也好啊。

三福不得已，去了。他轻轻推了一下门，门半开着，迎面冲来的就是一阵狂笑，还有一股子裹脚布的臭味。三福悄无声息地蹲在门外，从那细长的门缝里默听静观。此时大乡长正拿着那女人的一双小脚在灯影里朝众人展示，说："你们看看，像不像个藕芽儿？"那帮人发一声喊——像，太像了。大乡长说："窜苔韭，谢花藕，新娶的媳妇头一搂——这叫三鲜。"众人又喊——好，再来一个。大乡长又来一句："小花袄，美人画，大姑娘奶子银娃娃——这叫四美。"众人复又喊叫，声音大得让三福差点晕过去。

他们如此专注，竟然没注意三福的到来。三福蹲在黑影里，看这伙作孽的甩子能作到什么程度。那些人用淫荡的目光环视女人小脚，吆喝着"像啊像啊真想咬一口呢"，有人还伸手摸了那双小脚，闹得女人直骂他们死鬼死鬼。大乡长把那女人放下来，找了根红绒线，用线绳儿拴了她的两个奶头儿，在她背后系了个结，像遛狗似的在屋里转圈子，如马戏团里牵猴儿打场子一般。众人一边赌钱，一边吆喝"好、好、好"！

女人朝他们伸出手。大乡长说："到谁跟前，谁都得给点儿，好景儿养眼，不能白看啊！"有人说："这弄法太损了，叫俺下边受老大的罪，连牌都打不下去了。"有人说："能不能让俺弄一下哈哈！"大乡长生气地说："癞蛤蟆想吃天鹅肉，是不是？谁的就是谁的，弄混了将来孩子出来谁是爹？"众人又是一阵淫笑。

三福自认为见过世面，却第一次看到这般荒唐的"把戏"。他无法继续观看这个丑剧，犹豫着，是进去对这伙混蛋大喝一声呢，还是悄悄溜走。三福想：大乡长啊大乡长，你做得太离谱了！赶走人家有妇之夫，霸占良家妇女，已是天怨人怒。还要拴着人家女人的奶头绕圈子收钱，你丧尽天良啊你！

三福终于没露头，悄悄离开继福的小屋，离开那间飘荡着刺鼻烟草、劣质烧酒、口臭脚臭和放浪淫笑的人间魔窟。他知道，任你怎么说怎么劝怎么批评怎么咒骂，都不会有任何效果。这些人已经超出了人类之外，他要说的话，和这些人的德行无法接茬。世上没有全人，有人偶尔做点坏事，但良知未泯，施以善意，晓以利害，多少能起些阻止作用。对大乡长这样的恶人，除非把他的靠山推倒，除非天上掉下个大石头把他砸死，不然，没个救！

三福去了大皮匠的小酒铺，打算喝二两老烧，去去邪气，消消愤懑。

三福当皮货经纪那阵子，曾为大皮匠添了些生意，大皮匠也曾回帮过他，人情好像平了，但彼此依然保持着既往的交情。大皮匠后来不做皮货生意，时不时到东海沭阳那边去，谁都不知他具体在什么地方做什么营生，也不清楚他跟什么人交往。单从吃喝穿戴看，好像挣了些钱——不仅给小酒铺添置了桌子和酒具，翻修了旧宅，还给他家的狗脖子上加了个精致的铜铃铛。每当三福问他做什么营生，大皮匠总是言词模糊眼神躲闪，好像有什么讳莫如深的秘密。去年，大皮匠的小酒铺重新开张，新添的八仙桌上放了两个发亮的黑瓷坛子——从前只有一个这样的酒坛子——酒坛口上有猪尿脖做的球形盖子。谁喝酒，先在小柜台放了铜板，大皮匠便拿了酒端子，深入到黑亮亮的瓷坛里，猛地提起，将清澈透明的酒水倒进碗里。性急的人当即捏了黑碗一饮而尽，有的则慢慢享用。喝了酒的和正在喝酒的此时都会坐下来，慢悠悠地拉呱，说些远近的见闻。小酒铺成了蚂蚱庙的酒吧，既是社交场所，也是新闻中心。

大皮匠不久前又出门了，由他弟弟二皮匠代管酒铺。"二皮匠"也是别人附带奉给他的诨号，他的大名叫扈云，从没当过皮匠。他的大哥扈仁才是小酒铺的主人。此时，三福心里还堆积着浓烈的恶心感，脚步沉重，表情阴郁。他踽踽而行，走进这个中国特色的乡村酒吧，当垆卖酒的二皮匠朝他打招呼："二哥来一碗？"三福说："今晚我心里怪难受，跟塞了一把烂草似的，真想大醉一场。"二皮匠说："酒分量吃，酒分量吃。"

三福端了酒，还没坐下，兴邦进来了。二皮匠说："鼓手大哥，弄二两？"兴邦说："弄二两就弄二两，甭当我没钱。"说着，把一个大板扔过去。三福见守典躲在黑影里，问："先生也在这！"守典说："我不能来？"三福知道守典心有不快，搭讪道："私塾里如今得有十来个学生吧？"守典略带酒意地说："搓葫芦头的遇到劫路的——人多没打架。"搓葫芦头，指玩影子戏的——角色不少，都是驴皮做的小人儿，遇到劫路的，再多也不中用——守典用这个来自嘲。三福问："束脩收不上来是不是？"守典不说话了。兴邦插言："吃饭给饭钱，住店给店钱，上学就得交束脩，天经地义。"守典突然来了气，说："孔子的学生每人束脩是十斤干肉，颜回那么穷照样得交。我名义上也是个先生，可一年到头也见不到几份束脩。孔夫子食不厌精脍不厌细，我这里是无米下锅衣不果腹。天渊之别！"兴邦说："你得上门要啊。"守典叹息："怎么要？一半学生姓林，本家户族，我这口难张啊。"兴邦怂恿三福帮守典要束脩，三福应了。兴邦觉得有了面子，夸三福勇于出头能办事。三福低头叹息，自惭形秽地说："我其实也是个软皮蛋，有些该出头的地方……唉，怎么说呢，不说也罢！"

兴邦见三福心情沉重欲言又止的样子，就问："谁掐亏给你吃了？"三福长叹一声，说："说了你也不会相信，不说又难受——那些东西简直不是人！谁叫人家现在正午头上呢！谁教咱人微言轻呢！不过，有句话撂在这里——我三福不愿插嘴的地方，差不多就是鬼窟了——不得好死的东西！整个儿畜生，都是畜生！"

三福语无伦次的样子，激起吴兴邦追根问底的好奇心。两人素来知己，兴邦不肯让三福单独担负痛苦。他拉三福到角落里，问到底发生了什么事。此时三福还没摆脱心里堆积的恶心与自责，索性把谢家草屋里的事说了。兴邦一听，大怒，他把小酒碗朝桌上一撂，骂道："真是一群畜生！把人家男人害了，还要变着法儿玩人家老婆……"

一听这话，大家差不多知道三福和兴邦在说谁了，都默默的。

兴邦把那个小酒碗拿起来，朝桌上一掼，腰间的草绳使劲一勒，斜楞着头，说一声"看我怎么收拾这帮畜生"，就大步朝外走去。三福赶紧追上去，拉紧他胳膊说："兴邦你千万不能去啊，他们人多势众且有权有势，你去了等于找死呢！"兴邦说："即便一死，也要跟这些王八蛋理论理论——真以为没有天理了他们！"二皮匠明白怎么回事，也来帮三福，两人扯着兴邦朝酒铺里硬拽。守典虽然没伸手，也说此行不妥此行不妥。此时，赵琪正好过来，问怎么回事。三福说了缘由。赵琪看了看兴邦两只发红的眼，赞赏道："路见不平，挥拳相向，甚是难得！"

经不住五六个人的强力拦阻，兴邦被拽回酒铺，很不情愿地歪在墙角，脸上依然堆积着难以消化的愤懑，嘴里还在骂："这帮王八蛋，简直是欺人太甚！假如哪天我行了，看我不一个个剥了他们的皮！"赵琪对旁边的崇礼说："此人就这一点好，可惜只是匹夫之勇。"崇礼说："伏尸二人，血溅五步，是为匹夫。"赵琪说："就是这样的匹夫，现在也难得一见了。痛哉！"

三福努力转移话题，问兴邦前些日子说的到东海那边推盐的事儿现在筹划得怎样了，年前还去不去？兴邦被生硬地扭转了情绪，沉吟好一阵子才道："这事儿呢，我已琢磨了好多时日，一句话，值得一试。从东海那边推一车盐到这边卖了，能赚一半。若是顺便捎些咸螃、白鳞鱼、虾酱什么的，利更大。张庄、禹屋、三官庙，好多人都在做，我也动了心。现时说话，此事还有点难。一是人不齐，再就是头寸不足。"守典问："去东海推盐？路不近哟。"兴邦说："是有那个打算，年前跟人家跑一趟，顺便捎点年货。说起来，到赣榆也就百多里地，途中住两宿，最多三宿，其实不算远。"守典说："俺也想去。"二皮匠说："您是先生，私塾不能撂下啊。"三福也说："私塾不能停，也不能散。俺的那份束脩明日送上。守典你就好好教你的书，私塾若是散了，咱蚂蚱庙就没什么可说的了。"守典觉得这话很温暖，喝了一大口酒。

三福转头对了兴邦，小声道："你知道近来我忙什么？我给你打听到一个主儿，门头正，人模样好，十成的黄花闺女。"兴邦有点不好意思，扭了扭上身，说："你家中庸都念书了，我连个暖被窝的都没有，诚是恓惶。"三福说："我这人不藏杏，实话说，那女子名义上是有婆家的，谁知没等出门子呢，男人就在战场上没了。说起来，也是个苦命的女子。"兴邦捏了捏三福的手，意思是私下细聊。三福说："可不能白了我啊。"兴邦说："万不会白了你的。"守典问他们嘀咕什么，兴邦随口编谎说，"俺在说瘸造呢"。一听兴邦提及"瘸造"二字，

255

二皮匠当即打断："甭提那个龟孙！"姓扈的一族人，无论男女老少，都不愿别人说到那场血光之灾。兴邦对二皮匠说："我是好意，想让三福敦促政府剿匪。"守典说："那帮吃官饷的王八蛋，无一例外都是尸位素餐的东西，正经事不干，坏事倒是做了不少。"坐在守典旁边，诨名叫四狗屌的说："当官不仁，马子成群。"兴邦的意气此时又上来了，声言："但凡给我一官半职，看我不扒了那些畜生的皮——我就不信治不了他们！"

众人议论世道，引起赵琪的话头。

他闭眼喝下半碗酒，悠悠而言："天下事，治久必乱，乱久必治。明末大乱，李自成一把火烧了金銮殿，后来满清入关，扬州屠城，嘉定十日，好不容易平息下来。至于清末，又是大乱，太平天国一闹，世道再不安宁。"崇礼在旁问："所谓团练是不是起于此时？"赵琪说："朝廷没力量安定社会，各地豪强于是自办武装，也就是所谓团练。后来，慈禧借助曾国藩那些人剿灭了洪秀全，团练达到鼎盛。咱这地方的团练主要是对付幅军。光绪年间进士刘淑愈当过幅军的领袖，后来被杀。当时的知府长庚也是借助了团练，光凭他们几个满洲鞑子，没那个力量。"

二皮匠问："有进士的功名，也当土匪？"

赵琪说："乱世出英雄。刘先生虽一介书生，却不失为激烈之士，临死不屈。"

二皮匠叹息："说起来，这人就算是没混好呢。"

赵琪不赞成二皮匠，说："一个人混得好与不好，得看当时的社会。正常社会，人各有志，努力一番，庶几可以达成修身治平之志。若身逢乱世，大家失去了晋升之阶，就只好自选门道。饱读诗书的，一事无成，便有落草绿林的；温良恭俭之人，被人欺负，可能拍案而起；平常之贩夫走卒，可能揭竿而起成就大事。现时说话，社会之乱已是无以复加，差不多又到办团练的时候了，有本事的人理应大声疾呼挺身而出——时势造英雄，此之谓也。"

兴邦听了这话，很受鼓舞，大声说："有道理！"

三福自暴自弃地说："连我一起说着——咱蚂蚱庙人没几个站着撒尿的！"

赵琪以为然，叹道："蚂蚱庙人啊，树叶子掉下来都怕砸着自己的头，成不了大事！"

二皮匠也说："胆小难得将军做。"

赵琪愤愤地说："说起来，咱这里的人还不如个蚂蚱！"

刚才的几句话，让兴邦觉得赵琪这个人跟自己对眼，而且，他也看到赵琪对自己有几分欣赏，于是就蹲到赵琪对面，请教："此话怎么说？"

赵琪抿了一口酒，说："蚂蚱，小小蝗虫而已，乍看上去没什么力量。随便一个小孩就能抓到，烧死，吃了，轻而易举的事，是不是？可是，谁曾想过千万个蚂蚱飞起来，你看那力量！谁能抵挡得了？一天一夜吃掉所有庄稼所有蔬菜，再一天一夜，吃光树叶青草，谁都抵挡不了！为什么说蚂蚱也是神？确实是神，所向披靡，无坚不摧，人类对其无可奈何——还不是神？！"

兴邦一拍大腿，道："是啊，顿开茅厕！"

赵琪纠正他："是顿开茅塞！"

兴邦对着赵琪说："你刚才说到蝗虫，我就想到咱村的庙，庙里那些图画，那些封了神的蚂蚱，其实就一条条不起眼的小虫呢。说起来咱都是一只蚂蚱。一个蚂蚱没什么力量，多了，成千上万，就所向无敌。今儿我算是明白了。唉，可惜我上学太少，不识几个字。"

三福指了指赵琪，对兴邦说："你可请读书人做你的军师嘛。"

赵琪当即说："叫我给他当军师，能的吧！"

兴邦说："甭小看人啊。"

赵琪哼了一声，说："再不济，也不至于给你当军师。"

兴邦说："看不起我？"

赵琪说："若是给你当军师，你，弄好了也就当个县长什么的。"

兴邦顿时有了精神，问："县长？那也不错呢。"

赵琪说："看，燕雀之志。"

兴邦说："你若不当军师，我自己折腾，能混到什么田地？"

赵琪煞有介事地想了一阵子，道："自己摸索着混，充其量也就是个乡长。"

兴邦谨慎地吁了一口气，说："能当个乡长也不错啊。"

赵琪说："若是修为不好，也就当个村长什么的。"

虽然三秒之内被赵琪降了三级，兴邦心里依然感到十分舒服，像饥饿的人虽然没吃上满汉全席但也吃了一顿肉馅儿大包子！此时的他，差不多以为自己已经是村长或乡长了。三福瞥了他一眼，一副瞧不起的样子，兴邦却将三福的眼神误解为羡慕，身子扭了两下，那样子像初见男人的新媳妇。兴邦对赵琪说："冲你吉言，我请你喝二两。你的话若是应了验，我保你有吃有喝，还给你找个老婆搂着。"

赵琪冷冷一笑，说："到时你不杀我就算好了。"

兴邦说："这是哪里的话！"

赵琪说："不信你就看着。"

兴邦说："不给我当军师也行，隔三岔五给我出个主意，行不？"

赵琪说："这要一事一论，到时再说。我这人讲的是道统，你哪能明白这个呀。"

兴邦不解何为道统，呃呃两声，让二皮匠给赵琪添了酒。

赵琪接了酒，说："哪天我得给你算一算，看到底啥命。"

兴邦急不可耐地说："还哪天，现在就算吧。"

赵琪推说没带家什，说过两天小酒铺里再见。

大家以为他俩不过随便一说，没谁当真。

但兴邦是认真的——他太急于改变命运了。

怎一个"乱"字了得

民国时期的几十年,一直是个乱世。

盗匪蜂起,民不聊生,社会治安最是糟糕。

自太平天国、幅军、义和团被陆续镇压之后,大面上看去好像平静了,其实社会底层依然动荡。各地团练失去了存在价值,朝廷不给军需,地方士绅也日渐困窘,原本在团练里的兵丁失去依靠,回乡没有土地,就业没有门路,有些人便摇身一变而为土匪。在民生经济长时间糟糕的地方,土匪具有广泛的裹挟性。失去土地的贫民,生计无着的流民,心怀怨愤的匹夫,走投无路的农夫,破产负债的商户,生不逢时的书生,都可以成为聚众起义的绿林。

地处黄淮下游的河东地区,此时可谓匪情汹涌,狼烟四起。他们眼线众多,随时作案,弄得城乡不宁。蚂蚱庙附近的几个村子,也有苍马山土匪的散点。三区政府试图加强武装力量以便剿匪,无奈财政困难,只好把防匪缉盗等治安事宜放给村里。这增加了联防队的压力,也增加了村民的负担。林宗申增设了夜间巡更,还买了几杆土枪。有一天凌晨,区里突然来人,说蚂蚱庙村某人有通匪嫌疑须得入户查捕。宗申说:"这里巡查甚为严肃未闻匪情。"乡长说:"到哪村哪村都说没有,给我搜,搜到有奖!"宗申无奈,就带了几个队员随乡长他们去了据说通匪的一户人家,大乡长也在其中。宗申素知白露为人,没好气地说:"你来这里干吗!"大乡长觍着脸说:"帮个人场。"

时在凌晨,人还睡在被窝里,宗申进了院子,却不肯进屋。乡长催促,宗申说自己辈分高不能直面寝室女眷——意在推托。其他几人进了屋内,看了,报告说,人还在睡觉呢。乡长叫掀开被子摸,宗申劝阻说，有女人呢——蚂蚱庙人习惯脱光身子睡觉，突然掀开被子，那场景就太难堪了。乡长稍微犹豫了一下，说，那就摸一摸，看被窝里有没有男人藏着！宗申是个读书人，恪守着男女授受不亲的教条，不肯进屋执行此令——把手伸进人家被窝——哎呀，若是触到人家女人的裸体，太失礼了。

宗申正为难时，大乡长自告奋勇说："我进去看看。"宗申老大不高兴，说，"就你能！"大乡长听不出个字没来（字和没，分别指硬币的两个面），一意孤行，竟然大步跨进了门槛。遇到这种脑残智障的人，宗申无计可施，暗暗叫苦，只好冷冷地提醒他："人若不在，你就如实回话，好请乡长复命交差。"大乡长哪里能听懂这里的话外之音，兀自兴冲冲走到床前，撸了撸袖子。

这种情况下，一般人的做法应是，进去先问人在不在，若说不在，搜查者装个样子，煞有介事地四下里看看，甚或做个摸被窝的假动作，说没发现有男人在，也就应付过去了。反正前来督查的人不会亲自伸手。然而，大乡长不懂这些，进屋后，他先是声色俱厉喝令交出人来。那女人在被窝里吓得瑟瑟发抖，说男人不在家呢。大乡长此时若照此报告，也就到此为止了。然而，大乡长居然将一只凉手伸进人家被窝，摸来摸去——在场人不忍直视。

说来也是悲剧——他还真摸到那家男人的腿脚了。这时，他仍可抽回手，假说没人——大家也就撤了。大乡长不是这种人。也许为了证实他本事大，也许他就是个不会拐弯的直驴，竟然把那男人的一只脚生生拉了出来！宗申见此情景，恨不能把大乡长一脚踢死。此时他进退两难：不拿下，等于包庇坏人隐瞒匪情；拿下？到底是本村人，甚是不好，且没有切实的通匪证据。此时，大乡长还在那里自炫自耀地说："人，我给抓出来了，怎么弄？"宗申没好气地说："你真行！"大乡长没有丝毫羞愧，得意地朝乡长请赏。

宗申没理他，乡长也没吭声。

大乡长那个本家被带走后，再也没回来。

不久就有消息说，人给毙了。

这件事对大乡长的名声具有毁灭性的破坏力。毕竟死了一个人啊，本村本里，而且是大乡长的近门本家，更是他亲手从被窝里拽出来的！三福说，这事若放他手里绝不会这样子。首先，你大乡长可以"本族人不便"为由拒绝到现场；其次，去了，可以敷衍塞责应付公事；即便伸手摸了，还可以说没摸到男人，从而了结事端。那种情况下，不会有人验证是真是假。再说，联防队长已经明确表达出视而不见的用意，你充的什么能！

此事发生后，大乡长差不多成了人人喊打的角色。

族人说：若大练长在世，要么一刀劈死他，要么剁掉他那只手。

蚂蚱庙再次出现绑票。

初秋，是砍秋秋（高粱）的季节，两个马子去田庄那边拿短儿（作个小案），没想到那边预先听到风声，躲了。失手的马子颇为沮丧，怕回山没法交代，返途经蚂蚱庙，顺手绑架了两个女人，一个是吴鸣轩的闺女，一是吴白露的媳妇，就是大乡长的老婆。

再次出现绑票，蚂蚱庙人惊栗不安。

吴鸣轩和大乡长同时面对这一人祸，处理方法完全不同。

三福去鸣轩家商量救人的事。鸣轩遭此大难，自是悲苦万分，但他表示无计可施，不肯凑钱救女。蚂蚱庙人骂他无情——自己的闺女都不肯拿钱去赎，不像当爹的行为。鸣轩任凭族人非议，就是不肯拿钱。鸣轩一辈子勤苦劳作，好不容易挣下二十来亩地，那是全家老少的生存依托，要他拿出一半儿去赎女儿，他下不了这个决断。多少人来劝，他都不听。

可以想见，被绑的闺女在贼窝那边该是多么的焦灼多么的无望！

三福以吕朝兰为例，劝鸣轩交了钱把人赎回来——破财免灾，但鸣轩说什么都不肯卖地。早年,苍马山土匪有禁令:不得侵犯女票——他们要的是钱财——不做劫色的勾当。这一禁令后来松动了,被绑架的女票会被转手卖掉,交接过程中自然少不了强暴——土匪内部管理松弛,匪首管不了手下那班如狼似虎的畜生。

大乡长的爹吴鸾轩和鸣轩是堂兄弟,他们这辈人的名字里都有一个"鸟"字。鸾轩听说儿媳被架了户,叫大乡长赶快想法救人。大乡长说,没钱啊。鸾轩声色俱厉地说,借钱也得赎人!大乡长说:"说起来容易,借了钱不得还!"于是他去找二弟,吴寒露故意不见。区公所的人暗示他,不要给你兄弟添乱了,这边也不平安,你兄弟日子不好过呢。

回到村里,大乡长想找本家借钱。因其名声太臭,谁都不肯跟他打交道,有人甚至幸灾乐祸。然而,大乡长的行事逻辑非同常人,他思忖了一天一夜,终于想到了办法。他找到马子的眼线,表示愿意出灰换人。何谓出灰?灰,也称灰檄,就是暗地里出卖别人以换取自身利益,这样的奸人俗称扒灰。甘当灰檄的大乡长建议,由他提供一个蚂蚱庙的富户并协助马子将其绑架出村,以此交换自家媳妇。马子觉得这人反正不肯出血,卖票也值不了几个钱,便同意了大乡长的主意。

大乡长出卖的不是别人,就是他的邻居林守荣——守典的弟弟。守荣和哥哥分家后,两口子特别努力,日子过得还算殷实。他读过书,但不像哥哥那样俯不下身段。守荣将自己定位为普通农民,一个靠庄稼和土地过日子的小民,除此之外无其他奢望。角色定准,守荣扎扎实实经营小日子,起早贪黑,万事躬亲,不辞辛苦,把十几亩地侍弄得跟菜园似的,年年都有好收成。当初分家只分到一头小牛,每次跟前院的谢廷言合犋,守荣都要套上一条拉绳,把自己当一头毛驴帮着拉犁、拉耙、拉耩子。谢家的牛大,自家的牛小,他怕人家说他赚便宜。谢廷言佩服守荣的精明能干,两家关系很融洽。在庄稼方面,守荣不曾有过失手,即使最好的把式也得佩服这个读过书的人。守荣凭借读书识字会打算盘的本事,农闲时就去张庄老管家租用骡马大车到蒙山贩卖木材,卖给此地的木匠,一趟能赚七八块银圆。守荣跟谢廷言一起去东海贩卖过海货,也有进项。守荣的口头禅是:一日进分文强似分文不进。这样苦心经营了一些年头,手里有了些钱,不仅购进二十多亩好地,买了一匹骡子,还翻修了房子,把土墙换成外皮青。那次做墙剩下的一百多块青砖都送给谢廷言了,谢廷言用那些青砖做了一个门楼。守荣土地多,自己对付不了,农忙时谢廷言会请短工为他帮忙。凡能请得起短工的农家,在蚂蚱庙就算肉头户。马子晓得到守荣有肉可割,答应了大乡长出灰的策划。

一日傍晚,两匪来,隐于大乡长家。一匪说,夏日赤膊,了无遮拦,需两领长一点的蓑衣以做枪支的掩盖。大乡长就找了两领大号蓑衣,给他们披了,盒子枪掩在蓑衣下,外人难以看出。大乡长挑了水桶,先去哨门那边的水井挑了一趟水。吴家巷子位居蚂蚱庙的西部,这里居民大多去西街的沙井挑水,大乡长到哨门那边挑水有违常理。他故意放缓脚步,以便侦看林家动静。走过林家时,他听见守荣在说话:"今日活儿累,多炒个菜,喝两盅儿。"大乡长确认守荣在家,回去告诉了两个待机而动的马子。为了不致出错,两匪要他跟了一起去,大乡长犯难说:"这么着不是让我亮相了嘛。"两匪冷冷地说:"既然吃泥鳅就别怕尖嘴!你在林家门外朝我俩努一努嘴儿就行。"大乡长就带了他们,经过林家门前,他朝马子撅了撅下巴努了努嘴儿,便回家了。他以为此事办得隐秘而顺利,神鬼不知内情,因此沾沾自喜。

两匪大摇大摆进了院子,顺手把院门反插,朝守荣走去。守荣正收拾桌子,桌上放着几个碟子,一个温酒的锡壶和两个黑碗。打短儿的伙计已经坐好,突见两个穿蓑衣的生人进来,就跟守荣递了眼色。守荣一惊,赔着笑脸,声称请喝酒。两匪哪肯延宕时光,从蓑衣下边掏出家伙,命令守荣:跟我们走!

守荣要求换件衣裳,马子哪肯应允!他们把冰凉的枪口抵了守荣的腰窝,令他立即出门。两个短工吓得不敢作声。马子就这么轻易得了手,一前一后,押着守荣顺吴家巷子北去,那是通往村外大道的捷径。天色已黑,马子觉得继续穿着蓑衣实属多余。走到大乡长家门前,他们将蓑衣解下,隔着墙扔到大乡长院里去了——完璧归赵吧。守荣瞥了一眼,立马知道是这里出了灰橛,不由得暗自叫苦:好不容易挣下的几十亩地——都是血汗换来的啊——这下子烧饼打驴,得去掉一大半,惨了!

两个马子走到庙汪西沿,脚步放缓,一个马子朝另一个使了个眼色,后者注意到路北一家门楼下有个孩童在玩耍。那孩子白胖胖的,一脸疑惑地看着他们,样子可爱。马子相对而笑,前边那家伙顺手牵羊将娃娃提起来,抱了就走。那孩子被陌生人突然劫持,企图挣脱那双有力的手。守荣认得这孩子——是大乡长叔叔家的孩子,染坊家四子——和大乡长是堂兄弟关系。守荣心想,这些没长人肠子的东西,连小孩都要抓!但他眼下自身不保,不敢喊叫。好在那孩子不肯就范,不停地哭闹,两匪担心被发现,加快脚步。守荣心想,这时候如有人听见孩子哭叫,若干人一齐拥出来就好了……

蚂蚱庙人一天黑就缩在自家土屋里,轻易不到街上走动。近年世面不安宁,个个如惊弓之鸟,尤其瘸造惨案后,一到天黑,各家闭门合户,阻止外人进入。孩子的哭叫没能惊动邻居。守荣在他们前边蹰蹰而行,不敢有丝毫忤逆。出北哨门,经吴克用家老宅,从这里再朝东就是赵琪的土屋。那里有一条小路,路边是禾场,禾场旁边是池塘。池塘里芦苇连接,夜色下的村野显得荒寒萧索。那孩子像是感觉到正远离村子,拼命哭叫,两只小手胡乱抓挠,近乎歇斯底里,竟抓破了挟持者的脸。那马子伸手摸了摸,手上尽是血,懊恼成怒,将孩子狠狠掼到汪塘,一枪打死。

枪响来得突然,吓得守荣小便失禁,裤裆里凉凉的。他浑身颤抖,牙齿打架,身子像筛糠似的,却不敢吭气。走出村,那孩子临死前的哭叫音犹在耳。守荣心想:谁说没有因果?谁说没有报应?看,大乡长刚当了灰橛,第一个受害的就是他本家。现世现报,难道说苍天之上冥冥之中真有一双明察秋毫的眼睛?可反过来说,那孩子有什么罪?都是因了大乡长出灰,竟让一个无辜的儿童搭上性命,冤不冤啊!

次日一早,大乡长装作没事人似的,披着蓑衣,去马子窝里要人——出灰的契约已经履行——现在可以把媳妇带回来了。路过北哨门,发现许多人围在水边,说是死了一个孩子,他下意识觉得不妙,却不敢近了看。大乡长此时不知道本家兄弟已命赴黄泉,还在为自己的高明而得意——不花一个铜板就能把媳妇赎回来——神机妙算,谋略超群!戏法人人会,各自巧妙不同,史上可曾有不花一分钱把绑票从虎口里完好无损捞出来的?我大乡长何等样人!看着两边田地成熟的豆田,大乡长得意地唱起小曲:一马离了西凉界,青的山绿的水花花世界……

当他走进马子的窝点,要求领回媳妇时,马子头儿懊丧地说:"昨晚那票不见了。"

大乡长不敢相信,看着两人押走的,怎会丢了呢?

马子说:如果你不能把那票找回,须拿三十块大洋来赎你的人。

原来,守荣的邻居谢廷言就在这个窝里混事,两家关系不错。守荣还白送谢廷言一百多块青砖。那天晚上,谢廷言见守荣进来,大惊,问怎么回事,守荣便将大乡长媳妇被绑,灰橛出卖他,蓑衣扔到某人家里等情况说了。谢廷言对大乡长的骚路数不以为然,后来觉得怎么也得帮邻居一把。鸡叫头遍,趁天没亮,谢廷言偷偷解开绳索,把林守荣放了。

死里逃生,摆脱大难,守荣万分感激。

守荣在舅舅家藏了几天,知道没事了才回村里。

两个月后,蚂蚱庙平静下来,守荣回到家里,余悸未消。他做的第一件事是到祖坟上烧了很多纸钱,感谢祖先积下阴德,叮嘱晚辈一定要善待邻居,千万不可做坏事等等。守荣为谢廷言保守了秘密,只说自己半路小解时逃脱的。此后,守荣私下照顾谢家,从缮屋到养牲口,从照顾老人到关照孩子。三年之中,守荣包揽了谢家老少的吃喝穿衣,代为耕种谢家的田地,代行其社会往来,事事尽心,如同一家。守荣叮嘱后代,谢家永远是咱的恩人,恭谨尽力,不得忘怀不可怠慢……

大乡长跟马子讨价还价,最终还是花了二十块大洋才把媳妇赎回来。媳妇回来那天,大乡长说,你哪值二十块大洋啊!媳妇说,我哪一点都比你强!大乡长说,倒不如让他们把你卖了。媳妇说,"甭当我不知道,偷鸡不成蚀把米——你这个猪狗不如的东西!"

守荣毫发未伤回来,默默经营着自己的日月,生怕再有不幸。

当然,他不敢与大乡长为敌,各人心里有数是了。

世人如此的复杂,此时此地的善良不能代替彼时彼地的凶残,善恶会同时体现在一个人身上。曾经因看重邻里关系而放了林守荣的谢廷言,却在马家宅子亲手杀了萧家大姑。事情是这样的:谢廷言伙同两个土匪到洪家湖那边架户,没得手,回巢途中经马家宅子。谢廷言让他的跟班到村里踅摸踅摸顺便捎个货来,他在村外等着。那个家伙进了马家宅子,绑架了萧大姑。做贼当马子的有个不成文的规矩:不能空手回窝。萧大姑当时新婚才两年,有个刚满月的女儿。在马子的威逼下,她抱着孩子离开家。大雨过后,一路泥泞,夜黑看不清路,萧大姑的小脚崴伤了,疼得要命。好歹熬到村外,实在走不动了,抱着孩子坐在泥地上哭。

此时,在村外等候的马子走过来,萧家大姑一看,竟是娘家那边的谢廷言,以为这下有了救,求情说:"大叔大叔,看俺娘儿们可怜,你就放了俺吧。"岂不知,马子有个忌讳——你不认得他,他不会格外对你施暴;如果被你认出,他们担心告官,会痛下毒手。果不其然,谢廷言自觉被人认出,一枪打死了萧大姑。

那个还在襁褓中的女儿,从此失去了最爱她的人。这孩子后来嫁到后张庄,此为后话。谢廷言杀害萧大姑所引起的公愤仅次于几年前瘌造的杀人惨案，蚂蚱庙群情愤怒，恨不能食其肉寝其皮。谢廷言自知罪孽深重，一去再没返乡。

怎么不让天塌下来把我砸死！

贾三福办了一件好事，帮吴兴邦安了家。

兴邦娶的这女子姓高，面皮白皙，说话温软，手脚也勤快，一过门就把吴家草屋从里到外收拾了一遍，锅是锅灶是灶，一日三餐，有干有稀，是个过日子的样儿了。兴邦本人也冠冕了许多，虽然还是那些旧衣衫，但经过浆洗缝补，穿在身上，看上去比新衣还爽气。三福说："男人外头走，带着女人两只手——这话真不错啊，看你天天跟当客似的。"兴邦对三福自是感激不尽。

此后一段时间里，兴邦与人合伙，去赣榆那边推过三趟海盐海货，攒了几个钱。村人有了钱，心态就复杂起来，既怕人说自己有钱，凭空招来借钱的亲友，不好对付。同时又怕别人不知道，有意无意地想让人看出那么一点点，得些尊敬——底层人太需要尊敬了。有时兴邦会约了三福去小酒馆喝两盅，一来是表达谢意，二来想让人看看我兴邦现在过得挺滋润——别小看我！

赵琪是二皮匠小酒铺的常客，一小碗老烧下肚，便引经据典，滔滔不绝，神神道道。守典如今痴迷上纸牌，到哪里都带着他的长条子，见人就想打两把儿。他听人说赵琪在背后说过他的坏话，想着当面跟赵掰扯掰扯。那天，小酒铺里人不少，言语嘈杂，充满劣质草烟气息和廉价咸螃腿腥味（一种低档海货）的草屋里显得沉闷、喧闹、浑浊。饮过一碗两碗的汉子们面色潮红，正在摸天够地地胡扯八拉。守典不喜欢烟味，一进门就说："乌烟瘴气，是可忍孰不可忍！"众人没有理他的。守典傍着八仙桌坐下，从怀里掏出长条儿纸牌，几个喜欢玩牌的便围过去，兴邦也在其中。他一边摸牌一边对角落里的赵琪说："接着说啊，长见识呢。"

赵琪正在讲《水经注》里的《沭水》篇，说："这本书说的是水，但不仅仅是水，还有许多学问在里边，掌故不少。两千年前的东莞县，大约在莒南县和沂水县之间，阳都还是现在的阳都。"说到这儿，他用食指蘸了一点酒，在桌子上写了个东莞的"莞"，问三福："这字念什么？"三福上过几天学，看了，说："这不是'完'吗？"赵琪说："'完'的上面另外加个草字头，还念完？那草字头白加了？"三福说："假如说我头上顶着一捆秫秸叶或一捆草，难道就不是三福了？"赵琪说："跟你这种人说不清楚。我问你，假设你屋上的草被风揭走了，那还叫屋吗？"两人为了一个字抬了一阵子杠，谁也不服谁。

赵琪不理三福，接着说："咱这地方，旧时称东夷。虽然正统人物大多看不上戎狄蛮夷，我对此不以为然。东夷出过不少名人，文的有孔夫子、孟夫子，武的有蚩尤、大羿，都是圣贤大德。《水经注》里这样写着，《春秋》，昭公十七年，郯子朝鲁，昭子叔孙诺问曰：少皞，鸟名官，何也？郯子曰：吾祖也，我知之矣。统历鸟官之司，议政斯在。孔子从学焉。既而告人曰：周失其官，学在四夷者也。"

说到这里，赵琪不忿地说："孔夫子都说学在东夷，可有人却信口雌黄说，我们这边原本蛮荒之地，岂非咄咄怪事！"守典看出赵琪存心找碴儿，就说："那段话最早并非出自《水经注》。不懂就不要乱说，误人子弟，大不好呢。"

读书人最怕别人当众说自己学问浅，更看不惯别人半路里插话，赵琪当即反唇相讥："听人说话，要用两个耳朵才是。我讲的是《水经注》，当然要用《水经注》的本子。这段话的出处讲得很清楚，始自《春秋》，未有半点疏忽——听话要好好听才是，半截里插上一杠子，非礼也。"守典一边出牌，一边嘟囔："东夷，大得很呢，未必就咱这片儿。"赵琪说："不是咱这片儿是哪片儿？南有淮夷，北有莱夷，东夷在其中，所谓夷地，非此莫属也。孔子论郯子的话，说周失其官学在四夷，又有何错？"

三福有意打断他们的争论，凑到赵琪身边，说："争论那些好吃好喝？别掰扯无用的了。你给我说说,俺姓贾的历史上可有什么名人？知道一点，遇到大场合，也好跟人谝谝，以免被人小看了。"赵琪稍思片刻，说："名人掌故，训诂正音，这些皆属小学本事，我志不在此。不过，既然你问我，还真算是问对了。历史上姓贾的，有很多名人。写《过秦论》的贾谊，是一个。书中名言——仁义不施攻守之势异也，你可懂？后来有贾思勰，他写了一本书叫《齐民要术》，说的都是农业上播种耕耘收获酿酒诸般杂事，虽非圣贤经纶，却也见出古人的重农本色。重农桑、轻金玉；崇风骨、尚情谊，是东夷本色，也是我中华立国之本也。"

三福重复着贾思勰、贾思勰，以为荣。兴邦朝这边瞅一眼，说："咱蚂蚱庙这么多有学问的人，气脉着实好啊。"赵琪喝下碗里余酒，对三福说："要记就记准了，不要信口胡说。"三福说："有个大意就行，谁会深究？"赵琪说："常言说，生意无真学问无假，这可马虎不得啊！世人多无知，对学问又取了浅尝辄止的态度，故传言多有错误，以至以讹传讹，生出许多笑话。《风俗通义》有'乐正夔一足'和'穿井得人'的故事，说起来可笑。乐正是个人，音乐天赋极高。史论说，人如果修养全面自然是好，不过像乐正那样有一技之长也可知足了——原文就是这个意思。可是后人轻薄敷衍，说着说着就走样了，最后弄成'乐正夔只有一只脚'，胡说八道嘛！《西京杂记》上有个故事，说某人家的住处距离水井很远，家里人多，特雇一人专司汲水。后来觉得这样成本还是高，就在自家院里打了一口井，由此省出一个人力来。此即'得一人'之原意。这事后来被传为：某人从井里挖出一个人来，你们说可笑不可笑？所以，不能妄信传言。"

269

三福会心地笑了。

守典读书不如赵琪多，在私塾中有时会弄错个别典故的出处，比如，他一度把大羿和后羿视作同一人，后经石晓楼指出，才知道错了。赵琪今儿说这些，有可能是"守着矮人说矬话"——旁敲侧击。守典不能就这个话题反驳，只好另辟奇径揶揄赵琪。他小声叽咕道："孔夫子对鬼神敬而远之，从来不说怪力乱神，那才是正道，没听说读了孔孟朱子还要弄神弄鬼的！"

这话显然是说给赵琪听的，因为赵琪对谶纬之学颇有兴趣——不全为相信，也有研究探讨的意思。赵琪听了，倒也不恼，只说："对于神鬼，不妨半信半疑。若神鬼真能上天言好事，下界保平安，信那么一星半点儿，也没坏处吧？我最是看不上那种读了几句经书便以为天下事理皆备于我，轻视巫医乐师百工之人，将农桑杂事、谷粮菜蔬、畜禽养殖不当回事，此等迂腐之人最是要不得。世上学问多了去了，纵有'十三经'，也只沧海一粟。"

守典没占上风，收拾了扑克牌，姗姗而去。

兴邦便凑到赵琪身边，请教一件事："你不是懂神鬼那些事嘛。最近我想去东海那边再跑一趟，推盐，顺便捎些海货。你给占一卦，看是吉是凶？"赵琪说："空口一说，我就给你卜？看我眼子是不是？"兴邦说："回来赚了钱，请你吃饭。"赵琪说："让我盼着你回来——远水不解近渴呢。"兴邦于是下了决心："现点现的，来一碗！"二皮匠便把酒递给兴邦。兴邦把酒碗推到赵琪面前，说："和尚念了经，少不了经钱。"

赵琪呷了一小口酒，闭目片刻，问："你不是出过两三次门了嘛，此前不曾占卜，何以今日独有其忧？"兴邦说："上几次都是小打小闹，随着人家入个股，好歹积攒了几个小钱，我就置办了一辆车子。钱不够，把老婆的私房钱也拿出来了，这车子如今是我的全部家当啊。此一去事关身家性命，非同小可！"赵琪说："这就叫孤注一掷。"兴邦不懂这个词儿,赵琪给他解释:"就像赌博押宝似的,所有的钱都押上,成败在此一举了。"兴邦说:"是的是的,成败在此一举,在此一举。"

赵琪颔首默想,口中念念有词。

然后在桌面上用酒水写了四个字:有惊无险。

兴邦说:"这么多笔画,我哪认得,你给解解解释。"

赵琪说:"总而言之,无大碍。"

兴邦释然道:"那就好,明儿上路。"

赵琪嘱咐他:"在车子里放七根桃树枝子,能辟邪。"

兴邦说:"几根桃树条子,那个好找。"

赵琪又说:"带上你的长号,说不定什么时候能用上呢。"

临近年关,兴邦带了七个本村乡邻上了路。

蚂蚱庙一带的食盐早年是从邳县通过运河过来的,盐船开到郯城码头镇,在那里批发分销,形同蚱蜢的小船和楠竹筏子勉强能上溯到兰山、阳都至沂水县城。运河漕运被海船替代后,运河淤塞,船工失业,由此导致动荡多年的幅军之乱,盐商改从青岛、莱州、青口批发食盐,价还低了许多。因此,兰山地面多有直接到东海盐场推了盐转到沂沭河一带分销的,虽然路远辛苦,赚头可观。幅军平息后,社会并未安定下来,各处都有占山为王的土匪,推盐的车马偶有被劫掠的。所谓土匪,其实多为衣食无着的贫民,为保命不得已入了打家劫舍的团伙。这些人拦路抢劫、绑架人质、勒索钱财,闹得很厉害。蚂蚱庙附近沟崖、疍庄、禹王城、曹庄,都有他们的窝点。近年蚂蚱庙也有人混迹其中,三福差不多知道他们是谁,但从来不说。普通村民只有猜测,不便深究。

兴邦成家后,过日子的兴头生发起来,于是有了去东海推盐的故事。从这里去东海青口,必得经过东山。东山的马子主要集中在苍马山、玉山、冠山一带。这几个山头不算高,岩层有水,适合小规模群体集结。据赵琪说,七百年前有个奇女子叫杨妙真,二十岁那年丈夫被官府冤杀,杨妙真发誓报仇雪恨,率领一班人揭竿而起,营寨就扎在马鬐山上。杨妙真号令手下在摩崖上刻下十一个大字:嘉定九年四娘子此山下寨。世事沧桑,当年义军的营寨早已灰飞烟灭,但那十一个大字霍然还在。

兴邦等八人,推了沭河这边产的上等生姜大蒜和北山那边的花椒山楂,到新浦出脱后,在赣榆顺利装了海盐,就近又添了一些豆蟹、虾酱、咸鲞,推的推拉的拉,四辆装满粗盐和海货的车子迤逦行来。过了蛟龙镇,大家吃了午饭,继续前行,到达苍马山前的朱苍时天色尚早。他们停车歇息,商量就近住店打尖,次日一早上路,一口气穿过苍马山,就可到达沭河西岸的辛集。过了沭河,就安全了。

天有不测风云。次日晌午,当他们经过苍马山前坡那片松树林时,真的就遇上了劫路的马子。来者四人,人数上是兴邦车队的一半,但那些人有枪!为首一个从山石后边闪出来,站在路中间,叫停盐车,说:"生意不错啊。"兴邦一看,糟了,遇上事了。他们不得已落下车子,人人脸上挂着惊恐。兴邦胆子大些,走上前,强作笑容,叫了一声大哥。那个手拿盒子枪头戴狗皮帽子的狞笑着说:"知道俺干吗的?"兴邦掏出烟袋荷包递上,说:"抽袋烟,有话好说。"

狗皮帽子将烟袋推开,说:"好话只有一句,把车子推到那边山上去!"

那阴冷的口气,叫人不寒而栗。

兴邦哪肯听命,强梁面前,只好跌下脸面哀告说:"我们这些都是穷人,好不容易凑点钱买了这点货,打算出脱后赚块儿八角的过个年。家底单薄,上有老下有小,十分不容易,还望各位大哥方便,不然真就没活路了。"他这么一说,其他几个也跟着哀求,叫苦之情发自肺腑,有几个甚至声泪俱下。狗皮帽子哪听这些,拿枪对着兴邦的脑门喝道:"别啰唆,快走!"

吴兴邦口里应着,但不肯就这么顺从地推车。他想拖延时间,等路上出现行人,最好出现大队人马,庶几有驱散这些黑道的机会。狗皮帽子洞察他的企图，喝令立即动身，不然就地解决。兴邦无法，很不情愿地走到自己那辆车子前，磨蹭片刻，依然没有取下顶车的棍子。他一眼瞥见车上那支长号，顺手抽出来，对狗皮帽子说："这趟出门，弟兄们让我带了这东西，动身时先吹起身号，落脚时要吹落脚号。我吹一口，好让大家起身。"狗皮帽子一把夺下那长号，扔在地上。

大家只好听命，一拉一推，跟着狗皮帽子朝山那边走。

也许紧张，也许因为心不在焉，兴邦刚推几步，车子歪了，盐和海货撒了一地。

"节外生枝，找死是不是？"狗皮帽子吼着。

兴邦把众人叫过来帮忙，扶起车子，收拾地上的盐和海货。

狗皮帽子骂骂咧咧的，样子更凶了。

兴邦实在憋不住火了，头歪着，嘴巴里淌着洌泻，脸色涨红，说："我一个穷光蛋，八下里借了这点本钱，连老婆的耳环都摘下当了，千辛万苦弄到这点盐，还是两人合伙。这一来连本带利全没了，还要撒下一屁股债，俺还过个什么屁年啊！"

狗皮帽子一听，火了，掏出枪，对准兴邦的脑门。

兴邦的脾气与众不同，吃软不吃硬。

当枪管抵住他的额头，刹那的冷凉刺激了他内在的倔强，潜在的那股子邪劲突然涌了上来。他两只发红的病眼直视对方，冷冷地说："如果我是你，决然不会对这些穷光蛋下手。这样吧，你马上把我毙了，无所谓，真的无所谓了。到这份田地，活着也是枉然。我这样的人就像这路边的一棵草，多一个也不多，少一个也不少。我就纳闷了，绿林好汉，绿林好汉，世上那么多富人那么多孬种你们不去弄，反来弄俺这伙穷得竖起屁没个阴凉的穷光蛋！毙了我吧，这穷日子我也过够了——苍天啊，我活够了！"

狗皮帽子拉了枪栓，再次举起枪。

夺命一响，就在刹那之间。

旁边一个看上去四十多岁的人拉住了他。

那人说："你叫他接着说。"

兴邦豁上去了，情绪激昂，谁也不看，对着白雪覆盖的山林，对着寒风凛冽的天空，大声喊："人说我命中注定的贱，看来真是如此，我贱得不值这半车子盐了啊我！我吴兴邦大半辈子都像个老鳖趴在泥里！我活得不如一条狗，不如一条曲儿船（蚯蚓），不如人家一头猪啊我！有人问我这世道好不好，我说好个屌啊好！穷人丁点儿活路都没有，当官为宦的花天酒地为非作歹！这狗日的世道，怎么不让天塌下来把我砸死！老天爷，让天塌下来砸死我吧！"

那人鄙夷地说："反正你快死了，有什么要求，说吧。"

兴邦此时已经不在乎死活了，邪气冲顶，一副混不吝的派头。他知道，如果这辆车子和这些货物没了，不光年过不好，媳妇面前也无法交代，而且还背着一身的债，那活着还有什么意思！早一天死晚一天死没什么来去，把小命撂在这里算了——他疯了——他脱下身上那件破烂不堪的棉袄，露出赤裸的上身，瘦骨嶙峋，看上去近乎一副骷髅。在寒风中，他浑身哆嗦着，眼里酸酸的，自怨自艾地说："俺这一辈子，连个内衣都没混上啊俺……"

接着，他解开束腰的带子。那是一条用破布条子拧成的绳子，粗而糙，用来扎紧棉裤的腰。腰带一解开，裤子就掉到膝盖处，露出和上身相一致的瘦骨，一身松皮，满是黑黄的菜色，除了肌肉部分略有凸起，完全没有光泽。那套男人的东西在寒风中耷拉着，像一窝即将病死的小鸟，没有丁点儿生气。他瞥了一眼自己的身体，眼泪哗哗流下来，扑簌淋漓，嘴角也抽搐起来。他一双泪眼对着天空，悲伤哀号："看，我就这些，脱下来，都给你们了。你们若是嫌脏，就让我这几个伙计带回去，做我五七坟的纸草。可怜我吴兴邦，一辈子混了个什么啊我！除了一身干巴骨头，什么都没有啊我！我不是懒人，一年四季，无论冬夏，一点不敢偷闲，种地、赶车、使牛、耕地、耙地，从来不肯歇息,一有空还给人家当吹鼓手挣点吃的,受尽人间炎凉,可我什么都没撇下啊我……"

说着,他甩掉脚上的鞋子,甩掉脱了一半嘟噜在小腿上的棉裤。那双鞋子,有一只正面补了个大补丁,另一只鞋是翻着的,鞋后跟有个窟窿。兴邦看到了那个窟窿,下意识地看了看一只脚,脚后跟有一片紫黑色。他声调凄惨地说:"鞋子前天就破了,石渣子硌破了脚,流了不少血,就这么坚持着赤脚走了百多里地……这样的罪,我实在是受够了,让我这把骨头撂在这山旮旯里喂狗吧,世上不多我这个,也不少我这个穷光蛋……"

一个完全裸了身体的穷人,一个豁出去不想活的庄稼汉,就那样站在寒风里。除了几件破衣烂衫一无所有,彻头彻尾的贫苦清寒,从里到外的悲辛哀痛。蓝天之下,大地之上,草木之间,他的存在就像是一种上天给人世的讽刺,如今又加上自嘲与控诉。是的,打死他,就如碾死一只蚂蚁。现在的他已不怕死。他歪着头,斜眼看着蓝天,等待离开这个对他来说没有希望只有悲伤的世界……

那人笑了。

他靠近吴兴邦,上下端详着,好像鉴赏一件古物。

就这些?

就这些,穷——光——蛋一个!

那人转悠了半个身子,指着地上的长号,说:"你的?"

兴邦突然意识到那是自己的珍惜之物,说:"我的,死了,请让它陪着我吧!"

那人点点头。

兴邦从地上捡起那支长号,一条腿靠在歪斜的车子上,鼓足了劲,吹出了长长的一声:呜——呜——呜!

狗皮帽子立马拿枪对准他。

这样的响声,对他们的行劫大不利。

那个显然比狗皮帽子更有权威的人拨开枪口，转过来问兴邦："认识我吗？"

他确实不认识这个脚穿翻毛牛皮鞋的中年人——不认识。

即使认识，也不敢说。

穿翻毛皮鞋的说："你们都是蚂蚱庙的？"

兴邦有点儿吃惊——这家伙知道蚂蚱庙？

那人说："我知道蚂蚱庙有个会吹长号的。"

兴邦还是不敢应声。

那人又说："蚂蚱庙有个扈淑晨，前几年被一个杂碎给害了。"

兴邦此时差不多知道对方是谁了，但他不敢应声。

翻毛牛皮鞋低头看了看自己的脚，说："穿上吧。"

吴兴邦不知对方什么意思，迟疑不决。

众人帮他把棉衣棉裤穿上。

吴兴邦自己穿了鞋。

穿鞋前，他还把灌进鞋子里的泥沙抠了出来。

穿翻毛皮鞋的那人叹了口气，说："吹长号的，看你刚才的样子，怎么说呢，还算个男人。既然你们是穷人，就该知道穷人的苦。我也一样，我们都是穷人，不得已做了这行当，其实是走投无路。生路断绝，又不想饿死，便铤而走险，难免要向父老爷儿们讨口饭吃。对不对？刚才你这番话叫我想起很多往事，也是些悲惨的事。你是我遇到的第一个面对枪口还敢喊出内心声音的人，好，很好，佩服。"

吴兴邦低下头，轻轻道："心里难受啊！"

那人好像尚未拿定主意，原地转来转去。

兴邦蹲在地上，声音悲戚："你能同情俺，俺就是死，也知足了。实在太穷了。但凡有半条活路，谁到东海去推这熊盐！什么狗日的社会啊这是！从来就没人正眼看看俺这样的人，从来不曾听见谁说过半句同情俺的话，从来就不敢想什么公平正义……"

那人眯缝起眼，再次端详了吴兴邦，说："有件事，你们要是给我办了，我就放你一马。"

兴邦说："在下就是拼了命，也不会辜负您的大恩！"

那人从怀里掏出一沓子纸来，说："这是传单纸，上面有字。你们不必现在就看，等过了沭河再看不迟。你们得把这些埋在粗盐下边，等过了河，一路撒了。就这点事，能办不能办？"

兴邦硬着头皮说："能办！"

那人说："好！"

狗皮帽子接了那些"传单纸"，分别埋到四辆车子的盐包底下，上面用装了豆蟹和咸鲞鱼的蒲包压了。转过身来，那人说："君子一言！"接着又严肃地对兴邦说，"我们有人跟着，如果没过河就扔，立即枪毙！过了河，你可以一张一张地撒，也可以拿回家去给亲戚朋友看，但不能烧，也不能浸到水里把字弄糊了。懂吗？"

兴邦认真而坚决地应着。

翻毛皮鞋离开后，狗皮帽子押着吴兴邦等人，直到沭河桥的西头。

他们一离开，吴兴邦双脚发软，就瘫在了地上。

众人过来扶助，发现裤裆里有臭气溢出。

兴邦四周张望，没人，翻出一张报纸，看了。众人问他上面写的什么。吴兴邦连忙把传单纸折叠了，重又掖进盐包里。有人想让识字甚多的崇礼拿了看，兴邦不给……

那次推盐遭劫，对吴兴邦一行人都是死里逃生的经历。

人是囫囵整个儿地回来了，一个没少，但每个人心里都残留着深刻的后怕，一说起来，依然心有余悸，夜晚常被噩梦惊醒。

回到蚂蚱庙后，兴邦发生了大变化。性情躁动，容易兴奋，遇事不肯深思熟虑，常常信口开河的他，现在变得安静了。他很少出门，除了必须做的活，就在家里一遍一遍地洒扫院子。晚上，妻子孩子入

277

睡后，他就翻看从河东那边带回来的传单纸。妻子问他看的什么，他说没什么，言语表情并无异样。

这样过去半年，兴邦逐渐恢复了正常。他请赵琪在小酒铺那边喝了两次感谢酒，还带了一副猪肚下酒。兴邦念念不忘那次共患难的七个兄弟爷儿们，时不时找他们聚一聚，聊聊家常，有时也喝点小酒。由此，兴邦渐渐成了人头儿。他老婆不赞成他出头露面，不支持他当人头儿，多次劝他谨守自己的日子，甭充能，但兴邦听不进去。

那次同行的七个伙伴都是本村人，有谢静忠、谢继焕、扈从，三福的儿子贾忠勇（即中庸），依然贫苦的扈淑常，年纪最小的扈崇礼。崇礼是个独苗，他爹本不想让儿子跟去推盐的，无奈崇礼多年困于学堂，很想看大海是什么样子，老人家就让他跟淑常爷爷合作一辆车子，淑常推，崇礼拉。经过那惊险的一幕，这些死里逃生的老少无不感佩兴邦的无畏、担当和那份破罐子破摔的气概。他们将吴兴邦大义凛然吓倒土匪的故事一遍一遍讲给村人，不断补遗，不断夸张，添枝加叶，附带了感情，渐成传奇。

兴邦从来不讲，好像那不是他的经历，至少不算重要的经历。从前那个喜欢烧包弄景的吴兴邦，如今变得深沉、安静，会思虑事情了。回村后，兴邦卖掉粗盐和海货，除去本钱，他和弟弟吴兴怀都分得些钱，过了个好年。兄弟俩一起去祖茔上了坟，感谢祖宗积德让他们逢凶化吉度过生死一关。兄弟俩跪在坟前，烧纸、拈香、祭酒，看纸灰从烧焦的草根上飘起，在空中飞舞如蝴蝶，兴邦感到冥冥中存在某种力量。那力量格外眷顾他，那蝴蝶般的纸灰似乎将要带他去一片天国，宛如新生——一切表明，这是好兆头。

年后那些日子，他接受老婆的劝告，哪也不去。平日里关了院门，缩在被窝里翻看那些传单。传单里的那些话，说得真好啊！有个叫共产党的组织，在河东一带号召穷人起来革命，他们有枪，有队伍，为穷人说话，为穷人办事。他们都是出身贫苦的人，都是脚踏实地的人，他们挨家挨户串门儿，要求财主给长工增加工薪。传单上说，蛟龙镇的一个长工，原先一年一百二十斤高粱，现在提高到一百八十斤了。这地方距大将盘踞的苍马山不算远，驻扎在蛟龙汪一带的共产党还给村民打了一口深井，让苦于缺水的老百姓第一次吃上好水。原本一盘散沙的农民组织起来，做了很多好事。那些人喜欢找穷人说话，替他们排忧解难。许多穷人参加了他们的队伍，有几个村子还成立了农民自救会，谁家有困难，大家一起想办法，一般的坎坷都能蹚过去……

兴邦由衷地赞叹："我算是找到依靠了！"

不识时务者为俊杰

因为识字不多，吴兴邦有些地方看不下来，很是苦恼。为了补救，他去找了赵琪。赵琪说："教你这样的老门生有什么用！"兴邦说："可不能门缝里看人呵，你说我将来是要当乡长的。"赵琪说："从前主考官都不肯收老门生，即使榜上有名儿，放个什么官也干不了许多年，所以宁肯把功名给了青年才俊。"兴邦说："坷垃头子到时还能擦腚呢。"赵琪问："怎么现在想起识字了？"兴邦说："我有大事要做——不识字不行。"

其实赵琪已经知道传单纸的事，也知道共产党正在朝河西这边渗透，只是不肯当面说破。对于兴邦，赵琪既然不肯当"军师"，求其次，能教他识些字也不错。赵琪接受了这个弟子，唯一的要求是将来不要打他一个谢师锤（给老师一锤子,恩将仇报的意思）。兴邦说，"怎么会呢怎么会呢"，连续重复了好几遍。赵琪就教他识字，每天三个，当日必须记下，能读会写会讲解，次日背诵默写，完不成打板子。这样，赵琪陆续教了他一百个字，每个字的音义，哪个偏旁和哪个部首合在一起是什么字,里边有什么学问什么典故,讲得很细致。赵琪还教他如何根据偏旁字首猜字,这既给兴邦提供了猜字的能力,也导致他后来读报纸念文件时常出现错别字,贻笑大方。

有了这一百个字和几十个偏旁字首,加上原来认的一些,兴邦勉强能把传单纸读下来了。为了这次传授,兴邦给赵琪磕了三个头,还送他一瓶虾酱。兴邦说:"将来我若是出人头地,一定报答恩师!"赵琪笑道:"我不过就是个百字师罢了。将来你若行了,不求别的,要打我一百棍的时候你只打五十棍,我就谢天谢地了。"兴邦说:"怎么说这种话呢!"赵琪说:"不信你就看着。你这人,丹田中有股子邪气,很难化解。"

兴邦一度担心这些油印传单会给自己惹来麻烦,特别嘱咐过同行的几个伙计:"谁也不要提传单纸的事,说出去,就是'通匪通共'的大罪。现时说话,一个人说出去,大家都得跟着送命。刀架在脖子上,咔嚓!明白不?"众人表示:打死也不说。尽管如此,村里还是有不少人知道了传单纸的消息,可能有人嘴不严,也可能是河东那边通过不同的渠道继续传进来的。因河西这边的时局不同,大家心照不宣,讳莫如深。

有一天,兴邦左思右想,突然陷入不解之中:大将是土匪,这个没错吧?可他们派发的传单纸上居然写着共产党的事,为什么?大将他们那些人这么做,是为钱吗?好像不是。如果不是为了钱,那就是不得已——共产党人多枪多,大将那伙人为了立足,不得不帮着做点事,是这样吗?也可能。兴邦心想:我若是共产党,决不会跟马子走到一起。我要拉了人马架起大炮,轰那些为富不仁的东西——直接进攻沂州府,打进兰山城,分田分地,让穷人过上好日子!

有一次喝醉了,兴邦把这个深埋于心的豪言壮语说给了赵琪。赵琪赞道:"兴邦你就是这点好,直驴,而且不安分。"兴邦再次说到请当军师的话题,依然被拒绝。赵琪口气坚决,毫无转圜余地。兴邦纳闷,问:"为什么就是不肯跟我干呢?"赵琪说:"我和你不是一路人。"兴邦说:"你不也是穷得叮当响嘛!"赵琪说:"君子固穷,君子有道。"兴邦说:"什么道不道的,你那个道好吃呀还是好喝?"赵琪说:"说白了吧,我这人其实跟谁都走不到一起去。这里给你撂下一句话:你放心,我不跟你,也不会跟别人,更不会跟了别人害你。"兴邦一听这话,舒心一笑,说:"古人今人,都说识时务者为俊杰。"赵琪摇摇头,说:"错了,凡是说这话的人都错了——古往今来,不识时务者方为俊杰!"

天色早已黑了下来,小酒铺尚未开门,兴邦站在门外茅厕旁等着。他要等的,是给他算命的赵琪。寒风料峭,吹得人五脏六腑都清爽。福禄寿三星高高挂在凄冷的天空,旁边是传盘星。大熊星座和它们遥遥相对,夜空丰富而幽深。凛冽的寒风,带着肃杀万物的声音,吹过枯树顶端光秃秃的枝条,吹过西酒店屋顶上的枯草,无所顾忌,不可阻挡,呼啸的风中似乎藏着某种神秘力量,叫人很想一探究竟。

赵琪终于过来了。和他一起来的还有两人,一是三福,一是扈家少爷崇礼。三福本不想来的,可他好奇心强,很想知道兴邦到底将来能不能当上乡长。他若能当上乡长,凭两人多年的关系,三福觉得未来可期,有依靠了。即使兴邦将来当村长,也不能小觑啊。无论兴邦将来当什么,只要是官,对三福都有好处。同时,三福也想让赵琪给算一算自己能有什么出息——兴邦都能当村长,那我呢?三福心里有点不服——论能力我不次啊!自从入了民国,科长、助理、秘书、所长、司书,新名称新官职层出不穷,约地已是名存实亡。想到这里,三福觉得好生落寞,于是就跟来了。扈家那孩子现在还在跟守典读书,《孟子》刚完,要读《大学》了。守典说赵琪"有学问但不走正路",搞什么阴阳算法成不了气候……崇礼好奇,想看看赵琪的阴阳算法到底灵不灵。

三福见兴邦早来了,招呼道:"你真的信赵琪那些话?"

兴邦说："不可全信，也不可不信。"

三福说："你明日若真的当了乡长，咱俩这么铁，我怎么安排？"

兴邦好像已经当上乡长似的，摸着下巴说："跟守约那样，搞个联防什么的。"

三福说："我现在就跟联防平级。"

兴邦说："比人家守约，你还是瓢了一点儿。"

他们正说话呢，四狗屎来了。

紧随其后，二皮匠也来了，开了门。

兴邦和三福客气地请赵琪先走。

赵琪高昂着头，目不斜视地跨进小酒铺。

赵琪个子不高，两眼炯炯，腰板总是挺得直直的，看上去有点傲气。他一进酒铺，兴邦就给他找了个大点的马扎让他坐了。三福擦拭了桌子，也是一副恭敬的样子。兴邦问他是不是先弄二两，赵琪爱答不理地说："光知道喝酒，不算命了？"兴邦说："算啊算啊，今晚不就为这事儿来的嘛。"赵琪说："天机幽深，人心叵测，算命测字等同于做学问，此时不可饮酒。"兴邦连声说是、是、是。

赵琪从口袋里捏出一本书，从怀里掏出个罗盘。三福给他倒了一碗开水，从怀里掏出一个纸包，层层展开。兴邦问什么，三福用三个手指捏出一点碎末，叫兴邦猜。兴邦猜不出来，三福骄傲地说："这是茶叶！三年前建章给的，没舍得用，今儿派上用场了。"

不一会儿，茶汤好了，冒着热气。赵琪对三福的举动比较满意，先自啜了一口，说是香片。三福说："总算有人识货，正事正用，这茶找对人了。"赵琪看了看桌子上的灯盏，问二皮匠："老大还没回来？"二皮匠说："就这两天吧。"赵琪说："整天在外头窜，也不怕叫野猫咬掉脚指头！"二皮匠问："啥事不吉祥？"赵琪不作回答，说："现在城里都时兴洋油灯，灯头大，罩子是玻璃的，亮，也省钱。"二皮匠说："小意思嘛，过几天咱也弄一个。"

赵琪喝着三福带来的茶，很享受的样子。他并不急于进入实质的占卜操演，却散漫地聊起蚂蚱庙的历史来。他问兴邦，你可知蚂蚱庙最初有多少人家几个姓氏？兴邦说："我才多大年纪，哪知道那么远的历史！"赵琪说："要想当村长，先得明了这村的历史；要想当乡长，就得明了一个乡的历史。然后才是土地、人口、河流、道路，大牲畜多少，小推车多少，哪里有能人，哪里出盗贼，等等，你什么都不知道，就当不成好官。就说三福吧，你知道你们姓贾的是从哪个旮旯来的？"三福说不知道，听您说呢。

赵琪说："那我就大概地说一说。蚂蚱庙最初的居民是三十六户，其中有姓贾、姓姜、姓尤、姓宋的，还有姓丁的，都是老户。咱这村的四周现有丁家汪、尤家林、贾家岭，就是先民起的名字。宋家有个人叫宋大迪，力气最大，能赤手空拳举起碌碡来，跟死去的孙殿武有一比。尤家出过一位文秀才，叫尤瑞，和吴云迪同时进的科场，云迪中了武秀才，尤瑞中了文秀才。当是时，周围人无不感叹——蚂蚱庙一下子出了两个秀才，这得多大的气脉！"

兴邦这时才发现崇礼坐在二皮匠的灯影里，问："谁叫你来的？"扈崇礼说："给大人说过了。"兴邦就拉他到自己身边，像长官爱护自己的兵。这孩子是个独苗儿，在家里娇惯得很，除了上学读书，他爹什么都不让他干。自打那次推盐遇匪，这孩子好像突然长大了。赵琪看了一眼崇礼，说："咱蚂蚱庙姓扈的、姓谢的，还有林家，这几个族群的人都老实。这孩子面相好，若是时局安定，会有点出息。若是时局不安定，就难说了。"三福说："他家算是个肉头户，有四十八亩地呢。"赵琪说："家产多少无所谓，人的命大半在时运。时运不好，家产越多越靠不住。"

众人点头，好像真懂了似的。

赵琪啜着茶，问崇礼在守典那里学了些啥，崇礼说："先学的是千字文和千家诗，后来学《论语》和《孟子》。"赵琪说："读书，不治经学不行，《中庸》《礼记》《大学》最是要紧，其余都是小学。但是，经学也好，训诂也罢，最要害的还是道。孔子说，我道一以贯之。道不行，我将乘桴浮于海，是不是？有些人只会写八股文，起承转合，别的什么都不会，出了学堂就跟傻子似的，怎么经世致用？"兴邦说："叫你说，读书就跟吃饭似的，光吃肉不行，还得吃点五谷杂粮，是不是这个理？"赵琪指着兴邦，说："为什么我说你是当乡长的料呢，就因这个，你有你的悟性。可惜你穷得连读《千字文》的机会都没有，和学问离得太远。当年振兴先生，人家是正经八百的秀才，从《论语》到《春秋》都能讲下来，还有《楚辞》《离骚》。后来的石晓楼不怎么行，但他的《孟子》还说得过去。至于守典，他什么都讲不清楚，经史子集，一知半解，这么下去，孩子都被他教傻了。"

三福不喜欢背后议论人，就说："若让你当先生，你教什么？"赵琪说："我不是没当过先生，我在考棚街那边设过馆课过徒，红火了一阵子呢。告诉你，我什么都能教。民国一来，我讲过《格物》，格物致知嘛，没什么难的。其实我们中国早就有《周髀算经》《九章算术》《梦溪笔谈》，西人那些没什么了不起，唯其基督教义还有些东西。我不光会讲经教格物教国语，还能教书法，教珠算，教中医，既有老祖宗的，也有西洋的。"

兴邦说："听说你会测算吉凶福祸，还会拘拿鬼神，真的？"赵琪说："以讹传讹，您姑妄听之就是了。"兴邦不懂"姑妄听之"，问："那得读多少书啊！"赵琪说："读书不在多，要的是深，是精。我有个朋友叫曹友邦，大茅茨村人。曹友邦常年在外行医，见识广，藏书也多。有一次，曹在莒南大店的集市上看到一大堆古旧书籍，随手拣了几本他以为有用的带回家。有些孤本善本，他自己留下，其中关于测字、算命、打卦、符咒的杂书给了我。我拿回家来，读了两年，渐次有所悟，自觉比经史子集更有意思呢。"

赵琪说的可能是事实。因为那些杂书，他从大道入于小道，成为名闻遐迩的算师。他能从生辰八字测算一个人的命运，能从一个人脸上的皱纹看到三年内的吉凶福祸，甚至能将小鬼小神拘拿到阳世里来当面质询。外界传说他读过《推背图》《祝由科》和《麻衣神相》，能把某人从很远的地方拘来，令其倾吐实情，如鬼使神差。相公庄有个姓庞的豪绅，平生吝啬奸猾，品行属于劣等，在他主持修复南大寺期间，贪占善款，对工匠十分苛刻。蚂蚱庙的李石匠在那里干了整整两年，到头来没拿到一文工钱。石匠上门追讨，跑了好几次，一无所获，还被姓庞的拿棍棒给赶了出来。石匠受不了这份羞辱，求助于赵琪。赵琪同情李石匠，便使出求神拘人的魔法，写了符咒，放在一个笸箩里，晃来晃去，口中念念有词。连续作法三个昼夜，那个被大神捉到的家伙终于现身他的面前。赵琪怒斥："姓庞的，可知你干的好事！如今已在我囹圄之中，倘不知罪改过，看我不把你打进十八层地狱！"说话间，一阵冷风吹过，就有黑影清晰显在土墙上。那黑影儿对着赵琪连连点头，表示认罪知错并痛改前非。赵琪转身对石匠说："成了，明天你去南大寺找那姓庞的要钱就是，他不敢不给。"次日，石匠去了南大寺，说了来由，姓庞的满脸羞报，不仅把石匠的工钱如数发还，还沉痛地诉说了自己种种恶行劣迹，包括强奸弟媳、淫乱尼姑、勾结东山土匪、贪污寺庙财产，等等。庞的老婆在场，颇觉不堪，跑上去捂了男人的嘴，不让他说下去。姓庞的把老婆推到一边，直到把全部恶行说了一遍，才轰然倒下，像水中瓦解的泥人……这事很快传开，越传越广，越说越神，四周八县的人都来找他，赵琪一概不予理睬。送礼不收，给钱不要，亲友乡邻说破了嘴，谁都求不下情来……赵琪公开声明："我从道焉，不从人，不从势，更不从钱。"

兴邦说："今儿可得好好算一算，给我指个方向。"

赵琪说："我为什么不愿给人弄这些事呢？不是我懒，也不是读书人拿架子，是因为有些事不容易弄清楚。再说，阴间的卯簿管得很严，好不容易拘个小神小鬼，精明乖巧的还好，若是一个吃地瓜长大的蠢货，什么机密都弄不到。"

三福说："原来如此，说起来也不容易呢。"

赵琪对兴邦说："今儿这样办，成年人筋骨死板，加上私心纠缠，不容易算准。我先给小孩子算一下，遛一遛道路，待腿脚灵活了再给你算。"

兴邦就问崇礼："你想算个啥？"

崇礼说："我想见识一下呼风唤雨、驱神拘鬼。"

赵琪看着屋里刚点上的油灯，问："你不怕？你们都不怕？"

都说不怕。

赵琪说："我初学算法，法力有限，对那些地位高大的鬼，我没能力令其按时到位。至于那些卑微小神，如土地老爷、井神、汪神、床头小神什么的，凭我的法力，一般都还能拿得到。"三福说："若能拿到神，请教一下我的寿数。"众人面色严肃，待在各自的地方不敢轻举妄动。夜色沉沉，小酒铺在月光下显示着神秘的轮廓。油灯在漏风的土屋里摇曳着虚弱的光。在场一应人等聚精会神，看赵琪如何作法，充满期待，还有几分恐惧。

赵琪朝二皮匠要了个笤子，又要了一根细绳儿，剪为几段。笤子周边是用竹片做成的圆柱，底面一层丝网。赵琪把笤子翻过来，底朝上，用四根细绳儿系了，将其挂在黑夯夯的房梁上。众人直面操作，如看魔术。赵琪端详了这个当场制作的"实验设备"，差强人意。他找来一段食指长的桑木条，一端切了口，夹在笤子边缘，另一端做成笔尖形状。然后他要二皮匠把小桌上的酒杯茶碗拿走，把小桌放在笤子正下方。这些弄好了，赵琪让三福去灶台下弄些灰土撒在桌面上（书上写的是黍稷），再用高粱莛子将青灰刮得平平的，看上去像一张平滑的纸。桑木条的尖端十分迫近青灰的表面，如一只接触纸张的笔管。

肃静中，赵琪用朱砂笔写了一张符咒，轻轻放在笤里，口中念念有词。在场的人意识到，仪式开始了。三福脸色青黄，有些紧张，他自我壮胆地念叨着"不怕不怕弄着玩的",心里还是有些怯。兴邦用胳膊肘子抵他,示意他不要紧张。四狗屌兀自在那里喝酒,对这边的事漠不关心。崇礼蹲在赵琪身边,双手捂着嘴,生怕呼吸扰乱了桌面上平展的青灰。

　　不一会,吊在房梁上的箩子开始动起来,左右摇晃,也有旋转,幅度不大。箩子一动,夹在罗圈边缘的木棍随之划动,并在青灰表面留下痕迹。乍初,那根临时制作的笔管并没划出像样的线条,稍有印迹,看不出什么形状,大家有点失望。赵琪不作解释,端了茶碗,慢悠悠地品茗。这样过了半个时辰,那笔管突然一墩,青灰上就留下一个印痕,不是字,像是一个点,也像是一个小圆圈。在场人翻来覆去端详,不晓得那字码是什么意思。三福小声对崇礼说:"什么字?"崇礼凑过去,左看右看,只是摇头。赵琪看了一眼,语气肯定地说:"这是个酒字。"

　　大家恍然,知道土地老爷被请来了,现在它要喝点儿小酒,所以在灰粉上戳了个酒窝儿。兴邦喊着:"拿酒来!"二皮匠笑着,不动。兴邦说:"算我的!"二皮匠就端了酒递给赵琪,说:"你给土地老爷说,这是未来的乡长请客。"赵琪说,还没当上呢!兴邦自嘲地说:"有那么点气象也好。"赵琪就拿了小黑碗,将酒的大部分溜在地上,像是祭奠。剩下那点他自己喝下,说:"叨陪末座。"

　　众人紧张起来,小酒铺里安静得很。三福想逃出去,但不敢独自去开门,门外院子看上去幽深恐怖,万一一头撞上什么鬼神可咋办呢?四狗屌笑他:"看三福你那熊样!想走就走,十有八九一出门就被小鬼咬掉个耳朵,说不定照你裤裆踹两脚,看你早回去还有什么勾当可干。"这么一说,三福不敢出去了。

　　赵琪再念符咒,咕咕哝哝,青灰的表面便出现了新的印痕。他小心翼翼放下茶碗,弓腰看了,说:"还是刚才那个字——这家伙酒量不小哟,一盅不行还要第二盅。"于是又奠了一次。这一次,他留了一多半。神灵第三次显示的隐语,还是一个圆形窝窝儿。赵琪就有点

287

不高兴了，说："老东西今儿真是馋酒了，正经事没做一点呢，却连要了三个酒。这么下去，两大碗也不够他喝的。"说这话时，他把黑碗里剩下的酒全都泼在地上，说："全给你算了，我没心思陪你到天明——睡觉要紧！"

在场人见赵琪竟敢对神灵如此态度，不由得肃然起敬。正说话呢，悬空的笤子摆了起来，幅度也大了许多，方向也很紊乱。众人看那笤子东摇西摆，有时画圈儿，有时戳点儿，期间还有许多横七竖八的直线和曲线，青灰上留下一堆乱码。待其稍停，众人争论这乱七八糟的一片到底是些什么字什么意思，不识字的瞎猜，识字的望文生义。崇礼说，《康熙字典》中不曾见有这类文字；三福说，好像蚂蚁爬的；四狗屁说，像是几个屎壳郎的足迹，等等。

最后，赵琪一锤定音："这是个醉字！"

众人齐声说是——三碗酒，没什么酒菜，怎能不醉？

就在众人感慨的当儿，那笤子竟疯狂转了起来，青灰的表面留下乱七八糟的痕迹，有点像古人的大草狂草，笔画也比刚才粗一些。赵琪顿时紧张起来，脸上寒寒的，说："不好了，土地老爷发酒疯了，大家务必要小心，弄不好要出人命！"众人听了，个个汗毛竖立，幽暗的土屋里充满恐惧。赵琪手足无措的样子，说："我只学了请神的法子，不知怎么送哟，这如何是好？"众人听了，益发惊惧。三福叹着："请神容易送神难啊！真不行给他弄点什么吃吃？"兴邦说："你以为土地老爷跟你似的——光知道吃！"他征求赵琪的主意，要不要吹几声长号？赵琪摆摆手，说鬼神受了惊扰更难伺候。三福悄悄拉了崇礼的手，企图带他夺门外逃。他俩刚走近门口，听见房门咣当一声关上，一阵狂风从门洞呼啸而来，空气中夹带尖厉的怪响，暗中像有鬼神驱赶万千夜叉结队巡行。三福立马停了脚步，紧靠在门后土墙上。

赵琪赶忙去查书，双手哆嗦，牙齿打战。

大家如煎似熬地等着，惴惴不安，如坐针毡。

大约过了半个时辰，赵琪长出了一口气，说："好了好了，现在好了，还是在坤卦里找到的路径，好不容易！"他手捧了那书本，跪在地上，念念有词，态度虔诚，语气温柔，好歹让那箩圈停了下来。这时赵琪开始发声，有些话勉强能懂，有些话只有一点细微声音，旁观者无法知晓意义。这么折腾了一袋烟工夫，赵琪双手抹了一把脸，说："那家伙终于走了。谢天谢地！"

他亮出双手，上面是发亮的汗。

三福摸了摸腰间，棉裤腰已被冷汗溻湿。

他问赵琪："这当儿出去没事吧？"

赵琪说："没事了。"

三福对崇礼说："咱走吧，土地老爷再回来就不好办了。"

说着，三福拉了崇礼的胳膊离开了。

兴邦没走，他等着赵琪给他算命呢。

赵琪说："今天为了请土地老爷来，用力太猛，元气受了些损伤，过几天颐养好了，再给你算。"

兴邦急于知道自己未来的地位，说："昨儿你说的那些话有影没影？"

赵琪说："土地老爷都被拘来了，还不信？"

兴邦高兴地说："但凡有个影儿，我就有奔头。"

赵琪说："我看你的面相里有一种不安分的精神头儿，就是这个不安分的劲儿带出了一点点官运，知道不？你说的奔头，就靠这个。"

兴邦琢磨着，点了点头。

二皮匠捏着他的衣袖，说："先甭说当官的事，酒钱。"

兴邦从怀里掏出一个大板，说："再饶上一碗。"

二皮匠说："两碗呢。"

兴邦说："那碗你担着是了。"

二皮匠说："这是俺哥的酒铺子，我说了不算呢。"

兴邦说："将来有那么一天,看我把这小酒铺整个拿下来！"

二皮匠说："甭跟真三似的,到那天再说这话也不晚。"

说到这儿,二皮匠突然要赵琪给他哥算一算。

赵琪问："算什么？"

二皮匠说："算算他成家的事吧。"

赵琪自觉喝了人家的酒,不好拒绝,翻了一阵子书,两只手左掐右算好半天,说："大皮匠,你哥,天生一个游魂,没有根。他会有老婆,但是,成不了家。"

二皮匠捏着下巴,琢磨半天,说："你意思是,找个老婆也养不住？"

赵琪说："信则有,不信则无。"

二皮匠将信将疑,摇头道："我不信。"

赵琪不再解释,收拾了东西,昂头挺胸,走进寒夜里。

田园将芜兮书生哀歌

守典书读得好,人也不错,唯有农事上不很精到。虽然开塾课徒,但束脩微薄,日子过得紧迫。母亲老了,再无力辅助代劳,每到耕地耙地、播种收获、锄草间苗,多靠舅舅帮助。守典的私塾不大,多时十来个学生,少时也就五六个。学生大都是近族或亲友子弟,束脩交纳不及时,他不好意思催促。母亲叫他把心放在庄稼上别玩纸牌少去小酒铺,无事可做的时候挎个筐子去野地里寻点牛粪狗屎也比喝酒玩牌好,可守典对农活总是提不起精神,玩纸牌的嗜好总也戒不掉。平日里有空就找人打牌,沉湎其中,乐此不疲。那时的纸牌印着圆点和符号,俗称"石胡子",类似纸麻将。一年四季,只要有丁点儿空儿,守典都要找人玩,一玩就是几个钟头,连吃饭都失了时,因此导致田园荒芜、稼穑衰败，日子每况愈下，相当困窘。

那是个灾年，大旱后水涝，田里收成很少，许多人到苏北逃荒去了。过了腊月二十，各家都在置办年货，守典还在盼着学生的束脩。按惯例是在旧历年前交齐，可是多数家长此时都逃荒去了，束脩收不上来。年关将至，无米下锅，守典心情苦涩，不胜感伤，愤然写下了这样的春联：

上联：交腊月兮堪况逼死
下联：过新年矣两世为人
横批：君子固穷

又：

上联：有钱不还账者良心何在
下联：拮据畏讨钱焉君子独伤
横批：夫复何言
……

人一旦陷入窘境，很难保持坦然，心力薄弱者则难免失态。三福见守典此时困难，于心不忍，出面代为收集束脩。为了保护学生家的面子，这种上门收钱要粮的事都是在太阳落山的黄昏后，三福为此很是跑了一阵子，因为上一次门未必就能收到，学生家里总是推托，希望延缓束脩。三福善言温语，跟讨乞似的，到除夕那天，大体上收齐，只差一户。三福咬咬牙，自掏腰包，将那剩欠的尾子给垫了。为此，守典对三福多了几分敬重。

守约觉得守典独自支撑私塾，确实吃力，就让儿子宗申做了私塾的助教，不拿报酬，像个实习生或志愿者。即便如此，私塾依然没有起色。对蚂蚱庙人来说，读书不读书没有多大区别——喂牛、赶车、耕种，都无须学问——能认下自己的名字就行了。蚂蚱庙只有赵焕章看重读书，他的儿子都曾入读私塾（那时私塾的先生还是刘振兴），而且总是一入学就把束脩交齐。守典说，像焕章那样重视耕读的君子且按时交纳束脩的，几乎没有了。

　　七月去暑，应当秋耕了，可守典家没有牛，也找不到合犋的人家。守典独自哀愁，像是"一晌贪欢""独自凭栏"的李后主。眼看着满地的荒草，再不翻耕，就会耽误秋分种麦，明年的吃食哪里来！他喜欢陶诗，时不时吟诵"种豆南山下，草盛豆苗稀"的佳句，然而雅诗解决不了俗务之急，他多次扛了锄头去锄草，可是地里的活计太吃力，身上一出汗，他就喉咙发紧喘气不顺，于是便"带月荷锄归"了。及至走到半路，又不得不转身回去——自己不干谁干——苦累无法逃避。守典对自己在农事上的能力越来越没有信心，懊恼无时不在。蚂蚱庙人赞赏那种不惜力气、能忍能熬、两条泥腿踏在墒沟里的角色，敬佩那种做什么都胜人一筹的人物，尤其敬佩庄稼长得好的人家，守典不在其列。守典是个四不像：身份是农民，却迈着书生的步态；一边做农活，一边想着天外飞鸿，心不在焉；听起来老大本事，可什么都做不好。守典压根儿不承认自己命在田园，心思不在土地上。他梦寐以求的生活方式是在窗明几净的书房里读书，是与琴棋书画做伴，而不是喂牛、锄草和养猪。别人玩纸牌都是适可而止，地里的活总得优先，一想到玩牌耽误了农活便恨不得打自己几个耳光。守典不承认现实处境，不认可目前的角色定位。他老觉得靠打牌就能赢到钱，可又缺少赌徒的精明和奸猾，偶尔赢点小钱，很快就会输光。三福劝他："吃喝嫖赌这四个字，前两个字无伤大雅，后两个字是败家的魔王。"守典拒绝这类劝告："你才识几个字啊，也来教训我！"

　　白露时节，天朗气清，田野上流岚飘荡，到处是牛铃的响声。翻耕起来的秋茬里，阳光在垡头上闪着亮光，那是发给勤劳者的一串串奖章。只有及时把秋田翻起,让高粱茬子接受烈日的暴晒,土质才能疏松,害虫才能晒死。待白露一过,这样的土地上才好播种麦子,庄稼才有望丰收。守典家有六七亩这样的高粱地,如果误了晚秋墒情,麦子将无法种下,也就很难指望明年有好收成。可是他家没有牛,没人愿意借给他畜力。他对守荣说过翻耕高粱茬地的事,弟弟说等他家的地弄好了就把牛拉过来。可是守荣种地太上心,茬地总要反复耕耙,所以他家的地老是弄不好。即便有弟弟那头牛,也要再借一头牛或是驴,才能组成一副合犋。现在,各家忙着秋耕,谁家会有闲着的牲口呢!

凉爽的秋风吹拂着黑亮的垡头,耕耙好的土地上已经出现了耩楼的影子,扬鞭的手势伴随着秋空下的脆响,早下手的人家都在品尝先人一着、有备无患的从容,有人站在木耙上唱起悠扬的号子。秋日如碧玉的连环在蓝天闪耀,几乎所有茬子地都被翻耕起来,只有守典家的地里还长着次生的秣秣苗子和黄绿相间的杂草。那些东西不仅没用,且每日每时都在空耗本就不肥的地力。守典焦急万分,无计可施。

过分的窘迫让人失态,守典此时犯了一个错误。有一天中午,他见临近的地里有两头牛在吃草,主人回家吃午饭去了。走近看了,像是舅舅家的牲口,心想,何不拉过来先用一用!于是就套上两头牛,耕了一下午自家茬地。太阳还没落山,守典就累了。他把犁和一头牛送回原地,另一头牛则牵回家里,打算明天与守荣的那头牛合犋,耕作剩下的一半地。

守典本应先给舅舅说明,可他觉得舅舅家的牛,而且闲在那里,无须打招呼。这是第一个错误。第二个错误,不应当把一头牛牵回家。要用,也得跟舅舅说明白。果不其然,那边黄昏时分收牛时发现少了一头牛,大惊。陈端俊估摸可能是外甥牵去用了,派长工来看情况。此时守典犯了第三个错误。按理说,他应当首先对自己先斩后奏的行为抱歉,请舅舅包涵,并希望再借一天牛把地耕完。即便舅舅不高兴,也不好硬牵了牛回去。问题是,恰恰在这当儿,读书人的虚荣心和小心眼占了上风：守典担心舅舅骂他不打招呼就牵走他的牛——不像个读书人——心有恐惧，一时歪嘴，竟说自己没见舅舅家的牛。

长工回复，陈端俊只好信了——他以为外甥是教书先生不会骗人，更不会骗自己的亲舅。这么一来，这头牛等于丢了，被盗了！对于农户来说，一头当犋牛差不多等于半个家底儿，大牲畜被盗是件天大的事，肇事者将被视为违犯刑法。端俊就去乡里报了案。按照程序法，乡里当即将犍子牛被盗的事具状，转呈县里。乡里官吏告诉他：一旦发现，立即拿人。

陈端俊是个心思缜密的人，他担心这事万一涉及外甥，对不住自己的姐姐。次日一早，他再次去了乡公所，想撤了诉状自行访查。乡公所的司法文书说，案子已进入程序，要撤，你得亲自去县里跑一趟。次日上午，端俊进城的途中，先去了蚂蚱庙——他想再次落实一下牛到底在不在。姐姐说："那牛是这边大份子（指长子）用了，外甥没给你说实话……"

果然！

端俊那个气啊——不知说什么好！

仁厚的陈端俊对姐姐说："只要牛还在就好，先放这里用两天吧。"

两天后，端俊来蚂蚱庙要牛，当面批评外甥："以后你要是用牛，得先给我说一声。这些天我一直想着这边，打算忙个差不多就来给你耕。你这么弄，两下里误事，我看你是读书读傻了！"

守典明知错了，又不肯当面认错——竟说那牛不是他偷的，而是自己跑过来的。

端俊一听这话，不高兴了，说："外甥你这么说话就没一点人情味儿了。我的牛，怎么会自行走你这里？"守典无言辩解，却不肯放了那牛，因为地还没耕完。端俊说："我本不想跟你计较的。既然你这么说，咱就当面验证一下。你且放开那牛，让它站在当街上，看它朝哪走。如果走到你门里，这牛就给你了。如果跟了我走，你得给我当面认个错！"

守典居然答应了。

他们把牛牵到当街上。

这时，三福气喘吁吁跑过来。

端俊见三福过来，说："你来得正好，给我主持个公道吧。外甥偷了舅的牛，竟说牛是自己跑过来的！今儿我要当众看那牛朝谁家走，如果进了林家的门，我自认倒霉就是。"三福道："有道是亲舅遇到野外甥，你们是一家人，砸断骨头连着筋，没什么可计较的。我看这牛你就让他用几天吧，等耕完耙完，完璧归赵，一根牛毛少不了。"陈端俊说："耕地就耕地，可他背个牛头不认赃，非说牛是自己跑过来的。你说气人不？"

三福白了守典一眼，说："跟亲舅怎能这么说话！牛是你舅的，这还能错！"

守典满脸羞臊地缩在门楼下，依然没给舅舅道个歉。

三福反复安慰，端俊稍微消气，对三福说："前日找不到牛，先打发短工到这里问了，这边说没见牛，我以为被盗，就把这事报告县上了。"

三福一听，慌了，问："还具了状子？"

端俊说："找不到牛，有什么办法？"

三福说："这可不得了！你赶快去城里，尽快把那状子撤了。我这里得告诉你，一纸入官门，九牛拽不出，万一县长看了，想抽都抽不出来。你们两家是至关重要的亲戚，哪一方吃官司都不好。"

端俊说："谁丢了牛都会报官的。"

三福转过来说守典："你也是。用牛总得打个招呼是不是？你看现在，亲舅把外甥告县上了，明儿要是来个偷牛的传票，你就得去大牢蹲两年，脖子上戴着铁链子，一天给两碗刷锅水。还是读书人呢——说起书片子一套一套的，怎一遇到事儿就成了个上堂晕呢！"

295

被三福训了一顿，守典也有点怕，不再硬嘴。

陈端俊说："三福还是你跑一趟吧，我家里还有不少的活计呢。"三福说："让我去县里跑一趟把那个状纸要出来，不是不可。不过我得告诉你，撤诉是要破费的，至少得一个大洋，还不包括来回盘缠——总不能让我白跑腿不吃饭哟。"

陈端俊就给了三福一块银圆，另给了几个小钱，走了。

次日，三福到了县里，要求把陈家湖前日所具状纸抽出来。那官儿问："牛找到了？谁偷的？"三福说："不是偷的，是外甥牵了舅家的牛，没说清楚，弄两岔头去了。"那官儿问："为何言之不预？"三福一时语塞，随口编了个理由，说陈家湖那边欠姐家几十块钱，外甥就牵了舅家的牛顶账呢。那官儿问："当事人怎么没来？"三福说："我是那村的约地，代他来办这事的。"那官儿以为三福是陈家湖的村长，说，既然如此明儿就不发传票了，交一块大洋的撤诉费，明儿给你们结案。

陈端俊回家后，越想越不是个理儿。自家牛被外甥偷了用，到头来还得贴上一块大洋撤诉，真是好没道理！三福回来，说事情办好了。陈端俊说了感谢的话。三福说，你明儿得去一趟，当事人要亲自具个撤诉的结呢。陈端俊不高兴，但还是应了。次日，端俊去了县里。法庭一个官儿出来，问他何事，端俊说是来给一个撤诉的案子具结的。那人翻出案卷，当场把文本念了，在撤诉理由中写了"借债数十元以牛顶账"的话，端俊大为吃惊，说："这是哪里话！我何曾借过林家数十元，这是胡说！"那官愕然道："你没欠他家债？"端俊说："他家困难，每每都是我去帮他们，不光种地，钱物上也多有支持，说他欠我的还差不多，这不是反咬一口倒打一耙嘛这！"那人说："这话是你们村一个自称约地的人说的。"端俊说："俺庄上没什么约地，他三福不过随口胡说。若是这么写，这个结我不能具——我啥时欠过他家的钱了！"那人说："如果你不认可，那就是你外甥偷了牛。偷牛

296

是犯罪，他得蹲两年牢；如果去掉借债这句话，你得叫你外甥来当面说清楚，那个中人也得来。三方对质，才能撤诉。"

陈端俊十分气恼，既不想让外甥作为偷牛贼蹲牢，也不能承认自己借债，非要那人当场给修改撤诉理由不行。那人说："事关程序，不能听你一面之词。"端俊说："事关我的名誉，不改理由，不能撤诉。"那官儿说："明儿你们三人再来一趟吧。"端俊说："我来这两趟了，家里很多活，不能再来了。"那官儿说："人不来齐了不能撤诉。"端俊越想越气，说："我的牛被人牵走，我还得花钱撤诉，搭上三天工夫不说，还要担个借债不还的坏名声，这道理怎么讲的！"

他坚持要当场具结，明天不再来了。那人还是说，如果当场具结就不能修改文字，修改文字就得三方对质。陈端俊反正说不通，竟跟那人吵起来了。那官儿不耐烦了，说："你这人好没趣儿。同意你具结撤诉，你又要弄个明白，这不行那也不行，出尔反尔，存心取笑本法庭是不是？"

端俊说："不是我出尔反尔，是他们凭空污我清白。我啥时欠他林家钱了？没影儿的事嘛。多年来我搭上工夫搭上钱粮，搭上牛马牲口，操心费力，他姓林的居然污我借债不还，请问这世上还有公道吗？"

端俊一时气恼，说了许多激愤的话。

法庭以妨碍公务为名，把他暂时收押，关进南关的板房，双手还戴了铁链子。

端俊气恼攻心，牙疼得整夜没合眼。南牢是兰山县的看守所，那里关押的大都是剿匪捕获的马子、偷盗耕牛的贼、半掩门子的暗娼之类。端俊不仅没能要回自家的牛，还被打入南牢跟这些人关在一起，气得他胸口闷胀，恨不能咬下守典一块肉！

消息传到蚂蚱庙，守典知道麻烦大了，只好请三福拿主意。三福也觉得这件事办糟了，说："你舅是个好人，如今吃了大亏，你得去看望他，当面赔个不是。"守典起初不肯去，怕去了挨舅舅骂。三福说：

297

"这事是从你那里开端,你不去谁去!"守典想起分家时娘嘱咐的那些话,想起舅舅多年来的种种恩德,觉得自己确有大错,就带了些吃的去南牢看望舅舅,顺便做了三方具结。

陈端俊拒绝见面——他恨死了这个看上去文质彬彬其实没正心眼的教书匠子。

三福进来劝解,说孬好是你的外甥,见见吧。陈端俊怒气冲冲地说:"他不是我外甥,我没有那样的外甥!"可他经不住三福反复劝慰,最后还是答应出来见个面,也好骂几句,出一出心中愤怒。从黑屋子出来时,端俊脖子上还挂着那条细细的铁链子。守典叫了一声"舅",端俊脸上一片寒霜,不肯正眼看他。此时守典再次犯错——也许是为了逗舅舅一笑——他歪着头瞅了舅舅脖上的链子,轻薄地说:"哦哟哟我的舅啊,你看你这么老大了还跟小惯孩儿似的脖上系了个长命锁呢!"

这话把陈端俊彻底伤透了。

他朝林守典吐了一口唾沫,回了板房。

三福严厉地批评守典,怨他不该跟舅舅这么说话。

守典愧疚地说:"我看他满脸不高兴,想逗他笑一笑呢。"

三福道:"说话要分场合,你不知道这是什么地方吗?你怎就不想想你舅此时此刻的心情呢!牛被你偷了用,花钱撤诉,跑了好几趟,还蹲了班房。此时此地,此情此景,你竟说出那样的轻薄话,真有失体面啊!呸,什么读书人,我都替你羞耻!"守典接受了批评,由三福去把事情说清楚,把舅舅保了出来。三人一起修改了撤诉理由,具了结。两家从此生分,走过对面也不搭腔,更没来往。

两年后,三福问起守典:"跟陈家湖那边还是老样子?"

守典说:"瘸子的腿——旧筋了,没个解。"

三福说:"毕竟是要紧亲戚,姥姥门上没个走动,不是个事。"

守典叹道:"鱼书欲寄何由达,水远山长处处同。"

三福生气地说:"我跟你说正经话呢,拽个什么文儿!蚂蚱庙到陈家湖不足二里地,放个屁都能闻到味儿,什么水远山长?真有你的!"

此时,守典的长子林宗山十岁,已经懂事。三福对他说:"孩子你听着,老一代不睦,那是旧账。小一辈应当体谅长辈,力求长幼融合。宗山你是老大,带个头儿,到舅姥爷那边认个亲,矮不了你,是不是?"

宗山应了。

有一天,宗山去旦彰街赶集,背个小口袋,打算籴些粮食。途中,见前边走的好像舅姥爷,快跑几步追上去,对着那人的背影说:"舅姥爷,您这是去赶集?"端俊回头一看,见是重外甥跟自己搭讪,沉吟片刻,还是开了口,问:"你奶奶可好?"宗山答:"都怪好,奶奶常念叨舅姥爷舅姥娘。"端俊听了,鼻子一酸,眼窝里一团湿,好一阵子说不出话来。

宗山紧跟了舅姥爷的脚步,端俊则故意放缓了节奏,祖孙俩就走到一起了。端俊看了一眼宗山,问:"重外甥,你背着个袋子这是?"宗山说:"家里没吃的了,俺娘让我去街上籴点儿粮食。"端俊又是一阵心酸,说:"籴粮?籴粮不得花钱!明日去俺家,叫舅姥娘给你装点儿粮食。"

次日,宗山带个口袋去了陈家湖。

舅姥娘正在锅屋里烙煎饼,见蚂蚱庙这边重外甥来,眼皮没翻——她还有气。

端俊说:"重外甥,进来吧。"

宗山说:"我这里先给舅姥娘问个好。"

舅姥娘这才缓过脸色,说:"看样子呢,小的比老的懂事。"

宗山和舅姥爷一起吃了早饭,新炒的渣豆腐、辣椒、咸菜、热腾腾的糊粥,还有舅姥娘刚烙的煎饼。宗山吃了饭,舅姥爷让他张开口袋,给他装了些高粱米。红白相间的高粱米慢慢流进宗山的口袋里。宗山说:"行了,行了,不少了。"端俊的手却不肯停下。念及外甥一家的困窘,他停不下手。

结果,装了满满一袋子。

舅姥娘在锅屋里喊:"大筅子里还有些花生,你给重外甥装上些。"端俊又给装了一小袋子花生果。

宗山扛着高粱和花生,回了蚂蚱庙。

此后,两家恢复了正常关系。

三福得知,赞道:"端俊,端俊,名副其实的长者——如果是好!"

守约制订的联防计划一一得到落实:建了围墙,修了八个炮楼,村子实行夜巡。他让年轻的儿子负责督导有关防务的一应事务,宗申身体力行,样样事情都做得出色。宗申渐渐就成了蚂蚱庙村的灵魂人物,如新星升起。相公区(那时河东为第三区)区长周干臣向县里推荐蚂蚱庙的联防经验,县长说:"这个姓林的青年可酌情任用。"不久,宗申当了第三区的助理兼区公所文书。三福对守约说:"这里边有我一点口舌之功。"守约就笑。三福又说:"至少说明我有点眼光吧。"守约明白三福的意思,就给了他一块大洋。三福说:"宗申日后必有大出息,将来我得靠他了。"

一年后,宗申被提升为湾林乡乡长。此时,兰山县河东三个区有十几个乡,相公区下辖湾林、玉皇庙、重沟等几个乡。宗申上任后,很快展现出良好的办事能力,一应公务井井有条,极少瑕疵。他尤其善待乡党。村人找他办事,宗申总要请他们到区公所里喝杯茶,款待饭食。不论穷的富的,他都热情招待。蚂蚱庙人说:"宗申这人好,蚂蚱庙就是去一条狗,他也会好酒好菜招待!"

谦逊好学、身体力行、办事踏实,诸般优点,渐渐把宗申的声望抬了起来。自打当上区公所文书,那些曾嫉妒他的叔父、大爷、兄弟们对守约父子全都另眼看待，转变之快，令人惊奇。宗申之从政，初衷只为免于受气。至于今，一切面目全非。年轻的他早早看清了世态炎凉，但也只能承认现实。那年秋，宗申到小钟山赏菊，赋诗一首：

钟山虽小兮，且为东皋；
沭水荡荡兮，我心浩渺。
初心耕读兮，清流曲绕；
矫厉迷途兮，依依旧好。
三径就荒兮，松菊薇草；
未若田园兮，饮我浊醪。
于归之情兮，不宜今叙；
何时旧窗兮，再就诗稿……

人生道路是步步演进的，弱者无奈，强者恋战，宗申身入江湖，虽偶有思归之意，然而身不由己，也只能一路走下去，所谓田园耕读，只能是奢望了。

最美的风景里都是泪

兴邦的苦恼，是眼睛。

从他小的时候起，两只眼睛就是红红的，且看不清细小的东西。庄稼、道路、牛马、树木，在他面前只是个轮廓。传单纸上的字对他来说都太小，看起来很模糊。为了看清字句，他得把传单纸放在面前不足一寸的地方，很是吃力。他找过石晓楼，也找过宗申，想弄个好方子治治眼，晓楼和宗申都叫他买些猪肝吃吃看。吃了两次猪肝，没见效果。宗申又叫他口含姜片试试，也不行。没办法，兴邦只好去找赵琪。赵琪说双目发红起于邪气，得在衣肩处缝一绺红布条子辟邪。

  他照做了，头天觉得好些，两天后又是老样子。兴邦再次找到赵琪，说红布绺子那玩意儿可能是迷信。赵琪不由得一惊，说"封建""迷信"这些词都是从沭河东边刚传过来的，你倒是学得怪快呢。兴邦不想说破传单纸的事，只是请赵琪给他开个方剂。赵琪在一片毛边纸上写了两行字，兴邦拿了赵琪的处方去药房子，管先生照方子给他配了菊花、枸杞、决明子、薄荷、连翘等，用袖珍算盘打了一遍，说："得三个铜板哟。"兴邦咬咬牙，拿了三服药，熬水喝了九天，眼疾大见好。

  如果继续喝下去，兴邦的眼疾有可能根除，但他自觉负担不起一服药一个大板的开销，于是再去赵琪那里，问有没有不花钱也能治好火眼的办法。赵琪说他开的单子上任何一种都可以治火眼，一两味药行，三四味药好，各种药材都配齐了，更好。兴邦便不再去药房，打算就地取材，能找到什么用什么。现时说话，在蚂蚱庙容易找到的，一个是芦根，几个汪塘里都有芦苇，不缺芦根。连翘这东西，沭河的内外堤岸上都能找到。决明子不好找，但菊花和薄荷偶尔能见到。他对老婆说了，高氏处处留心，为他寻得几味药，后来又在宅前屋后种了薄荷和菊花。这样坚持喝了半年，眼疾大好，高氏对收集此类药草更上心，兴邦还因此爱上了芦苇、薄荷与菊花。

  兴邦的心里现在装满了美好的向往，丰富多彩，如有千百面彩旗风中招展，那风光就像春日里的烂漫山花。他很想干点什么，但不知从何做起，于是再找赵琪请教。这一阵子他有事没事就朝后街那个土屋里跑，路径熟悉，似有依赖。赵琪提出想看看他带来的那些传单纸，兴邦谎说一过沭河都撒了没敢留存。赵琪说他已经算过，你家里至少保留了十三张。兴邦说不对，是十二张——刚说完就知漏嘴了。

  吴兴邦回家，从枕头底下找来两张。赵琪看了，说："是不是土匪呀？"兴邦立马耷拉下脸来，说："可不能这么说喔，人家干的都是好事呢！"赵琪说："凭空分掉人家的财产，还逼人家增加用人工钱，似是不妥！"兴邦觉得两人说不到一起去。赵琪也说："你我之间，道不同不相与谋。"兴邦说："你那个道不行——不帮穷人的道，不可能是好道！"

三福在大汪嘴子那边遇到正在挖芦根的兴邦，问他两腿泡在烂泥水里干吗呢。兴邦没说挖芦根熬水喝治火眼的，只说想摸几条鲫鱼拉拉馋。三福问："摸到多少了？"兴邦说："刚下来还没见鱼的影儿呢。"三福说："被你这么一说我喉咙里的馋虫也上来了，这可如何是好！"兴邦说："我这哪有什么好吃的。要吃好的，你得上丁家的点心铺子。"

丁家是蚂蚱庙最早的土著之一，虽然世代勤勉，却没兴旺起来。这一族祖居的那条巷子，曾经被称为丁家巷子，后来变成了吴家巷子。丁家人总说这巷子被西酒店的给占了，实际上是吴家买了老巷子两边的土地又盖了房子，自然而然就变成了以吴姓人家为主的胡同，于是便改称吴家巷子。丁家有个看上去很气派的门楼，门楼前铺了一块六尺长的青石板，光溜溜的石板残留着先人曾经的殷实。门楼和过道一体，门里有一条用青砖垒的台子，台子上放着几个箱子，箱子里放着桃酥和三角粗果，老远就能闻到那里散发的油香味。

据说丁家的先人嗜好甜食，家里总不能缺了点心。后来丁家败落了，但对甜食的嗜好保留下来，并因此做上了点心铺子的生意。三福是个馋人，尤好甜食，他多次想弄几个桃酥尝尝，都未成功。比较其他人家，丁家的日子现在算是中上等，六间房子，四十多亩地，开着点心铺子。丁家原有三支人，一支是丁文武那边，不大旺盛；二支是这边；三支无后。二支这边传到丁文学，丁文学还有个弟弟叫丁文才。乍听这名字以为沾点文墨，其实兄弟俩不仅没有丝毫文气，且存在不同程度的弱智。村人分别给他们起了诨号，老大叫缺心眼儿，老二叫少心眼儿。时间长了，蚂蚱庙人连他们的真名都给忘了，诨号也有所省略，简称"老缺""老少"。

兄弟俩各有特点，少心眼儿总是流着哈喇子——不知是因唾沫太多还是口腔肌肉功能障碍——黏糊糊的液体总是耷拉在嘴角，看上去像是印度尼西亚的科莫多蜥蜴。黏液短时，吸溜一下，那条黏糊糊的线会哧溜一声拉回嘴里。若是下垂太长无法吸到原处，他就横了衣袖那么拐一拐，弄得袖口总是亮亮的，如同上了一层漆，给人一种不堪卒读的质感。有人问他哈喇子好吃不好吃，少心眼儿会反问："你说好吃不好吃？"

他喜欢反问，很少正面说话。

老大缺心眼儿没有流哈喇子的毛病，但语言表达也不行，说起话来颠倒不着梁的，出言乖张，不循常人逻辑，也不顾及场合。不管什么话，不管难听与否，只要一个闪念，他就会说出来，不走心——就是俗话说的"嘴上没个把门儿的"。缺心眼儿做庄稼不行，不知自家有多少土地，不知土地庄稼的意义，更不关心粮食。大多时间里，他就在小铺子里照看那几个点心箱子。箱子是用薄薄的梧桐板做的，每条板的缝隙间都上了驴皮胶，还涂过鸡油。逢集的日子，丁文学会挑着两个箱子去摆摊，天不黑就回来，风雨无阻。

平时，缺心眼儿在家看着点心铺子，谁来买，给谁称，一手交钱一手交货。缺心眼儿有个铁定的原则：从不赊账。这一点，据说是丁家百年家规，他爹一辈子是这样，缺心眼儿更是变本加厉，没现钱，谁也拿不走半边甜果儿。蚂蚱庙人遇到喜事或看望病人，多有来这边装点心盒子的。那盒子也是用薄桐板做的，长约两拃，宽高不足一拃，能装半斤左右的果子。装满（大多不很满）点心后，要拿金星红纸把盒子封了，看上去有点儿唐宋古风。盒子也算钱，有不愿装盒子的，就用草纸把点心包好，拿纸捻子横竖扎了，提在手里，走亲串友，很像那么回事。

别看缺心眼儿说话不分里外间，却娶了个极俊的媳妇。农村的婚姻是讲实际的，丁家有四五十亩地，开着点心铺子，这样的人家容易找到媳妇。缺心眼儿十三岁时就有媒人陆续提亲，到十八岁才定了何官庄殷家闺女。何官庄在蚂蚱庙的西北方向，相距五里地，不算远也不算很近。亲事定下后，村里就传说殷家女子如何如何漂亮，怎样的文雅端庄，且识文解字，可是谁都没亲眼见过。

　　过门那天，缺心眼儿的媳妇一走出花轿，那高挑的身材，那饱满又不很夸张的线条，让很多自以为俊美的姑娘和媳妇倒吸了一口气："天哪！这哪是人呢，可可的就是神仙！"于是就有人给起了个绰号：何仙姑——因为是何官庄人。有人说了新娘的名字——云舒——蚂蚱庙的女人们就觉得惊奇，说，"人家还有自己的名字呢"——蚂蚱庙的女子都没有自己的名字，姓什么就叫什么氏，能有个名号的女人少之又少。待新娘入了洞房，掀起盖头，那光彩，那美貌，晃得众人眼花迷离。通常喜欢跟新娘恶作剧的小叔子们，个个都被她的美丽给镇住了。平常不大在乎礼仪的闹房者，此时也都不好意思靠近，怜香惜玉之心油然而生，好像稍微靠近了就类同亵渎。吴兴邦和他的鼓手队在洞房门口吹奏响器，其中三人竟忘了手中乐器，就那么直勾勾地看。兴邦以领袖的身份喊道："光知道看，看眼里拔不出来！"他抽出腋下的长号试图向伙伴发出警告，没想到此时他的气力也不够足，自笑了。

　　三福看众人里里外外地忙，以为此时点心箱子没人照看，想偷拿几个糖果吃。三福刚要伸手，就被跑过来的缺心眼儿抓住了。三福笑嘻嘻地说，"今儿是你的洞房花烛夜，照看新媳妇重要还是看点心箱子重要？"老缺说："老婆不用看，这箱子得看。"三福说："不就是个桃酥嘛。"缺心眼儿板着脸，伸手向他要钱。三福说："你就不看看我是谁！"缺心眼儿说："不管谁，没钱不行，亲爹也不行！"三福说："我让你老婆来拿，看你跟她要不要现钱。"缺心眼儿说，"谁都不能破了规矩！"三福因此没吃成，还在众人面前丢了脸面。

　　何官庄殷家曾有功名，云舒的爷爷在光绪初年中过举，父亲是秀才,设有家塾。云舒小时跟兄弟子侄们一起读书,父亲给她起了这个名字。这地方的女子,有名字的很少,读过书的更少。云舒的父亲当过何官庄的约地,为人文雅仁厚,人称殷员外。对这门婚姻,云舒一开始就表示不满,可是她读过书,尊崇传统、恪守家教,不肯也无力对抗父母的意志。老爹认为,只要是本分人家,婚后能过上体面日子,男人差一点也算不了什么。古往今来,很多男人是经过女人的调教变好的,粗野的可能变得文雅,拙笨的可以变得灵巧,不知礼义的变得知情达理……

殷家女子便带着老大的不情愿,勉强嫁到蚂蚱庙来。

婚后一年多,丁家媳妇没有生育的样子,有人就怀疑缺心眼儿不懂房事,也有人猜想他是个二椅子(阴阳人)。还有人猜疑那女子可能是石女。后来有人说,因为何仙姑太过文雅,不好意思弄那事。再后来有人说,那女子压根儿看不上缺心眼儿,嫌他脏,每晚都是独自和衣而卧。而缺心眼儿怕老婆,所以没有下种的机会,云云。

三福不关心丁家的床笫之事,他今儿是奔了点心的香味儿来的。一进门,三福就跟缺心眼儿搭讪:"媳妇好看不?"缺心眼儿说:"人家都说俺媳妇怪俊呢。"三福逗他:"媳妇再好看,也不能当花瓶供着,得用啊。"缺心眼儿说:"用着哪,天天推磨烙煎饼,还给我洗衣服。"三福说:"你不能光用她的腿脚,下边也得用啊。"缺心眼儿就问:"什么下边?下边不就两条腿嘛。"三福说:"你给我一块桃酥,我告诉你下边是什么。"缺心眼儿不舍得给他桃酥,捏了一小撮点心上脱落的碎末给了他。

三福把那点儿碎末儿放在手心,一把按到嘴里,缓缓地咽下,说:"两条腿中间还有个玩意儿,那才是好东西呢。"缺心眼儿说:"没见过。"三福问:"娶了媳妇一年多,还不知道下边什么样子,整个儿就一傻子嘛!我告诉你:睡觉的时候,用脚指头朝那里打拉打拉,有个地方热乎乎毛茸茸的。嘚!"缺心眼儿说:"你敢?"三福说:"缺心眼儿啊缺心眼儿,不是我,我自己有媳妇哪有余力动你的,我是在教你呢!那么好的媳妇不会用,可惜了一朵花。"缺心眼儿还是摇头。三福说:"你给我一块桃酥三个糖果,我告诉你那东西怎么用。那地方好着哪,一旦明白,恨不能提了干粮进去住几天。你倒好,看着个漂亮媳妇不知道日!"缺心眼儿两眼茫然地说:"俺不懂你说什么。"三福跺跺脚,说:"这个傻种,丁家到你辈上怕是要绝户了!"缺心眼儿笑嘻嘻地说:"俺有爹有娘,怎么能说绝户了?"

三福什么都没得到,踽踽而去。

不久,缺心眼儿那边出了点情况。

那点所谓的小情况,只是因为傻子的一句话,一句不经意的私房话。然而,就因为这句傻话,导致了一出无比凄婉,让人荡气回肠的关于女人和爱的悲剧。这场悲剧让蚂蚱庙一带的男人女人传说了至少五十年。

五月芒种,麦收大忙,丁家雇了两个短工。蚕老一时,麦熟两晌,正是农事要紧的关口,收麦打场、夏收夏种,地里家中、场间陇上,一片繁忙,没个闲人。丁家五口人,加上两个长工,每天要烙很厚一沓子煎饼。那天早饭时,云舒正在锅屋里守着鏊子烙煎饼,鏊子下的烟火从四周散出,充满锅屋。云舒头顶着一块素花土布帕子,脸上一层薄汗,如朝霞红云。新麦煎饼飘着质朴而浓郁的香气,飘荡在农家院子里。

太阳老高,两位短工才回来吃早饭,煎饼的香味儿鼓动他们的食欲,两人迫不及待地去锅屋拿了新烙出来的煎饼,一副饥不择食的样子。缺心眼儿看他们一人提了一张圆圆的煎饼,狡黠地笑着,用讥诮的口气说:"你们不嫌脏?"两个男子不明就里,都愣住了——新烙出来的煎饼何以言脏?缺心眼儿又说:"她烙的煎饼,你俩也吃得下?"短工纳闷,问:"这么好的煎饼,不能吃?"

云舒听见了，朝这边看了一眼。

缺心眼儿一脸不屑地说："昨晚她那手，揉搓我的鸭子呢，你们不觉得脏！"

蚂蚱庙人给成年男子的阴茎叫鸭子，给小男孩的叫鸡鸡。

两短工听了，手里的煎饼放下不是，拿着也不是。

那话在这种场合说出，真是太恶心了！

缺心眼儿看着他们满脸窘态，憨乎乎地笑着。

更严重的是，这话被锅屋里烙煎饼的媳妇听见了。

如果媳妇是泼辣村妇，此时可能拿了拨火棍照男人就是一顿狠揍。若是愚昧无知的或软弱顺从的女人，很可能就那么忍气吞声暗自啜泣了。可是，云舒是受过教育的女子，是读过孔孟之书深知礼义廉耻的大家闺秀。夫妻间的床笫之事被傻子丈夫一嘴掀开，犹如将她的全裸之体暴露给生人外人，而且，还有她为了动员男人而不得不做的难堪之事——她被羞得满面飞红，恨不能钻进烟火摇荡的鏊子窝里，片刻化为灰烬化为青烟……

长工看了她一眼，她觉得这一眼就像全身被剥光了似的。那种羞耻，那种屈辱，那种恶心，无以言表！自己的男人，居然在陌生人面前赤裸裸地说出夫妻之间的被窝隐私，而且涉及阳物，涉及女人最不堪的细节——这实在太丢人了！这不是一般的玩笑，而是当众张扬夫妻间不可与外人言的羞耻，还有男人的生理缺陷，还有大家闺秀难以启齿的举止。这不是男欢女爱的一般陈述，而是拿自己妻子的脸面当众羞辱……

她三下两下灭了鏊子下的火，双手蒙面，眼泪在指缝间汹涌溢出。

她不能辩解，也无法启齿。

那傻子说的情景是……真的，确实。成婚之前，她曾以最坏的设想猜测自己的婚后生活，却万万没想到居然嫁了这样一个丈夫，一个弱智男子，一个连话都不知道怎么说的蠢货，一个连性能力都没有的所谓男人！为此，她忍受了难以言说的痛苦、焦虑、怀疑、等待、启发，希望他们最终能过去那一道坎儿。是的，是那样的，她存着万分之一的幻想，借了黑暗，丢弃羞涩，希望发动他的欲望，孬好让她完成一个女人身份的演进。可是，近乎勇敢的主动，近乎献身的试探，不顾羞耻的触摸——那是女人再无其他可能的最后突围——如今却被无端地出卖了！被这个愚蠢的、肮脏的、悭吝的男人当众羞辱！

云舒再也无法忍受，再也无脸见人了。

她从鏊子旁边站起来，跟跟跄跄跑进屋里，收拾了几件衣物，离开丁家，落荒而去。

这时，她那傻丈夫还不明白媳妇为何而去。

短工说："少东家，你刚才的话太不尊重人了。"

另一个道："那种事是不能当众说的啊。"

缺心眼儿不解地问："我说什么了？我怎么得罪她了？"

短工说："你说她那个，叫她脸往哪里搁……"

缺心眼儿兀自辩解："她昨晚上是爬到我这头来了（这里的夫妻通常是两搭梢就寝），她嫌我下边那东西老是没精神不像个男人，就拿手揉搓，好半天呢！你们想想，那地方是尿尿的地方，又臊又臭，也不知她今早洗手了没有……"

云舒这一去，就是三个月，没有任何音信。

缺心眼儿爹得知这事后，狠骂了儿子一顿。

缺心眼儿还想狡辩，被老爹拿笤帚打到院子里。

老爹转来骂老婆："你怎么生了这么个蠢货！"

老婆反唇相讥："是你丁家的种不好，怨俺吗？"

老丁头脱下鞋，打了老婆儿鞋底。

老婆不愿受屈，把一盆浑水泼在老头子身上。

老丁头冲到院子里，继续骂儿子。

缺心眼儿竟委屈得哭了……

丁家父子以为过几天媳妇就会回来。夫妻吵架，媳妇回了娘家，此地常见，女人一般都会自己回来，有时则由女方父兄陪着送回。无论夫妻间发生多严重的口角，父母总是劝女儿尽快回婆家继续过日子。这样做，一是基于传统，一是基于现实：一个离婚的女子会被视为低贱的人，即使再嫁也找不到好主儿。再说，家里有很多事情要做，误了是自家损失，外人也会看笑话。如果有孩子嗷嗷待哺，更不能在娘家待长了。

整个夏天过去，不见殷家一句话，也不见人来。

老丁头急了。儿媳妇不回，也不见殷家有人来，说明殷家上上下下全都认为那是不可容忍之事，且态度坚决，坚决到覆水难收的程度，任何规劝都无法动摇那种意志。更让老丁头焦心的是，儿子说的那句话里包含了可怕的信息：不是媳妇不行，而是儿子不行；结婚这么长时间，儿子居然不知道那活儿，不是一般的不行，是根本就没有那种需求。长时间没有，连如此端庄文雅的女子都不得不……不然的话……

老丁头觉得他这一支就要绝户了。真相很快会被好事者推演出来，难免风言风语，让丁家脸面丧尽——谁都无法堵住众人的嘴啊。老丁头逼儿子去把媳妇带回来，一定要带回来。缺心眼儿说："她自己不是长了两条腿嘛。"老丁头气恼地说："早知道你俩这样，还不如把雄（精液）甩墙上喂苍蝇……"

按常理说，夫妻闹翻，若是男方的错，媳妇长时间不回，男人要备了礼物，到岳父母那边赔礼道歉，给对方一个台阶下，也好保存双方面子。这种情况下，女婿作为当事人往往会受到小舅子大舅子们的训斥，因为是你让他们的姐妹受委屈了。最后，由岳父母出面调和，达成妥协，才能把媳妇带回。如果这样负荆请罪还不能平息女子的怨愤，当娘的会把女儿叫到屋里，反复讲三从四德的祖训，讲女子失了家如何可怜，讲一日夫妻百日恩，等等。最后，女儿觉得别无选择，只好勉强跟了男人回去。缺心眼儿秉承老头子的意思，去了何官庄，也想效尤此法。

村子不远，但他不敢贸然进村，怕岳父小舅们揍他。几次接近村口，他都退了出来，只在村外转悠。这样连续一个多月，缺心眼儿早早出去，直到黑天才回来，却一点儿效果都见不到。老丁头骂他："你就是一头猪，也该拱到他家墙根了！"七月里，连绵阴雨，从蚂蚱庙到何官庄的道路多处被水淹，许多水洼子，有的深有的浅。缺心眼儿照例还是每天去那边，还是在何官庄村外瞎转悠。有一天，缺心眼儿连累带饿昏倒在水沟里，若不是被人及时发现，就淹死了。

老丁头觉得问题越发严重。

再这样下去，媳妇没了，儿子可能也没了。

他去找三福，央求："这事儿还得你去跑一趟。"

三福道："这可是件头疼的事，人家那边是有身份的人呢。"

老丁头说："知道，是个约地。"

三福说："人家祖上出过举人呢！"

老丁头说："不管出过什么，嫁出去的闺女得回婆家过日子，这是正理儿。"

三福说："可不能这么说，这事儿人家占理呢。"

老丁头说："若不是人家占理，我会这么焦心！若不是自己孩子不争气，我会求你帮忙？老这么下去，我那儿子怕要搭上命呢！早上去天黑来，中午不吃东西，饿得两眼发绿，不是个事啊。再说，雷暴风雨，到处是水，一点小水洼就能淹死人。他又不是聪明伶俐的人，老是码鹌鹑似的转圈子，弄不好真会死在野外！"

三福说："看，惦记的还是自己儿子。"

老丁头说："我不惦记，还有谁惦记！"

三福说："这事没有解——不容易。"

老丁头无论如何要三福走一趟。为此，老丁头破天荒地给三福装了四盒桃酥做礼物，另外给三福两包三角甜果，说事成之后还有重谢。三福被点心果子的香味闹得心乱，竟然忘记事情的起因和难度，答应去一趟。

　　三福刚从老丁头手里接了那点心盒子，缺心眼儿突然冲上来，声色俱厉地说："要现钱！"老丁头劈头就骂："要你娘个××！你拉的屎，让爹给你擦腚，除了现钱，你还知道个屁啊你！滚一边儿去！"

　　三福提了两包桃酥和甜果，离开丁家。

　　这是丁家点心铺子有史以来第一次不要现钱让人拿走点心。

　　想到这，三福颇有几分自豪。

　　第一趟，三福吃了闭门羹。

　　第二次，三福用荆条将缺心眼儿绑了，做出负荆请罪的样子，还是被人家赶了回来。

　　两次吃了闭门羹，三福失去信心，对缺心眼儿说："现在就剩苦肉计了。"

　　缺心眼儿问："什么是苦肉计？"

　　三福说："你就赖在殷家门前不走，饿死也不走，这样逼着殷家开门。"

　　缺心眼儿照做了。

　　他在那里熬了两个时辰，最后等来一顿好打。殷家十几个兄弟把缺心眼儿推到一道土墙处，劈头盖脸骂了一顿，其中一人抽了荆条朝缺心眼儿头上打，缺心眼儿屁滚尿流跑回去了。

　　三福无计可施，对老丁头说："这事儿已是僵局，我办不了。"

　　老丁头见三福无功而返，便去请教守典。守典说："这种事，史上没有。孔夫子一辈子很少屈尊纡贵拜访别人，子见南子也是不得已而为之……"老丁头觉得守典绕来绕去，实在太迂，仰天长叹："老天这是存心要灭俺这一家人啊！"守典无可奈何，只说："这事啊，我看是神鬼解不开的死扣儿。"

说到"神鬼"二字，老丁头突然想到赵琪。

他叫三福去赵琪那边跑一趟，看能不能从神鬼那里讨个法子。

三福奉了丁家的差遣，登门求助。

赵琪听了三福受人之托的言语，说："我是凡人，没办法解开这个扣儿。"

三福说："你不是有那些旧书嘛，翻翻找找，也许能有个解呢。"

赵琪沉吟一阵子，满眼都是愁苦。

三福盯着看了，发现赵琪眼里有泪，就说："你我都是局外人，不必苦心。俗话说，唱小旦的哭瞎了眼——枉为古人担忧嘛。"

赵琪道："你懂得个屁！"

三福追问，到底有没有法子。

赵琪回过神来，反问三福："世上的事没有只靠一种途径走的。我先问你三句话，你能答就答，不能答，就去问何官庄那边，然后回答。这第一句话，扈淑常家宋氏的路，她能走不能走？"三福当即回答："这个路子不是殷家女子能走的。她不是那种泼辣人，殷家也不是那样的人家。"

赵琪又问："出家为尼，遁入空门，可否？"

三福连连摇头说："这也万不可能。殷家就这一个宝贝闺女，哪舍得送到尼姑庵里去呢？现时说话，世道这么乱，空门里边既不安稳也不怎么干净。"

赵琪点头，再问："去河东行不行，那边共产党能接收这种苦命的女子。"

三福说："断然不可。殷家是什么人家，你不是不知道。"

赵琪说："既然这样，就只好求助神灵了。"

赵琪走进里间，隐没在黑黢黢的暗影中。一会儿是翻书的声音，

313

一会儿是深长的叹息，一会儿发出惊讶的赞叹。三福听见敲打火石的声音，伸头瞅了瞅，见赵琪正在吹一根火媒。火媒渐渐有了光，有了火苗，一丝儿火纸燃烧的气息。赵琪点了一根蜡烛，又燃上一根香条。蜡烛放在一张破桌子上，没有香炉，香条就插在桌子缝里。赵琪不停地翻看书本。香烟袅袅、烛光摇曳，一团神神道道的气息。

好一阵子，赵琪才走出来，对三福说："你们整天瞎跑，不知道病根儿在哪里。三福你也是，连去三趟，要么被拒之门外，要么被乱棍打出，拿了一张脸当腚使，可怜不可怜啊！你们可曾想过，为什么会是这样？因为你们只知道术不明白道。道是什么？就是设身处地替人家着想，要真心实意体会人家的委屈，要切磋琢磨人家此时的难处。殷家女子受了那么大的屈辱，你们叫人家回来人家就回来？那边殷家不是这边丁家，殷家是体面人家，那女子是个要脸的人！"

老丁头问，那边的脉你能号准？

赵琪说："我号不准，不是有神嘛！"

三福说："是啊是啊，咱老百姓懂什么呀！"

说着，三福就给赵琪磕了一个头。

赵琪说："我可担不起如此大礼——算是给神磕的吧。"

三福喋喋说道："就算给神磕的，给神磕的，你就给个办法吧。"

赵琪一副不情愿的样子，再次去了里间。

三福再次听到翻书页子的声音，然后是磨墨的声音。

好一会儿，赵琪走出来，手里拿着一张纸。

三福看了那张放在桌子上的纸，白八行，有几行小字。

他趴在上面看了。

赵琪不屑地说："你看不懂。"

三福还在看。

赵琪又拿出一张杭练纸，在上面写了一个大字。

三福说："这个字我认得，游！"

赵琪拿起白八行,说,这就是神给出的卦辞。

接着念道:

瀛洲虽好,云海泱泱;
仙人裙裾,洛水之上。
愚夫虽非所依兮,惜明月之高堂。
庄生梦蝶,风中翅膀;
文君当垆,非为奁妆。
朝发而夕回兮,非朝秦而暮楚;
濯缨且濯足兮,非沧浪之滥觞。
以步当车,如来如去;
且将块垒,暂托流光。
善有善报,吉人天相;
迟则寒露,莫逾重阳。
……

三福听了,茫然不知所云。

赵琪做了个信封,交给三福,说:"你呢,不必再去跌肋求见了,只需将此信送到殷家,有人接就递人手里,没人接,就从门缝里塞进去,掉头便回。"

二人面面相觑,一个满脸疑惑,一个成竹在胸。

赵琪满怀信心的样子,说:"还等什么?"

三福去了,照例不被接见。

遵了赵琪的嘱咐,三福把那个写了个大"游"字的信从门缝里塞进去,转身即回。

大约走出半里之地,见殷员外从后边追来。

三福停下脚步，心里生出一点恍惚的希望。

殷员外向他招手，说："且慢，我有话要说。"

殷员外站定，稍事喘息，问："此函出自何人之手？"

三福故作高深地说："这是俺庄上大才子赵琪求神灵给出的签子。"

殷员外沉吟良久，说："蚂蚱庙还是有人！"

三福明白，那封信起了作用。

殷员外没跟三福解释那诗文的含义，只说三天后会给个回音。

三福大喜过望。

第四天一早，三福再去何官庄，跟何家达成一份口头协议：云舒将择日返回，届时，丁家须得上门迎接并当面道歉；此后，丁家须善待云舒，她要做什么，不要做什么，你们那边，任何人不得干涉……

三福说："只要人回去就好。"

回来的日子，定在重阳节前。

三福离开之前，殷员外希望见一见此次修书的赵先生。

三福满口答应。

中秋节过去，丁家未得到消息。

又过去十多天，还是没有音信。

老丁头很急，说殷家给出的几条都答应了，怎么还不见于归的确信。

三福说："只要咱这边守信，殷家那边是不会违约的。"

直到九月八日，何官庄那边才送来确信，明日返回。

重阳节前一天，丁家派出车辆人马，登门道歉，才将何仙姑接回。

老丁头着实嘱咐儿子："她要怎样就怎样，她做啥你都甭拦挡。记住！"

缺心眼儿只知道傻笑。

人是回来了，但是，再不见云舒当年那温婉的言语、恬淡的微笑。

每天早饭之后来到,从布兜里拿出一身半旧衣服,套上,做起家务。

老丁头看在眼里,喜在心头。

老丁头亲自前往拜谢赵琪,说了许多感激的话。

然而,就在人们感慨丁家夫妇破镜重圆的当儿,云舒却在太阳落山前离开了蚂蚱庙。

她回了何官庄。

第一天,丁家以为她回娘家有事或这边卧室尚未收拾妥当。

第二天,还是这样。

第三天……

婆婆看了里间的卧室,一切都跟媳妇离家前一样。

媳妇压根儿未踏进那间房——甚至连看都没看一眼。

就这样,云舒每天上午来,傍晚回去。

风雨无阻,雷打不动。

蚂蚱庙人给了这女子充分而温暖的理解:殷家女子是要脸的人,她定是被那男人伤透了心。傻男人啊,对么文雅么贤淑的媳妇怎能说那种话呢,而且当着生人的面!莫怪人家不肯留宿,她定是伤透了心,定是对那个所谓的家满心憎恶,对那个男人深恶痛绝。在她眼里,那不是她的家;在她心里,已没有男人。如此温婉可人的女子,每天到这里收拾杂物,如同下人。既然命里如此,就只能尽个名分罢。她一定是受了爹娘的催逼,回来并非情愿。红颜薄命啊,多么尊贵的女人都无法抗拒,可怜且可惜……

乡下人有句最朴素的话:鲜花插在牛粪上。

然而,花自是花,牛粪自是牛粪。

这枝妖娆的鲜花就这样朝朝暮暮,来回往复地走在苍凉的田野上。每天太阳升起的时候,她从西边小路上走来,头上顶着一片素花围巾,阳光洒在头巾上,如同镀了一道金色。秋风摇曳着庄稼和草木,上面挂满了晶莹的露珠。她从路边走过,露水打湿了她的绣着花朵和蝴蝶的鞋头。她目不斜视地走着，无视周围，罔顾一切。谁也不知道她心里想什么，谁也不敢近前询问。她就那么走着，走着去，走着回。

她如期而至，定时而回，如同天地间的一根指针。那步伐不紧不慢，那衣衫不俗不艳，那表情不动声色，多么挑剔的人都找不到她举止的瑕疵。路边有野花野草，她好像全然无视。天空流云飞燕，她无动于心。谁都知道，她不属于这里，她的心不在这儿。人们投以赞美的、同情的、爱怜的目光，许多人扶着农具远远注视那个飘若天仙的影像，深长叹息，就像那是自己的女儿。所有的怜惜和同情最终都归于一个词：爱莫能助。

一个美丽绝伦的女子，就这样每天往来于这条田间小道上。从何官庄到蚂蚱庙，中间有一片不高的小丘。她从小丘那边显现出来，朝霞映着她美若天仙的脸，妖娆的身材在原野上婀娜移动。人们远远看她，如欣赏一幅画。她不跟任何人打招呼，就那么走着，像一片白云，飘荡在这个对她来说没有爱也没有温暖的地方。那不是她要去的家，但她必须去。火红的高粱不会起火，那红色只为点缀她的心情。含蓄的大地帮她消融着心中幽怨，哀婉动人，但谁都不说。

阳光在减弱，黄昏到了。那位按时出入、风雨无阻、美若天仙的女子重复出现在这条小路上，显现于稻粱黍稷的青叶之上，消失于风中瑟瑟的青纱帐边，一年四季，不曾改变。她身披晚霞，走过大车留下的辙印，走过高低不平的牛蹄坑，如同一竿挺拔的雨竹。她那平视的目光中满含幽怨，另有一份高贵和冷傲，不跟任何人搭话。晚霞和朝霞一样温情地伴着她、安慰她。秋风吹动她的头发，似有似无地飘在耳鬓，不曾见她有梳理的动作。落雨的时候，她会早一点离开，打着一把油纸伞。那纸伞在雨中应当有淅淅索索的声音吧，应当有不断流下的雨水吧？谁能设想她的心声是不是和雨水一样声如坠石，她的眼泪是否和着雨水一起融入了脚下的土地……

蚂蚱庙人，男女老少，看惯了这道风景。

她是蚂蚱庙千年传说中最美的女子，命运却如此悲惨。
红颜薄命，最美丽的风景里都是泪！
往来复去，哪年哪月她才能走到头啊？
人们担心这美景消失，又希望不再继续。

我若未嫁，当适此人！

老丁头对媳妇的早出晚归十分纳闷。他想知道殷家的葫芦里到底藏的什么药，这样下去哪天是个头儿。但是，蚂蚱庙有一道严格的习俗：无论媳妇做什么，婆婆可以询问也可以批评，公公和儿媳之间是不能直接过话的。老丁头能做的，就只有观察、猜测和疑虑。早饭后，那女子来了，推开门，套上褂子和套袖就开始做活，或洗衣，或打扫，操持饭食，问安公婆，一切尽着本分。可她从来不笑，不和男人说话，也不推磨烙煎饼。实际上，她再也没有涉足曾经掩面流泪的那个地方。她不停地做家务，收干晒湿，甚至打扫牛圈，却从不靠近饭桌，不与家人一起进餐，看上去像个不管食宿的用人。太阳差不多平西的时候，她洗把脸，换下干活的衣服，走人。

每天如此。

老丁婆问儿子："你俩那个了吗？"

儿子反问："哪个？"

老娘做了个睡觉的姿势。

儿子说："天天睡觉啊。"

又问："女人，她跟你睡吗？"

缺心眼儿说："这都哪辈子的事了今儿还问！"

老娘不堪地闭上眼，骂："真是个猪！甭怨媳妇不高兴。"

老丁头长长叹了一口气，两行老泪流下。

他现在也有些同情媳妇了。

然而，他更担心的是这样下去丁家会没了后。

他再次找到三福，想商量一下怎么办。

三福说："我给你家出力不小了，生孙子的事我可管不了。"

老丁头让儿子给三福包两份三角甜果。缺心眼儿立睖了眼，问："有现钱吗？"老丁头气呼呼地离开，三福却没有走，他对缺心眼儿说："我给你把老婆找回来，你连个三角甜果都不给我吃，太小气了。我告诉你，如果你老婆再走了，我可不给你跑腿去叫人了呵。"缺心眼儿说："不叫就不叫，反正我不曾求她揉鸭子。"

三福气得说不出话来。

临走，他伸手把刚才包好的甜果提起来。

缺心眼儿手疾眼快，立马从三福手里抢了回去。

他伸出手去，说："要现钱！"

三福照他的手打了一巴掌，说："我没钱！"

"没钱别吃！"

"这是你爹给我的，知道不？"

"我爹是那么说的？"

三福说："如果每跑一次腿都问你们要现钱，你给不给？"

缺心眼儿想了想，说："这样吧，好久没见玩马戏的了，我想看大狗熊。你给我摆划摆划大狗熊走路的样子，我就给你这甜果，还给你一大把点心末儿。"

三福太想吃那又香又甜的点心了。

现在那东西在傻子手里，他不给也是没法儿。

三福想，让我给他做狗熊样儿是不是太过分了！

傻子笑嘻嘻地问："怎么样？"

三福说："点心我不要了。"

缺心眼儿说:"不要白不要。"

三福终于抵不住点心的诱惑,回到点心箱子前,说:"我给你做个狗熊跑路的把戏,你得让我自己抓一把点心末儿。你那个抓不叫抓,叫捏,只那么几片片,不顶馋呀。"说着,三福摆开双臂,一边跑着,一边挥动两条长长的胳膊,啪啪地拍打自己的胸部,嘴里一边发出啊啊啊的叫声。缺心眼儿被他的表演逗笑了,在箱子里划拉了一些碎末儿放在三福手里。三福吧嗒着嘴,品尝油香和面脆的滋味,味道好极了。

他伸手拿了三角甜果,撒腿就跑。

缺心眼儿急了,飞快地冲出去。

追上三福,狠狠踢了他一脚。

三福倒在地上。

纸包摔破了,一些三角甜果撒在地上。

三福趴在地上骂:"你这个王八!"

云舒生病了。

那天回去的路上,下着毛毛秋雨,她受了湿冷,因此好几天没过来。老丁头担心媳妇从此不来了,要三福去那边看望一下,其实是探探口风。三福回来说:"受了冷雨,病了。"老丁头问:"还来不?"三福说:"没说来也没说不来。"老丁头就着急了。三福说:"那边殷家兄弟说,遇上雨雪日子,这么走不是个办法。"老丁头说:"也是呢。"三福建议:"晴好的日子,这么走还可以;遇到雨雪大风的日子,得找个人接送才好。现时说话,特为她备一副车马,你爷儿们怕也舍不得钱财。我看这样,你家不是有个干活的长工嘛,让他收拾一下那个大木托,逢到雨雪,让他用牛拉着木托接送,反正雨雪日子家里没什么活,闲人不闲车马,也无须增加工钱,你看呢?"

老丁头说,这样也好。

于是,每到雨雪天气,就由长工用牛拉木托接送云舒。

321

木托是此地每家每户都有的农具，木制，两根宽大的木制平腿贴在地面，以牛驴牵引滑行，像北地的雪地爬犁。平时，木托用来载运农具，如铁犁、木耙、耩子之类较重的物件，有时也装载少量的柴草或庄稼。刘春秋的父亲曾是丁家的短工，本分忠诚，勤谨细致，深得丁家信任。后来老刘头生病，不能干了，续用了他的儿子春秋。因为农活太多，短工转为长工。刘春秋二十出头，为人做事，父子俩同一样的风格，只是刘春秋干活更细致，体格也比他爹更壮实。只是说话少，知道的不说，不知道的不问，嘴很严。

　　刘春秋接受了吩咐，觉得载人和平常载物到底不同，就对木托做了一些改造。他找到两块木板，拿到木匠那里刨平，根据木托的宽度，在两边钉了横条，防止木板左右移动。有了这个框架，春秋又在上面加了个顶棚。顶棚是用细竹篾条编成，上面铺了用红白两色篾席，好像阔人家给孩子做的凉棚，既能免受烈日烤晒，也挡风挡雨遮雪，乘车人不至于淋湿衣衫。因为担心从侧面溅进雨水，他又在木托的两边用山黄草做了帘子，那帘子可以卷起也可垂下——这样可以免受路人窥视。考虑到上下木托不便，刘春秋特意做了个脚踏的横板，等于进出房屋的台阶。脚踏安好，他先试了试，觉得还差个扶手。有了扶手，人上下那个横板就有个支撑。他用牛皮线子捆扎了竖立在两边的木柱，这木柱既是侧面帘子的边界也是坐车人的扶手。遇到路面不平，车上人抓住木柱，不至于晃悠得难受。牛皮线子缠绕过的木柱，摸上去温和，不糙也不滑。

　　每到天气不好的日子，刘春秋就把木托拉出来，上下左右看了，拾掇好座位铺垫，套上牛，等女主人乘车。第一次乘坐木托，云舒还有点怕呢——非轿非车，这东西稳当吗？当她踏上第一级踏板，顺手扶了木柱，木柱上缠绕的牛皮线子让她感受到赶车人的细致。落座前，她注意到那件碎花布做的垫子，觉得这人真够细心的。待坐定了，才发现两侧有做工精致的黄草帘子，这很合她的意。她既不愿意看到别人，也不想让别人看到自己。而且，山黄草色调质朴，带着秋天和阳光的气息。

逐一打量，仔细端详，云舒觉得这赶车的是个有心人。坐下，手放在印花布的垫子上，抚摸着，细看了，布虽然不是新的，但洗得很是洁净，垫子里还套了些棉絮，很是软和。她问："这些都是你做的？"刘应着："是的。"又问："这顶棚，这帘子，也是你做的？"刘应着："是的。"云舒轻轻触了一下顶棚，问："会不会漏雨？"刘应道："不会，上面涂了层蜡。"云舒摸了摸左右两片帘子，问："咱这边不出山黄草呢。"刘答："是从东山那边找的。"云舒说："好远的路呢。"刘说："不远。"

这是云舒过门到丁家后说话最多的一次。

同样，这也是刘春秋回答别人问题最多的一次。

刘春秋的回答总是那么简短，不多说一个字，但口气平和，意思肯定，没有模棱两可的虚晃，也没有故意讨好的渲染。等云舒坐好，春秋问一声："咱走？"云舒说："走吧。"他们就上了路。刘春秋赶着牛，慢慢行走，尽量让木托平稳匀速行驶。他则走在黄牛身边，手里拿着一根细细的枝条，时不时拍拍牛背。他左手挽着缰绳，随时注意牛的动向。牛在拉车时会东张西望，有时会贪嘴吃路边的草，那会把木托拽到不安全的地方，他得随时控制牛的路径，让木托始终在最平阔的路面上走，摇摆幅度要小，速度要适中。木托的底板是两根宽大的木料，所谓行驶其实就是滑行。黄土沙道，路面柔和，极少颠簸。云舒很喜欢这个简易但舒适的交通工具，实用而且好看。她说，这车比马车好。

木托在田间土路上滑行，如小船在静谧的湖面轻荡轻摇，给人私密而安逸的享受。雨雾中，木托的轮廓不很分明，远看了，只见一人一车一牛而已，似水墨染成的画。雨滴稀疏时，云舒会把山黄草帘子卷起一半或整个儿搭在横木上，不图看景，而是享受那田野里的清风。这时，人们可以看到坐在棚子里的她，好像虢国夫人换了牛车木托在乡间旅行，又像是成亲不久的新郎接送媳妇。遇到下雪，田野一片茫茫，云舒畅快地呼吸着沁人心脾的空气，感叹或遐想，都是她自己的秘密。木托在雪地上留下悠长的平行线，中间是两行牛蹄印痕，左边是一个男子的足迹。刘春秋的背影在她眼前三尺之遥，和晃动的牛背保持着亲密的距离。

她问他："你多大了？"

"俺二十二。"

"安家了吗？"

"没有。"

"家里有些什么人？"

"俺爹，俺娘，一个妹妹。"

刘的回答简洁、清楚、诚恳，不多一个字，也不掺杂情绪。

云舒问："你说话怎这么少啊？"

刘春秋不知怎么回答，只是笑笑。

笑的时候，他回头看了一眼那个提问的人，脸就红了。

云舒会心地笑了笑。

她知道他害羞。

春天，春风；

夏天，大雨；

秋天，薄雾如纱；

冬天，冰雪如练……

就这样，云舒来回于两个村庄之间，风雨无阻，也感受到充分的安全、舒适与诚朴。她很快习惯了这牛拉木托，甚至会无端地盼望异常天气的到来。只有在天气异常时，她才会有这样的待遇，这样的享受。她喜欢牛拉木托的质朴，喜欢这些体贴入微的精妙细节，到处都蕴含着赶牛人的美意。木托静静地穿过田野，田间土路是如此温暖，曾经的龌龊慢慢过滤,慢慢消逝,云舒逐渐了却心头堆积的乌云,眼前一片光明。看着那牛宽阔的脊背,还有那人的朴厚的背影,就像无意间得到上天额外的眷顾。寂寞的路途上,他们的交谈渐渐多了些,她知道他如今二十二岁,尚未成婚,都是因为贫困。他家土地不多,稍有闲空就给人打短儿,收入微薄但强似闲着。家有老父老母,体弱多病,但尚能做饭洗衣料理生活。他有个哥哥,三年前成婚,去年带嫂嫂去了关东,偶有书信,不是很多。刘春秋一如既往的拘谨,说话很少,对黄牛木托接送主人尽职尽责,许多细节做得用心周到,细致超过女人。下雨天,他会把木托一直拉到殷家门前,靠近那青石的台阶,只为主人鞋上少沾泥水。他在木托里放了些晒干的艾草,说这样可以驱赶蚊虫免受叮咬。他还采了一些栗花,用那细长的花絮编了栗花绳子,说夏夜里点上栗花绳可以驱蚊。云舒常用,她喜欢植物的花絮燃烧时散发的那种自然的香味。无论走到哪里,只要听她说哪一花草好看,他便会慢慢停下牛车,掐一些,放在她旁边的横板上……他不曾直接把花递到她手里,像是给自己预先定好的清规。

殷员外要给仙逝十年(实足九年)的母亲办醮会,日子定在阴历四月初八,因为这一天是佛祖释迦牟尼的生日。三福和赵琪收到请帖,但后者未能赴约。三福由此认为,赵琪对佛祖不如对张天师好,而且,赵琪爱看关公故事的壁画,却很少赞美肥硕高大的如来、观音、罗汉。三福估摸着,殷家这次办醮会可能要求助于观音——那个有求必应能给人送去孩子的女菩萨。

带点什么礼物呢?

三福不想以现金为奉仪,也没有其他合适的实物。

想起蚂蚱庙里还有几刀黄纸,想拿了做醮会的伴手礼。

走进庙里,他才发现这里已荒废很久,春草从肮脏的旮旯里,从低矮残缺的墙头上,从幽暗的夹道里,从墙壁的缝隙里长出来,鲜嫩有生气。还有些小花在开，带着时令的寂寞和小家子气的骄傲。庙里仅存的几个泥塑都已斑驳，彩皮脱落，如遭虫蚀之木，不成样子，只有那些道教壁画还能看出一些人物的轮廓。正殿东墙上是八仙过海。八仙中有个骚仙叫吕洞宾，据说他暗恋王母娘娘。有一次性器勃发，光天化日之下要拉王母娘娘的裤子，王母娘娘驾了白云飞跑，那个不以为耻的吕洞宾提了裤子追上去，沿途洒下龌龊的精液，一滴落在花上，生成美女貂蝉，一滴落在石上，化为勇将吕布。凡看过那壁画的，都会讲述"石生吕布花生貂蝉"的骚故事。

三福没有找到他记忆中的几刀黄纸，颇有失落，又觉得自己突然来到这里，有点鬼使神差的意味——匪夷所思。走出小庙，从怀里摸出员外的帖子，才知方才的精神漫游可能和何仙姑有关。他在八仙过海的壁画上仔细寻找，除了吕洞宾，三福只认识李铁拐，还有一个骑毛驴的，一个名叫汉钟离的，却找不到何仙姑。三福有点儿想入非非。他眼前飘动着一片素花手帕，一个飘行如风的女子，一个坐在木托里的夫人，身影娇娜，青春妩媚……

去何官庄之前，三福路过赵琪的土屋，顺便进去通报一声。赵琪正在侍候他小院儿里的一丛芍药。那芍药开得正好，至少有十七八朵，簇拥一丛，艳红如醉，娇滴滴像初妆的少妇。刚洒过水，有许多透明的珠子挂在花瓣和花叶上，赵琪在花丛旁边拔草。三福说："你倒是有闲心。"赵琪说："你不要小看这花，我娘栽下的，没等开花她就驾鹤西去了。如今长成这样子，不容易呢。"三福说，他要去何官庄参加那边的醮会。赵琪没说话。三福又说了一遍，问他到底去不去。赵琪还是不说话。三福说："人家给咱俩同时下的请帖，还是去好。"赵琪问："为什么要去？"三福说："近看美人，比看花强。"赵琪说："美人只可远观不能近看。"

说罢，赵琪剪了六枝芍药，用杭练纸裹了，叫三福捎过去，算是他的礼物，人就不去了。三福说："这个有什么用，又不能吃！不如买包点心什么的。"赵琪说："你老百姓懂什么。"三福笑了，说："这话我常用了说别人，如今倒是用我头上了，也合适呢。"

三福一个人去了何官庄，作为嘉宾出席了第一天的醮会。

因为有殷家回赠的礼物，三福回村，再次来到赵琪的土屋。赵琪问他："醮会办得怎么样？"三福说，一切都很周全，有南寺请来的和尚念经，有红毡铺地，据说晚上还有小戏，他怕走夜路所以天不黑就回来了。三福说，那花给了殷员外，当即被云舒拿去，喜欢得什么似的。三福把那边回赠的点心给了赵琪，附带多说了一句："那念经的和尚年轻着呢，还留着发。"赵琪说："那叫居士，大约尚未受戒。"三福吞吞吐吐地说："我还看出一点迹象，云舒对那和尚很照顾，念经的当儿还送过去一条汗巾。"

赵琪抬头看着三福，大惊的样子，说："坏了。"

三福以为要节外生枝，问："什么坏了，你觉得要出咕咕？"

赵琪说："倒不是担心出什么咕咕，而是担心你这种人，捕风捉影，嘴上没个守头儿，随便就给人家好女子泼脏水。"

三福说："我就随便说说。你整天待在故纸旧书里，哪里知道外边的议论——还有人说她跟赶木托的春秋有那意思呢——都是瞎猜，随便说说罢了。咱老百姓懂什么！"

赵琪若有所思，满脸怜香惜玉的焦虑。

他从回赠的点心里抓出一把三角糖果递给三福，说："稍等片刻，我有事相托。"

三福吃着三角糖果，脸上挂着食欲满足的惬意。

赵琪拿了笔墨，三福知道他又要写点什么。自从上次那封起了大作用的书函，三福很看重赵琪的神仙书，以为那书里有万事可解的秘方妙诀，而读懂这本书的就只有赵琪。三福说："文人就是啰唆，有什么话，我给捎去就是了，动不动就要写字封书，真是脱了裤子放屁——自找麻烦。"

赵琪说:"我要说的话,你不懂。"

三福说:"心大挤扁肺,星多烂地皮。这个何仙姑总有一天要出点儿是非。"

赵琪写了两页白八行,封了,在信封上写了一个"据"字,大小和上次那个"游"字差不多。他让三福送到何官庄。

殷员外打开信札,与女儿一起看了。

主页上写了一首诗:

> 物各有态,各演其相。
> 众口铄金,防患未央。
> 暴虎不如挽弓,冯河莫若桥梁。
> 玄德闻英雄之言,佯托雷电。
> 仲达知曹氏有疑,故作踉跄。
> 狡兔三窟,庶几立命。
> 一叶障目,不见太行。
> 虽怀璧之瑰宝,亦糙石而包藏。
> 略备丸散膏丹,莫等病入膏肓。
> 遥指海市蜃楼,柱托乌有之乡。
> 毋忘在莒,托名好养。
> 鸡既鸣矣,早备糇粮。

另一张纸上写了十几种草药名字——一片处方。

殷家父女看了好几遍,似不得要领。

三福也想知道里边写的什么,傍身想看,云舒将信札抢了,置于背后。

员外漫步踱到院里,仰观天象,星空被高大的树冠遮挡。他瞑目空想，突然双手击掌，恍然顿悟，道："我明白了！"

此时云舒也说："我也明白个七八。"

父女俩相视而笑。

三福问明白了什么，员外不答。

云舒喃喃自语："知音难求——这世上竟还有人替我着想。"

三福自知再待下去也是无趣，便告辞出来。

父女一起送客。

殷家大门合上。

三福并没立即离开。

他悄无声息地躲在门旁大槐树后，想知道他们如何反应，回去也好做个交代。他听见父女俩在门里边又看那信，有翻动纸页的声音，有拆解诗句的小声议论。然后是员外的声音："此人之心，清明如月，文采颇得屈子之风，想必是受了振兴的指导。"云舒说，"这药方不是治病的呢。"员外说："人家这里不是写着嘛，玄德闻英雄之言，佯托雷电。仲达知曹氏有疑，故作踉跄——摆个样子罢了。"云舒沉吟良久，突然说："我若未嫁，当适此人！"殷员外长叹一声："使君自有妇，我儿自有夫，奈何奈何！"云舒幽怨地说："现在说什么都晚了。"殷员外说："是呢。"云舒说："今我心已有属，自是不当摇曳。只是心有块垒，不吐不快。唉，也不过说说而已。"老半天不见老汉说话，后来是父女俩沉重的脚步声。稍远，听见云舒愤然责问："谁为始作俑者！"员外怯声道："老夫知罪，老夫知罪矣！"

……

三福悄然离开。

次日，云舒去蚂蚱庙时，带了几包草药。

刘春秋第一次主动说话："谁生病了？"

云舒说："这药不是治病的。"

刘春秋不再多问。

每次进到丁家门，云舒就把那些草药撂在磨顶上，既不说给谁拿的，也不问药吃了没有。老丁头一开始就猜想：那药大概是给他那傻儿子拿的，兴许能治不育之症。于是熬了煎了，让缺心眼儿喝下。缺心眼儿用舌尖舔了舔，说太苦了太苦了。被父母逼着，好歹喝了一小口。父母一离开，他就倒掉了。

后来，干脆不喝了。

然而，何仙姑每次来都带上一包药，挂在木托上。

木托行走，老牛踽踽，那个药包晃来晃去，像是有意招摇。

刘春秋明白了，红着脸，对云舒说："还是赵先生聪明。"

云舒笑着问他："赵琪哪里聪明？"

刘说："我还愁人言汹汹呢。有这做烟幕，别人就没得好说了。"

云舒抽一根山黄草，轻轻打了刘春秋的头，说："知道还问！"

不久，街谈巷议，说何仙姑怀孕了。

即使是晴好的日子，她也不再单独行走，来去都坐着牛拉的木托，身子渐渐显重，人也胖了些。有人见她半路从木托上下来，蹲在路边呕吐，刘春秋在旁侍候，还轻拍她的后背。有人从侧影发现，云舒肚子大了，衣服紧裹，转身缓慢，不像以前那么灵动，但脸上依然光洁，表情更显从容坦然。虽然有人还记得缺心眼儿的缺陷，但蚂蚱庙没有出现对云舒的流言蜚语。有人说赵琪为她请了神灵，神灵给丁家开了生育的妙方，那药方中有龙胆、虎骨、麝香、灵芝，一服药要好几块大洋呢！幸亏人家娘家门上家底厚实，咱老百姓哪买得起那么贵的药！有人说，吃了那药后老缺的病好了，一夜弄好几次，无须像从前那样揉搓……有人说为这事缺心眼儿特意到南寺给送子观音烧了高香，云云，不一而足。这是蚂蚱庙人第一次对一位女子保留了善意和口德——没谁愿给这样的女子泼脏水。

临近分娩，云舒不再过来。

何官庄这边要求刘春秋每天到那边侍候行止。

过了些时日，云舒生下一小子，取名朝发。

两年后又生了个女娃儿，取名夕至。

何仙姑一如既往地早出晚归，却不再是孤单一人。风雨天，下雪天，她还是坐了刘春秋的牛拉木托往来于两个村庄之间。两个孩子对刘春秋很是亲热。有时孩子半道上要求下车跑一跑或采些野花，春秋就把他们一一抱下，陪着他们玩耍。路人见了，妥妥地认为他们是幸福的一家子。村里人说，缺心眼儿下不出这么好的种来，一定是借来的。对此，何仙姑视而不见听而不闻。她依然美丽、高傲、迷醉众生，但不可侵犯。

高兴的还有老丁头——只要孩子姓丁就好。

三福把他在殷家听到的父女对话说给赵琪。

赵琪愣怔了好半天，才说："愿他们从此平安！"

绿门子大轿抬我上北京

以吴兴邦为首的推盐生意，越来越火了。一过小雪，粮食归囤，柴草归垛，白菜萝卜入窖，兴邦就带了他的车队出门，往来于山海之间，几天一个来回。附近商贩纷纷来此批发粗盐和海货，蚂蚱庙一时成了购销中心，远近闻名。海货主要是白鳞鱼、烤鱼子、虾皮、虾酱、小豆螃什么的。效益上说，单海货这项就够本，所贩粗盐，几乎全是利润。

兴邦的队伍最初只有八个人四辆车子，次年就达到十几辆，有几次多达二十几辆，不光有独轮车，还有几辆马车。最初他们是两人共车，一个推一个拉，后来觉得赚了钱要一分为二，不如单干好，于是有人就用小毛驴拉车牵引——无非多带一些草料——驴不会参与分钱分账。再后来，吴云功、扈义，后张庄管家后人也陆续加入他们的队伍。扈义的本家弟弟扈永，就是扈淑常和宋氏生的那个孩子，随了盐车跑过两趟连云港，吃不了那苦，不干了。

  人多车多，浩浩荡荡，彼此照应，安全系数增加了。因为有了那次壮怀激烈的传奇故事，吴兴邦自然成了这个盐帮的头人。兴邦为自己的壮举深感自豪，言语举止多了些不容置辩的气势，如同史上的义军首领。自从读了传单纸，整个人变得亢奋，底气十足，目标远大，大有"其志不在小"的孟德之象。有人说他秘密参加了什么组织，但不好当面问他。推盐的队伍每次启程前，兴邦都要吹上几声长号。落脚打尖时，众人也要听他的号令，看上去很像一支部队，只是没有武器。他的眼病较前好多了，衣襟上不再戴红布绺子，但若连续在外几天，一双眼睛还会见风流泪，稍微发红。

  兴邦为他的贩盐车队自编了一首歌：

    两眼不怎样呀，
    看清大方向呀！
    不怕道路远呀，
    腿脚有力量啊！
    山涧不足惧呀，
    泰山不能挡啊！
    长号发高声啊，
    队伍向太阳啊！
    大家跟我走啊，
    从此不恓惶！
    不恓惶呀，
    不恓惶……

有人说这首诗是赵琪给他写的。

兴邦不屑地说:"他算什么,不叫人用的货!"

又问:"你自己编的?"

兴邦说:"别管谁编的,来劲就行。"

他这么一说,大家就不再问。

这首歌渐渐成了推盐小队的劳动号子。

每到道路崎岖或上坡时,兴邦就会带头唱起来:

吴:两眼不怎样啊,

众:看清大方向啊!

吴:不怕道路远呀,

众:腿脚有力量啊!

吴:山涧不足惧呀,

众:泰山不敢挡啊!

吴:长号发高声啊,

众:队伍向太阳啊!

吴:大家跟我走啊,

众:从此不恓惶呀不恓惶!

……

兴邦的威望不仅来自勇敢、担当和吃苦精神,也来自他的德行。推盐的队伍看上去很大,实际上却是各自为战。兴邦身为头人,当然是推多少卖多少,从不占众人的便宜。遇到伙计们有困难,如车轴断了,车耳晃荡了,鞋不挂脚或筐篓漏盐,他总是停下来,伸出援手帮人排忧解难。扈永第一次随本家大哥扈义贩盐时才十六岁,遇到下雪,袜子湿了,兴邦把自己的袜子脱下给他,自己则光了脚。扈义骂他弟:"一点苦都吃不得还好意思穿别人袜子,让人家赤脚行路你心里就不紧缩,不知好歹!"扈永反唇相讥:"哥你自己不肯脱袜子给我还好意思说别人！"兄弟俩边走边吵，弄得大家都不开心。

所有参与推盐的，都赚了些钱，每个人心中都有一份感恩的情愫。崇礼倡议："头人操心费力，让大家有了收入。如今快过年了，咱得表示表示吧？"众人异口同声说，必需的必需的。兴邦很高兴，但他婉拒了众人的热情美意，什么都不要。张庄的老管送给他两条白鳞鱼，扈义送给他一双靰鞡鞋，兴邦不收，当面退给他们。扈义说："人心都是肉长的。这点东西就是表个心意，若不收下，大家心有亏欠，往后不好意思跟你干了。"兴邦说："有你这句话我就满足了，各位跟着我干，我情愿为大家出力，不是很好嘛。力气是外财，用完了还来。"扈义约了众兄弟爷们请兴邦喝酒，兴邦以眼有火疾不便饮酒为由推辞不去，后来只好改为喝茶。这一来，众人都觉得欠了兴邦好大的情分。

自冬到春小半年时间里，蚂蚱庙的壮年男子几乎都参与了推盐。除大雪天，这些人总是行走在路上，东南方向的土路上满是他们留下的车辙。兴邦带头集资，重铺了村里村外几条路，还在水沟上修了一座小桥。夏秋农事繁忙，天热盐也易化，他们较少出门，各人忙活庄稼地和菜园里的事情。闲时，兴邦就拉出他的鼓手队，和解信德那些人一起唱几出肘鼓子，给村人娱乐。

他兴致高高，又编了一首小诗：

  锣鼓家什一齐响呀，
  家家挣钱满箩筐啊；
  肘鼓子小戏唱起来呀，
  男女老少乐开怀啊
  ……

这一来，兴邦就有了两个基本队伍：推盐的盐帮和巡回演出的鼓手队。

兴邦变化很大，也很快。他不像以前那么毛躁了，说话做事颇有小领袖的样子。比如，以前跟三福说话时，兴邦偶尔会带点讨好的刻意，现在两人交谈时，兴邦当仁不让地占了上风，口气中多了几分不容置喙的果决。他也学会了克制，遇到麻烦事，不再意气用事焦火用急，而是转来转去捏着下巴想办法。平素里，兴邦注意留心伙计们的脾气、性情、智愚，能用人所长，大家也乐意为其所用。他从不占伙计们的便宜，万事先人后己，强调公平。伙内偶尔发生纷争，同伴们都请他主持调解。兴邦处事公平，亲疏一样，宁肯自己垫上一点，也要让双方归于和气。他十分强调队伍的纪律，常说没有纪律就没有力量。为此，他给手下两个团队都制定了规矩，必须遵守。

自第一批传单纸被带进河西，有关共产党的消息不胫而走，引起河西这边的注意。吴寒露让他哥留心打探蚂蚱庙是否有共产党活动，谁可能是他们的带头人，他们平时给谁接头，联络点在哪里，见面都是什么时间，有无枪支武器，等等。大乡长就问扈永，因为他年龄最小："你们那些推盐的是不是都入了共党？"扈永脱下脚上的破袜子，对大乡长说："这双袜子就是兴邦给我的，共产党穿这么破的袜子！"

大乡长半信半疑，直接去找兴邦落实。兴邦心平气和地说："你先给我说一说共产党长什么样吧。"大乡长说："没见过呢，没见过。"兴邦就说："你连共产党长什么样儿都不知道，我上哪里知道！"大乡长奉劝兴邦不要玩火自焚，说不要以后连老婆都和别人共用了。兴邦冷笑道："照你这么说，你首先就有嫌疑，因为你老早就把谢家女人给共了！"

大乡长被兴邦弄个没脸，悻悻而去。

不久村里就传出话来："大乡长你个龟孙听着，谁敢动兴邦一根汗毛，看不把他的鸡巴筋抽出来喂狗！"据说这些话是从推盐的那帮人嘴里说出的。大乡长有点害怕，告诉弟弟吴寒露，说蚂蚱庙有个死党，但不是共产党。吴寒露告诫他："共产党的厉害就是跟老百姓一个样儿，很难分得清，等你看明白谁是谁，就灭不了了，跟蝗虫似的。"大乡长打了一个寒噤，说："可不要小看蝗虫呢，咱庙里供奉的蝗虫都是神，了不得呢！"

后来有人传说共产党已渗透到河西，而且有枪。禹屋的吕炳之、河东的季子玉是他们的头，圈子河的解学堂、管岭的庞刚岭、大薛家的薛友佳、蚂蚱庙的吴兴邦，跟他们是一伙的。这些人经常到沭河东岸的朱崔、白城、夏庄等地聚会，吴兴邦从那里带回指示，在蚂蚱庙发展组织，据说已有几十号人。

赵焕章对这些消息很反感，不准三福在他面前提及。听说共产党主张"平分田地"，他便认定那是自己的敌人。他不止一次地对三福说："你要小心吴兴邦那些人。"三福说："不光兴邦，听说姜慎余跟他们也是一伙的。"

姜慎余是最近从烟台那边过来的一位青年人。当年西酒店老三因偷牛案被捕，吕伯清及早得到消息逃去了烟台。他在那里遇到姜慎余的父亲姜炳勋，得以栖身并躲过一劫。姜炳勋跟从一位白俄罗斯移民学会了做茶炊——一种高脚铜器——生意不大，收入菲薄，聊以度日。后来，他们发现茶炊这东西不适合中国人的习惯，改做铜壶和铜盆，生意略有改观。吕伯清站住脚后，把儿子吕兆廷、吕兆太和女儿接了过去。吕姜两家不仅是同乡也是生意上的伙伴，彼此生存与共成为好友。后来吕伯清的儿子吕兆廷娶了姜炳勋的女儿，两位老人成了亲家。再后来，铜器生意也不好做了，姜家从烟台回到蚂蚱庙来，暂住吕家巷子。这边的乡村比不得烟台，铜壶卖不动，吕家没多少土地，为了糊口，就做起小生意——炸馓子卖，日子好于平常农户。姜慎余读过书，从港口城市带来很多新知识，加之胶东受共产党影响较早，姜慎余一到这边就跟河东那边联系上。姜慎余识字，有文化，吴兴邦常向他请教有关穷人闹革命的事。

姜慎余，高个子，大分头，着中山装，胸前口袋里总别着一支笔，说话不紧不慢,像个书生。此人热情好学,说话靠谱,不像兴邦神神道道说话像打闪似的。他俩的结合类似文臣和武将,相辅相成,取长补短。他们秘密去河东开会,回到村里宣传共产党的好处。三福问过兴邦:"共产党那边谁说了算?"兴邦说:"人民说了算,大家投票,一人一个豆粒儿,看谁行就把豆粒儿放在谁身旁的碗里,谁的豆粒儿多谁就当村长。"三福问:"穷人和财主都是一个豆粒儿?"兴邦说:"当然,财主也没长仨屁六个蛋!"三福说:"话可不能那么说,穷人和富人到底不一样。"兴邦说:"人人平等,反对剥削,财主算个屁!"三福很想说"老百姓懂得什么",却没能说出口。

三福心里存着老大不安,去找因病赋闲的林宗申——这一阵子宗申厌烦了官场浑浊庶务繁冗,借口生病回老家半耕半读。宗申说:"自古以来,得民心者得天下。共产党这么做,足见其志不在小。"三福问:"一帮穷光蛋,要地没地,要钱没钱,都是些不识字的大老粗,能成事吗?"宗申说:"从来成大事的人大都没多少文化——秀才造反三年不成,听说过吗?关河空锁祖龙居,刘项原来不读书,听说过吗?朱元璋是个要饭的花子,知道吗?"三福忧心忡忡地说:"照你这么说,共产党要胜?"宗申说:"胜负一时还看不出来,但从打土豪分田地这一条看,这些人不可小觑。"

三福颇为不解,说:"谁家的地都是好不容易挣的,哪个傻种会心甘情愿把地拿出来分给穷人?"宗申沉吟良久,说:"世事难料。有一条名言你可记得?时势造英雄。时局动荡之时,枭雄群起,天时地利人和各有所依,各有所托,说不定谁胜谁负。"宗申讲了许多历史故事,从陈胜吴广到刘邦项羽,从黄巾黄巢讲到朱元璋、李自成,又讲了孙中山的三民主义,等等。三福脑子里装不下这么多东西,没听进去多少。

说话时,林学文、林学武兄弟进来。他们是宗申的本族侄子。学武听了一阵子,大不以为然,说,"谁想分走我家的土地,得拿命来换！"学文反问其弟:"你有几条命？"学武说:"我有枪！"学文再问:"人家没有？"学武说:"没咱的多。"学文又问:"人不比枪厉害？！"学武说:"人是墙头草，刮哪风朝哪倒。"学文问:"你知道刮哪风？"

三福还是关心自己的事，问:"如果共产党胜了，还要不要约地？"宗申说:"约地一职，满清倒台前就已名存实亡。民国一来，县以下设了乡政府，约地就是个旧称了。共产党走的是另一条路，这条路叫民主。谁能得到足够多的选票谁就当村长，村长差不多等于从前的约地。"学文说:"叫什么名字不重要，关键得有人操办乡村事务。"学武说:"我看要不要的无所谓，只要有枪就行，谁不听就弄死谁。"宗申摇头，不置一词。三福一下子听了这么多新词儿，脑袋哄哄的，像塞满了草，有些怅惘，更多的是不安。

小酒铺依然保持着生意不大但烟火不断的状态。不知从啥时起，蚂蚱庙人喜欢凑群了。三伏夏季里乘凉，冬雪日子里烤火，晚上凑一起喝个小酒，在禾场上谈论农事或凑在一起听读书人讲古，总有许多话题。

蚂蚱庙现有五六个热闹地方，各有特色，人色也有区别。

被长久无视的大庙如今成了姜慎余和吴兴邦聚会之地。他们将小庙里里外外打扫了，正殿放了二十多根木棒，那是姜慎余买了打算盖房，暂存这里。前殿有八蜡子神像和兴邦他们的响器。为了安全，兴邦常在那里守夜。到这里聚会的都是穷人，他们听姜慎余讲烟台的都市故事，姜在那些故事里捎带了鼓动革命的思想。这些人后来成为共产党的基本队伍和八路军的后备力量，不仅在抗日战争中有很好的表现，还组织了淮海战役支前队伍，并最终完成土地改革建立了新政权。此是后话。

其次，就是小酒铺。小酒铺的主人大皮匠半年前回来了。他带回一个女人，据说是从苏北什么地方弄来的。蚂蚱庙人通常说娶媳妇、说媒、待亲事、成婚，唯其这个"弄"字，含义暧昧，有来路不明、不择手段的意思。"弄来"这女人后，大皮匠来了个草屋藏娇——不让媳妇出门。出于好奇，三福曾借故探访过一次，见那女人坐在黑黢黢的里间，三福只看到大略的样儿，脸面长得不错，口音是苏北人。

有了这女人，大皮匠经常缩在家里，小酒铺仍旧委托给二皮匠照料。到这里喝酒的还是那些人。守典有时到这里来玩纸牌，赌注很小。赵琪也来，和守典说话总也尿不到一起，悖文的情况经常发生，但都是君子之争。旁边看客从他们的争论中听些典故，粗闻文化气味。崇礼常来这里，因为他家和小酒馆是前后院，守典又是他的先生。近日到这边来玩的年轻人，一是三福的儿子贾忠勇，一是东南街的谢一德，还有扈顺、扈光、扈永、宗贤、龙章等一帮青年人。赵琪对三福说过："'中庸'两字虽好，但缺少生气，最好的办法是变字不变音。"因此，就改成了"忠勇"二字。三福说："两个名字都要，做人中庸，做事忠勇。"赵琪说："做人就是做事，做事就是做人，二者怎么能分得开！"

忠勇和扈永到小酒铺的目的是跟赵琪学拘鬼拿神的手段。忠勇有些愚鲁，扈永则是一副全然不用心的甩子状，赵琪不肯教他们。尤其是扈永，这小子完全不像他的父母，父母勤劳、下力、吃得苦，扈永却是个好吃懒做的后生，年轻轻的学会了抽烟、喝酒、打牌，就是不愿干活——什么活都不想干。他到这里就是闲坐，有时帮二皮匠到井里挑水或去灶下烧火，烧了开水供泡茶用，他也享受。

自从占据了小庙，兴邦忙于招呼他那两帮人，不大到小酒铺这边来了。学文和学武兄弟成了小酒铺的常客。他俩都跟守典上过学，学文写得一手好字，现在县上某机关当文书。学武粗豪直爽，稍有点钱就要请人喝酒，周围跟着一帮瞎混的人。他喜欢玩枪，特别喜欢盒子枪。大哥学文不赞成他有人前无人后地摆划武器，说有武器的人不是伤人就是自伤，真有本事的人用不着玩那些东西。学武不信这一套。他认为，有了枪，什么都不怕。

以上两个地方是主要的群聚点，人色虽有分别，但也分不出明显的阵线。后街上还有一个点儿,是扈淑廉家。淑廉就是当年拉青条赌钱输了老婆,并且在惨案中及时躲过一难的那个男人。他是扈廷之父,是如贵的后爹。那次事件后,淑廉变得谨言慎行,好像患了恐惧后遗症,即使在很热闹地方,话也不多。儿子扈廷继承其父当了货郎,每日赶集。子肖其父,扈廷也会赌钱,常用的方式是开宝,赌注大,输赢在几百上千。他同父异母的弟弟叫扈友——那个差点被瘸造杀了的襁褓中娃娃如今已是十几岁的少年。淑廉坚决不让这个儿子赌钱,也不让他当货郎,只做土地上的活。

东街上的群聚点是焕章的禾场。赵家土地多,禾场宽大,那里有两间场屋,一间放了大车,另一间放了牛驴的草料。德章一度代替焕章管理过县的粮库,但不久就回来了,不知是自己辞的还是因为什么事被解雇的。失去差事的德章专心务农,日子有改善,今年置办了几亩好地。德章像他哥焕章一样,一有空就拿了大马扎到禾场上闲坐——其实是看守他家的粮食和柴草。本家子侄们,还有常在他家打短儿的邻居也会聚拢过来。这些人聊的大都是农事方面的话题,包括天气和家庭琐事。

前街也有个群聚点——解信德的戏班——那里常有排戏和演出,听戏看戏的多是老人、孩子和妇女。信德婚后,日子过得平静而充实。他们的两个儿子随了老爹学唱戏,现在是戏班的台柱。信德新近收了个徒弟——谢静忠的二弟谢敬孝。谢家贫寒,让次子学个手艺以便灾荒年头有口饭吃。谢敬孝一表人才,娶了个媳妇堪称美人,只可惜两人记性都不好——这耳朵听了那耳朵冒了,脑子里留不下戏文。为此事,敬孝常挨师傅打——那是真打——用棍子,用树枝,用皮绳,打死不能吭声——这是拜师时讲好了的。有两次,他嫂子,就是建章当年从花楼里解救出来的那个小丫头说:"俺在旁边听都听会了,你俩怎就记不住呢!"

蚂蚱庙真能称得上新事物的,得算耶稣教。不知什么时候,木匠许秀文成了耶稣教的教头。他常年在外边给人做木器活,认识了城里南关的一位牧师,便受了洗,成为一名虔诚的教徒。回蚂蚱庙不久,他家就变成了礼拜堂。开始只有寥寥几人参与,后越来越多,竟发展到上百人。做礼拜的日子,三间堂屋和两间西厢房甚至过道,全都是人!悠扬的歌声中飘荡着圣母玛利亚、约翰福音、路加福音、耶稣受难曲,给古老的蚂蚱庙增添了新风景。初入蚂蚱庙,耶稣教受到各方面的非议和各种势力的抵制。德章最是反对,因为信教的人不承认孝道,老人死了他们不磕头不烧纸不哭不喊,还要唱歌庆祝!德章骂他们都是不肖子孙,放言把耶稣教赶出蚂蚱庙!守典也反对耶稣教,他认为《圣经》里的故事是瞎编的。在这一点上,赵琪和他们不一致。在头面人物中,只有林学文不反对耶稣教。他读过这方面的书,而且,他的领袖蒋中正夫妇都是基督徒,这让他引以为荣。

玉田乡乡长吴寒露政务腐败,广受民众谴责。他的浮华堕落引起普遍的民愤,乡公所被人夜间放火,柴草堆到屋檐下。幸亏是瓦屋砖墙,他在大火中得以逃生。自那以后,乡长不敢继续在玉皇庙办公,计划把乡公所搬到潘家湖。无奈潘家湖人也不肯收留他们这帮人。半月前有人夜晚挖通了乡公所的后墙,在墙洞里放了炸药,轰隆一声,房顶给掀翻了,吴寒露当时在外边喝酒,幸免于难。他到县上要来几个警察,查了好些日子,也没查出到底谁干的。

相对于吴寒露,宗申的声望有了很大的提高。在家赋闲三四个月,他以为就此脱离官场,可以安心耕读了。但是,这一出世之心终归未能如愿,不久他便奉命回湾林继续当乡长。他的亲戚周干臣是三区区长,宗申算是有背景的人。基于个人修为,宗申对时局的判断相对客观,他对民国的政策多有针砭,对河东共产党持温和态度,主张共处,反对冲突。宗申对乡邻亲友一直保持友善态度,"蚂蚱庙去条狗都会被招待"——这句话成为人们赞扬他的常用语。宗申有学问,懂医术,还当过一阵子私塾先生,蚂蚱庙很多青年曾受教于他。虽然宗申如今不介入村中事务，但人们对他依然保持了充分的尊敬。

一种新职业出现了——当兵。东山马子被平息，据说大将被收编到国民军当了团长。穷得没饭吃的农民当不成马子，就只好当兵。他们基本分不清什么队伍是好的，什么武装是坏的，管吃就行。很多人不明就里入了国军，也有不少人糊里糊涂当了杂牌军。跑到河东去参加共产党武工队的人对自身社会地位大都有比较清醒的认知，至少他们知道那是穷人的队伍，在那里能够得到公正待遇，而不像在国民党那边，充其量就是个炮灰。

这时期，扈永有了新的求职方式：代人当兵。每次上边来了兵役，富家子弟不肯参军，扈永就会冒了那家的名字去充数。这样做，能得到一笔不错的报酬。扈永在部队里没学到多少杀敌本领，倒是学会了开小差。两年中，他三次冒名替人服役，三次成功逃离部队，现在等待第四次充军。据说他身边至少有两杆枪，没人敢惹他。

也有花边新闻——德章的三儿子赵克学突然得了一种病——花邪。他夜里不睡觉，满村子游荡，据说还偷看女人上茅房。白天他似乎也不怎么睡，从东街逛到西街，从禾场逛到酒店，从凤凰岭逛到小酒铺，总是在走。他走路的样子很不雅观，一只手总是揣在裤裆里，嘴里唱着不变的歌：

绿门子大轿啊，
抬着我上北京。
我的两边啊，
坐了两个小妖精！
一个给我捉虱子，
一个给我烙煎饼……

这歌词从哪里来的，谁教的，全无出处。

克学整天就那么东游西逛，反复唱着，吆喝着。女人只要听见他的声音全都关门上闩，再顶上一根杠子。若在街上不幸遇到他，女人会急转弯躲到邻近的胡同里。用现代医学分析，克学得的是精神分裂症，蚂蚱庙人管这叫"花邪"。患花邪病的大都是性欲旺盛期的男青年，淤积的荷尔蒙无处消散，内火鼓荡、神经糟乱、四处奔涌，形成了生理幻觉。幻觉中夹杂了幻听，像是有声有色的电影。那场景不能物化为现实，于是便成了病。

有人说，克学的病和何仙姑有关。被何仙姑的美妙身影所惑，克学想入非非，丽人行的情景在他眼前摇曳多姿，入到心中好似蝶乱蜂狂，这让他敬若天神不可企及，崇拜与邪念同在，搅和得他心神错乱。他常常一大早起来，坐在凤凰岭高处的树林里，专心等待那女子的身影出现。傍晚，他会在这里痴痴地目送她离开，如同丢了魂魄。为了尽可能长时间观看那位神女，克学好几次爬到高树上待着，有一次不幸从树上跌下来，从此便得了花邪症。

枪林弹雨

蚂蚱庙第一个告诉大家抗战开始并称日本人为"鬼子"的，是林学文。

这人幼时曾跟守典读书，后来去了城里，读了省立五中，再后来在国民党县中队里谋了个位置，故其得到消息早，"抗战"一词首出其口。吴兴邦问他："什么叫抗战？"学文说："就是抗日战争的意思。"又问："为什么称之为鬼子？"学文说："日本人个儿小，说话叽里哇啦，咬牙切齿，状如柴狗——这是李鸿章的用语——不好对付。"学文描述形象："跟劝善书上画的那些夜叉差不多。"三福问："他们吃饭不？"

学文说："他们跟人一样，也是一日三餐，不同的是习惯吃生肉生鱼，像是茹毛饮血的原始人。他们杀人不眨眼，杀自己也不眨眼。他们不仅有东洋刀，枪炮武器也都了得，一挺机枪架起来，千儿八百的人过不去。日本人管吃饭叫米西米西，骂人是八格牙路，看见年轻女子嬉皮笑脸地喊'花姑娘的干活'。"——这是蚂蚱庙人最痛恨的——中国人把他们描述为鬼蜮之物，蚂蚱庙人觉得称之为"鬼子"，是再合适不过的了。

姜慎余爱听收音机，他的收音机是从烟台带过来的，据说是他自己安装的，里边有男女说话，兴邦有事没事就要他打开听听，问这问那，姜慎余有时不耐烦。兴邦说："日本人已经占了咱关东，得了那么大的好处，再朝咱这边来，太贪心了。再说，咱这边有什么啊？几亩薄地，几间草屋，除了庄稼就还几棵杂树。我家除了一辆推盐用的小车，没别的。这么穷的地方他们也要占，真是岂有此理！"学文告诉他："国共已经达成联合抗日协议，人不分男女，地不分南北，都要抗日，有钱的出钱，有人的出力。"兴邦说："那是自然。"

三福好像不那么紧张。他说："从关东到咱这地方至少得走两个月，早着呐。"前街的林宗儒去过东北，他说："日本人虽然腿短，但跑得很快，跟猎狗似的。他们有飞机大炮，一动身先要开出汽车来。火车也是他们的，说到哪里就到哪里，跟刮风似的。"兴邦一听这些就心烦，说："甭给我说这些！我到连云港推盐见过火车，跟蜈蚣似的，好多腿，刚一动就累得呼哧呼哧喘粗气，没什么了不起。"宗儒说："日本人很厉害啊，不信你就试试。"兴邦说："什么样人你我没见过？让他来，看我怎么收拾小鬼子——我就不信治不了他！"

近来，兴邦爱说这句话——我就不信治不了他，或者，我就不信治不了你！他喜欢这句洋溢着豪情的话，大家不知是从别人那里学来的还是他自己的创造，常挂在嘴上。有时他会简缩为一个短语："治不了你！"说这话时，他的脖子会扭到一边，口型扭曲了，鼻孔朝一侧上撇着，另一侧的牙齿咬紧，显出强烈的自信和力量。三福头一次听到他说这话时吓了一跳，劝他说话别这么狠。兴邦说："对敌人，对鬼子，就得有个狠劲！"三福说："鬼子还不知在哪里呢。"

然而，鬼子说来就来了。

1938年秋天，学文从城里带来消息说，日本鬼子正从青岛方向朝徐州进犯，张自忠和老庞（庞炳勋）的队伍要在这边跟鬼子干一仗。李宗仁将军在枣庄已经包围了鬼子一个师团，咱这边的任务是阻挡从青岛前来增援的日本部队，以保障枣庄那边大战的胜利。学文特意请假回村，嘱咐家人多存点粮食，还有蔬菜和食盐。撂下这句话当晚就回去了。因为他这句话，周围的盐贩子拥入蚂蚱庙，把兴邦他们积存的食盐全都买走，据说价格翻了一倍，扈义还说，"卖贱了卖贱了"。

行情这么好，扈义要求兴邦带他们再去一次东海。既然战争尚未火燎眉毛，囤积一些盐定有好处——那东西反正烂不了。兴邦说："国难当头，都得去打鬼子，哪有心思贩盐啊！"扈义说："打也打不到咱这边，日本人眼睛都很小，白天走路，晚上不行。而且他们走路不会拐弯，过兵只走一条直线，从十字路到沂州府就那条公路，经板泉、相公、九曲店一直向西，两厢的村庄啊庙宇啊他们都看不见。咱蚂蚱庙离公路十几里地，波及不到。"兴邦说什么都不肯，扈义便自带几个人走了。

阻击战是在太平到汤头一带打的，那里正当鬼子从胶东奔沂州、台儿庄的要道，张自忠部首当其冲。他们周密策划，夜间从河湾那边渡过沂河，如一把尖刀横插出去，成功阻击了日本侵略军。主战场距蚂蚱庙约三十里，这边能听到大炮和机枪的声音，也能看到一簇簇火光。人们全都窝在家里，大炮声响传来，碎土从屋顶草芭簌簌落下，满屋子是浮土的气息，呛人。隆隆的炮声和闪烁的火光给小村带来巨大的恐惧，老人感叹大难临头，多亏还有这两间草屋藏身。胆大的青年不肯待在屋子里，他们弓着身子钻出土屋，躲在矮墙后边，试图看到刺激人的场景，多少也存了练胆的意识。北边公路上不断地过车，灯光惨白，如同鬼魅。西北方的枪炮声一阵子松一阵子紧。三福敲着铜锣沿街串巷叫喊："鬼子来了，鬼子来了！庙前庙后，庙左庙右，不论老少，都甭出来！该喝粥的喝粥，该睡觉的睡觉，别伸头露角的，枪子儿不长眼……"

几天下来，战役结束，据说死了很多人。

蚂蚱庙有两人在那次战役中阵亡，一个是吴家的吴进轩，一个是赵勋章。吴进轩和建章一样，都是最先剪辫子支持辛亥革命的，三民主义的信徒。说起辫子，当时建章不如吴进轩剪得彻底，前者因此得了个"小短辫"的诨名。人家吴进轩当时是彻底剃了头发，誓死不做满清顺民。建章搬走神像那件事，进轩、兴邦都参加了，很多人骂他们毁佛灭神，罪孽滔天，将来要有报应。建章经不住舆论压力，后来改口说他本意是给神洗个澡的，进轩则坚持他的无神论，还因此批评建章的革命思想不彻底。东山剿匪，建章牺牲了，吴进轩一直没有消息，大家以为他闯关东了。这次政府送来阵亡烈士的慰恤信和抚恤金，人们才知道，进轩在国军中当了营长。勋章在保定陆军学校受过训，卢沟桥事变后，他加入了张自忠的队伍，据说作战骁勇，很得张将军赏识。

蚂蚱庙人都很悲痛。

村中不怕神、不怕鬼、不怕匪的两个人全没了。

英雄都是一闪而过，唯庸人长命百岁。

企图长期佩戴英雄桂冠主唱舞台的，都是虚妄。

不久，日本人占领了临沂城。

有一天，两个日本兵来到蚂蚱庙。他们把枪支立在村西高场上，东张西望一阵子，像是侦察地形。靠近大路的那边有两处房子，前边是吴明山家的土屋，后边是大皮匠的小酒铺。土屋的东边是老马家的禾场，那里曾是蚂蚱庙的集市，即德章的黑驴偷吃抹斗手笆箩里粮食的地方。星转斗移，如今再不见热闹的集市，只有那个大练长放茶壶的碌碡还在，鬼子的枪支就靠着那个碌碡放了。这两个日本兵看上去都还年轻。他们把枪支架在一起，一个看着，另一个小心翼翼朝村里走去。

在庙汪西沿，吴克俭门前，即大乡长当灰橛引来马子架走守荣后顺手掳走并杀死他族弟的那地方，鬼子兵站住了。那里有个染坊。日本兵看了看高高的木架子，摸了摸架子上深浅不同的靛蓝和赤红，像有赞赏之意，也许他因此联想到故乡的类似情景。他在那里站了好久，不无几分陶醉地欣赏风中飘荡的印花布，像一位采风的艺术家。有两三小孩跑过，对这个陌生人有点好奇也有点惊惧。那日本兵和颜悦色地招呼他们，一边从肥大的裤兜里掏出一把东西，慢慢走近孩子，弯下腰，笑容可掬地招呼："甜的，要的不要？很糖呢，来，甜的要不要？"

蚂蚱庙人每当说起这事来就讥笑日本人，说他们舌头不会打弯儿，区别不清"糖"和"甜"两个字，把糖说成了甜，说甜的时候却说成了糖。那个日本兵朝小孩子们发了糖块，孩子们乍初都把小手缩在背后，后来经不住甜的诱惑，面带惊恐地接了。日本兵慢悠悠走到蚂蚱庙的门前，大门上着锁。他歪着头，先从门缝里看了里边，又审视了左右两边对联残留的几个字，从兜里掏出个小本子，在上面写了画了些什么，像图形也像文字。然后转回去，和那个看枪支的伙伴会合，两人叽里咕噜说了一阵子话，就走了。

这次日本人的造访给蚂蚱庙人留下了很大的疑惑：他们来这里到底要干什么？是不是要在这里驻兵？如果鬼子来驻兵，会住哪里？谁家房舍可能被人号下（订下）？两个未露凶相的日本兵让村民松懈了警惕，三福家的陈氏说，那两个鬼子兵看上去就像是此地谁家孩子似的，兴邦的老婆说她的某个表弟跟那个发糖块的日本兵长得很像呢。兴邦叫她住嘴，说："那个日本兵连'甜'和'糖'都分不清怎能像你表弟呢！"三福说："那两个日本兵真懂事，一进村就拿出甜来，让小孩子糖糖嘴。"——三福也许故意讥笑他们吧。三福还说："人家的枪是架在禾场上的,自始至终连枪栓都没拉一下就走了,文质彬彬,如果是好……"兴邦一听就来气,说:"贾三福你想当汉奸是不是?还没吃到日本人的甜呢你就不会说糖了!"三福自嘲说:"都是你们这些人整天说来说去的,弄得我都搞不清甜和糖了。"

抗战留给蚂蚱庙的第一幕好像一幅风景画,但是,以后的事可就不那么诗意了。多年抗战,日本鬼子来过蚂蚱庙三次。第二次来,是为了搜捕宗申。据说,日本人一来,乡长吴寒露就当了汉奸——成为给日本人办事的伪乡长。蚂蚱庙人觉得这不是小事,汉奸这名字可不好听呢。一个人平时再孬种再无赖,只要不当卖国贼,似乎皆可原谅,但在民族大义上不能含糊。

河东三区最先贴出安民告示:各村士绅继续保留原职,所有头面人物须尽心尽力为皇军做事,违者死罪。三福私下找了大乡长,说自己两个蛋肿了,行动不便,村里的事决然不能再干了。大乡长说:"那样也好,你不干我干。"三福如释重负,以为这样就远离汉奸帽子的危险——谢天谢地,如果是好!

次日,大乡长口气变了,说:"约地这事还得你三福干,别人想干也不叫干。"三福立马就犯了大愁,说:"约地就是个破帽子,既不是祖宗挣的家产,也不是孙猴子头上的紧箍,如今我想抹下来扔了难道不行吗?"大乡长说:"俺二弟说了,谁也不准辞职,原班人马继续操练,为皇军效力大大的好。"三福叹道:"一世英名,这下全完了。"大乡长当即朝三福宣布:"皇军随时过来巡逻,到时你得做好招待,叫干吗干吗,你的明白?"三福吼道:"叫我日他娘我也得日!"大乡长警告他:"三福你小子敢跟我犯犟,小心硬家伙!"三福喊:"你要是有本事现在就把我毙了!你要不怕千人指万人骂就去当灰橛吧,当日本人的灰橛!"大乡长第一次见三福横眉立目的,有些吃惊,一时没敢怎么他。大乡长走后,贾陈氏说三福:"人家现在有日本人撑腰,你那样说话,不想活了啊你!"三福说:"抗日可不是小事,你老百姓懂什么!"

林宗申同样遇上政治困窘——日本人来了,站哪一边,干还是不干?必得有个选择。抗战前,宗申被擢升为湾林乡乡长。有一阵子他厌烦了,挂印回乡,企图归隐田园,可惜经不住乡愿汹涌,还是去了。他曾自嘲:"这就叫吃屎狗离不开秫秸攒(高粱秸垛)!"抗战爆发,全民动员,宗申在湾林乡组织民团响应抗战,准备和日本人决战到底。1938年那次阻击战,宗申组织民力支援张自忠部,做了不少事情。此后他回过几次蚂蚱庙,重建了联防队,带回几条枪和两箱子弹。他还指责吴寒露没有主心骨,一有风吹草动就叛变了。

宗申的联防经验在沂州阻击战中发挥了作用,主要是慰问张自忠的部队,救助前线下来的伤员,寻找门板,收集粮食,浆洗绷带等。国民党放弃华北后,鬼子很快占领鲁南苏北一带,宗申费心费力组建的抗日民团和联防力量如鸟兽散,有些人摇身一变成了汉奸自卫队的成员。他们说日本人那里的馍馍又白又软,还有海带丝、咸鱼干和咸鸭蛋……

宗申读过书,明白民族气节对一个人的名誉是什么分量。形势日趋严峻,他预感到日本人随时会来宣告占领权,于是乔装打扮,趁了黑夜,只身跑回蚂蚱庙来。林守约将他藏到自家大车屋里,打算另找机会逃出去,最好能找到老庞的抗日队伍,宗申在那边有几个朋友。为了掩人耳目,守约每天背了粪筐到禾场那边,送给儿子一日三餐。

据说此时有人出灰,暗里将其藏身之处告知了日本人。次日一早,突然来了十几个荷枪实弹的军人,两个日本人,其余是二鬼子。他们径直去了林家场屋,把宗申从乱草中揪了出来。

那天,蚂蚱庙人目睹了鬼子的真面目:凶神恶煞,状如豺狗,杀人不眨眼。宗申被日伪兵抓出来后,守约急了。他上前试图拦住那些人要求放了他唯一的儿子。日本人问:"他的,什么人?"翻译官上前说了几句话。日本兵摇晃着脑袋,说:"带走!"守约装了笑脸,

349

说他儿子没犯罪为什么要带走？日本人说："我们的，不杀他！"宗尧兄弟凑上来想对翻译官说句话，他身后还跟着一条大黑狗。日本人举起东洋刀，照那狗劈下去。大黑狗应声倒地，地上一摊鲜血。

宗申被带走了。

次日传来消息：宗申被带到日本宪兵队里，面前蹲着狼狗，日本人叫他继续履职为皇军服务。宗申反复表示身体欠佳不堪重任，还说"我本是读书人不宜从政。"日本人听出画外音来，指了指那条伸着红舌头的狼狗，狼狗突然就扑上去，一口撕下林的前襟，还咬下他小肚子上一块肉。日本人冷笑着说："如果我伸两个指头，这样子，很简单吧，你肚子里盛的那些书都会流出来的，不好看的是吧？不舒服的是吧？你的明白？！"

宗申不得不接受城下之盟，继续他湾林乡长的职务。这一结果看上去和吴寒露相似，但两人有所不同。宗申是逃亡不成中途被抓被迫留任，吴寒露是主动投靠积极效力。吴寒露没受到恐吓，宗申曾面临酷刑和死亡威胁。这一区别在后来数年中的行为中渐渐显现出来，下场也不尽相同。

抗击日本人的小型战斗时有发生。

虽然鲁南已是敌占区，但老庞的队伍还是几次杀到沂州跟日本人打了几次恶仗。另一抗日力量人是共产党的游击队，他们的基本地盘在河东。游击队的武器差，虽然有枪，但大都是"土压五"，是一种性能较差的枪，还有手榴弹，都不充裕。他们的优势也很明显：首先，游击队的成员都是当地人，熟悉地理，藏身容易。虽不擅长阵地战，却擅长在流动中伏击日伪小股部队。其次，由于群众基础好，游击队在沭河以东的乡村和山区颇为活跃，也打了几次胜仗。东山土匪在新形势下分道扬镳，刘黑七那伙人先是投靠国军，骗了不少军火，后来当了汉奸。苍马山大将那伙人则改旗易帜，变成抗日游击队，据说他们跟共产党的抗日力量有较为密切的联系。

三福好多天不敢出面。一天夜里，他溜到德章家倾诉衷曲。德章说："社会烂得不成样子了，我早就说过，这样下去迟早要亡国，当时你们还不信。看，人家打到家里来了，这是咱这一拨人的命数啊！"三福问，该怎办？德章说："跑也没地方跑，又不想死，叫你接着干你就干吧。"三福说："名声不好听啊。"德章说："你只记住一点，咱是蚂蚱庙人，生在这里长在这里祖坟在这里，这里是咱的根。只要你小心护着这一方人，就不会有多大的罪过。什么都是一阵风，乡亲、祖坟、土地是刮不走的。能保护多少算多少，保护不了，也只好认命。还是建章说的那句话——怎么好怎么办吧。"三福说："又是皇军，又是自卫队，现在又出来两个党，都说抗日，可看上去面和心不合，我夹在中间，听谁的是？"德章也说不清楚，只道："唉，找不清是驴不走呢还是磨不转——终究是个事儿！"

惨案再次发生，就在蚂蚱庙和潘家湖之间。

这是一次规模不大的战役，起因来自吴寒露。吴寒露当了伪乡长，自以为能，但皇军却看不上他，多次说他"做事的不行"，三个月后被调任玉田乡。玉田乡不仅辖区小，才十几个村子，且交通闭塞，也穷，没什么油水。二乡长满心不高兴，但不敢言语。玉田乡公所原在玉皇庙村，不久就被人夜里放火烧了，吴寒露只好将乡公所搬到潘家湖村。吴寒露唯日伪之命是从，收集钱粮过于卖力，三天两头朝老百姓要这个要那个。为给日本人修工事，吴寒露在玉田乡拉了很多伕子，不少青壮男人被拉了壮丁。不久，玉田乡公所的后墙被人挖窟子放了一炮，侥幸逃脱的吴寒露向城里的日伪告状，说是共产党干的。日伪宪兵派了一些人来给他撑腰，但效果不如他的意。

吴寒露也是个色鬼，看谁家媳妇姑娘好，千方百计弄到乡公所，借口盘问敌情，把不少良家妇女给弄了。潘家湖人无法忍受这个坏种，

351

不时给他点颜色看看。吴寒露住的瓦房有个后窗,半夜里常有人朝里边扔石头,吴寒露只好让人把后窗堵上。后来又有人放火烧了乡公所的东厢房,烧毁的厢房像个瘌痢头。有天晚上,吴寒露提了夜壶小解,发现夜壶里卧着一条土黄蛇。这种蛇体形短小,却有毒,吓得他魂飞魄散,夜壶落在地上摔碎了。

经不住接二连三的骚扰和恐吓,吴寒露决定把乡公所搬到蚂蚱庙来。他自认为蚂蚱庙是自己老家,有族人的庇护,不会像在玉皇庙、潘家湖那么不堪。大乡长听说乡公所要搬到本村,兴奋异常,揉着谢家女人的奶子说:"俺兄弟若是来这里办公,我要叫他尝尝你的滋味,这叫有福同享。"那女人说:"你个王八,光知有福同享,还有个有祸同当嘞!"

吴寒露搬家那天,大乡长像过节似的,早早地去迎接。几辆牛车装满家具、文书、粮食、衣物,还有一些弹药,东摇西晃地离开潘家湖。虽然有伪军随车押送,路上还是被潘家湖人扯走了一些衣物。有两个小炕桌因土路颠簸掉下来,被村人踢到水沟里。乡长看民意不善,示意充当后卫的伪军不要那炕桌了,赶快离开,免得夜长梦多。

果不其然,他们的牛车刚过村后的小溪,就遭到游击队的埋伏。大乡长后来说,当时有三四十个八路,穿的都不怎样,抢子弹箱子却十分凶狠,打死了他们四个兄弟,抢走几乎所有金钱细软。吴寒露当即派人报告皇军,皇军在相公庄驻有一个小队,他们有的蹬了脚踏车,有的骑着马,朝蚂蚱庙一路扑来。

接近周庄时,八路的小分队正朝蚂蚱庙撤退,两部分人在村西小松林那里迎头撞上。此时蚂蚱庙的制高点——大苇塘附近的高场已被敌人占领,小屋那边都是日伪的枪口。八路只好退回潘湖小溪那边,那里有高高的沟崖作屏障,河堤作堑壕,堤上有不少树木可做掩护。双方就在那个名叫"大桥口"的地方接了火。

吴寒露向日本宪兵队长报告"匪情",皇军队长当场扇了他两耳光,骂他"无用的东西"。大乡长见弟弟嘴角流了许多血,怒气冲冲上前去理论,被一个日本兵朝着裤裆就是一刺刀。大乡长哇哇叫了一声,双手按着裤裆,当即倒在地上。众人架着,好歹把他送回村里。他老婆见他那副狼狈样儿,骂:"怎么不把你那套黄黄子给切下来呢,留着也是作孽!"

皇军指令吴寒露带一个排的兵力正面迎击八路,皇军在后督战。吴寒露好歹招呼来二十来个伪军,撕裂着嗓子叫他们冲。那些人推推搡搡,进一步退两步的,老是不肯进入阵地。光是整合那批乌合之众,吴寒露就用了半个时辰。有两个伪兵企图逃跑,当场被日本人打死。吴寒露战战兢兢带了那些人向西南方向走,有人装怯作勇地吆喝着,有人端着枪亦步亦趋地挪动,吴寒露举着盒子枪督战,装腔作势。他们刚行进到小溪流的阳坡,就听见八路军小分队的枪声。战斗在大桥口持续了小半天,陆续有伤员下来,都是伪军。傍晚时分,已有十七个重伤二十多个轻伤,其中有四个什么伤都没有只是脸上有点儿血污的也装作伤员被弄下来。三福知道他们是以自残伪装的伤员,不仅没告发,还夸他们聪明。三福东跑西颠招呼村民参与救助,安排饭食。新来蚂蚱庙开药铺的管先生忙着给伤员包扎,饭都没空儿吃。三福派人烙了五十斤煎饼,很快被吃光。此时地瓜刚下来,三福找人煮了几锅地瓜,权作充饥之用。

三福惦记大乡长的情况,问管先生:"大乡长挨了一刺刀那玩意儿还能不能用?"管先生说:"俺一个当先生的,不能剖白病人的私情。"三福一再追问,管先生只好告诉他,人家那三件套都还在。三福就说:"倒不如全切了,让他跟太监似的。"管先生说:"医生只管救死扶伤,俺可不敢说这种话。"三福说:"真不如那样了,省得他纠缠人家有夫之妇。"管先生就不说话了。

蚂蚱庙人第一次见识近在眼前的战斗,士兵的伤亡让他们直面战争的残酷,另外伤兵也不好伺候。他们本以为八路军的小分队对付一阵子就走了，没想到这么撑打！黄昏时分，有一阵子枪声稍显稀疏，大家以为战事快要收尾，没想到天黑后八路军从沭河以东调来老四团的人，诨号张疯子的张仁初团长亲自指挥，迅速包围了蚂蚱庙这边的日本小分队。这一来，蚂蚱庙就成了主战场。

三福听见村东和北湖先后传来枪声，知道今晚的事越弄越大，内心满是恐惧，牙齿不住地打战。不论哪一方来，都少不了要他接应后勤。后勤两个字代表了担架、人力、饭食、铺板、喝水、医药、洗漱，连绵的呻吟，难以忍受的疼痛，还有歇斯底里的咒骂，等等。为了安抚伤者，他得说许多安慰的话温暖的话——这些说起来容易，做起来真难啊！刚过去的这个白天，三福接应了几十名伤员，那些受重伤的兵老是骂骂咧咧，有的还威胁"老子一枪崩了你"。三福不仅要给临时驻扎的日伪找吃饭安歇的地方，还要给他们派伕子、粮食、柴草、牛车，没一家能逃脱。本来都很穷，没有余粮，每一口饭食都像是从他们嘴里抠出来的——可把三福给难坏了。村民怨声载道，如果战事继续扩大，蚂蚱庙真受不了了！

事情正如三福担心的，八路把蚂蚱庙包围了。原本还在大桥口战斗的伪兵纷纷撤退，他们迎战的那部分八路军则从潘家湖那边包抄过来，像是下决心要彻底歼灭这帮日伪军。此时日本兵显得很亢奋，他们没有逃跑，而是命令伪兵加紧修筑工事，摆出要和老四团决战的架势。

战斗打了大半夜。八路这边的力量有所增加，汤头和新安镇的武工队也被调集过来。午夜时分，八路军占领了村中的蚂蚱庙，紧接着就向村西头的高场进攻。高场上有日本兵临时搭建的指挥部，双方交火多次，难分胜负。三福惦记德章的安危，好不容易从巷子绕到前街，借木匠许秀文门前的石碾子遮掩，飞快跑出哨门，顺着解义德门前的胡同溜到东大汪西岸，然后借了芦苇的黑影回到家里。

家人都还好。陈氏一宿没合眼，显得十分憔悴，如今男人回来，她稍微放心，一下子倒在床上，叫三福给她一碗水，泡个煎饼充饥。三福照办，端到她跟前。女人看了，说："你再捏上三五个虾皮。"三福说："都这时候了还讲究个啥！"陈氏见他还要出去，问："你去找死！"三福说："我是不想出去，可德章大叔那边还有个花邪，我担心他不知厉害出去瞎转悠，得去看看。"陈氏没再说什么，狼吞虎咽把泡软了的煎饼吃下，嚼了两口咸菜棒儿，道："想去就去吧，听天由命了。"

三福觉得实在支撑不住，短睡了一会儿。他太累了，一歪倒就睡着了。鸡叫头遍，他被急促的打门声惊醒，出来看了，两个人架着一个满头是血的伤员，叫他马上找人看护包扎，如果撤退不及，还要他想法保护此人，不得有丝毫的差错。三福还在犹豫自己办呢还是派到别人家，那军人抽出短枪来，警告道："知道你是这里的头儿，你不能只给日伪办事，也得照顾我们的人。告诉你，如有闪失，我要拿你是问！"

那些人把伤员放在过道的木碓旁边，急匆匆走了。三福把那伤兵背到锅屋，划拉了一些麦穰做床铺，把人放好，然后查看伤口。那人说他是莒县人，姓贾。三福说："天意啊天意，一笔写不出两个贾字，你活该到我这边来。"说着，他叫陈氏快起来到药铺里请管先生来。陈氏一边掩着衣襟一边过来看了，立马就闪了出去。

外边的枪声依然紧急。

不一会儿，陈氏带管先生进来。

三个人忙着给伤员擦洗伤口，有的地方要把衣服剪开，陈氏找出一件忠勇的旧衣服给伤员穿了。管先生给那人包扎时，因为剧痛难忍，必须有人逮住，三福双手箍着那人的上身，管先生拿镊子朝外夹一块弹片时，那人忍不住剧烈的疼痛，大叫一声，还把三福的小臂咬了一口。做好伤兵的包扎，管先生又给三福做了疗救。管先生让陈氏拿水来给伤员吃了镇痛药。这时天就快亮了。

枪声听上去稀疏些了,管先生说,他刚才过这边时听说日本人抄小路回城了,没去相公庄那边集结。老四团的人也撤了,能带走的伤员也带走了。陈氏问:"俺这里这个可怎办?"那姓贾的伤员听了,忍着剧痛,说:"立马找车,把我送过沭河,这里不是我待的地方。"三福说:"咱是一家人,俺没拿你当外人是不是?"那伤员说:"恭敬不如从命,快照我说的办吧。"管先生也说:"是,还是到河东那边更安全些。"

连日连夜的公事已把三福累得筋疲力尽,他不想留在村里受罪了,找了一辆拱头车,两口子好歹把伤员弄上去,盖了许多麦草,套上牛,趁朦胧的晨雾上了路。路上,他跟同姓的伤员扯到贾家的族谱,原来蚂蚱庙的贾姓是从莒县迁来的,论起来,三福得给这个年轻人叫大叔。三福虽比他年长,还是老老实实地叫了他一声大叔。那人不好意思地笑了笑。三福还问了那人的名号,回来的路上因为打盹儿,土路颠簸,竟把名字给忘了,只记得那个大叔的脖子上有一块红痣,大小相当于一片苏子叶。

三福原打算从洽沟过河。他的本家大叔却叫他先送到城子河,那边自会有人接应。三福想着,又得多走三四里地。不过这样也好,因为这种拱头车本就不方便过河,拉了伤员就更不容易。果然,一到城子河,就有几个汉子在那里接应。其中有一个他认识,叫周德荣。伤员告诉他,此村有沭河、汤河夹着,三角洲上躲闪余地大,是武工队的根据地。三福把人交给他们,算是圆满完成任务。临分手时,三福给了那人三个熟鸡蛋。

回到蚂蚱庙,有人告诉他,吴寒露被老四团俘虏了。

次日,村人带来消息,说吴寒露在旦彰街村西被共产党毙了。

据说同时被枪毙的还有两人,血肉模糊,面目不清。

大家猜测,那一定是吴寒露的同伙。

事后，三福去看望德章。

惊魂未定的德章显得十分颓唐。

三福描述了过去一天一夜发生的事情，道："战火啊战火，比锅底的火厉害多了！"

德章长叹道："天下大乱，更难熬的日子还在后边呢。"

三福说："你说我现在有多难为吧，又要伺候日伪又要伺候八路，就是有三头六臂也忙不开啊！这还不算，尽了力还得不到好，到头来无论哪边胜了都会说我的不是，大叔您说是不是？"德章安慰他："现时说话，你就得这么做，什么人受了伤都得救治，这是天地良心。不要说那个人姓贾，他就是姓甄，你也得给他疗伤是不是？蚂蚱庙人看不上见死不救的人。"三福得了些安慰，将德章视为依托。

本村人在这次战役中还有一人受伤，就是赵琪。

赵琪住在村北，战斗在村西和村南打的，按常理，他可以躲在土屋里读他的书弄他的鬼，可那天他好像有鬼神附了身，怎么都坐不住。当他听到打的是鬼子和伪军，匆匆收拾了书本，怀揣一把尖刀就冲了出去。过了蚂蚱庙，朝西一看，赵琪看到几个日伪兵在高场上立着，便停下脚步，闪进庙里，等待时机。后来八路从村南渗透进来，占据了小庙，他才站出来，自告奋勇要带老四团的人朝西攻。老四团的一位军官对此很是赞赏，说他没有战斗经验还是在庙里负责照顾伤员吧。赵琪听从指挥，忙活了大半夜，依然精神抖擞。后来八路冲出蚂蚱庙，沿着墙根穿过大皮匠的小酒铺去包抄高场的敌人。赵琪紧随队伍前行，在高场附近遇到一位急需抢救的伤员，他抬着门板刚直起腰来，就中了一枪。

幸亏打在小腿上，没有大碍。

战事前两天，吴兴邦奉命给解放区送盐去了，没能参加这次战斗。事后他和姜慎余慰问赵琪，夸他不愧为革命战士。赵琪说："跟革命没什么关系。"三福说："你参加的是八路军救护队，就等于支持革命。"

赵琪本可点头应着的，可他偏又说："不论什么部队，只要抗日，我都不藏否。"吴兴邦还要纠正，姜慎宇说："没必要争执了。我党我军倡导的统一战线也是这个意思——赵琪看重的是民族大义。"

四棱木头得从圆眼里走一趟

这时期，鲁南被称为"拉锯地区"。

共产党在沭河以东不断扩大地盘，影响日增。另一方面，日本人扶持的伪政权依然把持着沂州城及沂河以东几个区乡。这一来，介于沭河与沂河之间的两河流域就成为双方争夺的要害之地。白天，日伪政权行使权力耀武扬威，夜里则是八路军武工队的活动范围。吕炳之和季子玉那些人经常出入其间，前者像蟒蛇，后者像夜猫子。

吴兴邦、姜慎余那些人较前活跃多了。虽然他们尚未明确身份，但蚂蚱庙人都知道，这些人背后有武工队的支持。他们白天跟常人一样，一到晚上就忙起来。吴兴邦走动带着长号，冷不丁来上几声。只要听到那低沉而雄奇的号音，村民就知道今晚又有事了。到凌晨时分，长号会再次响起，大家知道河东那些人离开了。

林学文、林学武兄弟是日伪方面的代理人。学文在县中队当着类似办公室主任或副主任的小官，职衔名称是"司书上士"。学武则控制着蚂蚱庙的一应事务，腰里别着盒子枪，出入有人跟随。大乡长的那个部位被日本人一刀捅破，虽然那三件套还在，如今也不能肆行无忌——靠山没了。谢继福的老婆失去大乡长的给养，离开蚂蚱庙，据说去城里某处窑子当了妓女。

拉锯地区，老百姓最苦。双方都来要粮食，收鸡蛋，"买"小土布。日伪那边常来要伕子修工事。被派了伕子的人家不仅要出人，还得自带干粮,一去就是十天半月,耽误农活不说,伕子在那里还要挨打。谁敢说个"不"字,当场就抓人。老百姓最反感的就是动乱时期的徭役,这也是三福最头疼的分内活儿。他不敢得罪任何一方,唯一的武器就是一面铜锣,谁叫他办事,他都得庙前庙后、村东村西地吆喝。他没有靠山,没有厚实的财产支持,就只有两条长胳膊和一张馋嘴——这年头嘴巴能有什么用呢?

焦头烂额、穷于应付、疲于奔命,就是三福在该时期的生活写照。年纪已过半百,头发白了多半,脊背也弯了。因为弓腰,他的双手显得更长,稍微弯腰低头,那双手差不多就够到地面了,像一只老态的猿猴。吴兴邦、姜慎余曾对他说过:"三福,共产党只承认农协会,以后你再不要提那两个字了,硎碜人。"

这让三福失去了多年依赖的精神寄托。他曾经像乞丐要饭那样哀求:"不要约地就不要约地,你俩能不能把这话放在心里甭说出来!以前的举人秀才都不兴了,人家不也还是提及嘛——大小是个称呼——容易吗我!"兴邦说:"你要那个称呼干吗使?"三福说:"用是没什么用,屁毛没什么用,可谁也没去找剃头匠子刮了吧。"

失去那个早已模糊的身份,三福有一份莫名的失落感。他说:"八路总也得有人帮着办事吧?"兴邦说:"我们这些人就是为共产党办事的。"这话有点将三福排除在外的意思。三福说:"一个好汉三个帮,一根篱笆三根桩。"姜慎余说:"共产党当然讲团结,但我们办事都是两袖清风,不拿群众一针一线。"这话暗讽三福爱占小便宜的陋习——动不动弄点吃的——共产党不允许这作风。

三福觉得给人办事顺便要点好处没什么不对,自辩说:"没有三分利,谁起早五更?"姜慎余严肃警告他:"没有三分利也得起早五更,这才是我们共产党的传统。"兴邦也说:"你要是犯了错误,我们就送你去蹲板房拉马车,一顿只有一个窝窝头。"三福说:"俺现在进步了,不再朝人家要东西吃了。"

是的，三福近年来有所改变，不再动不动要人家东西吃了。这也许是因了食欲的消退，不像以前常觉饥肠辘辘馋虫咕咕。三福注意到自己的这个变化，但他找到的根由不是以上两点，而是因为他从来就有为村人办事的癖好。不论大事小情，只要是蚂蚱庙有事，他就觉得那是自己分内的事，不做不行，他不相信别人能做得比他更好，不相信谁比他更了解蚂蚱庙的村民。至于吃的，有则好，没有，事也得办。难道不是吗？蚂蚱庙千把号人，谁家有多少地，谁家跟谁家有亲戚，长辈脾气孬好，小辈识字多少，锅大碗小，井绳长短，他都能说得一清二楚。我的能力是公认的——他就这么想的——没有我办不了的公事，没有我解不开的疙瘩，没有我对付不了的福祸。别人虽然也有能力，但只代表一个片面，意见往往偏颇，只有我三福能站在中间立场，公平地、合情合理地、用蚂蚱庙人公认的方式办事，大家也都认可——想到吴兴邦和姜慎余——他觉得现在说这话得有点保留了。

总之，他认为自己是不可替代的人物。

三福的自我感觉，并非没有根据。实际上，两方面都希望他继续出力，都想拉拢他，都希望他能完全彻底归入他们的队伍。赵德章甚至愿意给他购置一把二五手枪，条件是不要再给河东那边人办事。三福说："我要那玩意儿干吗，俺又不会打枪！"后来，德章真的买了一把那样的手枪，不是给三福，而是给了南辛庄的吴静才。吴静才曾在县粮库当过搬运，头脑灵活，对德章言听计从，深得后者信任。

吴兴邦有一把折腰盒子枪，这大大增加了他的安全感，也刺激了他内心一直隐忍的勇武。那枪看上去有点笨重，用起来也不灵便，开火前要把枪身折开，使老大的劲，然后推上子弹，再折回去，声音很大。学武说他那枪射程不远，只能护身，难以杀敌。姜慎余没有枪，为此他觉得低人一等，对兴邦动辄拿出枪来炫耀很有看法。姜慎余对三福说："将来我给你弄一把枪，好给我们办事。"三福说："你自己都还没枪呢，怎么给我弄枪？俺没有仇人，用不着那个黄黄子。"

双方都在拉拢中间力量，同时也不失时机地打击给对方办事的人。南辛庄的吴静才因为有了那把二五小手枪，自以为是个所向无敌的人物，在村中杀了两个为共产党办事的人。这事惹恼了时任汤河乡长的共产党员谢如堂，还有武工队队长薛友佳。他们跟武工队队长吕炳之和指导员季子玉一起开了个会，决定惩罚吴静才等一帮人。

一天夜里，武工队的十几个人从河东分两路悄悄摸过来，分别在蚂蚱庙和南辛庄抓走了四十多人。蚂蚱庙在南辛庄以西，他们先在这里下的手。这一组人从小酒铺那边逮了几个，接着去了德章家。德章恰好不在，他们就带走了吴克山、吴宗玉、林宗儒、扈谋、扈淑廉、解胜德、解义德、朱崇兴等二十多人。扈崇礼当时在小酒铺里玩纸牌，也被抓去。武工队还牵走了林学武家的一头牛。另一组人在南辛庄抓到吴静才等十几个村民。这两组人在旦彰街那边会在一起。被弄来的人全用绳索绑了双手，一个连着一个，像一串羊羔被人牵着，迤逦而行。

那天晚上，他们到达沭河西岸的贾沟村，没有筏子，打算次日一早过河。

被抓走的人大都是普通百姓，和日伪没有关系，立场也非反共。武工队之所以这么做，是为了从中查出谁是杀害武工队支持者的凶手。被抓走的这二十几个嫌疑人几乎包括了蚂蚱庙所有家族，族人代表紧急聚集商讨如何解救亲人。代表前街林家的有宗山、宗宽兄弟，他们是守典的长子和次子（守典有六个儿子），他们是冲着宗儒去的。代表后街扈家的有扈淑贤、扈龙、扈成，他们是冲了淑廉、崇礼去的。崇礼的爷爷、父亲都是忠厚人，谁家耕地缺牲口他们都积极援助，不论是同姓族人还是一般邻居没有高低冷热之分，或合犋，或借牛，或连人带牛一起去帮忙，很痛快，且不要酬谢，因此深得族人器重。吴家门户广大，吴宗玉是吴云迪的嫡孙，这次出动许多人，连吴友邦、吴怀邦、吴兰贵这些隔了几层的近门也积极参与进来。德章这一门则有龙章、俊荣等，他们的目标是保释克山、克川。老朱家那边是朱世德，他们要保的是打烧饼的朱崇兴等人。

这是蚂蚱庙有史以来最大规模的一次保释行动，不仅人多，且集中了各家族有分量的人物。这些人的背后各有一片势力，基本代表了全村的民意。三福认为办这事最好能让吴兴邦和姜慎余出马，因为他俩与河东那些人是一伙的。兴邦不肯去，且极力为此事辩护，说武工队绝不会伤害一个好人也绝对不会放过一个坏人，我们去不去都一样。姜慎余也信誓旦旦地说，不出三天凡好人都会回来。但村民们还是觉得空口说话不那么踏实，担心好人坏人没法得到公允的区分，万一错杀了咋办？万一有人从中使坏或竟误把好人当成坏人——等人头落地就晚了。

学武觉得武工队这次抓人是奔他来的，当然不肯去作保。扈廷想去救他爹，扈龙认为他不是个合适的保人。最后大家的目光落在三福身上。理由有三：三福的政治立场比较模糊，谁都不把他当敌人；三福为武工队做过一些事，吕炳之、季子玉认识他；还有，蚂蚱庙的贾家是从贾沟迁来的，在那里也许能找到一些本家代为通融。

三福不肯接这个烫手山芋。众人说了很多"非你莫属"之类的恭维话，人人都表现出真诚和厚望，有人答应为他备一份像样的礼物。此时的三福被推到高树之巅，若是拒绝，半生名望可能毁于一旦，只好答应。他提出一个条件：让解信德跟他一起去，他会唱戏，会说笑话，据说季子玉最看重才艺之人，而且，信德跟禹屋的吕炳之有姑表关系。于是大家又去动员解信德。解信德觉得为本村人作保义不容辞，也应了。

次日，他们备了鸡蛋、馓子，还有两条白鳞鱼，出发了。

一大早出门，直到天晌歪头，一行人才到达贾沟。三福找人问了，才知那些人昨晚被武工队赶着过了河，现在他们八九在对岸的大赵家。

这消息让他们有点失望,但还不至于沮丧,因为大赵家就在对岸。他们决定马上过河,到那边再作计议。一行人涉水过河,在河边树林里穿上鞋,吃了随身带的干粮——煎饼和咸菜。只有朱世德吃的是烧饼,崇兴家的人觉得长者出面保人,主动贡献出十几个烧饼。朱世德将烧饼掰开,分给各家族长,好像那是一份圣餐。三福也拿到一块,当即塞进嘴里,嚼了好一会才咽下,说:"好久没吃过这么好的烧饼了——真要淡出个鸟了。"

贾沟是武工队的老交通站,村在沭河西岸,武工队担心这些人被国民党县大队劫持,当晚将他们转到东岸。虽然只有一河之隔,但安全多了。转移时,这些人还被串在一起,一个紧跟一个,赶鸭子似的过了河。扈崇礼的胳膊细细的,绑在手臂上的那根草绳松脱了。为了不被惩罚,他依然攥紧那个松脱的绳头,看上去像是从未脱落的样子。在这里,所有被抓来的人都将由滨海区司法科逐一审查,为国民党办过事的都得接受训诫,犯有严重罪行的要受到惩处。经甄别后,政治清白的将被放回,有问题的被留下。这个过程给涉事人造成的恐惧感以及事后的宣传将成为对拉锯地区的一种政治警告,进而形成这一带居民的自我警戒,这是武工队的政治诉求。

和蚂蚱庙人的草绳不同,从南辛庄抓来的那些人是被一根长长的麻绳绑着的,麻绳坚韧而粗粝,不易挣脱。经过一天一夜的勒索,麻绳磨破了他们的皮肉,大部分人都忍着,只有吴静才说疼得受不了,要武工队为之松绑。这人的不聪明在这里充分展现出来:人家要逮的就是你,给谁松绑都不会给你松绑,倒不如放聪明点,忍着。但吴静才从小娇生惯养,是个未经世事的公子,他的要求未能得到满足,便破口大骂,骂武工队是土匪,骂他们暗地里下手是小人行径,骂他们没长一寸人肠子,等等。

过了河,这些人在大赵家安定下来,每人吃了两碗粥,然后被塞进一间破屋里。吴静才吃了粥,说还不饱,想再要两张煎饼。武工队员讥讽道:"我们都吃不上煎饼,你还想好事儿,你当你是谁!"吴静才骂:"你们是你们我是我,我跟你们一帮连煎饼都吃不上的穷鬼能一样吗?"那武工队员一听这话不高兴了,说:"既然你跟我们不一样,那就叫你享受不一样的待遇吧,也好让你知道一个眼的婆婆也是娘——什么东西——四棱的木头没在圆眼里走过!"

吴静才这个四棱的木头,如今要在圆眼里走一遭了——他被重新绑缚,麻绳勒得更紧了。一个队员按着他的头,另一个在他背后把麻绳打了一个长扣儿,拉到窗户下边,提起来,将背后那麻绳扣儿穿过窗棂,左右盘花,做了个牛盘肠式的结——吴静才被吊了起来。因为双脚够不着地,一个武工队员找来两块砖垫在他的脚下,才勉强站住。

自以为到哪里都得占上风的吴静才被吊了半夜,起初还能踮着脚尖维持,后来就支撑不住了。他很困,可一打盹儿就会吊得更厉害,不得不打起精神挺住。下半夜里,脚下那两块砖被他弄掉一块,这让他不得不翘着脚尖,像芭蕾舞女那样立着,以免被麻绳勒得更紧。他不止一次要求松绑,没人搭理他。后来有一个队员过来训他,问他小手枪是谁给的,为什么替日伪效力,吴静才死活不说谁给的。高大的武工队员当即给了他几个重重的耳光。那响声让扈崇礼吓了一大跳。

鲜血从吴静才的嘴里流出来。吴静才依然大骂不止。

凌晨,吴静才被拉出去毙了。

听到枪声,被押的人质全都寒毛竖起。实际上,武工队已确认吴静才的正身,司法审理也有了结论:吴静才属于积极为日伪服务的汉奸,多次屠杀共产党人和武工队员,实属首恶,不杀不足以平民愤。

吴静才被枪毙,在押的人噤若寒蝉,谁都不知道自己下场如何,即使自己的的确确没干过坏事——万一遭人使坏,如何洗刷清楚?吴云迪的孙子吴宗玉和吴克山绑在一起,虽是草绳,但那绳子是用蔺草编的,中间加了苘麻,难以松脱。半夜里,吴克山见宗玉脸色不好,偷偷在其背后为他松了绳扣儿,宗玉因此没受多大的苦。按说,他是西酒店的公子哥儿，和吴静才同属吃不得苦的少爷，但宗玉因克山的帮助而免了绳索之苦，没有叫唤，没有呻吟。他双手依然放在背后，没引起看守的注意。下半夜他还断断续续迷糊了几节儿。如果像吴静才那样叫唤，也许是同样下场——吴宗玉也有一把二五手枪，而且为国民党办过一些不很重要的事务。

午饭后，带枪的武工队员过来盘查。

三福一一禀报，还特别指着解信德，对武工队员说："这个人是你们队长的表哥。"武工队员把他们一行人带到一个院子里，瓦屋、大树，堂屋门楣上有个匾额，上面写着几个大字。因年岁久远，那字已看不大清。三福猜想这是大家主儿的宅院，蚂蚱庙能配得上的，就只有西酒店了。

接见他们的是队长吕炳之和指导员季子玉，阵容不小。解信德见了表弟，自有一份亲切，但他不关心政治，只说自己最近学的新戏《砸蛮船》和《岳飞抗金》。吕炳之说这两出戏都好，问信德今晚能不能给武工队战士们来一出？信德应了，只说没带乐器，得找人弄把月琴来。季子玉说这个好办，我派人去找，今晚就唱。吕炳之指着季子玉说："他是我们指导员，若有戏看，他连饭都顾不上吃了。"

三福献上了带来的礼物，说是慰劳战士的。吕炳之表示感谢，说："三福你客气了，武工队可不像国军见什么要什么，更不像日伪军，不给就抢。一应礼品，均要计价付钱。"三福说："您太见外了。"吕炳之又说："你这个约地名声不小，多年前就知道你的胳膊长，现在伸到我这边来了。可我总觉得你这人面目不清——到底是帮共产党的还是帮国民党？既然来了，不妨趁便儿跟我说清楚，以后也好有个照顾。"

三福颇为惶恐，说："都是临边种地的乡亲，我不能给你说假话。约地就是个名号罢了，没有实际，等于从清朝捡来的一顶破帽子。在村里，我就是个跑腿的，靠两条腿和一张嘴为村民办点鸡毛蒜皮的事。

说实在话,我谁都帮,但我帮的大部分是穷人,穷人是共产党的基本,所以我就等于帮了共产党。"季子玉说:"你们看,这家伙油嘴滑舌的。"三福说:"干我这一行,嘴上没词儿也不行,说多了也不行,难有个正好。"季子玉说:"倒也是。"三福说明了这帮耆老的来意,并一一做了介绍,其中特别说到宗山、宗宽两个是守典的长子和次子。听说守典的儿子在其中,吕炳之站起来,走近他们,拉他俩到大桌子旁边坐,还给他们各倒了一碗茶。吕炳之说:"我和令严都跟刘振兴读过书,算是同门。八路军尊重有文化的人,你俩回去代问令严令堂好,等革命胜利了,我们要办新式学校,请他出来当校长。"宗山、宗宽受到礼遇,面有得色,自是顺应着,还说了一些感谢的话。

三福再次把话题拉回正题,说:"这次抓的人,至少蚂蚱庙的这些人,不曾为日伪办过事,都是顺民,就知道种地,树叶子掉下来怕砸破头,哪敢沾那些事!当然,日伪来要粮要钱,多少也得应付应付,枪口对着鼻子,不给不行啊!我保证,今后但凡日伪方面来人,蚂蚱庙一定坚壁清野,让他们什么都捞不着。"

吕炳之和季子玉相视而笑。

吕直截了当地问:"武工队去了,你怎么对待?"

三福说:"武工队到那边,要什么给什么。"

季子玉说:"我们不想增加百姓负担,只是想削弱日伪的影响力。"

三福说:"是呢,怎么好咱就怎么办。"

这时来了一个人,在吕炳之耳边说了几句话。

吕炳之对那人说:"这还了得,快请医生啊。"

那人说:"大赵家的先生走闺女家了,得去十字路接呢。"

吕炳之脸上立马布满了焦灼。

坐他旁边的宗山问:"谁身子不妥?"

吕炳之说:"最近几天战事多,有几个队员吃东西不慎,拉痢疾呢。这玩意儿吃人,从今天早上起就有不少人肚子疼,拉屎跟撒尿似的,水汤汤,弄得个个弱不禁风。大赵家的先生又走闺女家去了,真不巧!"

宗山说:"宗儒也许能治这病。"

吕炳之说:"远水不解近渴啊。"

宗山说:"宗儒就在你们弄来的那帮人里。"

吕炳之大喜,说:"天助我也,赶紧请他去看!"

季子玉站起来,跟那人走了。

他们从抓来的人里找到宗儒。

宗儒到那边看了,说是急性痢疾。

队员照他的处方,很快弄来两口袋药材。

宗宽帮着烧火,熬了一大锅汤剂,分给病人喝下。

有人找来一把月琴,交给吕炳之。信德拿过来看,说这琴还不错。吕炳之说:"时局如此,社会动荡,将就吧。"当晚,信德给武工队唱了一出《岳飞抗金》。武工队员好久没听戏了,他们不时发出笑声,气氛热烈。

吕炳之有些疑惑,问,"都不拉肚子了?能看戏,还笑!"

此时季子玉带着宗儒进来,一进门就说:"果然是位好先生!"吕炳之问,怎样?宗儒说:"痢疾,开了几样草药。"季子玉说:"大家喝了汤剂,好多了,能听戏了。"吕炳之对宗儒说:"你这么好的医术,留我们这里吧。"说话间,宗宽和宗玉兄弟俩也过来。吕炳之对他俩说,劝劝宗儒,最好能留下来,我这边缺医生。

没等宗宽开口,宗儒就说:"承蒙错爱,恕小的不能从命,家有老小,还要照顾庄稼,实在是离不开。"

吕炳之惋惜地说:"那好吧,人各有志,不能勉强。"

季子玉说:"啥时想通了,告诉我一声就是。"

宗儒谢了,起身离去。

这一插曲过去,气氛缓和了许多。吕炳之仔细询问了在押人的政治态度、职业,有无特长及和附近各村的亲戚关系。他特别问到吴宗玉，好像心存怀疑。三福说，"宗玉可是个老实人，除了种地，平时也就打个纸牌什么的"——他把守典的爱好转嫁到宗玉头上——为了方便，三福常常随口这么一说。吕炳之问："有人说他当过国民党的村长，有没这事？"三福坚决地说："没有的事。蚂蚱庙哪有什么村长，从来都是我这个约地出头露面，村民遇到麻烦事都找我。我还保护过老四团的干部呢！"

吕炳之就问："有这事？谁？"

三福说："前不久我们那边不是打过一仗嘛，有个军官负伤，临时弄到我家里。我给他擦洗包扎，弄了热粥，还煎了两个蛋呢。他和我一个姓，莒县人，脖子后边有颗痣，红痣，周围有几根毛。"吕炳之想了想，说："是有这么个人。"三福说："当时很危险，日本鬼子还在高场那边打枪呢，我驾着拱头车连夜送他到城子河，还给了他三个熟鸡蛋……"

听了这些，吕炳之说："你现在带他们去吃饭，明早一起回去吧。"

三福心里一块石头这才落了地。

他擦了擦额上的汗，长长地松了一口气。

当晚，来者十四人，人质二十八人，欢聚一起，和武工队的人一起听了信德的《岳飞抗金》，场面热烈而温馨。次日，一行四十二人安全回到蚂蚱庙。

蚂蚱庙几乎全村出动，到村口迎接他们。

三福充分感受到这次成功作保的荣耀。他想表达此时的兴奋，可是不会歌舞不会唱也不会乐器，情急之下，三福竟在禾场上对着数百人做出黑瞎子拍胸脯的动作来。他曾经为一把点心末子，应缺心眼儿的要求表演过这个小品，当时深感受辱。人是如此奇怪，在这样的场合，他让那个曾让他颜面扫地的小品重现于大庭广众之下，其用意仅为表达莫名的兴奋！看他的熊样子，乡亲们发出热烈的笑声。

这是全村人对他的赞赏和奖励，也是三福一生中少有的高光时刻。

这次行动，唯有一人不高兴，就是林学武。

学武也在迎接的人群中，他的目标不在人，而是想看到他的牛。他拉过三福，问："我的牛呢？为什么没把我的牛要回来？"三福懊恼地说："你看我这记性，光知道保人去了，忘了牛！"学武很生气，道："三福你听着，明天你必得再去一趟把我的牛要出来！"三福挠挠后脑勺，说："你那牛，谁知道还在不在呢。"学武拔出盒子枪，对天发了两响，扬长而去。

当晚，有人告诉三福，学武说要杀几个人以解心头之气。

三福清楚学武那脾气，他要杀人，十有八九做得出来，晚饭没顾上吃就去找宗山商量。宗山带他一起去找扈淑贤。此时淑贤已睡下。三福和宗山立在大门外，小声说："咱就别进去了，老人家睡了。"扈家院子浅，他们的话被淑贤听到了。老人赶紧下了床，叫儿子扈龙把宗山、三福请进来。他们商量来商量去，没什么好办法。宗山说："学武是个粗人，他说杀人，十有八九会动手。"淑贤说："如果能找到玉田乡的吕彦鹤，也许还有救。吕彦鹤和炳之有亲戚，托他写信到河东求个情，也许能要回那牛来。"宗山说："那牛十有八九杀吃了。前日多人得痢疾，宗儒说跟吃了不大熟的肉有关。如果牛被杀了，去人也没用啊。"

这可怎么办呢？

最后是淑贤做了决定：凡这次在大赵家保出来的，每家出一人，明天一早在村西高场那边集中，商量这事该咋办。次日晌午，禾场上就聚集了十几个人。他们三五成群，叽叽咕咕，个个愁容满面。有些显得很疲惫，也有些看上去不耐烦。人越聚越多，商量如何操办这次为牛作保的事。这时，张黑墩的林敬斋扛了一支长枪从西沙汪那边走来。他见许多人集在禾场上，问："结伙成群的，要干什么？"三福如实相告，宗山在旁边唉声叹气。

林敬斋听了,说:"你们谁也不必找,就在这里等着,我去找学武说句话!"

说完这话,敬斋就去了林家。他对学武说:"千万不要意气用事。不就一头牛嘛,值不了几个钱,你家也不是没这头牛就种不了地吃不上饭,是不是?这样的时局,你这边杀一人,马上就有好几个投奔八路,明白吗?现在什么世道?乱世啊!你知道不知道人处乱世该怎样作为!咱这一片是拉锯地区,一切都不明朗,人心最是要紧。你连这个都不懂,还好意思带兵打仗!"

学武说:"牛没了就没了吧。"

林敬斋说:"这年头,破点儿小财是好事。"

他俩一起来到禾场上,说:"都回家喝粥去吧。"

三福对淑贤说:"林敬斋这人,有点儿头脑。"

宗山说学武:"俺门上那个,充其量也就一介武夫,不如他哥。"

回家路上,三福在小石桥上遇到宗儒,问:"人家请你当军医,你怎不答应?"

宗儒好像有点儿后悔,说:"咱知道以后谁能胜啊!"

三福说:"时不再来,后悔晚矣。"

钱白花了,事没办成!

成功保释二十八人的故事,再次给三福带来荣誉。蚂蚱庙人将此事敷衍成篇,口口相传,演绎得近似传奇,并因此生出"三福出马——一个顶俩"的歇后语。现在,三福无论走到哪里,都会有人热情地和他打招呼。贾陈氏经常收到邻里送来的萝卜、辣椒、大葱之类,那里包含了邻里的友善、感激和尊敬——社会底层的正义感此时表现得温馨、委婉，也有节制。

吴宗玉专门找了厨子，做了八大碗的正席，请克山喝了酒，还送他三斤上等旱烟叶。吴克山在那次事件中偷偷为吴宗玉解开绳索，无异于救了他一命。如果无端牵扯出那只小手枪的事，谁知道会弄出多糟糕的后果！三福当时的说辞打消了武工队的怀疑，对宗玉此次安全脱险亦至关重要，因而三福也在被请之列，还坐了上位。这让三福十二分受用——没忘了他。

武工队处决吴静才——那个拥有二五小手枪并杀害两名共产党员的男人——造成了一定程度的恐怖。这一行动的潜台词昭然若揭：不论是谁，凡为自卫队办事的人没好果子吃！一些曾经摇摆的人因此不敢再两面讨好，或者说，他们原本把河东的力量放第二位的，现在看来不是那么回事。至少，不能完全倒向日伪那边。

针对河东武工队的举动，日伪方面几次报复，共产党新建的多个支部被破坏，城子河、曲坊、辛集的七八位党员惨遭杀害，包括跟三福接头救了八路军伤员的周德荣。有些无辜群众也受到牵连。两种力量的对抗不断升级，拉锯地区的政治生态急速恶化。无论谁来谁走，无论此消彼长，百姓夹在中间无处躲闪。他们的生活在不安之中，而且更加贫困。社会动荡，各种人物都展现出极端行为。此时抗战已经接近尾声，中共中央曾不断发出"派兵去山东"的号召，山东解放区的力量在快速扩大。河东武工队被编入滨海部队，另成立了一支武工队，由谢如堂任队长，薛友佳为副队长。这支队伍主要活动在河西，有扩大解放区的意义。

为了限制共产党势力的西扩，日伪加强了沂河与沭河两河流域的兵力部署，从汤头到曹庄近百里的战线上，常有日伪部队过往。一天，村里来了一支队伍，军装不甚整齐，其中有妇女和孩子。一个自称司务长的人找到三福，说要弄几只鸡给随军的长官家属改善一下饮食，也要弄些鸡蛋给伤员下饭。三福问他们是什么番号，那个司务长上去就给了他一个耳刮子,骂他不识抬举,说:"你算个屌啊,老子什么番号还得告诉你?"

三福诺诺,摸了摸被打的脸,想到不久前在大赵家对吕炳之、季子玉表达的态度,不敢造次。他想去找兴邦和慎余问这事能不能办,办了怎么说,不办会是什么后果,可是他俩都不在村里,也许听到风声提前躲避了。三福又去找扈龙商议。扈龙说,"现在好几方面的力量在较劲,我们夹在中间,左右不是,动辄得罪,真让人手足无措"——他也没有主意。三福没法,回去对那个司务长说,他这阵子拉痢疾,一点力气没有,让他们另找个人吧。司务长看他焦黄蜡气的,一副没精神的样子,蹙眉道:"这么说,你的意思是不办了?"三福说:"办还得办,我另找两人去办。"问:"谁?"三福挠挠头皮,说了两个人,一是后街的扈从,一个是前街的谢继焕。司务长不耐烦地说:"谁办都行,快点,天都快黑了。"

三福的消极应付是基于对大势的权衡,实际上谁去办这事他都觉得不够料,也不能放心。大襟袄去世后,三福觉得自己少了指路的明灯,如失去树荫遮掩独在赤日下暴晒,如暗夜中看不见北斗七星跌跌绊绊,说不定哪一步走错掉进井里。不久前,王洪九的队伍来派伕子,村民说什么都不肯让孩子去,且死攀他家。三福只好把儿子忠勇派了去,才算交了差。儿子一去就没了消息,也不知到哪里打听他的下落,怕是凶多吉少。老婆整日流泪,骂他狠心肠,嫌他自以为是整天充能,三福有点心灰意冷。此时,"怎么办怎么好"就成了他的座右铭——唯有乡愿一直陪伴着他。

日本人待在城里,不像以前那样时不时下来耀武扬威了,像蚂蚱庙这样的偏僻村庄常见的都是伪军,来来往往,番号不同,说不清属于哪个部分。共产党力量在增强,伪军有一种进退不得的焦灼感。日本人早晚有一天要被打回老家去,这已成共识,但国共之间到底谁胜谁负,没谁能给出清楚而确定的答复,三福更没有这能力——他是个机会主义者，机会主义者是没有远见的。他只是隐约感到前景不妙，老想着退，却又不知退到哪里才好。不久前将二十八个村民成功保出已是他生涯的高峰，见好就收，正是时候。

他不想再干了。

司务长一走，三福就觉得这事可能办错了。

错在哪里呢？

他终于想明白了，这事应当坚决交给兴邦和慎余那些人。他们不在，也可交给平时跟他俩走得近的人。即使做错了，给武工队那边说一句"情势所迫实不得已"，人家是自己人，应当不会深究。问题是，三福没法找到他们，枪口逼着，只好硬撑。因为痢疾，三福确实是浑身无力，便拿了铜锣坐在自家门口敲打，一边喊着：

  吴兴邦啊，姜慎余啊，
  快点来啊，有事找啊！
  有队伍啊，要吃鸡啊，
  快去抓啊！
  公鸡大啊，母鸡肥啊，
  怎么好，怎么办啊……

吆喝了许多遍，三福额上冒出了一层虚汗，不由得感叹：你俩跑得可真是时候，把个烫手山药塞到我手里——和尚跑了，庙还在啊——这是成心给我找麻烦嘛！再次想到在吕炳之季子玉那里的许诺，三福照着自己的头狠狠打了三掌。

不一会儿，扈从和继焕来了，说老百姓都不让抓鸡，给钱也不让抓。三福问为什么？扈从说："若是鸡给弄去吃了连鸡蛋也没了。"继焕说："活鸡不如鸡蛋好要，吃起来也省事。"三福说："这主意也好。不得已求其次吧。"扈从说："抓不到鸡给鸡蛋，这话还得你去跟司务长说一声，俺俩递不上话呢。"三福说："我拉肚子拉得哈气的劲都没有，你们去收，收了鸡蛋再说没抓到鸡。难道没鸡就不吃饭了？真是的！"

扈从和继焕答应着，各自去了前街后街。扈从，一个普通又普通的农民，没有任何政治倾向，一辈子就知道干活吃饭睡觉。因为他身上毛发较多，得了个诨名：小毛猴。继焕也是个老实巴交的农民，乐于助人，村里有什么事三福会临时抓他的差代为跑腿。两人商量了，分头收，扈从家住庙后，负责后半个村子；继焕家住庙前，负责前半个村子。一人提个篮子，还带了秤，奉命行事去了。

费好大劲，两人各收了十来斤鸡蛋。

他们把鸡蛋交给司务长，复述了三福教给他们的话。

司务长颇不高兴，可天色已黑，不得已接受了鸡蛋。

司务长还按当时的市价给了现金。

就这点事儿。

谁知，次日晚上，蚂蚱庙突然来了一伙人。

他们找到吴兴邦，说要抓三个人：三福、扈从、谢继焕。

兴邦问怎么了？带头的谢如堂说："他们给伪军办事了。"

兴邦想了想，说："那事呢，是有，但是不算大，也就两篮子鸡蛋。"

谢如堂斩钉截铁地说："一个鸡蛋也不行！"

兴邦说："这事我是后来才知道的。"

薛友佳说："当时你们应当骚扰那些人，让他们无法立足，吃不上晚饭。"

兴邦说："也是呢。"

首先听到这话的是扈友几个人。当时他正和姜兴运、谢自发、吕兆太等几个人打牌消遣，听说武工队来抓人，立即散伙，各自溜了。他们几个都是自卫队的民兵，有枪，但不敢跟武工队正面对抗。这些人其实都曾跟吴兴邦干过，但立场不坚决，日伪得势，他们转身入了学文、学武那一边，说是为了混口饭吃。吴兴邦鄙夷地说他们都是些有奶就是娘的货！谢自发自辩说："千里做官为了吃穿，况平头百姓乎！"兴邦骂他："你还文文绉绉的，我看你们就是投敌叛变！"

扈友和扈从是本家，他火急火燎蹿到后街，告诉扈从有人来抓他。

扈从委屈得不得了，自怨自艾道："真是一把黄泥落在裤裆里——不是屎也是屎！"

扈友说："都什么时候了还说这个！他们马上就到，快找个地方躲躲吧！"小毛猴不再说什么，爬过土墙，躲到他家柴火园里。扈家的柴火园紧靠吕伯清当年杀牛那地方。从柴火园翻过围墙，顺着东大汪沿就能跑到小石桥那里，再从三福屋后绕过红石溜子，就能跑到野外，进退有口，而且这条路比较隐蔽。但他没这么做，而是顺着汪沿穿过吕家旧院，以为在这里躲一躲也许就能过去，没必要绕那么大个圈子，于是就在园里藏了。那地方有宗申办联防时修的围墙，一人高，夯土墙体敌不过风刮雨淋，多年后变成一道矮墙，上边有若干豁口。矮墙和大汪之间是因潲雨形成的斜面，斜面有细沙，稍有点滑。扈从发现矮墙内有一堆秫秸，心想，躲到秫秸丛里吧，万不得已，跑也方便，于是就钻到墙和秫秸攒之间的夹缝里。

时在农历十一月中旬，月亮很大。

扈从穿一件月白色棉袄，比较显眼。

这次前来执行任务的是武工队一班长，堐庄人张振东。张振东在大汪北沿吕伯玉家门前放了个死岗，他本人作为流动岗四下里巡查。他计划从那里转到村东，看有没有可疑的人，万一有什么情况，可以灵活应对。从后大汪到村东的捷径，是顺大汪沿走，过吕家后墙即孙殿武家的废宅，绕过铁匠家的东墙，过了林仁山的屋山头就是小石桥。张振东并没有确定的目标，只是想随意走一趟，省劲儿。

经过吕家旧院时，张振东模模糊糊看见有人影挪动，下意识喊了声："谁？"

扈从以为被自己发现了，心想，与其躲着，不如出来。他觉得自己没做什么坏事，并不十分恐惧，就应了："是我。"

"干什么的？"

"拉屎呢。"

"拉屎的？"

张振东就警惕了，说："大冬天，这么冷，跑这里拉屎？骗谁啊你！"

扈从啊扈从，你太老实了，连个谎都不会编！

张振东追问："你谁？"

"我是，我是扈从。"

得知前面就是要抓的人，张振东当即把那个死岗招了过来。他们两个将扈从绑了，把他押到了蚂蚱庙。

此时，前街的谢继焕也被捉到。两个人就这么被弄走了。

男人被抓走，扈从家里的急惶惶找本家大伯扈广哭求："天塌了啊，可怎么办呢！"

扈广是扈从的胞兄，识些字，不多，属于那种说起来好像很懂，遇到事体拿不出明白判断的愚人。此时见弟媳着急，半天才说："这种事，咱小百姓有什么办法，只好托人求情了。"弟媳说："该托人就托呗。"扈广说："找人通融作保不得花钱嘛。"女人说："找三福怎样？他保过二十多个人呢。"扈广满面愁容地说："行倒是行，也是得盘缠啊。"

弟媳说："反正不能就这么不管了！"

"管是得管，哪去弄钱呢？"扈从家里的沉默好半天，决然道："家里一块现钱也没有，要弄钱，就只好把毛驴卖了。"

卖驴就卖驴吧。

扈广牵了弟弟家的毛驴，去集上，卖了二十块钱。

按说，最方便最得力的途径是找吴兴邦和姜慎余，他们认识谢如堂那些人，也了解收那两篮子鸡蛋的行为实属无奈。通融一下，解释解释，庶几就能把人要出来。可是扈广没去找他们，而是去了管家岭。他说他认识那里的两个农民，庞玄龄和吕达。此二人在新近成立的武工队里做事，玄龄是个头目，吕达是队员。

扈广去了，没见到庞玄龄，只见到吕达。

他请吕达喝了酒，给了他十块钱。那时的十块钱，能买两三亩地呢。

五天过去，没有半点动静。

众人说，还得找三福啊，他有办法。于是扈广又去找了三福。

三福反复说："这事我办不了，这事我办不了。"抵不住扈从家里的苦口央求，三福表示试一试。这是他第三次给村人作保。

三福临危受命，去找吕达，一是想把线索顺上，一是担心两下里插手，别弄拧了。如果没有线索，也得打听到这事已走到哪一步了，他好接下去办。再说，十块银圆呢，怎么说也能办好这件事了。三福从管家岭回来，灰心丧气，说："扈广老哥，你找错人了。"扈广问，怎么说？三福说："吕达这人就是个痞子，为了糊口，去武工队那边混事。除了几个酒肉朋友，什么像样的人物都没交下，有个屁用啊！我去问了，他诌天扯地，说这说那，驴唇不对马嘴。其实他跟谢如堂连话都不曾说过。我提及张振东，他说张就是个办饭烧火的伙夫——这明显是胡说八道嘛！我问他最近可曾去武工队，他说那边放假了叫大家回家忙一阵子庄稼再说。这大冬天的，地里有什么活好忙的？他就是糊弄你。我见他日鬼捣棒槌的没实话，问钱呢，他说请人吃饭喝酒钱已用光。我知道完了。这人好赌！"

扈广说："我和这人虽然有点交往，但也不是很熟。"三福埋怨道："不很熟，你就把十块大洋给了他？你也太武大郎了！"这里说武大郎，就是心中没数、糊涂、不精明、做事不靠谱的意思。扈从家里的就问："那钱没了？白花了？！"三福说："那还用说。"扈从家里的又是一阵号啕大哭。三福劝慰了好一阵子，说："吕达说了，要办事，还得继续拿钱。你们肯？"扈从家里的说了卖驴的事，二十块钱给吕达一半，没想到连个人影都没见到……

扈广说:"我也是有病乱投医呢。"三福明确告诉他们:"吕达拿的钱都喝了赌了,还逛了一次窑子。他既没去武工队也没找人疏通,只在官岭本村和旦彰街问了几个人——你们想一想,这样的事,谁肯自找麻烦!吕达也是个没经事的货,做事全不过脑子!想来也不能全怨他,一个大头兵,没什么身份,这样的事他根本办不了!说到底,怨你们阅人太少涉世不深。"

钱白花了,事没办成!

十块大洋——这不是豪门巨富家的十块钱,而是穷人家卖驴换的,是半个家底!

扈从家里的听了这些话,瘫软在地上。

三福又说了许多安慰话,她才苏醒过来。扈广觉得对不起弟媳,无比沮丧。他把另外十块钱给了三福,托他去武工队那边通融,务必把人找到。三福接了钱,郑重地说:"这是血汗钱,办成了你们别谢,办不成,我会如数归还。"

次日一早,三福带着那钱上了路。他打算从曲坊过河,先去河东找吕炳之和季子玉,再通过他们找如堂队长。他们都是武工队,前者比后者资格老,后者是从他们那里分出来的,说话应当管用。不幸的是,刚到旦彰街三福就听到消息:西大汪那边昨天凌晨死了两个人,说是武工队干的,死者是蚂蚱庙的。

三福的头轰的一声,知道完了。

去看了,果然就是那两个!

三福马不停蹄到了曲坊,找熟人问了,才知道事情是这样的:扈从和继焕被弄到河东后,被关在一间小屋里。如堂那些人很快就弄清了两人的身份平凡普通,没什么恶行——无非给杂牌军收了两篮子鸡蛋——也是不得已。武工队的初心不过是抓几个人吓唬吓唬,警告百姓以后不要协助日伪,只要有人及时来保,放了就是。可是,他们久久不见蚂蚱庙人来取保,就犯了疑惑,以为此二人可能是民愤很大的坏人,没人敢给他们作保。队长谢如堂还问过蚂蚱庙的姜晓春,你是蚂蚱庙人,应当知道这二人的底细。姜晓春说都是好人。谢如堂问他敢不敢保,姜晓春是个糊涂人,居然说,俺不敢保。又过了三天,武工队全体奉命去苏北打仗,他们既不肯把抓来的人就那么放了,也不能让他们随军行动——带两个没有战斗力的农民太不方便,就把这两个交给部下的一个人处理。不知道那人是遇到什么情况了呢,还是觉得送回去是个苦差,干脆那个了吧……

于是,弄到大汪边,铳了。

三福捶胸顿足,说:"来晚了!"

他双手紧紧按在那十块钱上,硬撑着,回到村里。

三福把那十块钱原封不动还给了扈从家里。

扈家用这钱给当家人办了丧事。

越让你到客厅喝茶,你越要去驴棚吃草

抗战胜利,日本人投降了!

十四年,艰难岁月,多少牺牲!

蚂蚱庙人对抗战胜利给出不同的解释。吴兴邦认为是八路军武工队打败了日本人,因为日本人都是近视眼,夜间不敢出来,出来都走直线。我们这边的人行为敏捷,神出鬼没,不走直线,所以胜了。姜慎余警告他:"你不要胡说!我党的胜利是依靠了老百姓,依靠了党的英明策略,还有苏联老大哥的帮助……"

林学文是另一种腔调。他说抗战胜利是国军打败了日本人,因为国军有美国的大炮和飞机支持,从天空扔下的香肠和水果罐头多得吃

不完。赵琪说他早就卜到小鬼子一定会败给关老爷的青龙偃月刀，等等。一般百姓的想法是：不管谁，胜了就好，战争结束了，杂税和徭役会少一些，社会将逐步走向安定，无须因战火而东躲西藏了，可以好好种地、养牛、侍弄庄稼了。

胜利后，三福的公事比以前多了。首先是纪念活动。上级来人统计抗日战争中牺牲的烈士，带队的是学文。三福问："这是好事还是孬事？"学文说："绝对好事，凡烈士家属都能享受抚恤金。"三福说："那就多写几个。"学文说："不能随便多写，有一是一有二是二，冒领多领抚恤金是要判刑的。"事后，兴邦觉得这事儿有点怪——学文不久前还在日伪政权里当司书上士，怎么一下子变成胜利者且代表政府征集烈士名单来了？姜慎余告诉他："只要没有重大罪恶，光复后接受政府的改编，一应职员大都继续录用。国民党这么做，共产党也这么做，双方都是为了扩大力量。"兴邦问："真是上级说的？"姜慎余说："确是上级说的。这是政治。德国法西斯一完蛋，美国就把很多科学家弄到他们那里去了，苏联也从德国弄回不少工厂机器。"兴邦还是转不过脑筋来，但没有继续追问。

蚂蚱庙上报的烈士是：吴进轩、赵建章、赵勋章、扈从、谢继焕，五个人。建章是剿匪牺牲的，按说不能算抗日烈士，可三福说建章大叔牺牲时日本人已经占了东三省，顺便弄上吧，有抚恤金呢。建章没有后代，他的奖章和奖金由赵勋章的后人代领。吴进轩那份则由吴云迪的后人代领。林学文问扈从和谢继焕两个是怎么回事，三福说都是被日本鬼子打死的。学文也没深究，就那样统计上了。

不久，抚恤就来了。抚恤金是五块钱，还有一条毛巾、两块洋胰子。扈从家里的含泪说："一条人命一头驴就换了这点儿东西！"三福蹴了蹴她的小脚，警告："别再说了，你老百姓懂什么！有就比没有强！"三福看有钱有东西，也动了心，对兴邦说："早知这样，我也报个烈士。我掩护过一个八路，他是我本家，脖子上有个红痣。"

姜慎余一听就笑了。

三福说:"我不编瞎话。"

姜慎余说:"你知道什么叫烈士吗?烈士就是拿了命献身正义事业的人。你还活着,当什么烈士!"

三福摸了摸自己的头,说:"是呢,我是活着呢——可我儿子被抓了壮丁,现在下落不明,十有八九成烈士了。"说着说着,就抽泣起来。

兴邦说:"这事得等进一步落实了再说。倘若现在领了,哪天忠勇回来,你吃下的东西还能吐出来?"

三福说:"也是呢,烈士不是那么好当的。"

姜慎余说:"不是好当不好当的事,关键是实事求是。再说,你若是不明不白就这样把儿子报了烈士,心里也不是个滋味吧。"

蚂蚱庙村眼前的要务,是营救林宗申。

抗战胜利,按国民政府惩治汉奸条例,所有日伪时期当过伪乡长以上职务的都得接受审判,他们的财产将被充公。相公区伪区长周贞被处决,他的侄子周干臣罪行相对小些,弯子转得也快,政府给予"将功补过"的处分。玉田乡乡长吕彦鹤以通敌罪判十年徒刑,后来死在牢中。湾林乡乡长林宗申按通敌处理,但有重大争议,迟迟没有判决。

蚂蚱庙人对宗申普遍有好感。当年村里联防办得好,蚂蚱庙因此免受土匪侵扰,大家感念守约、宗申父子。宗申当了区长助理后,给村联防队弄来两杆枪,也是功劳。在他担任湾林乡乡长期间,对待蚂蚱庙的乡亲友善有加,无论谁去他那里都会受到接待,不仅办事,还有饭食……

八十岁的守约急得像热锅上的蚂蚁,东窜西奔,想救出他唯一的儿子。守约找到德章,请乡绅们发慈悲之心高抬贵手想办法把宗申给保出来。德章找三福,交代他赶快组织人去县上作保。

三福问:"可有拟好的说辞?"

守约就讲了林宗申在湾林乡长任上放走两位八路干部的事。

德章说："这个故事管用。你们几个到一起合计合计，凡宗申办的好事都划拉到一起，庶几将功折罪。"

尽管三福对政事已是心灰意冷，但这件事例外，一定要办。他召集几十位宿老，说了宗申许多善行，让守典起草了担保书，各家各户画了押，众人就去了城里。

这是三福第四次，也许是第五次作保，正式出面虽然只有八九个人，却代表了全村人的愿望。

如今的沂州城较上次来时不大一样。有些被炮火焚毁的房屋尚未修缮，粗黑的房梁上长了许多野草。街面比以前干净，像是打扫过，地上有许多鞭炮的碎屑，有些人家的门楣上贴着大红纸写的"胜利"和"喜"字。街上行人较前多些，表情大都轻松自由，就连风中摇摆的柳树都显得信心十足。美国教会创办的医院门前，两棵高大的银杏树，一棵是金黄的叶子，一棵则满树飞红，好像醉汉的脸。三福对随人说："看，没有战争，什么都好，老百姓要过上好日子了。"

他们找到县政府。县里人说："你们说的这件事由一个惩办汉奸的委员会专管。"三福就去找了那个委员会，说是来保人的。委员会里一位组长问他："你们要弄明白，这是来给汉奸作保的哟！"三福说："是作保不错，可您给宗申定的这个名号不大合适。"组长问："怎么不合适？"三福就说了宗申一揽子好话，并递上了担保书，指着那上面的很多红手印说："宗申这个人好，全村都按了手印。他不是汉奸，他是利用那个地位为国家办事，身在曹营心在汉……"

组长拿出一沓子文案，从中翻出几页，说："你们来得正好，宗申的口供中也有这么一条，某年某月自卫队送来两名抗日干部，其中一人叫杨之江。林宗申说，当时湾林乡对他们以宾客相待，既没施刑也没押送县大队，想方设法放了他们，还给了他们两条枪。可有这事？"三福说："这事千真万确。为了掩护他们，宗申可费了不少脑筋呢。"组长再问："关键是到底有没有这事，谁能证明，你怎么知道的？"三福说："当时谁都不知道，我也是胜利后才听说的。日本人来了，宗申不肯留任，回到老家，藏在大车屋里。因为出了灰槛，他被架走了，日本人带着大洋刀，还有狼狗，不从就让狼狗撕他的肉。"那人问："这些事谁能作证？"三福说："蚂蚱庙村人都能作证。日本人一刀劈死了林家的狗，那条狼狗脖子上有一块白毛，舌头伸出来有尺多长。"组长问："掩护抗日干部的事，你是怎么知道的？"三福说："至于掩护抗日干部的事，听说是这样的：杨同志被捕后，宗申跟他彻夜深谈并且成了莫逆之交。当天夜里，宗申把杨之江交给我们村的两个亲信，悄悄嘱咐了计策。那两人到半路上装作遭到马子抢劫，放了一阵子空枪，杨之江他们就趁机跑了……"组长说："叫那两人写个材料，说明当时是什么日子，林宗申是怎么交代的，从哪条路走的，给他们两杆什么枪……这些都要——说明，不得有半点虚妄！"三福说："一定把证词给你拿来。"组长问："三天之内必须将证词提交本委员会。"

三福满口答应，当晚在东关一家骡马店住下，打了尖，接着就找人写证言。三福对林守约说，这一步一定要走好了，万一这边写的跟宗申说的对不上号，可就麻烦了。守约坦然地说："这事不必犯愁，宗申怎么告诉我的我就怎么说，你们写上就是了，不会对不上号。"当晚，守约把那事从头到尾复述了，三福让赵琪写了，又让参与这次担保的谢自发和姜兴运两个签了字画了押——当时是他俩奉命护送杨之江出境的。林守约的表述和这两人的证词内容一致，情节连接，无懈可击。

两天后，三福把一应材料呈上去。那委员看了，说："光有当事人的陈述和你们的证词，还不足以辨明真相，我们还要找其他当事人做调查，包括你们提及的那个杨之江。"

半月后，林家得到通知：宗申将被释放。

据说，政府有关部门通过严格调查，取得当事人杨之江提供的证据和证言。杨之江现为国民政府徐州行署的一名处长，他证实林宗申当年确有抗日行为，送他们两杆枪护身也确有其事。两杆枪都是来复枪，算是好枪。这一来，宗申一案就改变了性质，可以将功折罪。法庭对他的判决是：发回原籍居住。

林宗申回来那天，三福带领上百人到村口迎接。宗申见到这场面，十分惶恐，说："弄这么大的动静实不可取。"三福说："您是有身份的人。"宗申感叹："惊弓之鸟，出网之鱼，哪里还有身份可言。"三福说："您的为人大家都看在眼里，咱身上有功，自不能受了炎凉。"宗申叹息："士人多为名所累，不知田园将芜！说起来，干什么都不如种地啊。这辈子再不会问政了——战战兢兢，如履薄冰，差点搭上条命！"

回蚂蚱庙后，宗申安居乡里，务农之外，读书学医，俨然世外之人。

有一次他去赶集，听了一会儿说书的。说书人在说到《诗三百》时将其说成《唐诗三百首》，宗申当即告诉那人，《诗三百》是指孔子编修的《诗经》，比《唐诗三百首》早了上千年呢。说书人请教他大名，宗申急匆匆落荒离开，不敢通报姓名。从集上回来后，他当日茶水未进，以此痛责自己放浪，后悔不该多嘴。自那以后，他不再赶集，很少出入人多的场合。有时他会应人所求给乡邻看个病开个方子，但自家不设药房，病人都是拿了方子去药铺抓药。

此次成功保释林宗申，让三福又增添了一些赞誉，蚂蚱庙人说，三福一张好嘴，硬是把宗申从死亡名单中给剔了出来。除此，三福还得了个抗日人士的好名头，所谓依据，就是他曾经疗救过一位脖子上长了红痣的八路军伤员。而且，他儿子贾忠勇在抗战期间被派去当伕子，如今下落不明，十有八九在抗日战场上牺牲了……

不久，国共相争，社会再次动荡不安。共产党从沭河以东发展到沭河以西，蚂蚱庙成了八路军的地盘。那些原本跟林学武干的，现在都又转到八路这边。兴运、扈友、自发等人不再听学武的指使，重又跟了吴兴邦，做些维护乡村治安的事。皮匠的小酒铺不肯给学武赊酒记账，每次都得现钱。学武害怕被武工队劫持，白天不敢在蚂蚱庙村露头。

吴兴邦的身份差不多公开了——还没戳破那层窗户纸——他先是在推盐的那伙人中发展了几个党员，后又在鼓手队里培养了一些积极分子。扈义出身贫寒，曾被吴兴邦列为发展对象，可扈义死活不干，他只热心赶马车贩盐挣钱，对党派无兴趣。兴邦对扈义的这种态度很不爽。他原以为"有马车的党员"可以在革命中发挥更大的作用，比如给解放区拉粮食、送药品、送弹药，必要时还可以营救重要伤员什么的。扈义的固执给了吴兴邦几分挫折感，因他事先已向上级组织说过"有马车的党员"。扈义的"不识抬举"给吴兴邦造成很坏的印象——大凡有钱的，包括有马车的，没几个好人。

基于同样目的，兴邦对赵琪也做过一些努力，希望他能以知识分子的身份进入党的队伍。赵琪告诉他："我不喜欢党派，欧阳修的《朋党论》我也不喜欢。"三福不知道《朋党论》，只说我们党不同于任何别的党，是个好党。赵琪就问："我又没给你们办过什么大事，怎么会找到我头上？"三福小声告诉他："因为你在那次打日伪的战斗中表现良好，张仁初指名要吸收你这样的人参加老四团，将军点的名啊这是！"赵琪说："古人有'士为知己者死'的说法，太史公写过不少故事。我之所以不愿入你们的伙，是不能完全赞成你们的道。"兴邦问为什么？赵琪说："对于一个人来说，道统是第一的。孔子说和而不群，不群就是不结党。一旦进入党派，人就不是自己了。古代那些所谓的义士，人家对他好一点就受宠若惊，叫杀人就杀人，叫放火就放火。武松吃了施恩几斤酒便脱光了膀子跟蒋门神拼命，可他们的道在哪里？没有！有的话，也就是个乡愿面子，所以我不看重术数。但是你放心，我不反对你们立党立派，毕竟你们那个党是想着穷人的。"吴兴邦进一步动员,说:"一旦你进来,组织上必定拿你高高在上。"赵琪还是摇头。兴邦很是沮丧,说:"你不想当军师我也不勉强你,现在人家团长点名要你,你得从命哟!"赵琪婉言谢绝,说:"我这人从道不从政,更不从军。"兴邦大不高兴,说:"真是不识抬举!"

赵琪不愠不火,散淡地说:"谁叫俺就是这样的人呢。"兴邦口气变得委婉一些,动情地说:"人家团长手下有上万人呢!跟上他混几年,怎么也能弄个一官半职的。"赵琪说:"富贵于我如浮云。武王伐纣,我自是不敢置身事外;岳飞抗金,我也当视死如归。如果不认同一条路径,就不能勉强我入伙。如果我勉强入了,就是骗人,而我这人是隐藏不住心里话的。自古以来,不食周粟者有之,首阳山饿死的未必就是坏人;介之推不言禄,禄亦弗及,仅此而已。为什么非要我加入你们一派呢?我在外围不也很好嘛。你们做什么事,我看中的就参加,看不中的就不参加,不行吗?"

兴邦说:"入了党你就不再是一个人,力量就放大了。"

赵琪问:"我要那么大力量干啥?"

兴邦懊恼地说:"越让你到客厅里喝茶,你越要去驴棚里吃草!"

赵琪说:"还是那句话——道不同,不相与谋。"

兴邦临走撂下一句话:"就识字的人难缠!"

和吴兴邦相比,姜慎余在政治上占一点优势:他既有文化,又有城市生活背景,且入党时间不比吴兴邦晚。就工作能力说,姜慎余远远超过大老粗吴兴邦,后者不仅不能看文件读报纸,在政策的理解和把握上也不够准确。姜慎余考虑问题更全面,处理事也有耐心。更重要的,姜慎余有文化。吴兴邦只认识百多个字,文野高下,众人一看自明。对此,吴兴邦颇感不快却不好说出口。现时说话,区领导很看重姜,姜的口才好,分析问题能说出个一二三,谁听了都服,兴邦在好多事上都要请教姜。有一次姜慎余从县上回来,说要开会。兴邦第一次听到这词,问:"什么是开会?"慎余告诉他:"召集一些相关的干部一起讨论问题,传达上级指示,制订工作计划,等等,就是开会。"兴邦又问:"什么是干部?"慎余说:"干部就是负一定责任的骨干,有职务,是我党倚重的人。这个词是日本人创造的,咱借用一下。"兴邦听说是日本人的词儿,眉头就皱起来。

解放区发了扫盲课本,上级要求各级干部积极学文化。吴兴邦看那文件,很多字不认识,这才感到一百个字远远不够用,他便见缝插针自学,不时请教姜慎余这个字怎么念那个字是什么意思,慎余给予耐心指导,从不心烦。吴兴邦有一点小私心:他希望姜慎余能调到区上工作,村里的事就由他一人管就好了。想到赵琪为他算的命——至少能当村长——兴邦觉得前途可期,心里甜滋滋的。

吴兴邦现在说话爱用新词儿。自从弄明白"开会"和"干部"的意思后,他几乎天天都在开会,蚂蚱庙到处都能听到他的声音。他把三福常用的那面铜锣要出来,经常敲着铜锣满村吆喝:上级开会,传达干部。庙前庙后,庙左庙右,都给我听好了,革命要胜利,分田又分地!不准打人骂人,打人犯法,骂人犯政策,轻的游街,重的蹲牢,天天拉了马车运沙子,一顿一个窝窝头……

蚂蚱庙人常被集中起来开会,地点都在庙前小广场上。每次开会,兴邦都积极发言,众人默默地听。兴邦也曾鼓励他们参与讨论,可蚂蚱庙人不习惯当众说话,没人主动站出来。兴邦说:"今天叫你们说你们不说,一个个跟闷葫芦似的。到想说的那天,告诉你们,怕不让你说了呢,哼!"

赵琪就问:"你叫俺说什么?"

兴邦说:"赞成革命,拥护共产党呗。"

赵琪又说:"不说不行?"

兴邦说:"共产党提倡言论自由,想说什么就说什么。"

赵琪就说:"老百姓说国民党的税多,共产党的会多。我不喜欢

387

老是开会——这话你肯定不爱听。"

兴邦说："你就不能说点好听的！"

赵琪说："好听的都叫你说了，光剩下不好听的了。"

吴兴邦说："既然不好听，就别说！"

国民党被赶出了蚂蚱庙以后，这里发动了减租减息运动。

但是，雷声大雨点小，惊动的面不大。许多政策听上去很好，实际操作起来并不容易，其原因还是基于现实力量的对比。当时，革命政权立足未稳，对临时管辖的区域不能实施彻底而有效的控制，外部还存在强大的敌对力量。如果运动搞得太凶，富有人家会明确倒向敌营，对解放区的发展不利。蚂蚱庙的这次减租减息运动，主要是没收村里的庙产——大约十几亩土地。自徐和尚一家离散之后，那些土地便委托给几家农户耕种，收来的租子用于公事，如救灾、救火、淘井、求雨，有时用来支付社戏费用，如玩影子戏、唱肘鼓子、过年舞龙、玩秧歌等。庙产收起后，分给最穷的十几家赤贫农户，每家也就一亩两亩的。大户人家的土地没动，只分了地主一点浮财，有的被拿走几件丝绸衣裳，有的被收了几个板凳，有的主动交出了铜盆、水烟袋等。西酒店的吴家经过多年消耗，光景早已衰落，只有武秀才当年用过的大皮床被工作队收到庙里，作为脱产干部临时休息之用。蚂蚱庙的前殿做了村公所，后院设为学堂。因经费一直下不来，学校迟迟未开。

像样的成绩是赵德章贡献出来的一辆拱头车。这辆拱头车到底归谁用才好，村干部为此吵了好久也没能落实。吴兴邦很想要，又怕别人说他革命目的不纯，不敢开口。姜慎余也想要，可农救会的扈玉表示不赞成。争来争去，最后那车又退给了德章。兴邦说："这很可能是蒋介石反动派的阴谋，他们妄想借此考验我们的革命意志，倘若引起内部纷争，就中了敌人奸计了！"

暂时无学可上，扈崇礼享受着清闲无事的潇洒。他家有四十多亩地，据说在圈子河那边还有十亩写了别人的名字的果林——蚂蚱庙称这种情况为"冒籍"。家中活计虽然多，但父母太宠爱这根独苗，不舍得让他下地。从小就不曾学过种地也不会做生意的扈崇礼，如今变得无所事事，这里走走，那里看看，好像一只忘记了迁徙目的地的落单候鸟。

他常去赵琪那里玩，听他讲古，看他弄神弄鬼。那个个头矮小、脾气倔强、说话神神道道的读书人似乎有很大的个人魅力，让这个读过八年四书五经的青年感到新奇，总想靠近他。赵琪家住大汪北沿，土屋很矮，院门朝东，门口有一丛芍药。每年春天，在破败的土墙前，那丛芍药显得格外鲜艳。赵琪走路时身子笔挺，昂首挺胸，看起来就像一节木桩在移动。扈崇礼喜欢看他写字，蝇头小楷，端正健朗，有元常风采。崇礼也见识过他的算术，非常佩服。扈家地多活多，单靠其父一人忙不过来，便雇了个长工。这人老家是周家庄，姓周名伯娥——看上去像个女人的名字。周伯娥兄弟三个，他是老大，人们称之为"周大"。周大这人老实本分，本分到愚憨的程度，但做事勤恳，干活不惜力气，很得扈家善待。当时长工的工价是一年二百斤高粱，扈家给周大的报酬是每年二百五十斤，管吃管住，夏天做一身单衣，秋天给一双棉鞋，这在同类雇工中，报酬算高的。因为过于贫寒，甚至没有住房，周大四十岁尚未娶上媳妇。在乡下，这样的男人，基本上会被列入成家无望的老光棍之列。

崇礼知道赵琪不仅会拘拿小神还会测字算命，于是写了周伯娥的生辰八字——年月日时——拿给赵琪看，想讨个结论，心下也存了试试那算法灵不灵的意思。赵琪端详了一阵子，果断地说："这人有后。"崇礼一听这话，就笑了。赵琪问他何以发笑。崇礼说："此人是我家长工周大，至今连老婆都没有，哪来的后？"赵琪知道周大这人，卜辞中所言"有后"的结论连赵琪自己也觉得玄乎。他再次审视了那人的八字，拿出另两部书翻来找去，反复对照，结论还是一样："此人有后,且是二子。"崇礼听了,还是将信将疑。

因为在两河流域粗略地搞了一次减租减息运动,就是上文所说的分配庙产、德章献出拱头车那档子事,也就是给穷人打打气、加加油,并没深入,也不便深入。鉴于这次运动过于肤浅,不久后又补了一次"课",即把第一次未完成的事项进一步推进。这次补课虽然没有大张旗鼓地宣传,但其推行的减租减息政策却是一项具有实际意义的善政。尤其是实施了保护劳动者的政策,比如:雇主不得随意打骂雇工,雇主必须提高雇工的报酬,减少百姓的劳役,降低土地租金,遇到天灾可迟交地租,等等。在红色政权的扶持下,扈家长工周大的年薪被要求提高到每年五百斤高粱,这相当于此前报酬的两倍。这一硬性要求是队长庞刚岭带着吴兴邦、姜慎余两个一起到扈家宣布的,且当年就得执行。

蚂蚱庙这一带土地瘠薄,水旱灾害多,粮食产量低,一下子把雇工的报酬提高一倍,扈家无法承受。他们说,如果非这么做不可,他家便雇不起长工了。周大听说扈家不准备续雇,十分焦急,找到三福,央其从中说合,宁可维持原来的年薪不变也不能无家可归,拉着要饭棍到处戳狗牙——乞丐远不如长工。

三福对周大说:"这是上级的政策,农协会和党员决定的。他们那里现在我说不进话去。再说,提高俸禄是件好事嘛,多给你些粮食有什么不好!"周大说:"提高工钱有什么用,人家因此不愿续工,我的饭碗眼看就要砸了——我穷得不如个雀儿,小雀还有个屋山头呢——上无片瓦,下无立锥之地,没了这个差事,让我到哪儿去喝糊粥?"三福问:"你打算怎么办?"周大说:"只要有口饭吃,有个不露天的地方住就行,工钱多少无所谓。"三福就去扈家说了,扈家勉强答应再用一年,工资加到每年三百斤。

次年,滨海解放区扩大到鲁南、苏北一带,新政权得到巩固,可以进一步强调穷人的权利了。兴邦、扈玉查出扈家没按上次既定的标准付给周大五百斤高粱，按上面的指示，要求扈家补齐。扈家胆小怕事，只好补足——当然也就不肯继续雇用周大了——只能自己多吃点苦，农忙时找几个族内的子侄帮帮手就是了。

学武家属于地主，但在那次也只被分掉一个麦穰垛。学武对此极为恼火，不止一次地发狠："谁拿了我家的麦穰，将来要用金条偿还！"他敢这么说，是因为国共两方政治上、军事上的胜负还未分明。他的切实靠山是城里的政权，那里的部队、警察和钱粮，还有他哥林学文，都是他的心理依托。林学文、林学武两兄弟的性格恰如其名，哥哥文静而多情，弟弟张扬而粗鲁。学文跟守典上过几年学，能背《诗经》中的许多句子，字也写得好。抗战期间，他被宗申推荐到县大队，在那里做了司书上士，负责文案的起草、誊写、传达，虽身在武行，却是个白面书生。林学武则不同，他喜欢武力，这些年身边聚集了一些无知无识的人，搞了几杆枪，入了国民党县党部管辖下的自卫队，还在相公庄的三中队谋了个副队长的头衔。三中队受县大队管辖，他哥在县大队当官，学武自以为有靠山，走路趾高气扬，说话盛气凌人。

学武的想法并不切实。学文虽然还在县里做事，但他是从日伪人员改编过来的，很难被重用。更重要的，学文这人有点儿迂，有时会因偶尔得之的想法兴奋不已，有时会因为一点小事懊恼不已。他常将不切实际的想法当作良策，上下游说，以为自己有管仲乐毅之才。有一阵子，他建议县大队学习共产党在河东根据地的做法，也搞减租减息，以便吸纳民心，既可以重建联防也可以增加兵源，非如此不足以对抗咄咄逼人的八路军，云云。但是，他的上司不肯接纳这一忠告，学文因此情绪低沉，像个郁郁不得志的文人，应付着公事，观望着瞬息万变的政治风云。

学文几乎天天回村，有人说他爱上了一位寡妇，有人说他每次回来都给家里运送银圆，将许多大洋埋在地窖里，云云。其实，学文回村主要是想和赋闲的宗申讨论时局。他认为宗申既通古博今又深谙世道人情，便想从这位"乡下鸿儒"那里得些指导。当说到他的建议不得上峰采纳时，学文愤愤不平并以此推断国民党非毁不可。宗申说："你对上司提出的那些建议好是好，但是晚了，实际上也行不通。像减租减息这样的政策，只有共产党才能推行，他们跟穷人是骨头肉砸在一起的。官府上上下下多是富家子弟，奉行的政策也是偏袒富人，他们绝不肯做你倡导的那类事。即使勉强做了，也无法打动穷人。"

学文有时也带学武一起去看望宗申，请教他对时局的高见，好让学武长点见识。宗申说："现在共产党羽翼已成，无法剿灭，国民党除了跟共产党联合，在治国策略方面彼此有所吸收，共同治理，别无正途。"学文蹙眉道："国民政府怎可能跟共产党联合！"学武也说："跟那帮穷鬼联合？门儿也没有！"宗申叹息道："大势已去，各自保重吧。"

那烧煳的脊背上流着油……

1947年，共产党为集中力量打好淮海战役，决定暂时放弃鲁南和胶东部分解放区。沭河以东的老根据地只保留了小部分，河西的地盘则全部让了出去。如此一来，蚂蚱庙重又落入国民党手里。

一度闭门不出的赵德章被请出来当了个什么主任。学武被提升为区中队的队长，有枪有人，不可一世的样子。他的脚上经常穿一双翻毛皮鞋，对人说，这种牛皮鞋俗称踢死驴——意思是一脚能把一头毛驴踢死——踢死人当然不在话下。他就是这意思，炫耀武力，趾高气扬。

这时节，国民党在地方上建立了还乡团，一种拥有武装力量的政治组织。在临时收复的——也就是八路军临时主动放弃的——地面上，还乡团对曾经活跃的共产党员及其追随者进行疯狂报复，气焰嚣张、手段残忍，许多革命积极分子被暗杀、活埋或秘密失踪。林学武的区中队是沭河以西还乡团的重要力量之一,有七八十杆枪,一百多号人。短短半年中,还乡团杀死数十名积极分子,吴兴邦、姜慎余也差点成了还乡团的刀下鬼。

斗争进入白热化阶段,难免有突然事件发生。还乡团的凶残无度不仅危及红色根据地的安全,也损害了八路军的威望,再不出手,老百姓会觉得共产党靠不住,将来再想唤醒,再想组织起来,就增加了难度。于是,留守在解放区的八路军老四团决定教训他们的对手——不是一般的教训——给还乡团一记铁拳!这一记铁拳必得打碎还乡团的牙齿,敲断他们的脊梁骨,叫他们知道八路军的厉害,知道血债一定得还——不是不报,时候不到!

距离农历八月十五还有三天,林学文陪同县大队的头目到三区走访,区中队的还乡团在林学武的带领下临时起意,要到玉田乡的潘家湖去弄些狗肉过节。潘家湖的狗肉在这一带很有名。没想到,他们刚走到何官庄,就被八路军的一个连给包围了。对于学武来说,这是一场猝不及防的遭遇战,八路那边则早有谋划,成竹在胸,势在必得。

战斗一开始双方就分出了优势和劣势,八路军占了上风。学武那些人被困在小小的何官庄,既无力反击也无法突围。何官庄前后左右都是平地,还乡团没有很好的地理依托,防守困难。八路这边算虽然也是平原,但他们早早占据了谢家庄和周家庄的沟堑高埠,从那里朝被困在何官庄的还乡团开火,比较顺劲。

双方打了一个多小时,蚂蚱庙这边被惊动了。

三福来到高场这边看动静。他对谁是谁非没有预设立场,像是等待别人有了观点他临时接受也不迟。傍晚时分,来自西北方向的枪声不绝于耳,白色和黑色的硝烟飘荡在田野上,村人这才知道,那边发生的不是一般的个体仇杀,而是一场战役。有人说,八路已经冲进村子并占领了水井。何官庄就那么一口水井,谁占了谁主动。三福由此认定,八路要胜,学武那伙人这回是要栽。三福对这一形势竟有点儿高兴。为什么高兴？他一时说不上来，那种暧昧的心绪在隐秘的地方发酵，让他觉得很是受用。炮声隆隆，思绪总也把握不住，直到他在高场的大碌碡旁蹲下来，吧嗒了一阵子旱烟，才想起前次去大赵家作保因忘记一头牛而被学武大骂的事，算是找到了高兴的源头。

但他知道，自己的高兴不是偏爱八路军和武工队——小毛猴和谢继焕被处决这事儿，给三福留下老大的心理瘢痕，他觉得河东那伙人做事太糙了。说没人去保就处理了——那不是正当理由。为什么没人去保？一定有难处嘛。你们就不能多等几天？真等不到，直接放了，照样可以息事宁人嘛。那个姜晓春委实不是个东西！问你敢保不敢保，你就说敢保——两条命就保住了！怂人啊怂人，没有胆也没有识。这事一码儿就找我的话，万不至于这么惨！人啊，能活着，全靠命！

吴兴邦和姜慎余走过来，两人手里都提着枪。

三福主动给他们打招呼。

吴兴邦说："听声音，这仗不小！"

姜慎余说："做好准备，随时接应。"

这时有声音从胡同那边过来，问："谁跟谁打？"

三福见扈龙从高坡上走下来。

扈龙问："哪伙跟哪伙啊这是？"

兴邦说："像是八路军跟还乡团。"

扈龙又问："有没有咱蚂蚱庙的人？"

三福说："若是区中队，就少不了咱村的。"

扈龙说："那就不是三个五个了。"

他们的判断不错。区中队的学武，还有几个最近被拉进去的，都在那个中队里。前不久，本来跟武工队一伙的扈友、兴运、兆太、自发等人见八路军转移战场，以为天下又轮盘似的转了一圈，便入了还乡团。吴兴邦警告他们："你们几个立场有问题，投机取巧，转眼无恩，太不像话！"谢自发说："谁给饭吃就跟谁干。"兴邦说："以后若想再回我这来，我是不会要你们了。"扈友说："到时再说吧。"兴邦鄙夷地说："都是些墙头草——刮哪风朝哪倒——不信治不了你们！"

现在，这些人都在学武手下。

兴邦说："这么厉害的炮，要死不少人。"

三福说："千万甭死人。"

兴邦哼了一声，说："那得看死的是谁！"

三福没多说，缓缓走下高坡。

姜慎余说："我在这里瞭望，你去组织担架。"

吴兴邦应着，快步追上三福，告诉他："一会儿就有伤员下来，你去安排饭食！"

从傍晚到午夜，枪炮声一直在响。

鸡叫头遍，何官庄那边突然燃起大火。

从这边看去，何官庄上空火光冲天。

乡村房子绝大多数都是草屋，一旦着火，没个救。

蚂蚱庙这边都能听见哔哔剥剥的爆裂声。

东北风吹，黑烟如云，遮了半个天空的星光。

第一拨伤员下来了，有十几个人，都是八路这边的。

吴兴邦已备好几副担架，姜慎余安排人把伤员送到蚂蚱庙那边去救治。

用于包扎的白布不够，兴邦安排三福到各家寻土布。

有几个伤员伤势较重，大声呻吟、叫喊。

三福从自家里拿来一些白布，临时先用着。

第一批下来的伤员中，居然有刘春秋！他满身是血，按着左胸的那只手全是红色的血水！三福赶紧叫八路的护士给包扎了，管先生给他上了白药。三福问他："你不会打仗，又没个枪，瞎跑什么！"他双眉紧蹙，有话不好说似的。三福把他放在前殿大门西边，那里稍微亮点，不会被人踩着。刚要走开，春秋用另一只手招呼他，小声说："等枪声过去，你去看看那娘儿仨，要紧别忘了呵……"三福这才明白。

庙里面的地上很快就放满了伤员，新来的伤员只好放在露天。照料伤员时，三福希望看到他那个同姓大叔，那个脖子上有一块紫苏叶子形红痣的人，可惜始终没能见到。三福心里积着一点遗憾，也为此感到庆幸——不在这里就不会受伤——那样更好。三福于忙碌之中顺便打听那个本家大叔，终于有个伤员说认识。那人受伤比较重，流血不止，三福蹲在他面前侍候。那伤员说："你说的那人是我们的教导员，脖子上是有块红痣，他去打黄百韬了……"三福赶紧问教导员叫什么名字，那伤员旋即陷入昏迷，不能说话了。

不久又有十几个伤员下来。这些人不是担架抬下来的，而是跌跌撞撞跑下来的，满身是血，有的衣服被烧焦，有的满脸烟灰看不清鼻子眼。三福认得其中几个是学武那边的人，给他们喝了点水，叫他们各寻自己的家。学法说他家里没人，破场屋里堆满了牛草，而且离这边太远，腿脚受了伤自己走不过去。三福就把他引到大庙的夹道里——当年如贵睡觉的地方——在里面铺了些麦草，让他歇息。学法说，给我弄些饭食啊。三福找了几张煎饼，卷了大葱和咸菜，学法狼吞虎咽地吃了。学法告诉三福，八路这次是蓄谋已久有备而来，火力很厉害，天没黑就占领了水源，中队的人全都喝不上水，逃跑的很多，因抢水还死了好几个人。又说，天黑后，八路在村西北角放了火，后又在东边放了火，天干物燥，草房易燃，整个村被烧毁……三福说那么多房屋烧毁了该多可惜！学法说，他们久攻不下，担心县大队来增援，就在东西北三个方向放了火，逼我们向南突围，他们在黑河到易向河那边打阻击，死了很多人……

三福让他少说话，这边是八路军的伤员救治处，按说我不该照顾你。学法并没停止说话，只是声音小了点："咱村的扈友、兴运、兆太都在里边，估计也快跑出来了。学文兄弟俩都在里边，学武叫我们坚守，说第一批援兵快到了，没想到一场大火烧得晕头转向，仗就没法打了。后来有人说，救援部队被老四团给拦腰截断……人心一下子就散了——要想活命，就只有跑……区中队装备不差，救援队伍不来，靠自己难以抵抗……学武被火力压在黑水河那边，学文跑出来了……"

春秋的爹娘听说儿子受伤，来看，硬是把儿子抬回家去了。

三福说，回家也好，这里伤员太多，照顾不过来。

凌晨，火光熄灭，浓烟依然滚滚。

何官庄那边基本听不到枪声了。

没了枪声，田野显得分外安静，安静得好像被大火烧死的尸体一样。

三福遥望西北，想起春秋的嘱托，起身朝何官庄那边去。

此时他背上突然挨了一拳。

三福回头看了，是缺心眼儿。

三福就骂："你个憨种，打我干吗！"

缺心眼儿说："俺丈人家那边起火了，得去救火！"

三福没好气地说："那是你丈人家，又不是俺丈人家！"

缺心眼儿说："有桃酥，不要钱。"

这是缺心眼儿这辈子第一次说"不要钱"，也许是此生唯一一次。

三福说："不要钱我也不吃！"

缺心眼儿扛着一把抓钩，只顾向何官庄那边奔去。

三福不由自主地跟上了他。

两人朝着冒黑烟的方向走，都没说话。

离村子老远，三福就闻到强烈刺鼻的焦煳味。到处都是燃烧的房子，有些房子已经烧透，屋草的灰烬一片惨白，有的还在冒烟，到处是令人窒息的烟焦气。街巷边、墙角处、大树下，死尸横陈、血肉模糊，唯不见枪支。几个幸存的农民蹲在被烧毁的房屋旁，或号啕大哭，或掩面抽泣。有几个男子企图抽出尚在燃烧的房梁和家私。

三福问到昨晚的战事，他们说："还乡团这回肯定完了。"三福问："都死了？"有人小声说："就学武几个跑了。"有个老头哭道："好不容易盖的几间屋啊，都烧了，这可怎办呀！"三福问缺心眼儿："你丈人家那边怎样？"缺心眼儿说："怕俺老婆不高兴，没敢靠近呢。"三福说："你这傻种！跟着我，快去！"缺心眼儿跟了三福，朝他丈人家那边跑去。

谢天谢地，何仙姑还在，两个孩子也还在。

娘儿三偎在被烧焦的大槐树下，很是恓惶。

三福问，就剩你们仨？何仙姑说："仗一打起来，子弹到处飞，爹叫俺娘儿三个藏在院墙这边的地窖里，他们躲在屋子里。突然一个炮打过来，房子就塌了，然后是大火，至今没见他们出来……"

何家的房屋烧毁了，房顶倾塌，房梁在着火。

缺心眼儿拿抓钩奔向废墟，火急火燎地扒拉还在冒烟的木头。

烟和火纠缠着，在他身边和脚下滚动、跳跃、弥漫。

三福找来一桶水，泼在他身上，这样可以稍做防护。

缺心眼儿发现一个老人被压在燃烧的房梁下。

三福认出，那是殷员外。

云舒此时就要扑过去。

脚下都是火。

三福把她拽住。

云舒的大哥来了，冲过去，抱着老爹。

老爹呻吟着，说不行了我不行了你快离开……

地方逼仄，着火的大梁压着，怎么都拖不出老人来。

如果就这样硬拽，老人受不了……

除非能把那根燃烧着的房梁抬起来——那根大木头斜横着，高的一头儿至少还要抬起二尺，才能抽出人来。可是这一头儿正在燃烧，烧毁的木头开裂，火苗在木头缝隙里伸出，像是猛兽的舌头。

缺心眼儿看了看，二话没说，冲了过去。

这人虽然心智不全愚憨傻直，但也有简单豪直的一面，遇事一根筋，想到啥就是啥。现在他想的就是救人，就是把那根碍事的大梁抬起来，不抬起二尺就拽不出人来。要抬起那根着火冒烟的房梁，就得扛起来……

燃烧的房顶即将塌下，房梁的表层是橘红色的火，烧过劲儿的地方已经龟裂，白烟黑烟夹杂着木焦油，燃烧着，发出低沉的嘶嘶声。迎风的地方通红，忽闪着时明时灭的炭火。缺心眼儿朝手心里吐了口唾沫，弓腰，奋力掀起燃着火的粗大房梁，毫无畏惧地放在自己肩上……

浓烟熏得他睁不开眼，两手被烧得直哆嗦。

他就那么顶着、忍着，咬牙切齿、面部扭曲，看上去很是狰狞。

他朝着云舒大哥喊："拽人啊，使劲拽，拽出来还能活！"

这情景把三福惊呆了。

云舒也惊呆了。

孩子趴在云舒怀里，不敢看。

房顶上掉下的余火连同冒烟的屋草和灰土扑簌簌落在憨子头上、肩上、背上。

他依然站在那里，肩上扛着冒火的房梁。

奄奄一息的老人终于被拽了出来。

三福叫他赶快放下——房子要塌了！

如果房顶塌下来，憨子将被压在火里。

缺心眼儿挺立在那里，还在吆喝："里边，还有一个！"

众人从火堆中努力拽出另一个——云舒的母亲。

老妇人浑身焦黑，已经没了声息。

缺心眼儿还在那里支撑着……

眼前的情形让云舒，让三福，让殷家大哥心惊不已！燃烧的房梁压在他肩膀上，那肩头的肉在激烈地抖动，被烧灼的皮肉上流出一片油脂，缓慢地朝下流淌。憨子双手托着房梁，咬牙切齿，声音也变了……

云舒冲上去，抱住缺心眼儿，一起倒了下去。

扑通——沉重的一声，带着烟和火的房梁断了。

最后一片房顶塌了下来，烟火飞迸。

三福闭上双眼，不忍直视。

憨子的肩膀已被火烧熟一大片，后背皮开肉绽，像是烤得半熟半焦的牛肉。脱皮的部分是紫红色，表皮黑灰色，卷着，像是一片盛开的鸡冠花。

哥对云舒说，咱娘走了，爹也不行了。

云舒泪眼扑簌，一边为缺心眼儿擦洗敷药，一边安慰孩子。

缺心眼儿陷入昏迷。

他被放在一张烧掉多半的席子上。

云舒跪在他旁边，给烧伤的地方上了獾油和白药……

三福叹道："还不算憨，知道远近。"

云舒深情地摩挲着缺心眼儿的头，说："头发都烧没了啊……"

大哥把两个孩子带过去。

孩子默默看着躺在席子上那个男人。

云舒默然不动，手放在缺心眼儿的头上，好一会儿才缓过神来，沉沉地对孩子说："他是你爹。"

云舒叫三福回蚂蚱庙，让春秋赶快请了管先生带药品和绑带过这边来。

三福迟疑片刻，说："春秋来不了啦。"

云舒盯着三福，惊问："怎么了？"

三福说："自昨晚这边有枪响，他就火急火燎地朝这儿跑，半路上被人拦截——谁也不准进战场。春秋只好假冒救助队的人，试图冲进村里，还没进村，就被打伤了。"

"伤哪里？重不重？"

三福告诉云舒："他是第一批下来的伤员，是赵琪把他送到庙里的。当时他浑身是血，子弹从肩胛骨上边打进去，从前边出来，一个窟窿，锁骨可能断了。幸好心肺没受伤。管先生给他包扎，上药时告诉我，再差一丝就穿着肺了，命真够大的！幸亏当时伤员还少，护士照应得也周全。我叫他在庙里歇息，后来他爹非弄家里不行。当时人多，乱糟糟的，弄家里养伤也好。临走他嘱咐我，尽快来这边看看你们，不要告诉你他受伤的事……"

云舒一下子承受的打击太多，也太重了。

她呆呆地坐在那里。

没有声音，也没有表情。

……

何官庄之战，老四团大胜。

此战伤亡情况：蚂蚱庙死八人，受伤十多人。几天后，人们开始议论这次战斗。扈友说："还乡团的士气不行，平时不练兵，总是拣软的捏，真上战场就不行了，都怕死。"学法对这次失败颇不服气，说："'假如'区中队的救援不被中间截断，'假如'老四团的人没那么快，八路得多死不少人，那就是两败俱伤，没有输赢……"三福说："败了就是败了，假如假如的，现在说这些话也不嫌丢人！"学法说："后悔药难吃……"

这是八路军精心组织的一次战役。战役尚未打响，赣榆的八路军就从夏庄朝这里赶，速度很快。从汤头那边下来的一个营急行军赶到九曲店，成功拦截了县大队。八路军的政策是一方有事八方支援，国民党还乡团素来轻敌随意，打起仗来各自为政，彼此心怀鬼胎，救援人马行动迟缓，以至耽误战机，最后自身不保……

何官庄一战给了三福巨大的警醒，让他看清了世道方向，大趋势不容置疑，共产党即将得到天下。几天前学武还张狂得很，大有生杀予夺的样子，一仗打下来，死的死，伤的伤，跑的跑，像一窝蛤蟆蝌蚪子被一块土坷垃打散了，他也不见了踪影。八路军一方则表现出奋不顾身、一往无前、各方配合、所向无敌的气势。三福相信宗申的话："国民党大势已去……"

另一件让他难以忘怀的是，缺心眼儿在烟火弥漫的废墟上勇往直前、无所畏惧地扛起火苗扑闪的梁柱，并将两位老人救出的情景。三福因此常做噩梦，梦见大火中燃烧的房梁，血肉烧煳的脊背上流着油——那是脂膏化成的——还有那片绽开的像鸡冠花一样的肉……三福在惊厥中大喊救人，冷汗淋漓、面无人色。憨子啊，不光缺心眼儿，还是个直心眼儿。也许他从未怀疑过自己的老婆，抑或心知肚明依然舍命救人——不论哪种情况，都堪称好男儿！

道不同不相与谋

不久，中共解放了沂州城。

解放区重回八路军手中。

三福觉得自己很老了，从村东到村西要走好半天，稍远一点即视为畏途。兴邦近来又学了几个新句子，一是"你是立场问题"，一是"不要被坏人拉下水"，一是"共产党员是特殊材料制成的"，加上原先那句"我就不信治不了你"，他的语言显得既丰富也新潮。近几年，各种力量来回拉锯起伏不定，兴邦的敌情观念大为提高，动不动就说"我现在给你发个警报"……

小酒铺还在，只是人没以前那么多了。守典偶尔过去，但不玩纸牌，也不再提及学问的事，即使和赵琪同时出现，两人也没了争执。他真的老了，看上去没精神头儿。赵琪有时也过去，却不再见他鼓捣占卜测字那一套，只是喝点小酒。三福没地方可去，常来小酒铺里跟二皮匠说话。二皮匠有一次说到学文，三福告诉他："学文没什么大罪大恶，听说已取保候审。"二皮匠说："怎么没见人影儿啊？"三福说："人家直接下了关东。"二皮匠觉得不可思议，说："怎么说他也得来看看宗申啊！"

大皮匠从苏北弄回的女人，一直默默地活在蚂蚱庙的穷街陋巷中。在村人眼里，她只是个存在，没有生活，因她从不和外人接触，甚至不曾跨出皮匠的院子。有人猜测这女子可能是富家主儿的闺女，从小大门不出二门不迈的，是个守规矩的姑娘小姐。这种超乎寻常的低调，这种几乎无须约束的自觉，让人们逐渐忘记了她的存在，也取得了大皮匠的信任——而这正是她所期望的。

大皮匠隔三岔五离开家，白天会到地里和菜园里走走，晚上则在酒铺里看生意。三福怂恿他摆桌喜酒请亲友们来吃一顿喝两盅——成家立业的人应当及时宣示自己的成功才是。大皮匠回家跟那女人说了，那女人死活不同意。后来又说，办喜酒也行但不到时候，等有了孩子再说吧。她一如既往地严守着"不出大门"的戒律，家中一应所需，全由大皮匠从外边弄来，无论柴米油盐还是笤帚扫帚。她从不经手钱，连一个铜板都不想过手。她默默地料理着家务，活动范围限在院墙以内，墙外的事她从来不做，更不过问。水缸没水了，她宁肯渴着也不会提了罐子去井边挑水。要下雨了，她只收拾晒在院子里边的干草，墙外的，则任凭雨水淋湿，她不管。那院子就像一个施了魔法的监狱，而她是个极守规矩的犯人，即使院门开着，她也不会跨出大门一步。如此自觉地封闭引起村人的普遍兴趣——缺少新闻的乡村总以邻居的隐私为乐，不把人剥成裸体决不罢休。尽管那女子足不出户，大皮匠也讳莫如深，有些方面还是在人们的猜想和探究中连接成支离破碎的故事。

听她的口音，是苏北人，扈廷当过货郎跑过很多地方，一听说话就能辨别出来，而且界定她老家大体在沭阳一带，最远不过盐城。她很少说话，别人问她什么，她总是装聋作哑，从来没有一句完整的回答，也不笑，没人见过她笑。这说明她并不快乐。她的年龄在二十四五岁上下，最多不过三十，身体健康，甚至可以说是壮实，看不出有什么缺陷。来此两年了，没生孩子，也不见有怀孕的样子，村人觉得很是奇怪。

有一天，蚂蚱庙来了一支过路的部队，据说是新四军的一支。吴兴邦得了通知，说新四军要转移到这边来，基层干部要做好各方面的协助，这是立场问题。兴邦老觉得三福立场不清晰，也缺少原则性，没打算让三福参与这事。大半年来，兴邦一直试着疏远三福，或者说保持一定的距离，后来他发现离了三福这人，有些事真还不好办。三福虽然识字不多，但在操办乡村事务方面颇有经验，对每家每户都熟悉。他明晰每个人的长短和脾性，别人说不进去的话他能说进去，别人办不好的事他能办好。三福还有个好处——有耐心，几乎没见过他发脾气，领导批评、群众议论、乡邻误解、亲戚埋怨、朋友责怪，他都能容纳。兴邦想，政治面目需要慢慢考验，现在是我们的天下，他一个破约地能翻了天？不可能！刚解放，村里有很多纠纷，由这种没有预设立场的人去处理反比立场坚定观点鲜明的要好——后者往往被某一方排斥。因此，在需要有人处理烦冗事务时，兴邦还会指使三福去干。

这一次，三福被派去为新四军服务，主要是膳食供应和临时需要的人工服务。

三福答应着，说自己老了，腿脚慢了，得有个帮手。

兴邦叫来崇礼，说："你给三福做助手，他叫干啥你就干啥。"

这支部队约有二百人，三福的任务是给他们安排铺板和吃食。三福佩服新四军的纪律。头一天，他们露宿在街头檐下，因夜里下了一场雨，天阴地湿，不便再睡地面，兴邦请他们住到村民家里。部队首长接受了这个建议，要求部队严守三条纪律：自炊、住过道、门板做床。三福感叹："从没见这么好的部队，人民子弟兵果然是好！"头一天，部队用的是自带的小米，三福只给他们找了柴草和几口大锅。战士们吃饭时，第一碗米饭盛给房东，最后的锅巴也送给了房东家。因为锅巴很香，可给孩子当点心吃。

那天吃过晚饭，一位姓赵的司务长跟三福商量明天的饭食，要买些小米和蔬菜，自然就说到小米和蔬菜的价钱及用量。司务长算了一共多少钱，要三福帮去采买。三福客气道："无须你们花钱，我到各家各户收集了就是，以前都是这样。"赵司务长说："新四军从不做吃饭不给钱的事呵——你可要记住——一针一线都不能含糊。"三福听那口气不容妥协没有商量，就说："那就恭敬不如从命了。"

离开前，三福道："这样的部队非胜不可。"

赵司务长一听这话，脸上浮现出自豪的神情。

三福重复了一遍："非胜不可！"

只用了小半天时间，三福就把所需小米、蔬菜——主要萝卜、白菜和咸菜——弄齐了。他给赵司务长报了数量、单价和总额，将剩下的钱放在桌子上。司务长拿出两个铜板给三福，说这是你的工钱。三福怎么说都不肯收，还说这是"立场问题"，这句话是他新近跟兴邦学的。司务长笑着说："你出了力，理应有所报酬，别嫌少，拿着就是。"三福收下，在司务长的一个小本子上按了个手印，感动得不行。

然后，司务长拿出烟斗，跟三福一起吸烟说话。说到投机处，司务长随意一问："你们这儿离苏北不远，应该有人常去那边做生意吧？"三福说："乡下人脚力不够，出远门的少，偶尔有到苏北的，也就几个货郎。遇到灾荒之年也有去你们那边唱小戏的，跟要饭的花子差不多，说唱戏也就是好听一点罢了。"司务长说："有没有和那边有亲戚的？"三福想了想说："没听说谁家跟苏北有亲戚。这边人家都不愿把闺女嫁得老远,远了不方便走动,有个事呀什么的也帮不上手。"司务长说:"我们那边也是这样。不过偶尔也有娶你们这边女子或嫁到你们这边的。山东人好啊!山东人豪爽正直,没说的,我们部队有好多山东战友。"

说到这里,三福想起一个线索,说:"后街上有一家,是个皮匠,家里开一间小酒铺,他几年前从苏北带来一个女人,口音跟你说话差不多呢。"司务长不惊不诧地说:"我们那边跟这里多有亲戚,郯城、临沭、日照比较多,你们这边也有。我有个妹妹就嫁到这边了。"三福说:"兄妹是同胞,既然来这边,怎么也得看看去。"司务长说:"那是那是。"口吻平淡,不显山不露水的,就没特别在意。司务长问了皮匠家住哪一片——表情也是随便一问的样子。

三福走后,司务长独自去了后街。

根据小酒铺的位置,他找到大皮匠的家。

推门进去,打量了院子,像是对这家的日子做个判断,也像是侦察兵勘察地形。大皮匠的女人以为邻居呢,赶忙跑进堂屋躲在阴影里。司务长紧跟着进了堂屋,用沭阳口音说:"怎么觉得像我妹啊。"那女人回头一看,果然是自己的亲兄弟。兄妹二人抱头啜泣,努力压抑着声音。

两人说了一阵子话。

大门响了。妹妹急忙擦了眼泪,嘱咐哥哥几句话。

司务长笑吟吟地走到院子里迎接大皮匠。大皮匠有点吃惊:"你是谁,到这来干吗?"

两人互作介绍,司务长亲热地叫了一声"妹夫"。大皮匠开始还有些紧张,有了这话,稍放松些。司务长就说到他们这次换防的事。大皮匠警觉地看着司务长,问:"是不是特为找你妹的?"司务长笑了,样子很是真诚,说:"你们的事,一开始家里是有点不愉快,可是过去这长时间,生米做成熟饭,也就认可了。不知你们山东这边什么风俗,我们那边说,嫁出去的女,泼出去的水,不可覆收。这话就是说,女子一旦跟了人家,就是人家的人了。离婚的、被婆家休了的、失了家的女人,再想找个人家,很难很难!好不容易再嫁,走二道门槛,人家也不拿当好女人看。所以呢,当父母的,做兄弟的,都希望你们好好过日子,既来之则安之,我们也就放心了……"

一席话,让大皮匠放下了心事,说:"那就好,那就好。"

司务长妹夫长妹夫短地叫,皮匠心里的石头彻底放下了。大皮匠故意问屋里的女人:"你给咱兄弟说说,这里的日子还行吧?"那女子在里间说:"这边日子蛮好的,比左右邻居家要强一些,比咱那边也好很多。哥你回去,一定叫咱爹咱娘放宽心。你妹夫对我好,真心的好,不缺吃不缺穿。我现在就是想着赶快有个孩子,等有了孩子再回去看他们,也好有脸有光的。"

大皮匠听了,很是高兴。

司务长说:"看到你们日子过得挺不错的,我是真高兴!"大皮匠就问他是怎么找到这里的,司务长说:"部队行军到此,没事闲聊,跟这边人扯起来,说村里的货郎有去苏北的,我就想起妹妹。多年没见,想着来看看你们日子过得怎样。女人嘛,不论走的是直路还是弯路,走过来就好。你们现在安居乐业,有家产,还开着酒铺,好好过吧!妹子也说了,你待她很好,不缺吃不缺穿的。"大皮匠说:"是的是的,不缺穿不缺吃,也不缺零钱花。"司务长看上去很高兴很放心——真心实意地高兴,没有保留地放心。

大皮匠叫女人炒几个菜陪兄弟喝两盅。司务长说:"部队有纪律,不宜在外饮酒。"大皮匠不答应,说咱自己开着酒铺,兄弟你远道而来,怎么说也得喝两盅儿。司务长说:"恭敬不如从命,就陪妹夫喝两盅吧。"

那天他们喝得很高兴。大皮匠对女人说:"既然兄弟来了,你这次是不是跟兄弟一块回老家看看?"没等妹妹开口,司务长就说:"我是军人,没时间带她回去,我建议你们俩也不要回去。苏北鲁南的战事刚平息,地面上还比较乱,你们在这边好好过日子,家里人若是想念,可以来看看。现时说话,最好不要乱走动。"

大皮匠更放心了。

送走司务长,大皮匠对女人说:"没事时出去串串门子也好。"

女人说:"俺不想到处跑,哪里都不如自己家里。"

大皮匠感到十二分的熨帖,心想:"人跟鸟似的,驯好了,赶也赶不走。"

那年八月,女人叫皮匠买了二斤月饼,说要去娘家看看,还要大皮匠跟她一起去,主要是想在那边找个老中医看看,无论如何弄个助孕的方子。大皮匠说,这边也能找到医生啊。女人说,这么多年怀不上,估摸着还是水土不服的事儿,到俺苏北,在那里找当地先生看看,开个合适的方子,就着那里的饭食水土,一定好一些。

大皮匠答应了,说这两天就把礼物备好。

女人说:"老人家那边意思意思就行了,都给礼物,得多少啊!再说,钱花没了,咱自己的日子怎么过?别为了面子犯傻哟!"

大皮匠点头应着,心里甜丝丝的。

临行前,大皮匠突然改变主意,说:"你还是自己去吧。"女人当时就哭了,埋怨道:"你就是拿俺爹俺娘没当个事儿……你要是不去,俺哪知道怎么走,真不行就等明年春上吧——要不索性今年就不去了,反正咱年龄都还行,过两年再要孩子也不晚。"大皮匠说:"鼻子下不是有张嘴嘛,问着走就是了。"女人还是担心迷路。大皮匠说:"我教你,从咱这里出去,先问夏庄怎么走。过了夏庄,再问牛山怎么走。过了牛山,再问沭阳怎么走。就这三道,容易记,尽管上路,没什么可恓惶的。"女人说:"你若去,推个小车,俺可以走走歇歇的。你不去,拿两只脚丈量到沭阳,可不是件轻松事呢!"大皮匠说:"想来想去,还是骑了毛驴回去为好。几斤月饼、一包熟地瓜干,加上衣物,远路无轻载,没驴真不行。"

中秋节前,女人离开了蚂蚱庙。一春鱼雁无消息,她再也没有回来。

大皮匠十二分的懊恼,但悔之晚矣。他埋怨三福多嘴,给陌生人透露了女人行藏。

原来,那女人是大皮匠跟当地马子合伙绑的一个票!

三福冷笑道:"你这人还算聪明,知道司务长那天怀里别着枪。"

大皮匠说:"那家伙藏得真深,一点都看不出!"

三福说:"连司务长都懂谋略,所以我说,非胜不可。"

国共间的胜负已经明朗,社会安定了不少。除一些极顽固的人还在祈祷神灵,巴望着世道翻覆,普通老百姓觉得江山已定,盼着尽快过上平安日子。这种愿望在刚结束战事的地方生发出来,显得不是那么踏实,也不那么具体。曾在旧政府做事的焕章觉得世道还是会有变化,林学法扬言要去上海找他爹,学文兄弟俩相继去了东北,唯有宗申对这样的结局不感意外。守典跟他讨论私塾要不要继续办的事,宗申说:"这事得等一等再说,要办,也得有政府的批准。"

细心的人会发现,蚂蚱庙村飘荡着一种说不清道不明的空气,那是一种声音,一种颜色,一种令人紧张的不祥之兆。每当兴邦敲着铜锣宣布要开村民大会的时候,这种空气就自然而然地浓重起来。有人当面说兴邦:"你敲锣的声音太急促,不如三福敲的音儿好听。"兴邦就不高兴,说:"谁说不好听?我觉得怪好听呢。说不好听的全是立场有问题!"

话虽这么说,兴邦还是在敲锣上有所改进,节奏不那么急促了,后来干脆不再敲锣,改成吹号。他的长号好些日子没用了,突然拿起来,觉得生疏。他回家问老婆:"我那长号是不是谁动过,怎么不是原来的声儿了?"老婆生气,说他"睡不着觉怨床歪,脚大怨鼓踝"。兴邦试着又吹了几口,还是掏不出先前那高亢激越的音来,便愤愤地把长号扔到地上,掏出折腰盒子枪,拍了拍说:"还是这个管用!"

曾在扈崇礼家雇活的长工周大因工资(高粱)从二百五十斤提高到了五百斤而无法继续受雇,一时找不到吃饭的地方,只好回了周家庄。周大是个赤贫之人,在老家连个屋山头都没有,迫不得已,只好出去流浪。历史上的流民大都是这样形成的,失去就业吃饭的位置,为了活命,便到处游荡。周大先在汤河一带打短儿——给人当短工——有工可打时有饭吃,没人雇他,就得饿肚子。周大后来辗转到了周家的祖籍地——院东头村——还是靠打零工度日,这家干几天那家干几天,衣食不稳定。再后来,周大遇到一个机会。该村一男子死了,撇下老婆和一个女儿,日子很恓惶。经人撮合,周大就做了坐山招夫的男人,入赘了寡妇家。婚后两年,周大的媳妇连续给他生了两个儿子。如今周大安定下来,有家有地有房子,且有儿有女。周大留恋故土,带了两男一女回到了周庄。

从一穷二白到家室完整,周大做梦都不敢想。

曾经贫困不堪的长工,如今像是换了一个人。

稍微安定下来,周大带了三个孩子来蚂蚱庙看望曾经的东家。因崇礼家对他一直很好,当时是主仆关系,现在有点像朋友了。曾经的长工,被认为成家无望的老光棍儿,现在不仅成了家还有了后代,而且是两个儿子!扈家为周大的时来运转由衷高兴,说:"人挪活,树挪死,想不到周大能有今天!"周大也说:"人活着就是个命——谁能想到呢!"崇礼想起数年前赵琪给周大测的字算的命,更加相信人的未来是可以预测的,而且很准。因此,他想借赵琪的书看,学上一招。

赵琪说:"看这种书得有内力,你还年轻,怕是拿不住啊。"崇礼因此断了攻读谶纬学的念头。三福有时也到赵琪的土屋里来拉呱,海阔天空,像是不带地图的旅行。这类随意的聚会本是乡村常事——谁没几个走动的邻居!但是,敌情观念很重的吴兴邦却感到不对劲儿。他对三福说:"你这人立场有问题,有事没事和弄神弄鬼的人套近乎,我必须给你发个警报——你要警惕了！"

三福说："俺就是在一起烤个火拉个闲呱，没什么。"

吴兴邦说："经常聚会，类似秘密组织，这是新情况。你们几个，还有前街的耶稣教会，都不正常。告诉你，小心被坏人拉下水。"

姜慎余现在成了蚂蚱庙举足轻重的人物了。吴兴邦担心这么下去，会让他夺走这里所有的风光，而自己则可能成为姜的陪衬，甚至无足轻重。为了扩大实力，兴邦再次动员赵琪跟他一起干——他需要文化人的帮助。上次发动减租减息运动时，工作队曾动员赵琪到乡里当文书。赵琪他去是去了，但只干几天就自己回来了。如今教育方面缺乏师资，兴邦想请赵琪出来办学堂。在学堂里当先生，风不打头雨不打脸，多惬意的营生！兴邦心想，那样的话我也可以常去那边喝个茶，多认识一些字，顺便讨点主意。

赵琪还是不肯，他建议由守典、宗申两人干——他们懂小学，适合教书。三福觉得奇怪——这么好的差事，每月有两斗小米（解放初期，工薪以小米形式发放），居然不干！一个识文解字的人，如此坚定地拒绝良好的就业机会，拒绝稳定的收入，自甘草芥、不惜沉沦，这让兴邦十二分不解。他努力放低身段，诚恳地说："现在不是谁胜谁负摸不清方向看不清前途的时候，一切都明朗了，共产党已经胜了，你还怕什么？"赵琪反问："你觉得我是那种谁胜了就跟谁的主儿吗？"兴邦问："你到底什么立场？"赵琪生气了，当即下了逐客令："你说我什么立场？我什么立场，用得着你管！"

吴兴邦向工作队反映了他对赵琪的看法。工作队对赵琪展开了一般性的调查。经查，赵琪以农为主，喜欢看书，虽然个性突出，但与邻里关系尚可。平时很少赶集，也很少走亲访友，未见秘密结社之类的嫌疑。他的亲友中有几个信奉圣贤道的人，这个会道门对一些政策不认同。他们宣传封建糟粕，对抗减租减息，甚至煽动农民闹事，制造争端，对社会安定造成了负面影响。但未发现赵琪和这个组织有多么深的联系，也没发现他参与该组织的活动。至于立场怎样，现在看，还属个人看法……

工作队问兴邦："你是不是怀疑他是圣贤道的成员？"兴邦保证赵琪不是会道门，也不是反对革命的人，还说他曾经积极抗日和我党站在一起救助伤员，等等。工作队就问："那你朝我们反映他有问题，到底什么意思？"兴邦说："我就是想把他拉到咱们队伍里来，咱这里缺少知识分子。"工作队长告诫他："以后汇报情况，须得先想好了，什么事，什么性质的问题，你个人建议怎么做，走什么步骤，成败有何影响，等等，不要跟做梦似的想到什么随口一说。这方面，你得向姜慎余同志学习。"

那天，兴邦很不爽，觉得好心没得好报，还让组织怀疑他别有用心，颇有点自找倒霉的味儿。兴邦反复琢磨领导的批评，渐次有所领悟：无论做什么事都要有个堂皇的说法，说话要有凭有据，不能想到哪里说到哪里，不要独出心裁，不能信口乱说。虽然这方面姜慎余比他强，但兴邦不想向姜学习，他希望赵琪能回心转意做他的帮手，那样就可以弥补知识方面的欠缺。可是那个谬种，脾气比牛还犟，就是不听我的……

有一天，吴兴邦特意送给赵琪一个礼物。

赵琪看了，问："这是什么东西？"

兴邦说："这是从战场上捡来的炮弹皮，铜的。看，大半尺长呢。"

赵琪问："这玩意儿好做什么？"

兴邦说："这是革命战争的纪念啊。"

赵琪摇摇头，说："看到这东西，我会梦见战场。"

兴邦说："支前时我见过战场，好多被烧毁的房子，路边有死尸，许多的苍蝇。"

赵琪叹道："我给你念一首曹操的诗吧：铠甲生虮虱，万姓以死亡。白骨露于野，千里无鸡鸣。生民百遗一，念之断人肠……"

兴邦对曹操没有好印象,大戏里的曹阿瞒白鼻子、黑脸,大奸臣。

他不屑地说:"这也算诗?还不如俺唱的那个《看清大方向》。"

赵琪不再说什么,脸上挂着轻蔑。

兴邦再问:"这么好的炮弹皮,真的不要?"

赵琪说:"真不要。"

兴邦认为赵琪辜负了"党的信任",揣着炮弹皮,悻悻离去。

人各有志,不能勉强。

赵琪选择的路,让他的后半生郁闷而潦倒。

丽 人 行

蚂蚱庙迎来了一个崭新的时期——用兴邦的话说,就是人民当家做主了。

有些人对这一巨大变化依然感到有点意外。十多年前,没几个人敢断言说共产党取胜,而且这么快,现在却是板上钉钉的事实。林宗儒拒绝吕炳之的恳请,不当军医,就因那时他看不清谁胜谁负。二十年前,吴家的衰败也是村人始料不及的,那么大的家业,说败就败了!十年前,谁敢对吴白露说个"不"字?几年后,一切都变了!西酒店家道衰落,风光不再,乡长被处决,那个穿翻毛牛皮鞋,扬言抬脚就能踢死驴的学武,自己被踢到千里之外,好像一缕轻烟消失在荒野上。学法从何官庄下来就不见踪迹,有人说他去上海了,不知真假。俊美多情的司书上士林学文远走他乡,蚂蚱庙好像从来没有过这些人似的。英雄转瞬即逝,如流星一般。激进分子吴进轩以身殉国,小官吏赵建章在剿匪中壮烈牺牲,都没留下后代。

如今赵家也不行了。德章整天缩在家里,不再拿了大马扎在禾场上泰然自若地抽烟。淮海战役接近尾声时,德章曾跟了焕章一起逃亡,打算到常州和次子会合后去台湾。待他们过了邳县,看见火车,竟不想继续走了。千思万想,还是舍不得自家百多亩好地,还有两进的院宅。兄弟俩怀着好好种地好好过日子的愿望,灰眉糊眼地返回蚂蚱庙。焕章相信,他有一生辛苦积累下的家业。再说,什么朝代都离不开土地,什么人都得吃粮食——既然到哪里都得务农,何必远求!

焕章的次子克孝在解放前夕和前街的林宗玖一起去了台湾。宗玖还带走了刚满六岁的儿子。这一来,焕章和宗玖两家就成了国民党反动派的家属,灰溜溜的,人前人后都抬不起头。自从守德毒死守典家的大黄牛,林家就像染上了晦气,不是这事儿就那事儿。宗申当了乡长,林家一度威望重振,后因他屈从铁血狼狗干了伪事,原来持赞美态度的人也开始三缄其口。若非曾掩护过八路军的重要干部,若非村民联名作保,宗申一条命也许就丢在了牢里。现在的他,作为一介平民,终日侍弄土地,昔日荣耀不再。曾经风云一时的那些人也全都偃旗息鼓,共产党由星星之火变成了正午的阳光,成为主人。

现在的蚂蚱庙是两个小姓人家掌权,一是吴兴邦,一是姜慎余。吴兴邦这个吴家不属于西酒店一族,没有家族势力,他依托的是穷人的执着和忠诚,靠了组织和折腰盒子枪,还有周围的哥们儿。当他取得蚂蚱庙新政权的第一把交椅——蚂蚱庙农协会会长——偶尔还会记起赵琪多年前的预言。但他觉得这一切全是自己干出来的,是组织的关怀和人民的信任,赵琪当时不过是蒙对了而已——他要是真会算,为什么没算到我有一支折腰盒子枪?

对于赵琪,兴邦现在尚存一丝敬意,因为他曾预言"弄好了能当个乡长",不知这预言能否实现。虽然我们共产党员不追求地位不贪图享受,但乡长毕竟是个荣誉啊!祖祖辈辈没出个官儿,一提起这个家族人家就说"蚂蚱庙的吹鼓手"——喇叭匠子——那是对下九流的贱称,最好彻底抛弃,谁都不要再提这一壶!如果有朝一日我能当上乡长，哪怕只当一天，也是给祖宗争了大光！问题是，赵琪不是那时的赵琪了，他现在就是个不识时务的谬种，越朝客厅里领，他越往驴棚里钻！蚂蚱庙人都遵循着"宁扶竹竿不扶井绳"的道理，可赵琪对此不以为然——好心送他那么大一个炮弹皮，居然不要！常言道，清官不打送礼的人——天底下竟有这样不知好歹的东西！这么大个炮弹皮，若是找小炉匠化了，能做个很好的铜盆呢。不想做铜盆也行，切掉尖顶，做个尿壶，冬天里起夜，也少受些冷冻之苦。再不济，可以挂在屋檐下能当个风铃——多少用场！可他就是不要，还拿曹操的臭诗给我瞎摆划，哼，不识抬举的货！吴兴邦越想越生气：甭以为我离了你不行，我离谁都行，就是不能离开组织。只要站稳立场，只要我不被坏人拉下水，我吴兴邦就不会倒。我就不信治不了你！

兴邦对赵琪这个鬼才还残留了一点点敬畏——他不仅蒙对了我这个村长，蒙对了我推盐路上有惊无险，还蒙对了"周大有后"！据说，何仙姑能顺顺妥妥回到丁家跟用人似的干活，当日来回，风雨无阻，也是听了赵琪转达的神意。话说回来，赵琪能预见我当村长，是否也能预见我别的：有什么坎坷，得什么大病，什么时候死……也好有个准备。

兴邦潜意识里觉得赵琪还是一块绕不过去的石头，而且是一块很大的石头。这个人上知天下知地阳间知人阴间知鬼，肯定有用。但他脾气太犟，油盐不进、软硬不吃，谁拿了都没办法！想来想去，这种人不仅不可用，而且是个绊脚石。想起大戏里曹阿瞒的一句"我岂能容你"，兴邦胸中就如有万丈光焰升起，波涛汹涌鼓荡，大有气吞万里如虎的气概。但此时，他得约束自己，不能胡来。工作队长不止一次地要他向姜慎余学习，要提高政策水平，要善于做群众工作……

姜慎余能写会说，脑瓜灵活，是上级看重的青年人。他的姐姐嫁给吕兆廷，兆廷既会做生意也会料理土地，和庄邻没有是非。吕家还有一个大优点：总是鼓励子女读书，能上多高的学就上多高的学；鼓励孩子朝外跑，能当多大的官就当多大的官，不能当官混个公家的饭碗也行。总之，那个家族眼光不在蚂蚱庙这片土地上。吕兆廷还有一个好处——好学，不保守，对新潮流新科技充满兴趣，也不干涉儿女的选择，无论是婚姻还是职业。三福问他："你让孩子们都朝外边蹿，不担心老了没人照应？"兆廷说："担心也没用啊。"

接着，蚂蚱庙又折腾地了……

这次，西酒店比较幸运。吴家曾经有好几百亩地，经过多年的折腾，家业渐渐衰落。多年前那次蝗灾，吴家平赊平粜的粮食大部分未能收回，吴云迪去世前把所有借条都烧毁了。

原先，他家只剩下七十多亩地，且等级参差不齐，算不上像样儿的地主。主持家族的老太太将地分到儿孙名下，自己只留了五亩养老。这么一来，各家的土地数量都够不上地主。因此，这次只分走了他家的大瓦房。

还记得马子架户绑走林守荣的故事吗？守荣的那座宅子分给丁文武了。那院子对着一片宽阔地，空地那边是南大汪上游的一条沟，林木繁茂，颇有风水宝地的气象。逢到节日，这里是搭建戏台的地方，当年建章回村祭奠神灵祝贺大练长七十大寿就是在这里搭的戏台。开阔地的东边是宗盛、宗尧的大院子，现在充公做了小学，有一小部分浮财分给了谢家。林守典土地不很多，只被分走了一头黑犍子。

丁家被划为地主，一多半土地被分给了积极分子，仅给他们留了十亩地。老丁头一病不起，死了。缺心眼儿只知他家有个点心铺子，不知道外边的土地被人家分走，一副心不在焉的样子。何官庄之战结束后，他在丈人家待了二十多天，伤是好了，但肩膀和手上留下几处大小不等的疤。云舒跟他一起回到蚂蚱庙，带着两个孩子，那个小的——名叫夕至的女儿跟她一起住，小名叫朝发的儿子跟爹一起住。缺心眼儿对两个孩子喜欢得不得了。

云舒对婆家被划为地主分走土地一声不吭，好像那不是她家财产，或者，她在等待更大的风雨。

果不其然。

后来，黎玉主持工作。山东犯了运动扩大化的错误，经过中央及时纠正，总算有了止息。但是多少也扩大了一个多月，灾难——时代的一粒灰尘——竟降临到了云舒身上。那天，贫协会的人到了丁家，宣布点心铺子充公，说话间，几个人就要取走他家的点心盒子。缺心眼儿见他们不给钱就要拿东西——这违背了他生活的铁律——就与一行人发生争执。你推我搡间，缺心眼儿倒在青石台阶上，摔破头骨，死了。

云舒当时不在场。

刘春秋把她接了回来。

她里外看了看，什么话都没说。

次日，在她大哥和刘春秋的帮助下，安葬了男人。

大哥问："你怎么打算？"

云舒思忖片刻，说："哥你先回去吧，过一会儿我就来。"

大哥走了。

云舒要刘春秋送她回何官庄。

刘春秋驾着牛拉木托，送她们母子三个。

云舒看上去略显苍老，但气质依然高贵。

云舒问："这黑牛谁家的？"

刘回答："俺的。"

云舒说："你家穷，没分到什么？"

刘回答："俺爹不要。"

云舒问："这牛呢？"

刘回答："牛是俺姥爷的。"

云舒说:"咱去后街一趟,我要到赵先生家去看看。"

刘春秋就把牛拉木托赶到后街。

云舒带着两个孩子,敲了赵琪的门。

赵琪开了门。

在院子里,云舒停下脚步,对孩子说:"你们俩,跪下。"

母子三人,一齐跪在赵琪的面前。

把赵琪吓了一跳。

赵琪问:"何以行此大礼!"

云舒带领两个孩子,郑重地给赵琪磕了三个头。

她缓缓地站起来,泪眼婆娑地说:"几次难关,都得了您的指点,大恩难报,终生不敢忘记。"

赵琪将她们引进破陋的土屋。

云舒说:"冒昧来此,一是谢恩,二是求教。"

赵琪说:"但说无妨。"

云舒说:"您两次给我指点迷津,让我和全家保全了面子。如今又到难处,我想麻烦您求个神示。"

赵琪沉吟一阵子,问:"你信这个?"

云舒说:"我信的是人。"

赵琪问:"可有孩子的八字?"

云舒告诉了孩子的生辰时日。

赵琪走进里间,翻了一阵子书,出来,拿出一张纸片。

他捏着那张纸,动情地说:"这是我最后两张白八行,算是正事正用。"

说着,他在那纸片上写下:

......

阴阳相辅,平衡万象。

乾坤呼应，康寿吉祥。
不辞良人之助，且效篱笆立桩。
琴瑟和鸣，方成宫商。
伯乐相马，不重皮相。
织女慧眼，结发牛郎。
择枝而栖，免受炎凉。
乌鹊南飞，鸿雁北上。
候鸟知命，可得永康。
……

接着，在一张牛皮纸上写了一个大大的"依"字。

赵琪问："明白吗？"

云舒点点头，说："明白，我该另找主儿了。"

赵琪吟道："朝发而夕至兮，非朝秦而暮楚。"

云舒把那谶语和"依"字收了，放进袖里。

临行，云舒问："夫子有言，'志于道，据于德，依于仁，游于艺'。今我先后得三字，那个'道'字呢？"

赵琪说："这三字，其实都是道啊！"

云舒点点头，问："先生所学就在这些书里吗？"

赵琪苦笑了，说："书是给人看的。"

云舒又问："所托之鬼神呢？"

赵琪沉默不语。

云舒道："那些鬼神也真乖，就跟你的孩子似的，你叫它们做什么，它们就做什么。"

赵琪看着云舒，感动地说："知我者，二三子！"

云舒朝那个被她称为先生的小个子男人鞠躬，凡三次，依依惜别。

娘儿三个，坐上刘春秋的牛拉木托。

赵琪站在门外，目送他们远去。

远去……

宗申彻底不说话了。

三福到他那串门儿时偶尔会流露一点怨言。宗申说："你还有什么不满意的？又没分你的地，没夺你的房屋，识好吧，你得看大方面。"三福说："是的是的。"宗申就拿三福说的话说："千古以来不曾断种的土匪灭绝了，千古以来不曾匿迹的妓女窑子没了。这是你说的吧，多大的功德！我要给你添上一条，多少年治不了的大烟，如今也没人抽了，难道不是好事？这么好的政权，打着灯笼上哪里找！"

三福说："如果是厉害！"

这几次运动对三福没有实质性的影响——没剥夺他一草一木，他也没分到什么。这期间，三福失去了那个卑微而陈旧的虚名，却添了个新头衔——蚂蚱庙村民事委员。这个身份对他倒也合适，村民之间发生纠纷，尤其是争地边子、闹家包子、夫妻不和之类的，几乎都由三福出面调解。三福依然是村里的头面人物之一。他认为共产党通情达理、作风简朴，处处为穷人着想。照这样下去，大家的日子都好过。他肯定八路军新四军是好军队，以后不会再有催粮抓伕子的事了——不容易啊！

但是，他老觉得脚下的地面不那么踏实稳定，就像站在山崖，石头诚然结实，人却像站在雾里，脚指头站在边缘上，只要人家稍微推一推他就会跌下去，不推，临时还能站一会儿。至于以后怎样，很难说。他悄悄找宗申说了自己的担忧。宗申听了只是笑。三福说："你读书多学问高，经多见广，给我指个方向吧。"宗申说："我能留下这条老命就谢天谢地了，还敢给别人指点方向！俗话说得好，眼神头儿差的人甭养蠓虫儿，是不是？"三福称是。宗申自谦地说："不在其位不谋其政，若是多嘴，就是孔夫子说的'巧言令色，鲜矣仁'了。"

我一辈子不曾在乎钱!

姜慎余被提拔到区里工作,算是正式的脱产干部了。就任那天,吴兴邦去送行。姜提了自己日常洗漱用具和几件衣服,兴邦推着小车,车上放着被子褥子和一卷麦草编制的苫子。姜慎余本打算带兴邦去食堂吃午饭的,被区文书给拦住了。文书说:"你们来得正好,这里有两个遣返的国民党兵,都是蚂蚱庙的,你们带回去吧。"

姜和吴跟着文书去了办公室。文书指着那个面色惨白的老人说:"这个老一些的,叫林宗禹,是国民党上海军需处的一个科长。年轻的是他儿子,叫林学法。他们说蚂蚱庙是老家,根据政府对收编人员的政策,决定把他们遣送回来,要我们地方上给予接受。既然你们都是蚂蚱庙的干部,顺便捎回去吧。"

吴兴邦眯缝着一双蚂蚱屁眼看了看宗禹,问:"你就是那个出门骑了两头毛驴,见了玩把戏的就随手扔钢洋的主儿?"宗禹点点头,说:"我一辈子不在乎钱,现在没钱了,也还是不在乎钱。甭跟我谈钱!"兴邦愕然道:"你都这样了,还大气棒棒地说羞于谈钱,够气派的啊你!"兴邦又去揭开学法的衣襟看了,说:"不错,一看肚子上的疤瘌就知道错不了,是你花肚皮。"学法小时不慎弄翻一锅开水,把肚皮烫伤了,治愈后留下一片明亮的疤痕,像是什么花的图案,有人就给他起了这么个诨号。蚂蚱庙人总是不失时机地利用人的优点、缺点和生理特征表达粗劣鄙陋的幽默,此为一例。

验明正身后,吴兴邦签字画押,接收了。他问宗禹:"你们爷儿俩的腿还怪长呢,跑到大上海去了。"那个押送他们的上海军官说:"我军解放上海,他们被俘虏,好在没有多大的罪恶,姑且从宽处置。现在按上级指令押回原籍，作为坏分子劳动管制。告诉你们，务必看好了，别让他们到处乱跑。如果他们继续与人民政府为敌，不光他俩没好果子吃，你们村干部也要受军法处置。明白吗？"

兴邦打了个立正，应道："一个都跑不了。谁敢跑，我拿盒子枪解决他们。"那军官做了个制止的手势，严肃地说："我可没叫你打死人啊。告诉你，人民政府有这方面的法律，犯罪送法庭，你我都没有刑事方面的处置权。"兴邦知道自己又说过头话了，自责地说："是的是的，政策和策略是我的生命。"那军官说："错了，不是你的生命，是党的生命。"兴邦说："我也是党的一部分。"

宗禹，诨名瞎眼蠢，当年下毒药死守典家牛的那个林守德的儿子，那个出门骑着一头驴牵着一头驴的青年。当年随意挥霍，后来连房子都卖了，只好住场屋的公子哥儿，再后来就当了兵。他参加的是国军，这里那里的，也就是混饭吃的主儿。最后在上海被我军俘虏，又回到从小烧包弄景儿的地方。

宗禹老了，满脸沧桑，头发稀疏，白了一多半。当年的公子哥儿如今成了受管制对象，其间的逻辑似乎通达顺利。兴邦问他这些年都干了些什么，宗禹说，败家后去当了兵，这里那里跑。因为胆儿小，大炮一响就会引发肠胃痉挛，屎尿拉在裤裆里，当官的看他不是拼命的料，想赶他走。宗禹不走，也不开小差，长官只好安排他到后勤上。不承想，宗禹很适合军需后勤工作，因为他不爱财不贪污，而且识字，管理很上心。这样混了几年，终于混到了上海吴淞军需处，还当了科长，负责非武器类物资的发放。兴邦说："你跟扈永是一样的货！"宗禹当即驳斥道："我跟他不一样。我从来没顶替别人当兵，从未靠那种手段弄钱，我一辈子不爱财。"兴邦问："你在国民党那里做什么？"宗禹自称在军需处做事，不用上前线拼死恶斗，还有各种好用的好吃的，一直做到科长。上海解放，国民党逃往台湾，他成了俘虏，八路军对俘虏很好……

兴邦说:"蚂蚱庙就出你这样的货。扈永还在外边,不知是死是活。"宗禹说:"我在部队里见过他,那时他已是第四次冒名顶替了。"兴邦说:"难怪国民党败了,有你们这样的兵,非败不可。"宗禹说:"扈永那办法也有好处,遇到危险就跑,一般死不了。"兴邦问:"扈永现在还活着吗?"宗禹说:"那是个兵油子,死不了他。"兴邦重申:"你要接受管制,不得乱走,出门要报告。"宗禹应着:"我能跑到哪儿去?到处都解放了。"

吴兴邦又问学法:"你是怎么跑到上海去的?"学法说:"何官庄一战,我就知道国民党快完了,于是就去南方找俺爹。我到那里其实是为政府做说服工作的,也就是策反。我在那里替你们做了好多工作,我爹那些人之所以没逃往台湾,都是我说服的。"宗禹说:"你小子就胡呲吧,我要是想跑,谁拦得住?大船就停在吴淞口,叫我上,我不上。我觉得还是蚂蚱庙好,咱这边的泥鳅比上海小浜汊的好吃多了。"兴邦不大相信花肚皮能做策反,但那些话听上去还蛮舒服的,宁肯信了。

听说宗禹回来了,三福当晚就来看他。

宗禹见到三福,认不出来了。三福说:"我是三福啊。"宗禹说:"老了哟。"三福伸出一只手摆了几下,说:"岁月不饶人,说着说着过这个数了。"宗禹说:"不错,你还比我大好几岁呢。"说着,从兜里掏出一块上海奶糖,说:"我知道你的,从小好吃,给什么人办事都得要点吃的。"三福:"现在俺不馋了。"宗禹说:"好吃是好事,口福嘛。"三福问:"今后打算做点什么营生?"宗禹说:"什么也不做。政府说了,共产党不兴饿死人,总有我吃的。既然有吃的,为什么还要做事呢?"三福说:"听你这么说,好像政府还得给你请个厨子似的。"宗禹说:"我在军需处的时候是有厨师的。厨师做好了饭菜,摆上桌子,我不吃,没人敢先下箸。箸就是筷子的意思,南方人都这么说。"三福问:"科长挣钱多,他们尊敬你是必需的。"宗禹说:"挣多少钱我不知道。反正我身上从来不带钱,到哪里都有管饭的。"三福说:"你也算享了几年福——不容易啊!"

宗禹说:"我从小就是个甩子,不会种地也不会做生意,人家都愁着吃饭穿衣过日子,我不管这些,到时总会有饭吃的。"三福说:"新社会,只要肯劳动就会有吃的。"宗禹说:"看你说的,这不是揭我短儿嘛。我这人就是不会劳动,也不喜欢下地干活呢。"三福说:"不会种地,你就让儿子种,有他吃的就有你吃的。"宗禹说:"那也是个甩子,他自己还填不饱肚子呢,还能照顾我!"

三福想起当年跟随宗禹到处赶集的旧事,心中依然存着几分感激,说:"那时多好啊,咱俩一起去赶集,周围的集被咱俩差不多走遍了,一前一后,骑着驴,那个滋养啊!相公庄的羊汤锅、重沟街的徽子、朱崇兴家的烧饼、旦彰街的水煎包子,咱都吃过。那时年轻,不知道节约呢。"宗禹说:"也没浪费,都吃肚子里了。"三福说:"我说这些是想告诉你,没忘了你我两个那份情义。"宗禹摆摆手,说:"话不能那么说,你当年陪着我到处走,不也是一份情义嘛。如果我雇个人跟着,不也得花钱嘛。"

他这么说,让三福心里熨帖多了。

宗禹在南场那间小场屋里开了个理发店。小屋原本是放他家大车和驴马套具的地方,后来他把那些东西都送了人。老屋早就卖给学武家,后来被分掉了。被遣返的宗禹如今没有立锥之地,幸好先前的场屋还在,就做了他栖身的地方。离开上海时,他从军需处仓库里带出一套理发用具,有美国剃刀、英国推子,还有一块白色大围布。这些东西当时只在上海那样的大都市里才有,非常新潮非常现代,乡村根本见不到。

宗禹带回的这些东西原是为自己用的,没承想却成了挣饭吃的家伙。蚂蚱庙人没见过洋剃刀,也是第一次见理发用的推子,更没人用这么白这么大的围布。很多人来这里品尝时髦，领受现代理发工具的好处。在这里推过头的农民总说推子推的头皮不如刀子刮出来的亮，也不如剃刀刮的舒服。宗禹就用剃刀给成年人剃光头、刮脸、修胡子，给小孩子剃头就用推子。最让人新鲜的是宗禹用的洋胰子。蚂蚱庙人头一次见到肥皂，以为那就是传说中的雪花膏。宗禹告诉他们，这是洋胰子。洋胰子分好多种，有洗衣服用的，有洗脸用的，前者没有香味，后者有，且有多种芳香。有的是紫藤味的，发甜；有的是木香味的，清爽舒服。女人洗脸一般要用芳香味的，雪花膏是洗完脸后涂的，手上也要涂一些。时间长了，脸白，手也白，软乎乎香喷喷的，吸引男人。

吴兴邦就问他："你那里很多洋胰子吧？"宗禹满不在乎地说："一箱一箱的，什么品牌都有。"兴邦说："你没拿那个换个女人弄弄？"宗禹说："不少女人向我讨要洋胰子，我有时也给她们一点，但我对女人没兴趣。有时她们拿到一包洋胰子，在我面前掀裙子露大腿的，我说，'甭在我面前骚情，谁没见过！'她们就假模假式地要打我。有的会问我，为什么不喜欢女人，我说，男女之间不就那么回事儿嘛，到头来还是那样子。她们就笑哈哈地走了。"

兴邦说："女人上赶着你都不要，怎么跟缺心眼儿似的。"宗禹说："我跟丁文学不一样，他是不知道，我是觉得没意思，所以兴趣淡。"兴邦很惋惜，说："好机会那么多，都被你给糟蹋了。"宗禹说："我很少用洋胰子，那味道呛人。我喜欢刷牙，用的都是上好的牙膏，英国牌子、法国牌子。美国的也还行，但颗粒太粗，也太甜。"兴邦觉得奇怪，问："我就不明白城里人为什么要刷牙，每天都拿个小刷子来来回回地捣，像吃屎似的，耽误工作。"宗禹说："这些事儿，跟你说不清楚。"

宗禹平时给人理发，收点小钱，挣点粮食，混口饭吃。中秋节和年底，常去他那里剃头的人们会给他一点报酬，有的给点钱，有的给些粮食、蔬菜、鸡蛋、芝麻盐什么的，倒也够他用的。三福常来这边剃头，带着小儿子和孙子。他喜欢嘎达嘎达响的推子，喜欢那宽大洁白的围布，也喜欢用洋胰子洗头洗脸。他说用洋胰子洗过脸好几天都有香味，蝴蝶儿都围着他的头乱飞。他孙子喜欢推子，因为那东西不像用刀子剃头那么疼。在宗禹那里剃过头理过发，感觉轻松许多，不像老式剃头匠子，剃头时很疼，洗完了头发还黏糊糊的，很多人甚至不给洗头。

乡村毕竟是乡村，宗禹带来的东西很快失去了本色。因为不能常洗常换，宽大洁白的围布不到半月就变得脏兮兮的，讲究的农民宁肯光着脊梁剃头也不愿用他那快脏布。大约半年后，推子钝了，宗禹找不到地方修理，只好弃置，对谁都是用剃刀。带来的肥皂也用光了，于是一切恢复从前的样子，好像这里从来没有出现过美国剃刀、英国推子、上海围布和法国牙膏似的。

尽管如此，宗禹的小理发店还是堪称蚂蚱庙的风景。很多人到这里理发剃头刮脸，顺便听宗禹讲述大上海的故事。夏天，男人们聚集到大车屋这边乘凉，剃了头，到大汪里洗个澡，再舒服不过了。冬天，很多人到这里烤火。宗禹的场屋渐渐成了蚂蚱庙的夜总会，总是有人，总是热闹。宗禹的风格很像大上海的小开，可惜他没有白相的根底。大上海风情万种，那里的奇闻轶事简直说不尽，人们津津有味地听，宗禹不厌其烦地讲，没人再提当年两头驴子的事，也没人再提及扈淑常和宋氏相好打官司的事。世事变迁，一切如南柯一梦。

学法的日子就冷清多了。他没有他爹那种旷达不在乎的公子派头，说话不生动，办事也不踏实，人们都疏远他。自何官庄那次战役后，作为败军一员的学法辗转去了上海，找到了他爹。宗禹安排他在码头上装卸军需，吃饭住宿不用自己花钱，每月还有薪饷，父子两人算是有了平生最惬意的一段时光。如果这样的生活能长久，也算他俩有福。可他们没有选对立场，随着国民党的全面溃败，父子俩便落得了这样的结局。

宗禹的老婆——学法的母亲——旦彰街名医的女儿,十多年前去世了。那时宗禹刚离开蚂蚱庙不久,家里还有点儿积存。她小心翼翼地守着那点积存,不敢吃不敢用,担心某一天会饿死。她深知自己的男人是个靠不住的甩子,也不敢指望他哪天回来有个依靠。不久,她得了一种奇怪的病,嘴里老是干涩,老想喝水。后来眼睛也看不见了。有一次出门收拾柴火,不慎跌入南大汪,淹死了。

学法离开蚂蚱庙前已经成家,还生了两个女儿。学法也不是个务农的料,游手好闲,跟他爹一样,却没有宗禹当年的家底。那时林家已经败落得连房子都没了,学法饥寒交迫,一筹莫展,思来想去,便想到他奶奶,还有奶奶后来跟扈淑常生的那个孩子扈永。扈永和宗禹是同母异父的兄弟,论起来,学法得管扈永叫叔呢。学法本想去找扈永的本家兄弟扈义打听消息的,转念一想,那样就好像他求人家似的,不如去大皮匠的小酒铺里看看,见机行事,说不定能得到一点儿扈永的消息,那就不欠什么人情了。

大皮匠现在亲自主持小酒铺。抢来的老婆被人家不动声色地顺走了,还赔上一头小驴。那头驴子是大皮匠家唯一的牲畜,春田松软,一驴加一人拉帮套,一般农活儿应付得了。如果翻耕秋田,就得用牛,要跟有牛的人家合犋。大皮匠打算好好经营小酒铺,积攒些钱,明年春天买头犍子。买不起大牛就买个牛犊儿,好好喂养,有牛犊儿不愁长成大牛。他还打算重新拾起皮匠的手艺,熟牛皮,切牛皮线子,也能赚钱。

小酒铺似乎比前一阵子热闹些了。那些刚刚得到了土地的人喜笑颜开,中农户安心庄稼,再不受土匪马子的侵扰,再没有拉锯时期多如牛毛的苛捐杂税,休养生息发展经济的好时候到了,各种各样的手艺都在恢复。朱崇兴差点被划为地主,倒吸了一口冷气后,烧饼铺子谨慎重开,那里每天凌晨飘荡着烤麦粉的香味。染坊也开张了,高高的木架上摇曳着长长的印花布。兆廷家的馓子从没停过，又因为分到了几亩地，地里种了花生，花生打油，降低了馓子成本，利润大了些。赵克同兄弟俩天天挎了筮子卖馍馍。老梁家每天打三个大锅饼，天亮赶集，一晌午就能卖完，回家不耽误种地。蚂蚱庙前街后街各有一家做豆腐的，他们的市场是这么划分，前街的不会到后街卖豆腐，后街的也是如此。凡是卖豆腐的人家都用豆腐渣喂猪，那两家的猪圈里总少不了三四头猪。各家的猪圈都设在院里，怕被人偷了。扈廷还是继续他的货郎生意，早出晚归，村里几乎见不到他的影子。

蚂蚱庙从来没有这么安宁、这么繁荣过。

如果没人瞎折腾，差不多就是桃花源了。

这样的社会，这样热气腾腾充满希望的时期，大皮匠不愁没人来喝酒。原本常来这边的那些人依然是酒铺的常客，有些不喝酒的也会来这里坐一坐，拉个呱扯个闲篇，彼此揭短或叫诨名。新近生发起来的肉头户引人注目，如赶马车拉盐、拉木料、贩海货赚了钱的扈义，如小学教师守典和他的学生自安，打烧饼的崇兴，好喝酒爱唱戏的解信德，爱讲古的扈龙，都是这里的座上客。

普通农户白天忙着庄稼，只有晚饭后才到禾场上来，一是为了乘凉歇息，一是让吃下去的晚饭得到初步消化。现在这种底层雅集跟以前有了区别。以前的交流中心在富人，大家都存了某种尊敬，多少有些拘束。如今这种晚会更多了一种平等和坦然，气氛更祥和也更安适。他们翻开棉衣逮虱子，小孩子在月光下滚铁环、捉迷藏、扣蝙蝠。解信德的肘鼓子戏班比前热闹多了，林宗献、吴兆林、林景阳等青年常聚在老师那里学戏。稍微有点闲钱、有点文化、关心时局的，则到小酒铺去。

失去老婆的大皮匠在运动中没受什么处分，因为没人知道他当年在苏北做了什么。他现在谨慎地经营着小酒铺，新添了两个酒坛子，买了两个锡酒壶和二十个小黑碗。那里一天到晚不断人，上午人少，下午人多，晚上满满的。屋子里洋溢着劣质旱烟的呛鼻气味，还有酒气、臭烘烘的口气、让人窒息的脚气，院里则飘荡着人尿的气息。蚂蚱庙人就喜欢这种脏了吧唧的地方，太干净的反而让他们拘谨，聚不起人气来。

兴邦成为这里的常客。他喜欢到这里晒一晒存在感，喜欢人们半开玩笑的恭维，那滋味儿让他很享受。崇礼说他这村长是多年前赵琪给算出来的，吴兴邦不肯承认，说赵琪当年给他算的是乡长。他喜欢讲述自己的历史，表白革命老资格。每过几天，他都会复述一遍当年光了脊梁跟土匪那帮人的斗争，有声有色，加上他没分寸的夸张，故事格外生动。这样一次一次丰富，故事越讲越长，后来兴邦就给讲演分了段落，每到生动得意之处就来个"且听下回分解"，给人留下明晚再听下集的悬念。

三福偶尔还来，但他不能赊账了。他几次暗示大皮匠，我三福当年对你不薄，大皮匠说，那一页儿早就掀过去了，铜板铜钱都换成纸票子了，你还提那些陈年烂谷子多没意思——谁也挡不住潮流……一切从头开始。如今三福要酒，得拿出大板来，不拿钱只记账的特权现在轮到兴邦了。只有他可以随便喝——大皮匠把酒钱记在账上，却从没向他要过钱。有一次喝得高兴，大皮匠说打算重拾熟牛皮、切线子的生意，兴邦说："政府严禁宰杀耕牛，你最好给我老老实实的，别试这个水。"大皮匠说；"小毛驴被那女人给牵走了。明年无论如何得买头牛，不杀牛没有牛皮怎么切出牛皮线子？钱太不容易挣了。"兴邦说："这不是理由！我给你发个警报，新四军赵司务长很有水平，人家没治你的罪就算便宜了你。当时人家盒子枪就别在腰里，如果你不叫他妹走，现在你连骨头都烂了，还卖个屌酒？烧得不轻啊你！"

不过，兴邦还是给他拉来一笔生意，熟狗皮。局势安定后，政府认为老百姓家里狗太多，狗要吃食，增加粮食供应量，不经济。再说，过去养狗是为了看家望门，现在土匪马子都被剿灭干净，农户没必要

429

再养狗,尤其不能养吃食较多的大狗。各区县都向基层下达了杀狗的通知,要求积极宣传推广杀狗经验,大力减少狗的数量。蚂蚱庙人真听话啊,叫杀狗就杀狗,不到一个月,稍大的狗都杀了——于是就有了很多狗肉,很多狗皮——那一阵子,可乐坏了潘家湖那些擅长杀狗的主儿,各家各户存的狗油吃不完用不了。

附近几个村子的狗皮大都被大皮匠收购了。他有熟狗皮的技艺,一张生皮变成熟皮,价钱翻两倍。熟狗皮用的芒硝当地就有,且不贵。那大半年,大皮匠很赚了几个钱,他用上好的狗尾巴为吴兴邦做了一副耳套子,还告诉兴邦,戴上这样的狗皮耳套子,下雪时,雪花离耳套一拃多远就化了。兴邦说:"这东西容易犯官僚主义,不能常戴——戴上这玩意儿就听不到群众的声音了,哪里行!我们共产党员是特殊材料制成的,你别想拉我下水!"

肉头户扈义这次没被划为地主,有两个原因:一是他常给丁文武家送海货,有人提议将扈义划作地主时,丁文武反对,说扈义家里没多少土地也没剥削人。扈义这人会做生意,本村人去他那里买咸鱼豆螃虾酱什么的,比集上的便宜,也比外村人便宜。有些人当时没现钱,扈义不在乎,说先吃了再说。另一个原因,是他家确实没多少土地,他家最像样的财富是去年翻修的六间青砖瓦房,还有就是新置的马车和一头骡子。看见好多人家的土地分给穷人,他暗自庆幸,以为有先见之明。他现在很享受生活,而蚂蚱庙人的所谓享受,就是到小酒铺里喝酒——类似西方人到酒吧里消闲。

在这里,他遇到了学法。

在闲扯中,学法说到扈永。

学法说:"你们老扈家现在就你混得好。"

扈义脸上一片得意,嘴上却说:"仅供嘴罢了。"

学法说:"我在外边混了这么多年,现在才知道还是家乡好,在外边混没意思。比如当兵吧,年轻时还行,一人吃饱全家不饿。可是到头来还是没个家业，也没什么积累，甚至光棍一条。"

扈义说："学法你算是活明白了。"

学法说："大永到现在不回来，在外边混个什么劲？算他再当十年兵也撇不下几根毛灰。"

扈义也说："是呢，玩龙玩虎不如玩二亩土。"

学法说："那人不会种地，不想到地里干粗活。"

扈义说："跟我到东海那边贩个盐弄点海货，也能挣上吃的。"

学法于是恭维扈义，怂恿他把本家兄弟弄回来，还说到后继有人的事："你和扈永是一个爷爷的，你这支人很旺。可是扈永呢，他若不回来，不尽快成家过日子，那支人就等于绝了，跟外人说起来可不好听呢。"

扈义说："对着呢，扈永还代表族中的一支人呢。"

学法说："就怕他不肯回来。"

扈义说："我要是叫他回来，一封信的事。"

学法问："他听你的？"

扈义说："不听我的听谁的！"

粪汪里的石头又臭又硬

宋氏和扈淑常生的那个男孩，小名叫勇，不知是英勇的勇还是永远的永。大名坐股生芽，也就叫了扈永。这孩子既不像他父亲那么勤劳朴实，也不如他娘那么泼辣能干。勤劳淳朴不一定能养出品德温良的儿女，泼辣能干也不意味着孩子卓越优秀，基因和教养是不同的学问。从宗禹和扈永这一对同母异父的兄弟可以看出，宋氏在子女教育上有严重缺失，甚至说根本不懂怎么教育子女。

431

因为失于教育和管理，扈永从小就知道玩，什么活都不肯做，终日里游手好闲，连割草喂牲口都不会。后来，未经父母允许，扈永去当了兵。他听人说在国民党正规军里吃得好，用的都是捷克枪，有时还能吃到美国罐头，每月有津贴，等等。有人曾动员他参加武工队，扈永说我才不去那里呢，武工队要什么没什么，去那里等于活受罪。

那个曾经为爱情大声疾呼，为女权奋力拼搏的，泼辣热烈的，挑战传统无视"廉耻"的女人，在贫穷窘迫和无限失望中很快丧失了继续生存的能力，也失去了希望。眼看孩子不成器，她一点办法都没有。她后来也曾找人写信给部队叫儿子回家，说她老了得指望他重振家业，需要他支撑扈家的未来，但从未得到儿子的回信。她以为他死了。

命运无情，生活如此菲薄，曾经有声有色的日子从哪里开始被毁掉的呢？她不断地回忆，反复深究，最终找到的根源是前夫林守德的自私、狭隘和不干正事。因为毒死本家的牛，他被屈死的牛鬼给抵死。如果他不死，哪怕苟延残喘地活着，她也不会和穷光蛋扈淑常有那场事，也就没有后来这些事。倘若顺水顺风地走下来，即使被分走一些土地和财物，也不至于这般山穷水尽……

贫穷笼罩着这个破败不堪的家，生活步履艰难，少衣缺食的日子已是很久。当年的激情被压垮，一丝一毫难以寻见，就连梦里都不再出现昔日的富足安逸。她觉得自己像一棵杂草，仅仅光鲜了一个季节就枯萎了。儿子出走，当的不是八路军而是国军，且没有消息，这让她绝望。蚂蚱庙现在没几个人看得起她——贫困只是原因之一，儿子不争气是更重要的原因，加上当年对世俗观念的挑战，她也失去了一个女人脆如玻璃般的荣誉——这种日子还有什么意思呢？

一个严寒的冬日里，她死了。

淑常清晨醒来，发现老婆不见了，急出寻找，在院子角落的茅房里发现了她的尸首。她的裤子脱到膝上，头和脚埋在雪地里，身子冻得硬如木头。淑常说她是半夜里去茅房时倒在雪地上冻死的。她没有呼喊，或者，淑常没听见她的呼唤。当爱情遭遇贫穷，肉体和精神竟如此脆弱。不知道宋氏离开这个世界之前是否心存懊悔，抑或是整个心都空空如也。

宗禹没去吊丧，他觉得母亲改嫁长工是家族的丑事，不仅带走了细软银两，也让他少了身心依靠。他相信命，那样的爹那样的娘以及那样的老婆，都是命中注定，他只是没有反抗而已。三福来到禾场的土屋里，对宗禹说："你还是去一下吧，哪怕看一眼呢，毕竟她是你的亲娘，你是她拉扯大的啊！她这一辈子容易吗？不容易啊！如今她死了，无论怎么说，你都该去那边披麻戴孝哭两声吧？"

宗禹说什么都不肯去，学法也不赞成他去。

三福白费唇舌，没皮没脸，踏撒踏撒地走了。

不久，扈永回来了。

扈永回来一个月，他爹淑常也走了。这一对曾经火热的男女，一前一后追随而去，也算是执子之手与子偕老了。只不知他们到了那边是不是还愿一起做夫妻，是不是还乐意回忆曾经的热烈和豪情。据说死者在望乡台上还能最后看一眼曾经的家，不知道他俩那时会是怎样心情。幸亏阴间还有迷魂汤——喝下去那碗汤，什么都会忘记，如同电脑的清盘——而且没有重置——没有比健忘更好的品德了。

扈永参加国军后，回来过几次，但每次都只有几个月，很快又走了。那时经常遇到派伕子抓壮丁，每当遇到这种事，三福就愁得要死，扈永却高兴得什么似的，后者于是成了前者解愁的药。每当有人不愿当兵而此时扈永又恰好"赋闲在家"，三福当即就会给富户人家谈条件，定好了筹码，拿了钱交给扈永——齐活，交差——皆大欢喜，像做成一笔大生意似的。

此后，蚂蚱庙一直没有他的信息，有人说他死在战场上，有人说在蒙古那边当了倒插门。宋氏去世前一直指望儿子扈永能带着一份革

433

命军人的荣誉回来，也好让她一扫半生灰垢重振家风。然而，这个心高气傲、挥洒自如的女人终于没盼到这一天，死不瞑目地走了。扈永有个诨名，叫大鳏夫。他并非从来没有老婆，有过，那门亲事是宋氏生前为他安排的。当时宋氏见儿子不争气，以为娶了媳妇有人管着，儿子就会变好，便倾尽全力给扈永成了家。宋氏希望夫妻俩好好种地好好过日子，传宗接代，走正路。没想到，扈永娶了媳妇不久就当兵去了，事先没跟任何人商量。男人走了，刚过门的媳妇没怀上孩子，年轻轻就那样守着活寡，也让宋氏多了一份焦虑。

其实，扈永对这事已有安排。入伍前，他把年轻轻的老婆委托给本村好友林宗儒，要他照看着点儿，别跟野汉子跑了。林宗儒是个读书人，平时务农，偶尔也给人看个病开个方子。那次被武工队抓到河东大赵家，他曾给战士们治过痢疾，药到病除，说明医术还行。当时武工队诚心诚意留他当军医，他不答应，回来就后悔了。宗儒这人看上去文雅、老实、寡言少语，可扈永交代他的事——为人照看妻子——不是那么好干。让一个青年男子照顾一位男人不在身边的少妇，这其中有太多的不便、暧昧和诱惑。不久，他就把扈永的老婆"照顾"到自己被窝里去了。扈永听到一点风声，带枪回到村里，说要跟宗儒算账以雪夺妻之恨。三福劝宗儒出去躲一躲，劝那女人加倍小心，但他们都没听三福的劝告，就那样淡然自若地等着扈永。

不知为什么，扈永不仅没把老婆要到手，也没让宗儒的脑袋搬家，三个人竟化干戈为玉帛，和平共处了。据蚂蚱庙人说，他们两男一女在一起喝了一次酒，然后就在一个床上宿了，一花两枝，彼此相安无事。这一来，蚂蚱庙就有了很多粉红色的传说。有人说，夜晚经常听见三个鬼男女哼哼唧唧地叫床。也有人说，大鳏夫的脑子被大炮给震昏了，那玩意儿也抬不起头来，只好请宗儒代行房事，他躺在一边给老婆挠痒儿，云云。都是传说，都是粗粝的桃色故事。这次回来，扈永连给老婆挠痒儿的机会都没了，宗儒早已带了那女人远走高飞不知去向，于是村人就给他起了个诨名，叫大鳏夫。

大鳏夫对失去老婆并不觉得不堪。这一点很像他同母异父的哥哥林宗禹对金钱的态度——超脱。三福劝他重新安个家，还是有个女人好啊，做什么都方便。大鳏夫说，嗨，不就那点事嘛，样子颇为促狭。后来，蚂蚱庙的光棍汉子们也就经常这样说，也算是他们的精神胜利法。

大鳏夫的命真是不算好，老婆被人拐走，父母相继去世，让他成为彻底的"孤家寡人"。有人说他可以再回部队，这几个月就算请了个探亲假，也说得过去。他不是俘虏，而是跟着长官起义的，这样的部队经过改编，不受歧视。如果那时他回去，部队里应当还有他的位置，毕竟遇到父母去世这样的大事嘛。可是扈永没回去，就那么浑浑噩噩地打发着外人看来没有光彩也没有趣味甚至没有温饱的蹉跎岁月。有人说，扈永之所以留下来，是因他的本家哥哥扈义。

扈义是个普普通通的庄户人，家有二十多亩地，这次土改被划为中农。就生活水平来说，中农和中农并不一样，有的是肉头户，有的则近乎清贫。扈义平时除侍弄庄稼，农闲时赶大车到东海赣榆贩盐运海货，到北山拉木头，据说他还跑过青岛和徐州。他家粮食充足，也有钱，常到大皮匠的小酒铺喝酒。别人喝酒都是喝清酒——只有酒没有菜肴。扈义不同，他喝酒时得有肴——花生米、酱豆子、小虾皮什么的。这样的消费，在蚂蚱庙就算相当奢侈了。

扈义听说本家叔伯兄弟在部队混得不怎样，劝他回老家种地。一个大男人，有几亩地，怎么说也能挣上吃的。再说，淑常就这么个儿子，他能复员回来，把老婆要回来，好好过日子，就能接续那支人的香火。如果不回来，老婆待在宗儒那里——这让扈家太现眼了。出于多重原因，扈义写信劝他这个兄弟回来。扈永倒是听话，打点行李，办了退役手续，得了些钱，就返回蚂蚱庙了。扈义特意带他去老林里给父母上了坟，在坟前告慰去世的叔叔婶婶，说，"兄弟回来了打算好好过日子，你们在天之灵放心就是。"然而，扈永并没处理好和老婆的事。起初，他找不到宗儒，有人说他们一对男女在城里开了个药铺，过得舒服着呐。后来宗儒不请自来，还带着那个女人，见到扈义就说："这女人俺不要了，你带走就是。"那女人却说："俺不跟那个甩子，他不会过日子。"就这样，扈永成了名副其实的鳏夫！

一时处理不好夫妻关系，那就自己干活挣饭吃吧。扈义劝他跟自己跑几趟生意，学学活，逐渐独立起来。扈永就跟了这位本家哥哥跑了两趟赣榆，然后怎么都不肯再干了，说是脚冻坏了，长了冻疮，走不动路。扈义说："你在关东那么多年都没冻疮，回山东这边竟长了冻疮？"扈永说："东北那边有乌拉草，晚上有很热的炕，这边白天黑夜一样冷，里头外头一样冷……"

过了年，解冻了，扈义带他一起去地里春耕，他扶犁，让扈永赶牛，扈永说什么也不干，说他怕牛。扈义就纳闷了，说你在战场上整天和枪炮打交道，那么凶险的炮火都不怕，居然怕牛！扈永说他天生就怕牛，枪炮是金属的，牛是动物，而且拉屎。扈义说："牲口哪有不拉屎的，你好好照应它们，没有危险，部队里不也有马嘛。"扈永说："牛和马不一样，马没有角，牛有角……"

这也不能干，那也不肯做，扈永大部分时间就躺在哥哥家的南屋里睡大觉。扈义家的南屋三间，中间是过道，两头各有一间。西头那间放了车马用具和两大瓷缸用来喂牲口的黑豆和茶豆，东边那间腾出来给扈永住。扈义原本想着兄弟住东屋，喂牛方便，早晚照看牲口，也省得他操心。然而扈永未能分担这些，他只喜欢睡觉，大白天都能听到打呼噜的声音，节奏匀称，声如大风。

扈义的想法太善良、太简单、太一厢情愿了。去年在小酒铺里扈义接受学法的说辞，写信要扈永先回原籍，当时充满信心，还有作为本族大哥的那份责任感。他以为这位兄弟留下来就一定会安心过日子，老婆弄不回来可以另找一个，照样接续淑常这一支的香火。在那封信里，他把解放后的蚂蚱庙说得跟桃花源似的，人人有耕田，不缺吃不缺穿，鸡犬之声相闻，冬天烤火烤地瓜，夏天在树荫下乘凉，在汪塘里洗澡逮鱼，邻里之间和睦相处，经常喝个小酒什么的……扈永接到那封信，受到鼓舞，当即办了手续。等回到蚂蚱庙，才发现情况跟大哥说的大不一样。父母不在了，他没有衣食住行的依靠，老婆的事没弄好，就只好在大哥家里混吃混喝。他认为农村不如部队好，部队现在不打仗了，就是学习文化多识字，开会提高思想，宣传政策和法令，到时候吹号吃饭熄灯睡觉，哪有乡村这些破事！可是，他已办了手续，回不去了。

扈义这边则更加失望。本以为这位兄弟回来后能自食其力，没承想他当兵久了，对庄户上的事全无兴趣，不会干活，也不想干活，带回的一点安家费很快喝光吃光，且看不到走上正路的希望。直到这时，扈义才发现自己好心好意却找了个大累赘，后悔晚了。扈义两口子私下里商量，老这么下去不行，一个成年人，整天除了吃喝就是睡觉，谁养得起！他们虽为本家，到底不是亲兄弟，即使是亲兄弟，也没义务养这么个大闲人！于是扈义就劝扈永："收拾一下你家那两间老屋，以后自个儿开火做饭吧。我这里不能老是养着你。不是养不起，是你这样下去终究不是个办法。"

一听这话，扈永就恼了，说："是你劝我回来的，当然得在你家吃饭！"扈义说："不错，我是写过信劝你回来，可我的意思让你好生干活独立过日子，不是这么混日子啊。"扈永说："你叫我做什么我就做什么，不行吗？"扈义说："可你什么都不会做，也不想做，这样下去哪行？"两人因此闹得不愉快，差点打起来。扈义骂自己多管闲事自讨苦吃自寻烦恼。他老婆也唠唠叨叨，说这不是凭空添了个祖宗吗……

无奈，扈义找到三福，要他劝扈永离开他家自己起灶做饭。

三福说："现在我说话不起作用了，你还是去找那些人吧。"

扈义说:"您是老干家,你说话,谁能不给你面子!"

三福经不起这样的抬举,而且,他也同情扈义——就算亲哥亲嫂子也不能老是养这么个大闲人啊,况且他俩并不是亲兄弟!于是三福就找到扈永,苦口婆心地劝说:"你呢,年轻力壮,日月还很长,以后怎么走,也该做个打算,不要再靠你哥你嫂了。你们之间只是叔伯兄弟关系,人家没有养你的责任。这么凑合着,到底不是个长法,你自己得心中有数啊。"

扈永眼一瞪、眉一竖,叫:"不在俺哥家,你管吃?"

三福倒也不恼,道:"我也不能管你饭,你得自己支锅做饭。"

扈永戳着三福的头皮骂:"告诉你贾三福,我生来就不会做饭,部队走到哪里伙房跟到哪里,没听说当兵的还要学做饭。你现在叫我自己支锅做饭,不等于饿死我嘛!你们大小干部都说新社会不兴饿死人,难道那话是放屁?你又不是官,谁叫你管这些闲事来了!"

三福不屑地说:"跟粪汪里石头似的。"

扈永吼道:"我就是粪汪里的石头又臭又硬,你能怎么的吧!根儿上没有你,梢儿上没有你,到这里狗咬耗子,充什么屌能啊你?给我滚!"

三福讨了个没趣,一边朝外走一边自嘲:"不是破约地嘛。"

扈永一副不齿的表情,说:"中国地面这么大,我也走了不少地方,没听说什么约地。八辈子以前的破帽子你还戴着,跟人种似的,到处插嘴,凭什么啊你?快滚,滚慢了小心我拗断你脖儿梗!"

扈永的话给三福很大的打击——不仅否定了他居间调解的合理性,也否定了作为一个庄邻最起码的情面,甚至在他珍惜的破帽子上拉屎撒尿!三福感到一张老脸没处存没处放的,进退不是,站在门外好半天,才拖拖踏踏地离开扈家。扈永还在追着骂:"老东西,你这种人给我垫炮腿儿都不够料……"

三福气哼哼地说:"你这人说话怎么这么不中听!"

扈永说："这算客气的，放一年前我早把你崩了！"

三福撒腿就跑，一边骂："兵痞，整个儿一兵痞，果真是厉害！"

三福调解不成功，扈义转头就去找兴邦，说了他兄弟以怨报德的事。

兴邦一听就火了，说："清平世界，朗朗乾坤，一个熊国民党兵竟敢在我这里兴风作浪，我就不信治不了他！"

说着，兴邦雄赳赳气昂昂地去了扈义家。

他双手叉腰，大义凛然地站到扈永面前。

扈永看都不看他一眼，歪在地铺上闭门养神。

"扈永，你给我听好了……"兴邦先朝他宣讲了新社会人人平等、劳动光荣、反对剥削之类，接着严肃指出："新社会反对一切寄生虫，每个人必须劳动，你扈永也要劳动。你必须独立生活，自己做饭自己晒柴火自己刷锅洗碗，不然的话，像你这种当过反动爪牙的人，我关你的禁闭！"

然后，兴邦把折腰盒子枪啪的一声掼在桌上。

扈永忽地站起来，朝兴邦打了个立正。

兴邦叫来两个民兵，把扈永的铺盖卷儿抱出来，撂到扈淑常的老屋里。

这老屋名正言顺的继承人，就是扈永。

临走，兴邦撂下一句话："我就不信治不了你！"

按理说，住到自家老屋，扈永应当有一种特别的回归感和安定感，应当激动，也应当冷静下来好好盘算下一步日子怎么过。可是大鳏夫不这么想。他觉得是扈义把他抛弃了，是大哥无情无义，是兄嫂故意让他现眼，存心想饿死他……

次日，扈永到西头大瓦屋里，找到脱产干部庞刚岭，说有重要敌情得向长官报告。

吴兴邦正好也在场，就问："昨儿还没有，今天新发现的？"

439

庞刚岭鼓励扈永说出敌情来："敌人是谁？在哪里？他们要干什么？"

扈永所谓的"敌人"，就是扈义。

他向两位干部揭发，扈义是个大地主，他隐瞒了巨额财产，欺骗党和人民政府。

庞刚岭叫他说具体点儿。

扈永说："扈义这家伙很狡猾，土地虽然不多，但这些年来一直赶大车做生意，家里养有一匹大马一匹骡子，去年还新盖了六间瓦屋。这些还是次要的，更重要的是，他隐瞒财产，地窖子里存着几百块大洋。"

兴邦就问："你是怎么发现的？"

扈永说："亲眼见的嘛，大瓦屋、大骡子、大车，都明摆着。银子藏在地窖子里，用小土布包着，埋得很深。"

兴邦当即来了精神，说："运动这么深入，居然还有漏网的大鱼！"

庞刚岭也说："这事还须得落实。如果真如你所述，说明我们的工作做得不够深入。如果没有，你得负诬告的责任。"

他向在场的扈玉发出指示："立即行动，彻底挖出小土布来，一个都不能少！"

兴邦也说："我要对扈义重划阶级另立成分！"

扈玉刚走到街上，就遇到三福。

他要三福找几个人马上去扈义那边抄家，要掘地三尺。三福问明来由，笑着说："别听那个兵痞胡呲，不可能的事。扈义是个老实人，对他那个叔伯兄弟帮助可不小呢。这事我太清楚了，因扈义叫他单支锅另立灶，扈永恼了，恩将仇报，说出这种话来。当兵的吃大锅饭吃惯了——别听他胡呲。"

兴邦走过来问扈玉："人怎么还没调集？"扈玉说："三福在这里为扈义说情呢。"兴邦对三福说："你立场有问题！我现在给你发个警

440

报,悬崖勒马,不要中了敌人的奸计!"三福诺诺。兴邦转过脸对扈玉说:"敌情如救火,马上组织人!"扈玉便跑去庙里,提了铜锣喊话:"民兵集合,有大任务!"兴邦这里对三福说:"你要是老这样下去,连民事委员也别当了。"

三福当下的职务是农协会的民事委员,虽然名称变了,但三福觉得自己多少还有点儿实际地位,工作内容差不多就是过去约地的角色替代。现在听兴邦说他最后这点地位也岌岌乎殆哉,自嘲地说:"想当个狗腿子都不行。"兴邦大吼一声:"你骂谁?你说我三八年的老党员是狗吗?"三福发现自己说错了话,道歉:"我这张破嘴,我这张破嘴!"

蚂蚱庙复查的第一个案子,就是针对扈义的。

兴邦叫民兵将扈义关起来,逼他交出大瓦屋、骡子和大车,还有小土布里包藏的几百块大洋,不然的话将按隐匿财产罪论处。扈义得知这些都是扈永告发的,一口气没上来,气绝而倒。兴邦一看情况不好,叫三福赶快去药房里请管先生。三福见情况紧急,很想跑几步,可怎么都跑不起来——腿脚不行了。

回来复命时,三福累得快要喘不上气了。兴邦问:"先生怎么还没来?"三福说:"管先生出诊了,一时半会儿回不来。"这边扈义僵在那里,许多人围着,七言八语。有人说这样憋死的人最好抬到毛驴背上颠一阵子就好了。也有人说,更好的办法是放在一口大锅上,俯身向下,放几个屁,人庶几还能醒过来。兴邦叫人照众人说的办法做。这样折腾,那样折腾,总也回转不过来。兴邦担心出人命,要三福另想办法。三福说:"宗申的医术不在管先生之下。"兴邦说:"那就给他一个戴罪立功的机会。"

宗申来了,掐了人中等几个穴位,又指导众人给扈义灌了些药水。

这样折腾了一阵子,扈义渐渐有了气息。

扈义的两个儿子抓了扈永就要打。

兴邦呵斥道:"打人犯法,骂人犯政策!"

那两个孩子不得不停了手。

扈永蹲在街口一个碌碡上,一副若无其事的样子。

三福叫他快离开这里,不然要吃亏。

扈永说:"你们都是些没见过风景的货,死人有什么好看的?战场上每天都有成百上千的人丢了性命,尸体招了苍蝇,嗡嗡的。我看都不看一眼,除非手脖子上有表,嘴里有金牙。"

兴邦呵斥道:"你说的是国民党反动派还是我们的革命烈士,啊?"

扈永不敢接话了。

扈义终于恢复了知觉。

三福附在他耳上说:"那就是个兵痞,你跟他置什么气。再说,话也不能全凭他一张嘴,你也有嘴,是不是?"

兴邦听见了,道:"革命的嘴大,知道不?"

三福唯唯:"革命的嘴大,革命的嘴大,果真是大!"

扈义睁开眼,长出一口气,说:"我瞎了眼啊,两只眼都瞎定了!"

三福安慰他:"怎么办怎么好,没有过不去的火焰山。"

扈义被两个儿子扶着站起来,满含眼泪说:"哪有什么小土布裹的大洋啊!"

面对如此场景,宗申一句话没说,扬长而去。

兴邦看着宗申的背影,自言自语:"能人怎么都在他们那一边呢!"

虽然没找出什么地窖子小白布,但处罚不能马上撤销。扈义只好把新盖的瓦屋卖了,大车和骡子也卖了,好歹凑了一百三十块大洋交给村政府,才算了此一劫。兴邦说:"这是为革命筹集资金,用来解放全中国,知道不?"为此事,蚂蚱庙村因复查有成绩而得到一张大奖状。

男人都得了一种病

　　村干部三天两头去开会，几乎每次都能听到吴兴邦从外边带回新语词："苏联老大哥""集体农庄""镇压反革命""封建迷信会道门"等。他有时还哼哼几句歌，"咱们工人有力量嗨嗨白天黑夜工作忙"。人多时，兴邦总会口若悬河地介绍苏联老大哥那边的情景，如集体农庄、马拉铧犁、电灯电话，苏联女人都穿布拉吉，男人都吃大巴黎（大列巴）等。关于马拉铧犁，他的说明是，三匹马拉着一庹多宽的犁耙，垡头翻出四十八华里……

　　三福就问他："苏联是个人呢还是个啥？"

　　吴兴邦说："不是人也不是啥，是好大一个国呢！"

　　又问："苏联有没有约地？"

　　兴邦坚决地说："没有。苏联只有农庄，农庄里有庄长。"

　　三福有点失望，苏联怎么能没有约地呢！三福下不了判断，但他认为，约地这两个字，这个名称，既简洁又通俗，比民事委员的称呼听起来更觉瓷实。他觉得民事委员好像一把鲜蔬菜，而约地好像一把坚果，不过，叫惯了，也还行——男女结合不也这样嘛，头几天可能看不惯，多看几天就习惯了。买个新凳子，头一天坐，怎么都觉得不甚合适，坐久了，也就好了。名称就像家具，用上一些年岁就有包浆。那包浆里有汗污、有尘土、有人的皮屑、有苍蝇蚊子的爪印，更重要的是有时间凝聚的历史。

　　兴邦说："农协会也快要改选了。"

　　言外之意，三福的民事委员能不能连任，还是不确定的事。

　　吴兴邦还说到清理社会组织的事，以后不准随便成立组织，家族也不得设立祠堂，上坟、烧纸、磕头、生病打送、堪舆、二知先生、巫婆神汉，都是封建迷信。现时说话，只有助丧会暂时还保留。他顺便提及约地，说那本来就是个虚妄的称号，叫大家以后不要再提及，彻底没了。

那天夜里，三福做了一连串的噩梦，醒来腿肚子还抽了一阵子筋，差点儿把他给疼死！他努力把自己放到卑微处想——约地既然是个虚名，就不能将就着等我死了再说那话嘛。看来这事没有商量，革命的嘴大，秋风一扫，任你什么叶子都得下来。三福想来想去想不通——那就不想了——人不能跟潮流闹别扭。

此后一段时间，三福总跟着吴兴邦转，像个影子。兴邦倒也赞赏过他的勤勉恭谨，一度把那面铜锣还给了他。三福看着失而复得的铜锣，像烟鬼复吸了个烟泡儿。他提着大铜锣满大街喊："庙前庙后，庙左庙右，给我听好了，一不做贼，二不养汉！庙前庙后，庙左庙右，都给我听好了，打人犯法，骂人犯政策……"

后边两句是兴邦的话，三福早就背熟了。

不久，鲁南苏北一带发生了一次地震，蚂蚱庙有明显震感，大家恐慌。三福说："咱沂州是个龟驮城，地下深处有只神龟，好大好大的龟。那神龟平时睡觉，若想伸个懒腰，整个城都乱觳觫，墙倒屋塌，躲都躲不及……"他的话增加了人们的不安。

每当遇到灾难时，蚂蚱庙的人们首先想到的就是神和鬼。这两个概念有分别。神少，数得过来就那几个，鬼多，到处都有。神是干正事的，小鬼多干坏事。神的力量大，鬼都是些小精怪。神高高在上，鬼遍地都有，等等。但神和鬼有时也分不开，神总是指挥鬼，小鬼为神服务。神不爱财，到哪里都不见它们买东西，小鬼贪财，热衷于索贿，黄泉路上的小鬼会索要死人的面饼子，等等。不仅蚂蚱庙人分不清他们到底是一家子呢还是分属于不同族群。但有一点是共同的，他们都不吃饭，也不拉屎。

朱崇兴怯生生地问三福，如果乌龟不是伸懒腰而是翻个身儿，那不全完了？三福说："俺也是听别人说的——天塌下来有个子大的撑着呢，咱怕什么！"崇兴说："我是惦记那个烧饼炉子。满膛的火，要是震翻了，不光烧饼糟蹋了，也担心失火。"三福说："真要是神龟大翻身了，保命要紧，哪还顾得烧饼炉子！"崇兴于是祈祷："我的神，我的万能的神啊！愿灾难不要降临，城里是城里，咱蚂蚱庙在外边梢，也许动不着。万能的神啊，让惊雷在魔鬼头顶滚动，让闪电照亮通往天堂的幽径……"

吴兴邦明确认定，这些全是反革命谣言，是故意破坏刚安定下来的好形势。他认真追查谣言的缘起，最后查到三福，就问："三福你散布过龟驮城的谣言了是不是？"三福说："这可不是我说的，祖辈就这么传的。"兴邦说："祖辈传下的也不行，敌人想破坏我们的胜利成果，你不要跟随他们兴风作浪！现在我给你发个警报，再这么说，铜锣也不让你打了。"

那天夜里，噩梦纠缠了贾三福。

……好像走进一个地窨子里，很大的空间，老榆木的条案上满是灰尘，上面有两个高高的烛台，烛台上有两根像白玉米那么大的蜡烛。他想，这是哪里啊？蚂蚱庙没有这个地方呢。他小心挪动脚步，凑近蜡烛看了，发现蜡烛上既没有烟也没有火，灯芯上有个耀眼的灯花。他仔细端详了一阵子，那灯花突然就炸了，把他吓了一跳。他摸了摸自己，毛发无损。接着是腿肚子转筋，疼得受不了……

不可言说的疼痛持续了大约一袋烟的工夫。他觉得这个梦不好，灯花怎突然炸了呢？而且，那蜡烛只有火没有烟，什么意思？那么小的烛光居然把整个地窨子照得通亮，好像当年建章带来的汽灯。他以为梦中所见这些都是鬼，蜡烛是鬼，灯台是鬼，灯花也是鬼。是呢，为什么没看到烟火？只能有一个解释，那是在太阳光下，蜡烛再大，火苗再高，比起阳光来还是不行，所以不见烟火。那灯花为什么会炸呢？那么大的灯花，在距他不到一拃远的地方爆炸，怎么也得造成点事故吧？至少会让人两眼不舒服，可是没有。三福只好想：既然毫发无损，那就好，神灵保佑，让我全身而退吧。

这一阵子，蚂蚱庙出现了一些不可思议的事。

焕章次子克孝的媳妇中了邪，说解手就一声，不管人前人后，茅房再近也来不及，有时会当众脱了裤子撒尿，不管面前有没有男人，也不管有没有长辈。据说这种事以前从没出现过。克孝的婚姻也是父母包办的，克孝看不中这个老婆，婚后不到一月就出走了。解放前夕，他和林宗玖一起去了台湾，留下这个女人。女人生下个女儿，小名叫影儿。按当代医学的说法，很可能是当事人因婚姻不幸过于压抑而患上的忧郁症，没人给予细致的照料，也没有合适的医疗，发展为精神分裂症。管先生从中医的角度解释，说那是小肠有火下焦失禁，按五行的说法是土管不住水了。他还说，男人也有这种情况，临床上称为尿急。女人得了这种病，比男人要严重，有时一声咳嗽，使劲大了，就会呲尿。兴邦一听就笑了，说："女人呲尿是因为生小孩的地方松了，大姑娘不呲尿……"

蚂蚱庙人从来不会对这类病患给予应有的同情和救助。有些人说，这是祖宗阴德有缺以至后辈患上这种让人羞耻的病。有人说，没有男人的女人欲火攻心，下泄的机关被烧坏了。不论怎么说，没人实际关心这种病人。克孝媳妇平时很少出门，出门都是梳洗了，看上去并不邋遢。可是，一旦出现尿急，不得已随地小便时，她就会变得神经质，疯了似的朝家跑。有时无法自控，就着墙根小便，一帮孩子会头趴在地上看，那女人就会抓起土块朝孩子们撒……等她再次蹲下，那些孩子又像苍蝇似的围上来，她便歇斯底里地大喊大叫。这加重了女人的病情。

吴克学的花邪症没见好转。他还是在大街上游来荡去，一只手放在裤裆里，十分不雅。如果医疗发达，如果周围人能给予起码的关怀，病情会有改善。然而，并没人顾及这些。克学的病日趋严重，声音沙哑但音量更大，好像一只野兽吼叫：绿门子花轿啊，抬过来啊，赶快抬我，上北京啊！影儿娘啊，我……

可怜影儿那时才七八岁，听到这样的喊叫，吓得不敢出门。论辈分，克学应当称影儿娘为二嫂。得了花邪的克学总拿那个和他同样患精神分裂症的嫂子做垫嘴的话头，时不时对她喊叫淫秽之词，不堪入耳。克学的病态表现把影儿娘彻底吓坏了，她再不敢出门，拉屎撒尿都在院子里，有时还在屋里。影儿一开始还给她打扫打扫，后来也松懈了。娘儿俩的住处臊臭熏天，无人涉足。

有人说克学很可能看上他那寡居的二嫂，甚至有过暧昧要求，但被拒绝了，于是从意淫变为花邪。他漫步街巷时说的那些秽话似乎印证了某些猜测，但终究到底还是来自好事者的捕风捉影。也有人说，克学的花邪最初是何仙姑引起，那时他经常蹲在村西北的凤凰岭上遥看何仙姑的姿态，神往迷醉，持续了好几年。因那女子太过美貌，他只有仰慕不敢靠近，后来把注意力转到了本家二嫂身上……

那年的大年初一，德章正在屋里包饺子，克学突然发邪，抱起一瓦罐子凉水，隔着草编的半门，一下子扔进屋里，正好砸在他爹头上，把老人砸死了。

德章去世后，赵家又一位重要人物走了。

次年夏天，一场暴雨，克学掉进汪里，淹死了。

一个可怜的男青年，就这样走完了三十多年的人生。一个原本健康正常的青年，在青春期躁动时没有得到及时开导，碍于封建伦理的阻挡，不能自由恋爱，于是陷入迷乱状态。可见，那时乡村的麻木无处不在，且不以为耻。

三福去北大汪割了些蒲苇，将克学的尸体包扎一番后埋了。

这次丧事办完后，三福躺了好几天。

447

那个冬天，影儿娘病倒了。

春节那天，她死了，丢下一个痴呆女儿。

次年，影儿也死了，时间也是大年初一——她娘的周年忌日。

三福的腰弓得更厉害了，走路不再抬头看人，只看脚下的地面。因为胳膊太长，两只手几乎要划拉到地面，远看就像一只四脚动物在移动。陈氏劝他往后少出门，多在家里待着，别人的事少管。三福听不进去。他觉得蚂蚱庙少不了他，他是不能替代的。

类似的话，兴邦也听老婆说过多次。

他的态度和贾三福一样——充耳不闻。

有一次，两个女人在井台上相遇，说起各自的男人，竟有了共同的疑惑：男人怎么这么喜欢到外头跑呢？在家待着不好吗？冷了，烤火，热了，拿蒲扇呼扇几下，饿了，随手就能找到吃的，渴了，拿起水瓢就能舀水。有活就干点，没活，弄把稻草蔺草搓绳子也行。真不想干，就跟老婆说说话，逗孩子玩，哪样不好？为什么非得去外边跑呢？吃累受苦不说，还招人嘁——真是不可理喻！

她俩胡乱猜想，否定肯定，反复琢磨，轮番验证，最后得到一致看法，男人都得了一种病——喜欢管人管事——跟花邪差不了多少。说起来，三福和兴邦都是有福的人，他们的女人称得上蚂蚱庙最贤惠的女人，安于家务、勤勉细致、任劳任怨、言语温和、心地善良，从不跟邻居发生争执。抚养子女，尽心尽力，言教身教都好。她俩同样都摊上热心公共事务的男人，而且，她们都不赞成男人继续这么做下去，希望他们回到家庭像普通人那样过日子。两个女人越说越近乎，便拟定了一个口头协议：回去，无论如何让他们不要再干了。

陈氏说了自己的想法，三福赞同，不干了。

但是，吴兴邦没有接受老婆的劝告，他觉得自己是蚂蚱庙的主心骨，也是带头人，更是组织依靠的人。村里不能没有他，谁也代替不了。高氏说，没有你，各家照样种地。没有你，鼓手队照样吹打响器。没有你，姜慎余做得更好。没有你……

吴兴邦实在听不下去，冲着老婆喊："我命中注定当村长，弄好了能当乡长呢！"

老婆还要说话。

兴邦抄起擀面杖就要打。

高氏不吱声了。

蚂蚱庙的封神榜

这年三月，谢继福回来了。

二十多岁被逼出走，近五十岁才回来，在外漂泊了二十多年！走前，他有家，有老婆，有十几亩地，还有一头驴。如今，老婆不见了，土地、驴子没了，房子也塌了，继福只能借住在邻居的场屋里。那家人也姓谢，这场屋空着，于是成了谢继福的临时栖身之所。

场屋在三福门前向南五十步的禾场上，西边是谢家，对面是小桥，桥西是大汪，桥东是一条小水沟。夏季里，汪水满溢由此进入水沟，向东向南流出村子。继福的老宅原本也在这里，靠着路，前边是好大一个池塘，天地开阔，兼备水陆风景，按说，应当是个好地方。然而，就是这片风水佳地，埋葬了谢继福的悲戚岁月。一位淳朴的青年农民，时运不济，被坏人算计，不仅失去了青春和自由，老婆也受尽屈辱，最终流落城里，沦为烟花女。烽烟和炮火过去，看上去晨昏如昔，然而人的年华无可弥补。如今他已衰老，鬓发半白，面目全非，失去劳动能力，也失去了活的兴趣。那个曾经像田野里一株红高粱般饱满的青年哪里去了？那个曾经怀揣淳朴梦想的农民哪里去了？感谢上帝赐给中国农民一副麻木的神经，若是多愁善感，日子一天也不能过！

　　一个命运多舛的穷人，经磨历劫，到底没有忘记自己的故乡。离开时他的两眼还有愤怒和盼望，如今目光呆滞、动作迟缓，好像失去了喜怒哀乐的感知能力。帮助这个无立锥之地的不幸之人，三福自觉义不容辞，怎么说也得让他有个窝有个灶吧？他仔细打扫了那间小屋，找了些干草和一领用麦秸编的苫子，还给他一些煎饼和咸菜。继福无言地接受了。三福说："不瞒你说，我当了大半辈子约地，说好再不管这些事的。可是你来了，我又犯贱，没办法啊！这么多年过去，你还能想着咱蚂蚱庙，真不错啊！唉，可怜人啊，总得有人照应一下是吧——我真是一头记吃不记打的狗啊！"继福说："都不容易。"

　　"不容易"这三个字，给了他俩心灵的温暖呼应。三福说："是啊是啊，都不容易。"他们简单收拾了场屋，把乱草扫出去。墙土里钻出来许多潮虫，惊慌失措到处爬。三福弄来些干草，又用芦苇给场屋做了一扇门。因为久不使用，屋子里太阴太冷，三福生了一堆火，说驱一下潮虫，散一散潮气。两人在土墙前蹲着抽烟。继福问他，走后这二十年，村里有哪些大事，谁家怎样，谁谁做什么，等等，三福一一介绍。三福问："你怎么想着要回来呢，外边挣不上吃的？"继福说，他自己都不知道为什么要回蚂蚱庙来，"从来没想着回来，我是糊里糊涂跟着自己的脚回来的"。三福说："故土难舍叶落归根，应该回，应该回。"

　　三福谨慎回避那个话题——谢家女人的去向——生怕因此触及继福的痛处。村里偶尔有人私下里提起，大都归因于女人的一副三寸金莲和一对圆鼓鼓的奶子。三福很想骂他们——难道人长得漂亮一点就有罪？放着坏人不说却把脏水泼到无辜者身上，你们就不害臊吗？大乡长遭事后，有人说谢家女人回了娘家，也有人说去城里给人家当老妈子，也有人说被卖到了窑子里。三福努力阻挡那些难听的话，继福却是一脸麻木，看上去对此并不关心。三福安慰他："人就是一阵风。

你要是想找,我慢慢给你打听。"继福摆了摆手说:"找什么,我自己还顾不上自己呢。"

天色暗下来,三福看地面和墙壁都干了些,才把蒲草和苫子抱进来,整好了地铺。靠墙的地方有个铁钉,三福把一个煤油灯挂上去。陈氏送来一瓦罐粥,还有煎饼和咸菜。继福默默地吃着,三福在一边劝慰:"吃完了歇着吧,走了好多路,累了,好好睡个觉。以后的事咱从长计议,左邻右舍不会让你饿着……"

那天夜里,三福听见小场屋里传出撕心裂肺的哭声。

哭声持续了很长时间。

小半个村子大概都能听见。

一个离开家乡三十年的男人,经磨历劫,重踏故土,等待他的是如此的凄苦和无边无际的寂寥——回想大半生,能不号啕!将心比心,设身处地,三福不能安眠。他本来不想再管这些事的,可是心一软,又爬起来,拄着枣木拐棍,夜色里摸索到那间场屋,陪他说了大半夜的话。鸡叫三遍,凌晨寒冷,三福弄了些豆秸,给场屋生了火。继福几次让他回家,三福不肯离开,他不想让这可怜的回乡人的第一个夜晚过分孤单、过分凄凉。

村人要求村长帮助穷困潦倒的谢继福,兴邦说:"这事好说。问题是他谢继福得朝政府说明这些年他都干了些什么,这次回来有没有带什么公事(指权力机关发给的证明之类)。"继福说,他记不清这些年都做了什么,也记不得到过哪些地方,反正就是跟着跑,找口饭吃,"人家叫我到哪里我就到哪里。当过兵,当过小贩,挖过工事,在海边晒过盐,在大山里挑过担,在码头上送过货,还给一个军官当过马夫",等等。但到底跟的什么部队,他也说不清,只记得那些人都有枪,有人骑马,有人步行……

吴兴邦说:"你只告诉我一句话,有没有在八路军里干过?"

继福是个愚憨之人,只说:"不记得呢,大炮震聋了耳朵,眼也看不清。"

兴邦说:"既然没在革命队伍里干过,政府就不能抚恤你。"

继福并没显出失望的样子,也没有乞怜。不是因为骨气,而是颠顸和迟钝,还有大难过来那种死活无所谓的麻木、彻头彻尾的冷漠和不可救药的绝望。

那以后,谢继福的小屋就成了东街人的聚会之所。在这间场屋里,来人可以抽烟、烤火、讲古,说下流话,交流各种传说,传播走了形的消息,掺杂着迷信和愚昧的解释,没有拘束也没有时限。这个来了,那个走了,来者无须招呼,去者不说再会。谁困了就靠墙根打个盹儿,不困的继续海阔天空,胡说胡侃。这里的主人是个被社会赶尽杀绝走投无路的人,一个被时间遗弃的人,不会在乎谁说什么或对他有什么影响。除了吃点东西维持活命,他已无任何期望,也不拒绝任何人。

后来,人们把这地方简称为"谢福小屋"——把他名字中那个标志辈分的"继"字省略了。陈氏劝三福不要再插手那些事了,"不用咱管"!三福嘴上应着,可谢继福的悲情还是常常让他不能安宁。他在村前的乱葬岗子那边给继福找了二分荒地,让他种点菜。

乱葬岗子是蚂蚱庙村用来遗弃夭折婴儿的地方,那里常有野狗出没,一般人经此都绕了道走。谢继福不在乎这些,他在那边开了大约三分菜园,附近有个水塘,三福帮他找了几根木棒架起桔槔,浇菜方便。不久,菜园里就长出葱绿茂盛的菜,先是小白菜和水萝卜,后来是韭菜,再后来是南瓜,胡萝卜长得又大又长。继福吃不完,想送给邻居们,但谁都不肯接受他的馈赠,因为有人说那里的土地之所以肥沃,是因为地下有孩童尸体化成的脂膏……

继福满心想回报邻居的眷顾,被人拒绝,心里不是滋味。他将吃不完的蔬菜拿到集市上卖了,换点小钱,买些日常需要的东西,以此维持惨淡的日子。后来他在那三分菜地的周围植了烟叶,夏秋收了烟叶,做成一条一条的,味道醇厚,卖出很好的价钱。烟叶收完,老烟的茎秆上生出很多小叶子，当地人称之为二茬烟或岔子烟。这种烟的味道没有头茬烟叶那么劲道那么醇厚，但内里有一种与世无争的清淡气息，有几分应付时光的超然和随意，且不生痰，继福拿了这种岔子烟招待前来聚会的乡邻。劣质旱烟的气味让他们忘却了乱葬岗子那些夭折婴童的脂膏——继福总算找到几分安慰。

那个夏天，上级要求每村都要设立固定的办公室。

庞刚岭和吴兴邦决定，将蚂蚱庙作为村公所的办公室，除了墙上的壁画，现有塑像一律清除出去。号令一出，这事很快完成。关公和孔夫子的泥塑都被民兵砸个稀碎，丁文武把碎土拉到他家新分到的田里，说这种泥胎子都是多年老土，用在地里比上什么肥料都强。

事与愿违，上过老土之后，丁文武家的庄稼很快就蔫了，且无可施救。有经验的老人说，那种老土经数百年的闲置，肥力强大，如今施在旱田里，水跟不上，庄稼必定被烧死。也有人乘机附会，说关老爷发大脾气了，指示周仓、关平两位大将把丁家的庄稼连夜给弄黄了……

存在数百年的八蜡子神也被推倒砸碎，废土铺在村里两条主路上。虽然只有薄薄一层，但满村都散发着多年老土的气息，积年的腐朽给空气增添了一种神秘。兴邦认为，经过千人踩万人踏，什么妖魔鬼怪都会完蛋。

以后的两个月，一直没下雨。

旱情一直持续到秋天。

无论村东南的浪湖头地还是村西村南的黑土地，全都裂了一道道大缝，土地好像龟裂的背，缝隙宽的地方能掉进小孩的脚。干裂的秋风，把葱绿的世界变成焦黄，每一条村道的路面上都是很厚的粉尘，空气中弥漫着生土的气息。

453

人们念叨着悠久的谚语：

初九不下盼十三，
十三不下一冬干。
一怕井中无清水，
二怕蝗虫满天飞。
三怕……

九月初九重阳节，是个下雨的日子。

人们等啊等啊，天天仰脸盼云，念叨雷公电母风神雨神，但等来的依然是失望。

持续几个月的干旱，庄稼枯黄了，蝗虫逐渐增多。

起初，大家对蝗虫没给予太多的关注，只是觉得今年蝗虫怎么比往年多呢，有点奇怪。后来蝗虫迅速增加，几乎一夜之间就铺天盖地、遮云蔽日、无处不在了。不仅庄稼叶子被吃光，连树叶也被吃光。本应绿叶繁复的树冠变为光秃秃的空枝，就连苦味浓烈的杨树叶子、臭椿叶子、苦楝树叶子都未能幸免。蝗虫吃光了五谷，吃光了秸秆，吃光了杂草和园蔬。它们像横冲直撞的野马，不一会儿又冲进了村里，落在房顶上吞噬屋草。蚂蚱庙人纷纷去汪塘里挖泥，以为用泥压住屋草可对付蝗虫的贪婪。但汪塘早已干涸，那里已没有可用的塘泥，各家只能眼睁睁看着草屋被蝗虫吃得坑坑洼洼像是疤癞头。

人们倾力灭蝗，大人拿了扫帚从屋顶朝下扫。蝗虫飞的飞死的死，满地是蝗虫的死尸，气味难闻。大量蝗虫引来无数乌鸦，它们刮风似的飞到这里飞到那里，拼命吃，蝗虫却未见减少。乌鸦因为吃得太饱又无水可喝，死了许多。夜晚，人们听见乌鸦在树枝上发出不祥的鸣叫。

这样过了大约半月，村里水井陆续干涸，人们发现很多蝗虫从汪底的塘泥里钻出来，如地下冒出的幽灵，几分钟后就变成会飞的尤物，加入那个所向无敌的队伍。那是怎样的昆虫队伍啊，一会儿飞到这里一会儿飞到那里，如同乌云遮住了阳光。如同刮风，一阵阵令人打怵的声音，世界仿佛末日。

有人说，今年的蝗灾是因吴兴邦、丁文武这些人得罪了神灵，更早作孽的则是建章和进轩那些人。这些不知天高地厚的狂人将世代供奉的八蜡子神扳倒、扔掉，神明失却了形体的依托和束缚，于是化成尘土细末，便得了自由放肆的机缘，凶恶的本相彻底释放。它们驭风而起，幻化为成千上万的蚂蚱，本来分散的个体组成了数以亿计、无所不在、足以毁灭一切绿色生命的群体，疯狂报复我们这些不义之人。有人建议三福组织一次祭神活动，带了香火和牺牲，还有一方百姓的祈愿，求八蜡神尽快离开。

三福急忙摆手，说："我可不管这事，谁想求神自己去求好了。"

赵琪建议重塑八蜡子神像，原位奉祀，尚飨神灵，祈福禳灾。

兴邦说："那些东西都是封建社会的玩意儿，现在不兴了。"

赵琪扭头就走。

兴邦一把拉住，问："有没有合乎政策的办法？"

赵琪说："你说庙宇是封建，神像是迷信，那北京的雍和宫、杭州的灵隐寺、南京的明孝陵、关东的避暑山庄，不都好好的嘛！小封建不行，大封建吃香？那些塑像是咱百姓的信仰，国家不反对信仰，知道不？远的不说，就近的灵岩寺、曲阜的孔庙、泰山的经石，那里的神像、壁画、碑刻、牌坊，不都好好的嘛！咱蚂蚱庙的做法与北京相左，你知道吗？依我看，你们几个都犯大错误了，麻烦大了！"

吴兴邦有些害怕，说这事要报告上级。

上级迟迟没有回声。

旱灾一直持续到年底。

蚂蚱庙一带的土地上，几乎颗粒无收。

每个人都面临如何度过荒年的严峻课题。

男人们凑在一起,都在议论到哪里逃荒。

有些人主张闯关东,说那里棒打狍子瓢舀鱼,不缺吃的。有些人说东北太冷,起夜的都要带根棍子,不然就被冻结在尿柱子上了。有些人主张朝苏北跑,于是他们求助信德,恳求戏班子带上他们。信德说你们这么多人带谁合适啊!大家一想,也是,这么多人——还是各自想办法吧,保住小命就行。

上了年纪的重复着以往的告诫,该走就走吧,不要在家死熬了。就那么一点粮食了,不能吃光。若是把种子吃了,明年更惨。

除夕那天,传来一个让人惊恐的消息,蚂蚱庙的壁画墙上突然出现了许多人的名字,还有粉笔勾勒的图画。

兴邦敌情观念强,先来看了。

前殿后殿的老墙上,布满各种各样的人物壁画,有八蜡子神的,有佛教的一苇过江,有道教的八仙过海,也有儒家圣贤二十四孝图,等等。这些图画原本没有注名,现在,在漫漶斑驳的墙面上居然出现了许多人的名字,而且是蚂蚱庙人的名字!吴兴邦数了数,有吴云迪、赵建章、赵琪、林守典、林守约、解信德、宋氏、林宗禹、大乡长、大皮匠,甚至还有徐和尚和瘸造!这些名字并没有确定的意指,有的写在人物的腿上,有的写在额头上,有的写在衣领或裙带上,还有一些写在空白处,如满天星斗,如杂草蔓生,如恶作剧者的胡乱涂鸦。

兴邦很是纳闷,不明白这是谁的左道。他眼不好,趴在墙上仔细看了两遍,发现观音菩萨的袖子上写着殷云舒,孔夫子肚皮上写着林守典,关公脑门上写着吴云迪,吕洞宾的手背上写着赵琪,其他一些人名写在各样的八蜡子像上。他本人的名字居然写在一只长了灰褐色大翅膀的蚂蚱上……

村人纷纷来看,络绎不绝,且不断有新发现。他们找到更多人名:吴文轩、谢芳春、扈淑廉、扈龙、扈崇礼、丁文学、孙殿武、赵焕章、赵德章、赵克连、赵克学、如贵、林宗申、谢继福，角落的小鬼上也有人的名字，歪三扭四，鬼画符似的，看不清楚。西厢房的外墙原本是没有壁画的，如今也被画了一些图。图和字全是用粉笔勾的，平面、简单、线条粗陋，没有色彩。从那些图形可以看出，画的都是蝗虫，身子细长，两眼突出，有长长的触须，两条大腿上有锯齿——有几分漫画的意味。

这些都是谁画的呢？

德高望重的扈龙说，蚂蚱庙没有这样的人才。即便有，一夜之间画这么多图写这么多字，也得累死。兴邦问他，能不能从笔迹上看出道道？扈龙说，咱蚂蚱庙没有写这种字体的，而且，也没见谁用过粉笔。

难道是神鬼画的？

大家想到赵琪，是不是他请了天上或阴间的画师做了这事？

赵琪本人来看了，也觉得好生奇怪。

人们开始猜测把蚂蚱庙人的名字写在八蜡子像上，是什么意思？吉兆还是凶兆？将蚂蚱庙的凡夫俗子和神祇连在一起，而且附会了蝗虫的图像，实在匪夷所思！难道说我们这些人都是蚂蚱变的！或者说，蚂蚱变成了人！

赵琪给出解释说："这些图画有点像姜子牙的封神榜。"

林守典也在看。他觉得把凡人和神祇弄在一起，不是好事。而且，瘸造、大乡长这样的人也位列其中，更是咄咄怪事。自古以来，能留下名号的，都是圣贤人物或佛道神仙。赵琪以为不然，说："武王伐纣，改朝换代，一时间风起云涌，不也什么人都有嘛。闻太师三只眼，土行孙遁走黄土底下，申公豹倒骑驴子，伯邑考被剁成丸子，姬昌吃了儿子的肉吐出来一只兔子，苏妲己狐媚妖冶，商纣王酒池肉林还挖下比干的心肝，等等，千奇百怪的人物，无奇不有的故事，最后不都封了神嘛……"

守典沉吟道："也是呢。"

赵琪指着那些壁画那些粉笔写的名字，对守典说："闭上眼想一想，蚂蚱庙人脾性各异，言语行事各有不同，几十年来，多少故事！这些人，这些故事，都是独一无二的，说起来都是这片土地上长出来的精灵。这样看，就不会愤愤不平，不会少见多怪了。而且，所有这些，好像有个力量操控着，看不见，摸不着，不可阻挡——羚羊挂角，你不觉得有点神奇吗？"

守典以为然："大小不同而已矣。"

两天后，有人发现一个怪现象——没有贾三福的名字。

既然封神，怎么能没有三福呢！于是许多人为其鸣不平，说没谁也不能没有三福啊！这人几十年来为蚂蚱庙办了多少事！跑腿、挨骂、冻馁、委屈、嘲讽、担惊受怕，筚路蓝缕，受了多少罪，尝过多少炎凉！许多人历数三福多年来的功劳苦劳，赞美他的好脾气，夸奖他当仁不让的服务，感激他的善良和温厚……

兴邦想了，也觉这事蹊跷。

他去贾家询问："怎不见三福了？"

陈氏冷冷地说："三福走了。"

兴邦问："去了哪里。"

陈氏说："不知去了哪里，也没说什么时候回来。"

兴邦再问，陈氏就不说话了。

走出贾家院门，兴邦突然感觉不妙。

独自站在小石桥上，兴邦突然感到一种前所未有的荒寂，打了个激灵。回望那个小院，短而矮的土墙，靠近汪塘的两棵桃树，不远处深邃密匝的芦苇荡——他们在那里摸过鱼——他确认内心深处还是很想三福的。从打三福用他那长胳膊赶集庹牛皮线子为开端，他俩就是好朋友。几十年来，经过多少大事小情，他俩没吵过架，好像亲密无间的兄弟。有时我让着他，有时他让着我，互相帮衬，走到今天，他怎就不辞而别了？

他希望三福不久能回来。

然而，兴邦的希望只是飘忽而过的情绪。

三福再也没有回来。

初一，农历春节，黄淮地区开始下雪。大雪持续了两天两夜，田野、村庄、山坡、河道，到处是厚厚的白雪。寒风呼啸，漫天都是雪花。尽管气温很低，人们还是从这场大雪感到了天无绝人之路的自然温情，互相传达着喜悦——蝗灾严重，饥荒只在冬春。有了雨水有了雪，墒情自会好起来——不愁春耕播种了。只要还能播种，日子就有希望！

后记：失踪的人

三福消失了。

而且，庙里那么多画像，唯独没有三福的名字！

赵琪百思不得其解，书本上也没有寻觅此事的门径。他决定登门询问，做个探讨。

陈氏的回答依然是："不知去了哪里，也不知什么时候回来。"

赵琪就问："离家前他可曾说过什么，或惦记什么？"

陈氏说："走前两天，他倒是说过几句话。"

赵琪问："说些什么？"

陈氏说："他说做了个梦，梦见俺家大份子要家里去人接他。三福说忠勇可能有下落了，得去找。问他什么地方，他说不知道什么地方呢，反正得去接。"

赵琪沉吟，说："凭一个梦去找人，三福做事不至于这么不靠谱。"

陈氏不语。

赵琪说："我估摸着，他遇到什么过不去的坎儿或者很伤心的事儿了。"

陈氏沉吟好一阵子，说出三福临走前的心事。

她说："三福前两天给兴邦说，自己老了，不能再当那个民事委员了，要辞职。兴邦说你不能辞职，要是真不想干了，得撤职。辞职是你甩了党，那不行。撤职，是我们不要你了。三福一听这个，老大不高兴，说孬也罢好也罢，我贾三福为蚂蚱庙忙活了大半辈子，如今还要给我一个撤职，这不是临死还要打我脸嘛！真要撤职，你也得给个说法,什么理由,为什么要给我一个清浊不分的处分,而且得当众说清楚。他说这话,我也觉得是这理儿。自从我进了贾家的门,亲眼看到的,三福整年价就是东跑西颠,大事小情,上上下下,给蚂蚱庙没少出力啊。那些年世道不太平,三福受了多少炎凉!他觉得跟兴邦是多年的好友,不见外,就朝他吐了心中的苦水,无非想得几句安慰的话。兴邦却说,你也没白干啊。这句话把三福说恼了,当时跟兴邦掰扯了几句,说自己嘴确实有点馋,吃过人家一些东西,可那也是我应得的啊!给人办事,误了庄稼,误了生意,误了自家事情,吃点喝点,不能算大错吧?再说,我要的吃的也就是地瓜干、小虾皮,三把萝卜两棵葱的,想吃一点桃酥还得学个大狗熊,容易吗?兴邦说,你那是多吃多占。三福不服气,就说,俺吃的占的都是微不足道的小东西,不是大瓦屋,不是土地,不是骡马大车,也没抢人家的点心铺子哟!反过来说,你们这些人整天忙活,不也是……就因他这句话,把兴邦说恼了。兴邦当即就给三福扣了大帽子,还说一过了年就开他的斗争会。三福考虑来考虑去,不愿在众人面前丢脸,就走了……"

赵琪点点头,说:"估摸着是这类的事。"

陈氏说:"三福委屈啊。他自知不是戏里唱的大人物大才子,充其量就一个万事委曲求全,大事化小,小事化了的和事佬。他一辈子敬重建章那样大开大合的人,尊敬大练长那样名望高贵的人。他总是自贬自嘲,就差把头弯到裤裆里了!人活着总想有个名义,哪怕虚名,也是个依托。连那一点儿依托都不许留存,都要捅烂,都要砸碎,世上还能找出如此无情无义的吗?三福不是怕,而是受不了羞辱!"

赵琪道:"连三福这样的人都不能见容,还跟谁玩!"

此时,他的眼窝里亮着满满的泪水。

自送别云舒那天,这是赵琪又一次流泪。

陈氏沉着地说，"兴邦他不该这么对待三福。是谁帮他建立了鼓手队？是谁帮他找了媳妇组成家庭？是谁这么多年跟他跑腿，叫干这就干这叫干那就干那？三福不是想当谁的狗腿子，他就是想给蚂蚱庙百姓办点事，借此得到一点尊敬。现在你看，个个跟人种似的，拿三福不当一根草——其实谁不知道谁的！当年多次来人调查宣传纸的事，都是俺家三福给挡过去的——他知道个屁啊他！"

赵琪出了一个主意："若是找到那个长红痣的本家，也许还行。"

陈氏冷笑道："赵琪兄弟，你读了那么多书，怎也有点儿迂呢？人家都是革命的人，兴邦当年不也很好嘛，两人好得跟一个人似的！翻身了，当了官，人就变了。你能保证找到俺那本家，可你能保证他一定为俺说话吗？倘若不然，到时候，俺这脸可朝哪里搁？"

赵琪肃然而立，潜然而去。

农协会撤销后，蚂蚱庙设立了村委会，吴兴邦任村长。村公所设在庙里，兴邦把那张用牛皮线子编制的大皮床放在靠近八仙过海壁画的地方，说这样可以一边休息一边看故事。他很努力，却一直没能当上书记。蚂蚱庙的书记先是由庞刚岭兼任，庞调走后，接手的是从部队转业的吴德功。吴德功是山西屯留人，年轻时混过山寨，后被红军收编，成为一名革命战士。解放大店时，他犯了男女方面的纪律，受到处分。解放大军南下时，他带了那个女人——地主少爷的小妾——经由吴兴邦的大哥吴其仁介绍，移居蚂蚱庙，不久任该村书记。

如有可能，他的故事将在下一本书里写到。

和吴德功一起回来的还有牲口贩子吴其仁。

他俩的到来，给蚂蚱庙增添了许多精彩故事。

二十世纪八十年代，人民公社解散，土地重新分配，近乎单干。热衷于集体化，忠于社会主义的吴兴邦难以接受"走回头路"，一直和潮流较劲。他的人生自此搁浅，见风流泪的两只老眼不能识路，出门要靠拐棍,即使在光线强烈的白天,也只能感知眼前粗物。只要走出门槛,就得仰头搜寻天光,村里孩子们想着各种法子捉弄他。有一天,吴兴邦在旮旯找到一只破鞋,从鞋洞里翻出几张纸币,翻过来瞅,调过去看,不认识那是什么东西。街上孩子很想得到那几张钱,于是把麦粘子(反复咀嚼麦粉得到的面筋)沾在细长杆上,从门外伸过去,借了吴兴邦的弱视,把他的纸币一一粘走,买糖吃了。

纸币不翼而飞,吴兴邦以为被神鬼摄去,大惊,跑出去呼喊,说反革命分子企图暗害他且弄走了他的钱……孩子们嘲笑他,兴邦便去追打,可他看不清孩子跑向何处,两腿歪三扭四如同中风。眼神儿不行,会生出许多麻烦。有天晚上,兴邦尿急起夜,老也摸不到尿罐,划了火柴去点油灯,不小心点着了床下的草鞋,接着燃了蚊帐,蔓延到苫子席子,兴邦被烧得哇哇叫,裸身跑出……等到人们发现他家失火,房子已烧塌了架,只剩几面土墙。吴兴邦本人裸体站在大街上,像极了当年被大将那帮土匪拦住盐车子时的样子,但当事人已经没了当年的激情和豪气。

吴兴邦把这一系列的事故都归咎于阶级敌人的报复,他患上了敌情恐惧症,最后连自己的兄妹、子侄、朋友都不相信了。外甥送来的煎饼,他要拿到区卫生院去化验,看是否有人放毒。儿女送来的点心,弟弟弟媳送来的蔬菜,都被怀疑为阶级敌人"企图拉他下水"的诡计。后来,他把各种病患归罪于丁文武,因为丁文武当年曾打过他两个耳光——病就是从那时种下的。丁文武已去世多年,不可能从坟墓里跑出来和他争辩,大家姑妄听之。兴邦后来被城里工作的儿子接去,直到去世前一年才回到蚂蚱庙。

两年前,姜炳勋为儿子定了一门亲事,女方是本村王家的姑娘。姜慎余调到区里工作后,本来一切顺利,凭他的能力,仕途可期。可他爱上了一位女工作人员，两人情投意合，打算结婚。姜炳勋死活不同意，跑到区上，以死威胁，要组织上开除他的儿子，回家成婚。姜慎余一气之下，参军入伍，走了。后来不知去了哪里。

蚂蚱庙有几个人失踪，一直没有下落。

第一个失踪的，是吴文轩，吴云迪的长子。蚂蚱庙人提到他，没有不夸的。这人诚实厚道，知书达理，是西酒店的楷模人物。他长相俊美，皮肤白皙，不如其父孔武，为人处世则比其父中庸。当时吴家农工商兼备，家业雄厚，作为当家长子，文轩一直保持着勤勉节俭的习惯，农事必躬耕垄亩，工商亦励精图治，吴云迪将家业尽委之。众弟幼时，内外之事，井井有条。及至兄弟渐长，便有不肖出现，文轩虽极力维持，无奈各怀异心，多不以家业为重。稍不如意，即争吵诟骂，兄弟阋墙，什么事都商量不成。再后来，兄弟中有监守自盗的，有内外勾结的，有嫖妓吸毒的，文轩虽极力维护，仍不能挽家族之颓势，心力交瘁、进退维谷。忽一日，吴文轩骑一匹白马离家出走，消失在茫茫白雾中，不知所往，亦不知所终。

三福的长子贾忠勇，一直下落不明。贾忠勇，原名中庸，三福的长子，二十岁被派伕子去某处修工事，未完工即遭抓丁，不知归于何部，亦不知其生死存亡。该批伕子中还有郭嘉和扈永，扈永后来逃回蚂蚱庙，郭嘉则不知下落。据扈永回忆，当时有炮弹爆炸于后，郭嘉和贾忠勇十有八九已经殒命，但谁也不曾拿到他们"已死"或"还在"的确证，只能算作失踪的人……

三福悄然离去，一直没有回来。有人说他死了，有人说没有死。守典为此找赵琪占卜过，赵琪说："两个人影儿在一起分不清面目。"守典据此推测，三福找到儿子并生活在一起。赵琪认为，既然还在，总会给家里传个信吧。守典说："他是决绝地不肯和蚂蚱庙有联系了……

林学武，当年因一头牛而迁怒于三福并扬言要杀人的那个粗人，何官庄战役中于弹雨中逃出，不知去向。有人说去了关东，有人说去了上海，也有说去了台湾。据传，1960年林曾潜回蚂蚱庙，村人未见其行迹。

林学文，抗战胜利后转入县党部，国民党失败后被羁押，后保释出狱，旋即去了黑龙江。据说林学文曾为牡丹江地区某林业局的会计，且回过蚂蚱庙。"一打三反"运动中，村里曾派人去做调查，那边说，"查无此人"。

吕伯清在那次杀牛事件中预知消息逃回烟台，后返回蚂蚱庙。数年后，他说过不惯乡下生活，又回了烟台。有一次过兵，他从队伍里认出谢廷言，大声喊他名字，那人听到呼唤，回头看了他一眼。吕伯清确认他就是谢廷言，隔街喊话，约他当晚务必见个面。在约定时间和地点，吕伯清等了好久，始终没见谢廷言出现。唯一的可能是他害怕因此被仇人报复或被警方抓捕。这人后来成为蚂蚱庙众多失踪者之一。

当年被绑架的两个女人之一——鸣轩的闺女后来有了着落。因始终无人去赎，她被东山马子卖给滨州一男子。有人说那男子是匪道上的，也有人说只是一个有钱的商人而已。在一次普查中，有人来调查，蚂蚱庙人才知道吴家闺女现在滨州。吴家两个青年专程前往滨州认大姑，大姑不见，说你们吴家人心这么狠，我决然不想再见到了。侄子们苦苦哀求，大姑死活不肯承认和娘家的关系。她对父亲见死不救的怨恨刻骨铭心——爹把钱看得比亲闺女还重，致使她落入马子之手失去清白，后辗转流离万般辛酸，好歹活到今天。吴家人后来给大姑磕了响头，并代表吴氏全家道歉，老妇人才勉强认了。但她发誓：终生

465

不回那个出生之地——蚂蚱庙是她此生的噩梦。

还有一些人，当初失踪，后来有了确切的行迹。

赵焕章之次子克孝与前街的林宗玖，1948年去了台湾。两人曾有书信来村，都被村里干部给压下了。直到两岸关系和解，家人才得知，他们在台中市居住，克孝已重建了家室，生活安定。宗玖一直独身，后与家人团聚。逃离大陆时带走的长子在台湾军中服役，官至少将，曾驻守金门和澎湖。

杨之江，八路军干部，1942年被俘，幸得宗申救出，解放后曾任连云港市公安局副局长。蚂蚱庙曾派人到苏北求证宗申的经历，那边说杨局长已调到海南岛某农垦局。村里有心继续调查，但缺少经费，中止。外调人员从连云港公安局档案中发现林宗申的一段记录：宗申曾于1949—1951年在连云港公安局工作，后以转业身份回蚂蚱庙。宗申说他回蚂蚱庙后曾出示过转业手续，被村干部收存，后遗失。

贾尚义，莒南县贾沟村人，八路军老四团某营教导员，即脖子上有块红痣的那个伤员，曾在何官庄之战中负伤，得三福救治。此人随大军南下，一直打到大西南，后转业，任云南某市交通局局长。上世纪七十年代末退休，回乡期间曾去城子河给周德荣扫墓，并提及何官庄战役和救助过他的三福。此时，三福父子已失踪多年，故无交集。

缺心眼儿死后，刘春秋和殷云舒带着孩子悄然离去，不知去向。三十多年后，刘春秋回乡祭祖，大家得知他们离家后去了通化。初，刘春秋在市政局开车，后提为科长，云舒在学校当教师。两个孩子，一个在部队,一个在酒厂销售科。儿子复员后和妹妹一起经营葡萄酒,业绩很好。蚂蚱庙人见过殷云舒老年的照片,清秀、慈祥、典雅、高贵,宛如仙人。

初稿于 2014 年 7 月
二稿于 2017 年 12 月
三稿于 2018 年 5 月
四稿于 2019 年 1 月
五稿于 2020 年 2 月
定稿于 2023 年 3 月 1 日